रवीन्द्रनाथ टैगोर

7 मई, 1861—7 अगस्त, 1941

भारत के राष्ट्रगान 'जन-गण-मन' और बांग्लादेश के राष्ट्रगान 'आमार शोनार बाँग्ला' के रचयिता। साहित्य, संगीत, चित्रकला और शिक्षा के क्षेत्र में अप्रतिम योगदान। व्यक्तित्व पर नवजागरणकालीन विचारों का गहरा प्रभाव। शान्तिनिकेतन की स्थापना—जो 1921 में विश्वभारती विश्वविद्यालय के रूप में जानी गई। साहित्य का नोबेल पुरस्कार। अंग्रेज सरकार द्वारा 'नाइटहुड' की उपाधि, जिसे जलियाँवाला बाग हत्याकांड के विरोध में लौटाया।

सम्पादक

वैभव सिंह

युवा कथाकार, अनुवादक और आलोचक। राष्ट्रवाद और आधुनिकता के मसले पर विशेष रूप से काम। आलोचना और वैचारिकी से जुड़ी अनेक किताबें प्रकाशित। आलोचना के लिए 'देवीशंकर अवस्थी पुरस्कार' से सम्मानित। डॉ. बी.आर. अम्बेडकर विश्वविद्यालय, दिल्ली में अध्यापन।

श्रृंखला सम्पादक

बद्री नारायण

हिन्दी के महत्त्वपूर्ण कवि और समाजविज्ञानी। कविताओं के चार संग्रह प्रकाशित। हिन्दी और अंग्रेजी में अनेक किताबों के लिए चर्चित। आजकल गोविन्द बल्लभ पंत सामाजिक विज्ञान संस्थान के निदेशक। 'भारतभूषण अग्रवाल पुरस्कार' और 'साहित्य अकादेमी पुरस्कार' सहित अनेक महत्त्वपूर्ण सम्मानों से सम्मानित।

विचार का आईना

कला ✦ साहित्य ✦ संस्कृति

रवीन्द्रनाथ टैगोर

सम्पादक

वैभव सिंह

श्रृंखला सम्पादक

बद्री नारायण

लोकभारती पेपरबैक्स

लोकभारती पेपरबैक्स में
पहला संस्करण : 2023

लोकभारती पेपरबैक्स : उत्कृष्ट साहित्य के लोकप्रिय संस्करण

लोकभारती प्रकाशन
पहली मंजिल, दरबारी बिल्डिंग, महात्मा गांधी मार्ग
प्रयागराज-211 001
द्वारा प्रकाशित

शाखाएँ : 1-बी, नेताजी सुभाष मार्ग, दरियागंज, नई दिल्ली-110 002
अशोक राजपथ, साइंस कॉलेज के सामने, पटना-800 006

वेबसाइट : www.lokbhartiprakashan.com
ई-मेल : info@lokbhartiprakashan.com

बी.के. ऑफसेट
नवीन शाहदरा, दिल्ली-110 032
द्वारा मुद्रित

मूल्य : ₹250

Vichar Ka Aina
Kala Sahitya Sanskriti
RAVINDRA NATH TAGORE
Edited by Vaibhav Singh

ISBN : 978-93-92186-74-5

दो शब्द

कला, साहित्य, संस्कृति, लोकभारती प्रकाशन की एक अनूठी पुस्तक श्रृंखला है जिसमें भारत के मनीषियों, रचनाकारों एवं चिन्तकों के कला, साहित्य एवं संस्कृति पर केन्द्रित आलेखों, विचारों एवं साहित्य और अभिव्यक्ति की अनेक विधाओं में अभिव्यक्त चिन्तनपूर्ण गद्यों का संकलन किया गया है।

आज के बाजारवाद के दौर में कला, साहित्य एवं संस्कृति को बचाए रखने के लिए यह जरूरी है कि हम अपने लेखकों, कवियों, मनीषियों, राजनीतिक द्रष्टाओं के कला, साहित्य एवं संस्कृति विषयक विमर्शों को याद करें एवं उनसे अपने को जोड़ें। ये विमर्श ही हमारी रचनाशीलता पर उपस्थित खतरों से हमें बचा पाएँगे। आज तो हमारी सामाजिकता पर भी खतरे उपस्थित हो गए हैं। मुझे तो लगता है कि कला, साहित्य एवं संस्कृति न हो तो समाज नहीं, समाज नहीं तो हम नहीं। फिर प्रश्न उठता है कि कला, साहित्य एवं संस्कृति को सत्ता एवं बाजार से कैसे बचाया जाए। मुझे तो लगता है कि खुद साहित्य, कला एवं संस्कृति में निहित, प्रवाहित, अभिव्यक्त हो रहे विचार ही साहित्य, कला एवं संस्कृति को बचा पाएँगे। उन विचारों को जितना स्मरण एवं पाठ किया जाएगा, उतना ही कला, साहित्य एवं संस्कृति के बचने के स्पेस हम निर्मित कर पाएँगे।

यह श्रृंखला न केवल हिन्दी वरन् अनेक विश्व भाषाओं में इसलिए विशिष्ट है क्योंकि इसमें भारतीय लोक एवं समाज चिन्तन की वैचारिक छाया भी मौजूद है। इस श्रृंखला में शामिल चिन्तकों एवं लेखकों का चयन एक अत्यन्त संवेदनशील विद्वानों के समूह ने किया है। साथ ही इसमें हरेक खंड के सम्पादक अपने-अपने क्षेत्र के महत्त्वपूर्ण नाम हैं।

श्रृंखला के इस खंड कवीन्द्र रवीन्द्रनाथ टैगोर के प्रज्ञावान लेखों एवं विमर्शों पर आधारित है। रवीन्द्रनाथ टैगोर के विचारों एवं अन्तर्दृष्टि ने न केवल भारत वरन् सम्पूर्ण विश्व को अपने समय में प्रकाशित

किया था। उनके चिन्तन ने न केवल अपने समय को वरन् दुनिया के भविष्य को भी निर्मित करने में महत्त्वपूर्ण भूमिका निभाई थी। इस संकलन में उनके कुछ महत्त्वपूर्ण एवं प्रतिनिधि चिन्तन परक आलेखों का संकलन किया गया है। ये आलेख कला, साहित्य एवं संस्कृति से जुड़े अनेक गम्भीर प्रश्नों को तो उठाते ही हैं, साथ ही जिस भारतीय राष्ट्रवाद ने 'भारत' को गढ़ा है, और जो भारत हमारे साहित्यिक एवं कलाभावों का आधार है, उसके निर्माण के विमर्श से भी हमें जोड़ती है। इस खंड में सम्पादक ने रवीन्द्रनाथ टैगोर जी के प्रज्ञा, पुनर्जागरण, राष्ट्र के केन्द्रस्थ साहित्य एवं कला विमर्शों को हमें सुलभ तो कराया ही है, साथ ही साहित्य एवं कला के स्वायत्त भावों का प्रस्फुटन भी इन आलेखों में देखा जा सकता है। विश्वास है यह खंड इस लगातार व्यस्त होते जा रहे समाज में चिन्तन मन्थन एवं ज्ञान-विमर्शों से हमें जोड़ पाएगा।

—बद्री नारायण
गोविन्द वल्लभ पंत सामाजिक विज्ञान संस्थान
प्रयागराज-2110019

रवीन्द्रनाथ के निबन्ध : प्रबुद्ध जनता का निर्माण

रवीन्द्रनाथ टैगोर का भारतीय साहित्य और भारतीय सभ्यता पर गहरा प्रभाव है। बीसवीं सदी के आरम्भ में हिन्दी साहित्य भी उनके प्रभाव से अछूता नहीं था। हिन्दी के कई बड़े लेखकों को उनके व्यक्तित्व तथा कृतित्व से प्रेरणा ग्रहण करते देखा जा सकता है। हिन्दी के कई प्रतिष्ठित लेखकों, उदाहरण के लिए हजारीप्रसाद द्विवेदी, अज्ञेय, इलाचन्द्र जोशी, अमृतराय और भारतभूषण अग्रवाल आदि ने उनकी रचनाओं के अनुवाद किए हैं। निराला ने 'रवीन्द्र कविता कानन' शीर्षक से उनकी संक्षिप्त जीवनी तथा उनके काव्य का परिचय करानेवाली कृति लिखी थी। इलाचन्द्र जोशी ने भी उनके जीवन तथा कृतित्व पर एक पूरी पुस्तक लिखी थी। हजारीप्रसाद द्विवेदी द्वारा टैगोर पर लिखे लेखों के संग्रह के रूप में 'मृत्युंजय रवीन्द्र' नामक महत्त्वपूर्ण पुस्तक का प्रकाशन 1963 ई. में हुआ था। महादेवी वर्मा ने उन पर एक सुन्दर संस्मरण 'प्रणाम रवीन्द्रनाथ ठाकुर' के नाम से लिखा था जिसमें उन्होंने लिखा था—'अपनी कल्पना को जीवन के सब क्षेत्रों में अनन्त अवतार देने की क्षमता रवीन्द्र की ऐसी विशेषता है जो महान साहित्यकारों में भी विरल है।' हिन्दी की एक अन्य लेखिका शिवानी ने शान्तिनिकेतन में व्यतीत जीवन के आधार पर संस्मरण लिखे थे जो 'आमादेर शान्तिनिकेतन' शीर्षक से प्रकाशित हुआ था। हबीब तनवीर जैसे प्रख्यात निर्देशक ने उनके नाटक 'विसर्जन' को मंचित किया है। इस प्रकार टैगोर का व्यापक प्रभाव हिन्दी लेखन पर रहा है।

छायावाद के साहित्य-आन्दोलन के रहस्यवाद और प्रकृति प्रेम पर भी टैगोर का प्रभाव देखा जाता है। रामचन्द्र शुक्ल ने 'हिन्दी साहित्य का इतिहास' में कहा है कि 'रवीन्द्र बाबू की धूम मचने पर' हिन्दी में आध्यात्मिक गीत व भजन के अनुसरण पर अज्ञात सत्ता या प्रियतम को आलम्बन बनाकर चित्रमयी भाषा में प्रेम की अनेक प्रकार से व्यंजना होने लगी थी। छायावाद ही नहीं बल्कि द्विवेदी युग

के मैथिलीशरण गुप्त जैसे रचनाकार भी उनसे प्रेरित थे। गुप्त जी ने अपने प्रसिद्ध ग्रन्थ 'साकेत' की रचना टैगोर के लेख 'काव्य की उपेक्षिताएँ' की प्रतिक्रिया में की थी क्योंकि टैगोर ने अपने लेख में लक्ष्मण की पत्नी उर्मिला की गिनती साहित्य की महान उपेक्षिताओं में की थी। टैगोर ने लिखा था—'और जिस दिन अयोध्या को अँधेरा करके दो किशोर राज-भ्राता सीता देवी को साथ लेकर तपस्वी वेश में बाहर रास्ते पर निकल आए, उस दिन वधू उर्मिला राजभवन के किस निभृत शयनकक्ष में धूलिशैया पर वृन्तच्युत मुकुल के समान पड़ी हुई थी यह कौन जानता है! उस दिन के विश्वव्यापी विलाप में इस टूटते हुए छोटे से कोमल हृदय के असह्य दुख को किसने देखा था। जो ऋषि कवि क्रोंच-विरहिणी का वैधव्य दुख एक क्षण के लिए नहीं सह सके उन्होंने भी उसकी ओर न ताका।' अपने उस लेख में टैगोर ने उर्मिला के अतिरिक्त 'अभिज्ञान शाकुन्तलम' की स्त्री-चरित्रों अनुसूया और प्रियंवदा तथा बाणभट्ट रचित कृति 'कादम्बरी' की चरित्र पत्रलेखा की सदियों से कवियों के द्वारा की गई उपेक्षा की शिकायत की थी। टैगोर की यह बात मैथिलीशरण गुप्त को आन्दोलित कर गई और उन्होंने उर्मिला के चरित्र को प्रधानता देकर 'साकेत' की रचना कर डाली। हिन्दी साहित्य के इतिहास की इस महत्त्वपूर्ण घटना पर हजारीप्रसाद द्विवेदी ने 'मृत्युंजय रवीन्द्र' में लिखा था—'रवीन्द्रनाथ की प्रतिभा ने हिन्दी साहित्य को और कुछ न भी दिया होता और केवल मैथिलीशरण गुप्त को यह काव्य लिखने के लिए प्रेरित किया होता, तब भी हिन्दी साहित्य के इतिहास में उनका स्थान चिरस्मरणीय बना रहता। 'साकेत' हिन्दी के उत्तम काव्यों में से एक है।'

टैगोर ने कबीर की कविताओं का 1912-13 में 'वन हंड्रेड पोयम्स ऑफ कबीर' नाम से अनुवाद भी किया था। कबीर के महत्त्व पर 'भारतवर्ष में इतिहास की धारा' नामक निबन्ध में वह लिखते हैं—'मध्ययुग में एक के बाद एक कबीर जैसे आचार्यों का अभ्युदय हुआ। जो बोझ भारी हो उठा था उसे हल्का करना ही उनका एकमात्र प्रयास था। लोकाचार, शास्त्र विधि और अभ्यास के रुद्ध द्वार पर आघात करके उन्होंने भारत को जगाने का प्रयत्न किया।' टैगोर के द्वारा कबीर की कविताओं के अनुवाद के बाद ही मिश्र बन्धुओं ने अपनी पुस्तक 'हिन्दी नवरत्न' के दूसरे संस्करण में कबीर को एक रत्न की तरह शामिल किया था। द्विवेदी जी के ही शब्दों में—'कबीर की सौ कविताओं का जो अंग्रेजी अनुवाद रवीन्द्रनाथ ने किया था,

उसने हिन्दी साहित्य के इतिहास को नवीन चिन्तन सामग्री ही नहीं दी, समस्त हिन्दी भाषी जनता के दीप्त और तेजस्वी बना दिया। मिश्र बन्धुओं के हिन्दी नवरत्न के प्रथम संस्करण में कबीर को कोई स्थान नहीं मिला था। रवीन्द्रनाथ ने जब कबीर का आदर किया तो द्वितीय संस्करण में कबीर को भी एक रत्न माना गया। नौ की संख्या दुरुस्त रखने के लिए भूषण और मतिराम को त्रिपाठी बन्धु कहकर काम चला लिया गया।'

टैगोर का प्रभाव साहित्यिक जगत पर ही नहीं बल्कि सम्पूर्ण भारतीय उपमहाद्वीप पर दिखता है। 'जन-गण-मन अधिनायक जय हे' तथा 'आमार सोनार बांग्ला' जैसे उनके दो गीत क्रमशः भारत तथा बांग्लादेश के राष्ट्रगान के रूप में स्वीकार किए गए हैं। भारत के राष्ट्रगान के रचयिता को बांग्लादेश के राष्ट्रगान का रचनाकार होने का श्रेय प्राप्त है। स्वतंत्रता के बाद संविधान सभा की बहस में बंकिमचन्द्र के गीत 'वन्दे मातरम्' की तुलना में 'जन-गण-मन' को ही राष्ट्रगान का दर्जा हासिल हुआ। पर बांग्लादेश में उथल-पुथल भरी परिस्थितियों से जूझ रहे देश को टैगोर के गीत को राष्ट्रगान के रूप में स्वीकार करने के लिए अलग ही ऐतिहासिक संयोग का सामना करना पड़ा। पाकिस्तान ने 1967 ई. में बांग्लादेश वाले अपने हिस्से में हिन्दू प्रभाव समाप्त करने के लिए टैगोर की रचनाओं के प्रसारण पर प्रतिबन्ध लगा दिया था जिसने बांग्लादेश की भाषाई जातीयता को और उत्तेजित कर दिया था। टैगोर के गीत तथा रचनाएँ वहाँ सरकार की अवज्ञा के प्रतीक बन गए थे। बांग्लादेश की मुक्ति के लिए आन्दोलन कर रहे मुजीबुर्रहमान ने 'आमार सोनार बांग्ला' की सुन्दर कल्पना को देश की स्वतंत्रता की माँग के साथ जोड़ दिया था। इस प्रकार टैगोर का यह गीत अत्यधिक प्रसिद्ध हुआ तथा स्वतंत्र देश के निर्माण के पश्चात वहाँ का राष्ट्रगान बना।

इस प्रकार टैगोर का प्रभाव केवल साहित्यिक नहीं है बल्कि वह एक खास किस्म का राजनीतिक प्रभाव भी है। उनकी साहित्यिक कृतियों ने राजनीतिक आन्दोलन कर रहे लोगों को उत्प्रेरित किया तथा सत्य के मार्ग पर चलने का साहस प्रदान किया। साहित्य की कल्पनाओं ने राजनीति की कल्पनाओं को कलुषित होने से बचाया तथा उसे मानवतावादी दिशा प्रदान की। टैगोर के निबन्ध संकलन वाली पुस्तक का उद्देश्य भी यही दिखाना है कि किस प्रकार टैगोर केवल आध्यात्मिक-रहस्यवादी प्रकृति के कवि नहीं बल्कि गहरी

सामाजिक-राजनीतिक चेतना से सम्पन्न महान विचारक थे। विशेषकर उनके निबन्ध, कहानियाँ और उपन्यास उनकी सामाजिक-राजनीतिक चेतना को खुलकर व्यक्त करते हैं। वह अपने निबन्धों का प्रयोग भारतीय जनजीवन में नवीन मूल्यों के विकास के लिए करना चाह रहे थे, क्योंकि उस ऐतिहासिक अवस्था में भारत का संघर्ष स्वतंत्रता तथा नई अस्मिता प्राप्त करने के लिए जारी था। उनके निबन्ध आधुनिक स्थितियों के अनुरूप भारतीय सभ्यता के मूल प्रश्नों के साथ संवाद हैं और मार्गदर्शक भी। वे उनकी गुरुदेव छवि की गढ़न्त के विपरीत हैं और यह प्रश्न भी उठाया जा सकता है कि जो महान लेखक जीवन के इतने जटिल पक्षों पर निबन्ध तथा उपन्यास लिखता था, वह क्यों केवल 'मिस्टिकल पोयट' या अध्यात्म की बात करनेवाले कवि की छवि में कैद कर दिया गया।

इस प्रकार टैगोर का कला-साहित्य तथा संस्कृति से जुड़ा चिन्तन युग के ठोस प्रश्नों से टकराता है और टकराकर केवल व्यर्थ का शोर नहीं उत्पन्न करता बल्कि बुद्धि को गहनता प्रदान करनेवाला व्यापक दृष्टिकोण उत्पन्न करता है। उनके चिन्तन में गहरा देशानुराग है और देश के सामाजिक जीवन की वैसी ही स्वस्थ आलोचना भी उपस्थित है। विशेष तौर पर बांग्ला भाषा से प्रेम, अपने परिवेश-प्रकृति के प्रति गहरा लगाव और मानव मुक्ति का सन्देश उनके चिन्तन को आज भी उपयोगी बनाता है। उपनिवेशवाद के दौर में उन्होंने औपनिवेशिक सत्ता को अस्वीकारा तो दूसरी ओर देश के ही अन्धविश्वासों, कुप्रथाओं तथा असभ्य प्रवृत्तियों का निर्मम खंडन किया। उनका निबन्ध 'तपोवन' पश्चिम से आ रही नगर संस्कृति, जिसमें प्रकृति का घोर दमन होता था, के विरोध में भारत की अरण्य संस्कृति की उच्चता को स्थापित करता है। भारतीयों तथा यूरोपियों के प्रकृति सम्बन्धी दृष्टिकोण में अन्तर प्रकट करता है जो यूरोपीय वर्चस्ववाद का प्रतिरोध है। चूने-गारे से बने नगरों के विस्तार के सामने उन्होंने प्राचीन वन संस्कृति जिसने तपोवन की अवधारणा उत्पन्न की, के महत्त्व के बारे में विस्तार से लिखा और ऐसा करते हुए अंग्रेजी जाति के सबसे प्रतिष्ठित लेखक शेक्सपियर के प्रकृति बोध की खरी आलोचना कर डाली। वैदिक युग और बौद्ध युग, दोनों के वन व अरण्य से सम्बन्ध को रेखांकित किया। वन, अरण्य की महानता तथा प्रकृति से गहन अनुराग सम्बन्धी उनकी बातों में अतिशयोक्तियों तथा काव्योचित कल्पनाओं की भरमार है पर जो चीज महत्त्वपूर्ण है, वह यह है कि उन्होंने भारत की प्राचीन

संस्कृति तथा जीवनशैलियों को उपनिवेशवाद के समक्ष गरिमा प्रदान की। केवल जंगल या प्रकृति के बीच रहने के कारण भारतवासियों को असभ्य या बर्बर कहे जाने के आरोप का उन्होंने कालिदास के नाटकों में निहित काव्यात्मक चित्रण, उपनिषद तथा गीता में निहित सन्देशों के माध्यम से खंडन किया। भारत के ऊपर यूरोप के अनुकरण का जो दबाव था, उसका प्रतिरोध करना उनका पहला मकसद था और इस मकसद की पूर्ति के लिए उन्होंने प्राचीन काल की किसी महान अरण्य संस्कृति की कल्पना की और इसी के लिए उन्होंने यूरोप की नगर संस्कृति की विकृतियों का उद्‌घाटन किया। उन्हीं के शब्दों में—'छोटे पैरों को सौन्दर्य का अभिजात लक्षण मानकर चीन की स्त्रियों ने कृत्रिम उपायों से अपने पैरों को संकुचित बनाना चाहा। लेकिन इस प्रयत्न से उन्हें छोटे पैर नहीं, बल्कि विकृत पैर मिले। भारत भी यदि जबरदस्ती अपने-आपको योरोपीय आदर्श पर ढाले तो वह प्रकृत योरोप नहीं बन सकता, विकृत भारत ही बन सकता है।'

टैगोर के निबन्धों में अपनी भाषा-संस्कृति के विकास के प्रति गम्भीरता मौजूद है। विश्व-ज्ञान ग्रहण करने को वह विश्व के अन्धानुकरण का पर्याय नहीं मानते थे। अंग्रेजों का शासनकाल एक ओर देश पर अंग्रेजी भाषा थोपने का कालखंड है, तो दूसरी ओर विभिन्न प्रान्तीय भाषाओं में आधुनिक साहित्य के विकास का कालखंड भी है। 1850 के बाद भारतीयता का विकास प्रान्तीय भाषा-चेतना के विकास से जुड़ा हुआ है और प्रान्तीय भाषाओं में लेखकों का वर्ग सामने आता है। हिन्दी, कन्नड़, गुजराती, मलयालम, मराठी और बांग्ला आदि सभी भाषाओं में अंग्रेजी के विरोध के प्रखर आवाजें उठी हैं और उनमें नवीन विधाओं में साहित्य रचना हुई है। एक अखिल भारतीय राष्ट्रवाद के जन्म से पहले प्रान्तीय भाषावाद का जन्म हुआ। बंगाल में टैगोर ने स्थानीय बांग्ला भाषा में साहित्य लेखन के विकास का श्रेय बंकिमचन्द्र चटर्जी को प्रदान किया था, हालाँकि उनसे विभिन्न मुद्दों पर उनकी व्यापक असहमतियाँ थीं। बंकिम से पूर्व राजा राममोहन राय का भी बांग्ला भाषा पर गहरा असर था लेकिन टैगोर का मानना था कि बंगाल खुद राममोहन राय के योगदान को कृतज्ञता से स्वीकार न कर सका। इसलिए राममोहन राय केवल ग्रेनाइट के धरातल पर बांग्ला भाषा को स्थापित कर सके ताकि वह डूबे मत लेकिन बंकिम ने उसे उपजाऊ गीली मिट्टी की सतह पर स्थापित कर दिया। बंकिम के निधन पर उन्होंने एक वक्तव्य दिया था जो बाद में 'बंकिमचन्द्र'

नामक निबन्ध के रूप में प्रकाशित हुआ, उसमें कहा था कि किसी मनुष्य तथा जाति को अमर करने का काम उसकी मातृभाषा करती है और बंकिम ने उसी मातृभाषा को बलवती तथा महीयसी बनाया है। साहित्य में अन्य रसों के साथ-साथ हास्य रस को महत्त्वपूर्ण स्थान दिलाना तथा बांग्ला भाषा में विविध भावों की अभिव्यक्ति की क्षमता विकसित करना भी बंकिम की प्रतिभा का ही परिणाम था। हिन्दी क्षेत्र से तुलना करने पर स्पष्ट होता है कि भारतेन्दु मंडल भी साहित्यिक भाषा के निर्माण के इसी विराट आन्दोलन को जन्म दे रहा था।

रवीन्द्रनाथ का समस्त चिन्तन मनुष्य की उदात्त प्रवृत्तियों का विकास करते हुए एक तर्कपूर्ण आधुनिक चिन्तन की नींव डालता है। जो काम बंकिमचन्द्र नहीं कर सके, टैगोर ने उसे सफलतापूर्वक आगे बढ़ाया। अपने कन्धों पर उन्होंने जो भारी बोझ उठाया था, उसे अन्त तक लेकर चलते रहे। वास्तविकता तो यह है कि टैगोर की गहरी विचार-दृष्टि का मुकाबला किसी अन्य बांग्ला लेखक से नहीं किया जा सकता है, उनके समकालीन तो उनके सामने लगभग बौने हैं। तर्कपूर्ण-आधुनिक विचार को वह कवित्व, सौन्दर्य तथा लालित्य की शक्तियों के बल पर विकसित करते हैं और इसके लिए केवल नीरस-कर्कश शैली का प्रयोग नही करते। जहाँ कठोरता से बात कहने की आवश्यकता है, वह कठोर हो जाते हैं। जहाँ संयम व सुकुमारता की आवश्यकता है, वहाँ उनकी भाषा गहरे विनम्र चिन्तन में डूबी लगती है। कला-कुशल-गुणीजन की तरह सौन्दर्य की सृष्टि करना जानते हैं तो विचारक-बुद्धिजीवी की तरह अपने तर्कों के माध्यम से समाज-परम्परा के बारे में नवीन दृष्टियाँ भी पैदा कर सकते हैं। उनके वैचारिक निबन्धों में पारम्परिक सूत्रवाद, उपदेश, परम्परा उद्बोधन के गुण हैं तो दूसरी ओर ठेठ वस्तुवादी और वैज्ञानिक तर्कपद्धति भी है। एक ओर अमूर्तन, अस्पष्टता तथा रहस्यमयता है तो दूसरी ओर बहुत स्पष्ट खरी बातें तथा बिना लागलपेट के कहे गए सत्य। सबसे कठिन व उपेक्षित सत्य को निर्भीक होकर कह देना ही उनके लिए सार्थक लेखन की कसौटी है। धर्म के विषय में उनका दृष्टिकोण इसका जीवन्त उदाहरण है। ब्रह्मसमाज के एकेश्वरवाद को उन्होंने स्वीकारा था और धर्म के अन्धविश्वासपरक विभिन्न रूपों की निर्मम आलोचना की थी। अपने 'धर्म का अधिकार' नामक निबन्ध में उन्होंने कहा था—'निषेध-जर्जरित कायर मनुष्य का निर्माण करने के लिए इतना बड़ा भयंकर देशव्यापी लौहयंत्र इतिहास में और भी कहीं बना

है?' धर्म की भूमि यानी एक उदार धर्मचिन्तन की भूमि पर खड़े होकर ही उन्होंने धर्म को ललकारा था और धर्म के कारण मानव समाज को सदियों से मिली निर्दयता, अन्धता तथा मूढ़ता के बारे में जागरूक करना चाहा था। इस तरह उनके निबन्धों-व्याख्यानों में एक ओर शान्त तपोवन के तपस्वी जैसी संयमित वाणी है तो दूसरी ओर सड़क के संघर्षों, आन्दोलनों में शामिल व्यक्ति जैसी प्रखर स्पष्टता। चिरन्तनता, आनन्द और अध्यात्म के साथ-साथ मलिनता-संकीर्णता और कठोर श्रम के यथार्थ को भी साथ लेकर चलना जानते हैं। वह मानते हैं कि जो मनुष्य अपनी स्थितियों के कारण संकीर्ण है, वही मनुष्य अपनी भाव-सृष्टि का विस्तार करता है और उसी से साहित्य का जन्म होता है। कुल मिलाकर ऐसा लगता है कि टैगोर धर्म और चमत्कार, देवता और कर्मकांड, सत्ता और भय के अनन्त जंजाल के बीच कहीं लगातार किसी स्वतंत्र मनुष्य को खोज रहे थे। अनन्त जंजालों ने मनुष्य को लोक-भय, मृत्यु-भय तथा राज-भय के कारण बहुत निर्बल व हताश बना दिया था जिसे अपनी बात कहने नहीं दी जाती। उसे नीचा दिखाने की इतनी चेष्टाएँ होती थीं कि वह अपनी जबान नहीं खोलता था। उसके ऊपर शास्त्रों से लेकर सामाजिक तंत्र का बोझ लदा हुआ था। इसलिए जब वह पुराने महाकाव्यों को भी देखते थे, तो उनमें मनुष्य के विवेक व स्वतंत्रता की कामना को ढूँढ़ते थे। रामायण के गौरव के बारे में उन्होंने यही लिखा था कि वह देवताओं की महिमा का नहीं बल्कि मनुष्य की महिमा का महाकाव्य है और राम का चरित्र मनुष्य चरित्र होने के नाते ही महिमामंडित है। कुल मिलाकर वह एक 'मस्तिष्क के जीवन' को जीने का उपक्रम करते दिखते हैं। भारत में बौद्धिक जीवन के सम्पूर्ण विकास के बारे में उनकी शिकायत भी गाहे-बगाहे प्रकट होती रहती थी। 4 अगस्त, 1920 ई. को सी.एफ. एंड्रूज को भेजे पत्र में उन्होंने लिखा ही था—'भारत में हम लोग क्षुद्र स्वार्थों के छोटे से पिंजड़े में कैद हैं, हम यह मानते नहीं कि हमारे पास भी पंख हैं, हमने आकाश को खो दिया है। हम सीमित तथा अवरोधपूर्ण अवसरों के बीच बेकार की बकबक करने, व्यर्थ उछलने-कूदने, एक-दूसरे को आहत करने में लगे रहते हैं।' टैगोर के विचारपूर्ण निबन्ध एक सशक्त नागरिक समाज का निर्माण करने का प्रयास करते हैं। विचारपूर्ण निबन्धों के बगैर आधुनिक सोच वाली जनता का निर्माण नहीं किया जा सकता है। वह अपने समय में बंगाल में परिवार तथा नाते-रिश्तेदारी के सम्बन्धों के दायरे के बाहर

'पब्लिक' न होने के कटु यथार्थ का सामना कर रहे थे। ऐसी 'पब्लिक' जो सार्वजनिक महत्त्व के विषयों पर पूर्वग्रह से मुक्त रहकर अपनी बात कह सके। उनका वैचारिक लेखन इसी नई प्रबुद्ध जनता को निर्मित करने के उद्‌देश्य से भी प्रेरित है जो संकीर्ण क्षेत्रवाद-प्रान्तवाद की सीमाओं को लाँघकर व्यापक मानवीय प्रश्नों से जुड़ाव महसूस करे। वर्तमान में टैगोर की साहित्यिक महत्ता का निर्धारण उनके दार्शनिक चिन्तन के महत्त्व को जाने बगैर हो ही नहीं सकता और इसी के लिए उनके निबन्धों का महत्त्व अक्षुण्ण है।

यह संचयन टैगोर के प्रमुख निबन्धों का संकलन है। इसमें संकलित निबन्ध यह प्रकट करते हैं कि टैगोर किस विशाल वैश्विक फलक पर विभिन्न विषयों की व्याख्या करने में सक्षम थे और साथ ही भारत की अपनी अजस्र सांस्कृतिक धारा से गहराई से जुड़े थे। इस संचयन के निबन्धों को पढ़कर जाना जा सकता है रवीन्द्रनाथ किस प्रकार से भारत के विकसित होते बुद्धिवाद तथा वैश्विक विचारों का लाभ उठाकर सभ्यता-संस्कृति के प्रश्नों पर मौलिक ढंग से विचार कर रहे थे। विभिन्न साहित्यिक विषयों पर भी निरन्तर लेखन किया। उन्होंने सौ से अधिक आलोचनात्मक लेखों-निबन्धों की रचना की तथा 1888 से 1941 के मध्य उन्होंने कला-साहित्य के विविध विषयों पर आठ पुस्तकों का प्रकाशन किया। वे विचार तथा विचारधारा को किसी लाभ-लोभ की पूर्ति का माध्यम समझने के स्थान पर मनुष्यत्व की सम्पूर्णता को प्राप्त करने का माध्यम समझते थे। आशीष नन्दी ने उन्हें 'असहमतों के बीच असहमत' (Dissenter among dissenters) कहा है। राष्ट्रवाद, सभ्यता, परम्परा, साहित्य में स्त्री प्रश्न, प्राचीन ग्रंथों की व्याख्या सभी में वे किसी सरल व मानवीय सत्य की खोज करते दिखते हैं। उन्होंने इतिहास को अराजक व व्यवस्थाहीन संरचना के रूप में देखने के स्थान पर उसकी सामंजस्यपूर्ण प्रकृति को पहचानने का प्रयत्न किया है। राष्ट्रवाद के विषय पर रवीन्द्रनाथ के विचार निरन्तर प्रासंगिक हो रहे हैं क्योंकि वर्तमान में पुनः राष्ट्रवाद के सर्वाधिक विकृत, युद्धपरक तथा संकीर्ण रूपों की वापसी हो रही है। रवीन्द्रनाथ ने राष्ट्रवाद को भय पैदा करनेवाली विचारधारा माना था जिसकी वजह से सारी दुनिया काँप रही है और उसका भय 'पिशाच भय' जैसा है। अंग्रेजी सभ्यता के प्रति वे गहरी प्रशंसा से भरे हुए थे तथा पश्चिम के सभी देशों में उनका काफी आवागमन था, पर अन्त तक आते-आते पश्चिम में सोवियत संघ को छोड़कर पूरी पश्चिमी सभ्यता खासकर

अंग्रेजी सभ्यता के प्रति बेहद कटु हो चुके थे। मृत्यु से पूर्व दिये अपने अन्तिम सन्देश 'सभ्यता का संकट' में उन्होंने कहा—'जीवन के प्रथम भाग में मेरा हार्दिक विश्वास था कि सभ्यता-दान ही यूरोप की आन्तरिक सम्पत्ति है। आज जब जीवन से विदा होने का दिन समीप आ रहा है तो मेरे इस विश्वास का दिवाला निकल चुका है।' पर रवीन्द्रनाथ के सभी निबन्ध उनकी रचनाओं की तरह ही मनुष्यत्व की विजय के प्रति आशाओं से भरे हुए हैं। मनुष्यत्व के पराभव को अन्तहीन मानना उनकी दृष्टि में अपराध था और अमावस्या की रात्रि में भी उत्साहपूर्ण गायन के समर्थक थे।

इस संचयन को तैयार करने में रवीन्द्रनाथ टैगोर की बांग्ला रचनाओं का हिन्दी में अनुवाद प्रस्तुत करने वाले सभी अनुवादकों का हृदय से आभारी हूँ। उनके योगदान व श्रम के बगैर यह सम्भव नहीं होता। शृंखला के प्रमुख सम्पादक श्री बद्रीनाथ, शृंखला संयोजक श्री सूर्यनारायण सिंह, विवेक निराला तथा सुबोध शुक्ल जी का भी विशेष तौर पर धन्यवाद जिन्होंने इसे तैयार करने का अवसर उपलब्ध कराया। आशा है कि यह 'संचयन' रवीन्द्रनाथ टैगोर के वैचारिक पक्ष के विराट आयामों व महामानवोचित गरिमा को समझने में सहायक होगा और हिन्दी पाठकों के लिए उपयोगी सिद्ध होगा।

—वैभव सिंह

रवीन्द्रनाथ टैगोर

क्रम

कला

सृष्टि

आज जब इस व्याख्यान-सभा में आने को तैयार हो रहा था तब सुना, हमारे मुहल्ले की गली में शहनाई बज रही है। पता नहीं, किसके घर विवाह है। खम्माच की करुण तान ने शहर के आकाश में आँचल-सा बिछा दिया था।

उत्सव के दिन वंशी क्यों बजती है? वह अपनी स्वरलहरी से दैनन्दिन जीवन की टूट-फूट और मलिनता को लीपकर साफ कर देना चाहती है। मानो दफ्तर के प्रयोजन के लौह-पथ पर कुश्रीता की रथयात्रा नहीं चल रही है, मानो क्रय-विक्रय का मोल-तोल कुछ भी नहीं है। सब कुछ को उसने ढक दिया है। 'ढक दिया है' कहना ठीक नहीं, बल्कि यों कहना चाहिए कि परदा उठा दिया है—ट्रामों के आवागमन का, खरीद-बिक्री का, हो-हल्ला का परदा। और वह वर-वधू को ले गई है नित्यकाल के अन्त:पुर में, रस के लोक में।

तुच्छता के संसार में, खरीद-ब्रिक्री की दुनिया में वर-वधू भी तुच्छ हैं; कौन तो जानता है उनका नाम-ग्राम और कौन उनके लिए आसन छोड़ देता है। किन्तु, रस के नित्यलोक के वे राजा-रानी हैं। चारों ओर के क्या छोटे और क्या बड़े, सब कुछ से अलग करके उन्हें लाकर कमख्वाब के सिंहासन पर वरण करना होगा। प्रतिदिन वे तुच्छता का अभिनय करते हैं इसीलिए प्रतिदिन वे छाया के समान अकिंचित्कर हैं। आज वे सत्य-रूप में प्रकाशमान हैं, आज उनके मूल्य की सीमा नहीं। उनके लिए आज दीपों की माला सजाई गई है, फूलों की डाली सुसज्जित है, उन्हें वेद-मंत्र से आशीर्वाद करने के लिए चिरन्तन काल उपस्थित है। ये वर-वधू, ये दो व्यक्ति, जो सत्य हैं, किसी राजा-महाराजा से कुछ कम सत्य नहीं। सारा संसार इनके इस परिचय को छिपाए रखता है। किन्तु, इनके इस नित्य-परिचय को प्रकट करने का भार लिया है इस बाँसुरी ने। कल्पना करो, किसी समय तपोवन में एक लड़की रहती थी; उस समय की हजारों लड़कियों के समान वह भी साधारणता के कुहरे में ढकी थी। उसे देखकर एक दिन राजा का हृदय मोहित हो गया था; और फिर उसी को एक दिन राजा ने छोड़ दिया था। उस समय ऐसी घटनाएँ कितनी घटीं, इसकी कौन खबर रखता है। तभी तो राजा ने अपने को लक्ष्य करके कहा है, 'सकृत्प्रणयोऽयं जन:।' राजा के सकृत्प्रणय के प्रात्यहिक उच्छिष्टों पर दृष्टि

रखने का, उसे याद रखने का, इतना समय किसके पास था? काम-काज तो कोई रुके नहीं रहते, क्रय-विक्रय तो चलता ही रहता है, बाजारों में भीड़-भभ्भड़ भी रहता ही है। ऐसे संसार के पथ पर हंस पदिकाओं के पद-चिह्न कहीं नहीं पड़ते, उन्हें ढकेलते हुए जीवन-यात्रा के अनेक यात्री अपनी व्यस्तता में चलते चले जाते हैं। किन्तु, तपोवन की एक बालिका को 'असंख्य' के तुच्छ-लोक से निकालकर 'एक' के सत्य-लोक में इस प्रकार सुस्पष्ट करके किसने खड़ा किया। वह भी तो कवि की एक वंशी ही थी। जो सत्य प्रात्यहिक ट्रामों की घड़घड़ाहट और दर-दाम के हुल्लड़ में दबा पड़ा रहता है उसी सत्य के उद्धार के लिए हमारी गली की मोड़ पर खम्माच की कुरुण रागिनी अमृत बरसा रही है।

तथ्य की संकीर्णता से निकलकर ज्यों ही मनुष्य सत्य की असीमता में प्रवेश करता है त्यों ही उसके मूल्य में कितना परिवर्तन होता है—यह क्या हम नहीं जानते? एक चरवाहा जब ब्रज का गोपाल बनकर हमारे सामने आता है तब क्या उसका मूल्य मथुरा के राजपुत्र के रूप में आँका जाता है? तब क्या उसके पैने की महिमा गदा-चक्र से कुछ कम होती है? और उसकी बाँसुरी क्या पांचजन्य के आगे लज्जित होती है? जो सत्य है वह क्या मणियों की माला फेंककर वन-फूलों की माला पहनने में कुंठित होता है? उस गोपाल-वेश के सत्य को कौन प्रकट कर सकता है? प्रकट कर सकती है कवि की बाँसुरी। अपनी महिमा के प्रकाश के लिए राजा-महाराजाओं ने न जाने कितना आयोजन किया! फिर भी आज के बाद कल अपने उस विपुल आयोजन का बोझ लिये हुए वे आँधी के बाद के बादलों के समान दिगन्तराल में विलीन हो गए। किन्तु, साहित्य की अमरावती में, कला के नित्य-निकेतन में एक पथ का भिखारी जिस अखंड-सत्य में विराज रहा है उस सत्य का क्षय नहीं। रोमियो-जुलियट को जब हम साहित्य के जगत में देखते हैं तब कोई भी मूढ़ यह नहीं पूछता कि 'बैंक में उनकी कितनी रकम जमा है, षड़दर्शन में उनका कहाँ तक दखल है, देव और ब्राह्मणों के प्रति उनके मन में श्रद्धा-भक्ति है या नहीं अथवा संध्या-आह्निक में उनकी निष्ठा कहाँ तक है। 'वे सत्य हैं'—यही उनकी महिमा है; साहित्य इसी को प्रमाणित करता है। यदि इस सत्य में रत्ती-भर भी अन्तर आ जाए, फिर चाहे नायक-नायिका दोनों मिलकर दशावतार की सुनिपुण वैज्ञानिक व्याख्या या 'गीता' के श्लोकों से देशात्मबोध का आश्चर्यजनक अर्थ ही क्यों न उद्घाटन करें, फिर भी उनकी कोई रक्षा नहीं कर सकता।

केवल मनुष्य ही क्यों, अजीब सामग्री को भी जब हम काव्य-कला के रथ में रखकर तथ्य की सीमा से बाहर ले जाते हैं तब सत्य के मूल्य से वह मूल्यवान हो उठती है। कलकत्ते में हमारी एक कट्ठा जमीन की कीमत पाँच-दस हजार रुपया हो सकती है, लेकिन सत्य के राज्य में हम उस दाम को दाम ही नहीं मानते, दाम तो वहाँ खंड-खंड होकर बिखर जाता है। जागतिक मूल्य वहाँ परिहास के द्वारा

अपमानित होता है। नित्यलोक में रसलोक में तथ्य-बन्धन से यह जो मनुष्य की मुक्ति है, यह क्या साधारण मुक्ति है! इस मुक्ति का अपने-आपको स्मरण करा देने के लिए मनुष्य ने गीत गाये हैं, चित्र बनाए हैं; अपने सत्य-वैभव को हाट-बाजार से बचाकर सुन्दर के नित्य-भंडार में सजा रखा है; अपने कपर्दक-हीन धन को कपर्दकहीन बाँसुरी के सुर में गूँथ रखा है। और अपने आपसे ही बार-बार कहा है, 'उस आनन्द-लोक में ही तुम्हारा सत्य प्रकाश है।'

मैं क्या समझाऊँ तुम्हें, किसे साहित्य कहते हैं और किसे कहते हैं चित्रकला। विश्लेषण के द्वारा मैं क्या इसके मर्म तक पहुँच पाता हूँ। कब किस आदि उत्स से इसके स्रोत की धारा बह निकली, यह तभी एक क्षण में समझा जा सकता है जब मन उस स्रोत में अपने को बहा देता है। आज वंशी की स्वर-लहरी में जब मन मेरा तैरने लगा तब समझ गया कि समझाने लायक बात उसमें कुछ भी नहीं, उसमें डुबकी लगाने से अपने-आप सब सहज हो जाता है। नीलाकाश के इशारे ने हममें से प्रत्येक को प्रतिदिन कहा है, 'आनन्द धाम में तुम्हारा निमंत्रण है।' यह बात वसन्ती हवा में मर्मी विरही कवि ने कही है। सबेरे प्रभात-किरण के दूत ने आकर धक्का दिया। 'क्या है?' तो 'तुम्हारा निमंत्रण है।' उदास दोपहरी में मधुप-गुंजित वनच्छाया दूती बनकर आई और झकझोरकर कह गई, 'निमंत्रण है।' संध्या-मेघों में अस्तंगत सूर्यच्छटा में फिर दूत आया और कह गया, 'निमंत्रण है।' आखिर इस दूत के इतना साज-शृंगार, इतनी फूल-मालाएँ, गौरव के इतने मुकुट क्यों? किसके लिए? मेरे लिए। मैं राजा नहीं, ज्ञानी नहीं, गुणी नहीं—मैं सत्य हूँ, इसी से मेरे लिए सम्पूर्ण आकाश का रंग नीला करके, समस्त पृथ्वी के आँचल को श्यामल करके, समस्त नक्षत्रों के अक्षर उज्ज्वल करके आह्वान की वाणी मुखरित हो रही है। इन निमंत्रणों का उत्तर नहीं देना है क्या? वह उत्तर यदि आनन्द-धाम की वाणी में ही नहीं लिखा गया, तो क्या वह स्वीकृत होगा? इसी से मनुष्य ने मधुर स्वर में कहा, 'मेरे हृदय के तार में तुम्हारा निमंत्रण बज उठा। रूप में बजा, भावना में बजा, कर्म में बजा। हे चिरसुन्दर, मैंने उसे स्वीकार कर लिया। मैं भी तुम्हें उतने ही सुन्दर ढंग से पाती भेजूँगा जिस ढंग से तुमने भेजी है। तुमने जिस तरह अनिर्वाण नक्षत्रों के दीप जलाकर, अपने दूत के हाथ में दिए हैं, मुझे भी वैसे ही दीप जलाने होंगे, जो दीप कभी बुझते नहीं; मुझे भी ऐसी माला गूँथनी होंगी जो सूखना नहीं जानतीं। मैं मनुष्य हूँ, मुझमें यदि अनन्त की शक्ति है तो उस शक्ति के ऐश्वर्य से ही मैं तुम्हारे आमंत्रण का उत्तर दूँगा।' मनुष्य ने यह बात साहस करके कही है, इसी में उसका सबसे बड़ा गौरव है।

आज हमारी गली में जब उस शहनाई ने वर-वधू के सत्य-स्वरूप अर्थात् आनन्द-स्वरूप के प्रकाश का भार लिया तो मैंने अपने-आपसे पूछा, 'आखिर यह शहनाई किस मंत्र से अपना काम सम्पन्न करती है?' हमारे तत्त्वज्ञानी तो कहा

करते हैं, 'यह सारा संसार ही अनिश्चित के झूले में झूल रहा है'; कहते हैं, 'जो भी कुछ देख रहे हो वह सत्य नहीं है।' हमारे नीतिज्ञ कहते हैं, 'वह जो लोगों को ललाट पर चन्दन लगाए देख रहे हो वह महज छलना है। उसके भीतर केवल खोपड़ी है, और कुछ नहीं। वह जो मधुर हँसी देख रहे हो, उस हँसी का परदा उघाड़कर देखो तो वहाँ सूखे दाँतों की पंक्ति दीखेगी।' शहनाई तर्क करके उसका कोई जवाब नहीं देती। वह तो खम्माच के सुर में कहती रहती है, 'खोपड़ी कहो चाहे दाँतों की पंक्ति, टिकने को ये चाहे जितने भी दिन टिकें, किन्तु ये सब हैं असत्य ही। और, ललाट पर जो आनन्द की सुगन्ध-लिपि है, मुँह पर लज्जा की जो हँसी अंकित है, जो अभी हैं और अभी नहीं, जो छाया के समान हैं और माया के समान हैं, जिन्हें पकड़ना चाहो तो पकड़ नहीं सकते, वही सत्य है, करुण सत्य है, मधुर सत्य है, गम्भीर सत्य है। उस सत्य को ही संसार के समस्त आवागमन के ऊपर उज्ज्वल रूप देकर शहनाई कह रही है, 'सत्य को जिस दिन प्रत्यक्ष देखोगे उसी दिन उत्सव है।'

समझ गया। किन्तु इस इतनी बड़ी बात को बाँसुरी बिना तर्क के प्रमाणित कैसे करती है? इसकी आलोचना 'तथ्य और सत्य' में कर चुका हूँ। बाँसुरी ने 'एक' का प्रदीप जलाया है। आकाश में रागिनी से उसने एक ऐसे रूप की सृष्टि की है जिसका 'छन्द और सुर में सुसम्पूर्ण एक को चरम-रूप में दिखाने' के सिवा और कोई उद्‌देश्य ही नहीं। उस 'एक' की जादू की लकड़ी जिस पर फिर जाती है वही अपने में गम्भीर नित्य-सत्य के चिर-जाग्रत चिर-सजीव स्वरूप को प्रत्यक्ष कर दिखाता है। वर-वधू ने कहा, 'हम साधारण नहीं हैं, चिरकालिक हैं।' और कहा, 'जो हमें मृत्यु में से देखते हैं वे मिथ्या देखते हैं। हम अमृत लोक के हैं, इसी से गान के सिवा हम अपना और कोई परिचय नहीं दे सकते।'

वर-वधू आज संसार के स्रोत में बहनेवाले कोई बेमेल विशृंखल पदार्थ नहीं। आज वे मधुर छन्द में एक कविता के समान, गीत के समान, चित्र के समान अपने में 'एक' की परिपूर्णता दिखा रहे हैं। इस 'एक' का प्रकाश-तत्त्व ही सृष्टि का तत्त्व है, सत्य का तत्त्व है।

संगीत किसी एक रागिनी में चाहे कितना ही रमणीय और सम्पूर्ण रूप क्यों न ग्रहण करे, साधारण भाषा में और बाहर की दिशा में उसे असीम नहीं कहा जा सकता। रूप की सीमा होती है। किन्तु, रूप जब मात्र उस सीमा को ही दिखाता है, तब वह सत्य को प्रकाशित नहीं करता। उसकी सीमा ही जब प्रदीप के समान असीम का दीप जलाकर लाती है तभी सत्य प्रकट होता है।

आज की शहनाई की ध्वनि में ही मैं इस बात का अनुभव कर रहा हूँ। उसकी दो-एक तान के बाद ही ऐसा लगा कि वह किसी अनाड़ी के हाथ से बज रही है, उसका सुर घटिया सुर है। बार-बार पुनरावृत्ति, उसके स्वर में सुर की नम्रता कहीं भी नहीं; वृक्ष-हीन भूमि पर छाया-रहित दोपहर की धूप के समान है वह। आवाज

के तीखेपन पर ही बराबर जोर लगाया जा रहा है। संगीत के आकार को ही बड़ा करने का बलवान प्रयास है। अर्थात् सीमा अपने को ही बड़ा करके दिखाना चाहती है। उस पर ध्यान गए बिना कोई उपाय नहीं। उसके चरम को वह अपनी पहलवानी से ढके दे रही है। सीमा अपने संयम की ओट में अपने को छिपाकर सत्य को प्रकाशित करती है। इसीलिए प्रत्येक कला-सृष्टि में सरलता का संयम एक मुख्य बात है। संयम ही सीमा की तर्जनी से असीम का निर्देश करता है। किसी वस्तु के अंश ही जब समग्र की तुलना में बड़े हो उठते हैं तब उसे असंयम कहा जाता है। इसी को कहते हैं, 'एक के विरुद्ध अनेक का विद्रोह।' इस बाह्य अनेक का परिणाम जितना ही बढ़ता जाता है, 'अन्तर्यामी एक' उतना ही आच्छन्न होता जाता है। ईसा ने कहा है, 'सुई के छेद में से ऊँट पार हो तो हो भी सकता है, किन्तु धन की अधिकता को लेकर कोई भी आदमी स्वर्ग में प्रवेश नहीं कर सकता।' इसका तात्पर्य यह हुआ कि धन की अति मात्रा मनुष्य का बाहरी असंयम है। उपकरण की बहुलता होने से मनुष्य आत्मा की एकता की उपलब्धि से वंचित रहता है। उसके अधिकांश विचार और चेष्टाएँ खंडित होकर अति संचय में विक्षिप्त होती रहती हैं। जो 'एक' सम्पूर्ण है, जो 'एक' सत्य है, जो 'एक' असीम है, उसके प्रकाश को धनी बहुवैचित्र्य में बिखेरकर नष्ट कर देता है। जीवन-बाँसुरी में वही तो घटिया सुर बजाता है, जिसमें होती है तान की कसरत, दुगुनी-चौगुनी मत्तता का पागलपन और तीव्र स्वर की दाम्भिकता। इसी से अरसिकों का हृदय विस्मयाभिभूत हो जाता है। और, रूप के संयम में जो सत्य का पूर्ण-रूप देखना चाहते हैं वे रूप के जंगल में प्रबलता की दस्युवृत्ति देखकर वहाँ से भागने की राह ढूँढ़ते रहते हैं। वहाँ रूप पुकार-पुकारकर कहता रहता है, 'मुझे देखो।' क्यों देखें? जगत में हम रूप के सिंहासन पर अरूप को देखने तो आए ही हैं। किन्तु, जगत में विज्ञान जैसे अवस्तु को ढूँढ़-निकालकर कह रहा है, 'यही सत्य है', उसी प्रकार रूप-जगत् में कला अरूप-रस को दिखाकर कहती है, 'यही मेरा सत्य है।' जब उस सत्य को देख लिया तब फिर रूप मुझे लुभा नहीं सका; तब हमने कसरत को कह दिया, 'धिक्'।

पेट की भूख मिट जाने पर भी पेटुक की मन की भूख नहीं मिटती। स्त्रियाँ शक्ति भर पूआ-पकवान उनकी थाली में परोसती रहती हैं; और अन्त में एक दिन शूल की पीड़ा में उन्हीं स्त्रियों को उनकी सेवा का भार भी लेना पड़ता है। साहित्य-कला के क्षेत्र में जो ऐसे पेटुक होते हैं वे ही रूप के लोभ में अति-भोग की खोज करते हैं, ऐसों की मुक्ति नहीं। कारण, रूप में सत्य का आविर्भाव होते ही सत्य उस रूप से ही मुक्ति दे देता है। जो पन्ने गिनकर पुस्तकों का मूल्य देते हैं उनका मन पुस्तक के नीचे दबकर ही कब्र में पहुँच जाता है।

कला-सृष्टि में रस-सत्य के प्रकाश की जो समस्या है वह है रूप के द्वारा ही अरूप को प्रकट करना; अरूप के द्वारा रूप को आच्छन्न करके देखना; ईशोपनिषद

की उस वाणी को ग्रहण करना जिसमें कहा है 'पूर्ण के द्वारा समस्त चंचल को आवृत्त करके देखो', और 'मा गृध:', 'लोभ मत करो'—इस अनुशासन को मानना। सच पूछो तो सृष्टि का तत्त्व ही यही है, चाहे वह जगत्-सृष्टि हो, चाहे कला-सृष्टि। रूप को मानना भी होगा, नहीं भी मानना होगा; उसे पकड़ना भी होगा, ढकना भी होगा। किन्तु रूप के प्रति हमारा लोभ कतई न हो।

यह जो हम लोगों की आश्चर्यमयी देह है, इसमें बहुत-सी आश्चर्यजनक मशीनें हैं—हाजमे की मशीन, रक्त-संचालन की मशीन, साँस लेने की मशीन, विचार करने की मशीन। इन मशीनों के विषय में मानो ईश्वर को एक तरह की बड़ी भारी लज्जा है। इसीलिए उन्होंने इन मशीनों को अच्छी तरह से ढक दिया है। हम लोग खाद्य-वस्तु को मुँह में डालकर दाँत से चबाकर खाते हैं, इस बात को प्रकट करने के लिए हममें कोई आग्रह नहीं होता। हमारा मुख भावों की लीलाभूमि है, उसमें ऐसे कुछ का आभास मिलता है जो रक्त-मांस से अतीत है, जो अरूप के क्षेत्र का है; और उसी में मुख का मुख्य परिचय है। मांसपेशियाँ अत्यावश्यक हैं, उनके काम भी बहुत हैं; किन्तु उन पर मुग्ध हम कब होते हैं, जब वे देह के संगीत को अपनी गति-लीला से प्रकाशित करती हैं। जिन्होंने मेडिकल कॉलेज में शरीर-विज्ञान का विश्लेषणात्मक अध्ययन किया है, उनसे सृष्टिकर्ता कहते हैं, 'हमें तुम्हारी प्रशंसा की जरूरत नहीं।' क्योंकि सृष्टि की चरमता कौशल में नहीं है। वे कहते हैं, 'जगत्-यंत्र के यंत्री के रूप में मैं जो एक अच्छा इंजीनियर हूँ इस बात को तुमने नहीं भी जाना तो क्या है!' तो क्या जानूँ? 'आनन्द रूप में मुझे जानो।' धरती की परतों में बड़ी-बड़ी चट्टानों की शिलालिपि में उनके निर्माण का गुप्त इतिहास खुदा हुआ है। एक पर एक परत रखकर विधाता ने उसे दबा दिया है। किन्तु उन परतों के ऊपर, जहाँ प्राणों का निकेतन है, आनन्द का आवास है, वहाँ चन्द्र-सूर्य का प्रकाश डालकर वे कितनी लीलाएँ चला रहे हैं उसकी कोई हद नहीं। जब यह आवरण नहीं था तब कैसा भयंकर कांड था! विश्वकर्मा की वह हथौड़ी पीटने की तत्परता, बड़े-बड़े पहियों की कैसी घड़घड़ाहट, कैसा अग्निकुंड, कैसा वाष्प-निश्वास! उसके बाद वे अपने कारखाने के दरवाजे-जँगले सब बन्द करके, हरी-नीली-सुनहली धाराओं से सब कुछ धो-पोंछकर, माथे पर तारों की माला पहनकर, फूलों पर अपने चरण रखकर आनन्द से रूप के आसन पर विराजमान हो गए।

इस प्रसंग में और एक बात याद आ गई। आज के जगत् की जो सभ्यता ताल ठोंककर पेशियों की बहार दिखाती हुई सारी धरती को कँपाती फिरती है और कारखानों की चिमनियों को धुमकेतु के ध्वजदंड बनाकर आलोक के आँगन में जो कालिख पोत रही है, उस बेआबरू सभ्यता के प्रति सृष्टिकर्ता की लज्जा क्या तुम्हें दिखाई नहीं देती? वह बेहया आज देश-विदेश में अपने दल बनाकर ढोल पीटती फिर रही है। न्यूयॉर्क से टोकियो तक घाट और घाटियों में उसके उद्धत यंत्र

अपनी उत्कृष्ट श्रृंगध्वनि से सृष्टि के मंगलशंख की ध्वनि को व्यंग्य कर रहे हैं। नग्न-शक्ति का यह दृप्त दम्भ अपनी कलुषकुत्सित मुष्टि से अमृतलोक के सम्मान को लूट लेना चाहता है। मानव के संसार में आज का सबसे बड़ा दु:ख, सबसे बड़ा अपमान तो इसी में है।

मनुष्य का सबसे उत्तम परिचय यह है कि 'मनुष्य स्रष्टा है'। किन्तु, आज की सभ्यता उसे मजदूर बनाती है, मिस्त्री बनाती है, महाजन बनाती है, लोभ दिखाकर स्रष्टा को छोटा बनाती है। मनुष्य निर्माण करता है व्यवसाय के लिए; और सृष्टि करता है आत्मा की प्रेरणा से। व्यवसाय का प्रयोजन जब बहुत ज्यादा बढ़ता ही जाता है तब आत्मा की वाणी रुक जाती है। और, धनी तब दिव्यधाम के पथ का चिह्न तक लुप्त कर देता है, सब रास्तों को वह बाजार की तरफ ले जाता है।

मनुष्य की अन्तिम बात कहाँ है? मनुष्य के साथ मनुष्य का जो सम्बन्ध बाह्य प्रकृति के तथ्य-राज्य को अतिक्रम करके आत्मा के सम्बन्ध में ले जाता है, जो सौन्दर्य का सम्बन्ध है, प्रेम का सम्बन्ध है, कल्याण का सम्बन्ध है, उसी में। वहाँ मनुष्य का 'सृष्टि का राज्य' है। वहाँ प्रत्येक मनुष्य अपना असीम गौरव प्राप्त करता है, वहाँ प्रत्येक मनुष्य के लिए समग्र मनुष्य की तपस्या होती है। जहाँ महासाधकों ने साधना की है प्रत्येक मनुष्य के लिए, महावीरों ने अपने प्राण दिए हैं प्रत्येक मनुष्य के लिए, महाज्ञानियों ने ज्ञानार्जन किया है प्रत्येक मनुष्य के लिए। जहाँ एक धनी दस का खून चूस रहा है, जहाँ हजारों लोगों की स्वाधीनता छीनकर एक आदमी शक्तिशाली हो रहा है, वहाँ मनुष्य का सत्यरूप, शान्तिरूप अपनी सुन्दर सृष्टि में प्रकट नहीं हो सकता।

जो मनुष्य लोभी है वह हमेशा ही निर्लज्ज होता है। जो आदमी शक्ति का अभिमानी है, सत्ययुग में भी निखिल के साथ उसने अपने असामंजस्य का दम्भ किया है। किन्तु उस युग में उसकी निर्लज्जता को, उसके दम्भ को तिरस्कृत करनेवाले लोग थे। उस समय मनुष्य लोभी को, शक्तिशाली को, यह कहने में कुंठित नहीं हुआ कि 'पृथ्वी पर सुन्दर की वाणी आई है, तुम उसमें बेसुरा न छेड़ो। जगत् में आनन्द-लक्ष्मी का जो सिंहासन है वह है शतदल-कमल का, उसे तुम मदोन्मत्त हाथी की तरह रौंदने की कोशिश न करो।' यही बात कवि की कविता कहती है, शिल्पी के चित्र कहते हैं। आज विवाह के अवसर पर शहनाई कह रही है, "वर-वधू, 'तुम सत्य हो' इसी बात को और सब बातों की अपेक्षा बढ़ाकर अपने में प्रकट करो। लाख-दो लाख रुपये बैंक में जम रहे हैं इसी से तुम सत्य हो सो बात नहीं। मैं जिस सत्य की वाणी को घोषित करती हूँ वह सत्य विश्व के छन्द में है, चेक-बही के अंकों में नहीं। वह सत्य परस्पर के अमृत-सम्बन्ध में है, घर की सजावट के उपादानों में नहीं। वही है सम्पूर्ण का सत्य, 'एक' का सत्य है।"

आज सोचा था कि मैं साहित्य की कारुकारिता के विषय में, उसके छन्दतत्त्व

और रचना-रीति के विषय में आलोचना करूँगा। ऐसे समय में शहनाई बज उठी। इन्द्र ने सुन्दर के द्वारा कहला भेजा, "व्याख्या करके ही सब बातें कही जा सकती हैं, तपस्या करके ही सिद्धि प्राप्त की जा सकती है, क्या तुम कवि होकर भी ऐसी लोक-प्रचलित बातों पर विश्वास करते हो? व्याख्या बन्द करके, तपस्या भंग करके जो फल मिलता है, वही अखंड है। वह बनाई हुई चीज नहीं, स्वत:फलित वस्तु है।" धर्मशास्त्रों में कहा गया है कि 'इन्द्र कठोर तपस्या के फल को नष्ट करने के लिए ही मधुर को भेजते हैं।' मैं देवता की ऐसी ईर्ष्या, ऐसी प्रवंचना पर विश्वास नहीं करता। इन्द्र मधुर को इसलिए भेजते हैं कि वह सिद्धि की परिपूर्ण अखंड मूर्ति कैसी है सो दिखा दे। वे कहते हैं, 'यह चीज युद्ध करके प्राप्त करने की नहीं है; यह क्रमश: थोड़ी-थोड़ी करके बनकर तैयार होनेवाली नहीं है। गीत को यदि सत्य के सुर में बाँधना चाहते हो तो रात-दिन नाप-तौल करने से यह काम नहीं बनने का। तँबूरे के इस असली मध्यम-पंचम सुर को प्रत्यक्ष ग्रहण करो और अखंड सम्पूर्णता को अन्तरात्मा में लाभ करो, तभी समग्र गान का ऐक्य सत्य हो सकेगा।' मेनका और उर्वशी ये दोनों हैं तँबूरे के मध्यम-पंचम स्वर, परिपूर्णता की अखंड प्रतिमा। ये संन्यासी को बता देती हैं कि सिद्धि का पुरस्कार क्या है। हे स्वर्गकामी, तुम्हें स्वर्ग चाहिए! उसी के लिए तुम्हारी यह तपस्या है? किन्तु स्वर्ग तो कारीगरों द्वारा परिश्रम से नहीं बना, स्वर्ग तो सृष्टि है। उर्वशी के होंठों में जो हँसी लगी है उसकी तरफ देखो, स्वर्ग के सहज सुर का स्वाद मिलेगा। तुम मुक्तिकामी हो, मुक्ति चाहते हो? धीरे-धीरे अस्तित्व के जाल को तोड़ फेंकने को तो मुक्ति नहीं कहते। बन्धनहीन शून्यता तो मुक्ति नहीं है। मुक्ति तो सृष्टि है। मेनका की कवरी में जो पारिजात-पुष्प लगा है उसकी ओर देखो, मुक्ति के पूर्ण रूप की मूर्ति देख पाओगे। विधाता का रुद्ध आनन्द उसी पारिजात में मुक्त हुआ है, वही अरूप आनन्द रूप में प्रकट होकर पूर्ण हुआ है।

बुद्धदेव ने जब बोधिवृक्ष के नीचे बैठकर कृच्छ्र साधन किया था तब उनकी पीड़ित अन्तरात्मा ने कहा था, 'नहीं हुआ', 'नहीं मिला'। अपनी प्राप्ति के पूर्ण रूप की प्रतिमा बाहर उन्हें कब दिखाई दी? जब सुजाता ने उन्हें अन्न लाकर दिया तब। वह क्या केवल दैहिक अन्न था? उसमें जो भक्ति थी, प्रीति थी, सेवा थी, सौन्दर्य था, उससे पायसान्न में ही अमृत अति-सहज में प्रकट हो उठा। सुजाता को क्या इन्द्र ने नहीं भेजा था? उस सुजाता में ही क्या अमरावती की यह वाणी नहीं थी कि 'मुक्ति कृच्छ्र साधन में नहीं, मुक्ति है प्रेम में?' भक्त-हृदय के अन्न-उत्सर्ग में मातृ हृदय का जो सत्य निहित था उस सत्य से ही क्या बुद्ध ने नहीं कहा कि 'एक पुत्र के प्रति माता का जो प्रेम होता है उसी अपरिमेय प्रेम से सम्पूर्ण विश्व को अपना समझकर देखने को ही ब्रह्म-विहार कहते हैं?' अर्थात्, मुक्ति शून्यता में नहीं, पूर्णता में है। यह पूर्णता सृष्टि करती है, ध्वंस नहीं करती।

मानवात्मा का जो प्रेम असीम आत्मा के आगे अपने को एकान्त रूप से समर्पण करके ही आनन्द पाता है, वह इससे अधिक और कुछ भी नहीं चाहता। ईसा ने उसी के सहज स्वरूप को बाहर की मूर्ति में कहीं देखा था। इन्द्र ने अपनी सृष्टि से उस मूर्ति को उनके पास भेजा था। मर्था और मेरी दोनों उनकी सेवा करने आई थीं। मर्था थी कर्तव्यपरायणा, सेवा की कठोरता में वह सतत व्यस्त रहती थी। मेरी ने उस व्यस्तता के भीतर से आत्म-निवेदन की पूर्णता को बहु प्रयास से व्यक्त नहीं किया। उसने अपना सबका सब बहुमूल्य सुगन्ध-तेल ईसा के चरणों में उड़ेल दिया। सब कह उठे, 'यह अन्याय अपव्यय है।' ईसा ने कहा, 'नहीं, नहीं, इसे रोको मत।' यह सृष्टि ही क्या अपव्यय नहीं है? गीतों से किसको क्या लाभ होता है? चित्रकला से क्या रोटी-कपड़े की कमी दूर होती है? किन्तु, रस-सृष्टि के क्षेत्र में मनुष्य अपनी परिपूर्णता को उत्सर्ग करके ही पूर्णता का ऐश्वर्य प्राप्त करता है। यह ऐश्वर्य केवल उसके साहित्य और ललितकला में ही नहीं किन्तु उसके आत्म-विसर्जन की लीलाभूमि समाज में भी नाना सृष्टियों में प्रकट होता है। उस सृष्टि का मूल्य जीवन-यात्रा की उपयोगिता में नहीं किन्तु मानवात्मा के पूर्ण स्वरूप में है। वह अहेतुक है, वह अपने आप में ही पूर्ण है। ईसा ने मेरी के चरम आत्म-निवेदन के सहज रूप को देखा, उसमें उन्होंने अपनी अन्तरात्मा की पूर्णता को बाहर देखा। मेरी मानो उनकी आत्मा की सृष्टि के रूप में ही उनके सामने अपरूप माधुर्य में प्रकट हुई। इसी तरह मनुष्य अपने सृष्टि कार्य में अपनी पूर्णता को देखना चाहता है, कृच्छ्र साधन में नहीं, उपकरण संग्रह में नहीं। अपनी आत्मा के आनन्द से उसे उद्‌भावित करता है स्वर्गलोक, लखपती का कोषागार नहीं करता, पृथ्वीपति का जयस्तम्भ नहीं करता। उसे कोई लोभ न लुभाए, उसे दम्भ अभिभूत न करे; क्योंकि वह संग्रहकर्ता नहीं, निर्माणकर्ता नहीं, वह है सृष्टिकर्ता।

[कलकत्ता विश्वविद्यालय व्याख्यानमाला, 21 फाल्गुण, 1980]

तपोवन

आधुनिक सभ्यता-लक्ष्मी का आसन जिस कमल पर विद्यमान है वह ईंट और लकड़ी का बना है—वह है नगर! उन्नति का सूर्य जैसे-जैसे आकाश में ऊपर उठता है; इस विशाल कमल की पंखुड़ियाँ खिल-खिलकर चारों ओर व्याप्त हो जाती हैं। इस चूने-गारे के विस्तार को रोकना पृथ्वी के लिए असम्भव-सा हुआ जा रहा है।

आज का मानव नगर में ही विद्यार्जन करता है और विद्या का प्रयोग करता है; धन कमाता है और धन का व्यय करता है; तरह-तरह से अपनी शक्ति-सम्पदा बढ़ाने का यत्न करता है। आज की सभ्यता के पास जो कुछ भी श्रेष्ठ पदार्थ है, सब नगर की सामग्री है।

वास्तव में ऐसा होना स्वाभाविक ही है। जहाँ बहुत-से लोग एक-दूसरे से मिलते हैं वहाँ बुद्धि की विविध प्रवृत्तियों के संघात से चित्त जागरित होता है। चारों ओर से धक्के खाकर प्रत्येक व्यक्ति की शक्ति गतिशील हो जाती है। इस तरह चित्त-समुद्र के मन्थन से मानव-जीवन का सार-पदार्थ अपने-आप ऊपर उठकर बह निकलता है।

फिर जब मनुष्य की शक्ति जाग उठती है तो वह एक ऐसा क्षेत्र ढूँढ़ती है जहाँ अपने-आपको व्यक्त करने में सफल हो सके। ऐसा क्षेत्र कहाँ है? वहीं, जहाँ बहुत-से लोग, विविध प्रयासों में लीन, अनेक दिशाओं में सृष्टिशील और सचेष्ट हों—अर्थात् नगर में।

जब लोग पहले-पहल एक स्थान पर जमा होकर नगर बसाते हैं तो उनको यह रचना सभ्यता के आकर्षण से नहीं होती। होता यह है कि शत्रु के आक्रमण से बचने के लिए लोग किसी सुरक्षित स्थान पर एकत्रित होना आवश्यक समझते हैं। पर कारण जो कुछ भी हो, जहाँ भी अनेक मनुष्य एक स्थान पर साथ-साथ रहने लगते हैं वहाँ उनके प्रयोजन और बुद्धि को एक विशिष्ट रूप मिल जाता है और सभ्यता की अभिव्यक्ति होने लगती है। लेकिन भारतवर्ष में आश्चर्यजनक बात देखी गई। यहाँ सभ्यता का मूल स्रोत नगर में नहीं, बल्कि वन में था। सर्वप्रथम जब भारतीय सभ्यता का विकास हुआ, लोग एक-दूसरे से बिलकुल सटकर नहीं बैठे। उन्होंने भीड़ नहीं जमाई। यहाँ वृक्ष-नदी-सरोवर का मनुष्य के साथ लोग बना रहा। यहाँ मनुष्य भी था, निर्जन स्थान भी था, निर्जनता से भारत का चित्त जड़ नहीं

हुआ, वरन् उसकी चेतना और भी उज्ज्वल हो उठी। हम कह सकते हैं कि शायद दुनिया में और कहीं ऐसा न हुआ होगा।

हम देखते हैं कि जो लोग परिस्थितिवश जंगलों में आबद्ध हो जाते हैं उनकी प्रवृत्तियाँ वन्य हो जाती हैं। या तो वे शेर की तरह हिंस्र हो जाते हैं, या हिरन की तरह भोले-भाले। लेकिन प्राचीन भारत में वन की विजनता ने मानवीय बुद्धि को पराजित नहीं किया, वरन् एक ऐसी शक्ति प्रदान की जिससे उस वनवासजन्य सभ्यता की धारा ने सारे भारत को अभिषिक्त किया। आज भी उस धारा का प्रवाह रुका नहीं है।

इस तरह उन अरण्यवासियों की साधना से भारत को वह सामर्थ्य मिला—वह 'एनर्जी' मिली—जिसका स्रोत न तो बाह्य संघात में था, न इच्छाओं की प्रतियोगिता में। इसलिए वह शक्ति मुख्यत: बहिर्मुखी नहीं है। विश्व की गम्भीर सत्ता में उनका प्रवेश ध्यान के द्वारा हुआ है। उसने विश्व के साथ अपनी आत्मा का योग स्थापित किया है। भारत ने अपनी सभ्यता का परिचय मुख्य रूप से ऐश्वर्य के उपकरणों द्वारा नहीं दिया। इस सभ्यता के कर्णधार अरण्य-निवासी, अल्पवसन तपस्वी थे।

समुद्र-तट ने जिस देश का पालन किया उसे वाणिज्य-सम्पदा प्रदान की मरुभूमि ने जिन लोगों को क्षुभित रखा वे दिग्विजयी हुए। इसी तरह विशेष परिस्थितियों के अनुसार मनुष्य की शक्ति को विभिन्न पथ मिले। समतल आर्यावर्त की अरण्यभूमि ने भारत को भी एक विशेष सुयोग दिया। भारत की बुद्धि को उसने यह प्रेरणा दी कि जगत् के अन्तरतम रहस्य का आविष्कार करे। सुदूर द्वीप-द्वीपान्तर से जिस सम्पदा को उस बुद्धि ने संचित किया उसे सारी मानव-जाति को स्वीकार करना होगा। औषधि-वनस्पति के बीच प्रकृति की प्राण-शक्ति ऋतु-ऋतु में दिन-रात व्यक्त होती है। यह प्राण-लीला अद्‌भुत भंगिमा में, ध्वनि और रूप-वैचित्र्य में, निरन्तर नए-नए भाव से प्रकाशित होती है। इसी प्राण-लीला के बीच ध्यानपरायण रहनेवाले लोगों ने अपने चारों ओर एक आनन्दमय रहस्य को उपलब्ध किया था। इसीलिए वे इतनी सरलता से कह सके : 'यदिदं किंच सर्वं प्राण एजति नि:सृतम्' जो कुछ भी है परम-प्राण से निसृत होकर प्राण के बीच कम्पनशील है। वे लोग ईंट, लकड़ी और लोहे का कठोर पिंजरा बनाकर उसमें आबद्ध नहीं हुए थे। वे जहाँ रहते थे वहाँ विश्वव्यापी विराट् जीवन के साथ उनके जीवन का अबाधित योग था। वन ने उन्हें छाया दी, फल-फूल दिए, कुश और यज्ञ-सामग्री दी। उनके दैनन्दिन कर्म, अवकाश और प्रयोजन के साथ वन का आदान-प्रदान था, जीवित सम्बन्ध था। इसी साधन से वे अपने जीवन को चारों ओर के महान जीवन के साथ युक्त करके जान सके। परिवेश को उन्होंने शून्य, निर्जीव या पृथक् नहीं समझा। अपने सहज अनुभव से उन्होंने जाना कि विश्व-प्रकृति से वे जो कुछ भी ग्रहण करते थे—आलोक, वायु, अन्न, जल इत्यादि—वह दान मिट्‌टी का नहीं था, वृक्ष का नहीं था, शून्य आकाश का नहीं था, वरन् एक चेतनामय अनन्त आनन्द के बीच उस दान का मूल स्रोत था।

इसीलिए उन्होंने उस प्रकाश और अन्न-जल को श्रद्धा और भक्ति के साथ स्वीकार किया। और इसीलिए विश्व चराचर को अपने प्राण, चेतना, हृदय और बोध द्वारा अपनी आत्मा के साथ संयुक्त करना ही भारत की उपलब्धि रही है।

इससे हम देख सकते हैं कि अरण्य ने भारत के चित्त का अपनी निभृत छाया में, अपने निगूढ़ प्राण में, किस तरह पालन किया है। भारतवर्ष के प्राचीन इतिहास के दो बड़े युग हैं—वैदिक युग और बौद्ध युग। इन दोनों युगों में वन ने भारत के लिए 'धात्री रूप' धारण किया था। वैदिक ऋषियों ने ही नहीं, भगवान बुद्ध ने भी कितने ही आम्रवनों और वेणुवनों में उपदेश किया। राजप्रासाद उनके लिए यथेष्ट नहीं था, वन भूमि ने ही उन्हें अपनी गोद में जगह दी।

क्रमश: भारत में राज्य-साम्राज्य और नगर-नगरी की स्थापना हुई। देश-विदेश के साथ उसका वाणिज्य आरम्भ हुआ। अन्न-लोलुप खेतों ने धीरे-धीरे छायादार जंगलों को दूर हटा दिया। परन्तु प्रतापशाली, ऐश्वर्यपूर्ण, यौवनोद्धत भारतवर्ष वन के प्रति अपना ऋण स्वीकार करने में कभी लज्जित नहीं हुआ। भारत में तपस्या को अन्य सभी प्रयासों से अधिक सम्मान मिला है। यहाँ के राजा-महाराजाओं ने भी प्राचीन काल के वनवासी तपस्वियों को आदि पुरुष मानकर गौरव का अनुभव किया है। पौराणिक कथाओं में जो कुछ आश्चर्यजनक है, पवित्र है, जो कुछ श्रेष्ठ और पूजनीय है, वह प्राचीन तपोवनों की स्मृति से विजड़ित है। बड़े-बड़े राजाओं के वैभव की बातें स्मरण रखने की चेष्टा भारत ने नहीं की। लेकिन वन की सामग्री को अपने प्राण की सामग्री मानकर विविध संघर्षों के बीच आज तक उसने वहन किया है। मानवीय इतिहास में यही भारत की विशेषता है।

भारत में जब विक्रमादित्य सम्राट थे, उज्जयिनी महानगरी थी, कालिदास महाकवि थे, उस समय तपोवन का युग समाप्त हो चुका था। मानव-जाति के विशाल मेले में हम खड़े थे। चीनी, हूण, ईरानी, ग्रीक और रोमन—सभी ने आकर हमारे चारों ओर भीड़ लगाई थी। किसी समय जनक-जैसे राजा एक और अपने हाथ से हल चलाकर खेती करते थे और दूसरी ओर देश-देशान्तर से आए हुए ज्ञान-पिपासु लोगों को ब्रह्मविद्या सिखाते थे। लेकिन कालिदास के युग में ऐसे दृश्य नहीं दिखाई पड़ते थे। फिर भी उस ऐश्वर्यगर्वित युग में उस समय के श्रेष्ठ कवि ने तपोवन जैसा वर्णन किया है उसे देखने से हम समझ सकते हैं कि तपोवन हमारी दृष्टि से बाहर होने पर भी हमारे हृदय में विद्यमान था।

कालिदास विशेष रूप से भारतवर्ष के कवि हैं, यह बात उनके तपोवन चित्रण से प्रमाणित होती है। ऐसे परिपूर्ण आनन्द के साथ तपोवन के ध्यान को क्या और भी कोई कवि मूर्त कर सका है?

'रघुवंश' काव्य में पर्दा उठते ही तपोवन का शान्त, सुन्दर, पवित्र दृश्य हमारी आँखों के सामने आता है। जंगल से तृण, काष्ठ, फल एकत्रित करके तपस्वीगण

आते हैं, और एक अदृश्य अग्नि मानो उनकी अगवानी करती है। तपोवन के हिरण ऋषि-पत्नियों को सन्तान की तरह प्रिय हैं, 'नीवार' धान्य के दाने पाकर वे कुटिया के दरवाजे के सामने नि:संकोच पड़े रहते हैं। मुनि-कन्याएँ वृक्षों को पानी देती हैं और जब थाले भर जाते हैं वहाँ से अलग हो जाती हैं, जिससे पक्षीगण नि:शंक होकर पानी पीने के लिए आ सकें। धान्य के ढेर कुटीर के आँगन में धूप में रखे हैं, और पास ही हिरन लेटे-लेटे घास चबा रहे हैं। आहुति-कुंड से सुगन्धित धुआँ उठ रहा है और हवा के साथ बहकर वह अतिथियों के शरीर को पवित्र कर रहा है।

तरु-लता, पशु-पक्षी सबके साथ मनुष्य का पूर्ण मिलन—यही है इस वर्णन का आन्तरिक भाव।

समस्त 'अभिज्ञान-शाकुन्तल' नाटक में तपोवन मानो राजप्रासाद की निष्ठुर भाग-लालसा का धिक्कार करता है। यहाँ भी मूल स्वर वही है—चेतन-अचेतन सबके साथ मनुष्य के आत्मीय सम्बन्ध का पवित्र माधुर्य।

'कादम्बरी' के कवि ने तपोवन का वर्णन यों किया है—जब हवा बहती है लताएँ सिर झुकाकर प्रणाम करती हैं; वृक्ष फूल बरसाकर पूजा करते हैं; कुटीर के आँगन में हरा धान सुखाने के लिए फैला दिया गया है; आँवले, कदली, लवंग इत्यादि फल एकत्रित किए गए हैं; वटुकों के अध्ययन से वन-भूमि मुखरित है; वाचाल तोते उन आहुति-मंत्रों का उच्चारण कर रहे हैं जो बार-बार सुनते-सुनते उन्हें याद हो गए हैं; वन-कुक्कुट वैश्वदेव-बलिपिंड भक्षण कर रहे हैं; निकटवर्ती सरोवर से कलहंस-शावक आकर नीवार-बलि खाते हैं; हरिणियाँ अपनी जिह्वाओं से मुनि-बालकों का शरीर प्रेम से चाटती हैं।

इस वर्णन के अन्तर्गत भी वही बात है। तरु-लता और जीव-जन्तुओं के साथ मनुष्य का विच्छेद दूर करके तपोवन प्रकाशित होता है, यही प्राचीन विचार हमारे देश में बराबर व्यक्त हुआ है।

लेकिन यह भाव केवल तपोवन के चित्रों में ही प्रकाशित हुआ हो ऐसी बात नहीं। हमारे देश में निर्मित सभी प्रसिद्ध काव्यों में मनुष्य और विश्व-प्रकृति का मिलन परिस्फुट हुआ है जो घटनाएँ मानव-चरित्र का आश्रय लेकर व्यक्त होती हैं उन्हीं को नाटक का प्रधान उपादान माना जाता है। इसलिए अन्य देशों के साहित्य में हम देखते हैं कि नाटकों में विश्व-प्रकृति का आभास मात्र मिलता है, उसे महत्त्वपूर्ण स्थान नहीं दिया जाता। लेकिन हमारे देश के प्राचीन नाटकों में, जिनकी ख्याति आज तक सुरक्षित है, प्रकृति अपने अधिकार से वंचित नहीं होती।

मनुष्य जिस जगत-प्रकृति से घिरा हुआ है उसका मनुष्य के चिन्तन के साथ और उसके कार्य के साथ. आन्तरिक योग है। यदि मनुष्य का संसार नितान्त 'मानवमय' हो उठे, यदि मनुष्य के पीछे-पीछे प्रकृति भी उसमें प्रवेश न कर सके, तो हमारे विचार और कर्म कलुषित तथा व्याधिग्रस्त होंगे, अपनी मलिनता के अथाह

सागर में वे आत्महत्या कर बैठेंगे। प्रकृति हमारे बीच नित्य काम करते हुए भी यह दिखाती है कि वह चुपचाप खड़ी है, जैसे हम ही काम-काज में व्यस्त हों और वह बेचारी केवल अलंकार की वस्तु हो। लेकिन हमारे देश के कवियों ने प्रकृति को अच्छी तरह पहचाना है। प्रकृति मानव के समस्त सुख-दुःख में 'अनन्त' का स्वर मिलाए रखती है। यह स्वर हमारे देश के प्राचीन काव्य में लगातार ध्वनित हुआ है।

इसमें कोई सन्देह नहीं कि 'ऋतु संहार' की रचना कालिदास ने अपरिपक्व आयु में की थी। इसमें तरुण-तरुणियों का जो मिलन-संगीत है वह वासना के निम्न-सप्तक से शुरू होता है, लेकिन 'शाकुन्तल' और 'कुमारसम्भव' की तरह तपस्या के तार-सप्तक तक नहीं पहुँचता।

फिर भी कवि नवयौवन की लालसा को प्रकृति के विचित्र और विराट संगीत के साथ मिलाकर उसे उन्मुक्त आकाश में झंकृत किया है। ग्रीष्म की धारायंत्र-मुखरित संध्या में चन्द्रकिरण अपना स्वर मिलाती है। वर्षा ऋतु में, नवजल-सिंचित शीतल वनान्त में, हवा में झूमती हुई कदम्ब-शाखाएँ भी इसी छन्द से आन्दोलित हैं। इसी के ताल पर शारद लक्ष्मी अपने हंसरव-नूपुर की ध्वनि को मन्द्रित करती है; वसन्त की दक्षिण वायु से चंचल, कुसुमों से लदी हुई, आम्र-शाखाओं का कलमर्मर इसी की तान-तान में प्रसारित होता है।

विराट् प्रकृति में जिसका जो स्वाभाविक स्थान है उसे वहीं स्थापित करके देखा जाए तो प्रकृति की उग्रता नहीं रहती, लेकिन यदि प्रत्येक वस्तु को विच्छिन्न करके केवल मनुष्य की सीमा में संकीर्ण रूप से देखा जाए तो प्रकृति व्याधि की तरह लगती है, उसका उत्तप्त और रक्तिम रूप दिखाई पड़ता है। शेक्सपियर के दो-एक खंडकाव्य हैं जिनमें नर-नारी की आसक्ति का वर्णन है। यहाँ आसक्ति-ही-आसक्ति है, उसके चारों ओर किसी अन्य वस्तु के लिए स्थान नहीं है। यहाँ न आकाश है, न पवन। प्रकृति ने गीत-गन्ध-वर्ण के जिस विशाल आवरण से विश्व की समस्त लज्जा ढकी है उससे इस आसक्ति का कोई सम्पर्क नहीं है। इसीलिए इस तरह के काव्य में प्रवृत्तियों की उन्मत्तता अत्यन्त दुःसह रूप धारण करती है।

'कुमारसम्भव' के तृतीय सर्ग में कामदेव के आकस्मिक आविर्भाव से चंचल यौवन का उद्दीपन वर्णित हुआ है। यहाँ कालिदास ने उन्मत्तता को संकीर्ण सीमा के बीच नहीं देखा, और न यह दिखाने का प्रयास किया है कि उन्मत्तता ही सब कुछ है। एक विशेष तरह का शीश होता है जिसमें से यदि सूर्य-किरणें किसी बिन्दु पर पड़ें तो वहाँ आग जल उठती है। लेकिन वही सूर्य-किरणें जब आकाश में सर्वत्र स्वाभाविक रूप से प्रसारित होती हैं तो ताप देती हैं, जलती नहीं। वसन्त-प्रकृति की सर्वव्यापी यौवन-लीला के बीच हर-पार्वती के मिलन-चांचल्य को विन्यस्त करके कालिदास ने उसकी मर्यादा सुरक्षित रखी है। कालिदास ने पुष्पधनु की प्रत्यंचा-ध्वनि को विश्व-संगीत के स्वर से विच्छिन्न नहीं होने दिया। जिस पृष्ठ भूमि पर उन्होंने

अपना चित्र खींचा है वह तरु-लताओं और पशु-पक्षियों को साथ लेकर समस्त आकाश में विचित्र रंगों में फैली है।

केवल तृतीय सर्ग ही नहीं, पूरा 'कुमारसम्भव' काव्य एक विश्वव्यापी पट-भूमि पर अंकित है। इस काव्य का जो मूल विचार है, वह गम्भीर और चिरन्तन है। पाप-दैत्य प्रबल होकर स्वर्ग लोक में छिन्न-विच्छिन्न कर देता है। समस्या यह है कि उस दैत्य को पराजित करके के लिए जिस वीरता की आवश्यकता है वह कैसे उत्पन्न हो?

यह मनुष्य की चिरकालीन समस्या है। प्रत्येक जाति के जीवन की भी यही तपस्या है, जो सारे देश में नए-नए रूप से सामने आती है।

कालिदास के युग में भी भारत के सामने एक अत्यन्त उत्कट समस्या थी, जैसा कि हम उनके काव्यों को पढ़कर देख सकते हैं। प्राचीन काल में हिन्दू-समाज की जीवन-यात्रा में जो सरलता और संयम था वह नष्ट हो चुका था। राजा अपने राजधर्म को भूलकर सुखपरायण तथा भोगी हो गए थे। उधर शकों के आक्रमण से भारत की बार-बार दुर्गति हो रही थी।

किन्तु इस आमोद भवन के स्वर्णिम अन्त:पुर में बैठकर काव्य-लक्ष्मी विकल चित्त से किसके ध्यान में निमग्न थी? उसका हृदय तो वहाँ था नहीं। वह इस विचित्र शिल्प-मंडित, हीरे-जैसे कठिन कारागार से मुक्ति की कामना कर रही थी।

कालिदास के काव्यों में 'बाहर' के साथ 'भीतर' का 'अवस्था' के साथ 'आकांक्षा' का द्वंद्व दिखाई पड़ता है। भारतवर्ष में तपस्या का युग बीत चुका था; और ऐश्वर्यशाली राज-सिंहासन के पास बैठकर कवि उसकी निर्मल, सुदूर अतीत काल की ओर वेदना-भरी दृष्टि से देख रहा था।

'रघुवंश' में भारतवर्ष के प्राचीन सूर्यवंशी राजाओं का जो चरित्र-गान है उसमें भी कवि की यही वेदना निहित है। इस बात का प्रमाण दिया जा सकता है।

हमारे देश के काव्य में अशुभ अन्त की प्रथा नहीं है। वास्तव में जहाँ श्री रामचन्द्र के जीवन में रघु का वंश गौरव के उच्चतम शिखर पर पहुँचता है वहीं यदि काव्य का अन्त होता तो कवि ने भूमिका में जो कहा है वह सार्थक होता।

भूमिका के शब्द ये हैं—"जो राजा आजीवन शुद्ध रहते थे, जो फल-प्राप्ति के लिए कार्य करते थे, जिनका समुद्र-तट तक राज्य था और स्वर्ग तक रथ-मार्ग था; जो अग्नि में यथा-विधि आहुति दिया करते थे और प्रार्थियों की इच्छा-पूर्ति करते थे; जो अपराध के अनुसार दंड देते थे और उचित समय जाग उठते थे, जो त्याग के लिए अर्थ-संचय करते थे, सत्य के लिए मितभाषी थे, यश के लिए विजयोन्मुख थे और सन्तान-प्राप्ति के लिए विवाह करते थे; जिनका बचपन विद्यार्जन में बीतता था, जो यौवन में विषय-पूर्ति करते थे, वार्धक्य में मुनि-वृत्ति ग्रहण करते थे और योग-साधना के बाद जिनका देहान्त होता था—'रघुवंश' के उन्हीं राजाओं का मैं

गुणगान करूँगा, क्योंकि यद्यपि मेरी वाक्सम्पदा अत्यन्त अल्प है, उनके गुणों की ख्याति सुनकर मेरा चित्त विचलित हो गया है।"

परन्तु गुण-कीर्तन में ही यह काव्य समाप्त नहीं होता। कवि किस बात से इतने विचलित हुए थे यह हम 'रघुवंश' के परिणाम को देखकर समझ सकते हैं।

'रघुवंश' को जिसके नाम से गौरव मिला उसकी जन्म-कथा क्या है? उसका आरम्भ कहाँ है?

तपोवन में दिलीप-दम्पती की तपस्या से ही ऐसे राजा का जन्म हुआ था। कालिदास ने विभिन्न काव्यों द्वारा अपने राजप्रभु को बड़ी कुशलता से यह दिखाया है कि बिना कठिन तपस्या के किसी महान फल को प्राप्त करना सम्भव नहीं है। जिस रघु ने उत्तर-दक्षिण-पूर्व-पश्चिम के सारे राजाओं को अपने तेज से पराजित किया, और समस्त पृथ्वी पर एकच्छत्र राजत्व स्थापित किया, वह अपने माता-पिता की तप-साधना का ही धन था। और जिस भरत ने अपने वीर्य-बल से चक्रवर्ती सम्राट होकर भारत को अपने नाम से धन्य कियाा, उसके जन्म पर प्रवृत्ति-साधना का जो कलंक पड़ा था उसे कवि ने तपस्या की अग्नि में जलाया है, दु:ख के अश्रु-जल से धोया है।

'रघुवंश' का आरम्भ राजोचित ऐश्वर्य के गौरवमय वर्णन से नहीं होता। सुदक्षिणा को साथ लेकर राजा दिलीप तपोवन में प्रवेश करते हैं। चारों समुद्रों तक जिनके शासन का विस्तार था ऐसे राजा अविकल निष्ठा और कठिन संयम से तपोवन की धेनु की सेवा में लग जाते हैं। 'रघुवंश' का आरम्भ है संयम और तपस्या में; और इसका उपसंहार है आमोद-प्रमोद में, सुरा-पान और इन्द्रिय-भोग में। इस अन्तिम सर्ग में जो चित्र है, उसमें काफी चमक-दमक है, लेकिन जो अग्नि नगर को जलाकर सर्वनाश करती है वह भी कम उज्ज्वल नहीं है। एक पत्नी के साथ दिलीप का तपोवन-निवास सौम्य और हल्के रंगों में चित्रित है; अनेक नायिकाओं के साथ अग्नि-वर्ण का आत्म-विनाश-प्रवृत्त-जीवन अत्यन्त स्पष्ट रूप से विविध रंगों से और ज्वलन्त रेखाओं से अंकित किया गया है।

प्रभात शान्तिपूर्ण होता है, पिंगल जटाधारी ऋषि-बालकों की तरह पवित्र होता है। मोती की तरह स्वच्छ, सौम्य आलोक लेकर वह शिविर-स्निग्धा पृथ्वी पर धीरे-धीरे उतरता है और नवजीवन की अभ्युदय-वार्ता से वसुधा को उद्‌बोधित करता है। उसी तरह कवि के काव्य में तपस्या द्वारा प्रस्थापित राजमाहात्म्य ने स्निग्ध तेज और संयत वाणी से महान 'रघुवंश' के उदय की सूचना दी। विचित्र वर्णों के मेघ-जाल से आविष्ट संध्या अपनी अद्‌भुत रश्मियों से पश्चिमी आकाश को क्षण भर के लिए ज्योतिर्मय बना देती है; लेकिन देखते-ही-देखते विनाश का दूत आकर उसकी सारी महिमा का अपहरण करता है, और अन्त में शब्दहीन, कर्महीन, अचेतन अन्धकार में सब कुछ विलीन हो जाता है। उसी तरह काव्य के अन्तिम सर्ग में भोग-वैचित्र्य

के भीषण समारोह में 'रघुवंश' का नक्षत्र ज्योतिहीन हो जाता है।

काव्य के इस आरम्भ और अन्त में कवि के हृदय की बात प्रच्छन्न हैं। ऐसा लगता है कि वह नीरव, दीर्घ नि:श्वास के साथ कह रहा है, 'क्या था, और क्या हो गया! जब अभ्युदय का युग आनेवाला था उस समय तपस्या को ही हम प्रधान ऐश्वर्य समझते थे। और आज, जबकि हमारा विनाश समीप है, भोग-विलास के उपकरणों का अन्त नहीं। भोग की अतृप्त अग्नि सहस्त्र दिशाओं में भड़क रही है और आँखों को चकाचौंध कर रही है।'

कालिदास की अधिकांश कविताओं में यह द्वंद्व स्पष्ट दिखाई पड़ता है। 'कुमारसम्भव' में यह भी दिखाया गया है कि इस द्वंद्व का समाधान कैसे हो। इस काव्य में कवि ने कहा है कि त्याग के साथ ऐश्वर्य का, तपस्या के साथ प्रेम का मिलन होने पर ही उस शौर्य का जन्म हो सकता है, जिसके द्वारा मनुष्य का सर्व प्रकार की पराजय से उद्धार हो।

अर्थात्, त्याग और भोग के सामंजस्य में ही पूर्ण शक्ति है। त्यागी शिव जब एकाकी समाधि-मग्न बैठे थे, स्वर्गलोक असहाय था; और सती जब अपने पिता के घर ऐश्वर्य में अकेली ही आबद्ध थी, उस समय भी दैत्यों का उपद्रव प्रबल हो उठा था।

प्रवृत्ति के प्रबल हो जाने से ही त्याग और भोग का सामंजस्य टूट जाता है।

किसी एक संकीर्ण स्थान पर जब हम अपने अहंकार और वासना को केन्द्रित करते हैं, तब हम समग्र को क्षति पहुँचाते हैं और अंश को बढ़ा-चढ़ाकर देखने का प्रयत्न करते हैं। यही अमंगल की जड़ है। अंश के प्रति आसक्ति हमें समग्र के विरुद्ध विद्रोह करने के लिए प्रेरित करती है, और यही पाप है।

इसीलिए त्याग आवश्यक है। यह त्याग अपने को रिक्त करने के लिए नहीं, अपने को पूर्ण करने के लिए होता है। हमें समग्र के लिए अंश का त्याग करना है, नित्य के लिए क्षणिक का, प्रेम के लिए अहंकार का, आनन्द के लिए सुख का त्याग करना है। इसीलिए उपनिषद् में कहा गया है, 'त्यक्तेन भुंजीथा:'—त्याग के द्वारा भोग करो, आसक्ति के द्वारा नहीं।

पार्वती ने पहले कामदेव की सहायता से शिव को पाना चाहा। उसकी चेष्टा व्यर्थ हुई। अन्त में त्याग और तपस्या के द्वारा ही वह शिव को प्राप्त कर सकी।

कामना अंश के प्रति आसक्त होती है और समग्र के प्रति अन्ध। लेकिन शिव देशकाल की सीमाओं से परे हैं; कामना का त्याग लिये बिना उससे मिलन नहीं हो सकता।

'तेन त्यक्तेन भुंजीथा:।' त्याग द्वारा ही भोग करो। उपनिषद् के इसी अनुशासन में 'कुमारसम्भव' काव्य का मर्म है, और इसी में हमारे तपोवन की साधना है। लाभ के लिए त्याग करना होगा।

Sacrifice and Resignation—आत्म-त्याग और दुःख स्वीकार—इन दोनों का माहात्म्य कुछ धर्मशास्त्रों में विशेष रूप से वर्णित हुआ है। जगत् के सृष्टि-कार्यों में जैसे उत्ताप महत्त्वपूर्ण है वैसे ही मानव-जीवन के गठन में दुःख भी एक बहुत बड़ी रासायनिक शक्ति है। उसके द्वारा चित्त की कठिनता गल जाती है और दुर्भेद्य हृदय-ग्रन्थि को छेदा जा सकता है। इसलिए संसार में जो लोग दुःख को दुःख के ही रूप में नम्र भाव से स्वीकार कर सकते हैं वे ही यथार्थ तपस्वी हैं।

लेकिन किसी को यह नहीं सोचना चाहिए कि इस दुःख-स्वीकार को ही उपनिषदों ने अपना लक्ष्य बनाया है। उपनिषद् का अनुशासन त्याग का दुखरूप में अंगीकार करना नहीं है, बल्कि त्याग को भोग-रूप में वरण करना है। जिस त्याग की चर्चा उपनिषद् में है वही पूर्णतर 'ग्रहण' है, गम्भीरतर आनन्द है। वह त्याग है विश्व के साथ योग, भूमा के साथ मिलन। भारतवर्ष का आदर्श तपोवन वह अखाड़ा नहीं है, जहाँ शरीर और आत्मा का, संसार और संन्यास का मल्लयुद्ध होता रहे। 'यत्किंच जगत्यां जगत्' जो कुछ भी है सबके साथ त्याग द्वारा बाधाहीन मिलन, यही है तपोवन की साधना। इसीलिए तरु-लता-पशु-पक्षियों के साथ भारतवर्ष का ऐसा घनिष्ठ-आत्मीय सम्बन्ध रहा है जो अन्य देशों के लोगों को अद्भुत प्रतीत होता है।

और इसीलिए हमारे देश की कविता में प्रकृति-प्रेम का जो परिचय मिलता है, वह उसे अन्य देशों की कविता से अलग करता है, उसे विशिष्टता प्रदान करता है। यह प्रकृति पर प्रभुत्व नहीं, प्रकृति का उपभोग नहीं, प्रकृति के साथ मिलन है।

लेकिन यह मिलन अरण्यवासियों की बर्बरता भी नहीं है। हमारा तपोवन यदि अफ्रीका का जंगल होता तो हम कह सकते हैं कि प्रकृति के साथ जुड़े रहना एक तरह की तामसिकता है। लेकिन जिसमें मनुष्य का चित्त साधना द्वारा जागरित होता है वह मिलन केवल अभ्यासगत जड़त्व का परिणाम नहीं हो सकता। संस्कारों की बाधाएँ टूटकर जो मिलन स्वाभाविक हो उठता है वही तपोवन का मिलन है।

हमारे सभी कवियों ने यह माना है कि तपोवन शान्तरसास्पद है। तपोवन का जो एक विशेष रस है, वह है शान्त रस। शान्त रस है परिपूर्णता का रस। जिस तरह सात रंगों की किरणें मिलकर श्वेत वर्ण बनता है उसी तरह चित्त का प्रवाह जब विभिन्न भागों में खंडित न होकर विश्व के साथ अपने अविच्छिन्न सामंजस्य से परिपूर्ण हो जाता है, तब शान्तरस का जन्म होता है।

ऐसा ही शान्तरस तपोवन में है। यहाँ सूर्य, अग्नि, वायु, जल-स्थल, आकाश, तरु-लता, मृग-पक्षी—सबके साथ चेतना का परिपूर्ण योग है। यहाँ मनुष्य का चारों ओर की चीजों के साथ विच्छेद नहीं है, विरोध नहीं है।

भारत के तपोवन में यह जो शान्त रस का संगीत है, उसी के आदर्श से हमारे देश में अनेक मिश्र राग-रागिनियों की सृष्टि हुई है। इसीलिए हमारे काव्य में मानवीय

व्यवहार के बीच प्रकृति को इतना बड़ा स्थान दिया गया है। हमारे मन में सम्पूर्णता के लिए जो स्वाभाविक आकांक्षा है, उसकी पूर्ति के उद्देश्य से ही ऐसा किया गया है।

'अभिज्ञान-शाकुन्तल' नाटक में जो दो तपोवन हैं, उन्होंने शकुन्तला के सुख-दुःख को विशालता और सम्पूर्णता दी है। उनमें से एक तपोवन पृथ्वी पर है और दूसरा स्वर्गलोक की सीमा पर। एक तपोवन में नवयौवन ऋषि-कन्याएँ सहकार-वृक्ष और नवमल्लिका-लता के मिलनोत्सव से पुलकित होती है; मातृहीन मृग-शिशुओं को मूठ-मूठ धान खिलाकर उनका पालन करती हैं, और काँटों से उनका मुँह कट जाने पर इंगुदी का तेल लगाकर शुश्रूषा करती हैं। इस तपोवन में दुष्यन्त-शकुन्तला के प्रेम को सरलता, सौन्दर्य और स्वाभाविकता प्रदान करके कवि ने उस प्रेम का स्वर विश्व-संगीत के साथ मिला दिया है।

और अब दूसरा तपोवन देखिए। संध्या के मेघ की तरह किंपुरुष पर्वत पर हेमकूट है, जहाँ देवता-दानवों के गुरु मरीचि, अपनी पत्नी के साथ तपस्या कर रहे हैं। लता-जाल-जड़ित वह हेमकूट पक्षी-नीड़ों से शोभित अरण्य-जटाओं को वहन करता है; योगासन में अचल शिव जैसे सूर्य की ओर देखते हुए ध्याननमग्न हैं। उपद्रवी तपस्वी-बालक सिंह-शिशु के बाल खींचता है और उसे माता के स्तन से अलग करता है। पशु का यह दुःख ऋषि-पत्नी के लिए असह्य हो जाता है। इस तपोवन में शकुन्तला के अपमान और विरह-दुःख को कवि ने एक महान शान्ति और पवित्रता प्रदान की है।

यह मानना होगा कि पहला तपोवन मर्त्यलोक का है और दूसरा अमृतलोक का। अर्थात्, पहला वह है जैसा 'होता' है, दूसरा वह है जैसा 'होना चाहिए।' इसी 'होना चाहिए' का अनुसरण 'होता है' करता रहता है। इसी दिशा में चलकर वह अपने-आपको संशोधित करता है, पूर्ण करता है। 'होता है' ही सती है, अर्थात् सत्य है; और 'होना चाहिए' शिव है, अर्थात् मंगल है। कामना का क्षय करके, तपस्या के बीच, सती और शिव का मिलन होता है। शकुन्तला के जीवन में भी 'होता है' तपस्या द्वारा 'होना चाहिए' तक पहुँचता है। दुःख के भीतर होकर मर्त्य अन्त में स्वर्ग की सीमा तक पहुँचता है।

यह जो दूसरा काल्पनिक तपोवन है वहाँ भी मनुष्य प्रकृति का त्याग करके स्वतंत्र नहीं हुआ है। स्वर्ग जाते समय युधिष्ठिर अपने श्वान को साथ ले गए थे। प्राचीन भारतीय काव्य में मनुष्य प्रकृति को साथ लेकर स्वर्ग पहुँचता है, प्रकृति से विच्छिन्न होकर अपने-आप बड़ा नहीं बन जाता। मरीचि के तपोवन में मनुष्य की तरह हेमकूट भी तपस्वी है, वहाँ सिंह भी हिंसा-त्याग करता है, पेड़-पौधे भी इच्छापूर्वक प्रार्थियों की कमी पूरी करती हैं। मनुष्य अकेला नहीं है, सारे निखिल को साथ लेकर वह सम्पूर्ण है, इसलिए कल्याण का आविर्भाव तभी होता है जब सबका परस्पर योग हो।

'रामायण' में राम को वनवास के लिए जाना पड़ता है। राक्षसों के उपद्रव के अतिरिक्त उन्हें इस वनवास में कोई दु:ख नहीं है। वे एक के बाद एक अरण्य, नदी और पर्वत पार करते हैं, पर्णकुटी में रहते हैं, भूमि पर सोकर रात काटते हैं। लेकिन इन सब बातों से उन्हें कोई क्लेश नहीं होता। इन सब नदियों, पर्वतों और अरण्यों के साथ उनके हृदय का मिलन है। यहाँ वे प्रवासी नहीं हैं।

अन्य देशों के कवि राम-लक्ष्मण-सीता के माहात्म्य को उज्ज्वल रूप में दिखाने के लिए वनवास के कठोर दुखों का चित्रण करते। लेकिन वाल्मीकि ने ऐसा बिलकुल नहीं किया। उन्होंने वन के आनन्द को ही बार-बार दोहराकर उसका गुणगान किया है। जिनके अन्त:करण को राजैश्वर्य ने अभिभूत कर रखा है उनके लिए विश्व-प्रकृति के साथ मिलन कभी स्वाभाविक नहीं हो सकता। समाजगत संस्कार जीवन-भर का कृत्रिम अभ्यास पग-पग पर इस मिलन में बाधा देते हैं। इन बाधाओं के बीच ऐसे लोग प्रकृति को अपने प्रतिकूल ही देख सकते हैं।

हमारे देश में राजपुत्रों का ऐश्वर्य में पालन-पोषण हुआ, लेकिन ऐश्वर्य की आसक्ति ने उनके अन्त:करण को पराजित नहीं किया। धर्म के अनुरोध पर उनका वनवास स्वीकार करना इस बात का प्रथम प्रमाण है। उनका चित्त स्वाधीन था, शान्त था, इसीलिए अरण्य में उन्होंने यात्रा का कष्ट नहीं अनुभव किया। और इसीलिए तरुओं और लता, पशु-पक्षियों से उनके हृदय को केवल आनन्द ही मिला। यह आनन्द प्रभुत्व का आनन्द नहीं, भोग का आनन्द नहीं, बल्कि मिलन का आनन्द है। इस आनन्द का आधार तपस्या है, आत्मसंयम है। इसमें उपनिषद् की वही वाणी है—'तेन त्यक्तेन भुंजीथा:'।

कौशल्या की राजगृह-वधू सीता वन की ओर जा रही है—

एकैकं पादपं गुल्मं लतां वा पुष्पशालिनीम्
अदृष्टरूपां पश्चन्ती रामं पप्रच्छ साबला।
रमणीयान् बहुविधान् पादपान् कुसुमोत्करान्
सीतावचनसम्बद्ध आनयामास लक्ष्मण:।
विचित्र बालुकाजलां हंससारसनादिताम्।
रेमे जनकराजस्य सुता प्रेक्ष्य तदा नदीम्।

जिन वृक्षों और पुष्प-शालिनी लताओं को सीता ने पहले कभी नहीं देखा था उनके विषय में वह राम से पूछने लगी। उसके अनुरोध पर लक्ष्मण विविध वृक्ष-लताओं की पुष्प-मंजरी से भरी हुई डालें लाकर उसे देने लगे। विचित्र सिकता-जलयुक्त और हंस-सारसों से मुखरित नदियों को देखकर जानकी ने आनन्द का अनुभव किया।

पहले-पहल वन में जाकर राम ने जब चित्रकूट पर्वत पर आश्रय लिया तब उन्होंने—

सुरम्यमासाद्य तु चित्रकूटम्
नदींच तां माल्यवतीं सुतीर्थाम्
ननन्द हृष्टो मृगपक्षिजुष्टाम्
जहौ च दु:खं पुरविप्रवासात्।

सुरम्य चित्रकूट पर्वत, सुतीर्था माल्यवती नदी और मृग-पक्षी-सेविता वन-भूमि के सान्निध्य में राम पुर-विप्रवास के दु:ख को भूलकर सन्तुष्ट तथा आनन्दित हुए।

दीर्घकालोषितस्तस्मिन् गिरौ गिरिवन प्रिय:।

राम को पर्वत और अरण्य बहुत प्रिय थे। दीर्घकाल तक उस पर्वत पर रहने के बाद एक दिन उन्होंने सीता को चित्रकूट का शिखर दिखाकर कहा—

न राज्यभ्रंशनं भद्रे न सुहृद्भिर्विनाभव:
मनो मे बाधते दृष्ट्वा रमणीयमिमं गिरिम्।

इस रमणीय पर्वत को देखकर राज्य-त्याग भी मुझे दुखदायी नहीं लगता, सुहृदों का वियोग भी मुझे पीड़ा नहीं देता। वहाँ से जब दंडकारण्य पहुँचे, राम ने आकाश में सूर्य-मंडल की तरह प्रदीप्त तपास-आश्रम देखा। वह आश्रम 'शरण्यं सर्वभूतानां' था, ब्राह्मी-लक्ष्मी द्वारा समावृत था। वहाँ प्रत्येक कुटीर सुमर्जित थी, चारों ओर मृग-पक्षी थे।

राम का वनवास इसी तरह बीता—कभी रमणीय वन में, कभी पवित्र तपोवन में।

राम और सीता के पारस्परिक प्रेम ने प्रतिफलित होकर चारों ओर मृग-पक्षियों को भी आच्छन्न किया। उनका प्रेम ऐसा था, जिससे उनका एक-दूसरे के साथ ही नहीं बल्कि विश्व-लोक के साथ भी मिलन हुआ। इसीलिए सीता-हरण के बाद राम ने समस्त अरण्य को अपनी विरह-वेदना का सहभागी पाया। सीता का वियोग केवल नाम के लिए ही नहीं था, सारी वनभूमि के लिए था, क्योंकि राम और सीता के वनवास से अरण्य को एक नई सम्पदा मिली थी। वह सम्पदा थी मनुष्य का प्रेम। उस प्रेम से अरण्य के लता-पल्लव में, उसकी घनी, रहस्यमयी छाया में एक नई चेतना का संचार हुआ था।

शेक्सपियर के 'As You Like It' नाटक में वनवास-कथा है; 'Tempest' में भी वही है।' 'A Midsummer Night's Dream' भी अरण्य-काव्य है। परन्तु इन सब रचनाओं में मनुष्य के प्रभुत्व को और प्रवृत्तियों की लीला को ही मुख्य स्थान प्राप्त है। मानव का अरण्य के साथ सौहार्द हम यहाँ नहीं देखते। अरण्य-वास में मानव-चित्त की सामंजस्य-साधना नहीं है। या तो वन के ऊपर विजय प्राप्त करने की चेष्टा है, या उसे त्याग करने की इच्छा है। वन के प्रति या तो विरोध है या वैराग्य और औदासीन्य। मानव-प्रकृति विश्व-प्रकृति को अलग हटाकर स्वतंत्र हो

रही है और अपना ही गौरव प्रकाशित करती है।

मिल्टन के 'Paradise Lost' में आदि मानव-दम्पती के स्वर्गारण्य-वास का वर्णन है। यह विषय ऐसा है कि इस काव्य में मानव और प्रकृति का मिलन सरल प्रेम द्वारा मधुर और विराट् रूप में व्यक्त किया जा सकता था। कवि ने प्राकृतिक सौन्दर्य का वर्णन अवश्य किया है; यह भी दिखाया है कि यहाँ जीव-जन्तु हिंसा का परित्याग करके साथ-साथ रहते हैं। लेकिन मनुष्य के साथ उनका कोई सात्त्विक सम्बन्ध नहीं है। उनकी सृष्टि विशेष रूप से मनुष्य के उपभोग के लिए हुई है। मनुष्य उनका स्वामी है। यह आभास कहीं नहीं मिलता कि आदि-दम्पती अपने प्रेम के आनन्द-प्राचुर्य से तरु-लताओं और पशु-पक्षियों की सेवा करते हैं, या अपनी भावना और कल्पना को नदी-पर्वत-अरण्य के साथ विविध लीलाओं से संयुक्त करते हैं। इस स्वर्गारण्य के जिस निभृत निकुंज में मानव-जाति के प्रथम पिता-माता विश्राम करते हैं वहाँ—

'Beast, bird, insect or worm, durst enter none!
Such was their awe of man.'

अर्थात् पशु-पक्षी, कीट-पतंग कोई वहाँ प्रवेश करने का साहस नहीं कर सकता था; मानव के भय से वे भी सहमे हुए थे।

विश्व के साथ मनुष्य का यह जो विच्छेद है उसकी जड़ में एक गम्भीरतर विच्छेद निहित है। इसमें इस वाणी का अभाव है जो कहती है 'ईशावास्यमिदं सर्वं यत्किंच जगत्यां जगत्'—जगत् में जो कुछ भी है उसे ईश्वर के द्वारा समावृत जानो। इस पाश्चात्य काव्य में ईश्वर की सृष्टि ईश्वर का ही यश-गान करने के लिए है। ईश्वर स्वयं दूर से अपनी विश्व-रचना की वेदना ग्रहण करता है। आंशिक रूप से यही सम्बन्ध मनुष्य के साथ प्रकृति का है, अर्थात् इस काव्य में प्रकृति मानवीय श्रेष्ठता के प्रचार के लिए बनी है।

मैं यह नहीं कहता कि भारत ने मनुष्य की श्रेष्ठता को अस्वीकार किया है। लेकिन यहाँ प्रभुत्व या भोग को ही श्रेष्ठता का मुख्य लक्षण नहीं माना गया। मानवीय श्रेष्ठता का प्रधान परिचय यह है कि मनुष्य सबके साथ संयुक्त हो सकता है। यह संयोग मूढ़ता का मिलन नहीं है, यह चित्त का मिलन है, और इसलिए आनन्द का मिलन है। इसी आनन्द का कीर्तिगान हमारे काव्य में है।

'उत्तररामचरित' में राम और सीता का प्रेम आनन्द के प्राचुर्य-वेग से चारों ओर जल-स्थल आकाश में प्रवेश करता है। राम जब द्वितीय बार गोदावरी का गिरि-तट देखते हैं तो कहते हैं, 'यत्र द्रुमा अपि मृगा अपि बांधवों मे'। जब सीता से वियोग हुआ, रामचन्द्र ने उन सभी स्थानों को देखकर शोक किया जहाँ वे सीता के साथ रहे थे—"मैथिली ने अपने कोमल हाथों से जल, धान और तृण देकर जिन पक्षियों और हिरनों का पालन किया था उन्हें देखकर मेरा हृदय पिघला जा रहा है।"

'मेघदूत' का विरही यक्ष अपने दु:ख को लेकर एक कोने में अलग बैठा विलाप नहीं करता। विरह-दु:ख से उसका चित्त नव-वर्षा प्रफुल्लित पृथ्वी के समस्त नग-नदी-अरण्य, नगरी में परिव्याप्त हो जाता है। मानव-हृदय की वेदना को कवि ने संकीर्ण रूप से नहीं दिखाया; उसे विराट क्षेत्र में फैला हुआ दिखाया है। इसीलिए शापग्रस्त यक्ष की दु:ख-वार्ता ने सदा के लिए वर्षा ऋतु के मर्म स्थान पर अधिकार कर लिया है और प्रणयी हृदय के भाव को विश्व-संगीत के ध्रुपद में बाँध दिया है। भारत की यही विशेषता है। इसे हम तपस्या के क्षेत्र में भी देखते हैं, और उस क्षेत्र में भी जहाँ हृदय-प्रवृत्तियों की लीला है।

मनुष्य दो तरह से अपने महत्त्व की उपलब्धि करता है—स्वातंत्र्य के बीच और मिलन के बीच। भारत ने स्वभावत: इनमें से दूसरा मार्ग अपनाया है। इसीलिए हम देखते हैं कि भारत के तीर्थ-स्थान वहीं हैं जहाँ प्रकृति में किसी विशेष सौन्दर्य या महिमा का आविर्भाव हुआ है। मानव-चित्त के साथ विश्व-प्रकृति का मिलन जहाँ स्वाभाविक रूप से हो सकता है ऐसे ही स्थानों को भारत ने पवित्र माना है।

इन स्थानों पर मानवीय आवश्यकताओं की पूर्ति के साधन नहीं हैं; ये स्थान न खेती के लिए उपयुक्त हैं, न रहने के लिए यहाँ वाणिज्य-सामग्री का आयोजन नहीं है और न यहाँ राजा की राजधानी है। यहाँ इन सब बातों को मुख्य नहीं समझा जाता। यहाँ मनुष्य निखिल प्रकृति के साथ अपना योग अनुभव करके आत्मा को सर्वत्रगामी और बृहत् जानता है। यहाँ वह प्रकृति को अपने प्रयोजन पूर्ण करने का क्षेत्र नहीं समझता, वरन् उसे आत्मा की उपलब्धि-साधना का क्षेत्र जानता है। इसीलिए ये स्थान पुण्य माने गए हैं।

भारत के लिए हिमालय पवित्र है, विन्ध्याचल पवित्र है। भारत के लिए वे नदियाँ पुण्य-सलिला हैं, जिन्होंने अपने तट पर बसे हुए नगरों को अपनी अक्षय धाराओं का दान दिया है। हरिद्वार पवित्र है, ऋषिकेश पवित्र है और केदारनाथ-बद्रिकाश्रम पवित्र हैं। कैलास पर्वत और मानसरोवर पवित्र हैं, गंगा से यमुना का मिलन पवित्र है, और समुद्र में गंगा का अवसान भी पवित्र है। जिस विराट् प्रकृति से मनुष्य परिवेष्टित है; जिसके आलोक से उसके चक्षु सार्थक हुए हैं और जिसके उत्ताप से उसका सर्वांग-प्राण स्पन्दित है, जिसके जल से उसका अभिषेक और जिसके अन्न से उसका जीवन सम्भव है; जिस प्रकृति के गगन-भेदी-प्रासाद के दरवाजों से बाहर निकलकर शब्द-गन्ध-वर्ण-भाव के दूत मानव-चेतमना को सर्वदा जागृत करते रहते हैं—उसी प्रकृति के बीच भारतवर्ष ने अपनी ओत-प्रोत भक्ति-वृत्ति को प्रसारित कर रखा है। भारत ने जगत् को पूजा द्वारा ग्रहण किया है, उसे उपभोग द्वारा छोटा नहीं बनाया, और न उसे औदासीन्य द्वारा अपने दैनन्दिन कर्मक्षेत्र से बाहर हटाया। विश्व-प्रकृति के साथ योग में ही भारत ने अपने-आपको बृहत् और सत्य रूप में जाना है। इसी बात की घोषणा भारत के तीर्थ-स्थान करते हैं।

विद्या-लाभ विद्यालय के ऊपर नहीं, बल्कि मुख्यत: छात्र के ऊपर निर्भर करता है। बहुत-से छात्र विद्यालय में जाते हैं और उपाधि भी प्राप्त करते हैं, लेकिन उन्हें विद्या-लाभ नहीं होता। इसी तरह तीर्थ-स्थानों में बहुतेरे जाते हैं, लेकिन तीर्थों का यथार्थ फल सबको नहीं मिलता। जो लोग देखने योग्य वस्तु को नहीं देखते, और प्राप्त करने योग्य वस्तु को ग्रहण नहीं करते, उनकी विद्या आखिर तक किताबी रहती है और उनका धर्म बाह्य आचार में आबद्ध रहता है। ये लोग तीर्थों में जाते अवश्य हैं, लेकिन जाने को ही पुण्य मानते हैं, पाने को नहीं। ये समझते हैं कि किसी विशेष जल या मिट्टी में विशेष गुण होते हैं। ऐसे विश्वास से मनुष्य का लक्ष्य भ्रष्ट हो जाता है; जो चित्त की सामग्री है वह वस्तु में निर्वासित होकर नष्ट हो जाती है। यह स्वीकार करना ही होगा कि हमारे देश में साधना-परिष्कृत चित्त-शक्ति जिस मात्रा में मलिन हुई है उसी मात्रा में निरर्थक बाह्यिकता का विकास हुआ है। किन्तु हमारे इस दुर्दिन के जड़त्व को हम किसी हालत में भारतवर्ष का चिरन्तन अभिप्राय नहीं मान सकते।

किसी विशेष नदी के जल में स्नान करने से अपनी या अपने तीन करोड़ पूर्व-पुरुषों की पारलौकिक सद्गति सम्भव है, इस विश्वास को मैं साधार मानने के लिए तैयार नहीं हूँ, और न मैं उसे कोई बड़ी वस्तु मानकर उसके प्रति श्रद्धा दिखा सकता हूँ। लेकिन स्नान के समय नदी के जल को जो व्यक्ति यथार्थ भक्ति के साथ अपने समस्त शरीर और मन से ग्रहण कर सकता है उसे मैं अवश्य भक्ति का पात्र समझता हूँ। क्योंकि, नदी के जल को सामान्य तरल पदार्थ समझना मनुष्य का स्थूल संस्कार है। इसमें एक तरह की तामसिक अवज्ञा है। जो व्यक्ति जल को भक्तिपूर्वक ग्रहण करता है वह अपनी सात्त्विकता और चैतन्य ममता द्वारा इस जड़ संस्कार के ऊपर उठता है। इसलिए जल के साथ उसका, शारीरिक व्यवहार द्वारा, केवल बाह्य सम्पर्क नहीं होता; जल के साथ उसके चित्त की योग सिद्धि होती है। नदी के भीतर परम चैतन्य उसकी चेतना को स्पर्श करता है। इस स्पर्श के द्वारा स्नान का जल केवल शरीर की मलिनता ही नहीं धोता, बल्कि उसके चित्त का मोह प्रलेप भी धोता है।

अग्नि, जल, मिट्टी, अन्न—इन सब चीजों में एक अनन्त रहस्य है। अभ्यासक्रम से वह रहस्य हमारी दृष्टि में फीका हो जाता है। इसीलिए तरह-तरह के कर्म और अनुष्ठान विधिवत् स्थिर किए गए हैं, जिससे इन चीजों की पवित्रता हमें बार-बार स्मरण हो उठे। जो लोग चेतन भाव से इस पवित्रता को स्मरण कर सकते हैं, और जिनकी बोध-शक्ति यह स्वीकार कर सकती है कि अग्नि, जल इत्यादि वस्तुओं के साथ योग ही 'भूमा' के साथ योग है, वे महान सिद्धि-लाभ करते हैं। स्नान के जल को और आहार के अन्न को श्रद्धापूर्वक ग्रहण करने की जो शिक्षा है वह मूढ़ता की शिक्षा नहीं; और न उससे जड़त्व को प्रश्रय मिलता है। इन सब अभ्यस्त सामग्रियों

को तुच्छ समझना ही जड़ता है, उनके बीच चित्त का उद्‌बोधन तभी सम्भव है जब तन्य का विशेष विकास हो। जो व्यक्ति मूढ़ है, जिसकी स्थूल प्रकृति सत्य ग्रहण करने में बाधा देती है, वह तो सभी तरह की साधना को विकृत करता है और लक्ष्य को अनुचित स्थान पर स्थापित करता है।

कोट्यावधि लोगों ने, यहाँ तक कि समस्त देश ने, मत्स्य-मांस का आहार बिलकुल छोड़ दिया है—पृथ्वी पर ऐसा कहीं और नहीं देखा जाता; ऐसा और कोई देश नहीं है जिसके भोजन में मांस बिलकुल ही वर्जित हो। भारत ने यह जो मांस का परित्याग किया है वह किसी कठिन व्रत की साधना के लिए नहीं, अपने शरीर को पीड़ा देने के लिए नहीं, किसी शास्त्र में बताए हुए पुण्य-लाभ के लिए नहीं। उसका एकमात्र उद्‌देश्य है जीवितों के प्रति हिंसा-त्याग करना।

हिंसा-त्याग न करने से जीव के साथ जीव का सामंजस्य नष्ट हो जाता है। प्राणी को यदि हम खाने की वस्तु समझें, पेट भरने की वस्तु समझें, तो उसका सत्य रूप हम नहीं देख पाते। प्राण को तुच्छ समझने की हमारी आदत-सी हो जाती है, और फिर हम आहार के लिए हत्या नहीं करते; प्राणी-हत्या हमारे जीवन का एक अंग बन जाती है। अहेतुक, दारुण हिंसा को मनुष्य जल-स्थल-आकाश में, गुहा-गह्वर में, देश-विदेश में व्याप्त कर देता है। इस योग-भ्रष्टता से, अनुभूतिहीनता से, मनुष्य की रक्षा करने का भारत ने यत्न किया है।

मनुष्य का ज्ञान बर्बरता की अवस्था से बहुत आगे निकल गया है। इस बात का मुख्य लक्षण क्या है? यही कि विज्ञान की मदद से मनुष्य जगत् में सर्वत्र नियम को देख पाता है। जब तक वह नियमबद्धता नहीं देख पाता था तब तक उसका ज्ञान पूर्ण रूप से सार्थक नहीं हुआ था। विश्व चराचर से वह विच्छिन्न होकर रहता था, उसकी धारणा थी कि केवल उसी के जीवन में ज्ञान का नियम है, विराट् विश्व-व्यवस्था में नहीं। केवल अपने को ही ज्ञानी समझकर वह दुनिया में एक अलग कोने में रहता था। लेकिन आज उसका ज्ञान सूक्ष्म-से-सूक्ष्म और बृहत्-से-बृहत् प्रत्येक वस्तु के साथ योग स्थापित करने के लिए प्रवृत्त हुआ है। यही है विज्ञान की साधना।

भारतवर्ष ने जिस साधना को ग्रहण किया है वह है विश्व-ब्रह्मांड के साथ चित्त का योग, आत्मा का योग—अर्थात् सम्पूर्ण योग, केवल ज्ञान का नहीं, बोध का योग। गीता में कहा गया है :

इन्द्रियाणि पराण्याहुरिन्द्रियेभ्य: परं मन:।
मनसस्तु परा बुद्धिर्योबुद्धे: परतस्तु स:।

इन्द्रियों को श्रेष्ठ कहा गया है, लेकिन इन्द्रियों से मन श्रेष्ठ है, मन से बुद्धि श्रेष्ठ है, और बुद्धि से 'वह' श्रेष्ठ है।

इन्द्रियाँ इसलिए श्रेष्ठ हैं कि उनके द्वारा विश्व के साथ हमारा योग-साधन हो सकता है। लेकिन यह योग आंशिक है। इन्द्रियों से मन श्रेष्ठ है, क्योंकि मन के द्वारा ज्ञानमय योग होता है, जो कि अधिक व्यापक है। लेकिन ज्ञान के योग से भी विच्छेद पूरी तरह दूर नहीं होता। मन से बुद्धि श्रेष्ठ है, क्योंकि बोध के द्वारा जो चैतन्यमय योग होता है वह बिलकुल परिपूर्ण है। इसी योग से हम सारे जगत् के बीच 'उसकी' उपलब्धि कर सकते हैं जो सर्वश्रेष्ठ है। जो सबसे अधिक श्रेष्ठ है उसको सबके बीच बोध द्वारा अनुभव करना—यही है भारत की साधना।

यदि हम चाहते हैं कि भारतवर्ष की इस साधना से छात्रों को दीक्षित करना हमारी शिक्षा का प्रधान लक्ष्य हो तो हमें यह ध्यान में रखना होगा कि हमारे विद्यालयों में केवल इन्द्रियों की शिक्षा नहीं, केवल ज्ञान की शिक्षा नहीं, वरन् बोध-शक्ति की शिक्षा को प्रधान स्थान देना होगा। अर्थात्, हमारी यथार्थ शिक्षा कारखानों की दक्षता-शिक्षा नहीं, स्कूल-कॉलेजों की परीक्षाएँ पास करने की शिक्षा नहीं। हमारी यथार्थ शिक्षा तपोवन में है जो प्रकृति के साथ मिलित होकर, पवित्र होकर, तपस्या द्वारा प्राप्त की जाती है।

तपस्या तो हमारे स्कूल-कॉलेजों में भी है—परन्तु वह मन की तपस्या है, ज्ञान की तपस्या है, बोध की तपस्या नहीं। ज्ञान की तपस्या से हम मन को बाधामुक्त कर सकते हैं। जो पूर्व संस्कार हमारी धाराणाओं को एकांगी बनाते हैं, उन्हें हमें क्रमशः परिष्कृत करना होगा। जो निकट होने से बृहत्, दूर होने से छोटा है; जो बाह्य होने से प्रत्यक्ष, और आन्तरिक होने से प्रच्छन्न है रूप में निरर्थक, और संयुक्त रूप में सार्थक है; उसकी यथार्थता सुरक्षित रखते हुए उसे देखना—यही हमारी शिक्षा का उद्देश्य होना चाहिए।

बोध की तपस्या में प्रवृत्तियाँ बाधा डालती हैं। जब प्रवृत्तियाँ असंयत हो जाती हैं तो चित्त का सन्तुलन नहीं रहता और बोध विकृत हो जाता है। कामना की वस्तु को हम श्रेय समझते हैं—इसलिए नहीं कि वह सचमुच श्रेय है। लेकिन इसलिए कि उसके प्रति हमारा लोभ है।

इसीलिए ब्रह्मचर्य के संयम द्वारा बोध-शक्ति को बाधामुक्त करने की शिक्षा देना आवश्यक है। हमें अपने अभ्यास को भोग-विलास के आकर्षण से मुक्ति दिलाना है। जो सामयिक उत्तेजनाएँ चित्त को क्षुब्ध करती हैं और विचारों का सामंजस्य नष्ट करती हैं, उनके दबाव से बुद्धि को बचाना है, जिससे वह सरलता के साथ विकसित हो सके।

जहाँ साधना निरन्तर चलती रहती है, जहाँ जीवन-यात्रा सरल और निर्मल है, जहाँ सामाजिक संस्कार की संकीर्णता नहीं है, जहाँ व्यक्तिगत और जातिगत विरोध को दमन करने का प्रयास है वहीं हम उस विद्या को प्राप्त कर सकते हैं जिसे भारतवर्ष ने विशेष रूप से 'विद्या' का नाम दिया है।

मैं जानता हूँ, बहुत-से लोग कहेंगे कि यह केवल भावुकता का उच्छ्वासमात्र है, व्यवहार-बुद्धिहीन दुराशा है। लेकिन मैं इस बात को कभी स्वीकार नहीं कर सकता। जो सत्य है यदि वह बिलकुल ही असाध्य हो तो वह सत्य ही नहीं है। हाँ, यह मानना होगा कि जो सबसे अधिक श्रेय है वह सबसे अधिक सहज नहीं होता। इसलिए तो उसकी साधना करनी होती है। वास्तव में पहली कठिनाई है सत्य के प्रति श्रद्धा रखना। रुपयों की बहुत आवश्यकता है, यह बात जब हमारे मन में बैठ जाती है तो फिर हम यह आपत्ति नहीं करते कि रुपया कमाना कठिन है। इसी तरह भारत की जब विद्या के प्रति वास्तविक श्रद्धा थी तब उसने विद्या-लाभ को असाध्य कहकर उसका उपहास नहीं किया। उस समय तपस्या अपने-आप सत्य हो उठी थी। इसलिए पहले देश के लोगों को देश के विशेष सत्य के प्रति श्रद्धा रखनी होगी। तब दुर्गम बाधाओं के बीच अपने-आप मार्ग तैयार हो उठेगा।

वर्तमान युग में हमारे देश के ऐसी तपस्या के लिए एक स्थान है। मैं यह आशा नहीं करता कि इस तरह के बहुत-से विद्यालय स्थापित होंगे। लेकिन आजकल हम विशेष रूप से राष्ट्रीय विद्यालयों की स्थापना करना चाहते हैं इसलिए भारतवर्ष के विद्यालय कैसे होने चाहिए इस बात का आदर्श हमें सामने रखना होगा; और इस आदर्श को देश की अस्थिरता से, देश में चल रहे विरोधी भावों के आन्दोलन से ऊपर उठना होगा।

राष्ट्रीय 'विद्या' या राष्ट्रीय 'शिक्षा' का जो अर्थ यूरोप लगाता है वही अगर हम भी लगाएँ तो यह हमारी बहुत बड़ी भूल होगी। हमारे देश के कितने ही विशेष संस्कार हैं और कितने ही लोकाचार हैं। इन्हीं की संकीर्ण सीमाओं में राष्ट्रीय अभिमान जगाने के उपायों को मैं कदापि 'नेशनल' शिक्षा नहीं मान सकता। हमारी राष्ट्रीयता इसी में है कि हम राष्ट्रीयता को परम पदार्थ समझकर उसकी पूजा नहीं करते। 'भूमैव सुखम् नाल्पे सुखमस्ति भूमात्वेव विजिज्ञासितव्यः'—यही है हमारी राष्ट्रीयता का मंत्र।

प्राचीन भारत के तपोवन में जिस महासाधना के वटवृक्ष ने एक दिन अपना सिर ऊँचा उठाया था, और जिसकी शाखाओं ने फैलाकर समाज पर चारों दिशाओं से अधिकतर कर लिया था, वही है हमारी 'नेशनल' साधना। यह साधना योग-साधना है। योग-साधना का अर्थ उत्कट मानसिक या शारीरिक व्यायाम नहीं। उसका अर्थ है जीवन को इस तरह संचालित करना जिससे स्वातंत्र्य द्वारा विक्रमशाली होना ही हमारा लक्ष्य न बने, मिलन द्वारा परिपूर्ण होने को ही हम चरम परिणाम मानें; जिससे ऐश्वर्य-संचय को नहीं, बल्कि आत्मा की सत्य उपलब्धि को हम अपनी सफलता समझें।

अत्यन्त प्राचीन काल में एक दिन हमारे आर्य पितामहों ने अरण्याच्छादित भारतवर्ष में प्रवेश किया था। उसी तरह आधुनिक इतिहास में यूरोपीय जातियों ने

नव-आविष्कृत महाद्वीपों के अरण्यों में पथ उद्‌घाटित किया। उनमें जो साहसी अग्रगामी थे उन्होंने अपरिचित भूखंडों को अपने अनुवर्तियों के लिए अनुकूल बनाया। हमारे देश में भी अगस्त्य और अन्य ऋषिगण अग्रगामी थे। उन्होंने भी दुर्गम बाधाओं का अतिक्रमण करके अपरिचित अरण्य को निवासोपयोगी बनाया। वहाँ के आदिम निवासियों के साथ जिस तरह उस समय संघर्ष हुआ था वैसे ही आधुनिक युग में हुआ है। लेकिन इतिहास की ये दो धाराएँ समान अवस्थाओं में प्रवाहित होते हुए भी एक ही समुद्र तक नहीं पहुँचतीं।

अमेरिका के अरण्य में जो तपस्या हुई उसके प्रभाव से वन में बड़े-बड़े नगरों का इन्द्रजाल की तरह निर्माण हुआ। यह बात नहीं कि भारत में बड़े नगरों की सृष्टि न हुई हो; लेकिन उनके साथ-साथ अरण्य को भी भारत ने अंगीकार किया। भारत के द्वारा अरण्य विलुप्त नहीं हुआ, वरन् सार्थक हुआ। जो स्थान बर्बरता का आवास था वही ऋषियों का तपोवन हुआ। अमेरिका में जो कुछ अरण्य आज बचा है वह प्रयोजन की सामग्री है या योग्य वस्तु है, योगाश्रम नहीं है। भूमा की उपलब्धि द्वारा यह अरण्य पुण्य स्थान नहीं बना। मनुष्य की श्रेष्ठतर आन्तरिक प्रकृति के साथ अरण्य की प्रकृति का पवित्र मिलन नहीं हुआ। नूतन अमेरिका ने अरण्य को अपनी कोई बड़ी वस्तु नहीं दी, और अरण्य ने भी उसे अपने महान परिचय से वंचित रखा। जिस तरह नूतन अमेरिका ने वहाँ के प्राचीन निवासियों का विनाश किया, उन्हें अपने से संयुक्त नहीं किया, उसी तरह अरण्यों का भी उसने अपने साथ मिलन नहीं होने दिया; बल्कि उन्हें अपनी सभ्यता के बाहर निर्वासित किया। अमेरिका की सभ्यता का निदर्शन नगरों में ही होता है। इन नगरों की स्थापना से मनुष्य ने अपने स्वातंत्र्य के प्रताप का गगनभेदी प्रचार किया। लेकिन भारतीय सभ्यता का चरम निदर्शन तपोवन में था। वन में ही मनुष्य ने निखिल प्रकृति के साथ आत्मा का मिलन शान्त, समाहित भाव से अनुभव किया।

कोई यह न समझ बैठे कि भारत की इस साधना को मैं एकमात्र साधना मानता हूँ और उसका प्रचार करना चाहता हूँ। बल्कि मैं तो विशेष रूप से यही दिखाना चाहता हूँ कि मानव-जीवन में वैचित्र्य की सीमा नहीं। वह ताड़ की तरह एक ही सीधी रेखा में आकाश की ओर नहीं उठता; वह बरगद की तरह असंख्य शाखाओं और पत्तियों से चारों दिशाओं में व्याप्त होता है। प्रत्येक शाखा जिस दिशा में स्वाभाविक रूप से जा सकती है उसे यदि उसी दिशा में सम्पूर्ण रूप से बढ़ने दिया जाए तभी पूरा वृक्ष परिपूर्णता लाभ करता है। इसलिए वृक्ष की सभी शाखाओं में उसका मंगल है।

मनुष्य का इतिहास जीव-धर्मी है। एक निगूढ़ प्राण-शक्ति उसे आगे बढ़ाती है। वह लोहे-पीतल की तरह साँचे में ढालने की चीज नहीं है। हो सकता है कि किसी विशेष समय पर बाजार में किसी विशेष सभ्यता का भाव बहुत तेज हो जाए लेकिन

सारे मानव-समाज को ही कारखाने में ढालकर फैशन से प्रभावित मूढ़ खरीदारों को खुश करने की आशा बिलकुल वृथा है।

छोटे पैरों को सौन्दर्य का अभिजात लक्षण मानकर चीन की स्त्रियों ने कृत्रिम उपायों से अपने पैरों को संकुचित बनाना चाहा। लेकिन इस प्रयत्न से उन्हें छोटे पैर नहीं, बल्कि विकृत पैर मिले। भारत भी यदि जबरदस्ती अपने-आपको यूरोपीय आदर्शों पर ढाले तो वह प्रकृत यूरोप नहीं बन सकता, विकृत भारत ही बन सकता है।

यह बात अच्छी तरह ध्यान में रखनी चाहिए कि एक देश का दूसरे देश के साथ यथार्थ सम्बन्ध अनुकरण पर नहीं, आदान-प्रदान पर आधारित होता है। जो चीज मेरे पास यथेष्ट मात्रा में है वही अगर तुम्हारे पास भी हो, तो हम दोनों में लेन-देन नहीं चल सकता। भारत यदि विशुद्ध रूप से भारत न हो तो विदेशियों के बाजार में मजदूरी करने के अतिरिक्त दुनिया में उसका और कोई प्रयोजन नहीं रहेगा। ऐसी दशा में वह आत्म-सम्मान बोध खो देगा और अपने-आप में उसे आनन्द प्राप्त नहीं होगा।

इसलिए आज हमें बड़ी सतर्कता से यह सोचना है कि भारतवर्ष ने जिस सत्य को अपने निश्चित भाव से उपलब्ध किया है वह सत्य क्या है? वह सत्य प्रधानत: वणिक-वृत्ति नहीं है, स्वादेशिकता नहीं है, स्वराज्य नहीं है—वह है विश्व-बोध। इस सत्य की भारत के तपोवन में साधना हुई है। इसका उपनिषद् में उच्चारण हुआ है और 'गीता' में इसकी व्याख्या हुई है। इसी सत्य को पृथ्वी के प्रत्येक मनुष्य के लिए नित्य-व्यवहार में सफल बनाने के लिए बुद्धदेव ने तपस्या की। तरह-तरह की दुर्गति और विकृति के बीच नानक और उनके परिवर्ती महापुरुषों ने इसी सत्य का प्रचार किया है। भारत का सत्य ज्ञान में अद्वैत-तत्त्व, भाव में विश्व-मैत्री, और कर्म में योग-साधना। भारत के अन्त:करण में जो उदार तपस्या गम्भीर रूप से संचित हुई है वह आज प्रतीक्षा करती है कि हिन्दू, मुसलमान, बौद्ध और अंग्रेज सब उस तपस्या के बीच एक हो जाएँ—दास-भाव से नहीं, जड़-भाव से नहीं, वरन् सात्त्विक भाव से, साधक भाव से। जब तक यह नहीं होगा हमें दु:ख और अपमान सहना होगा, सभी दिशाओं में हमारे प्रयास व्यर्थ होंगे। ब्रह्मचर्य, ब्रह्मज्ञान, सभी जीवों के प्रति दया, सभी वस्तुओं में आत्मोपलब्धि—ये सब बातें किसी दिन भारत में वास्तविक थीं, केवल काव्य या मतवाद की बातें नहीं थीं। प्रत्येक व्यक्ति के जीवन में इन बातों को सत्य करने का अनुशासन था। आज यदि उसी अनुशासन को हम स्मरण करें, और अपनी समस्त शिक्षा-दीक्षा को उसके अनुगत करें तभी हमारी आत्मा 'विराट्' के बीच अपनी स्वाधीनता लाभ करेगी और किसी सामयिक बाह्य अवस्था में यह स्वाधीनता विलुप्त नहीं होगी।

सम्पूर्णता का आदर्श प्रबलता में नहीं है। समग्र के सामंजस्य को नष्ट करके प्रबलता अपना स्वातंत्र्य जताती है, इसीलिए वह बड़ी लगती है; पर वास्तव में वह क्षुद्र है। भारत ने इस प्रबलता को नहीं, परिपूर्णता को चाहा था। इस परिपूर्णता का

अर्थ है निखिल के साथ योग, और यह योग विनम्र होकर, अहंकार को दूर करके ही स्थापित हो सकता है। इस तरह की विनम्रता एक आध्यात्मिक शक्ति है। दुर्बल स्वभाव के लिए वह कठिन है। वायु का जो नित्य प्रवाह है उसमें शान्ति है और इसीलिए उसमें आँधी से अधिक शक्ति है। आँधी बहुत समय तक नहीं टिकती, एक संकीर्ण स्थान को कुछ देर के लिए क्षुब्ध अवश्य कर सकती है। लेकिन शान्त वायु-प्रवाह समस्त पृथ्वी में सदा के लिए व्याप्त है। यथार्थ नम्रता सात्त्विकता के तेज से उज्ज्वल होती है, त्याग और संयम की कठोर शक्ति से दृढ़-प्रतिष्ठित होती है। उसका 'समस्त' के साथ अबाध मिलन होता है और इसलिए वह सत्यभाव से, नित्यरूप से 'समस्त' को प्राप्त करती है। वह किसी को दूर नहीं करती, विच्छिन्न नहीं करती, वह आत्मत्याग करती है और दूसरों को अपनाती है। इसीलिए ईसा मसीह ने कहा है कि जो विनम्र है वही जगद्विजयी है, श्रेष्ठ धन का एकमात्र अधिकारी है।

['प्रवासी', दिसम्बर 1909]

बंकिमचन्द्र

बंकिम की नई प्रतिमा जब लक्ष्मी के रूप में सुधापात्र हाथ में लेकर बंगाल के सम्मुख आविर्भूत हुई तब उस समय के पुराने लोगों ने बंकिम की रचना का सम्मानपूर्वक आनन्द के साथ स्वागत नहीं किया।

तब बंकिम को बहुत उपहास, विद्रूप, ग्लानि सहनी पड़ी थी। उन पर लोगों के एक दल का तीव्र विद्वेष था और जो क्षुद्र लेखक-सम्प्रदाय उनका अनुकरण करने की विफल चेष्टा करता था वही अपना ऋण छिपाने के प्रयास में उनको सबसे अधिक गाली देता था।

और फिर आजकल जो पाठकों और लेखकों के नए सम्प्रदाय उत्पन्न हुए हैं उन्हें भी बंकिम के समग्र प्रभाव को हृदय में अनुभव करने का अवकाश नहीं मिला। वे बंकिम की गढ़ी हुई साहित्य-भूमि पर ही भूमिष्ठ हुए हैं, बंकिम के निकट वे कितने रूपों में कितने प्रकार से ऋणी हैं इसका हिसाब अलग करके वे देख नहीं पा रहे हैं।

लेकिन वर्तमान लेखक के सौभाग्य से, हमारे साथ जब बंकिम का प्रथम साक्षात्कार हुआ तब तक साहित्य आदि के सम्बन्ध में कोई पूर्वग्रह हमारे मन में बद्धमूल नहीं हुआ था और वर्तमान काल का नूतन भाव-प्रवाह भी हमारे निकट परिचित, अनभ्यस्त था। जिस तरह उस समय बांग्ला-साहित्य में प्रभात और संध्या का मिलन हो रहा था उसी तरह हमारे लिए भी वह वय:सन्धि काल था। बंकिम ने बांग्ला-साहित्य के प्रभात का सूर्योदय किया, हमारा हृदय-कमल वही पहली बार प्रस्फुटित हुआ।

पहले क्या था और बाद को क्या मिला यह हमने युगों के सन्धिस्थल पर खड़े होकर एक क्षण में ही अनुभव कर लिया। कहाँ गया वह अन्धकार, कहाँ गई वह एकरूपता, वह निद्रा—कहाँ गया वह 'विजय बसन्त', वह 'गुलेबकावली', वह लड़कों को बहलाने की कहानियाँ—वहाँ से आया इतना प्रकाश इतनी आशा, इतना संगीत, इतना वैचित्र्य! बंग-दर्शन तब जैसे आषाढ़ की प्रथम वर्षा के समान 'समागतो राजवदुन्नतध्वनि' हो। और मूसलाधार भावों की वर्षा में बांग्ला-साहित्य की पूर्व-वाहिनी, पश्चिम-वाहिनी सब नदी-निर्झरिणियाँ एकाएक उठीं और यौवन के आनन्द वेग से दौड़ने लगीं। कितने काव्य, नाटक, उपन्यास, कितने लेख, कितनी समालोचनाएँ,

कितने मासिक पत्र, कितने समाचार-पत्र—सबने बंगभूमि को प्रभात-कलरव से मुखरित कर दिया। बांग्ला भाषा देखते-देखते बचपन से यौवन में पहुँच गई।

हमने किशोरावस्था में बांग्ला-साहित्य में भावों के उस नए समागत का महोत्सव देखा था, सारे देश को अपने भीतर समेटकर जो आशा का आनन्द नया-नया हिलोरें ले रहा था उसको अनुभव किया था, इसलिए आज रह-रहकर निराशा होती है। ऐसा लगता है कि उस दिन हृदय में जिस अपरिमेय आशा का संचार हुआ था उसके अनुरूप फल की प्राप्ति हो सकी, जीवन का वह वेग अब नहीं है। लेकिन यह निराशा बहुत-कुछ निर्मल है। पहले समागम का प्रबल उच्छ्वास कभी स्थायी नहीं हो सकता। उस नए आनन्द और नई आशा की स्मृति के साथ वर्तमान की तुलना करना ही अन्याय है। विवाह के पहले दिन वंशी की ध्वनि जिस रागिनी में बजती है वह रागिनी सदा नहीं रहती । उस दिन तो केवल शुद्ध आनन्द और आशा होती है, उसके बाद से शुरू होते हैं तरह-तरह कर्तव्य, मिले-जुले दु:ख-सुख, छोटे-मोटे बाधा-विघ्न, विरह-मिलन का चक्र फिर तो यों ही गहरे गम्भीर ढंग से तरह-तरह के रास्तों से होकर तरह-तरह के शोक-ताप झेलकर संसार-पथ पर अग्रसर होगा, सब दिन वह नौबत नहीं बजेगी। तो भी उस एक दिन के उत्सव की स्मृति कठोर कर्तव्य-पथ पर सदा आनन्द का संचार करती रहती है।

बंकिमचन्द ने अपने हाथ से जिस दिन बांग्ला भाषा के साथ नवयौवन प्राप्त भावों का परिणय कराया था उस दिन की सर्वव्यापी प्रफुल्लता और आनन्द-उत्सव हमारे मन में है। वह दिन अब नहीं है। आज तरह-तरह की रचनाएँ, तरह-तरह के मत, तरह-तरह की आलोचनाएँ आकर उपस्थित हो गई हैं। आज किसी दिन भावों का स्रोत मन्द हो जाता है और किसी दिन थोड़ा सबल हो उठता है।

ऐसा ही होता रहता है और ऐसा ही होना जरूरी है। लेकिन किसके प्रसाद से ऐसा होना सम्भव हुआ यह बात याद रखनी होगी। हम अपने अभिमान में सदा यह भूल जाते हैं।

भूल जाते हैं इसका पहला प्रमाण यह है कि हम राममोहन राय को अपने वर्तमान बंग-देश के निर्माता के रूप में नहीं जानते। क्या राजनीति, क्या विद्या-शिक्षा, क्या समाज, क्या भाषा आधुनिक बंगाल में ऐसा कुछ भी नहीं है जिसका सूत्रपात राममोहन राय ने अपने हाथ से नहीं किया। यहाँ तक कि आज देश में प्राचीन शास्त्रलोचना के प्रति जो एक नया उत्साह दिखाई पड़ रहा है। उसके भी पथ-प्रदर्शक राममोहन राय हैं। जब नई शिक्षा के अभिमान में स्वभावत: प्राचीन शास्त्रों के प्रति अवज्ञा उत्पन्न होने की सम्भावना थी तब राममोहन राय ने साधारण लोगों के लिए दुर्बोध, विस्मृतप्राय वेद, पुराण, तंत्र से सार लेकर प्राचीन शास्त्रों का गौरव उज्ज्वल रखा था।

बंगाल आज उसी राममोहन राय के निकट किसी तरह हृदय से कृतज्ञता नहीं स्वीकार करना चाहता। राममोहन ने बांग्ला साहित्य को ग्रेनाइट के धरातल पर स्थापित

करके उसे डूब जाने की स्थिति से उबार लिया था, बंकिमचन्द्र उसी के ऊपर प्रतिभा का प्रवाह डालकर उपजाऊ गीली मिट्टी की तहें जमा गए हैं। आज बांग्ला भाषा मजबूत घर बनाने के योग्य ही नहीं है बल्कि उर्वरा शस्यश्यामला हो उठी है। रहने की भूमि सच्चे अर्थों में मातृभूमि बन गई है। अब हमारे मन का आहार प्राय: घर के द्वार पर ही फल रहा है।

मातृभाषा की फलहीन दशा को मिटाकर जिन्होंने उसे इतनी गौरवशालिनी बनाया है उन्होंने बंगाली जाति का कितना बड़ा और कैसा चिरस्थायी उपकार किया है, यह बात अगर किसी को समझाने की जरूरत पड़े तो इससे बड़ा दुर्भाग्य और कुछ नहीं हो सकता। उससे पहले कोई बांग्ला को आदर की दृष्टि से न देखता था। संस्कृत पंडित उसे ग्राम्य और अंग्रेजी पंडित उसे बर्बर समझते थे। बांग्ला भाषा में अभी कीर्ति उपार्जित की जा सकती है, यह वे सपने में भी न सोच सकते थे। इसीलिए वे बड़ी कृपा करके केवल स्त्रियों और बच्चों के लिए देशीय भाषा में सरल पाठ्य पुस्तकों की रचना करते। जो लोग उन सब पुस्तकों की सरलता और पाठ्य-योग्यता के सम्बन्ध में जानना चाहें वे रेवरेंड कृष्णमोहन बन्द्योपाध्याय-रचित एंट्रेन्स-पाठ्य बांग्ला ग्रन्थ में दाँत गड़ाने का प्रयत्न करके देखें। असम्मानित बांग्ला भाषा भी तब अत्यन्त दीन-मलिन भाव से काल-यापन कर रही थी; उसमें कितना सौन्दर्य, कितनी महिमा छिपी हुई है यह उसी दरिद्रता को भेदकर प्रकट न हो पाता था। जहाँ मातृभाषा की इतनी अवहेलना होती हो, वहाँ कोई मानव-जीवन की शुष्कता, शून्यता, दीनता दूर नहीं कर सकता।

ऐसे समय में तब तक के शिक्षितों में श्रेष्ठ बंकिमचन्द्र ने अपनी सारी शिक्षा, सारा अनुराग, सारी प्रतिभा, उसी दीन-हीन बांग्ला भाषा के चरणों में भेंट चढ़ा दी। उस समय उन्होंने यह जो असाधारण काम किया, उसका हम आज पूरी तरह अनुमान भी जो नहीं कर पाते, यह भी उन्हीं का प्रसाद है।

तब उनकी तुलना में अनेक अर्धशिक्षित प्रतिभाहीन व्यक्ति अंग्रेजी में दो सतरें लिखकर घमंड से फूल उठते थे। वे अंग्रेजी के समुद्र में ऊदबिलाव की तरह बालू का बाँध बना रहे हैं, यह समझने की शक्ति भी उनके अन्दर न थी।

बंकिमचन्द्र ने जो उस अभिमान और ख्याति की सम्भावना को निर्भय-निस्संकोच त्याग दिया और जो विषय उस समय के विद्वानों के लिए उपेक्षित था उसमें जिस प्रकार अपनी सारी शक्ति लगा दी, उससे बड़ा वीरता का परिचय और क्या हो सकता है? सारी क्षमता रहते हुए अपने समकक्ष लोगों के उत्साह और इसकी प्रशंसा के प्रलोभन को छोड़कर एक अपरीक्षित, अपरिचित, अनाहत अँधेरे रास्ते पर अपने नए जीवन की समस्त आशा, उद्यम, क्षमता को ले जाना कितने विश्वास और साहस के बल पर ही हो सकता है, इसका हिसाब लगाना आसान नहीं।

इतना ही नहीं, उन्होंने अपनी शिक्षा के गर्व में बांग्ला भाषा के प्रति अनुग्रह नहीं दिखलाया, श्रद्धा और केवल श्रद्धा व्यक्त की। जितनी कुछ आशा, आकांक्षा, सौन्दर्य,

प्रेम, महत्त्व, भक्ति, देशानुराग था, शिक्षित परिणत बुद्धि के जितने कुछ शिक्षा से प्राप्त और चिन्तन से उत्पन्न धनरत्न थे, सब कुछ उन्होंने निस्संकोच बांग्ला भाषा के हाथों में अर्पित कर दिया। उस अनादर से मलिन भाषा के मुखमंडल पर इस परम सौभाग्य के गर्व से देखते-देखते अपूर्व लक्ष्मी-श्री प्रस्फुटित हो उठी।

और वे लोग जिन्होंने पहले अवहेलना की थी, बांग्ला साहित्य के यौवन-सौन्दर्य से आकृष्ट होकर एक-एक करके पास आने लगे। बांग्ला साहित्य प्रतिदिन गौरव से परिपूर्ण होने लगा।

बंकिम ने जो भारी बोझ अपने कन्धों पर उठाया था वह और किसी के बस का न था। पहली बात तो यह कि बांग्ला भाषा तब जिस स्थिति में थी उसमें वह शिक्षित व्यक्तियों के सब तरह के भावों को व्यक्त कर सकती है, यह विश्वास करना और खोज निकालना ही विशेष क्षमता का काम था। दूसरे, जहाँ पर लेखक उपेक्षापूर्वक लिखता हो और पाठक अनुग्रहपूर्वक पढ़ता हो, जहाँ थोड़ा-सा भी अच्छा लिख लेने से वाहवाही मिलती हो और बुरा लिखने पर भी कोई निन्दा करना जरूरी न समझता हो, वहाँ केवल अपने मन में स्थित उन्नत आदर्श को सदैव अपने आगे रखे हुए, सामान्य परिश्रम से सुलभ ख्याति पाने के प्रलोभन को दबाते हुए, अथक परिश्रम से अप्रतिहत उद्यम से दुर्गम परिपूर्णता के रास्ते पर आगे बढ़ना असाधारण गौरव का कार्य है। चारों ओर फैली हुई उत्साहित जीवनहीन जड़ता के समान भारी बोझ दूसरा नहीं है, उसकी प्रबल गुरुत्वाकर्षण-शक्ति को लाँघकर ऊपर उठना कितनी अथक चेष्टा और बल का काम है, यह आज के साहित्य-व्यवसायी भी थोड़ा-बहुत समझ सकते हैं, और तब यह और भी कितना कठिन था इसका अनुमान करना भी कष्टकर है। जब सभी जगह शिथिलता हो और उस शिथिलता की निन्दा न होती हो तब अपने को नियम-व्रत में बाँधना बड़े पुरुषार्थी लोगों का ही काम है।

बंकिम ने अपने हृदय के उस आदर्श का सहारा लेकर प्रतिभा के बल से जो कार्य किया वह बड़ा अद्‌भुत है। बंगदर्शन के पूर्ववर्ती और उसके परवर्ती बांग्ला-साहित्य में ऊँचे-नीचे का अपरिमित अन्तर है। जिन्होंने दार्जिलिंग से कंचनजंघा की शिखरमाला देखी है वे जानते हैं कि उस अभ्रभेदी शैल-सम्राट् का उदयरविरश्मिसमुज्ज्वल तुषार-किरीट चारों ओर की निस्तब्ध चोटियों से कितने ऊपर उठा हुआ है। बंकिमचन्द्र के परवर्ती बांग्ला-साहित्य ने भी उस प्रकार आकस्मित उन्नति प्राप्त की है, एक बार उसी का निरीक्षण करने और हिसाब लगाकर देखने से बंकिम की प्रतिभा का विराट् बल सहज ही अनुमान किया जा सकेगा।

बंकिम ने स्वयं बांग्ला भाषा को जो श्रद्धा अर्पित की थी, दूसरों से भी वे उसी श्रद्धा की प्रत्याशा रखते थे। पुराने अभ्यासवश कोई अगर साहित्य के साथ खिलवाड़ करने को आता तो बंकिम उसको ऐसा दंड देते कि फिर उसे ऐसी धृष्टता करने का साहस न होता।

तब समय और भी कठिन था। बंकिम ने स्वयं एक देशव्यापी भावना का आन्दोलन उपस्थित किया था। उस आन्दोलन के प्रभाव में कितने हृदय चंचल हो उठे थे और अपनी क्षमता की सीमा को न समझते हुए कितने लोगों ने एक छलाँग में लेखक बन जाने की चेष्टा की थी, इसकी गिनती नहीं। लिखने का प्रयास जाग उठा था, लेकिन उसका कोई उच्च आदर्श तब तक नहीं स्थापित हो पाया था। उस समय सव्यसाची बंकिम ने एक हाथ गठन-कार्य में और एक हाथ निवारण-कार्य में लगा रखा था, एक ओर आग जलाए रख रहे थे और दूसरी ओर धुआँ और राख दूर करने का भार भी स्वयं ही ले रखा था।

बंकिम ने अकेले ही रचना और समालोचना दोनों कार्यों का भार अपने ऊपर ले लिया था इसीलिए बांग्ला-साहित्य इतनी जल्दी ऐसी द्रुतगति से प्रौढ़ता को प्राप्त करने में सफल हुआ।

इस दुष्कर व्रत-अनुष्ठान का फल भी उन्हीं को भोगना पड़ा था। मुझे याद है कि जब वे बंग-दर्शन में समालोचक के पद पर आसीन थे तब उनके नीचे शत्रुओं की संख्या कम न थी। सैकड़ों अयोग्य लोग उनसे ईर्ष्या करते और उनकी श्रेष्ठता का खंडन करने की चेष्टा किए बिना न रहते।

काँटा कितना ही छोटा हो, उसमें चुभ जाने की क्षमता रहती है। और कल्याण-प्रवण लेखकों का वेदना-बोध भी साधारण लोगों की अपेक्षा कुछ अधिक होता है। यह नहीं कि छोटे-छोटे दंश बंकिम को लगते न हों लेकिन वे किसी तरह अपने कर्तव्य से विमुख नहीं हुए। उनमें अजेय बल था, कर्तव्य के प्रति निष्ठा थी और अपने प्रति विश्वास था। वे जानते थे कि वर्तमान का कोई उत्पात उनकी महिमा को ढक न सकेगा—सारे नीच शत्रुओं के व्यूह से वे अनायास बाहर निकल सकेंगे। इसीलिए वे सदा प्रफुल्ल-वदन वीरतापूर्वक आगे बढ़े, किसी दिन उन्हें अपने रथ का वेग कम करने की जरूरत नहीं हुई।

साहित्य में भी दो प्रकार के योगी दिखाई पड़ते हैं, ध्यानयोगी और कर्मयोगी। ध्यानयोगी एकान्त में बैठकर एकाग्रभाव से भावों की चर्चा करते हैं, उनकी सूचनाएँ संसारी लोगों के लिए जैसे अतिरिक्त लाभ हैं—जिसको जितना लेना हो।

लेकिन बंकिम साहित्य में कर्मयोगी थे। उनकी प्रतिभा अपने-आप में स्थिर भाव से पर्याप्त न थी। साहित्य में जहाँ भी जो भी अभाव था सभी जगह वे अपना विपुल बल और आनन्द लेकर दौड़ पड़ते। क्या काव्य, क्या विज्ञान, क्या इतिहास, क्या धर्मतत्त्व, जहाँ पर जब कभी उनकी जरूरत पड़ती वहाँ पर तभी वे पूरी तरह प्रस्तुत दिखाई पड़ते। नए बांग्ला-साहित्य में, सब विषयों में ही आदर्श स्थापित कर जाना उनका उद्‌देश्य था। विपन्न बांग्ला भाषा ने आर्त-स्वर में जहाँ भी उन्हें पुकारा है वहीं पर उन्होंने चतुर्भुज रूप में दर्शन दिया है।

लेकिन वे केवल अभय देते हों, सान्त्वना देते हों, अभाव पूर्ण करते हों ऐसी

बात न थी, वे दर्प-हरण भी करते थे। आज जो लोग बांग्ला साहित्य के सारथी बनना चाहते हैं वे दिन-रात बंगाल को अत्युक्तिपूर्ण स्तुति-वाक्यों से प्रसन्न रखने की चेष्टा करते हैं। लेकिन बंकिम की सरस्वती केवल स्तुतिवादिनी न थी, खड्‌गधारिणी भी थी। बंग देश यदि जड़ और प्राणहीन न होता तो कृष्ण-चरित को लेकर वर्तमान पतित हिन्दू-समाज और विकृत हिन्दू धर्म के ऊपर जो अस्त्र-घात उन्होंने किया है उससे उसको पीड़ा पहुँचती और शायद कुछ चेतना भी मिलती। बंकिम के समान तेजस्वी प्रतिभा-सम्पन्न व्यक्ति को छोड़कर दूसरा कोई भी लोकाचार देशाचार के विरुद्ध इतने निर्भीक, स्पष्ट ढंग का अपना मत व्यक्त करने का साहस न करता। यहाँ तक कि बंकिम ने प्राचीन हिन्दू शास्त्र के प्रति ऐतिहासिक दृष्टि रखते हुए उसके सारवान् और निस्सार भावों को अलग किया है, उसके प्रामाणिक और अप्रामाणिक अंगों का विश्लेषण इतने निस्संकोच भाव से किया है कि आज उसकी तुलना मिलनी कठिन है।

उन्हें विशेषत: दो शत्रुओं के बीच में अपना रास्ता बनाते हुए चलना पड़ा। एक ओर जो लोग अवतार नहीं मानते वे श्रीकृष्ण के ऊपर देवत्व का आरोप करने से विपक्षी हो गए। दूसरी ओर वे लोग जो शास्त्र के प्रत्येक अक्षर और लोकाचार की प्रत्येक प्रथा को अभ्रान्त समझते हैं वे भी विचार लोहास्त्र द्वारा शास्त्र के बीच के काट-छाँटकर छील-छालकर मनुष्य के महानतम आदर्श के अनुसार देवताओं को गढ़ने की क्रिया से बहुत प्रसन्न नहीं हुए। ऐसी स्थिति में दूसरा कोई होता तो किसी एक पक्ष को पूरी तरह अपने दल में समेट लेने की इच्छा करता। लेकिन साहित्य-महारथी बंकिम दाएँ-बाएँ दोनों पक्षों के ऊपर चलाते हुए बेधड़क आगे बढ़े हैं—उनकी अपनी प्रतिभा ही उनकी एकमात्र सहायिका थी। उन्होंने अपने विश्वासों को स्पष्ट रूप से व्यक्त किया है—वाक्-चातुर्य द्वारा अपने को या दूसरे को ठगने की कोशिश नहीं की।

कल्पना और काल्पनिकता दोनों में बड़ा भारी अन्तर है। सच्ची कल्पना युक्ति, संयम और सत्य के द्वारा सुनिर्दिष्ट आकार में बँधी होती है—काल्पनिकता में सत्य का आभास-मात्र होता है लेकिन वह अद्‌भुत अतिरंजना से असंहत रूप में फूली हुई होती है। उसमें जो थोड़ा-बहुत प्रकाश होता है उसमें सौ गुना ज्यादा धुआँ होता है। जिसमें क्षमता कम होती है वे प्राय: साहित्य की इस धुआँ देती हुई काल्पनिकता का सहारा लेते हैं, क्योंकि वह देखने में विराट् होती है लेकिन सचमुच बहुत छोटी होती है। पाठकों का एक दल इस प्रकार की प्रकांड, कृत्रिम काल्पनिकता की निपुणता देखकर मुग्ध और अभिभूत हो जाता है और दुर्भाग्य से बांग्ला में इस श्रेणी के पाठक कम नहीं हैं।

इस प्रकार की अपरिमित, असंयत कल्पना के देश में बंकिम के समान आदर्श हमारे लिए अत्यन्त मूल्यवान हैं। कृष्ण-चरित्र में, उद्दाम भावों के आवेग में उनकी कल्पना कहीं उच्छृंखल नहीं होने पाई। शुरू से लेकर आखिर तक सब जगह वे

पग-पग पर अपने को संयत करते हुए युक्ति का सुनिर्दिष्ट पथ पकड़-पकड़कर चले हैं। जो कुछ उन्होंने लिखा है उसमें उनकी प्रतिभा व्यक्त हुई है, जो नहीं लिखा, उसमें भी उनकी क्षमता कम नहीं प्रकट हुई।

विशेषत: यह विषय ऐसा है कि किसी साधारण बंगाली लेखक के हाथ में पड़ने पर वह इस सुयोग का लाभ उठाकर 'हरि-हरि' 'मरि-मरि' 'हाय-हाय' का खूब शोर मचाता, आँसू बहाता, भाव बदलने के लिए खूब-खूब अंगों को तोड़ता-मरोड़ता और कल्पता के उच्छ्वास, भावों के आवेग और हृदय की अतिशय भावुकता को प्रकट करने का ऐसा अनुकूल अवसर कभी हाथ से न जाने देता, सुविचारित तर्क द्वारा, कठिन सत्य-निर्णय के आग्रह से पग-पग पर अपनी लेखनी पर रोक न लगता, सबके लिए सुगम-सरल पथ को छोड़कर अपने एक कपोल-कल्पित नए आविष्कार को ही सूक्ष्म बुद्धि द्वारा सबसे अधिक प्रधानता देकर वाक्-प्राचुर्य और कल्पना के कुहासे से ढक देता और यथाशक्ति अपने विश्वास और भाषा का लम्बा-चौड़ा ताना-बाना बुनकर अधिक-से-अधिक लोगों को अपने मत के जाल में खींचने की चेष्टा करता।

वस्तुत: हमारे शास्त्रों से इतिहास के उद्धार का कठिन भार केवल बंकिम ले सकते थे। एक ओर हिन्दू शास्त्रों के वास्तविक मर्म को समझने में यूरोपीय लोगों की अक्षमता, दूसरी ओर शास्त्रगत प्रमाणों के निरपेक्ष विचार के सम्बन्ध में हिन्दू लोगों का संकोच—एक ओर ठीक-ठीक परिचय का अभाव, दूसरी ओर अतिपरिचयजनित अभ्यास और संस्कारों का अन्धापन—यथार्थ इतिहास को इन दोनों संकटों के बीच से उबारना होगा। देशानुराग की सहायता से शास्त्रों के मर्म में पैठना होगा और सत्यानुराग की सहायता से उसके निर्मूल अंशों को छोड़ना होगा। जिस वल्गा के इंगित से लेखनी को वेग देना होगा, उसी वल्गा को खींचकर सदैव लेखनी को संयत करना होगा। इन सब क्षमताओं का सामंजस्य बंकिम के अन्दर था। इसीलिए जब वे मृत्यु से कुछ पहले प्राचीन वेद-पुराणों का संग्रह करने के लिए बैठे थे तो बांग्ला साहित्य को उनसे बड़ी आशा थी लेकिन मृत्यु ने उस आशा को सफल नहीं होने दिया और हमारे भाग्य से जो असम्पन्न रह गया वह कब सम्पन्न होगा, यह कोई नहीं कह सकता।

यह बंकिम की प्रतिभा का एक स्वाभाविक गुण है कि वे सब तरह के अतिरेक और असंगति से अपनी रक्षा कर सके। जिन लोगों ने उनकी रचनाएँ पढ़ी हैं वे जानते हैं कि बंकिम हास्यरस के अच्छे रसिक थे। जिस परिष्कृत बुद्धि का आलोक सभी अतिरेकों और असंगतियों का पर्दा खोल देता है, हास्यरस उसी किरण की एक रश्मि है। कहाँ पहुँचकर कोई चीज हास्यास्पद हो उठती है यह सब लोग अनुभव नहीं कर पाते, लेकिन जो हास्यरस के रसिक होते हैं उनके अन्त:करण में एक बोधशक्ति होती है जिसके द्वारा वे सदा अपनी ही नहीं दूसरे की बातचीत, आचार-व्यवहार और चरित्र की सुसंगति की सूक्ष्म सीमा तक का सहज ही निर्णय कर लेते हैं।

बंकिम ही सबसे पहले बांग्ला-साहित्य में निर्मल, शुभ्र, संयत हास्य लेकर आए। उसके पहले बांग्ला-साहित्य में हास्यरस को दूसरे रसों के साथ एक पंक्ति में नहीं बैठाता जाता था। वह नीचे आसन पर बैठकर श्राव्य-अश्राव्य भाषा में भँड़ैती करके सभाजनों का मनोरंजन करता था। शृंगार-रस के साथ जैसे उसका छेड़छाड़ का कोई खास रिश्ता था और उसी रस को सब तरह से खींच-तानकर, जगाकर उसका अधिकांश परिहास-विद्रूप प्रकट होता था। यह प्रगल्भ विदूषक चाहे कितना ही प्रिय पात्र क्यों न हो, सम्मान का अधिकारी वह कभी न था। जहाँ किसी विषय की गम्भीर आलोचना होती वहाँ हास्य की चपलता को अलग करने की पूरी चेष्टा की जाती।

बंकिम ने सबसे पहले हास्य-रस को साहित्य की ऊँची श्रेणी में स्थान दिलाया। उन्होंने सबसे पहले यह दिखाया कि हास्यरस केवल प्रहसन की सीमा में आबद्ध नहीं है, उज्ज्वल, शुभ्र हास्य सब विषयों को आलोकित कर सकता है। उन्होंने सबसे पहले दृष्टान्त के द्वारा प्रमाणित कर दिया कि इस हास्य-ज्योति के संस्पर्श से किसी विषय की गहराई का गौरव कम नहीं होता, हाँ, उसका सौन्दर्य और रमणीयता बढ़ जरूर जाती है; उसका सब प्राण और गति जैसे स्पष्ट होकर चमक उठती है। जिन बंकिम ने बांग्ला-साहित्य की गहराई से अश्रुओं को उन्मुक्त किया था उन्हीं बंकिम के आनन्द के उदय-शिखर से नवजाग्रत बांग्ला-साहित्य के ऊपर हास्य का प्रकाश बिखेर दिया।

केवल सुसंगति, सुरुचि और शिष्टता की सीमा का निर्णय करने के लिए भी एक स्वाभाविक सूक्ष्म बोध-शक्ति आवश्यक होती है। कभी-कभी अनेक बलिष्ठ प्रतिभाओं में इस बोध-शक्ति का अभाव देखा जाता है। लेकिन बंकिम की प्रतिभा में बल और सुकुमारता का एक सुन्दर सम्मिश्रण था। सच्चे अर्थों में वीर पुरुष के मन में नारी-जाति के प्रति जैसा एक सम्भ्रमपूर्ण सम्मान का भाव रहता है वैसा ही सुरुचि और शील के प्रति बंकिम की बलिष्ठ बुद्धि की एक भद्रजनोचित, वीरोचित, प्रीतिपूर्ण श्रद्धा थी। बंकिम की रचना इसकी साक्षी है। इस लेखक ने किसी दिन पहली बार बंकिम को देखा था उस दिन एक घटना घटी, जिससे बंकिम की इस स्वाभाविक सुरुचिप्रियता का प्रमाण मिलता है।

उस दिन लेखक के आत्मीय पूज्यपाद श्रीयुत् शौरीन्द्रमोहन ठाकुर महोदय के निमंत्रण पर उनके मरकत कुंज में कॉलेज-रियूनियन नामक एक मिलन-सभा बैठी थी। यह कितने दिनों की बात है, ठीक-ठीक मुझे याद नहीं, पर तब मैं लड़का था। उस दिन वहाँ पर मेरे अपरिचित बहुत-से यशस्वी लोगों का समागम हुआ था। विद्वानों की उसी मंडली में एक दुबला-पतला-लम्बा विनोदी, हँसमुख मूँछवाला प्रौढ़ व्यक्ति चपकन पहने सीने पर दोनों हाथ बाँधे खड़ा था। देखकर ही ऐसा लगा कि जैसे वे सबसे अलग और अपने में डूबे हुए हों। और सब जनता का अंश थे, केवल वे जैसे अकेले एक हों। उस दिन और किसी का परिचय जानने की कोई अभिलाषा

मेरे मन में नहीं जगी, लेकिन उनको देखते ही मैं और मेरा एक आत्मीय संगी हम दोनों एक-साथ कुतूहल से भर उठे। पता लगाने पर मालूम हुआ कि वही लोकविश्रुत बंकिम बाबू हैं जिनके दर्शन की अभिलाषा हमारे मन में बहुत दिनों से थी। मुझे याद है पहले दर्शन में ही उनकी मुख-मंडल की प्रतिभा की प्रखरता और बलिष्ठता तथा सब लोगों से दूर और सबसे अलग होने का उनका वह भाव मेरे मन पर अंकित हो गया था। उसके बाद बहुत बार मैंने उसका साक्षात्कार किया है, उनसे बहुत उत्साह और उपदेश प्राप्त किया है और उनकी मुखश्री को स्नेह के कोमल हास्य से अत्यन्त कमनीय होते देखा है लेकिन प्रथम दर्शन में उनके मुख पर मैंने जो उठी हुई तलवार के समान एक उज्ज्वल, सुतीक्ष्ण प्रबलता देखी थी, वह आज तक मैं भूल नहीं सका।

उस उत्सव के उपलक्ष्य में एक संस्कृतज्ञ पंडित एक कमरे में अपने रचे हुए देशानुरागमूलक संस्कृत श्लोक पढ़कर उनकी व्यवस्था कर रहे थे। बंकिम एक किनारे खड़े सुन रहे थे। पंडित महाशय ने सहसा एक श्लोक में पतित भारत-सन्तान को लक्ष्य करके उन दिनों के ढंग का एक अत्यन्त पंडिताऊ हास्य का प्रयोग किया, पर वह रस कुछ बीभत्स हो उठा। बंकिम फौरन बहुत शरमाकर दाहिनी हथेली से अपना चेहरा ढँके हुए बगल के दरवाजे से आनन-फानन दूसरे कमरे में भाग गए।

बंकिम का वह संकोचपूर्ण पलायन-दृश्य आज तक मेरे मन पर अंकित है।

विचार करके देखा होगा, ईश्वर गुप्त जब साहित्य-गुरु थे तब बंकिम उनके शिष्यों में थे। उस समय का साहित्य अन्य किसी प्रकार की शिक्षा चाहे दे सके, सुरुचि की शिक्षा के लिए बहुत उपयोगी न था। उस समय के असंयत वाकयुद्ध और आन्दोलन के बीच पलटकर बड़े होकर नीचता के प्रति क्षोभ, सुरुचि के प्रति श्रद्धा और शिष्टता के सम्बन्ध में अक्षुण्ण वेदना-बोध की रक्षा करना कितना अद्भुत काम था, यह सब लोग समझ सकेंगे। दीनबन्धु भी बंकिम के समसामयिक और उनके मित्र थे लेकिन उनकी रचनाओं में अन्य क्षमताएँ रहते हुए बंकिम की प्रतिभा की यह ब्राह्मणोचित शुचिता उनमें नहीं दिखाई पड़ती। उनकी रचनाओं से ईश्वर गुप्त के समय की छाप धुल नहीं सकी।

हममें से जो लोग साहित्य-व्यवसायी हैं उन्हें यह कभी न भूलना चाहिए कि वे बंकिम के निकट कितने चिर ऋणी हैं। एक दिन हमारी बांग्ला भाषा केवल इकतारे के समान एकतारे से बँधी हुई थी, वह केवल सहज सुर में धर्म-संकीर्तन के लिए उपयोगी थी, बंकिम ने अपने हाथ से उसमें एक-एक करके तार चढ़ाए और इस तरह आज उसे वीणा का रूप दे दिया। पहले जिसमें केवल स्थानीय ग्राम्य सुर बजता था वही आज विश्व-सभा में सुनाने के उपयुक्त ध्रुपद अंग की कलावती रागिनी का आलाप करने के योग्य हो उठा है। वही उनकी अपने हाथ से गढ़ी हुई, स्नेहपालित, क्रोड़संगिनी बांग्ला भाषा आज बंकिम के लिए बिलख-बिलखकर रो रही है। लेकिन वे इस शोकोच्छ्वास से परे शान्तिधाम में, दुष्कर जीवन-यज्ञ को

समाप्त करके निरामय विश्राम कर रहे हैं। मृत्यु के बाद उनके चेहरे पर एक कोमल प्रसन्नता, एक दु:ख-ताप-हीन गहरी शान्ति उद्भासित हो उठी थी—कि जैसे मृत्यु उनको जीवन की दोपहरी से तपे हुए, कठोर संसार से स्नेह-शीतल माँ की गोद में ले गई हो। आज हमारा विलाप-परिताप उनको नहीं छूता, हमारे भक्ति के उपहार को ग्रहण करने के लिए वह प्रतिभा-ज्योतिर्मय सौम्य प्रसन्न मूर्ति यहाँ पर उपस्थित नहीं है। हमारा यह शौक, यह भक्ति केवल हमारे अपने कल्याण के लिए है। बंकिम साहित्य-क्षेत्र में जो आदर्श स्थापित कर गए हैं वही आदर्श प्रतिभा इस शौक और भक्ति के द्वारा हमारे मन में उज्ज्वल और स्थायी रूप से प्रतिष्ठित हो। पत्थर की मूर्ति स्थापित करने का अर्थ और सामर्थ्य अगर हममें न हो तो एक बार उनके महत्त्व को पूरी तरह से अपने मन में उपलब्ध करके हम उन्हें अपने बंगाली हृदय में स्मरण-स्तम्भ में स्थायी बनाकर रखें। अंग्रेज और अंग्रेज का कानून चिरस्थायी नहीं है, राजनीतिक, धर्मनीतिक, समाजनीतिक मतामत हजारों बार परिवर्तित हो सकते हैं; जो सब घटनाएँ, जो सब अनुष्ठान आज सबसे प्रधान जान पड़ रहे हैं और जिनके उन्माद के कोलाहल में समाज के ख्यातिहीन, शब्दहीन कर्तव्यों को नगण्य समझा जा रहा है, हो सकता है कल उनकी स्मृति का चिह्न भी न बचे, लेकिन जिन्होंने हमारी मातृ-भाषा को सब तरह के भावों की अभिव्यक्ति के योग्य बनाया है उन्होंने इस अभागे दरिद्र देश को एक अमूल्य सम्पदा दी है, जिसका अभी अन्त न होगा। वे स्थायी जातीय उन्नति का एकमात्र मूल उपाय स्थापित कर गए हैं। उन्होंने हम लोगों के सामने सच्चे अर्थों में शोक के बीच सान्त्वना, अवनति के बीच आशा, श्रान्ति के बीच उत्साह और दारिद्र्य की शून्यता के बीच चिर-सौन्दर्य का अक्षय आगार उद्घाटित कर दिया है। हम लोगों में जो कुछ अमर है और जो कुछ हमको अमर करेगा उस सब महाशक्ति को धारण करने का, पोषण करने का, व्यक्त करने का और सब जगह प्रचारित करने का एकमात्र उपाय मातृभाषा है, उसी को उन्होंने बलवती और महीयसी बनाया है।

रचना-विशेष की समालोचना भ्रान्त हो सकती है—हमारे निकट जो प्रशंसित है कालान्तर में शिक्षा, रुचि और स्थिति के परिवर्तन के अनुसार हमारे उत्तरवर्तियों के निकट वह निन्दित और उपेक्षित हो सकती है लेकिन बंकिम ने बांग्ला भाषा की क्षमता और बांग्ला-साहित्य की समृद्धि बढ़ा दी है, उन्होंने भगीरथ के समान साधना करके बांग्ला-साहित्य में भावमन्दाकिनी को उतारा है और उसी पुण्य स्रोत के स्पर्श से जड़ता के शाप को काटकर हमारी प्राचीन भस्मराशि में जीवन फूँक दिया है—यह केवल सामयिक मत नहीं, यह बात किसी विशेष तर्क या रुचि से ऊपर निर्भर नहीं है, यह एक ऐतिहासिक सत्य है। इस बात की छाप स्मृति पर लगाकर मैं इन बांग्ला-लेखकों के गुरु बांग्ला-पाठकों के सुजला-सुफला-मलयजशीतला बंगभूमि की मातृ-वत्सल प्रतिभाशाली सन्तान से विदा लेता हूँ, जो जीवन की साँझ आने के पहले ही, नए

अवकाश और नए उद्यम से नए काम में हाथ डालने के पहले ही अपनी अम्लान प्रतिभारश्मि को बटोरकर और बांग्ला साहित्याकाश की क्षीणतर ज्योतिष्क-मंडली के हाथों समर्पित करके पिछली शताब्दी के अन्तिम वर्ष में पश्चिम दिगन्त-सीमा पर अपने समय से पहले ही अस्त हो गए।

[8 अप्रैल, 1899 को बंकिमचन्द्र का स्वर्गवास हो गया। कोलकाता के चैतन्य पुस्तकालय में टैगोर ने यह निबन्ध पढ़ा था और यह 'साधना' के मई 1895 के अंक में प्रकाशित भी हुआ।]

काव्य की उपेक्षिताएँ

कवियों ने अपने कल्पना-स्रोत का सब करुणा-जल केवल जनक-तनया के पुण्य अभिषेक में लगा दिया। लेकिन एक और भी म्लानमुखी, सब ऐहिक सुखों से वंचित राजवधू, जो सीता देवी की छाया के नीचे घूँघट डाले खड़ी है, कवि के कमंडल से एक बूँद अभिषेक-जल भी क्यों उसके चिर-दु:ख-तप्त नम्र ललाट पर नहीं पड़ा! हाय अव्यक्त-वेदना देवी उर्मिला, तुम भोर के तारे के समान महाकाव्य के सुमेरु शिखर पर केवल एक बार उदित हुई थीं, और फिर कभी अरुणालोक में दिखाई नहीं पड़ीं। तुम्हारा उदयाचल कहाँ है और कहाँ है तुम्हारा अस्त-शिखर, यह पूछना भी सब लोग भूल गए।

काव्य-संसार में ऐसी दो-एक रमणियाँ हैं जो कवियों के द्वारा पूर्णतया उपेक्षित होकर भी अमर लोक से भ्रष्ट नहीं हुईं। पक्षपात-कृपण काव्य ने उनको स्थान नहीं दिया, शायद इसीलिए पाठकों के हृदय ने आगे बढ़कर उन्हें आसन दिया।

लेकिन इन कवि-परित्यक्ताओं में किसे कौन हृदय में आश्रय देगा, यह पाठक-विशेष की प्रकृति और अभिरुचि पर निर्भर है। मैं कह सकता हूँ कि संस्कृत साहित्य में काव्य-यज्ञशाला के एक किनारे पर खड़ी हुई जिन कुछ अनादृताओं से मेरा परिचय हुआ है उनमें मैं उर्मिला को मुख्य स्थान देता हूँ।

शायद इसका एक कारण है, ऐसा मधुर नाम संस्कृत काव्य में दूसरा नहीं है। मैं उनमें से नहीं हूँ जो नाम को केवल नाम समझते हैं। शेक्सपियर कह गए हैं, गुलाब को चाहे जो नाम दो उसका माधुर्य कम नहीं होता। हो सकता है कि गुलाब के लिए यह बात ठीक हो, क्योंकि गुलाब का माधुर्य संकीर्ण सीमा में बँधा हुआ है, वह दो-चार सुस्पष्ट प्रत्यक्ष-गम्य गुणों पर निर्भर करता है। लेकिन मनुष्य का माधुर्य इस प्रकार सर्वांशत: सुगोचर नहीं होता, उसमें बहुत-से सूक्ष्म-सुकुमार तत्त्व मिलकर अनिर्वचनीयता का उद्रेक करते हैं। उनको हम केवल इन्द्रियों द्वारा उपलब्ध नहीं करते, कल्पना द्वारा सृष्ट करते हैं। नाम इसी सृष्टि-कार्य में सहायता करता है। एक बार विचार करके देखिए, द्रौपदी का नाम अगर उर्मिला होता तो उस पंचवीरमतिगर्विता क्षत्रिय नारी का दीप्त तेज इस तरुण कोमल नाम से पद-पद पर खंडित होता।

अतएव इस नाम के लिए मैं वाल्मीकि का कृतज्ञ हूँ। कविगुरु ने इसके प्रति बहुत अन्याय किया है लेकिन दैवयोग से उन्होंने इसका नाम मांडवी या श्रुतिकीर्ति नहीं रखा, यह एक विशेष सौभाग्य की बात है। मांडवी और श्रुतिकीर्ति के सम्बन्ध में हम कुछ नहीं जानते, जानने की उत्सुकता भी नहीं है।

उर्मिला को हमने केवल दुल्हन के वेश में देखा, विदेह नगरी की विवाह-सभा में। उसके बाद जब से उसने रघुराज-कुल के विशाल अन्त:पुर में प्रवेश किया तब से फिर कभी किसी दिन उसे देखा हो, ऐसा नहीं लगता। वह उसका विवाह-सभा का दुल्हन के वेशवाला चित्र ही मन में रह गया। उर्मिला चिरवधू है—निर्वाक् कुंठिता, नि:शब्दचारिणी। भवभूति के काव्य में भी उसका यही चित्र एक क्षण के लिए प्रकट हुआ था। सीता के स्नेहभरे नटखटपन से बस एक बार उसके ऊपर तर्जनी रखकर अपने देवर से पूछा, "वत्स, यह कौन है?" लक्ष्मण ने लजाकर मुस्कराते हुए मन-ही-मन कहा, "ओ हो, आर्या उर्मिला की बात पूछ रही हैं।" यह कहकर तत्क्षण लज्जा से उस चित्र को ढाँक दिया और फिर रामचन्द्र के इतने विविध सुख-दु:ख के चित्रों में कौतूहल की उँगली एक बार भी फिर इस चित्र पर नहीं पड़ी। उर्मिला तो बस दुल्हन है।

अपने तरुण शुभ्र ललाट पर जिस दिन उर्मिला ने पहली बार सिन्दूर का टीका लगाया था, उसी दिन के जैसी नई-नवेली बहू वह चिरकाल तक बनी रही। लेकिन जिस दिन राम के अभिषेक-मंगलाचरण के आयोजन में अन्त:पुरिकाएँ लगी हुई थीं उस दिन क्या यह दुल्हन भी माथे तक आधा घूँघट डाले रघुकुल-लक्ष्मियों के साथ प्रसन्न-वदन मांगल्य-रचना में अत्यधिक व्यस्त न थी! और जिस दिन अयोध्या को अँधेरा करके दो किशोर राज-भ्राता सीता देवी को साथ लेकर तपस्वी-वेश में बाहर रास्ते पर निकल आए उस दिन वधू उर्मिला राजभवन के किस निभृत शयनकक्ष में धूलिशय्या पर वृन्तच्युत मुकुल के समान पड़ी हुई थी यह कौन जानता है! उस दिन के विश्वव्यापी विलाप में इस टूटते हुए छोटे-से कोमल हृदय के असह्य दु:ख को किसने देखा था। जो ऋषि कवि क्रौञ्च-विरहिणी का वैधव्य दु:ख एक क्षण के लिए नहीं सह सके उन्होंने भी एक बार उसकी ओर न ताका।

लक्ष्मण ने राम के लिए सब तरह से आत्मोत्सर्ग किया, वह गौरव गाथा भारतवर्ष के घर-घर में आज भी घोषित हो रही है। लेकिन सीता के लिए उर्मिला का आत्मोत्सर्ग न तो संसार में कोई जानता है और न काव्य में। लक्ष्मण ने अपनी देवतातुल्य युगल जोड़ी के लिए केवल अपना उत्सर्ग किया था, उर्मिला ने अपने से अधिक अपने स्वामी का दान किया था यह बात काव्य में नहीं लिखी गई। सीता के अश्रु-जल में उर्मिला बिलकुल धुल-पुँछ गई।

लक्ष्मण तो बारह बरस तक अपने उपास्य प्रियजनों के प्रिय कार्य में लगे रहे, उर्मिला ने नारी जीवन के वे बारह श्रेष्ठ वर्ष कैसे काटे। सलज्ज नवप्रेम मुदित

विकासोन्मुख हृदय-मुकुल लेकर जब पहली बार स्वामी के साथ उसके मधुरतम परिचय के आरम्भ की वेला थी उसी मुहूर्त में लक्ष्मण सीतादेवी के रक्तचरणक्षेप के प्रति दृष्टि झुकाए वन को चले गए, जब लौटे तब इतने लम्बे समय तक प्रणय-आलोक से वंचित नववधू के हृदय में क्या वही नवीनता रह गई थी। बाद को कोई सीता के साथ उर्मिला के परम दु:ख की तुलना करने लगे, इसी डर से कवियों ने सीता के स्वर्ण-मन्दिर से इस शोकोज्ज्वल—महा-दु:खिनी को बिलकुल बाहर कर दिया है—जानकी के पैरों के पास बैठाने का साहस भी नहीं कर सके।

संस्कृत-काव्य की और दो तपस्विनियाँ हमारे हृदय-क्षेत्र में तपोवन बनाकर रहती हैं। प्रियम्वदा और अनसूया। वे पति के घर जाती हुई शकुन्तला को विदा करके रास्ते के बीच से रोते-रोते लौट आई, नाटक में फिर उन्होंने प्रवेश नहीं किया, सीधे हमारे हृदय में आकर आश्रय लिया।

जानता हूँ कि काव्य में सबके समान अधिकार नहीं हो सकते। कठिन-हृदय कवि अपने नायक-नायिकाओं के लिए कितनी अक्षय प्रतिमाएँ गढ़कर निर्मम चित्त से विसर्जित कर देते हैं। लेकिन वे काव्य के प्रयोजन को समझकर जिसको जहाँ पर समाप्त कर देते हैं वहीं क्या वे पूरी तरह समाप्त हो जाते हैं? दीप्तरोष दोनों ऋषि-शिष्य और हतबुद्धि बिलख-बिलखकर रोती हुई गौतमी ने जब तपोवन में लौटकर दोनों उत्सुक उत्कंठित सखियों को राजसभा का वृत्तान्त बतलाया जब उन सखियों का क्या हाल हुआ यह शकुन्तला नाटक के लिए बिलकुल अनावश्यक है, लेकिन क्या इसीलिए वह बिनकही असीम वेदना वहीं समाप्त हो गई? क्या हमारे हृदय में बिना छन्द-भाषा के हमेशा के लिए पागल की तरह चक्कर नहीं लगाने लगी?

काव्य हीरे के टुकड़े-जैसा कठोर होता है। जब सोचकर देखता हूँ कि प्रियम्वदा-अनसूया शकुन्तला के लिए क्या थीं, यह लगता है कि दुहिता के सबसे बड़े दु:ख के समय ही उन सखियों को बिलकुल अनावश्यक लांछन लगाकर एकदम बाहर कर देना काव्य के लिए न्यायसंगत हो सकता है, लेकिन है वह बहुत ही निष्ठुर बात।

शकुन्तला के सुख-सौन्दर्य, गौरव-गरिमा को बढ़ाने के लिए ही इन दोनों लावण्य-प्रतिमाओं ने अपना सब कुछ देकर उसे अपनी बाँहों में घेर रखा था। तीनों सखियाँ जब पानी के घड़े लेकर अकाल-विकसित नई मालती के नीचे आकर खड़ी हुईं तब दुष्यन्त ने क्या अकेले शकुन्तला को चाहा था? तब किसने हास्य से, कौतुक से, नवयौवन के चपल माधुर्य से शकुन्तला को पूर्णता दी थी? इन्हीं दोनों तापसी सखियों ने। अकेली शकुन्तला केवल एक-तिहाई अंश है। शकुन्तला का अधिकांश अनसूया और प्रियम्बदा हैं, शकुन्तला ही उनमें सबसे कम है। बाहर आना प्रेमालाप तो उन्होंने सुचारु रूप से सम्पन्न कर दिया। तृतीय अंक में जहाँ एकाकिनी शकुन्तला के साथ दुष्यन्त की प्रेमाकुलता का वर्णन है वहाँ कवि बहुत-कुछ शक्तिहीन हो गए थे—किसी तरह जल्दी से गौतमी को ले वे ही वहाँ पर न थीं। वृन्तच्युत फूल

पर दिन का सारा प्रखर आलोक सहा नहीं जाता, वृन्त के बन्धन और पल्लव के हल्के-से अन्तराल के रहने पर वह आलोक उसके ऊपर उतने कमनीय कोमल ढंग से नहीं पड़ता। नाटक के उन्हीं-से पन्नों में सखीविहीन शकुन्तला इतने स्पष्ट रूप से असहाय, असम्पूर्ण, अनावृत दिखाई पड़ती है कि जैसे उसकी ओर ध्यान से देखने में संकोच मालूम होता है, बीच में ही आर्या गौतमी के अकस्मात् आ जाने से पाठक मन-ही-मन आराम पाते हैं।

मैं तो सोचता हूँ कि राजसभा में दुष्यन्त जो शकुन्तला को पहचान नहीं सके उसका प्रधान कारण यही था कि उसके साथ में अनसूया-प्रियम्वदा न थीं। एक तो तपोवन से बाहर और फिर खंडित शकुन्तला—पहचानना मुश्किल हो सकता है।

शकुन्तला ने विदा ली और फिर जब सखियाँ सूने तपोवन में लौटीं तब क्या अपनी बचपन की सहचरी का विरह ही उनका एकमात्र दुःख था शकुन्तला के अभाव को छोड़कर क्या इस बीच तपोवन में और कोई परिवर्तन नहीं हुआ? हाय, उन्होंने ज्ञानवृक्ष का फल खा लिया है, जो कुछ न जानती थीं वह जान गई हैं। काव्य की काल्पनिक नायिका का विवरण पढ़कर नहीं, अपनी प्रियतमा सखी के विदीर्ण हृदय के बीच से। अब से तीसरे पहर थालों में पानी सींचते समय क्या वे रह-रहकर खो न जाएँगी? अब क्या वे रह-रहकर पत्तों के मर्मर से चौंककर अशोक-तरु के अन्तराल में छिपे हुए किसी आगन्तुक की आशंका न करेंगी? मृगछौना अब क्या उनका पूरा-पूरा स्नेह पाएगा।

अभी मैं उन सखी-भाव से मुक्त, सबसे अलग-थलग अनसूया और प्रियम्वदा को मर्मरित तपोवन में उनके अपने जीवन की कहानी के सूत्र में ढूँढ़कर लौट रहा हूँ। वे छाया तो नहीं हैं, शकुन्तला के साथ-साथ एक दिगन्त से उठकर दूसरे दिगन्त में उनका अस्त तो नहीं होता। वे जीवन्त हैं, मूर्तिमती हैं। रचित काव्य के बाहरी प्रदेश में, अभिनीत नाटक के नेपथ्य में अब वे बड़ी हो गई हैं; कसा हुआ वल्कल अब उनके यौवन को बाँधकर नहीं रख पाता; अब उनकी किलकारी के ऊपर अन्तर्घन भाव का आवेग नववर्षा की प्रथम मेघमाला के समान अश्रुगम्भीर छाया फेंक रहा है। अब बहुधा उन अनमनी युवतियों की कुटिया के आँगन से अतिथि आकर लौट जाता है। हम भी लौट आए।

संस्कृत साहित्य में एक अनादृत और है। उससे पाठकों का परिचय कराने में मुझे संकोच होता है। वह कोई बड़ी नायिका नहीं है, वह कादम्बरी की पत्रलेखा है। उसने जहाँ आकर नन्ही-सी जगह में आश्रय लिया है वहाँ उसके आने का रत्तीभर प्रयोजन न था। वह स्थान उसके लिए बहुत संकीर्ण है, जरा-सा भी इधर-उधर पैर फेंकने में संकट है।

इस आख्यायिका में पत्रलेखा जिस सुकुमार सम्बन्ध-सूत्र में बँधी हुई है वैसा सम्बन्ध और किसी साहित्य में नहीं देखा। तो भी कवि ने बड़े सहज ढंग से, सरल

चित्त से अपूर्व सम्बन्ध-बन्धन की अवतारणा की है, कहीं भी इस मकड़ी के जाले पर इतना-सा भी जोर नहीं पड़ता जिससे एक क्षण के लिए भी उसके टूट जाने की रंचमात्र आशंका हो सके।

युवराज चन्द्रापीड जब अध्ययन पूरा करके महल में लौट आए तो एक दिन सवेरे उनके कमरे में कैलाश नाम के एक कंचुकी ने प्रवेश किया—उसके पीछे-पीछे एक कन्या—नवयौवन, मस्तक पर बीरबहूटी के समान लाल कपड़े का घूँघट, ललाट पर चन्दन का तिलक, कमर में सोने की करधनी, कोमल, शरीर-लता की प्रत्येक रेखा जैसे कभी-कभी नई-नई अंकित की गई हो, यह तरुणी अपनी लावण्य-प्रभा से महल को भरती हुई घुँघरुओं की झंकारवाले चरणों से कंचुकी के पीछे-पीछे आई।

कंचुकी ने प्रणाम करके, धरती पर दाहिना हाथ टेककर कहा, "कुमार, अपनी माता महादेवी विलासवती ने सन्देश भेजा है : 'यह कन्या पराजित कुलुतेश्वर की दुहिता है, बन्दिनी है, इसका नाम पत्रलेखा है। इस अनाथ राजकन्या को मैंने अब तक अपनी ही कन्या के समान पाला है, अब मैं इसको तुम्हारी ताम्बूल वाहिनी बनाकर भेजती हूँ। इसको साधारण सेवक-सेविकाओं के समान मत देखना, बालिका के समान इसका लालन-पालन करके अपनी चित्तवृत्ति के अनुसार चपलता से इसको बचाना, शिष्या के समान समझना, मित्र के समान समस्त प्रणय-व्यापारों में इसको अपना अन्तरंग बनाना, और इस कल्याणी को ऐसे सब कार्यों में नियुक्त करना जिनसे यहाँ सदा-सदा के लिए तुम्हारी परिचारिका बन सके'।"

कैलाश के यह कहते ही पत्रलेखा ने चन्द्रापीड को बहुत झुककर प्रणाम किया और चन्द्रापीड ने उसको निर्निमेष नेत्रों से काफी देर तक देखकर "माँ ने जैसे आदेश दिया है वैसा ही होगा।" कहकर दूत को विदा कर दिया।

पत्रलेखा पत्नी नहीं है, प्रेयसी भी नहीं है, किंकरी भी नहीं है, पुरुष की सहचरी है। इस प्रकार का अनोखा सखीत्व दो समुद्रों के बीच एक बालू के तट के समान है। कैसे उसकी रक्षा हो। युवा कुमार-कुमारी के बीच अनादिकाल से जो चिरन्तन प्रबल आकर्षण चला आता है वह दोनों दिशाओं से संकीर्ण इस बाँध को तोड़कर उसे क्यों नहीं जाता।

लेकिन कवि ने उस अनाथ राजकन्या को सदा के लिए इस दुर्बल आश्रय के बीच बैठा रखा है, इस घेरे से बाल बराबर भी कभी उसे नहीं आने दिया। हतमानिनी बन्दिनी के प्रति कवि की उपेक्षा इससे अधिक और क्या हो सकती है? एक सूक्ष्म यवनिका के परदे में रहते हुए भी उसे अपना स्वाभाविक स्थान नहीं मिला। पुरुष के हृदय की बगल में वह जागती बैठी रही, लेकिन भीतर पैर न रख सकी। किसी दिन किसी असतर्क वसन्ती हवा में भी सखीत्व का परदा तनिक भी उड़ न सका।

तो भी सखीत्व में लेशमात्र अन्तराल न था। कवि कहते हैं, पत्रलेखा उसी पहले दिन से चन्द्रापीड के दर्शनमात्र से सेवारास में विभोर होकर, दिन नहीं, रात नहीं,

उठते-बैठते छाया के समान राजपुत्र के साथ बराबर लगी रही, उसका पार्श्व कभी न छोड़ा। उससे मिलने के बाद चन्द्रापीड की प्रीति भी उसके प्रति प्रतिक्षण बढ़ती रही। प्रतिदिन इसके लिए प्रसाद बचाकर उन्होंने रखा और समस्त विश्वास-कार्यों में इसको अपना अन्तरंग समझने लगे, ऐसा अन्तरंग जो अलग ही न किया जा सके।

यह सम्बन्ध अपनी मधुरता में अपूर्व है लेकिन इसमें नारी-अधिकार की पूर्णता नहीं है। नारी के साथ नारी का जिस प्रकार का लज्जाबोधक सखी-सम्पर्क हो सकता है पुरुष के साथ उसकी वैसी ही निस्संकोच निकटता में पत्रलेखा की नारी-मार्यादा के प्रति कादम्बरीकार की जो एक अवज्ञा व्यक्त होती है उससे क्या पाठक को चोट नहीं लगती? कैसी चोट? आशंका की नहीं, संशय की नहीं, क्योंकि कवि यदि आशंका और संशय के लिए लेशमात्र भी स्थान रखते तो उसे हम पत्रलेखा के नारीत्व के प्रति थोड़ा-सा सम्मान समझकर ग्रहण करते। लेकिन इन दो तरुण-तरुणियों के बीच लज्जा, आशंका और सन्देह की काँपती हुई स्निग्ध छाया तक नहीं है। पत्रलेखा अपने अनूठे सम्बन्ध के कारण अन्त:पुर को छोड़ ही देती है लेकिन स्त्री-पुरुष के परस्पर पास होने पर स्वभावत: जो एक संकोच-सम्भ्रम, यहाँ तक कि सहास छलना का एक काँपता हुआ झीना परदा अपने-आप तैयार हो जाता है, इनके बीच वह भी नहीं है। इसी कारण से हमारे मन में अन्त:पुर-विच्युता अन्त:पुरिका के लिए सदा दु:ख जागता रहता है।

चन्द्रापीड के साथ पत्रलेखा की निकटता भी असाधारण है। दिग्विजय-यात्रा के समय एक ही हाथी की पीठ पर पत्रलेखा को सामने बिठाकर राजपुत्र आसन ग्रहण करते हैं। रात को शिविर में जब चन्द्रापीड अपनी शय्या के पास लेटे हुए पुरुष-सखा वैशम्पायन के साथ बातचीत करते रहते हैं तब पास ही जमीन पर बिछी हुई सुजनी पर सखी पत्रलेखा सोती रहती है।

अन्त में जब कादम्बरी के साथ चन्द्रापीड का प्रणय-संघटन हुआ तब भी पत्रलेखा अपने क्षुद्र स्थान पर ज्यों-की-त्यों बनी रही, क्योंकि पुरुष के हृदय में नारी जितना आसन पा सकती है उसका एक संकीर्णतम कोना-भर उसके अधिकार में था, जब वहाँ पर महामहोत्सव के लिए जगह बनानी पड़ी तब उसको उन्हें कोने से हटाने की जरूरत भी न हुई।

कादम्बरी के मन में पत्रलेखा के प्रति ईर्ष्या का आभास तक न था। यहाँ तक कि कादम्बरी ने उसे अपनी प्रिय सखी के रूप में स्नेहपूर्वक जो ग्रहण किया वह भी इसीलिए कि चन्द्रापीड के साथ पत्रलेखा का प्रीति-सम्बन्ध था। कादम्बरी काव्य में पत्रलेखा जिस अनोखे भूखंड में है वहाँ पर ईर्ष्या, संशय, संकट, वेदना कुछ भी नहीं है, वह स्वर्ग के समान निष्कंटक है लेकिन स्वर्ग का अमृत-बिन्दु वहाँ कहाँ है।

प्रेम का उच्छ्वसित अमृत-पान उसके सामने ही चल रहा है। उसकी गन्ध से भी क्या किसी दिन उसकी शिरा का रक्त चंचल न हो उठा। वह क्या चन्द्रापीड की छाया

है। राजपुत्र के तप्त यौवन की तनिक भी गर्मी क्या उसे स्पर्श नहीं करती। कवि ने इस प्रश्न का उत्तर देने की भी जरूरत नहीं समझी। काव्य-सृष्टि में वह इतनी उपेक्षिता है।

पत्रलेखा जब कुछ समय तक कादम्बरी के साथ रहने के बाद समाचार लेकर चन्द्रापीड के पास लौट आई, जब उसने मुस्कराकर दूर से ही चन्द्रापीड के प्रति प्रीति व्यक्त करते हुए नमस्कार किया, तब पत्रलेखा प्रकृतिबल्लभा होते हुए भी चन्द्रापीड को इसलिए प्रियतर लगी कि वह कादम्बरी की कृपा से प्राप्त एक और सौभाग्य के समान थी। युवराज ने अपने आसन से उठकर बड़े स्नेह से उसे गले लगा दिया।

चन्द्रापीड के इस आदर, इस आलिंगन के द्वारा ही कवि ने पत्रलेखा का अनादर किया है। हम कहते हैं, कवि अन्धा है। एक के बाद एक, कादम्बरी और महाश्वेता की ओर टकटकी लगाकर देखते-देखते उसकी आँखें झुलस गई हैं, इस क्षुद्र बन्दिनी को वह देख नहीं पाता। उसमें जो प्रणय की प्यास लिये हुए सदा-सदा के वंचित एक नारी-हृदय रह गया है, उसकी बात उन्हें बिलकुल भूल गई। बाणभट्ट की कल्पना मुक्तहस्त है, स्थान और पात्र का विस्तार किए बिना उन्होंने सर्वत्र अजस्र वर्षा की है। उनकी सारी कृपणता केवल इस अनाथ राजकन्या के प्रति है। अपने पक्षपात से दूषित अन्धेपन के कारण पत्रलेखा के हृदय की निगूढ़तम बात वे जरा भी न जान सके। वे सोचते हैं कि उन्होंने लहरों को जहाँ तक आने की अनुमति दी है वहीं तक आकर वे रुक गई हैं, पूर्ण चन्द्रोदय में भी उन्होंने उनके आदेश का उल्लंघन नहीं किया है। इसी से कादम्बरी पढ़कर मन में यही आता है कि अन्य सब नायिकाओं की कथा अनावश्यक विस्तार के साथ वर्णित हुई है लेकिन पत्रलेखा की बात बिलकुल नहीं कही गई।

[अनुवादक : अमृत राय, 'प्रदीप' में नवम्बर 1899 में प्रकाशित]

कुमारसम्भव और शकुन्तला

कालिदास केवल सौन्दर्य चेतना के कवि हैं, यह मत लोगों के बीच प्रचलित है। इसीलिए लोककथाओं में कालिदास का चरित्र कलंक से भरा पड़ा है। ये कथाएँ जनसाधारण-रचित कालिदास की काव्य-समालोचना हैं। इन कथाओं से समझा जाएगा, जनसाधारण के प्रति और चाहे किसी विषय में आस्था स्थापन की जा सके, साहित्य-चिन्तन के मामले में अन्धे-पर-अन्धे की तरह निर्भर होने से काम नहीं चलता।

महाभारत में जो एक विपुल कर्म का आन्दोलन दिखाई पड़ता है। उसमें एक बृहत् वैराग्य स्थिर अनिमेष भाव से बस गया है। महाभारत में कर्म-ही-कर्म की चरम समाप्ति नहीं है। उसके समस्त शौर्य-वीर्य, राग-द्वेष, हिंसा-प्रतिहिंसा-प्रयास और सिद्धि के मध्य श्मशान से महाप्रस्थान का भैरवसंगीत बज रहा है। रामायण में वही है; सम्पूर्ण आयोजन व्यर्थ हो जाता है, प्राप्त सिद्धि स्खलित हो जाती है—सभी के परिणाम में है परित्याग। फिर भी इस त्याग में, दुःख में, निष्फलता में ही कर्म का महत्त्व और पौरुष का प्रभाव रजतगिरि की तरह उज्ज्वल अभ्रभेदी हो गया है।

उसी प्रकार कालिदास के सौन्दर्य चांचल्य के मध्य भोग-वैराग्य स्तब्ध है। महाभारत को जिस प्रकार एक ही समय में कर्म एवं वैराग्य का काव्य कहा जाता है उसी प्रकार कालिदास को भी एक ही समय में सौन्दर्य भोग एवं भोगविरति का कवि कहा जा सकता है। उनका काव्य सौन्दर्य-विलास में ही समाप्त नहीं हुआ—उसका अतिक्रमण करके ही कवि शान्त हुए हैं।

कालिदास कहाँ थमे हैं एवं कहाँ नहीं थमे, वही आज के आदर्श के साथ तुलना कर विचार करने का विषय है। पथ के किसी एक स्थान पर ठहरकर उन पर विचार नहीं किया जा सकता, देखना होगा उनका गम्यस्थान कहाँ है।

मेरा दृढ़ विश्वास है, धीवर के हाथ से अँगूठी पाकर जहाँ दुष्यन्त अपनी भूल समझ सके हैं वहीं व्यर्थ के परिताप के मध्य यूरोपीय कवि 'शकुन्तला' नाटक की यवनिका गिरा देते। अन्तिम अंक में स्वर्ग से लौटते समय पथ पर दैवप्रभाव से दुष्यन्त के साथ 'शकुन्तला' का जो मिलन हुआ है वह यूरोप की नाट्य रीति के अनुसार अवश्य घटनीय नहीं है, कारण, 'शकुन्तला' नाटक के आरम्भ में जो बीज बोया गया है यह विच्छेद ही उसका चरम फल है। उसके बाद भी बाह्य उपायों से दैव

अनुग्रह से दुष्यन्त-शकुन्तला का पुनर्मिलन घटित करना पड़ा है। नाटक के अन्तर्गत किसी भी प्रकार से किसी घटनासूत्र में दुष्यन्त-शकुन्तला का यह मिलन घटित करने का कोई उपाय नहीं था।

उसी प्रकार आज के कवि 'कुमारसम्भव' में हतमनोरथ पार्वती के दुःख और लज्जा के मध्य काव्य समाप्त करते। अकालवसन्त के रक्तवर्ण अशोक कुंज में मदनमन्थन की दीप्त देव रोषाग्नि छटा में सिर झुकाए लज्जा से लाल गिरिराज कन्या अपने समस्त व्यर्थ पुष्पाभरण बहा पाठक के व्यथित हृदय के करुण लाल पद्म के ऊपर आ खड़ी होती—निष्फल प्रेम की वेदना उन्हें चिरकाल के लिए घेर रखती। आज के समालोचक के विचार से यहीं पर काव्य का उज्ज्वलतम सूर्यास्त होता, उसके बाद विवाह की रात्रि अत्यन्त वर्णच्छटाहीन होती।

विवाह दैनन्दिन संसार की भूमिका है, वह नियमबद्ध समाज का अंग है। विवाह ऐसे एक पथ का निर्देश करता है जिसका लक्ष्य एकमात्र और सरल है, एवं जिसमें अगर प्रबल आवेग दस्युता करें तो प्रबल निषेध प्राप्त होता है। इसीलिए आजकल के कवि विवाह कार्य को अपने काव्य में बढ़ा-चढ़ाकर नहीं दिखाना चाहते। जो प्रेम उद्दाम वेग से नर-नारी को उनके चारों ओर के सहस्र बन्धनों से मुक्त कर देता है, उन्हें संसार के चिरकालीन अभ्यस्त पथ से बाहर निकाल ले जाता है—जिस प्रेम के बल से नर-नारी सोचते हैं वे अपने-आप में सम्पूर्ण हैं, सोचते हैं कि यदि समस्त संसार विमुख हो जाए तब भी उन्हें डर नहीं, अभाव नहीं—जिस प्रेम की उत्तेजना में वे चक्रवात के वेग से विच्छिन्न-विक्षिप्त ग्रह की भाँति अपने चारों ओर से स्वतंत्र हो अपने आप में ही लीन हो रहते हैं, वह प्रेम ही मुख्य रूप से काव्य का विषय है।

कालिदास ने अनाहूत प्रेम के उस उन्मत्त सौन्दर्य की उपेक्षा नहीं की, उसे तरुणलावण्य के उज्ज्वल रंग में आँका है। किन्तु इसी अति उज्ज्वल के मध्य उन्होंने अपना काव्य समाप्त नहीं किया। जिस प्रशान्त विरलवर्ण परिणति की दिशा में वे अपना काव्य ले गए हैं वहीं पर उनके काव्य का चरम मर्म है। 'महाभारत' का समस्त कर्म जिस प्रकार महाप्रस्थान में समाप्त हुआ है उसी प्रकार 'कुमारसम्भव' के समस्त प्रेम का वेग मंगलमिलन में ही परिसमाप्त हुआ है।

'कुमारसम्भव' और 'शकुन्तला' की तुलना किए बगैर रहा नहीं जा सकता। दोनों का ही काव्यविषय निगूढ़ रूप में एक है। दोनों ही काव्यों में कामदेव ने जिस मिलन का संसाधन करने की चेष्टा की है उससे दैवशाप लगा है; वह मिलन असम्पन्न-असम्पूर्ण होकर अपने विचित्र शिल्प से जड़ित शुभरात्रि शय्या के मध्य दैवाहत होकर मरा है। उसके बाद कठिन दुःख और दुःसह विरहव्रत द्वारा जो मिलन सम्पन्न हुआ है। उसकी प्रकृति दूसरी तरह की है, वह अपने सौन्दर्य के समस्त बाहरी आवरण परित्याग कर अद्‌भुत निर्मल वेश में कल्याण की शुभदीप्ति में कमनीय होकर उठा है।

ईर्ष्यालु कामदेव ने जिस मिलन को सम्पन्न कराने का भार उठाया था उसके लिए भरपूर आयोजन किया था। सामाजिक बन्धनों से बाहर दो तपोवनों में कवि ने अहेतुक आकस्मिक नव प्रेम को कुशलता से और समारोहपूर्वक सुन्दर अवसर प्रदान किया है।

महायोगी शिव उस समय हिमालय की एक चट्टान पर बैठकर तपस्या कर रहे थे। शीतल वायु मृगनाभि की गन्ध और किन्नरों की गीतध्वनि वहन कर गंगा के प्रवाह से सिंचित देवदारु के वृक्षों को आन्दोलित कर रही थी। वहाँ हठात् अकाल वसन्त का समागम होते ही दक्षिण दिग्वधू ने सद्य:पुष्पित अशोक के नवपल्लवजाल मर्मरित कर आतप्त दीर्घ नि:श्वास छोड़ी, भ्रमरयुगल एक कुसुमपात्र में मधु खाने लगा एवं काले मृग ने अधमुँदी आँखोंवाली हिरणी के शरीर पर सींगों से घर्षण किया।

तपोवन में वसन्त समागम तपस्या के अत्यन्त कठोर नियम-संयम के कठिन बन्धनों के मध्य अचानक प्रकृति का आत्मस्वरूप विस्तार! प्रमोदवन के मध्य वसन्त की वासन्तिकता इस आश्चर्य रूप में दिखाई नहीं देती।

महर्षि कण्व के मालिनीतटवर्ती आश्रम में भी यही रूप। वहाँ यज्ञादि के धुएँ से तपोवन के वृक्षों के सभी पत्ते विवर्ण हो गए हैं, वहाँ जलाशयों के सभी पथ मुनियों के वल्कल से टपकती बूँदों की जल रेखा से अंकित हैं एवं वहाँ के सभी विश्वस्त मृग रथ के पहियों की ध्वनि और धनुष की टंकार निर्भय होकर कौतूहल के साथ सुन रहे हैं। किन्तु वहाँ से भी प्रकृति दूर नहीं भागी है, वहाँ भी कभी रुक्षवल्कल के नीचे से 'शकुन्तला' का नवयौवन व्यक्त होकर दृढ़बद्ध बन्धन को चारों ओर से ठेल रहा है। वहाँ भी वायुकम्पित पत्तों की अंगुलि द्वारा आम के पेड़ जो संकेत करते हैं वहाँ सामंत्र का सम्पूर्ण अनुगत नहीं एवं नवकुसुमयौवना नवमल्लिका आम के वृक्ष का आलिंगन का प्रिय मिलन की उत्सुकता का प्रचार करती है।

चारों ओर अकाल वसन्त का अजस्र समारोह, उसी के मध्य गिरिराज नन्दिनी कितने मोहक रूप में प्रकट हुई। अशोक और कनकचम्पा के पुष्पाभूषणों से वे सज्जित, शरीर पर अरुण वर्ण के वस्त्र, केशर के फूलों से गुँथी हुई माला बार-बार गिर रही है, और वे भयभीत चंचल लोचनों से पल-पल में लीला कमल को हिला दुष्ट भ्रमर को भगा रही हैं।

दूसरी ओर देवदारु वृक्ष के नीचे बाघ के चर्मासन पर शिव भुजंगपाशबद्ध जटा-जूट एवं ग्रन्थि-युक्त काला मृगचर्म धारण किए ध्यानमग्न लोचनों से अनुतरंग समुद्र की तरह स्वयं ही अपना निरीक्षण कर रहे थे।

अनुपयुक्त स्थान में अकाल वसन्त का आयोजन कर कामदेव इन दोनों—विषम नर-नारी के बीच मिलन कराने के लिए उद्यत थे।

कण्व के आश्रम में भी वही स्थिति है। कहाँ तो वल्कल धारण किए तापस कन्या एवं कहाँ सागर समेत पृथ्वी का चक्रवर्ती अधीश्वर! देशकाल पात्र को मुहूर्त

भर में इस तरह जो विपर्यस्त कर देता है। उस मीनकेतु कामदेव की क्या शक्ति है, कालिदास ने यही दिखाया है।

किन्तु कवि वहीं रुके नहीं। इस शक्ति के निकट उन्होंने अपने काव्य का समस्त खजाना लुटाया नहीं। वे जिस प्रकार हठात् इसका जयसंवाद लाए हैं उसी प्रकार दूसरे ही क्षण पराजय प्रकट की है। उन्होंने दूसरी दुर्जेय शक्ति द्वारा पूर्णतर चरम मिलन घटित कर काव्य समाप्त किया है। स्वर्ग के देवराज द्वारा प्रोत्साहित एवं वसन्त की मोहिनी शक्ति द्वारा समर्थित कामदेव को केवल मात्र परास्त कर छोड़ा नहीं, उसकी जगह जिसे जयी किया है उसकी सज्जा नहीं, सहायता नहीं, वह तपस्या के कृश, दु:ख में क्लान्त। स्वर्ग के देवराज ने उसकी बात सोची तक नहीं।

जिस प्रेम में कोई बन्धन नहीं, कोई नियम नहीं, जो अकस्मात् चर-नारी को अभिभूत कर संयम दुर्ग की भग्न दीवार पर अपनी जयध्वजा गाड़ता है, कालिदास ने उसकी शक्ति स्वीकार की है, किन्तु उसके निकट आत्मसमर्पण नहीं किया। उन्होंने दिखाया है, जो अन्धा प्रेम, सम्भोग हमें स्वाधिकार-प्रमत्त करता है, वह प्रभुशाप से खंडित, ऋषिशाप से प्रतिहत और देवरोष से जलकर राख हो जाता है। 'शकुन्तला' के निकट जब आतिथ्य धर्म का कोई अर्थ नहीं, दुष्यन्त ही सब कुछ है, तब 'शकुन्तला' के उस प्रेम में कोई मंगलमयता नहीं। जो उन्मत्त प्रेम प्रियजन को छोड़ और सब कुछ भुला देता है वह समस्त विश्वनीति को अपने प्रतिकूल कर लेता है। इसीलिए वह प्रेम कुछ ही दिनों में असहनीय हो उठता है, सबके विरुद्ध स्वयं को स्वयं ही वह और वहन नहीं कर पाता। जो आत्मलिप्त प्रेम समस्त संसार के अनुकूल होता है, जो अपने चारों तरफ के छोटे एवं बड़े आत्मीय एवं अनात्मीय किसी को नहीं भूलता, जो प्रियजन को केन्द्र स्थल में रख विश्वपरिधि के मध्य अपना मंगलमाधुर्य बिखेरता है, उसके ध्रुवत्व पर देव या मानव कोई आघात नहीं करता, आघात करने पर भी वह उससे विचलित नहीं होता। किन्तु जो यदि के तपोवन में तपोभंग रूप में, गृहस्थ के गृहप्रांगण में, गृहस्थधर्म की अकस्मात् पराजय के रूप में आविर्भूत होता है, वह एक झटके में दूसरों को तो नष्ट करता ही है, किन्तु अपना नाश भी स्वयं ही वहन कर लाता है।

भरपूर यौवन से झुकी हुई उमा ने संचारिणी पल्लविनी लता की तरह झुककर गिरीश के पैरों में लोटकर प्रणाम किया, उनके कानों से कर्णफूल एवं बालों से नवकणिका गिर पड़ी। मन्दाकिनी के जल में जो कमल प्रस्फुटित हुआ है उस कमल का बीच सूर्यकिरण में सुखाकर गौरी ने स्वयं अपने हाथों से जो जपमाला गूँथी थी वही माला उन्होंने अपने ताम्बई हाथों से संन्यासी के हाथों में समर्पित कीं, हाथ हाथ से टकरा गया। विचलित-चित्त योगी ने एक बार उमा के बिम्बाफल समान अधरवाले मुखमंडल की ओर देखा, उनके तीनों नेत्र उनके मुखमंडल पर जम गए। उस समय उमा का शरीर पुलकाकुल, दोनों नेत्र लज्जा से झुके हुए एवं मुँह एक तरफ झुका हुआ।

किन्तु अपूर्व सौन्दर्य से अकस्मात् आलोकित यह जो हर्ष था, देवताओं ने इस पर विश्वास नहीं किया, रोषपूर्वक उसका खंडन किया। अपने ललित यौवन का सौन्दर्य अपमानित हुआ जान लज्जा के कुंठित रमणी किसी तरह घर लौट गई।

कण्व की पुत्री को भी एक दिन अपने यौवन के लावण्य की समस्त ऐश्वर्य सम्पदा लेकर अपमानित होकर लौटना पड़ा था। दुर्वासा का शाप कवि का रूपकमात्र है। दुष्यन्त-शकुन्तला का बन्धनहीन गुप्त मिलन चिरकाल के अभिशाप से अभिशप्त। उन्मत्तता का उज्ज्वल प्रस्फुटन क्षणिक समय के लिए ही हुआ, उसके बाद अवसाद का, अपमान का, विस्मृति का अन्धकार आकर आक्रमण करता है। यही चिरकाल का विधान है। युगों-युगों में देश-देश में अपमानित नारी 'व्यर्थं समर्थ ललितं बपुरात्मनश्च', अपनी ललित देहकान्ति को व्यर्थ समझ, 'शून्या जगाम भवनाभिमुखी कथंचित्'—शून्य हृदय ले किसी तरह घर की ओर लौटी हैं। ललित देह का सौन्दर्य ही नारी का परमगौरव चरम सौन्दर्य नहीं।

इसीलिए 'निनिन्द रूपं हृदयेन पार्वती, पार्वती ने मन-ही-मन रूप की निन्दा की। साथ ही, 'इयेष सा कर्तुमवन्ध्यरूपताम्', उन्होंने अपने रूप को सफल करने की इच्छा की। रूप को किस प्रकार सफ़ल किया जाता है? साज-सज्जा से, वस्त्र से, अलंकार से? वह परीक्षा तो व्यर्थ हो गया—

इयेष सा कर्तुमवन्ध्यरूपतां
समाधिमास्थाय तपोभिरात्मनः।

उन्होंने तपस्या के द्वारा अपने रूप को अबन्ध्य करने की इच्छा की। इस बार गौरी के तरुणार्क रक्तिम वस्त्र नहीं पहने, कानों में आम के पल्लव एवं बालों में नवमल्लिका के फूल नहीं लगाए, उन्होंने कठोर मूँजी मेखला से शरीर पर वल्कल बाँधा एवं ध्यान-आसन पर आकर बैठ गईं, उनके बड़े-बड़े नयनकोरों में कालिमा छा गई। वसन्त-सखा मदन का परित्याग कर कठिन दुःख को ही उन्होंने प्रेम का सहायक बनाया।

'शकुन्तला' भी दिव्य आश्रम में कामदेव की मादकता ग्लानि को दुःख के ताप में जलाकर कल्याणी तापसी के वेश में सार्थक प्रेम की प्रतीक्षा करने लगीं।

जिस त्रिलोचन ने वसन्त पुष्पाभरणा गौरी का एक मुहूर्त में प्रत्याख्यान किया था, उन्होंने ही दिवस की शशिलेखा की तरह कर्शिता श्लथलम्बित-पिंगल-जटा धारिणी तपस्विनी के निकट संशयरहित सम्पूर्ण हृदय से अपने को समर्पित किया। लावण्यपराक्रान्त यौवन को पराकृत कर पार्वती की निराभरण मनोमयी कान्ति निर्मल ज्योतिर्लेखा की तरह उदित हुई। प्रार्थित को उस सौन्दर्य ने विचलित नहीं किया, चरितार्थ कर दिया। उसमें लज्जा, आशंका, आघात, आलोड़न रहा नहीं, आत्मा ने आदरपूर्वक उस सौन्दर्य के बन्धन का वरण किया, उसमें अपनी पराजय अनुभव नहीं की।

इतने दिन बाद—

धर्मेनापि पदं शर्वे कारिते पार्वतीं प्रति।
पूर्वापराधभीतस्य कामस्योच्छ्वसितं मनः॥

धर्म ने जब महादेव के मन को पार्वती की ओर आकर्षित किया तब पूर्व अपराध से भयभीत काम का मन आश्वास से उच्छ्वसित हो उठा। धर्म जहाँ दो हृदयों को एकत्र करता है वहाँ कामदेव के साथ किसी का भी विरोध नहीं। वह जब धर्म के विरुद्ध विद्रोह करना चाहता है तभी विप्लव उपस्थित होता है, तभी प्रेम में ध्रुवत्व एवं सौन्दर्य में शान्ति नहीं रहती। किन्तु धर्म के अधीन उसका जो निर्दिष्ट होता है वहाँ वह भी परिपूर्णता का एक अंग है, वहाँ रहकर वह सुषमा भय नहीं करता। कारण धर्म का अर्थ ही सामंजस्य है, यह सामंजस्य सौन्दर्य की भी रक्षा करता है, मंगल की भी रक्षा करता है, एवं सौन्दर्य और मंगल का भेद समाप्त कर दोनों को ही एक आनन्दमय सम्पूर्णता प्रदान करता है। सौन्दर्य जहाँ इन्द्रिय को छोड़ भाव के मध्य प्रवेश करता है वहाँ बाह्य सौन्दर्य का विधान उसमें और लागू नहीं होता। वहाँ उसको और सज्जा की आवश्यकता क्या? प्रेम के मंत्रबल से मन जिस सौन्दर्य की सृष्टि करता है वह बाह्य सौन्दर्य के नियम के अनुसार नहीं चलता। शिव जैसा, तपस्वी, गौरी जैसी किशोरी के साथ बाह्य सौन्दर्य के नियम के अनुसार मानो ठीक-ठीक संगति नहीं बैठा पाता। शिव ने स्वयं ही छद्मवेश में यह बात तपस्यारत उमा को बताई है। उमा ने उत्तर दिया है—'ममात्र भावैकरसं मनः स्थितम्' उमा का मन उसी में एक-रस हो गया है। यह जो रस है भाव का रस है, इसीलिए इसमें और कोई बात चल नहीं सकती। मन यहाँ बाह्य जगत् पर विजयी है, वह अपने आनन्द की सृष्टि स्वयं ही कर रहा है। शम्भु ने भी एक दिन बाह्य सौन्दर्य का प्रत्याख्यान किया था, किन्तु प्रेम की दृष्टि, मंगल की दृष्टि, धर्म की दृष्टि द्वारा जो सौन्दर्य देखा वह तपस्याकृश और आभरणहीन होने पर भी उसने उन्हें जीत लिया। कारण, उस विजय में उनके मन ने ही सहायता की है, मन का कर्तृत्व उसमें नष्ट नहीं हुआ।

धर्म ने जब तापस-तपस्विनी का मिलन करवाया तब स्वर्ग-मर्त्यलोक इस प्रेम के साक्षी और सहायक हो अवतीर्ण हुए, इस प्रेम के आह्वान ने सप्तर्षि वृन्द का स्पर्श किया, इस प्रेम का उत्सव लोक-लोकान्तरों में व्याप्त हुआ। इसमें कोई गूढ़ चक्रान्त, अकाल वसन्त का आविर्भाव और गुप्त मदन के वाणों का प्रहार नहीं था। इसकी जो अम्लान मंगल श्री है वह समस्त संसार के आनन्द की सामग्री है। समस्त विश्व ने इस शुभमिलन के निमंत्रण में प्रसन्न मुख से योगदान कर इसे सुसम्पन्न कर दिया।

सप्तम अंक में वही विश्वव्यापी उत्सव है। यह विवाह-उत्सव ही 'कुमारसम्भव' का उपसंहार है।

शान्ति में ही सौन्दर्य की पूर्णता है, विरोध में नहीं, कालिदास ने अपने काव्य के रस प्रवाह को उसी स्वर्ग-मर्त्य-व्यापी सर्वांग-सम्पन्न शान्ति के मध्य मिला उसे महान परिणति प्रदान की है, उसे आधे रास्ते पर 'न ययौ न तस्थौ' करके नहीं रख दिया। बीच में उसे एक बार विक्षुब्ध कर दिया है वह केवल उस परिणत सौन्दर्य की प्रशान्ति को प्रगाढ़ कर दिखाने के लिए, इसकी स्थिर शुभ्र मंगलमूर्ति को विचित्र देशी उद्भ्रान्त सौन्दर्य की तुलना में उज्ज्वल कर आँकने के लिए।

महेश्वर ने जब सप्तर्षियों के मध्य पतिव्रता अरुन्धती को देखा तब वे समझ सके कि पत्नी का सौन्दर्य क्या चीज है।

तद्दर्शनादभूत् शम्भोर्भूयान् दारार्थमादरः।
त्रियाणां खलु धर्म्येणां सत्पत्न्यो मूलकारणम्॥

उन्हें देखकर शम्भु के विवाह के लिए उनके मन में अत्यन्त सम्मान उपजा। सत्पत्नी ही समस्त धर्मकार्य का मूल कारण है।

पतिव्रता के चेहरे पर विवाहिता रमणी की जो गौरवश्री अंकित है, वह है नियत-आचरित कल्याण कर्म का स्थिर सौन्दर्य-शम्भु के कल्पना नेत्र में वह सौन्दर्य जब अरुन्धती की सौम्यमूर्ति से प्रतिफलित होकर नववधू; वैशिनी गौरी के ललाट का स्पर्श करता है तब शैलपुत्री ने जो लावण्य पाया है, अकाल वसन्त का समस्त पुष्पसम्भार उन्हें वह सौन्दर्य दान नहीं कर सकता था।

विवाह के दिन गौरी—

सा मंगलस्नानविशुद्धगात्री गृहीतपत्युद्गमनीयवस्त्रा।
निर्वृत्त पर्जन्यजलाभिषेका प्रफुल्लकाशा वसुधेव रेजे॥

मंगलस्नान कर स्वच्छ, निर्मल शरीर पर जब उन्होंने प्रतिमिलन के लिए उपयुक्त वस्त्र पहने तब वर्षान्त में काश कुसुम से प्रफुल्ल वसुधा की तरह शोभित होने लगी।

यह जो मंगलकान्ति है, निर्मल शोभा है, इसमें कितनी शान्ति, कितनी श्री, कितनी सम्पूर्णता है! इसी में समस्त चेष्टाओं का अवसान है, समस्त सज्जाओं की अन्तिम परिणति है। इसमें इन्द्र सभा का कोई प्रयास नहीं, कामदेव का कोई मोह नहीं, वसन्त की कोई अनुकूलता नहीं, अब यह अपनी निर्मलता में, अपने मंगल में स्वयं अक्षुण्ण, स्वयं सम्पूर्ण है।

माँ का स्थान हमारे देश में नारी का प्रधान स्थान, सन्तान का जन्म हमारे देश में एक पवित्र मंगल कार्य। इसीलिए मनु ने रमणियों के सम्बन्ध में कहा है—'प्रजनार्थम् महाभागाः पूजार्हा गृहदीप्तयः', वे सन्तान को जन्म देती हैं इसीलिए महाभाग्यशाली, पूजनीया और घर की दीप्ति। सम्पूर्ण 'कुमारसम्भव' काव्य कुमारजन्म के महान् कार्य की उपयुक्त भूमिका है। कामदेव ने शर निक्षेप कर धैर्य का बाँध तोड़ जो मिलन

घटित करवाया है। वह पुत्र के जन्म के योग्य नहीं, वह एक-दूसरे की इच्छा करता है, पुत्र की इच्छा नहीं करता। इसीलिए कवि ने कामदेव को भस्मसात् करवाकर गौरी से तपस्या करवाई है। इसीलिए कवि ने प्रवृत्ति की चंचलता की जगह ध्रुवनिष्ठा की एकाग्रता, सौन्दर्य मोह की जगह कल्याण की कमनीय चमक, एवं वसन्त विह्वल वनभूमि के स्थान पर आनन्द निमग्न विश्वलोक को खड़ा किया है—तब कुमार के जन्म की सूचना आती है। कुमार जन्म की घटना क्या है वही समझाने के लिए कवि ने देवरोषाग्नि में कामदेव की आहुति देकर अनाथा रति से विलाप करवाया है।

'शकुन्तला' के प्रथम अंक में भी प्रेयसी के संग दुष्यन्त का व्यर्थ प्रणय एवं अन्तिम अंक में भरत-जननी के साथ उसका सार्थक मिलन कवि ने चित्रित किया है।

प्रथम अंक चांचल्य के प्रकाश से परिपूर्ण है, उसमें उमड़ते हुए यौवन से भरपूर ऋषिकन्या, कौतुक से उछल रही दोनों सखियाँ, नवकुसुमों से फूली हुई वनपोषिणी लता, सौरभ से उन्मत्त भ्रमर एवं पेड़ के पीछे छुपा मुग्ध राजा—तपोवन के एक एकान्त स्थान में खड़े होकर सौन्दर्य मद से मुग्ध एक अद्‌भुत दृश्य प्रस्तुत करता है। इस प्रमोद स्वर्ग से दुष्यन्त की प्रियतमा अपमानित करके निर्वासित की गई थी, किन्तु कल्याणरूपिणी भरतजननी ने जिस दिव्य तपोभूमि में आश्रय लिया था वहाँ का दृश्य दूसरे प्रकार का है। वहाँ किशोरी तापस कन्याएँ आलबालों में जल नहीं सींचतीं, लता भगिनी को स्नेहमय दृष्टि से अभिषिक्त नहीं करतीं और न ऋषिपुत्र मुट्ठी में धान्य तृण लेकर मृग शिशुओं का पालन करते हैं। वहाँ के समस्त तरुलता-पल्लवों पर एकमात्र बालक अधिकार किए बैठा है, समस्त वनभूमि की गोद में वह व्याप्त है। वहाँ यह कोई भी नहीं देखता कि आम के वृक्षों में बौर आई है या नहीं, नवमल्लिका की पुष्पमंजरी अभी फूली है या नहीं, स्नेह से व्याकुल तपस्विनी माताएँ उस चंचल बालक के साथ व्यस्त रहती हैं।

प्रथम अंक में शकुन्तला के साथ परिचय होने से पहले दूर से उसके नवयौवन की लावण्यलीला ने दुष्यन्त को मुग्ध व आकर्षित किया था। अन्तिम अंक में 'शकुन्तला' के बालक ने शकुन्तला के समस्त लावण्य के स्थान पर अधिकार कर राजा के अन्तरतम हृदय को आर्द्र कर दिया।

इसी समय—

वसने परिधूसरे वसाना नियमक्षाममुखी धृतैकवेणि:

मलिन धूलि-धूसरित वस्त्र पहने, नियम-आचारों से शुष्क, मुखी, एक वेणीवाली, विरह-व्रत-चारिणी, शुद्धशीला 'शकुन्तला' ने प्रवेश किया। ऐसी तपस्या के बाद अक्षय वर प्राप्त नहीं होगा क्या! प्रथम समागम की ग्लानि से दग्ध होने के बाद पुत्र की शोभा में परम सुशोभिता जो मंगलमयी जननीमूर्ति सुदीर्घ तपस्या में विकसित हुई है कौन उसका प्रत्याख्यान कर सकता है।

गौरी शिव में कोई कमी, कोई दैन्य नहीं देख पाई। उन्होंने उन्हें भावनामयी आँखों से देखा था, उस दृष्टि में धन-रत्न रूप-यौवन का कोई हिसाब नहीं था। शकुन्तला का प्रेम इतने तीव्र अपमान के बाद भी मिलन के समय दुष्यन्त का कोई अपराध नहीं देख पाता, दु:खिनी की दोनों आँखों से केवल जल बहने लगा। जहाँ प्रेम नहीं वहाँ अभाव की, दैन्य की, कुरूपता की सीमा नहीं, जहाँ प्रेम नहीं वहाँ पग-पग पर अपराध। गौरी के प्रेम ने जिस प्रकार अपनी सौन्दर्य सम्पदा में संन्यासी को सुन्दर और ईश्वर के रूप में देखा था, 'शकुन्तला के प्रेम ने भी उसी प्रकार अपनी मंगलदृष्टि में दुष्यन्त के अपराध को दूर कर देखा था। युवक-युवती के मोह मुग्ध प्रेम में इतनी क्षमा कहाँ? भरत जननी ने जिस प्रकार पुत्र को गर्भ में धारण किया था, उसी प्रकार शकुन्तला ने भी सहिष्णुतामयी क्षमा को तपोवन में बैठ अपने अन्तर में परिपूर्ण कर दिखाया है। बालक भरत ने दुष्यन्त को दिखा जिज्ञासा की, "माँ, यह कौन मुझे पुत्र कह रहा है?" शकुन्तला ने उत्तर दिया, "पुत्र, अपने भाग्य से पूछो"—इसमें अभिमान नहीं था—इसका अर्थ यही है कि 'यदि भाग्य प्रसन्न हो तो इसका उत्तर मिलेगा'—कहकर राजा की प्रसन्नता की प्रतीक्षा करने लगी। जैसे ही देखा दुष्यन्त उन्हें अस्वीकार नहीं कर रहे वैसे ही निरभिमानी नारी ने विगलित चित्त से दुष्यन्त के चरणों में पुष्पांजलि प्रदान की, अपने भाग्य को छोड़ और किसी का भी कोई अपराध नहीं देख पाई। आत्माभिमान के द्वारा दूसरे को खंडित कर देखने पर उसकी दोष-त्रुटि बड़ी हो जाती है; भावना से, प्रेम से सम्पूर्ण कर देखने पर वह समस्त कहाँ अदृश्य हो जाती है।

जिस प्रकार श्लोक का एक चरण सम्पूर्ण मिलन के लिए दूसरे चरण की प्रतीक्षा करता है उसी प्रकार दुष्यन्त-शकुन्तला का प्रथम मिलन सम्पूर्णता प्राप्ति के लिए इस द्वितीय मिलन की एकान्त आकांक्षा करता है। शकुन्तला के इतने बड़े दु:ख को निष्फल कर शून्य में भुलाकर नहीं रखा जा सकता। यज्ञ के आयोजन में यदि केवल अग्नि ही जले किन्तु उसमें अन्न न पके तब निमंत्रित अतिथियों की क्या दशा होगी! शकुन्तला का अन्तिम अंक नाटक की बाह्य रीति के अनुसार नहीं, बल्कि गहनतर नियम के प्रवर्तन में उद्भूत हुआ है।

हमने देखा कि 'कुमारसम्भव' एवं 'शकुन्तला' में काव्य का विषय एक ही है। दोनों काव्यों में ही कवि ने दिखाया है, मोह में जो निष्फल रहता है मंगल भावना में वही परिपूर्ण हो जाता है; दिखाया है, धर्म जिस सौन्दर्य को धारण करता है वही ध्रुव सत्य है एवं प्रेम का शान्त-संयत कल्याण रूप ही श्रेष्ठ रूप है—बन्धन में यथार्थ श्री एवं उच्छृंखलता में सौन्दर्य की शीघ्र विकृति। भारतवर्ष के पुरातन कवि ने प्रेम को ही प्रेम का चरम गौरव मान स्वीकार नहीं किया, मंगल को ही प्रेम का चरम लक्ष्य घोषित किया है। उनके विचार से नर-नारी का प्रेम सुन्दर नहीं, स्थायी नहीं, यदि वह बन्ध्य हो, यदि वह अपने में ही संकीर्ण हो, कल्याण का जन्मदान न करे एवं संसार में पुत्रकन्या-अतिथि-पड़ोसियों में तरह-तरह के सौभाग्य के रूप में व्याप्त न हो जाए।

एक और गृहधर्म का कल्याण बन्धन, दूसरी ओर निर्लिप्त आत्मा का बन्धन मोचन, यही भारतवर्ष के दो विशेष भाव हैं। संसार में भारतवर्ष अनेक जनों से अनेक सम्बन्धों में बँधा हुआ, वह किसी का भी परित्याग नहीं कर सकता; तपस्या के आसन पर भारतवर्ष सम्पूर्ण एकाकी दोनों के बीच समन्वय का अभाव नहीं—दोनों के मध्य यातायात का पथ, आदान-प्रदान का सम्बन्ध है, कालिदास ने अपने 'शकुन्तला' एवं 'कुमारसम्भव' में यही दिखाया है। उनके तपोवन में जिस प्रकार सिंहशावक नरशिशु से खेलते हैं उसी प्रकार उनके काव्य तपोवन में योगी का भाव, गृहस्थ के भाव से जुड़ जाता है। मदन ने आकर वह सम्बन्ध विच्छिन्न करने की चेष्टा की थी इसीलिए कवि ने उस पर वङ्का गिरा तपस्या कल्याणमय गृहस्थ के साथ अनासक्त तपोवन का सुपवित्र सम्बन्ध पुन: स्थापित किया है। ऋषि की आश्रम भित्ति में उन्होंने घर की नींव रखी है एवं नर-नारी के सम्बन्ध को काम के हठात् आक्रमण से निकालकर तप:पूत निर्मल योगासन पर प्रतिष्ठित किया है। भारतवर्षीय संहिता में नर-नारी का संयत सम्बन्ध कठिन अनुशासन के भीतर आदिष्ट है, कालिदास के काव्य में वही सौन्दर्य के उपकरण में गठित है। वही सौन्दर्य शोभा, लज्जा एवं मंगल में प्रकाशित, वह गहनता में नितान्त एकाग्र एवं व्याप्ति में सम्पूर्ण विश्व का आश्रयस्थल है। वह त्याग के द्वारा परिपूर्ण, दु:ख के द्वारा चरितार्थ एवं धर्म के द्वारा अटल है। उस सौन्दर्य में नर-नारी के दुर्निवार चंचल प्रेम का प्रलय वेग स्वयं को संयत कर मंगलमहासमुद्र के मध्य परम स्तब्धता प्राप्त करता है—इसीलिए वह बन्धनविहीन दुर्धर्ष प्रेम की अपेक्षा महान् और विस्मयकर है।

[अनुवाद : चन्द्रकिरण राठी, अक्टूबर 1902, 'बंगदर्शन']

साहित्य

विद्यासागर-चरित

आज मेरा कर्तव्य सम्पन्न नहीं होगा, यदि मैं विद्यासागर के चरित्र के प्रधान गुण की प्रशंसा न करूँ। यह वह था जिसके द्वारा उन्होंने ग्रामीण आचार-व्यवहार की संकीर्णता और बंगाली-जीवन के जड़त्व को भेदते हुए केवल अपनी गतिशीलता की शक्ति से तीव्र विरोधों पर विजय प्राप्त की उन्होंने अपने दृढ़निष्ठ, एकाग्रजीवन की धारा को हिन्दुत्व की ओर नहीं, साम्प्रदायिकता की ओर नहीं, वरन् मनुष्यत्व की ओर प्रवाहित किया—करुणा के आँसुओं से परिपूर्ण, उन्मुक्त अपार मनुष्यत्व की ओर। विद्यासागर के जीवन-वृत्तान्त को ध्यान से देखने पर यह विचार बार-बार मन में उठता है कि वे एक महान् बंगाली ही नहीं थे, रीतिगत हिन्दू ही नहीं थे; बल्कि इन सबसे बहुत बड़े थे; वे यथार्थ 'मनुष्य' थे। उनके जीवन में सर्वोच्च गौरव का विषय इस सरल मनुष्यत्व का प्राचुर्य ही है और इसी से उनकी कीर्ति की अपेक्षा। उनका विशाल चरित्र-माहात्म्य ऊँचा है।

विद्यासागर की कीर्ति का प्रधान क्षेत्र था बंगला भाषा। उनकी कीर्ति समुचित गौरव-लाभ कर सकेगी, यदि यह भाषा कभी साहित्य-सम्पदा से ऐश्वर्य-शालिनी हो उठे, यदि इस भाषा शक्ति के कारण उसकी गणना मानव-सभ्यता की धात्रियों और जन्मदात्रियों में हो, यदि यह भाषा पृथ्वी के शोक-दु:ख के बीच एक नया सान्त्वना-केन्द्र स्थापित करे, संसार की तुच्छता और क्षुद्र स्वार्थ के बीच एक महत्त्व का आदर्शलोक रचे, दैनन्दिन मानव-जीवन के अवसाद और अस्वास्थ्य के बीच सौन्दर्य का एकान्त निकुंज-वन निर्माण करे।

बंगला भाषा के विकास पर विद्यासागर का जिस तरह प्रभाव पड़ा इसे स्पष्ट करना यहाँ आवश्यक है। विद्यासागर बंगला भाषा के सर्वप्रथम शिल्पी थे। उनके पहले बंगला में गद्य-साहित्य का प्रारम्भ हो चुका था, लेकिन उनके द्वारा ही सबसे पहले बंगला गद्य में कला-नैपुण्य की अवतारणा हुई। विद्यासागर ने दृष्टान्त देकर इस बात को प्रमाणित किया कि भाषा केवल भाव का एक आधार ही नहीं होती, उसमें येन-केन-प्रकारेण बहुत-से वक्तव्य विषय भर देने से ही कर्तव्य सिद्ध नहीं होता। उन्होंने दिखाया कि वक्तव्य को सरल, सुन्दर और सुशृंखलित रूप में व्यक्त करना आवश्यक होता है। शायद यह काम आज इतना बड़ा न प्रतीत हो, लेकिन

जिस तरह मनुष्यत्व के विकास के लिए सामाजिक बन्धन अत्यावश्यक है, उसी तरह भाषा को कला-बन्धन द्वारा सुन्दर रूप से नियंत्रित करना आवश्यक है—अन्यथा वह भाषा प्रकृत साहित्य को जन्म नहीं दे सकती। युद्ध के लिए सेना की जरूरत होती है, केवल जन-समूह की नहीं। जन-समूह का निर्देशन करना कठिन होता है, और युद्ध-क्षेत्र में उसके सदस्य एक-दूसरे को ही खंडित और प्रतिहत करने लगते हैं। विद्यासागर ने बंगला गद्य के उच्छृंखल जन-समूह को सुविभक्त सुविन्यन्त और सुसंयत करके इसे सहज गति तथा कार्य-कुशलता प्रदान की। उसी के फलस्वरूप आज अनेक सेनापति भाव-प्रकाशन की कठिन बाधाओं को परास्त करके साहित्य के नए-नए क्षेत्रों का आविष्कार कर रहे हैं और उन पर अधिकार प्राप्त कर रहे हैं। लेकिन युद्ध-विजय के लिए सबसे पहले तो उन्हीं को श्रेय देना होगा जिन्होंने सेना की रचना की थी।

बंगला भाषा में समासों का जो अनावश्यक आडम्बर प्रचलित था, उससे मुक्ति दिलाकर, और पदों के बीच अंश-योजना के सुनियम स्थापित करके विद्यासागर ने बंगला गद्य को सर्व प्रकार से व्यवहार-योग्य बनाया। लेकिन इतना ही करके उन्हें सन्तोष नहीं हुआ। भाषा को सुशोभित बनाने की चेष्टा भी वह सर्वदा करते रहे। गद्य के पदों में ध्वनि-सामंजस्य स्थापित करके गीत में छन्द-स्तोत्र की रक्षा करके और सौम्य तथा सरल शब्दों का निर्वाचन करके विद्यासागर ने बंगला गद्य की सौन्दर्य और परिपूर्णता का दान दिया। ग्राम्य पांडित्य और ग्राम्य बर्बरता, दोनों से ही बंगला का उद्धार करके विद्यासागर उसे दुनिया के भद्र-समाज के उपयुक्त एक आर्य-भाषा का रूप दे गए हैं। उनके पहले बंगला गद्य की जो अवस्था थी उसको देखने से भाषा-निर्माण के कार्य में विद्यासागर की शिल्प-प्रतिभा और सृष्टि-क्षमता का यथेष्ट परिचय मिलता है।

लेकिन केवल प्रतिभा-सम्पन्न कहने से विद्यासागर का सम्मान नहीं होता। जिस वस्तु पर उन्होंने अपनी प्रतिभा का विशेष रूप से प्रयोग किया वह प्रवहमान और परिवर्तनशील है। भाषा नदी की धारा-जैसी होती है, उस पर किसी का नाम खोदकर नहीं रखा जा सकता। ऐसा लगता है कि वह सदा इसी तरह स्वाभाविक रूप से प्रवाहित होती आई है। लेकिन वास्तव में कौन से झरनों द्वारा वह गठित और परिपुष्ट हुई है इसका निर्णय करने के लिए मूल स्रोत तक पहुँचकर दुर्गम पर्वत-शिखर पर चढ़ना होगा। किसी विशिष्ट ग्रन्थ चित्र या मूर्ति के लिए यह सम्भव है कि वह चिरकाल तक अपना स्वातंत्र्य सुरक्षित रखते हुए अपने रचनाकार की स्मृति बनाए रखे। लेकिन भाषा छोटे-बड़े असंख्य लोगों के हाथ में जीवन-लाभ करते-करते व्याप्त होती है। वह अपना प्राचीन इतिहास भूल जाती है और किसी विशेष व्यक्ति के नाम की घोषणा नहीं करती लेकिन इस पर आपत्ति करने की आवश्यकता नहीं है, क्योंकि विद्यासागर का गौरव केवल उनकी प्रतिभा के ऊपर निर्भर नहीं है।

प्रतिभा मनुष्य का सब कुछ नहीं, वह मनुष्य का केवल एक अंश है। प्रतिभा बादलों के बीच चमकनेवाली बिजली की तरह है। लेकिन मनुष्यत्व चरित्र का सूर्य-प्रकाश है, जो सर्वव्यापी और स्थायी होता है। प्रतिभा मनुष्य का सर्वश्रेष्ठ अंश है, लेकिन मनुष्यत्व जीवन के प्रत्येक क्षण और प्रत्येक कार्य द्वारा अपने-आपको व्यक्त करता रहता है। कभी-कभी प्रतिभा अपनी आंशिक शक्ति से ही बिजली की तरह दूसरों की आँखों को चकाचौंध करती है, जबकि चरित्र-महत्त्व अपनी व्यापकता के कारण ही प्रतिभा की तुलना में फीका लगता है। लेकिन यदि विचारपूर्वक देखा जाए तो इस बात में जरा भी संशय नहीं रह जाता कि चरित्र की श्रेष्ठता ही यथार्थ श्रेष्ठता है।

भाषा, पत्थर या चित्रों द्वारा सत्य तथा सौन्दर्य को प्रकाशित करने के लिए निश्चय ही बड़ी क्षमता की आवश्यकता है। इसमें तरह-तरह की बाधाओं का अतिक्रमण करना होता है और असामान्य नैपुण्य का प्रयोग करना पड़ता है। लेकिन अपने समग्र जीवन द्वारा सत्य और सौन्दर्य का प्रकाशन इससे भी अधिक दुष्कर है। इसमें पग-पग पर और भी कठिन बाधाओं का सामना करना पड़ता है। इसमें स्वाभाविक सूक्ष्म बोध, नैपुण्य, संयम और शक्ति की ओर भी अधिक आवश्यकता होती है।

चरित्र-रचना में जिस प्रतिभा का प्रयोग होता है वह किसी विशेष शास्त्र पर आधारित नहीं होती। अमर कवि का कवित्व अलंकार-शास्त्र के परे होता है; विश्व-हृदय के बीच जो विधिरचित, निगूढ़, अलिखित अलंकार-शास्त्र है उसके किसी नियम से स्वाभाविक कवित्व का विरोध नहीं होता। इसी तरह का यथार्थ मनुष्य है उनका 'शास्त्र' उनके अन्त:करण में होता है, विश्वव्यापी मनुष्यत्व के सभी विधानों के साथ इस शास्त्र का सामंजस्य होता है। इसलिए प्रतिभा के अन्य रूपों में जिस तरह 'ओरिजिनेलिटी' अथवा मौलिकता व्यक्त होती है, उसी तरह महान् चरित्र-विकास में भी मौलिकता का प्रयोजन होता है। बहुतों का विचार है कि विद्यासागर की प्रतिभा में मौलिकता का प्रभाव था। ये लोग समझते हैं कि मौलिकता केवल साहित्य और शिल्प, विज्ञान और दर्शन में ही व्यक्त होती है। विद्यासागर ने बंगाली समाज में अपने चरित्र के मनुष्यत्व को आदर्श रूप में प्रस्फुटित कराया, और इस तरह एक ऐसी असामान्य मौलिकता को व्यक्त किया जो बंगाल के इतिहास में अत्यन्त विरली है। एक शताब्दी में केवल दो-एक ही ऐसे नाम हमारे सामने आते हैं और इसमें राममोहन राय सर्वश्रेष्ठ हैं।

'मौलिकता शब्द सुनते ही संकीर्णता का भ्रम हो सकता है। कभी-कभी हम सोचते हैं कि मौलिकता का अर्थ है व्यक्ति-त्रिशेषत्व, जिसका साधारण के साथ कोई योग नहीं हो सकता। लेकिन यह धारणा यथार्थ है। नियमों की श्रृंखला में, कृत्रिमता के जटिल बन्धन में हम जकड़ जाते हैं, और समाज द्वारा यंत्रवत् चलाई हुई कठपुतलियों की तरह बन जाते हैं। अपने अधिकांश काम हम संस्कारों के अधीन होकर अन्धभाव से करते हैं। निजत्व किए रहते हैं हम नहीं जानते और न जानने

की आवश्यकता अनुभव करते हैं। हमारे अन्दर जो वास्तविक मनुष्य है वह जन्म से मृत्यु तक अधिकांश समय सुप्तावस्था में ही व्यतीत करता है, और उसके बदले काम करता है एक नियमबद्ध यंत्र। लेकिन जिनमें मनुष्यत्व का परिणाम अधिक होता है उनकी प्रबल शक्ति को प्रथा और सभ्यास का जड़ आच्छादन अवरुद्ध नहीं कर सकता। ऐसे लोग अपनी चरित्र-नगरी में स्वायत्त शासन का अधिकार प्राप्त करते है! आन्तरिक मनुष्यत्व की इसी स्वाधीनता का नाम है निजत्व। यह निजत्व व्यक्त रूप में चाहे किसी विशेष मनुष्य का हो लकिन निगूढ़ रूप से वह सारी मानव-जाति का होता है। इस निजत्व के प्रभाव से महापुरुष एक ओर स्वतंत्र और एकाकी होते हैं, दूसरी ओर मानव-मात्र के सहोदर। हमारे देश में राममोहन राय और विद्यासागर दोनों के जीवन में इस बात का परिचय मिलता है। एक ओर वे भारतीय थे, दूसरी ओर यूरोपीय प्रकृति के साथ चरित्र का निकट सादृश्य देखने में आता है। लेकिन सादृश्य अनुकरण का परिणाम नहीं था। वेश-भूषा और आचार-व्यवहार में वे पूरी तरह बंगाली थे। देश के शास्त्रों का ज्ञान उनके जैसा और किसी को नहीं था। देश को मातृ-भाषा के माध्यम से शिक्षादान उनका ही आरम्भ कराया हुआ है। फिर भी निर्भीकता, सत्यचारिता, लोक-हित-प्रेम, दृढ़ प्रतिज्ञता और आत्म-निर्भरता की दृष्टि से उनकी तुलना यूरोप के महान-से-महान लोगों के साथ ही जा सकती है। यूरोप के बाह्य अनुकरण की उन्होंने निन्दा की और इसी से उनके आत्म-सम्मान-बोध का परिचय मिलता है। यूरोपीय लोगों की बात ही अलग है, सीधे-सादे, सत्य-प्रिय संथालियों को भी विद्यासागर ने एक अंश तक मनुष्यत्व से भूषित पाया; और उस अंश तक स्वजातीय बंगालियों की अपेक्षा इन संथालियों के साथ उन्होंने अधिक आन्तरिक ऐक्स अनुभव किया।

विधाता का नियम भी बीच-बीच में विचित्र रूप से काम करता है। चार करोड़ बंगालियों का निर्माण करते-करते विश्वकर्मा यकायक दो-एक मनुष्यों का निर्माण कैसे कर बैठे, यह कहना कठिन है। महान् लोगों का अभ्युत्थान किस नियम से होता है यह बात सभी देशों में रहस्यमय मानी जाती है। हमारे इस क्षुद्र कर्मा भीरुहृदय में यह रहस्य और भी दुर्भेद्य लगता है। विद्यासागर की चरित्र-सृष्टि भी एक रहस्यमय बात है। लेकिन इतना अवश्य देखा जाता है कि जिस साँचे में उनका चरित्र ढला, वह उत्तम था। ईश्वरचन्द्र के पूर्वजों में महत्ता के उपकरण प्रचुर मात्रा में संचित थे। विद्यासागर के जीवन-वृत्तान्त की यदि हम समीक्षा करें तो सबसे पहले उनके पितामह रामजय तर्कभूषण की ओर ध्यान होता है। इससे सन्देह नहीं कि यह एक असाधारण मनुष्य थे।

मिदनापुर जिले के वनमालीपुर गाँव में उनका पैतृक निवास-स्थान था। पिता की मृत्यु के बाद जायदाद का बँटवारा हुआ। और इस सम्बन्ध में भाइयों से मनमुटाव होने के कारण वे घर-बार छोड़कर चले गए। बहुत दिनों बाद वापस लौटने पर

तर्कभूषण ने देखा कि उनकी पत्नी दुर्गादेवी वहाँ नहीं थीं। जेठ और देवर लोगों से अपमानित होकर पहले ससुराल छोड़कर वह वीरसिंह ग्राम में अपने मायके चली गई थीं; और फिर वहाँ से भी, भाई-भावज के ताने सुनकर, अपने वृद्ध पिता के साथ पास ही एक झोंपड़ी में रहने लगी थीं। चरखा कातकर बड़ी मुश्किल से उनका और उनके दो पुत्रों तथा चार कन्याओं का निर्वाह होता था। भाइयों का आचरण सुनते ही तर्कभूषण ने पैतृक सम्पत्ति पर अपना अधिकार त्यागकर एक दूसरे गाँव में शरण ली और दारिद्र्य का जीवन बिताने लगे। लेकिन जिनके स्वभाव में महत्ता है उन्हें दारिद्र्य दीन नहीं बना सकता। विद्यासागर ने स्वयं अपने पितामह के चरित्र का वर्णन किया है, जिसमें से कुछ अंश बीच-बीच में उद्धृत करने की मेरी इच्छा होती है—

"वे अत्यन्त तेजस्वी थे। किसी के सामने जरा भी झुककर चलना या किसी प्रकार का अनादर अथवा अपमान सहना उनके लिए सम्भव नहीं था। प्रत्येक स्थान पर और प्रत्येक में वे अपने मतानुसार चलते थे। दूसरों की इच्छा का अनुवर्तन करना उनके स्वभाव और सभ्यास के बिलकुल विपरीत था। उपकार की आशा से या अन्य किसी कारण से वे कभी दूसरों की खुशामद नहीं करते थे और न दूसरों के पीछे-पीछे चलना उनके लिए सम्भव था।"[1]

इन वाक्यों से श्रोतागण[2] समझ सकेंगे कि एक संयुक्त कुटुम्ब में ऐसे उत्तप्त स्वभाव के व्यक्ति के लिए स्थान नहीं था। वे लोग पाँच भाई थे, लेकिन केवल वही, नीहारिका के अलग होनेवाले नक्षत्र की तरह, अपने ही वेग से बाहर निकल पड़े। संयुक्त कुटुम्ब का अत्यन्त भारी यंत्र भी उनके चरित्र-स्वातंत्र्य को कुचल नहीं सका—

"उनके श्यालक रामसुन्दर विद्याभूषण गाँव के प्रमुख लोगों में गिने जाते थे। उनका स्वभाव अत्यन्त गर्वित और उद्धत था। वह सोचते थे कि बहनोई रामजय उन्हीं की इच्छा पर चलेंगे। लेकिन बहनोई महोदय किस प्रकृति के मनुष्य थे, यह वह जानते तो ऐसा कभी न सोचते। रामजय को बहुतों ने यह भय दिखाया कि यदि वह दबकर नहीं चले तो रामसुन्दर उन्हें तरह-तरह से नीचा दिखाएँगे। लेकिन रामजय किसी भी कारण से डरनेवाले लोगों में से नहीं थे। उन्होंने स्पष्ट शब्दों में कहा कि चाहे घर छोड़कर जाना पड़े, श्यालक का अनुगत होकर चलना उन्हें मंजूर नहीं था। रामसुन्दर के आक्रोश से उन्हें समय-समय पर सामना करना पड़ा लेकिन वे क्षुब्ध या विचलित नहीं हुए।"[3]

उनके तेजस्वी व्यक्तित्व का एक और उदाहरण दिया जा सकता है, "जब वीरसिंह ग्राम के जमींदार ने यह इच्छा प्रकट की कि रामजय के मकान और जमीन पर जो कर लगता था उसे छोड़ दिया जाए, लेकिन रामजय ने यह दान ग्रहण करने से इनकार कर दिया। गाँव के अनेक लोगों ने उन्हें उपदेश दिया कि लगान माफ करवा लें, लेकिन उन्होंने किसी के अनुरोध पर ध्यान नहीं दिया। ऐसे लोगों के लिए

दारिद्र्य भी महान् ऐश्वर्य होता है। उनकी स्वाभाविक सम्पदा को दारिद्र्य और भी वृद्धिगत करता है।"[4]

लेकिन तर्कभूषण अपने स्वातंत्र्यगर्व के कारण सर्वसाधारण की उपेक्षा करते हों, या लोगों से दूर रहते हों, ऐसी बात नहीं थी। विद्यासागर कहते हैं—

"तर्कभूषण महाशय बहुत ही नम्र और निरहंकार थे। छोटे-बड़े सभी लोगों से एक भाव से मिलते थे और आदरपूर्ण तथा सद्व्यवहार करते थे। जिन लोगों को वह कपटी समझते थे उनके साथ, जहाँ तक सम्भव था, बातचीत ही नहीं करते थे। वे स्पष्टवादी थे। किसी के अप्रसन्न या असन्तुष्ट होने के डर से स्पष्ट बात कहने में संकोच नहीं करते थे; और वे जितने स्पष्टवादी थे उतने ही यथार्थवादी भी थे। किसी के भय या अनुरोध से या अन्य किसी कारण से, किसी विषय पर निराधार बातें नहीं करते थे। जिनके प्रत्यक्ष आचरण में भद्रता देखते थे, उन्हीं को भद्र लोगों में गिनते थे, और जिनका आचरण सुसंस्कृत नहीं था, उनको कभी प्रतिष्ठा का पात्र नहीं समझते थे, चाहे ऐसे लोग कितने ही विद्वान्, धनवान् या प्रभावशाली क्यों न हों।"[5]

तर्कभूषण महाशय का बल और साहस आश्चर्यजनक था। वे हाथ में एक लौहदंड लेकर चला करते थे। उन दिनों डाकुओं के डर से अधिकतर लोग अकेले यात्रा करने में डरते थे, लेकिन तर्कभूषण महाशय डंडा लिये हुए निडर होकर घूमते थे। दो-एक बार उन्होंने हमला करनेवाले डाकुओं को उचित शिक्षा भी दी थी। जब उनकी आयु इक्कीस वर्ष की थी, एक दिन एक भालू से मुठभेड़ हुई—

"भालू अपने नखों के प्रहार से उनके सारे शरीर को क्षत-विक्षत करने लगा और वह भी अपने लोहे के डंडे से वार करते रहे। कुछ देर बाद भालू अपनी शक्ति खो बैठा और तर्कभूषण ने उसके उदर पर पदाघात करके उसका संहार किया।"[6] खून से लथपथ, सारे शरीर पर घाव—इस दशा में चार कोस पैदल चलकर मिदनापुर पहुँचे और एक आदमी के घर में शय्या का आश्रय लिया। दो मास बाद स्वस्थ होकर घर लौटे।

केवल एक और घटना का उल्लेख करके तर्कभूषण का चरित्र-चित्रण समाप्त करता हूँ। शक सम्वत् 1842 के आश्विन महीने में, मंगलवार तारीख 12 को, विद्यासागर के पिता ठाकुरदास बन्द्योपाध्याय पास ही कोमरगंज बाजार में गए थे। रामजय तर्कभूषण घर का एक शुभ संवाद पुत्र तक पहुँचाने के लिए निकल पड़े। रास्ते में दोनों की भेंट हुई रामजय ने कहा, "घर में एक बछवा हुआ है" जब घर पहुँचे तो ठाकुरदास गोशाला की ओर जाने लगे। तर्कभूषण हँसकर बोले, "उधर नहीं इधर आओ।" यह कहकर ठाकुरदास को सूतिका-गृह ले गए और नवजात शिशु ईश्वरचन्द्र की ओर संकेत किया।

विनोदप्रियता की इस रश्मि से रामजय का बलिष्ठ, उन्नत चरित्र प्रभात-किरणों से आलोकित गिरि-शिखर की तरह रमणीय लगता है। ऐसे हास्यमय, तेजोमय, निर्भीक

और ऋजु स्वभाव के पुरुष का आदर्श यदि बंगाल देश में इतना बिरला न होता तो बंगालियों में पौरुष का ऐसा अभाव हम न देखते। रामजय तर्कभूषण के चरित्र का इतना विस्तृत वर्णन मैंने एक विशेष कारण से किया है। यह दरिद्र ब्राह्मण अपने पौत्र को सम्पत्ति-दान नहीं कर सका। लेकिन एक अमिट सम्पदा ऐसी है जिसका उत्तराधिकार केवल भगवान् के हाथ से निर्धारित होता है—अर्थात् चरित्र-माहात्म्य। और इस सम्पदा में तर्कभूषण अपने ज्येष्ठ पौत्र को अखंड रूप से हिस्सेदार बनाकर गए।

विद्यासागर के पिता ठाकुरदास बन्द्योपाध्याय भी मामूली आदमी नहीं थे। चौदह या पन्द्रह वर्ष की आयु में ही, जब उनकी माता दुर्गादेवी चरखा कातकर अपने दो पुत्रों और चार कन्याओं का भरण-पोषण करती थीं, ठाकुरदास जीविकोपार्जन के लिए कलकत्ता चले गए।

कलकत्ता पहुँचकर पहले उन्होंने अपने आत्मीय जगन्मोहन तर्कालंकार के घर का सहारा लिया। उन्हें आशा थी कि अंग्रेजी भाषा के ज्ञान से सौदागर साहब लोगों के यहाँ काम मिल सकेगा। इसलिए रोज शाम को एक जहाज के 'कॉशिअर' के घर अंग्रेजी पढ़ने जाते थे। उनके लौटने तक तर्कालंकार महोदय के घर में खाना-पीना समाप्त हो चुकता, इसलिए ठाकुरदास रात को भोजन से वंचित रह जाते। बाद में वह अपने शिक्षक के एक आत्मीय के पास रहने लगे, लेकिन अपने नए आश्रयदाता के दारिद्र्य के कारण उन्हें कभी-कभी दिन-भर उपवास करना पड़ता था। एक दिन अपना सर्वस्व—अर्थात् पीतल की थाली और एक छोटा-सा लोटा—लेकर एक कसेरे की दुकान में पहुंचे। दुकानदार ने थाली-लोटे का सवा रुपया दाम लगाया, लेकिन खरीदने के लिए राजी नहीं हुआ। कहने लगा, 'किसी अजनबी से पुराने बरतन खरीदना फिसाद की जड़ है।'[7] एक दिन दोपहर को क्षुधा-यंत्रणा भूलने के लिए ठाकुरदास घर से बाहर निकलकर सड़क पर चक्कर लगाने लगे—

बड़ा बाजार[8] से ठनठनिया[9] तक पहुँचते-पहुँचते बिलकुल क्लान्त हो गए और आगे चलने की शक्ति न रही। कुछ देर बाद एक दुकान के सामने आकर रुक गए और खड़े हो गए। उन्होंने देखा कि एक मध्यवयस्का विधवा स्त्री दुकान में बैठी लावा और गुड़ बेच रही है। उन्हें खड़ा देखकर स्त्री ने पूछा, "खड़े क्यों हो बाबा?" ठाकुरदास ने अपनी प्यास का उल्लेख किया और पीने के लिए पानी माँगा। अत्यन्त स्नेह और आदर के साथ उस स्त्री ने बैठने के लिए कहा। "ब्राह्मण के लड़के को केवल जल नहीं दिया जाता"—यह कहकर जल के साथ गुड़ की मिठाइयाँ भी रख दीं। जिस व्यग्रता से ठाकुरदास ने उन्हें खाया उसे देखकर स्त्री ने पूछा, "बेटा, क्या आज तुमने खाना नहीं खाया?" उन्होंने कहा, "नहीं माँ, आज अभी तक मैंने कुछ नहीं खाया।" उस पर स्त्री ने ठाकुरदास को अधिक पानी पीने से रोका। पास ग्वाले की दुकान थी, जल्दी से दही खरीद लाई। दही के साथ कुछ और मिठाइयाँ देकर ठाकुरदास को पेट-भर खिलाया। बाद में उनकी पूरी कहानी सुनकर जब परिस्थिति

से अवगत हुई तो उसने कहा, "जब कभी तुम्हारी ऐसी परिस्थिति हो, यहीं आकर खा लिया करो!"[10]

इस तरह बड़ी मुश्किल से थोड़ी-बहुत अंग्रेजी सीखकर पहले दो रुपया महीना और दो-तीन वर्ष बाद पाँच रुपये महीना कमाने लगे। अन्त में जब उनकी माता दुर्गादेवी ने यह सुना कि ठाकुरदास का मासिक वेतन 8 रुपये तक पहुँच गया है तो उनके आनन्द की सीमा न रही। 23 या 24 वर्ष की आयु में ठाकुरदास का विवाह गोघाट-निवासी रमाकान्त तर्कवागीश की द्वितीय कन्या भगवती देवी के साथ कर दिया गया।

बंग देश के सौभाग्य से भगवती देवी एक असामान्य स्त्री थी। श्रीयुत चंडीचरण बन्द्योपाध्याय महाशय द्वारा रचित 'विद्यासागर ग्रन्थ' में भगवती देवी का एक लीथोग्राफ चित्र प्रकाशित हुआ है। अधिकतर चित्र ऐसे होते हैं जिनको ध्यानपूर्वक देखने की इच्छा ही नहीं होती; क्षण-भर में ही उनका आकर्षण समाप्त हो जाता है। ऐसे चित्र सुन्दर हो सकते हैं, उनसे कलाकार का नैपुण्य भी प्रकाशित हो सकता है, लेकिन उन पर हमारा चित्त केन्द्रित नहीं होता, दृष्टि पूरी सतह तक पहुँचकर ही छितर जाती है। किन्तु भगवती देवी का यह चित्र इस प्रकार का नहीं है। इस पवित्र मुखश्री में ऐसी गम्भीरता और उदारता है कि बहुत देर तक देखने पर भी दृष्टि हटाने की इच्छा नहीं होती। उन्नत ललाट से बुद्धिमत्ता टपकती है, बड़ी-बड़ी सुदूरदर्शिनी आँखों से स्नेह बरसता है। नाक सीधी और सुगठित है। होंठों से दया और चिबुक से दृढ़ता व्यक्त होती है। चेहरे का महिमामय, सुसंयत सौन्दर्य दर्शक के हृदय को आकर्षित करता है और ऊँचा उठाता है। इस चित्र को देखकर हम यह भी जान सकते हैं कि विद्यासागर ने अपनी भक्ति-साधना के लिए इस मातृदेवी के अतिरिक्त किसी अन्य पौराणिक देवी के मन्दिर में प्रवेश करना आवश्यक क्यों नहीं समझा।

भगवती देवी की अकुंठित दया की वर्षा से गाँव, मोहल्ला और पड़ोसी निश्चिंत रहते थे। रोगियों की सेवा, क्षुधा-पीड़ितों को अन्न-दान और शोकमग्न लोगों के साथ सहानुभूति-प्रकाश उनके नियमित कार्यों में से थे। एक बार वीरसिंह ग्राम का उनका निवास-स्थान जलकर खाक हो गया। विद्यासागर ने अपनी माता को कलकत्ता ले चलने का प्रयत्न किया, लेकिन उन्होंने कहा, "कितने ही निर्धन लोगों के बच्चे यहाँ भोजन करके वीरसिंह विद्यालय में अध्ययन कर रहे हैं। यदि मैं गाँव छोड़कर चली जाऊँगी तो इन बेचारों के खाने का क्या प्रबन्ध होगा?"

दयावृत्ति तो बहुत-सी स्त्रियों में देखी जाती है, लेकिन भगवती देवी की दयाशीलता में एक असाधारणता थी। किसी प्रकार के संकीर्ण संस्कार से उनकी दया आबद्ध नहीं थी। साधारण लोगों की दया दियासलाई की तीलियों की तरह एक विशेष रूप से घर्षण करने पर ही प्रज्वलित होती है, और लोकाचार की छोटी-सी डिबिया में बन्द रहती है। किन्तु भगवती देवी का हृदय सूर्य की तरह अपनी दया-रश्मियों को

स्वाभाविक रूप से ही चारों दिशाओं में प्रसारित करता था। उसे शास्त्र या प्रथा के घर्षण की आवश्यकता नहीं थी। विद्यासागर के तृतीय शम्भुचन्द्र विद्यारत्न महाशय अपने भाई के जीवन-चरित्र में लिखते हैं, कि एक दिन विद्यासागर ने माता से पूछा, "साल में एक बार छह सौ रुपये पूजा के आयोजन में व्यय करना ठीक होगा, या गाँव के नि:सहाय अनाथ लोगों की महीने-महीने मदद करने में उसे खर्च करना श्रेयस्कर होगा?" यह सुनकर भगवती देवी ने कहा, "गाँव के दारिद्र्यग्रस्त लोगों को यदि नियमित रूप से भोजन मिले तो पूजा करने की कोई आवश्यकता नहीं है।"

यह कोई मामूली बात नहीं थी। उनकी निर्मल बुद्धि और उज्ज्वल दया प्राचीन संस्कार के मोहावरण को अनायास ही दूर हटा सकी, यह देखकर हमें विस्मय होता है। लौकिक प्रथाओं का बन्धन स्त्रियों को विशेष दृढ़ता के साथ जकड़ता है। इसलिए यह आश्चर्य की बात है कि अपनी स्वाभाविक चित्तशक्ति से उन्होंने जड़ प्रथाओं की दीवार तोड़कर नित्य-ज्योतिर्मय अनन्त विश्वधर्म के आकाश में पदार्पण किया। इस बात को उन्होंने कठिन नहीं समझा, क्योंकि उनके लिए मनुष्य की सेवा ही यथार्थ पूजा थी। समस्त संहिताओं से प्राचीन एक संहिता उनके हृदय-पट पर स्पष्ट अक्षरों में अंकित थी।

सिविलियन हॅरिसन साहब जब दौरे पर मिदनापुर जिले में गए, भगवती देवी ने उन्हें अपने नाम से पत्र लिखा और घर पर आमंत्रित किया। उनके तृतीय पुत्र शम्भुचन्द्र ने इस घटना का वर्णन इस प्रकार किया है—

"माताजी ने स्वयं उपस्थित रहकर हॅरिसन साहब को भोजन कराया। एक वृद्धा हिन्दू स्त्री का भोजन के समय कुर्सी पर बैठकर साहब के साथ वार्तालाप करना ऐसी बात थी जिससे हॅरिसन साहब को अत्यन्त आश्चर्य हुआ। साहब ने हिन्दुओं की तरह झुककर माताजी का अभिवादन किया। उसके बाद विविध विषयों पर बातचीत हुई माताजी गृह-कार्य में निपुण हिन्दू स्त्री थीं। लेकिन मन में किसी प्रकार का कुसंस्कार नहीं था, उनका स्वभाव अति उदार और मन अत्यन्त उन्नत था। धनवान् और दरिद्र, विद्वान् और अनपढ़, पुरुष और स्त्री हिन्दू धर्मावलम्बी और अन्य धर्मावलम्बी—सभी उनकी दृष्टि में समान थे।"[11]

शम्भुचन्द्र ने एक और जगह लिखा है, "सन् 1236 से 1272 तक विधवा विवाह आन्दोलन चला। उस समय विधवाओं को कठिनाइयों से बचाने के लिए मेरे बड़े भाई विशेष रूप से प्रयत्नशील थे। उनमें से बहुतों को समय-समय पर वे अपने घर पर भी बुलाते थे। इन स्त्रियों को तिरस्कार की दृष्टि से कोई न देखे, इस विचार से माताजी उनके साथ एक थाल में भोजन करती थीं।"[12]

उस समय विधवा-विवाह आन्दोलन के विरोधियों में से कुछ लोग विद्यासागर की हत्या के लिए गुप्त रूप से प्रयत्न कर रहे थे। देश का पंडित वर्ग शास्त्र-मन्थन करके कुयुक्तियों का और भाषा-मन्थन करके कटु शब्दों का संग्रह कर रहा था,

और विद्यासागर के सिर पर उन्हें बरसा रहा था। लेकिन उनकी वृद्धामाता को किसी शास्त्र में से कोई श्लोक ढूँढ़ना नहीं पड़ा। विधाता का स्वहस्त-लिखित शास्त्र उनके हृदय में दिन-रात उद्घाटित था। अभिमन्यु ने जिस तरह जननी के गर्भ में ही युद्ध विद्या सम्पादित कर ली थी उसी तरह विद्यासागर ने भी उस विधिलिखित महाशास्त्र का अध्ययन मातृ-गर्भ में ही कर लिया था।

मुझे आशंका है कि समालोचक महोदय सोचते होंगे, विद्यासागर के सम्बन्ध में लिखे गए एक छोटे-से निबन्ध में उनकी माता के विषय में इतनी विस्तृत चर्चा करना वहाँ तक परिमाण-संगत है। लेकिन उन्हें यह बात निश्चयपूर्वक जाननी चाहिए कि महापुरुषों का इतिहास बाह्य कार्यों में और जीवन-वृत्तान्त में स्थायी रूप प्राप्त करता है, लेकिन किसी महान् स्त्री का इतिहास पुत्र के चरित्र और स्वामी के कार्य में ही रचित होती है। उसके नाम का बहुधा उल्लेख भी नहीं किया जाता। विद्यासागर के जीवन में उनकी माता का जीवन-चरित्र किस प्रकार से अंकित है इसे यदि हम ठीक से न देखें तो दोनों ही जीवन-वृत्तान्त असम्पूर्ण रह जाएँगे। जिस महात्मा की स्मृति-प्रतिमा पूजन के लिए आज हम यहाँ एकत्रित हुए हैं, वह यदि सूक्ष्म चिन्मय देह धारण करके इस सभा में आसन ग्रहण करे, और इस अयोग्य भक्त द्वारा किया गया चरित्र-कीर्तन सुन सके, तो इस रचना के जिस अंश में उसकी जीवनी का सहारा लेकर उसकी माता का माहात्म्य वर्णित हुआ है, उस अंश के प्रभाव से ही उसके दिव्य नेत्रों से पुण्य आँसुओं की वर्षा होगी, इसमें सन्देह नहीं।

विद्यासागर ने अपनी 'वर्ण परिचय'[13] पुस्तक के प्रथम भाग में गोपाल[14] नाम के एक सुबोध बालक का दृष्टान्त दिया है जो सर्वदा माँ-बाप के कहने पर चलता है। लेकिन ईश्वरचन्द्र स्वयं जब गोपाल की आयु के थे तो कहीं-कहीं गोपाल की अपेक्षा राखाल के साथ ही उनका सादृश्य अधिक था। पिता की आज्ञा का पालन करना तो दूर रहा, पिता जो कहते उसका ठीक उलटा ईश्वरचन्द्र कर बैठते। शम्भुचन्द्र ने लिखा है—

"ईश्वरचन्द्र के पिता उनके स्वभाव को पहचानते थे। जिस दिन साफ कपड़ा न होता उस दिन कहते, 'देखो, आज अच्छे कपड़े पहनकर कॉलेज जाना होगा।' ईश्वरचन्द्र कहते, 'नहीं, आज मैले कपड़े पहनकर जाऊँगा।' जिस दिन पिता कहते, 'आज स्नान करना होगा', दादा इस बात पर अड़ जाते कि आज स्नान नहीं करेंगे। और पिटाई करके भी पिता उन्हें स्नान करने पर राजी न कर पाते। साथ ले जाकर घाट के नीचे तक पहुँचाते, फिर भी दादा वहीं खड़े रहते। पिता बड़ी मुश्किल से जबरदस्ती उन्हें नहलाते।"[15]

पाँच-छह वर्ष की अवस्था में जब गाँव की पाठशाला में पढ़ने जाते तब पड़ोसी मथुरमंडल की पत्नी को चिढ़ाने के लिए तरह-तरह के उपद्रव करते। 'वर्ण परिचय' पुस्तक के सर्वजननिंदित राखाल ने भी ऐसे दुष्ट कार्य कभी नहीं किए।

हमारे सीधे-सादे बंगाल में गोपाल-जैसे सुबोध लड़कों की कमी नहीं है। इस तेजहीन देश में यदि राखाल और उसके निर्माता ईश्वरचन्द्र की तरह हठीले लड़कों का प्रादुर्भाव हो तो बंगाली जाति पर जो दुर्बलता का अभियोग लगाया जाता है वह दूर होगा। इसमें सन्देह नहीं कि सुबोध लड़के इम्तहान पास करके अच्छी नौकरियाँ प्राप्त कर सकते हैं और विवाह के दिन उन्हें प्रचुर धन-लाभ भी हो सकता है। लेकिन दुष्ट और चंचल बालकों से भी स्वदेश को बड़ी आशा होती है। बहुत दिन पहले नवद्वीप की शचीमाता के चंचल लड़के ने स्वदेश की आशा पूर्ण की थी।[16]

लेकिन एक विषय में राखाल के साथ उसके जीवनी-लेखक का कोई सादृश्य नहीं था। राखाल जब पढ़ने जाता तो रास्ते में खेलने लगता, व्यर्थ समय नष्ट करके सब लड़कों के साथ पाठशाला पहुँचता। पर बालक ईश्वरचन्द्र पढ़ने-लिखने के मामले में शिथिल नहीं था। जिस प्रबल हठ के साथ ईश्वरचन्द्र पिता के आदेश और निषेध के विपरीत काम करने में प्रवृत्त होते उसी हठ के साथ पढ़ने जाते। यह भी प्रतिकूल अवस्था में अपनी ही बात रखने का एक तरीका था। एक बड़ा-सा छाता लगाकर जब ईश्वरचन्द्र बड़ा बाजार के अपने घर से पटल-डांगा के संस्कृत कॉलेज की ओर जाते तो लोग समझते कि एक छाता अपने-आप चला जा रहा है! इस अजेय बालक का शरीर दुबला-पतला और सिर बहुत बड़ा था। स्कूल के लड़के 'जशुरे कई'[17] और 'कशुरे जई'[18] कहकर चिढ़ाते। ईश्वरचन्द्र उन दिनों कुछ तुतलाते थे। लड़कों के चिढ़ाने पर नाराज होते, लेकिन कुछ कह भी न पाते थे।

बालक रात को दस बजे सो जाता। सोने से पहले पिता से कहता कि उसे दो बजे जगा दिया जाए। लेकिन गिरजाघर की घड़ी जैसे ही बारह बजाती वैसे ही पिता ईश्वरचन्द्र को जगा देते और बालक शेष रात्रि-भर अध्ययन करता। यह भी अपने शरीर के प्रति उसकी जिद थी। अक्सर शरीर भी इस व्यवहार का बदला चुकाता; बीच-बीच में बालक को कठिन दर्द सहना पड़ता लेकिन उस पीड़ा के शासन से वह कभी पराजित नहीं हुआ।

इसके अतिरिक्त घर का काम भी यथेष्ट था। घर में पिता और मझले भाई थे। नौकर-चाकर नहीं थे। ईश्वरचन्द्र दोनों समय रसोई का पूरा काम करते। सहोदर शम्भुचन्द्र ने इसका वर्णन किया है। तड़के आँख खुलते ही ईश्वरचन्द्र कुछ देर पुस्तक लेकर बैठ जाते, फिर गंगा-घाट जाकर स्नान करते। वहाँ से काशीनाथ बाबू के बाजार में जाते और 'बाटा' मछली तथा आलू, परवल इत्यादि सब्जी खरीदकर घर लौटते। आग जलाकर, सिल में मसाला पीसकर, खाना पकाते। घर के चारों लोग जब खा-पी चुकते तो ईश्वरचन्द्र बरतन माँजते। तब जाकर कहीं पढ़ने का अवसर मिलता। भोजन बनाते-बनाते और स्कूल जाते समय रास्ते पर चलते-चलते पाठ दोहराते रहते।

ऐसी थी उनकी अवस्था। स्कूल में जब कुछ देर के लिए छुट्टी होती तब जल-पान करने जाते और अपने साथियों को मिठाई खिलाते। स्कूल से जो छात्रवृत्ति

मिलती वह इसी तरह खर्च हो जाती। चौकीदार से रुपया उधार लेकर गरीब लड़कों के लिए नए कपड़े खरीदते। पूजा की छुट्टियों में गाँव जाकर—

"गाँव के जिन लोगों का निर्वाह कठिनाई से होता था उनकी यथासाध्य सहायता करने में जुट जाते थे। जब कभी यह देखते कि दूसरों के पास कपड़े नहीं हैं, स्वयं अँगोछा लपेटकर अपने कपड़े बाँट देते थे।"[19]

जिस अवस्था में साधारणत: मनुष्य स्वयं दया का पात्र होता है, उस अवस्था में ईश्वरचन्द्र दूसरों के प्रति दया प्रदर्शित करते थे। उनके जीवन में आरम्भ से ही यह बात देखी जाती है कि उनके चरित्र ने सारी प्रतिकूल परिस्थितियों के विरुद्ध क्रमश: युद्ध करते-करते विजय प्राप्त की। जिस परिस्थिति में उनकी शिक्षा हुई उसमें किसी भी छात्र के लिए विद्या लाभ अत्यन्त कठिन सिद्ध होता है। लेकिन इस ग्रामीण बालक ने, अपने कृश शरीर और प्रकांड मस्तक को लेकर, बहुत ही थोड़े समय में 'विद्यासागर' की उपाधि प्राप्त की। उनके जैसे निर्धन व्यक्ति के लिए दान करना या दूसरों पर दया करना आसान नहीं था। लेकिन जिस अवस्था में भी उन्होंने अपने-आपको पाया, निजी कठिनाइयों के बावजूद परोपकार से विमुख नहीं हुए। कितने ही ऐश्वर्यशाली राजा और रायबहादुर, प्रचुर क्षमता रखते हुए भी, जिस उपाधि को प्राप्त न कर सके उस 'दयासागर' नाम के दरिद्र पिता का यह दरिद्र पुत्र बंगदेश में सदा के लिए विख्यात हुआ। कॉलेज से उत्तीर्ण होकर विद्यासागर पहले फोर्टविलियम कॉलेज[20] में मुख्य पंडित और फिर संस्कृत कॉलेज में असिस्टेंट सेक्रेटरी के पद पर नियुक्त हुए। इस कार्य के उपलक्ष्य में जिन अंग्रेज अफसरों के साथ उनका सम्पर्क हुआ उन सबकी श्रद्धा और प्रीति उन्हें प्राप्त थी। उस समय हमारे देश में बहुत-से लोग अपनी और अपने देश की मर्यादा नष्ट करके भी अंग्रेजों का अनुग्रह लाभ करने का यत्न करते थे। लेकिन विद्यासागर ने पारितोषिक-प्राप्ति के लिए साहबों के सामने कभी सिर नहीं झुकाया। अंग्रेजों के प्रसाद पर गर्व करनेवाले आश्रितों की तरह उन्होंने अपमान का मूल्य चुकाकर सम्मान खरीदने की कभी चेष्टा नहीं की। एक ही उदाहरण से यह बात प्रमाणित हो सकती है। एक बार किसी काम के लिए विद्यासागर हिन्दू कॉलेज के प्रिंसिपल कार साहब से मिलने गए। 'सभ्यताभिमानी' साहब अपने बूट चढ़ाए हुए दोनों पाँव मेज के ऊपर रखकर बैठे थे। उन्होंने एक बंगाली सज्जन के सामने भद्रता की रक्षा करना आवश्यक नहीं समझा। कुछ दिन बाद कार साहब को कार्यवश संस्कृत कॉलेज में आकर विद्यासागर से मिलना पड़ा। विद्यासागर ने चप्पलों समेत अपने वन्दनीय चरणों को मेज के ऊपर रखा, और उस अभिमानी अंग्रेज के साथ वार्तालाप करते रहे। यह सुनकर कोई विस्मित नहीं होगा कि साहब अपने व्यवहार का यह अविकल अनुकरण देखकर प्रसन्न नहीं हुए!

इन्हीं दिनों कार्य-प्रणाली के सम्बन्ध में कॉलेज के व्यवस्थापकों से मतभेद हो जाने के कारण ईश्वरचन्द्र ने त्याग-पत्र दे दिया। सम्पादक रसमय दत्त और शिक्षा

समाज के अध्यक्ष मोयेट साहब ने उन्हें बहुतेरा रोका; लेकिन वे अपनी बात पर डटे रहे। जब आत्मीयों और मित्रों ने पूछा कि गुजारा कैसे होगा तो उन्होंने कहा, "आलू-परवल बेचकर या बनिए की दुकान करके काम चला लूँगा।" उस समय घर में लगभग बीस लड़के थे जिनके अन्न-वस्त्र और अध्ययन का भार ईश्वरचन्द्र के ऊपर था। उनमें से किसी को भी उन्होंने दूर नहीं किया। उनके पिता पहले नौकरी किया करते थे। विद्यासागर के बार-बार कहने पर उन्होंने काम छोड़ दिया था, और उनके खर्च के लिए भी विद्यासागर ही पैसे भेजते थे। जब नौकरी न रही तो प्रतिमास पचास रुपये कर्ज लेकर भेजने लगे। मोयेट साहब के अनुरोध पर विद्यासागर कैप्टन बैंक नामक एक अंग्रेज सज्जन को कई महीनों से बंगला और हिन्दी पढ़ाते थे। साहब पचास रुपये महीने के हिसाब से वेतन देने लगे, लेकिन विद्यासागर ने कहा, "आप मोयेट साहब के मित्र हैं और मोयेट साहब मेरे मित्र हैं। मैं आपसे वेतन नहीं ले सकता।"

सन् 1850 में विद्यासागर संस्कृत कॉलेज में साहित्य के अध्यापक और सन् 1851 में प्रिंसिपल के पद पर नियुक्त हुए। आठ वर्ष तक बड़ी दक्षता से उन्होंने काम किया। फिर शिक्षा विभाग के एक तरुण कर्मचारी के साथ अनबन हो जाने से सन् 1858 में उन्होंने पद-त्याग दिया। विद्यासागर स्वभावत: स्वाधीनता-प्रेमी थे। अव्याहत रूप से अपनी इच्छानुसार जब तक चल सकता तभी तक किसी काम को सँभालते। ऊपर के अधिकारियों द्वारा किसी तरह का दबाव पड़ने पर अपने संकल्प-प्रवाह में तिल-मात्र भी परिवर्तन करना उनके लिए सम्भव नहीं था। कार्य-नीति के नियमों की दृष्टि से यह बात प्रशंसनीय नहीं कही जा सकती। लेकिन विधाता ने उन्हें एकाधिपत्य के लिए भेजा था, किसी के अधीन रहकर काम करने का गुण उन्हें नहीं दिया था। बंगाल में उपयुक्त अधीनस्थ कर्मचारियों की कोई कमी नहीं थी; विद्यासागर जैसे व्यक्ति को भेजकर उनकी संख्या बढ़ाना विधाता ने अनावश्यक और असंगत समझा।

जिन दिनों विद्यासागर संस्कृत कॉलेज में नियुक्त थे, कॉलेज के काम में व्यस्त रहते हुए भी एक प्रचंड सामाजिक संघर्ष में उन्होंने पदार्पण किया। एक दिन वीरसिंह गाँव के अपने घर में चंडी मंडप[21] में बैठकर ईश्वरचन्द्र वीरसिंह स्कूल के सम्बन्ध में अपने पिता के साथ बातें कर रहे थे। उसी समय उनकी माता रोते-रोते चंडी मंडप में पहुँची। एक बालिका के वैधव्य का उल्लेख करते हुए उन्होंने कहा, "इतने दिनों तक तुम शास्त्र पढ़ते रहे हो। क्या शास्त्रों में विधवा के दु:ख का कोई उपाय नहीं है?"[22] माता का प्रश्न सुनकर पुत्र उपाय ढूँढ़ने के लिए प्रवृत्त हुआ।

स्त्री-जाति के प्रति विद्यासागर को विशेष स्नेह और भक्ति थी। यह भी उनके महान् पौरुष का एक प्रधान लक्षण था। साधारणत: स्त्रियों के सुख, स्वास्थ्य और स्वच्छंदता को हम परिहास का विषय मानते हैं। हमारे लिए यह विनोद का एक उपकरण हो जाता है। यह भी हमारी क्षुद्रता और कापुरुषता के लक्षणों में से एक है।

विद्यासागर बचपन में जगदुर्लभ बाबू के घर में कुछ दिन रहे थे। जगदुर्लभ की छोटी बहन रायमणि के सम्बन्ध में उन्होंने अपने जीवन-वृत्तान्त में जो लिखा है उसे उद्धृत करना यहाँ अप्रासंगिक न होगा—

"रायमणि का अद्‌भुत स्नेह और अध्यवसाय मैं कभी नहीं भूल सकता। उनका इकलौता पुत्र गोपालचन्द्र घोष मेरा समवयस्क था। पुत्र के प्रति माता का जितना स्नेह और अनुराग होना आवश्यक है उससे कहीं अधिक स्नेह गोपालचन्द्र पर रायमणि का था, इसमें सन्देह नहीं है। लेकिन मेरा अन्तरिक दृढ़ विश्वास है कि अनुराग की दृष्टि से रायमणि के हृदय में मेरे और गोपाल के प्रति अणु-मात्र भी विभिन्न भाव नहीं था। स्नेह, दया, सौजन्य, सरलता, सद्‌वेचना इत्यादि गुण जिस मात्रा में रायमणि में थे वैसे मैंने किसी अन्य स्त्री में नहीं देखे। उस दयामयी की सौम्य मूर्ति मेरे हृदय-मन्दिर में देवी की तरह प्रतिष्ठित होकर विराजमान है। यदि प्रसंगवश उनका उल्लेख किया गया तो उनका गुणगान, करते-करते आँसू बहाए बगैर मैं नहीं रह सकता। बहुत-से लोग कहते हैं कि मैं स्त्री-जाति का पक्षपाती हूँ। मैं सोचता हूँ, उनका यह कहना असंगत नहीं है। जिस व्यक्ति ने रायमणि के स्नेह, दया और सौजन्य का अनुभव किया है, और जिसने इन सब सद्‌गुणों के फल उपभोग किए हैं, वह यदि स्त्री-जाति का पक्षपाती न हो तो उसके समान कृतघ्न पामर पृथ्वी पर दूसरा न होगा।"

हमारे बीच बहुत-से ऐसे भाग्यहीन लोग हैं जो स्त्री-जाति के स्नेह, दया और सौजन्य से वंचित रहे हैं। परन्तु स्वभाव की क्षुद्र-हृदयता उन्हीं पर आरोपित की जाएगी जो अयाचित उपकार प्राप्त करने पर उसी परिमाण में अकृतज्ञ हो जाते हैं। जो उन्हें अनायास ही मिल जाता है। उसे वह अपनी प्राप्य वस्तु समझते हैं; उनकी ओर से भी कुछ देय है इस बात को भूल जाते हैं संसार में कभी-कभी हम रायमणि-जैसी स्त्रियाँ देखते हैं। जब वे सेवा करने आती हैं तो उनके समस्त स्नेह को हम बड़ी शान से ग्रहण करते हैं, मानो उन पर परम अनुग्रह कर रहे हों। वे जब चरण-पूजा के लिए उद्यत होती हैं तो हम निर्लज्ज होकर अहंकारपूर्वक अपने कलंकित पाँव उनके सामने फैला देते हैं। हम अपने-आपको नरदेवता के रूप में देखते हैं और नारी की पूजा का अधिकारी समझते हैं। लेकिन सेवा-पूजा करनेवाली इन स्त्रियों के दु:ख-मोचन और सुख-स्वास्थ्य के विषय में हम 'देवताओं' का औदासीन्य दूर नहीं होता। इसका कारण यह है क्रि नारी-कृत सेवा को हम अपने सांसारिक स्वार्थ-सुख से संलग्न देखते हैं। हम उस सेवा को यह अवसर नहीं देते कि वह हमारे हृदय में प्रविष्ट होकर कृतज्ञता उत्पन्न करे।

विद्यासागर ने पहले-पहल बेथ्यून साहब की सहायता करते हुए बंगाल में स्त्री-शिक्षा का प्रारम्भ कराया और उसके विस्तार के लिए यत्न किया। बाद में जब उन्होंने बाल-विधवाओं के दु:ख से व्यथित होकर विधवा-विवाह को प्रचलित करने का प्रयास किया तब देश-भर में कोलाहल मच गया। इस कोलाहल में संस्कृत के

श्लोक और बंगला की गालियाँ, दोनों ही मिश्रित थे। शास्त्र और अपशब्द की इस मूसलाधार वर्षा का सामना करते हुए यह ब्राह्मण-वीर विजयी हुआ। विधवा-विवाह शास्त्र-सम्मत प्रमाणित हुआ और वैध ठहराया गया।

इन्हीं दिनों विद्यासागर एक और छोटे-से सामाजिक संघर्ष में सफल हुए, जिसका संक्षेप में उल्लेख करना यहाँ आवश्यक है। उस समय संस्कृत कॉलेज में केवल ब्राह्मणों को प्रवेश मिलता था, शूद्र वहाँ जाकर संस्कृत का अध्ययन नहीं कर सकते थे। समस्त बाधाओं को दूर हटाकर विद्यासागर ने शूद्रों को संस्कृत कॉलेज में पढ़ने का अधिकार दिलाया।

संस्कृत कॉलेज का काम छोड़ देने के बाद विद्यासागर की कीर्ति का प्रधान क्षेत्र मेट्रोपोलिटन इन्स्टीट्यूशन[23] था। यह पहला कॉलेज था जिसे बंगालियों ने अपनी चेष्टा से स्थापित किया था, और जहाँ उनके अपने निर्देशन में उच्चतम शिक्षा प्रदान की जाती थी। हमारे देश में अंग्रेजी शिक्षा को स्वाधीनतापूर्वक स्थायी कराने का यह पहला प्रयास था। विद्यासागर ने ही इस संस्था की नींव डाली थी। इस तरह निर्धन विद्यासागर देश के सबसे बड़े दाता सिद्ध हुए। उन्होंने लोकाचार-रक्षक ब्राह्मण पंडित के वंश में जन्म ग्रहण किया था, लेकिन वह स्वयं लोकाचार के एक दृढ़ बन्धन से समाज को मुक्त कराने के लिए कठिन संग्राम करते रहे। संस्कृत के प्रकांड पंडित होते हुए भी उन्होंने विशुद्ध अंग्रेजी विद्या को स्वदेश की भूमि में बद्धमूल किया।

अपने जीवन के अन्तिम वर्षों में विद्यासागर ने इस स्कूल और कॉलेज का एकाग्रचित्त से और अत्यधिक यत्न से पालन किया; दीन-दुखियों और रोगियों की सेवा करते रहे; अकृतज्ञ लोगों को क्षमा करते रहे; बन्धु-बान्धवों को अपरिमित स्नेह से अभिषिक्त करते रहे। अन्त में अपने पुष्प जैसे कोमल और वज्र जैसे कठिन वक्ष पर कठोर वेदना की चोट सहते हुए, और अपने उन्नत, बलिष्ठ, आत्मनिर्भर चरित्र का महान् आदर्श बंगाली जाति के मन पर सदा के लिए अंकित करते हुए, 13 श्रावण सन् 1298 को रात के समय इहलोक से सिधारे।

बंगदेश में विद्यासागर अपनी अक्षय दया के लिए विख्यात हैं। हमारे अश्रुपात-निपुण बंगाली हृदय को जो चीज सबसे शीघ्र विचलित करती है, और प्रशंसा पर बाध्य करती है, वह है दया-वृत्ति। लेकिन विद्यासागर की दया केवल बंगाली हृदय की कोमलता को ही प्रकाशित नहीं करती। उससे चारित्र्य-बल का भी परिचय मिलता है, जो बंगालियों में दुर्लभ है। उनकी दया किसी विशेष प्रवृत्ति की उत्तेजना-मात्र नहीं थी। उस दया में एक सचेष्ट आत्म-शक्ति का अचल कर्तृत्व सर्वदा विद्यमान था, और यही उसकी महिमा का आधार था। दूसरों के कष्ट-निवारण के लिए स्वयं कष्ट झेलने में विद्यासागर क्षण-भर भी नहीं हिचकते थे। संस्कृत कॉलेज में काम करते समय एक बार व्याकरण-अध्यापक की जगह खाली हुई। विद्यासागर ने मार्शल साहब से अनुरोध किया कि तारानाथ तर्कवाचस्पति को उस पद पर नियुक्त किया

जाए। साहब ने कहा, पहले यह मालूम करना आवश्यक है कि वाचस्पति महोदय नौकरी स्वीकार करना चाहते हैं या नहीं। यह सुनकर विद्यासागर उसी दिन चल पड़े। तीस कोस पैदल चलकर कालना में तर्कवाचस्पति के विद्यालय में पहुँचे। दूसरे दिन तर्कवाचस्पति की सम्मति और उनके प्रशंसापत्र इत्यादि लेकर फिर पैदल चलकर यथासमय साहब के पास उपस्थित हुए।[24] दूसरों के उपकार के लिए वह समस्त बल और उत्साह का प्रयोग करते थे। इसमें भी उनका जन्मजात जिद्दीपन व्यक्त होता था। यदि हमारी दया में इस तरह की जिद न हो तो वह संकीर्ण हो जाती है, स्वल्प फल उत्पादन करके ही सूख जाती है। ऐसी दया को पौरुष-महत्त्व प्राप्त नहीं होता।

दया विशेष रूप से स्त्री-जाति का गुण नहीं है। विशुद्ध दया वास्तव में पुरुष का ही धर्म है। दया का विधान यदि पूर्ण रूप से पालन करना हो तो दृढ़ वीर्य और कठिन अध्यवसाय आवश्यक है। उसमें अनेक बार सुदीर्घ कर्म-प्रणाली पर चलना होता है। वास्तविक दया वह नहीं है जिसमें हम क्षणिक आत्मत्याग द्वारा हृदय का भार हल्का करते हैं या किसी प्रवृत्ति के आवेग से छुटकारा पाते हैं। उसकी माँग यह होती है कि हम दीर्घकाल तक, विविध उपायों से बाधाओं का अतिक्रमण करें और दुरूह उद्देश्य की सिद्धि में लगे रहें।

एक बार सरकार का एक अति-उत्साही अफसर जहानाबाद परगने में इनकमटैक्स निर्धारित करने पहुँचा। बहुत-से ऐसे मामूली व्यवसायी थे जिनकी आमदनी इतनी अल्प थी कि उन पर आयकर नहीं लगता था। सरकार के इस चतुर शिकारी ने ऐसे लोगों को भी, दो-तीन नामों को एकत्र करके, टैक्स के जाल में आबद्ध किया। यह सुनकर विद्यासागर फौरन असेसर बाबू के पास पहुँचे और उस अफसर के व्यवहार पर उन्होंने आपत्ति व्यक्त की। बाबू ने उनकी बात पर ध्यान देने के बदले शिकायत करनेवालों को धमकाया और उन पर दबाव डाला। विद्यासागर ने अविलम्ब कलकत्ता पहुँचकर लेफ्टिनेंट गवर्नर तक शिकायत पहुँचाई। लेफ्टिनेंट गवर्नर ने बर्दवान के कलक्टर हॅरिसन साहब को जाँच के लिए भेजा। विद्यासागर हॅरिसन साहब के साथ व्यवसायियों के बही-खाते जाँचने के लिए गाँव-गाँव घूमने लगे। इस तरह दो मास तक दूसरे सब काम छोड़कर उन्होंने केवल इस मामले पर ध्यान दिया और आखिर अन्याय का निवारण करने में सफल हुए।[25]

विद्यासागर के जीवन में इस तरह के और भी बहुत-से उदाहरण मिलते हैं। बंगाल में अन्यत्र कहीं ऐसे दृष्टान्त मिलना दुष्कर है। हम अपनी कोमल हृदयता का प्रचार तो बहुत करते हैं, लेकिन किसी तरह झंझट में नहीं पड़ना चाहते। यह आलस्यमय शान्तिप्रियता हमें अक्सर स्वार्थमय निष्ठुरता तक पहुँचा देती है। एक गोरा जहाजी डूबते हुए व्यक्ति को बचाने के लिए निश्चिन्त होकर जल में कूद सकता है। लेकिन यदि हमारी कोई नौका विपत्ति में हो तो अन्य नौकाएँ उसकी सहायता के लिए कोई प्रयत्न नहीं करतीं और दूर से निकल जाती हैं। इस तरह की घटनाएँ

हमारे देश में अनेक बार सुनने में आती हैं। दया के साथ यदि साहस का योग न हो तो दया बेकार हो जाती है।

केवल यही नहीं कि हमारी अन्त:पुरवासिनी दया, संकट और प्रयास के क्षेत्रों से दूर रहती है। समाज की कृत्रिम पवित्रता की रक्षा के लिए जो नियम बने हैं उनका उल्लंघन करना भी उनके लिए दु:साध्य होता है। एक बार किसी गाँव के मेले में एक बाहर से आए हुए ब्राह्मण की मृत्यु हो गई। उस बेचारे की अन्त्येष्टि-क्रिया की व्यवस्था किसी ने नहीं की। अन्त में मृत देह को डोम ने श्मशान में ले जाकर गीदड़ों और कुत्तों के हवाले किया। अनुपस्थित आत्मीयजनों के हृदय को इससे गहरी चोट लगी। हम जरा-जरा-सी बात पर 'आहाउहु' करके आँसू बहाते हैं, लेकिन कर्म-क्षेत्र में परोपकार के पथ पर चलना हमारे लिए कठिन होता है। सहस्रों स्वाभाविक और कृत्रिम बाधाएँ पग-पग पर हमें रोकती हैं। विद्यासागर का कारुण्य बलिष्ठ था, पुरुषोचित था। इसीलिए वह सरल और निर्विकार था। वह कारुण्य न तो सूक्ष्म तर्क प्रस्तुत करता था, न नाक सिकोड़ता था, न दामन बचाता था। उसकी दया नि:शंक, नि:संकोच होकर, सीधे रास्ते पर द्रुत पग से चलकर, अपना काम करती थी। रोग की बीभत्स मलिनता के कारण विद्यासागर कभी रोगी से दूर नहीं हटे। चंडीचरण बाबू के ग्रन्थ में इस बात का उल्लेख है कि एक बार किसी मेहतर स्त्री को जब हैजा हो गया था तब विद्यासागर स्वयं उसकी कुटिया में पहुँचे और सेवा में लग गए। जब वे बर्दवान में रहते थे, बिना अपने-पराये का भेद किए पड़ोस के निर्धन मुसलमानों के साथ अत्यन्त स्नेहपूर्वक व्यवहार करते थे। श्री ईश्वरचन्द्र विद्यासागर महाशय अपने भाई के जीवन-चरित्र में लिखते हैं—

"ग्रन्थ-क्षेत्र में भोजन करनेवाली स्त्रियों के बाल तेल के अभाव से सूखे और उलझे हुए लगते। इसे देखकर मेरे बड़े भाई दुखी होते और तेल का प्रबन्ध करते। प्रत्येक स्त्री के लिए दो कटोरी तेल की व्यवस्था की जाती थी। तेल बाँटनेवालों को यह आशंका थी कि मोची, डोम इत्यादि अस्पृश्य जातियों की स्त्रियों का उन्हें कहीं स्पर्श न हो जाए, इसलिए दूर से ही तेल उड़ेलते। यह देखकर भाई इन अस्पृश्यजातीय स्त्रियों के सिर पर स्वयं तेल मलते।"

इस घटना को सुनकर हमारा हृदय भक्ति गद्गद हो जाता है—विद्यासागर की दया के अनुभव से नहीं, बल्कि उस दया के बीच जो नि:संकोच बलिष्ठ मनुष्यत्व है उसे देखकर। नीच जातियों के प्रति घृणा करने का संस्कार होते हुए भी हमारा मन अपनी निगूढ़ मानवता से प्रेरित होकर विद्यासागर की ओर आकृष्ट हुए बगैर नहीं रह सकता।

उनकी दया में जो पौरुष था उसके अनेक उदाहरण देखे जाते हैं। हमारे देश में जिन लोगों की भलमनसाहत और सरलता के लिए प्रशंसा की जाती है उनमें प्राय: संकोच बहुत होता है। कर्तव्य-स्थल में भी ये लोग किसी को वेदना नहीं पहुँचा

सकते। विद्यासागर की दया में इस प्रकार की दुर्बलता नहीं थी। जब वे कॉलेज में पढ़ते थे, वेदान्त, अध्यापक शम्भुचन्द्र वाचस्पति के साथ उनके सम्बन्ध विशेष रूप से स्नेहमय थे। वाचस्पति महाशय को वृद्धावस्था में फिर से विवाह करने की इच्छा हुई। उन्होंने अपने प्रिय छात्र की राय जाननी चाही। ईश्वरचन्द्र ने विवाह के विचार का तीव्र विरोध किया। गुरु के बार-बार अनुनय करने पर भी उन्होंने अपना मत नहीं बदला। वाचस्पति महाशय ने ईश्वरचन्द्र के विरोध की उपेक्षा करते हुए एक सुन्दरी बालिका के साथ विवाह किया और उसे वैधव्य के तट पर पहुँचा दिया। श्रीयुत चंडीचरण बन्द्योपाध्याय महाशय ने विद्यासागर-विषयक अपने ग्रन्थ में इस मामले के परिणाम का वर्णन यो किया है—

"वाचस्पति महाशय ने ईश्वरचन्द्र का हाथ पकड़कर कहा, 'चलो, अपनी माँ को देख आओ।' उन्होंने दासी से नववधू का अवगुंठन हटाने के लिए कहा। वाचस्पति महाशय की नव-विवाहिता स्त्री को देखकर ईश्वरचन्द्र अपने आँसू नहीं रोक सके। जननी के स्नान पर उस बालिका को देखकर और भविष्य को सोचकर छोटे बच्चों की तरह रोने लगे। वाचस्पति महाशय ने कहा, 'अशुभ काम न करो', और उन्हें बाहर के कमरे में ले गए। शास्त्रों का हवाला देकर उपदेश करते रहे। ईश्वरचन्द्र के मन की उत्तेजना और हृदय के आवेग को दूर करने का और उन्हें शान्त करने का उनका प्रयास था। इस तरह बहुत देर तक समझाने के बाद उन्होंने ईश्वरचन्द्र से जल-पान करने का अनुरोध किया। लेकिन पाषाणतुल्य प्रतिज्ञा-परायण ईश्वरचन्द्र राजी न हुए उन्होंने कहा, "इस घर में अब कभी जल स्पर्श नहीं करूँगा।"

विद्यासागर के हृदय में जो बलिष्ठता थी उसका परिपूर्ण प्रभाव उनकी बुद्धि में भी देखा जा सकता है। बंगालियों की बुद्धि स्वभावत: अति सूक्ष्म है। उसके लिए बाल की खाल निकालना सम्भव है; लेकिन बड़ी-बड़ी गाँठों को वह सुलझा नहीं सकती। वह निपुण है, पर सबल नहीं। हमारी बुद्धि रेस के घोड़े की तरह है—तर्क की बारीकियों में वह तेज भागती है, लेकिन कर्मपथ पर गाड़ी खींच नहीं सकती। विद्यासागर ब्राह्मण थे और न्यायशास्त्र का भी उन्होंने काफी अध्ययन किया था। लेकिन साथ-ही-साथ उनके पास 'कॉमनसेन्स' या व्यवहार-बुद्धि यथेष्ट मात्रा में थी। यदि व्यवहार-बुद्धि न होती तो एक ऐसा व्यक्ति जिसने किसी समय छोले-बताशे खाकर विद्यार्जन किया था, निर्भयता से अपनी नौकरी न छोड़ सकता, आधी जिन्दगी बीत जाने पर स्वाधीन जीविका अवलम्बन न करता। आश्चर्य की बात तो यह है कि जिसने दया से प्रेरित होकर भूरि-भूरि स्वार्थ-त्याग किया, जिसने अपने आत्म-सम्मान को स्वार्थवश क्षण-भर के लिए भी झुकने नहीं दिया, जो न्याय-संकल्प के मार्ग पर चलता रहा और किसी यंत्रणा या प्रलोभन से तिल-मात्र विचलित नहीं हुआ, वही अपनी प्रशस्त बुद्धि तथा दृढ़ प्रतिज्ञा की शक्ति से काफी धन कमाकर सहस्रों को आश्रय दे सका। देवदारु का वृक्ष गिरि-शिखर पर शुष्क पाषाण में अंकुरित होता

है, घातक हिम-पात को शिरोधार्य करता है, और अपनी कठिन आन्तरिक शक्ति से सरस-शाखा-पल्लव-सम्पन्न होकर आकाश की ओर उठता है। उसी तरह यह ब्राह्मण दारिद्र्य तथा प्रतिकूलता के बीच केवल अपने मज्जागत बल और बुद्धि द्वारा अनायास ही प्रबल, समुन्नत और सर्वसम्पन्न हो सकता।

मेट्रोपोलिटन विद्यालय को उन्होंने केवल अपने प्रयास से सभी तरह की विपत्तियों से बचाया और उसे सगौरव विश्वविद्यालय से संयुक्त कराया। इससे विद्यासागर का लोक-हित प्रेम और अध्यवसाय ही नहीं, उनकी सजग और सहज कर्मबुद्धि का भी परिचय मिलता है। यह बुद्धि यथार्थ पुरुष की बुद्धि थी। यह बुद्धि सुदूर भविष्य की काल्पनिक बाधाओं के सूक्ष्म विचारजाल में उलझकर निरुपाय और अकर्मण्य नहीं हुई। यह बुद्धि केवल सूक्ष्म रूप से नहीं वरन् प्रशस्त रूप से और समग्र भाव से कर्म तथा कर्मक्षेत्र का आद्योपान्त निरीक्षण करके, द्विधा त्यागकर, उपस्थित बाधाओं के मर्मस्थल पर आक्रमण करके, वीरता के काम में जुट जाती थी। ऐसी सबल कर्मबुद्धि बंगालियों में विरली ही मिलती है।

कर्मबुद्धि की तरह धर्मबुद्धि में भी यदि व्यावहारिकता हो तभी उसके द्वारा कार्य सम्पन्न हो सकता है। कवि ने कहा है : 'धर्मस्य सूक्ष्मा गतिः।' लेकिन धर्म की गति चाहे सूक्ष्म हो किन्तु उसकी नीति सरल और प्रशस्त होती है; क्योंकि वह पंडितों और तर्कशास्त्रों के लिए नहीं होती। वह नित्य काल के लिए और विश्व के सभी लोगों के लिए होती है। लेकिन दुर्भाग्य तो यह है कि मनुष्य जिस चीज के भी सम्पर्क में आता है उसे अनजाने कृत्रिम और जटिल बना डालता है। जो कुछ सरल है, स्वाभाविक है, उन्मुक्त और उदार है, जिसको कीमत देकर खरीदना नहीं पड़ता, विधाता ने जिसे प्रकाश और वायु की तरह सर्वसाधारण को बिना माँगे दान किया है, उसे भी मनुष्य दुर्गम बना देता है। इसीलिए सरल विचार और सरल भाव व्यक्त करने के लिए असाधारण महत्ता जरूरी होती है।

विद्यासागर ने बाल विधवाओं के विवाह के सम्बन्ध में जो प्रस्ताव रखे, वे भी अत्यन्त सरल थे। उसमें कोई असामान्य नवीनता या मौलिकता नहीं थी। प्रत्यक्ष परिस्थिति की उपेक्षा करते हुए किसी कल्पना-जगत के निर्माण में उन्होंने अपनी शक्ति का अपव्यय नहीं किया। विधवा-विवाह से सम्बन्धित अपनी पुस्तक में उन्होंने विधवाओं की दशा पर शोक प्रकट किया है। उनमें से कुछ अंश उद्धृत करने से यह बात स्पष्ट होगी—

"हाय रे भारतवर्ष के मानव-गण! तुम्हारी बुद्धि और धर्म-प्रवृत्ति दोनों अभ्यासवश इतनी कलुषित और अभिभूत हो गई है कि अभागी विधवाओं की दुरवस्था देखकर भी तुम्हारे चिरशुष्क हृदय में कारुण्य-रस का संचार नहीं होता। व्यभिचार-दोष और भ्रूण-हत्या-पाप की लहरों में देश को डूबते हुए देखकर भी तुम्हारे मन में घृणा उत्पन्न नहीं होती। प्राण-तुल्य कन्याओं को तुम वैधव्य के असह्य यंत्रणालय में जलने देते

हो। अदम्य प्रवृत्तियों के वशीभूत होकर जब वे व्यभिचार-दूषित हो जाती हैं तब उनका पोषण करना तुम्हें मंजूर है; धर्म-लोप-भय छोड़कर केवल लोक-लज्जा-भय से, विधवाओं की भ्रूणहत्या में सहायता करते हुए, सुपरिवार पाप के कलंकित होना तुम्हें स्वीकार है; पर वाह रे आश्चर्य! शास्त्र-विधि के अनुसार उनका पुनर्विवाह करना, दु:सह वैधव्य-यंत्रणा से उनकी रक्षा करना, और इस तरह सबको विपत्ति से मुक्ति दिलाना तुम्हें मंजूर नहीं। तुम समझते हो पति की मृत्यु होते ही स्त्रियों का शरीर पाषाणमय हो जाता है, दु:ख और यंत्रणा का उन्हें बोध नहीं होता, उनकी नैसर्गिक प्रवृत्तियाँ निर्मूल हो जाती हैं। तुम्हारा यह विचार नितान्त भ्रान्तिपूर्ण है—पग-पग पर इसके उदाहरण तुम्हें मिलते हैं। जरा सोचो, तुम्हारी इस असावधानी से संसार-तरु के कैसे विषैले फल तुम उपभोग कर रहे हो!"

स्त्रियों के 'देवीत्व' और बालिकाओं के 'सतीत्व' को लेकर विद्यासागर ने भावुकता का आकाशगामी वाष्प निर्माण नहीं किया। उन्होंने अपनी निर्मल और सबल बुद्धि तथा सरल सहृदयता से प्रेरित होकर समाज की यथार्थ वेदनामय अवस्था में हस्तक्षेप किया। जिनके पास दही नहीं होता उन्हीं को मीठी बातों से चावल भिगोना पड़ता है। लेकिन विद्यासागर के पास यथेष्ट दही था इसलिए वाक्पटुता की उन्हें कोई आवश्यकता नहीं थी। दया स्वयं दु:ख की ओर आकृष्ट होती है। विद्यासागर के सामने यह बात स्पष्ट थी कि वास्तविक जगत् में विधवा होते ही बालिका यकायक 'देवी' नहीं बनती, और न हम उसके चारों ओर निष्कलंक देवलोक की सृष्टि करते हैं। ऐसी अवस्था में वह भी दुखी होती है और समाज का भी अमंगल होता है। यह प्रत्यक्ष सत्य है जिसे हम प्रतिदिन देखते हैं। इस दु:ख और अकल्याण के निवारण के लिए विद्यासागर ने उपयुक्त उपाय ढूँढ़े जबकि हम निपुण काव्य-कला के प्रयोग से अवास्तविक जगत् में 'आदर्श वैधव्य' की कल्पना करके ही सन्तुष्ट हो जाते हैं। अपनी सरल धर्मबुद्धि से विद्यासागर ने जिस वेदना का अनुभव किया उसका हमारे हृदय को यथार्थ रूप से बोध नहीं होता। इसलिए इस सम्बन्ध में हम जो कुछ लिखते या करते हैं उनमें नैपुण्य का प्रतिबिम्ब होता है सरलता का नहीं। यथार्थ सबलता वही है जिसमें एक विशाल सरलता भी हो।

यह सरलता केवल विचारों में नहीं, व्यवहार में भी प्रदर्शित होती है। विद्यासागर जब एक बार अपने पिता से मिलने काशी गए, वहाँ के अनेक अर्थलोलुप ब्राह्मणों ने उन्हें रुपयों के लिए घेरा। उनकी अवस्था और स्वभाव को देखकर विद्यासागर ने उन्हें दया या भक्ति का पात्र नहीं समझा, और कहा, "आप यहाँ हैं इसलिए यदि मैं आपको श्रद्धापूर्वक विश्वेश्वर मान लूँ तो मेरे जैसा नराधम और कोई न होगा।" यह सुनकर काशी के ब्राह्मण अत्यन्त क्रोधित हुए और कहने लगे, "तब आप क्या मानते हैं?" ईश्वरचन्द्र ने उत्तर दिया, "मेरे लिए विश्वेश्वर और अन्नपूर्णा के स्थान पर मेरे पितृदेव और जननी देवी विद्यमान हैं।"[26]

जो विद्यासागर छोटी-से-छोटी श्रेणी के लोगों का दु:खमोचन करने के लिए प्रसन्नता से रुपये खर्च करते थे, वही कृत्रिम भक्ति दिखाकर काशी के ब्राह्मणों की आशा पूर्ण नहीं कर सके। यही है बलिष्ठ सरलता। इसी को यथार्थ पौरुष कहते हैं।

अपने भोजन और कपड़ों के सम्बन्ध में भी विद्यासागर का व्यवहार सरलतापूर्ण था और इसी सरलता में दृढ़ शक्ति का परिचय मिलता है। हम पहले इस बात के दृष्टान्त देख चुके हैं कि अपने सम्मान की रक्षा के प्रति वे कभी उदासीन नहीं रहते थे। बहुत-से लोग साहबियत या नवाबी दिखाकर सम्मान-लाभ करने का प्रयत्न करते हैं। पर विद्यासागर के उन्नत, कठोर आत्म-सम्मान को आडम्बर कभी स्पर्श न कर सका। भूषणहीन सरलता ही उनके लिए राजभूषण था। ईश्वरचन्द्र जब कलकत्ता में अध्ययन करते थे उनकी दरिद्रा जननी चरखे पर सूत कातकर अपने दोनों बेटों के लिए कपड़े तैयार करके कलकत्ता भेजती थीं।[27] वही मोटा कपड़ा, वही मातृस्नेहीमंडित दारिद्र्य, उन्होंने सदा अपने शरीर पर सगौरव धारण किया। उनके मित्र हॅलीडे साहब, जो उस समय लेफ्टिनेंट गवर्नर थे, अनुरोध करते कि उच्च राजकीय अधिकारियों से मिलने के लिए उचित कपड़े पहनकर आया करें। मित्र के अनुरोध से विद्यासागर दो-एक दिन चोगा-चपकन पहनकर साहब से मिलने गए। लेकिन उसके बाद बहुत लज्जित हुए और कहने लगे, "मुझे यदि ऐसे कपड़े पहनने पड़े तो मैं यहाँ नहीं आ सकूँगा।" हॅलीडे साहब ने अनुमति दे दी कि जिन कपड़ों के आदी हो उन्हीं को पहनकर आएँ। चप्पल और मोटे कपड़े की धोती-चादर पहनकर ही पंडित सर्वत्र सम्मान पाते आए हैं। विद्यासागर ने राज-द्वार पर भी इस वेश का त्याग करना आवश्यक नहीं समझा। उनके समाज में जो पोशाक उचित समझी जाती थी, उसे बदलकर अन्य समाज के लिए कुछ और पहनना उनके लिए सम्भव नहीं था, क्योंकि ऐसा करना उनके लिए और समाज के लिए अपमानास्पद होता। ईश्वरचन्द्र ने सीधी-सादी धोती और चादर को जो गौरव प्रदान किया वह हम स्वयं वर्तमान शासकों का छद्म वेश धारण करके नहीं प्राप्त कर सकते—बल्कि ऐसा करके हम अपने कृष्णचर्म पर एक और कृष्ण कलंक लगाते हैं। हमारे लिए अपमानित देश में ईश्वरचन्द्र की तरह अखंड पौरुष-युक्त आदर्श व्यक्ति कैसे जन्म लिया यह कहना कठिन है। कौए के घोंसले में कोयल अंडे दे जाती है। उसी तरह मानव-इतिहास के विधाता ने बड़े चातुर्य से बंग-भूमि पर चुपचाप यह भार सौंप दिया कि वह विद्यासागर का पालन-पोषण करे।

इस दृष्टि से विद्यासागर बंगाल में बिलकुल अकेले थे। कोई दूसरा ऐसा व्यक्ति नहीं था, जिसे वे अपना स्वजातीय सहोदर कह सकते हों। वास्तविक अर्थ में उनका कोई सहयोगी नहीं था और इसलिए उन्हें आजीवन निर्वासित-सा रहना पड़ा। यह सुखी नहीं थे। अपने अन्दर वह एक अकृत्रिम मनुष्यत्व का अनुभव करते थे, लेकिन उनके चारों ओर जो लोग थे उनमें वे इस मनुष्यत्व का आभास प्राप्त न कर सके। उपकार का बदला उन्हें कृतघ्नता से मिला। प्रत्यक्ष कार्य में लोगों ने उनकी

सहायता नहीं की। उन्होंने प्रतिदिन देखा कि हम बंगवासी यदि कुछ आरम्भ करते हैं तो उसे पूर्ण नहीं करते; आडम्बर दिखाते हैं, काम नहीं करते। जिस उद्योग में हाथ लगाते हैं उस पर हमारा विश्वास नहीं होता; और जिस पर विश्वास होता है उसे हम कार्यान्वित नहीं करते। बड़े-बड़े वाक्यों की रचना करना हम खूब जानते हैं, लेकिन तिल-मात्र आत्म-त्याग करने में असमर्थ हैं। अहंकार दिखाकर हम सन्तुष्ट हो जाते हैं, योग्यता-लाभ की चेष्टा नहीं करते। प्रत्येक काम में हम दूसरों पर निर्भर रहते हैं, फिर भी दूसरों की त्रुटियाँ उच्च स्वर से घोषित करते रहते हैं। दूसरों के अनुकरण से हमें गर्व होता है, दूसरों के अनुग्रह को हम सम्मान समझते हैं, दूसरों की आँखों में धूल झोंकना हमारी 'पॉलिटिक्स' है और अपने ही वाक्चातुर्य से अपने प्रति भक्ति-विह्वल होना हमारे जीवन का मुख्य उद्देश्य है। इस दुर्बल, क्षुद्र, हृदयहीन, कर्महीन, दाम्भिक और शुष्क तर्क में मग्न जाति के लिए विद्यासागर के मन में तिरस्कार था। सभी विषयों में वह इन लोगों के विपरीत थे। जिस तरह एक बड़ा वृक्ष, जंगली पौधों के वेष्टन से ऊपर उठकर, शून्य आकाश में अपना मस्तक ऊँचा करता है, उसी तरह विद्यासागर बंग-समाज के अस्वास्थ्यकर क्षुद्रता-जाल से ऊपर उठकर एक शान्त, सुदूर, निर्जन स्थान में पहुँचे। वहाँ से उन्होंने गर्मी से पीड़ित लोगों को छाया दी और क्षुधितों को फल दिए; लेकिन वह स्वयं हमारी असंख्य क्षणभंगुर सभा-समितियों के झिल्ली-स्वर से दूर रहे। क्षुधित, पीड़ित, अनाथ, असहाय लोगों के लिए वे आज विद्यमान नहीं हैं, लेकिन अपने महान् चरित्र का जो अक्षयवट बंग देश में उन्होंने बोया उसके नीचे की भूमि सारी बंगाली-जाति के लिए तीर्थ स्थान बन गई है। यहीं आकर हम अपनी तुच्छता, क्षुद्रता और निष्फल आडम्बर को भूलकर, सूक्ष्म तर्क-जाल और स्थूल जड़त्व को विच्छिन्न करके, सरल शक्तिशाली और अटल माहात्म्य की शिक्षा प्राप्त करेंगे। आज हम विद्यासागर को केवल विद्या और दया का आधार समझते हैं। लेकिन इस विशाल पृथ्वी के सम्पर्क में आकर जब हमारा विकास होगा, जब हम दुर्गम विस्तीर्ण कर्म-क्षेत्र में अग्रसर होंगे, और जब शौर्य और महत्ता से हमारा निकट परिचय होगा, तब हमारा हृदय यह अनुभव करेगा कि ईश्वरचन्द्र विद्यासागर के चरित्र का मुख्य गौरव उनकी विद्या या दयाशीलता नहीं, बल्कि उनका अजेय पौरुष तथा अक्षय मनुष्यत्व है। इस अनुभव के साथ हमारी शिक्षा पूरी होगी, विधाता का उद्देश्य सफल होगा, और विद्यासागर का चरित्र बंगाल के राष्ट्रीय जीवन में सदा के लिए प्रतिष्ठित होगा। 28 जुलाई, 1895 को ईश्वरचन्द्र विद्यासागर-स्मृति-सभा के उपलक्ष्य में एमैरल्ड थियेटर में पठित।

[28 जुलाई, 1895 को ईश्वरचन्द्र विद्यासागर-स्मृति-सभा के उपलक्ष्य में एमैरल्ड थियेटर में पठित।
('साधना' में अगस्त 1895 के अंक में प्रकाशित।)]

सन्दर्भ

1. स्वरचित 'विद्यासागर चरित'।
2. यह निबन्ध रवीन्द्रनाथ ने एक भाषण के रूप में प्रस्तुत किया था।
3. वही
4. वही
5. वही
6. वही
7. शम्भुचन्द्र विद्यारत्न-लिखित 'विद्यासागर जीवन-चरित्र'।
8. कलकत्ता का एक व्यापारिक अंचल, जहाँ मुख्यत: मारवाड़ी और उत्तर-प्रदेशीय व्यापारी बसते हैं।
9. मध्य कलकत्ता का एक अंचल, जहाँ कभी ठठेरों की बस्ती थी। उनके हथौड़ों की अनवरत ठन-ठन के कारण ही इस स्थान का नाम 'ठनठनिया' पड़ा। यहाँ काली देवी का एक मन्दिर भी है।
10. स्वरचित 'विद्यासागर चरित'।
11. शम्भुचन्द्र विद्यारत्न लिखित 'विद्यासागर चरित'।
12. वही
13. बंगला शिक्षा की पहली पोथी; जिसकी रचना ईश्वरचन्द्र विद्यासागर ने की। इसका पहला भाग अप्रैल 1855 और दूसरा भाग जुलाई 1855 में प्रकाशित हुआ था।
14. 'वर्ण परिचय' की पाठ्य पुस्तक में उल्लिखित दो बालक; जो भलाई और बुराई के प्रतीक हैं। गोपाल भला लड़का है, और राखाल बुरा।
15. शम्भुचन्द्र विद्यारत्न द्वारा लिखित 'विद्यासागर चरित।'
16. शचीमाता—श्री चैतन्य देव की माता का नाम।
17. 'कई' एक प्रकार की मछली होती है जो जैसोर जिले से आती थी। यह जिला अब पूर्वी पाकिस्तान में है। इस मछली का सिर बहुत बड़ा होता है। ईश्वरचन्द्र विद्यासागर का सिर भी बहुत बड़ा था, इसलिए उन्हें लोग 'जसुरे कई' (जैसोर की कई) कहा करते थे।
18. 'जसुरे कई' का गड़बड़ रूप।
19. शम्भुचन्द्र विद्यारत्न लिखित 'विद्यासागर चरित'।
20. ब्रिटिश शासन के समय भारतवर्ष के गवर्नर जनरल लॉर्ड वैलेजली ने सन् 1800 में कलकत्ता में इस कॉलेज की स्थापना की थी जहाँ तरुण ब्रिटिश प्रशासकों को शिक्षण दिया जाता था। इनके शिक्षण के लिए बंगला पुस्तकों की रचना की जाती थी।
21. वह स्थान, जहाँ दुर्गा के चंडी-रूप की पूजा होती है। बंगाल के गाँवों में 'चंडी मंडप' सार्वजनिक समारोहों और सम्मेलनों के केन्द्र-स्थल होते हैं।
22. शम्भुचन्द्र विद्यारत्न लिखित 'विद्यासागर चरित'।
23. इस कॉलेज की स्थापना ईश्वरचन्द्र विद्यासागर ने की थी। अब यह कॉलेज 'विद्यासागर कॉलेज' कहलाता है।
24. शम्भुचन्द्र विद्यारत्न लिखित 'विद्यासागर चरित'।

25. शम्भुचन्द्र विद्यारत्न लिखित 'विद्यासागर चरित'।
26. वही
27. वही

भारत-पथिक राममोहन राय

इतिहास में हम देखते हैं कि प्राचीन काल की अनेक महान् राष्ट्रीय सभ्यताओं का उन देशों की नदियों के साथ घनिष्ठ सम्बन्ध रहा है। नदी देश को जल देती है, अन्न देती है—लेकिन इससे भी बड़ा उसका एक दान है। वह देश को गति देती है। सुदूर बाह्य-जगत् के साथ सम्बन्ध स्थापित करती है। स्थावर शरीर के बीच प्राण-धारा प्रवाहित करती है।

जो देश नदी पर निर्भर है उसमें यदि नदी की धारा सूख जाए तो मिट्टी कृपण बन जाती है, अन्न-उत्पादन की शक्ति क्षीण हो जाती है। देश की अपनी जीविका चाहे किसी-न-किसी तरह चल भी जाए, बाहर के बृहत् संसार के साथ उसका योग विच्छिन्न हो जाता है। फिर वह देश न कुछ दे पाता है, न कुछ ग्रहण कर पाता है। अपने-आप में ही वह अवरुद्ध हो जाता है, उसकी ऐक्यधारा विभाजित हो जाती है। देशवासियों के मिलन का पथ दुर्गम हो जाता है। वह देश बाहर से पृथक् और अन्दर से खंडित हो जाता है।

जिस तरह विशिष्ट देश 'नदी-मातृक' होते हैं उसी तरह कभी-कभी जनचित्त भी नित्य प्रवाहित मनन-धारा पर सर्वतया निर्भर होता है। इसी मननधारा के योगदान से वह चित्त बाहर की शक्ति को आत्मसात् करता है और उसके आन्तरिक भेद-विभेद दूर हो जाते हैं। यह प्रवाह चिन्तन-क्षेत्र की नई-नई सफलताओं से परिपूर्ण रहता है, समस्त देश और समस्त युग को समृद्ध बनाता है।

कभी भारत का भी ऐसा ही चित्त था, जिसकी अपनी गतिशील मनन-धारा थी। उसमें यह कहने की क्षमता थी : 'आयन्तु सर्वतः स्वाहा'—सब लोग आएँ, सब दिशाओं से आएँ—; 'शृण्वन्तु विश्वे'—विश्व के सब लोग सुनें। और इस चित्त ने कहा था : 'वेदाहम्'—मैं जानता हूँ; जो जानता हूँ वह सारे विश्व को आमंत्रित करके सुनाने योग्य है। जो तारा ज्योतिहीन हो जाता है उसे नक्षत्र-लोक स्वीकार नहीं करता। प्राचीन भारत ने नित्यकाल के बीच अपने परिचय का दीप जलाया। अपना दान करके, अपने दाक्षिण्य से, वह विश्व-लोक में प्रकाशित हुआ। उस दिन वह अकिंचन नहीं था, नगण्य नहीं था।

सदियाँ बीत गईं। इतिहास की पुरोगामिनी धारा रुक गई। भारतवर्ष के मनोलोक में चिन्ता की महानदी सूख गई। देश वृद्ध हो चला, संकीर्ण हो उठा, उसके सजीव

चित्त के तेज का दूर-दूर तक प्रसारित होना बन्द हो गया। जब नदी सूख जाती है तो उसकी धारा के नीचे जो पत्थर और रोड़े रहते हैं वे ऊपर आकर रास्ता रोक लेते हैं। ये असंलग्न, अर्थहीन, पत्थर पथिकों के मार्ग में विघ्न बन जाते हैं। इसी तरह का दुर्दिन जब हमारे देश में आया तब ज्ञान की गति अवरुद्ध हो गई, नवनवोन्मेषशालिनी बुद्धि निर्जीव हो गई। निश्चल आचार-पुंज, आनुष्ठानिक निरर्थकता, विचारहीन लोक-व्यवहार की पुनरावृत्ति—इन सबका प्रकट रूप देश के सामने आया। जनता का प्रशस्त राजपथ इन सबसे बाधाग्रस्त हो गया। मनुष्य का मनुष्य के साथ सम्बन्ध विच्छिन्न हो गया।

निद्रा की अवस्था में मन की सब खिड़कियाँ बन्द हो जाती हैं। मन बन्दी हो जाता है। उस समय जिन स्वप्नों से मन अपने-आपको बहलाता है उनका विश्व-सत्य के साथ कोई योग नहीं रहता। सुप्त मन के ऊपर ही उनका प्रभाव केन्द्रित रहता है, चाहे वे स्वप्न कितने ही अद्‌भुत और उत्कट क्यों न हों। बाहर के वास्तव-राज्य से इस स्वप्न-राज्य तक पहुँचने के लिए कोई पथ खुला नहीं रहता। यह स्वप्न विनोद की सामग्री हो सकते हैं, किन्तु उन पर विचार नहीं किया जा सकता, क्योंकि वे युक्ति से परे होते हैं।

(ऐसे ही अर्थहीन आचार के स्वप्न-जाल में भारतवर्ष जकड़ा हुआ था। उसका आलोक प्राय: बुझ चुका था। अपने प्रति अपना ही सत्य परिचय देने में वह असमर्थ हो गया था। ऐसे समय, आत्म-विस्मृति के अन्धकार में, राममोहन राय का आविर्भाव हुआ। उस समय भारत का इतिहास निरादर की कालिमा से आच्छन्न था। भारत अपनी वाणी खो चुका था। पृथ्वी के नवीन युग के लिए उनके पास कोई सन्देश नहीं था। घर के एक कोने में बैठकर वह मृतयुग का मंत्र जप रहा था। इस तरह जब देश अपनी दुर्बलता और अपमान से अभिभूत था, बाहर के लोग उसके द्वार पर आए। ऐसा कोई उपाय नहीं था कि अपने सम्मान की रक्षा करते हुए देश उनकी अभ्यर्थना करता। आगन्तुक को गृह-स्वामी अतिथि के रूप में नहीं पुकार सका। उसके स्वर्ण भंडार का दरवाजा तोड़कर आगन्तुक ने दस्यु के रूप में प्रवेश किया)

भारत उस दिन अपने चित्त के लिए नवीन अन्न उत्पादित न कर सका, उसका खेत जंगली लताओं और घास से भरा हुआ था। ऐसे दुर्दिन में राममोहन राय ने सत्य की क्षुधा लेकर जन्म ग्रहण किया। इतिहास की प्राणहीन, परित्यक्त वस्तुओं से, बाह्यविधि की कृत्रिमता से, उन्हें तृप्ति नहीं मिली। न जाने कहाँ से वे अपने साथ ऐसा उत्सुक मन लाए जिसमें ज्ञान का आग्रह था, जो सम्प्रदायों का वेष्टन तोड़कर बाहर निकल आया। चारों ओर लोग जिन बातों में मग्न थे उनके प्रति राममोहन का मन उदासीन था। वह चाहता था मोह-मुक्त बुद्धि का ऐसा आश्रय-स्थान जहाँ समस्त मानव-जाति का मिलन-तीर्थ है।

वेष्टन तोड़ने की इस साधना का ही अर्थ है भारत में मिलन-तीर्थ का उद्‌घाटन करना। यह साधना विशेष रूप से भारतवर्ष की है। इंग्लैंड छोटे-से द्वीप की सीमाओं

में बद्ध है, इसीलिए उसकी साधना 'द्वीपभाव' के विपरीत दिशा में जाती है। दूर-दूर तक वह अपने-आपको विस्तारित करना चाहता है। देश की विशेष अवस्था के अनुसार ही उसकी माँगें सामने आती हैं, उसकी अभाव-पूर्ति का प्रयास होता रहता है।

प्रत्येक जाति और देश का अपना निहितार्थ होता है, अपनी विशेष समस्या होती है। उस अर्थ को पूर्ण करना पड़ता है निरन्तर प्रयास द्वारा। प्रयास से ही देश के चरित्र की सृष्टि होती है, उसकी रचनात्मक शक्ति को बल मिलता है। मनुष्य की प्रतिक्षण अपना मनुष्यत्व जीतना होता है। प्रत्येक जाति का इतिहास इसी जय-यात्रा का इतिहास है। कठिन बाधाओं को दूर करने का पथ ही स्वास्थ्य और सम्पदा का पथ है। इसीलिए कहा गया है, 'वीर भोग्या वसुन्धरा'। मानव दुर्गम को सुगम बनाने के लिए आया है, दुर्लभ को उपलब्ध करने के लिए उसने पृथ्वी पर पदार्पण किया है। प्रत्येक देश के सामने विधाता ने विशेष समस्या रखी है और उसका वास्तविक समाधान करते रहने में ही उस देश का परित्राण है। जिन्होंने समाधान करने में भूल की उनका विनाश हुआ, और जिन्होंने यह समझा कि ऐसी कोई समस्या ही नहीं है जिसका समाधान करना आवश्यक है, उनकी दुर्गति हुई। जब तक मनुष्य में प्राण है अविरत समस्या-पूर्ति में लगे रहना ही जीवन-क्रिया है। हमारे चारों ओर जड़त्व और जटिलता की बाधाएँ हैं। इतिहास सिखाता है कि पके हुए बालों की जटा को जब सनातन समझकर उसकी पूजा की जाती है तो वही जटा फाँस बनकर गला घोटती है।

मानव-इतिहास की मुख्य समस्या क्या है? यही कि अन्धता और मूर्खता के कारण मनुष्य का मनुष्य से विच्छेद हो जाता है। मानव-समाज का सर्व प्रधान तत्त्व है मनुष्य-मात्र का ऐक्य। सभ्यता का अर्थ है एकत्र होने का अनुशीलन। जहाँ इस ऐक्य-तत्त्व की उपलब्धि क्षीण होती है वहीं यह दुर्बलता तरह-तरह की व्याधियों का रूप धारण करके देश पर चारों ओर से आक्रमण करती है।

भारतवर्ष की समस्या स्पष्ट है। यहाँ अनेक जातियों के लोग एकत्रित हुए हैं। पृथ्वी के किसी दूसरे देश में ऐसी परिस्थिति नहीं है। जो एकत्र हुए हैं उन्हें एक करना ही होगा, यही है भारत की सर्वप्रथम समस्या। और यह एकीकरण बाह्य व्यवस्था से नहीं, आन्तरिक आत्मीयता से ही हो सकता है। इतिहास का मंत्र है 'संगच्छध्वं, संवदध्वं संवो मनांसि जानताम्'—एक होकर चलेंगे, एक होकर बोलेंगे, सबके मनों को एक जानेंगे। इस मंत्र की साधना भारत में जैसी दुरूह और कठिन है वैसी और किसी देश में नहीं है। लेकिन वह कितनी ही दुरूह क्यों न हो, इस साधना के अतिरिक्त देश की रक्षा का अन्य कोई मार्ग नहीं है।

किसी दूसरे देश की श्रीवृद्धि से जब हम मुग्ध हो जाते हैं तब बहुधा हम उस देश की साधना के परिणत रूप पर ही दृष्टिपात करते हैं। जिस दुर्गम पथ पर चलकर वह साधना सफल हुई है उसे हम नहीं देखते। किसी स्वाधीन देश की राष्ट्र-व्यवस्था देखते ही हम यह सोचने लगते हैं कि उस व्यवस्था की अपने देश में प्रतिमा स्थापित

करके ही हमारा उद्धार होगा। हम भूल जाते हैं कि राष्ट्र-व्यवस्था तो शरीर-मात्र है; यदि उसमें प्राण न हों तो शरीर निरर्थक है। वह प्राण है जातिगत ऐक्य। अन्य देशों में इस ऐक्य की आन्तरिक शक्ति से ही राष्ट्र-व्यवस्था की रचना हुई है। और उन देशों में भी जिस मात्रा में एकता विकृत हुई थी उसी मात्रा में समस्या कठिन हो उठी थी। हमारे देश में जाति जाति में पार्थक्य है, पश्चिमी महादेश में श्रेणी श्रेणी में भेद है। श्रेणीगत पार्थक्य में भी यदि आन्तरिक सामंजस्य स्थापित न हो तो बाह्य व्यवस्था की रक्षा नहीं हो सकती।

यदि हम किसी खेत में अच्छी फसल देखें, तो शुरू से ही हमें यह बात ध्यान में रखनी होगी कि वह फसल बालू में नहीं, बल्कि मिट्टी में उत्पन्न हुई है। मरुभूमि में देखा जाता है कि पेड़-पौधे एक-दूसरे से अलग बिखरे हुए रहते हैं, और प्रत्येक की प्रवृत्ति होती है काँटों के वेष्टन से अपने-आपको बचाना। वहाँ धरती माता एक रस से सबका परिपोषण नहीं करती। उनके प्राणों में परस्पर ऐक्य का अभाव होता है। मुख्य कारण यह है कि वहाँ मिट्टी के कण-कण में बन्धन है, बालू के कण-कण में विच्छेद है। जब हम किसी समृद्ध देश का इतिहास पढ़ते हैं तो उसके हरे-भरे खेतों पर हमारा ध्यान जाता है, और उस देश की कृषि-प्रणाली का भी हम, परीक्षा में उत्तीर्ण होने के लिए, यत्नपूर्वक अध्ययन करते हैं। लेकिन हम यह बात भूल जाते हैं कि ये हरे-भरे खेत न होते यदि भूमि में विच्छिन्नता होती। खेती करने का हम अधिकार माँगते हैं, और अच्छी फसल की आशा भी करते हैं, लेकिन हमारी भूमि की प्रकृति में जो विच्छेद है उसे नहीं देखते, उसे नगण्य जानते हैं। यही नहीं, धर्म के नाम पर उस विच्छेद को बनाए रखने की चेष्टा करते हैं। इतिहास की पुस्तक का हम केवल आवरण देखते हैं, उसके पन्ने नहीं उलटते। हम भूल जाते हैं कि किसी भी देश में सामाजिक विशिष्टता के आधार पर राष्ट्रीय स्वातंत्र्य संघटित नहीं हुआ है। जहाँ जनता विभक्त है वहाँ किसी विशेष व्यक्ति का एकाधिपत्य बाह्य बन्धन में लोगों को जकड़ रखता है। और यह एकाधिपत्य भी अधिक समय तक नहीं रहता, बार-बार हस्तान्तरित होता रहता है। जहाँ मनुष्य मनुष्य में विच्छेद है वहाँ राष्ट्रीय शक्ति के साथ-साथ बुद्धि भी शिथिल हो जाती है। वहाँ कभी-कभी प्रतिभाशाली व्यक्तियों का अभ्युदय हो सकता है, लेकिन उनकी प्रतिभा के दान को धारण और पोषण करने की क्षमता सर्वसाधारण में नहीं होती, और इसलिए वह प्रतिभा-दान पहले विकृत और फिर विलुप्त हो जाता है। ऐक्य के अभाव से मनुष्य बर्बर हो जाता है, ऐक्य की शिथिलता से मनुष्यत्व व्यर्थ हो जाता है, क्योंकि सहकारिता ही मनुष्य का सत्य धर्म है, उसकी श्रेष्ठता का आधार है।

ऐक्य-बोध का उपदेश जिस गम्भीरता से उपनिषदों में किया गया है वैसा किसी दूसरे देश के शास्त्रों में नहीं मिलता। भारतवर्ष में ही ये शब्द कहे गए : 'विद्वान् इति सर्वान्तरस्थः स्वसंविद् रूपविद् विद्वान्'—अपने चैतन्य को जो सभी के अन्तर में स्थित

जानते हैं वही विद्वान् हैं। फिर भी इसी भारत में असंख्य कृत्रिम और अर्थहीन विधियों द्वारा परस्पर को पृथक् करके जाना गया है, जैसा कि पृथ्वी के किसी और देश में नहीं हुआ। इसलिए हमें यह कहना ही पड़ता है कि भारत में एक बाह्य स्थूलता है जो उसके आन्तरिक सत्य के बिलकुल विरुद्ध है, और जिसका मर्मान्तिक आघात भारत के इतिहास में दीर्घकाल तक दुःख, दारिद्र्य और अपमान में व्यक्त होता आया है।

इस द्वंद्व के बीच भारत की शाश्वत वाणी को विजयी बनाने के लिए युग-युग में महापुरुषों का आविर्भाव हुआ है। वर्तमान युग में राममोहन राय ऐसे महापुरुषों में अग्रणी हैं। पहले भी कई बार भारत में निविड़ अन्धकार के बीच ऐक्यवाणी सुनाई पड़ी है। मध्ययुग में अचल संस्कारों के पिंजरे का द्वार खोलकर प्रभात के सजग पक्षी बाहर निकल पड़े। सामाजिक जड़त्व-पुंज से उठकर खुले आकाश में उन्होंने नव-आलोक के वन्दन-गीत गाए। वे उसी मुक्तप्राण का सन्देश लाए जिसे सम्बोधन करके उपनिषद् में कहा गया है 'व्रात्यस्त्वम्'—है प्राण, तुम व्रात्य हो, संस्कार से विजड़ित नहीं हो, अचल नहीं हो। इन मुक्तिदूतों में एक थे कबीर, जिन्होंने भारत-पथिक के रूप में अपना परिचय दिया है। घने जंगलों के बीच भारत का पथ जिन्हें स्पष्ट दिखाई पड़ा था उनमें से एक ओर थे दादू। वह कहते हैं—

भाई रे ऐसा पंथ हमारा
द्वैपख-रहित पंथ गहि पूरा अवरण एक अधारा।

भाई, हमारा पंथ पक्षभेद-रहित है, वर्णहीन है, एक है। दादू ने और भी कहा है—

जाको मारन जाइए सोई फिरि मारै,
जाको तारन जाइए सोई फिरि तारै।

उन्हीं के शब्द हैं—

सब घट एकै आतमा, क्या हिन्दु मुसलमान।

रज्जब भी उन दिनों के ऐसे ही साधुओं में से थे जिनके लिए भारत का पथ सुगोचर था। कहते हैं—

बुन्द-बुन्द मिलि रस सिन्धु है, जुदा-जुदा मरु भाय।

बिन्दु से बिन्दु मिलकर ही रस का सागर बनता है, बिन्दु से बिन्दु पृथक् होती है तो रेगिस्तान बनता है। रज्जब ने ही यह भी कहा था—

हाथ जोड़ूँ गुरुसूँ हौं मिले हिन्दु मुसलमान।

मैं गुरु के सामने हाथ जोड़कर प्रार्थना करता हूँ कि हिन्दू-मुसलमान मिल जाएँ।

भारत के इन पथिकों ने जिस मिलन की बात कही थी वह मिलन मनुष्यत्व की साधना में है, भेद-बुद्धि और अहंकार से मुक्ति-लाभ की साधना में है—राष्ट्रीय प्रयोजन की साधना में नहीं। ऐक्य का यही पथ भारत का यथार्थ पथ है। आधुनिक काल में राममोहन राय इसी पथ के पथिक हुए हैं। उन्होंने अपनी शुभ बुद्धि से भारत के इतिहास में संयुक्त मानव का एक महान् रूप देखा था। यह रूप उन्होंने प्रयोजन की दिशा से नहीं देखा, वरन् मानव-आत्मा का जो आन्तरिक मिलन-धर्म है उसके नित्य आदर्श से प्रेरित होकर देखा था। भारत के उदार प्रशस्त मार्ग पर उन्होंने सबको बुलाया, जिस मार्ग पर हिन्दू-मुसलमान-ईसाई सबका अविरोध मिलन सम्भव है। यदि यह विपुल मार्ग भारत का अपना नहीं है, यदि आचार के संकटमय वेष्टन से घिरी हुई साम्प्रदायिक खंडता ही भारत की नित्य प्रकृति के अनुकूल है तब तो हमारी रक्षा का कोई उपाय नहीं। हमारे देश में मुसलमान आए हैं, ईसाई आए हैं—

साधन माहिं जोग नहीं जै, क्या साधन परमाण।

ऐतिहासिक साधना से इन सबका यदि हम मिलन नहीं करा पाते तो हमारी साधना प्रामाणिक कैसे होगी? इनको अंगीकार करने की प्राण-शक्ति यदि भारत में नहीं है, पत्थर की तरह कठिन होकर इन्हें बाहर रोके रखना ही यदि हमारा धर्म है, तो ऐसी अनात्मीयता का दारुण भार कौन सह सकेगा?

प्रतिदिन क्या लोग दलों में विभाजित होकर नीचे नहीं गिर रहे हैं? समाज के निम्न स्तर में क्या एक गह्वर नहीं बढ़ता जा रहा है? अपने लोग जब पराये हो जाते हैं तो उनमें कठोरता आ जाती है, इस बात का प्रमाण क्या हमें नहीं मिल रहा है? जिनकी उपेक्षा करते हैं उनसे हम अलग हो जाते हैं, जिनको हम स्पर्श नहीं करते उन पर हमारा अधिकार भी नहीं चलता। अपनों को परकीय बनाने के सहस्रों मार्ग हमने प्रशस्त कर रखे हैं, और इन्हीं मार्गों पर चलकर शनि के जितने अनुचर हैं सबने देश में प्रवेश किया है। अपनी विशाल जन-तरणी के तख्तों को अलग-अलग करके रखना ही यदि भारत का चिरकालीन धर्म है तो बाहर की लहरों को शत्रु घोषित करके आक्रोश करना बेकार है। तब तो विनाश के लवणाश्रु-सागर में डूब जाने को भारतीय इतिहास का चरम लक्ष्य मानकर निश्चेष्ट बैठे रहना ही श्रेयस्कर है। अन्दर आए हुए पानी को बाल्टियों से निकालते-निकालते हम अपनी जीर्ण भाग्य-नौका को कब तक चला सकेंगे?

हमारे इतिहास के आधुनिक पर्व के आरम्भ-काल में ही राममोहन राय का पदार्पण हुआ। उस समय युग के मर्म को न विदेशियों ने पहचाना था, न भारतवासियों ने। केवल राममोहन राय समझ सके थे कि इस युग का आह्वान महान् ऐक्य का आह्वान है। ज्ञानालोक से प्रदीप्त उनके उदार हृदय में हिन्दू-मुसलमान-ईसाई सबके लिए स्थान था। उनका हृदय भारत का हृदय है, उन्होंने अपने-आपमें भारत का सत्य

परिचय दिया है। भारत का सत्य परिचय उसी मनुष्य में मिलता है जिसके हृदय में मनुष्य-मात्र के लिए सम्मान है, स्वीकृति है।

सभी देशों में दो विरोधी प्रवृत्तियों का द्वंद्व देखा जाता है। एक वह पक्ष होता है जिसमें देश अपनी श्रेष्ठता का स्वयं ही खंडन करता है, अन्धता और अहंकार से अपने-आपको छोटा करता है। यह पक्ष अभावार्थक है, देश का कृष्ण पक्ष है, जिसमें उसकी क्षति दिखाई पड़ती है। दूसरा पक्ष वह है जिसमें देश का आलोक है, निहितार्थ है, चिरसत्य है। यही पक्ष भावार्थक है, प्रकाशात्मक है। इस दिशा से यदि देश का परिचय म्लान न हो तो उसका गौरव चिरकाल के लिए बना रहता है।

किसी समय यूरोप के सभी देशों में डाइनों-चुड़ैलों के अस्तित्व में लोगों का विश्वास था। इस विश्वास के कारण सैकड़ों निरपराध स्त्रियों को जला दिया गया। किन्तु यह अन्धता का पक्ष यूरोप का आन्तरिक भाव व्यक्त नहीं करता, इसलिए ऐसा विश्वास रखनेवाले लोगों की गिनती करके उसके द्वारा यूरोप का मूल्यांकन करना अविचार होगा। एक दिन यूरोप की धार्मिक मूढ़ता ने जिओरडॅनी ब्रूनो को जलाकर उसकी हत्या की, लेकिन उस दिन चिता पर जलते-जलते जिओरडॅनी ने ही यूरोप के चित्त का परिचय दिया। उस चित्त को साम्प्रदायिक जड़बुद्धि ने उस समय अस्वीकार किया, लेकिन आज समस्त मानव-जाति ने सम्मान के साथ उसे स्वीकार कर लिया है। किसी दिन इंग्लैंड के साहित्य और इतिहास में हमने अंग्रेजों का परिचय प्राप्त किया था। हमने मनुष्य के प्रति उनकी मैत्री देखी थी। दास-प्रथा के प्रति उनकी घृणा, पराधीन लोगों की मुक्ति के लिए उनकी अनुकम्पा और न्याय-विचार के प्रति उनकी निष्ठा—ये सभी बातें हमने देखी थीं। आज उनके इस स्वभाव का निष्ठुर प्रतिवाद हम भारत में देखते हैं, लेकिन उसी के आधार पर अंग्रेजों का चरम परिचय ग्रहण करना सत्य के अनुरूप नहीं होगा। कारण जो कुछ भी हो, आज इंग्लैंड का अभावार्थक पक्ष प्रबल हो उठा है। लेकिन आज भी इंग्लैंड में ऐसे लोग हैं जिनका हृदय उन अन्यायों से पीड़ित होता है जो वास्तव में अंग्रेजी स्वभाव के विरुद्ध हैं। यह सोचना हमारी भूल होगी कि सभी अंग्रेज अंग्रेजी स्वभाव का प्रतिनिधित्व करते हैं। विशुद्ध अंग्रेजों की संख्या चाहे छोटी हो, और अपने समाज में चाहे वे लांछित हो रहे हों, फिर भी समस्त इंग्लैंड के सच्चे प्रतिनिधि वही हैं।

उसी तरह जिस दिन बंगाल में अन्धकार, कृत्रिमता और साम्प्रदायिक संकीर्णता के बीच राममोहन राय का आगमन हुआ, उस दिन वही अकेले थे जिन्होंने भारत का नित्य परिचय देने का भार वहन किया। अपनी सर्वतोमुखी बुद्धि और सर्वतः प्रसारित हृदय से उन्होंने बंगाल के एक अज्ञात कोने में खड़े होकर सारी मानव-जाति के लिए आसन प्रस्थापित किया। आज मुक्त कंठ से यह कहने का समय आ गया है कि वह आसन कृपण के घर में एक कोने में पड़ा हुआ आतिथ्य-भ्रष्ट आसन नहीं है। जिस आसन पर सभी लोग अबाधित रूप से स्थान प्राप्त कर सकते हैं ऐसा उदार

आसन ही भारतवर्ष की चिरन्तन रचना है। लाखों आचारवादी चाहे उसे संकुचित करें, खंड-खंड करें, सारी दुनिया के सामने स्वदेश को धिक्कारित करें, भारतीय सभ्यता का प्रतिवाद करें, फिर भी हम उसी आसन को स्वीकार करेंगे। एक दिन भारत की वाणी से ही राममोहन राय ने मानव-ऐक्य का सन्देश घोषित किया था। उस समय देशवासियों ने उनका तिरस्कार किया था। सारी प्रतिकूलता के बीच खड़े होकर उन्होंने मुसलमानों को, ईसाइयों को, भारत के सभी लोगों को, हिन्दुओं के साथ एक पंक्ति में बैठने के लिए भारत की महान् अतिथिशाला में आमंत्रित किया था। वे शब्द भारत के ही तो थे :

यस्तु सर्वाणि भूतानि आत्मन्येवानुपश्यति
सर्वभूतेषु चात्मान: ततो न विजुगुप्सते

जो सबके बीच अपने को और अपने बीच सबको देखते हैं वे किसी से घृणा नहीं करते।

उनकी मृत्यु के बाद सौ वर्ष बीत चुके हैं। उस दिन की बहुत-सी बातें आज पुरानी हो गई हैं, लेकिन राममोहन राय पुरातत्त्व की अस्पष्टता से आवृत्त नहीं हुए। आज भी वे सदा की तरह आधुनिक हैं। इसका कारण यह है कि जिस युग पर उन्होंने अधिकार किया उसकी एक सीमा प्राचीन भारत में होते हुए भी वह अतीतकाल में आबद्ध नहीं है। उसकी दूसरी सीमा भारत के सुदूर भविष्य की ओर चली गई है। उन्होंने भारत के उस चित्त के बीच अपने चित्त को मुक्ति दिलाई जो ज्ञान के पथ पर सभी मनुष्यों में उन्मुक्त है। वह भारत के उस आगामी काल में विराज रहे हैं जिसमें भारत का महान् इतिहास अपने सत्य से सार्थक हुआ है, जिसमें हिन्दू-मुसलमान-ईसाई एक अखंड महाजातीयता में संयुक्त हुए हैं। जब विमान आकाश में बहुत ऊपर उठता है तो हम एक ओर उस प्रदेश को देखते हैं जिसे हम पीछे छोड़ आए हैं, और दूसरी ओर हमारी दृष्टि उस विशाल भूमंडल पर जाती है जो हमारे सम्मुख है। राममोहन राय का जीवन जिस युग में बीता वह भी इसी तरह अतीत और अनागत दोनों से परिव्याप्त है। आज भी हमने उस युग को पार नहीं किया है।

आज और कुछ कहने की शक्ति मेरे पास नहीं है। केवल यही कहने आया हूँ कि यद्यपि अज्ञान और दुर्बलता का भारी पत्थर भारत के सीने पर रखा हुआ है, यद्यपि हम लज्जा से संकुचित हैं और दु:ख से हमारा देह-मन जीर्ण है, यद्यपि अपमान से हमारा माथा झुका हुआ है और विदेश के यात्री देश-देश में हमारे कलंक प्रदर्शित करने का रोजगार करते हैं, फिर भी हमारी सारी दुर्गति के ऊपर एक आशाप्रद बात यह है कि राममोहन राय ने इस देश में जन्म ग्रहण किया और उनके द्वारा भारत अपना परिचय दे सकता है। देश के बहुत-से लोगों ने साम्प्रदायिकता और क्षुद्र अहंकार से प्रेरित होकर राममोहन राय की अवज्ञा की। लेकिन भारत के अन्त:करण ने निश्चय ही उन्हें

सदा के लिए स्वीकार किया है। वर्तमान युग की रचना में आज भी उनका प्रभाव क्रियाशील है। उनके नीरव कंठ से भारत की अमर वाणी आज भी कह रही है—

य एकोऽवर्णो बहुधा शक्ति योगात्
वर्णान् अनेकान् निहितार्थो दधाति
विचैति चान्ते विश्वमादौ स देवः।

उन्हीं के कंठ से भारत प्रार्थना कर रहा है—

स नो बुद्ध्या शुभया संयुनक्त।

2

मानव का प्राण विद्रोही है। जड़ता का दानव अपनी प्रचंड शक्ति और असंख्य हाथों से हमें चारों ओर से घेरता है। लेकिन क्षुद्र प्राण प्रतिक्षण बाहर निकलकर अपने-आपको प्रकाशित करता है। क्लान्ति की दीवारें खड़ी करके जड़ता का दानव हमारे प्रयास की परिधि को संकीर्ण करना चाहता है। लेकिन प्राण इन दीवारों को तोड़कर बार-बार अपने अधिकारों की रक्षा करता है। इसीलिए हमारा हृत्पिंड दिन-रात व्यस्त है, जड़ वस्तुओं की निष्क्रियता के विरुद्ध उसका आक्रमण जारी है। इस आक्रमण के स्थगित होने का नाम ही मृत्यु है।

इस सचेष्टता में प्राण की तरह मन का भी आत्म-प्रकाश होता है। मन की जिज्ञासा अनन्त है। चारों ओर सत्य का रहस्य मूक खड़ा है। इस रहस्य का उत्तर हमारे मन को अपनी शक्ति से ढूँढ़ना है। ध्यान में जरा भी कमी हुई तो हम गलत उत्तर पाते हैं। इन गलत उत्तरों को निश्चेष्ट होकर बिना किसी सन्देह के स्वीकार करना ही मन का पराभव है। जिज्ञासा की शिथिलता ही मन की जड़ता है। जिस तरह जीवन-शक्ति का निरुद्यमी हो जाना अस्वास्थ्य है, रोग और विनाश का मूल है, उसी तरह मानव-शक्ति के क्षीण हो जाने पर मनुष्य के ज्ञान में कितने ही विकार उत्पन्न हो जाते हैं। जब मन आलस्य और भीरुतावश सच-झूठ, भला-बुरा सबको बिना प्रश्न मान लेता है, तभी से मनुष्यत्व की सर्वांगीण दुर्गति आरम्भ हो जाती है। जड़त्व के बीच अचलता है, मूढ़ता है। जिस क्षण मानव-मन उसके साथ सन्धि कर लेता है तब से मनुष्य विषण्ण हो उठता है, वह जड़ता-राजा का कर चुकाते-चुकाते दरिद्र हो जाता है।

हमारे देश में किसी दिन मन के स्वराज्य का नाश हो गया। उस समय मन पंगु हो चुका था, आत्मकर्तृत्व खो चुका था। उनके पास न तो प्रश्न करने की शक्ति थी और न अपने पर विश्वास। उसने जो सुना वही मान लिया, जो शब्द उसके कान में पड़े उसने दोहराए। प्रत्येक संकट को विधिलिखित मानकर उसने स्वीकार किया। अपनी बुद्धि के

प्रयोग से एक नवीन प्रणाली के बीच, वर्तमान काल की समस्याओं का समाधान करना उसने अपने अधिकार से बाहर समझ, और निःसंकोच अपना अपमान होने दिया। उस दिन इस देश में मन के आत्म-प्रकाश की धारा अवरुद्ध हो गई थी। आनेवाले युग की ओर कदम बढ़ाने के बदले भारत बीते हुए युग की प्रदक्षिणा कर रहा था। जो कुछ चिन्ता-शक्ति बाकी थी उसका प्रयोग अनुसरण में किया जा रहा था, अनुसन्धान में नहीं।

घर में चोरी तभी होती है जब घर के लोग गहरी नींद में पड़े रहते हैं। जब मन के अन्दर अनुभूति की क्षमता नहीं रहती तभी बाहर की विपत्तियाँ प्रबल हो उठती हैं। जिस व्यक्ति का चित्त स्वाधीन नहीं है उसको बाहर के दबाव से छुटकारा नहीं मिल सकता। जिसका मन चुपचाप सब कुछ मान लेता है उसमें इतनी सामर्थ्य नहीं होती कि बाह्य-शक्ति के अन्याय और प्रभुत्व को अस्वीकार करे। जो बुद्धि मन की असत्य से रक्षा करती है वही बुद्धि बाह्य संसार को अमंगल से बचाती है। निर्जीव मन अन्दर-बाहर कहीं भी किसी आक्रमण का सामना नहीं कर पाता। उस युग के इतिहास में बार-बार यह देखा गया कि भारतवर्ष ने अपने मर्मान्तक पराभव को मान लिया और उसके साथ-साथ दूसरी हजारों ऐसी बातें मान लीं जिन्हें कभी स्वीकार नहीं करना चाहिए था। उसकी बाह्य दुर्दशा का बोझ आन्तरिक अबुद्धि के बोझ का ही अंश था।

उस दिन हमारी आर्थिक, मानसिक और आध्यात्मिक शक्ति अत्यन्त क्षीण हो गई थी। हमारी दृष्टि मोहावृत्त और सृजन-शक्ति मन्द हो गई थी। हमारे पास ऐसी वाणी नहीं थी जो वर्तमान युग के प्रश्नों का कोई नया उत्तर दे सके। अपने चित्त के दैन्य पर लज्जा अनुभव करने की भी चेतना क्षीण हो चुकी थी। ऐसी दुर्गति के दिनों में राममोहन राय का इस देश में आविर्भाव हुआ। प्रबल शक्ति के साथ उन्होंने दुरवस्था के मूल पर ही आघात किया। स्वाधीन बुद्धि ही मानव की परम सम्पदा है, और उसके प्रति अविश्वास, राममोहन राय की दृष्टि में, देश की दुर्गति का मूल कारण था। लेकिन उस समय भारत भारतवासी दुर्गति के कारण की ही पूजा करते थे; इसलिए उन्होंने राममोहन राय को शत्रु समझा और उन पर आघात करने के लिए हाथ उठाया। डॉक्टरों का कहना है कि रोग शरीर पर अधिकार जमाने का चाहे जितना दावा करे फिर भी वह हमेशा आगन्तुक ही रहता है। स्वास्थ्य-तत्त्व ही शरीर का आन्तरिक सत्य है, चिरन्तन सत्य है। इसी तरह राममोहन राय ने कहा कि अज्ञान और अन्धता को कालगणना के पक्ष से चाहे हम सनातन कहें, सत्य के पक्ष से वे अनात्मीय हैं, आगन्तुक हैं। उन्होंने दिखाया कि हमारे देश की अन्तरात्मा में कहीं विशुद्ध ज्ञान की प्रतिष्ठा भी है, जो चिरपुरातन होते हुए भी चिरनूतन है। मानसिक स्वास्थ्य और आत्मिक शक्ति को प्रबल तथा उज्ज्वल करने के लिए राममोहन राय ने उस साधन-सम्पदा का द्वार खोला जो भारत का निजी भंडार है। लेकिन लोगों ने उस समय उन्हें शत्रु घोषित किया।

क्या आज भी राममोहन राय को शत्रु कहकर उनका असम्मान करना सम्भव है? ऐसे कितने लोग हमारे पास हैं, जिनकी महिमा द्वारा देश समस्त संसार के सामने अपने

गौरव का परिचय दे सकता है? जो यथार्थ महापुरुष हैं उनके नाम का गौरव करना ही देश के भविष्य के प्रति आशा व्यक्त करना है। यह गौरव प्रादेशिक या सामाजिक हो तो हम उस पर निर्भर नहीं रह सकते। गौरव ऐसा होना चाहिए जिसे सारी पृथ्वी का समर्थन प्राप्त हो। राममोहन का हृदय स्थान और समय की परिधि से बद्ध नहीं था, यदि होता तो शायद देश के साधारण लोग भी अनायास उनका आदर करते। नित्य व्यवहार में हम जो मानदंड अपनाते हैं, वह विशेष देशकाल के लिए होता है, विश्वव्यापी और चिरकालीन नहीं होता। लेकिन ऐसे मानदंड से नापे हुए गौरव के आधार पर देश अपना सिर ऊँचा नहीं कर सकता, देश-देशान्तर और युग-युगान्तर के सामने आत्म-प्रकाश नहीं कर सकता। देश के वास्तविक गौरव को निम्न भूमिवर्ती जनता के आदर्श से बहुत ऊपर उठना होगा। इसके लिए साम्प्रदायिक रुचि-विश्वास और आचार उस पर निष्ठुर आघात कर सकता है, लेकिन चिरन्तन आदर्श की शक्ति इस आघात की शक्ति से कहीं अधिक बलवती है। कठोर समालोचक के स्थूल हस्त का आघात मुहूर्त-मात्र के लिए है, किन्तु भारत के सूक्ष्म इंगित की शक्ति शाश्वत है। उस शक्ति के द्वारा जिन विरोधकों का लोप हुआ है उनकी जय-ध्वनि का क्षीणतम स्पन्दन तक महाकाल और महाकाश में दिखाई नहीं पड़ता।

राममोहन राय उन लोगों में से नहीं थे जिनके गौरव की नौका क्षणिक निरादर के झोंके से डूब जाती है। विस्मृति या उपेक्षा का कुहरा कुछ समय के लिए उनके नाम को आच्छन्न रख सकता है, लेकिन यह आवरण निश्चय ही दूर हो जाएगा। आज देश में नवजागरण की हवा बहने लगी है। उससे जब वातावरण स्वच्छ होगा तो सबसे राममोहन राय की महोच्च-मूर्ति दिखाई पड़ेगी। उन्होंने ही देश को नवयुग की उद्‌बोधक वाणी प्रदान की। यह वाणी देश के पुरातन मंत्र में प्रच्छन्न थी, और इसी मंत्र के शब्दों में उन्होंने कहा : 'अपावृणु'—है सत्य, अपना आवरण दूर करो! भारत की यह वाणी केवल स्वदेश के लिए नहीं, सभी देशों और युगों के लिए है। इसलिए जिनके द्वारा भारतवर्ष का वास्तविक प्रकाश होता है, क्षेत्र सार्वजनीन है। राममोहन राय ऐसे ही व्यक्तियों में से थे। स्थानिक और सामयिक मापदंड से जो लोग 'बड़े' कहलाते हैं उन पर हमें गर्व हो सकता है। लेकिन जिन लोगों से देश वास्तव में गौरवान्वित होता है, उनके विषय में हम कह सकते हैं—

पूर्वापरौ तोयनिधीवागाह्य स्थित पृथिव्या इव मानदंड:।

उनकी महिमा पूर्व और पश्चिम के समुद्र-तटों को स्पर्श करती है।

भारतवर्ष में राममोहन राय के पूर्ववर्ती लोगों में कबीर अन्यतम थे। कबीर ने अपने-आपको भारत-पथिक कहा था। उन्होंने भारत को एक महान पथ के रूप में देखा था। इस पथ पर इतिहास के आदिकाल के मानव-जीवन की धारा प्रवाहित हुई है। स्मरणातीत काल में जो इस पथ पर चले उनके पद-चिह्न मिट चुके हैं। इसी पथ

पर होमाग्नि वहन करते हुए आर्य-जाति ने पदार्पण किया। चीन देश के तीर्थयात्री भी मुक्ति-तत्त्व की आशा लेकर इसी पथ पर आए। उसके बाद कोई साम्राज्य के लोभ के लिए आया, कोई अर्थ-कामना से। सभी को अतिथि-सत्कार प्राप्त हुआ। इस भारत में पथ की साधना है पृथ्वी के सभी देशों के साथ आवागमन और लेन-देन के सम्बन्ध जोड़ना। यहाँ सबके साथ संयोग स्थापित करना ही हमारी समस्या है। इस समस्या का जब तक समाधान नहीं होता, तब तक हमारे दु:खों का अन्त नहीं। यह मिलन-सत्य ही मानव-जाति का चरम सत्य है, और हमारे इतिहास को इसे आत्मसात् करना होगा। इसी पथ के चौराहे पर आकर राममोहन राय खड़े हुए—भारत का जो सर्वश्रेष्ठ दान है उसे हाथ में लेकर। उनका हृदय भारत के हृदय का प्रतीक था। यहाँ हिन्दू-मुसलमान-ईसाई सभी अपनी श्रेष्ठ सत्ता को लेकर एक-दूसरे से मिलें। इस मिलन का आसन था भारत का महान ऐक्स-तत्त्व 'एकमेवाद्वितीयम्।' आधुनिक युग में मानवीय एकता का भार जिन्होंने वहन किया है, उन्हीं की प्रेरणा से उद्‌बुद्ध होकर भारत के ' आधुनिक कवि ने भारत का गीत गाया है। उसी गीत को उद्धृत करते हुए राममोहन राय की यह प्रशस्ति मैं समाप्त करता हूँ—

ओ मेरे मन! जाग उठो अब पुरायतर्थ में—
इस भारत में—मानवता के सागर-तट पर...

यहीं एक दिन अन्तहीन ओंकारध्वनि से,
हृदयतंत्र में गूँज उठा था मंत्र ऐक्स का।
'एक' की ज्वाला में देकर 'बहु' की आहुति
महाचित्त का सृजन किया था तप: शक्ति ने।

आज यहीं मिलना है सबको शीश झुकाकर,
इस भारत में—मानवता के सागर-तट पर...

आओ, आर्य-अनार्य! सुनो, सब हिन्दू-मुस्लिम!
आओ, अंग्रेजी ! आओ ईसा के भक्तो !
आओ, पतितो ! अपमानों का बोझ त्याग दो।
आओ, ब्राह्मण ! शुचि-मन से सबको अपनाओ।
आओ सत्वर, माता के अभिषेक-पर्व में।
मगल-वट है रिक्त श्रमी, उसको भरना है
सर्व-स्पर्श-पवित्रित निर्मल तीर्थ-नीर से—
इस भारत में मानवता के सागर-तट पर।

[मार्च 1885, 'तत्त्वबोधिनी पत्रिका']

विद्यापति की राधिका

जिस प्रकार गति और उत्ताप एक ही शक्ति की दो भिन्न अवस्थाएँ हैं, उसी प्रकार विद्यापति एवं चंडीदास की कविता में प्रेमशक्ति के दो भिन्न रूप दिखाई पड़ते हैं। विद्यापति की कविता में प्रेम की भंगी, प्रेम का नृत्य, प्रेम का चांचल्य है; चंडीदास की कविता में प्रेम की तीव्रता, प्रेम का आलोक। इसीलिए छन्द संगीत और विचित्र रंग से विद्यापति के पद इस प्रकार परिपूर्ण हैं, इसीलिए उनमें सौन्दर्य सुखसम्भोग की ऐसी तरंगलीला है। यह केवल यौवन के प्रथम आरम्भ का आनन्दोच्छ्वास है। केवल विशुद्ध सुख एवं अव्याहत संगीत ध्वनि। यह नहीं कि दुःख नहीं है, किन्तु सुख-दुःख के बीच एक अन्तराल है, व्यवधान है। चाहे सुख हो या दुःख हो, चाहे मिलन हो या विरह हो इसी तरह का स्पष्ट श्रेणी विभाग है। वे चंडीदास की तरह सुख में, दुःख में, विरह में, मिलन में, लिप्त नहीं हो जाते। इसीलिए विद्यापति के प्रेम में यौवन की नवीनता एवं चंडीदास के प्रेम में प्रौढ़वय की प्रगाढ़ता है।

अल्पवय का धर्म यही है कि वह सुख एवं दुःख, अच्छा एवं बुरा अत्यन्त स्वतंत्र रूप में देखता है। मानो जगत् में एक ओर विशुद्ध अच्छाई एवं दूसरी ओर विशुद्ध बुराई, एक ओर एकान्त सुख और दूसरी ओर एकान्त दुःख एक-दूसरे के विरुद्ध एक-दूसरे से विमुख होकर बैठे हुए हैं। उस उम्र में सभी बातों के सम्बन्ध में एक परिपूर्ण आदर्श हृदय में विराजता है। गुण देखते ही सर्वगुण की कल्पना करता हैं, दोष देखते ही सब दोष एकत्र हो पिशाचमूर्ति धारण कर लेते हैं। सुख देखते ही तीनों लोकों में दुःख के चिह्न लुप्त हो जाते हैं, एवं दुःख उपस्थित होते ही कहीं भी लेशमात्र भी सुख दिखाई नहीं देता। इसीलिए संगीत उच्छ्वसित पंचमस्वर में बँधा हुआ। इसीलिए विद्यापति में केवल वसन्त है!

राधा धीरे-धीरे मुकुलित विकसित हो रही है। सौन्दर्य छलछला रहा है। श्याम के संग मिलन होता है और चारों दिशाओं में यौवन का कम्पन हिल्लोलित हो उठता है। थोड़ी-सी हँसी, थोड़ी-सी छलना, थोड़ी-सी बाँकी नजर। थोड़ी-सी व्याकुलता, थोड़ी सी आशा-निराशा का आन्दोलन भी है—किन्तु वह नितान्त मर्मघाती नहीं। जिस प्रकार चंडीदास का—

नयन चकोर मोर पिते करे उतरोल,
निमिखे निमिखे नाहि हय—

विद्यापति में वैसी व्याकुलता नहीं, थोड़ी-सी अधीरता है। केवल स्वयं को आधा-अधूरा व्यक्त करना एवं आधा-अधूरा छुपाना, केवल अचानक उद्दाम वायु के एक झोंके में वैसे ही थोड़ा-सा खुल पड़ना। विद्यापति की राधा नवीना है, नवस्फुटिता है। स्वयं को और दूसरे को अच्छी तरह जानती नहीं। दूर से सहास्य सतृष्ण लीलामयी, निकट से कम्पित-शंकित-विह्वल। केवल एक बार कौतूहल से चम्पक के फूल समान अंगुलि के अग्रभाग से अत्यन्त सावधानीपूर्वक अपरिचित, प्रेम का जरा-सा स्पर्शमात्र करके मानो भागकर छुप जाती है। जिस प्रकार एक भीरु बालिका स्वाभाविक पशुस्नेह से आकृष्ट होकर अज्ञात स्वभाववाले मृग को एक बार चकित हो स्पर्श कर भागती है, धीरे-धीरे उसका डर दूर होता है, ठीक उसी प्रकार।

यौवन जब आरम्भ होता है उस समय सभी कुछ रहस्यमय जान पड़ता है। सद्यःविकसित हृदय सहसा अपना सौरभ आप ही अनुभव करने लगता है; अपने सम्बन्ध में स्वयं स्वचेतन हो उठता है; इसीलिए लज्जा में, भय में, आनन्द में, संशय में स्वयं को अभिव्यक्त करे या छुपाए सोच नहीं पाता—

कबहुँ बाँधए कच कबहुँ विधारि।
कबहुँ झाँपए अंग कबहुँ उधारि।

हृदय की समस्त नवीन वासनाएँ अपने सब पंख जोड़कर उड़ना चाहती है, किन्तु अभी तक रास्ता नहीं मालूम। कौतूहल एवं अनभिज्ञता में वह एक बार थोड़ा-सा आगे बढ़ती है फिर संकुचित अंचला के अन्तराल पर अपने शान्त कोमल नीड़ में लौट आश्रय लेती है।

इस समय प्रेम में वेदना की अपेक्षा विलास अधिक है। इसमें गम्भीरता की अटल स्थिरता नहीं, केवल नवानुराग की उद्भ्रान्त लीला चंचलता है। विद्यापति के इन पदों को पढ़ते हुए समीर से चंचल समुद्र की सतह आँखों के सामने आ जाती है। लहरें खेल रही हैं, फेन उच्छ्वसित हो रहा है, मेघों की छाया पड़ रही है, सूर्य का आलोक शत-शत अंशों में प्रस्फुटित हो चारों ओर बिखर रहा है तरंग-तरंग में स्पर्श एवं पलायन कलरव कलहास्य करताल, केवल नृत्य एवं गीत, आभास एवं आन्दोलन, आलोक एवं वर्णवैचित्र्य। इस नवीन चंचल प्रेम-हिल्लोल के ऊपर सौन्दर्य कितने छन्दों में कितनी भंगियों में विच्छरित हो उठता है विद्यापति के गान में वही व्यक्त हुआ है। किन्तु समुद्र के अन्तर्जगत में जो गम्भीरता निस्तब्धता है, जो विश्वविस्मृत ध्यानलीनता है वह विद्यापति की गीतितरंग में नहीं मिलती।

कभी-कभार यमुना के जल में अथवा स्नान करके लौटते समय मिलना हुआ है। किन्तु अच्छी तरह मिलना नहीं हुआ। एक तो क्षण भर के लिए मिलना, उसमें अधैर्यचंचल

कम्पित हृदय में सौन्दर्य का जो प्रतिबिम्ब पड़ता है वह टूट-टूट जाता है। मन को शान्त कर धैर्य धारण कर देखने का अवसर नहीं मिलता। जो दीख पड़ा वह केवल—

आध आँचर खसि, आध बदने हसि
आध हि नयानतरंग।
किन्तु 'भालो करि पेखन ना भेल।'

इसके बाद कितना आना-जाना, कितना कहना-सुनना, कितनी छलना, कितनी भावाभिव्यक्ति कितना डर कितनी चिन्ता—अन्त में एक दिन मधुर वसंत में नवीन मिलन; किन्तु वह भी निविड़ निगूढ़ निरतिशय मिलन नहीं। उसमें कितनी आशंका, कितना आश्वासन, कितना कौतुक, कितनी छद्मलीला, कितना मान-अभिमान, साध्य-साधना। फिर सखी से परामर्श; सखी को बुलाकर घर के एक कोने में एकान्त में बैठ भाँति-भाँति की छलना से एवं बातचीत के कौशल से अपनी सुखस्मृति पर विचार। नवीना का नवप्रेम जैसा मुग्ध, जैसा मिश्रित, विचित्र कौतूहल से परिपूर्ण रहता है, इसमें उससे कुछ कम नहीं।

चंडीदास गम्भीर एवं व्याकुल, विद्यापति नवीन एवं मधुर।
वन वृन्दावन, नवीन तरुगण,
नव नव विकसित फूल।
नवीन वसन्त नवीन मलयानिल
मातल नव अलिकूल॥
विहरई नवल किशोर।
कालिन्दी पुलिन कुंज नवशोभन,
नव नव प्रेमविभोर॥
नवीन रसालमुकुल मधु मातिया।
नव कोकिल कुल गाय।
नव युवतीगन चित उमतायई
नव रसे कानने धाय॥
नव युवराज नवीन नव नागरी
मिलए नव नव भाति।
निति निति ऐछन नव नव खेलन
विद्यापति मति माति॥

इसके साथ और एक गीत को न मिलाने पर यह सम्पूर्ण नहीं होता—

मधु रितु, मधुकरपाँति
मधुर-कुसुम-मधु-माति।

मधुर वृन्दावन माझा
मधुर मधुर रसराज।
मधुर युवतीगण सग
मधुर मधुर रसरंग।
मधुर यंत्र सुरसाल,
मधुर मधुर करताल।
मधुर नटनगतिभंग,
मधुर नटिनीनअरंग।
मधुर मधुर रसगान,
मधुर विद्यापति भान।

यहीं समाप्त किया जा सकता था। किन्तु यहाँ करना अत्यन्त असमाप्त होगा। ठीक सम पर आकर नहीं रुकेगा। इसीलिए विद्यापति ने एक अन्तिम-बात कह रखी है। उसे अन्तिम कहा जा सकता है। इतने लीलाखेलों नए-नए रस उल्लासों का परिणाम यही है कि—

जनम अवधि हम रूप नेहारिनु,
नयन ना तिरपित भेल।
लाख लाख युग हिए हिए राखनु,
तबु हिए जुड़न ना गेल।

नवीन प्रेम एकाएक लाखों युग पुरातन हो गया है। इसके बाद छन्द एवं रागिनी में परिवर्तन लाना आवश्यक है। चिरनवीन प्रेम की भूमिका समाप्त हो गई है। चंडीदास ने आकर चिरपुरातन प्रेम का गान आरम्भ कर किया।

संस्कृति

भारत में राष्ट्रवाद

भारत में हमारी असली समस्या राजनीतिक नहीं, सामाजिक है। यह स्थिति केवल भारत की ही नहीं बल्कि सभी देशों की है। मेरी रुचि मात्र राजनीति में नहीं है। पश्चिम में राजनीति, पश्चिमी आदर्शों पर, हावी रही है और भारत में भी हम आपका अनुकरण करने लगे हैं। हमें याद रखना होगा कि यूरोप में जहाँ शुरू से ही इन देशों में नस्लवादी एकता रही है और यहाँ रहनेवाले लोगों के लिए प्राकृतिक संसाधनों की कमी रही है—सभ्यता का सहज ही में राजनीति व व्यापारिक आक्रामकतावाला चरित्र रहा है। एक तरफ तो इनकी कोई आन्तरिक पेचीदगियाँ नहीं रही हैं तो दूसरी तरफ इन्हें ऐसे पड़ोसियों से निपटना पड़ा, जो शक्तिशाली व लोभी थे। अपनों के बीच आदर्श संयोजन बनाए रखना और दूसरों के प्रति शत्रुता का चौकस रुख बनाए रखने को समस्याओं का समाधान माना गया। शुरू-शुरू में इन्होंने संगठित होकर लूटपाट की। आज के युग में भी वही भावना विद्यमान है—वे संगठित होकर पूरे विश्व का शोषण कर रहे हैं।

लेकिन इतिहास के आरम्भिक काल से ही भारत भी अपनी एक समस्या से लगातार जूझता रहा है—और यह समस्या है जाति प्रथा की। प्रत्येक देश अपने लक्ष्य को लेकर सजग रहा है और भारतवासियों को समझना चाहिए कि हमने जब भी राजनैतिक बनने की कोशिश की, हमारी बड़ी निर्जीव छवि बनती रही है क्योंकि विधाता ने हमारे लिए जो कुछ रचा है, उसे पाने में हम अपने को अभी तैयार नहीं कर सके हैं।

जातीय एकता की इस समस्या को हम कितने ही सालों से सुलझाने की कोशिश कर रहे हैं और ऐसी ही समस्या आपको अमेरिका में भी आ रही होगी। इस देश में कितने ही लोगों ने मुझसे पूछा है कि भारत में जाति प्रथा को लेकर क्या चल रहा है। पर मुझसे जब यह प्रश्न पूछा जाता है तो अक्सर खुद को श्रेष्ठ मानकर ही पूछा जाता है। और तब मैं यही प्रश्न, थोड़ा बदलकर, अपने अमेरिकी आलोचकों से पूछ लेता हूँ : 'आपने रेड इंडियन और नीग्रो लोगों के लिए क्या किया है?' आपने भी इन लोगों के प्रति अपने जातिवादी रवैये को नहीं बदला है। आपने दूसरी नस्लों से तटस्थ बने रहने के लिए बड़े हिंसक तरीके अपनाए हैं लेकिन जब तक आप इस

समस्या को सुलझा नहीं लेते, तब तक आपको अमेरिका में रहते हुए भारत के बारे में प्रश्न करने का अधिकार नहीं है।

अनेक कठिनाइयों के बावजूद भारत ने फिर भी कुछ किया है। उसने अपने यहाँ विद्यमान मतभेदों को स्वीकार किया है, जहाँ कहीं ऐसे मतभेद दिखते हैं, और इस सबके बावजूद एकता का कुछ प्रयास किया है। ऐसे प्रयास हमारे सन्तों ने भी किए हैं, जैसे कि नानक, कबीर, चैतन्य व अन्यों ने और उन्होंने सभी जातियों को ईश्वर के एक होने के उपदेश दिए हैं।

अपनी समस्या का समाधान कर हम विश्व की समस्या को सुलझाने में भी मदद करेंगे। भारत जो कुछ कभी था, वही आज पूरा विश्व है। पूरा विश्व वैज्ञानिक सुविधा के अन्तर्गत एक देश में बदल रहा है। वह क्षण आ रहा है, जब आपको भी एकता के लिए किसी आधार को ढूँढ़ना होगा और वह आधार राजनीतिक नहीं होगा। अगर भारत विश्व को अपना समाधान प्रस्तुत करता है, तो यह मानवता को उसका योगदान होगा। केवल एक ही इतिहास है—मानव का इतिहास। देशों के इतिहास तो बृहत् इतिहास के अध्याय मात्र हैं। भारत इस महान उद्देश्य के लिए दु:ख उठाने में भी सन्तोष का अनुभव करेगा।

हर व्यक्ति को आत्मप्रेम होता है। इसलिए उसकी पाशविक वृत्ति अपने स्वार्थ की सिद्धि के लिए दूसरों से झगड़ा करने के लिए प्रेरित करती रहती है। लेकिन मानव में सहानुभूति तथा परस्पर सहायता करने की उच्च वृत्तियाँ भी होती हैं। जिन लोगों में इस उच्च नैतिक शक्ति की कमी होती है और एक-दूसरे के प्रति भाईचारे का निर्वाह नहीं कर पाते, उन्हें या तो विलुप्त हो जाना चाहिए या फिर उन्हें इस ह्रासशील अवस्था में ही रहना होगा। वही लोग उत्तरजीवी होते हैं और सभ्यता का फल चखते हैं, जिनमें सहयोग की भावना प्रबल होती है। अत: हम जानते हैं कि इतिहास के आरम्भ से ही लोगों को एक-दूसरे से झगड़ने अथवा सहयोग करने, अपने स्वार्थ को साधने अथवा सभी के समान हितों के बीच चुनाव करते रहना पड़ा है।

हमारे आरम्भिक इतिहास में, जब हर देश की भौगोलिक सीमाएँ और संचार की सुविधाएँ थोड़ी थीं, यह समस्या तुलनात्मक दृष्टि से बहुत बड़ी नहीं थी। तब लोगों के लिए अपने अलग-थलग क्षेत्र में एकता की निजी धारणा ही पर्याप्त थी। उन दिनों वे अपनों में एकता बनाए रखते थे और दूसरों से लड़ते थे। परन्तु समन्वय की यह नैतिक भावना ही उन्हें महान बनाती थी और इसी से उनकी कला, विज्ञान व धर्म विकसित हुआ था। इस आरम्भिक काल में मानव ने इस महत्त्वपूर्ण तथ्य पर ध्यान दिया था कि एक जाति के लोग एक-दूसरे के निकट सम्पर्क में आएँ। जिन लोगों ने अपनी उच्च प्रकृति के माध्यम से तथ्य को सही अर्थों में समझा, उन्होंने इतिहास में अपने लिए स्थान बना लिया।

आज के समय का सबसे महत्त्वपूर्ण तथ्य यह है कि मानवों की विभिन्न जातियाँ

एक-दूसरे के नजदीक आई हैं। अब फिर से दो विकल्प हमारे सामने हैं। समस्या यह है कि लोगों के विभिन्न दल क्या आपस में लड़ते रहें अथवा समझौते व परस्पर सहायता का कोई सही आधार ढूँढ़ें; क्या अनन्त स्पर्धा रहे या फिर सहयोग?

मुझे यह कहने में कोई संकोच नहीं है कि जिन्हें प्रेम की नैतिक शक्ति व आत्मिक एकता का वरदान प्राप्त है, जिनमें परायों के प्रति शत्रुता की भावना नहीं है और परायों की जगह खुद को रखकर सहानुभूतिपूर्ण अन्तर्दृष्टि से काम लेते हैं, वे ही आनेवाले युग में स्थायी जगह पाने के योग्यतम सिद्ध होंगे। जबकि वे, जो परायों से झगड़ने व उनके प्रति असहनशीलता का भाव बनाए रखते हैं, वे विलुप्त हो जाएँगे। हमारे सामने यही समस्या है और हमें अपनी उदात्त वृत्ति की सहायता से इसका समाधान खोजकर अपनी मानवता का परिचय देना होगा। वे विराट संगठन, जो दूसरों को हानि पहुँचाते एवं उनके प्रहारों को विफल कर देते हैं, दूसरों को पीछे धकेलकर धनराशि कमा रहे हैं, हमारे कुछ काम नहीं आएँगे। इसके विपरीत उनका कुचल देनेवाला बोझ, उनकी भारी-भरकम लागत और जीवन्त मानवता पर उनका शामक प्रभाव हमारी उत्कृष्ट सभ्यता के जीवन की स्वतंत्रता को व्यापक स्तर पर बाधित करेगा।

राष्ट्र की धारणा के विकास के दौरान भाईचारे की संस्कृति भौगोलिक सीमाओं में कैद थी क्योंकि उस समय यही सीमाएँ वास्तविक थीं। पर अब ये परम्परा से चली आर रही काल्पनिक रेखाएँ भर हैं, जो सचमुच की बाधाओं से मुक्त हैं। अत: समय आ गया है कि मनुष्य की नैतिक वृत्ति इस सच्चाई को अब गम्भीरता से समझे या फिर खत्म हो जाए। बदली हुई परिस्थितियों की पहली अन्त:प्रेरणा तो यही होनी चाहिए कि मनुष्य को अपने हीन भावों, लालच व क्रूर घृणा को, मन्थर कर बाहर करना होगा। यदि यह स्थिति अनिश्चित काल तक बनी रहती है, शास्त्र-भंडार बेहूदी सीमा तक लगातार बढ़ता रहता है, मशीनें व भंडारघर हमारी सुन्दर धरती को धूल, धुएँ और भद्देपन से लगातार घेरते रहते हैं तो इसका अन्त आत्महत्या के प्रज्वलन में होगा। अत: मानव को एक और महान समन्वय के लिए पूरी तरह अपने प्रेम तथा कल्पना की शक्ति लगानी होगी, जिससे वह समस्त मानवों की दुनिया को सम्मिलित कर सके, न कि विभिन्न देशों के मानव-समूहों की आंशिकता को। वर्तमान समय में यह आह्वान हरेक व्यक्ति के लिए है ताकि नए युग के लिए वह स्वयं को तथा अपने परिवेश को इसके लिए तैयार कर सके, जहाँ व्यक्ति सभी मानव-प्राणियों की आध्यात्मिक एकता में अपनी आत्मा को खोज पाएगा।

यदि इसे पश्चिम पर छोड़ दिया जाए कि यह निचली ढलान से मानवता के आध्यात्मिक शिखर तक पहुँचने की गुत्थी सुलझाए, तब मुझे यह सोचना ही पड़ता है कि अमेरिका को ईश्वर व मानव की आशा को पूर्ण करने का विशेष लक्ष्य बनाना ही होगा। आपका देश प्रत्याशाओं का देश है। आप, जो है, उसके अलावा की इच्छा रखते हैं। यूरोप की बुद्धि तथा परम्पराओं के मामले में सूक्ष्म आदतें हैं। लेकिन अमेरिका

अभी तक ऐसे किन्हीं निष्कर्षों तक नहीं पहुँचा है। मैं समझता हूँ कि अमेरिका अपने अतीत की परम्पराओं से खूँदे जाने से बचा हुआ है और मैं इसकी प्रशंसा ही करूँगा कि प्रयोगधर्मिता अमेरिका के युवा होने का चिह्न है। उसके गौरव की नींव भविष्य में है, न कि उसके अतीत में, और यदि किसी में अतीन्द्रिय शक्ति है तो वह उस अमेरिका से प्रेम ही करेगा, जो कि वह होने जा रहा है।

अमेरिका के लिए नियत है कि वह प्राच्य के सामने पश्चिमी सभ्यता का औचित्य सिद्ध करे। यूरोप की मानवता में आस्था खत्म हो चुकी है और वह अविश्वासी तथा रुग्ण हो गया है। दूसरी तरफ अमेरिका निराशावादी या फिर अतितुष्ट नहीं है। इस देश के निवासी के रूप में आप जानते हैं कि उत्तम और अत्युत्तम भी होता है और ज्ञान आपको संचालित करता है। कुछ आदतें न केवल निष्क्रिय होती हैं बल्कि आक्रामक रूप से दर्प भरी भी होती हैं। वे मात्र दीवारों की तरह नहीं, बिच्छू-बूटी की तरह डंक मारनेवाले होती हैं। यूरोप अपनी आदतों की इन्हीं बूटियों को लम्बे समय से पालता रहा है, जब तक कि वे उसी के चारों तरफ घनी, मजबूत तथा ऊँची नहीं हो गईं। अपनी परम्पराओं के दर्प ने इनकी जड़ों को उनके हृदय में गहरे तक पहुँचा दिया है। मैं इसे अनुचित कहकर चुनौती नहीं देना चाहता। लेकिन सभी तरह का दर्प आगे चलकर अन्धेपन में बदल जाता है। सभी कृत्रिम उद्दीपकों की तरह इसका पहला प्रभाव यह होता है कि यह चेतना को विशद बना देता है, फिर बड़ी हुई खुराकों के साथ उसे मदहोश कर देता है और तब उसे ऐसे उल्लास से भर देता है, जो सर्वथा भ्रामक होता है। यूरोप अपनी भीतरी व बाहरी सभी आदतों को लेकर क्रमश: घमंडी होता गया है। वह इस बात को भूलता ही नहीं कि वह पश्चिम है, बल्कि दूसरों का अपमान करने की नीयत से, इस तथ्य को उजागर करने का कोई भी अवसर नहीं चूकता। इसीलिए वह अपना सर्वोत्तम प्राच्य को देने में, लगातार असमर्थ होता जा रहा है, और साथ ही उसमें सदियों से संगृहीत प्राच्य की प्रज्ञा को ग्रहण करने का सद्भाव भी नहीं है।

अमेरिका में, राष्ट्रीय आदतों तथा परम्पराओं को, इतना समय नहीं मिला कि वे आपके हृदयों को, चारों तरफ से, अपनी जड़ों से जकड़ लें। जब-जब आपकी यायावर अशान्ति की यूरोप की सुव्यवस्थित परम्पराओं से तुलना की जाती है, तब-तब आपने सम्बन्धित अपनी प्रतिकूल परिस्थिति के बारे में शिकायत की है। यूरोप अपनी महानता की तस्वीर, अनुकूल परिस्थितियाँ रहने के कारण, अपने अतीत के हवाले से प्रस्तुत कर देता है। पर आज के संक्रमणशील समय में, जब सभ्यता का एक नया युग असीम भविष्य के पार अपनी विजय-ध्वनि दुनिया के सभी लोगों तक पहुँचा रहा है, तब निर्लिप्त रहने की यही आजादी आपको यह निमंत्रण स्वीकार करने तथा अपने लक्ष्य को पाने के लिए उस यात्रा पर जाने के योग्य बना देगी, जो यूरोप ने शुरू तो की थी पर अध-बीच उसे छोड़ दिया था। वह अपनी इस यात्रा में सत्ता के घमंड आधिपत्य के लोभ के कारण भटक गया था।

न केवल व्यक्तियों को अपनी मानसिक आदतों से मुक्ति पानी होगी बल्कि दूषित उलझनोंवाले इतिहास से भी आपको मुक्ति पानी होगी; तभी आप भावी सभ्यता की पताका को पकड़े रखने में सफल हो सकेंगे। यूरोप के सभी महान राष्ट्रों के शिकार हुए लोग दुनिया के दूसरे हिस्सों में हैं। यह बात न केवल उनकी नैतिक सहानुभूति बल्कि बौद्धिक सहानुभूति को भी कुन्द करती है, जबकि अपनी जाति से अलग जातियों को समझने के लिए इसका होना बहुत जरूरी है। अंग्रेज भारत को सही अर्थों में कभी समझ नहीं सकते क्योंकि इस देश के लिए उनके दिमाग निष्पक्ष होकर सोच नहीं पाते। यदि आप इंग्लैंड की जर्मनी या फ्रांस से तुलना करें तो आपको पता चलेगा कि उसके यहाँ ऐसे विद्वान सबसे कम संख्या में हैं जिन्होंने समानुभूतिशील अन्तर्दृष्टि या फिर परिपूर्णता में भारतीय साहित्य व दर्शन का अध्ययन किया है। उदासीनता तथा तिरस्कार का यह व्यवहार वहाँ स्वाभाविक ही है, जहाँ सम्बन्ध असामान्य हों तथा राष्ट्रीय स्वार्थ व दर्प पर आधारित हों। लेकिन आपका इतिहास तो निष्पक्ष रहा है और यही वजह है कि आप जापान को पश्चिमी सभ्यता का पाठ पढ़ने में उसकी सहायता करने में सक्षम रहे हैं। ठीक इसी वजह से चीन, खतरे के सबसे खतरनाक दौर में भी, आप पर विश्वास कर सकता है। वस्तुत: आप महान भविष्य के सभी दायित्वों का निर्वाह कर रहे हैं क्योंकि आप अतीत की कृपणता के चंगुल से मुक्त हैं। इसलिए दुनिया के तमाम देशों में से अमेरिका को अपने भविष्य के प्रति पूर्णतया सजग रहना है। उसकी अन्तर्दृष्टि अस्पष्ट नहीं होनी चाहिए और अपनी युवा शक्ति के कारण मानवता में उसका विश्वास पुष्ट रहना चाहिए।

अमेरिका और भारत में एक सादृश्य है—एक शरीर तथा अनेक जातियों को एक कर देने का सादृश्य।

अपने देश में हम सभी जातियों के समान तत्त्वों को खोजने का प्रयास कर रहे हैं, जो उनकी वास्तविक एकता का परिचय होगा। कोई भी देश, जो मात्र राजनीतिक या व्यावसायिक आधार पर एकता पाने की कोशिश कर रहा है, इस समाधान से सन्तुष्ट नहीं होगा। विचारक तथा शक्तिशाली लोग आध्यात्मिक एकता को खोज ही लेंगे और इसे आत्मसात् कर इसका प्रचार भी करेंगे।

भारत कभी भी सही अर्थों में राष्ट्रवादी नहीं रहा। बचपन से ही मुझे शिक्षा दी जा रही है कि राष्ट्र की पूजा ईश्वर तथा मानवता की भक्ति से भी बड़ी है। मुझे लगता है कि मैं इस तरह की शिक्षा से कहीं आगे निकल आया हूँ और मुझे पूरा विश्वास है कि मेरे देशवासी उस शिक्षा के विरुद्ध लड़कर सही अर्थों में लाभान्वित होंगे, जो यह सिखाती है कि देश मानवता के आदर्शों से बड़ा है।

आज का शिक्षित भारतीय, पूर्वजों की साख के विरुद्ध, इतिहास से एक नई सीख लेने की कोशिश कर रहा है। वस्तुत: प्राच्य एक ऐसे इतिहास की ओर अग्रसर है, जो उसके अपने जीवन का अंग नहीं रहा है। उदाहरण के लिए, जापान का सोचना

है कि पश्चिमी पद्धतियों को अपनाकर वह शक्तिशाली हो रहा है, पर जब उसका अपना दाय समाप्त हो जाएगा, तब सभ्यता के उधार लिए हुए अस्त्र ही उसके पास रह जाएँगे। वह केवल अपने भीतरी बल पर विकास नहीं कर सकता।

यूरोप का भी अपना अतीत रहा है। इसीलिए यूरोप की शक्ति उसके अपने इतिहास में है। भारत में हम लोगों को समझ लेना चाहिए कि हम दूसरे लोगों का इतिहास उधार नहीं ले सकते और यदि हम अपने इतिहास का गला घोंटते हैं तो यह आत्महत्या के समान होगा। जब आप ऐसी चीजें उधार लेते हैं जिनका आपके जीवन से कोई सम्बन्ध नहीं रहा है, तब ये आपके जीवन को तोड़ डालती है।

इसलिए मेरा मानना है कि पश्चिमी सभ्यता से मुकाबला करने में भारत का भला नहीं होगा। ढेरों अपमान के बावजूद यदि हम अपनी नियति के अनुसार चलें तो क्षतिपूर्ति से कहीं ज्यादा हमारा लाभ होगा।

कुछ ऐसे पाठ हैं जो बौद्धिक लक्ष्यों के लिए हमारी बुद्धि को प्रशिक्षित करते हैं या फिर जानकारियाँ देते हैं। ये पाठ सरल तो हैं ही, इन्हें सीखना भी आसान है और इनसे लाभ भी उठाया जा सकता है। पर कुछ पाठ ऐसे हैं, जो हमारे स्वभाव को गम्भीर रूप से प्रभावित करते हैं और हमारे जीवन की दिशा को बदल सकते हैं। इन्हें स्वीकार करने और उनका मूल्य चुकाने के लिए अपने दाय को बेचने से पहले हमें रुककर गम्भीरता से सोचना होगा। मानव इतिहास में आतिशबाजी के कुछ ऐसे युग भी आते हैं, जो अपनी शक्ति व गति से हमें चकित कर देते हैं। ये न केवल हमारे साधारण घरेलू दीपकों की हँसी उड़ाते हैं बल्कि अनन्त नक्षत्रों का भी मजाक उड़ाते हैं। लेकिन इस भड़काऊ दिखावे के आगे हममें अपने दीपकों को निरस्त करने की इच्छा मन में नहीं आनी चाहिए। हमें इस अपमान को धैर्यपूर्वक सहना होगा और यह समझना होगा कि इस आतिशबाजी में आकर्षण तो है पर यह स्थायी नहीं है क्योंकि इसकी अति ज्वलनशीलता ही इसकी शक्ति और अन्ततः इसके बुझ जाने का भी कारण होती है। यह किसी लाभ व उत्पादन के बजाय अपनी ऊर्जा तथा सार को ही भारी मात्रा में खर्च कर रही है।

जो भी हो, हमारे आदर्श हमारे अपने इतिहास से ही विकसित हुए हैं और यदि हम चाहें भी तो उनसे हम बड़ी कमजोर आतिशबाजी ही कर पाएँगे क्योंकि उसकी सामग्री आपकी सामग्री से बहुत भिन्न तरह की होगी और फिर यह भी कि इस सामग्री का नैतिक प्रयोजन अलग तरह का है। यदि हमारी इच्छा सभी कुछ देकर राजनीतिक राष्ट्रीयता खरीदने की है, तो यह बात उतनी ही बेहूदी होगी, जैसे कि स्विट्जरलैंड अपने अस्तित्व के लिए वैसी नौसेना बनाने की इच्छा करे जितनी कुशल नौसेना इंग्लैंड की है। हमारा यह सोचना गलत होगा कि मानव की महानता का केवल एक ही रास्ता है—और फिर यह रास्ता, जिसे धृष्टता के साथ बड़ी मुश्किल से बनाया गया है।

हमें पक्के तौर पर यह जान लेना चाहिए कि हमारा एक भविष्य भी है और यह भविष्य उन लोगों की प्रतीक्षा कर रहा है, जो नैतिक आदर्शों को लेकर समृद्ध हैं, न कि भौतिक चीजों को लेकर। मानव का यह विशेषाधिकार है कि वह ऐसे फल पाने के लिए काम करे, जो फिलहाल उसे तुरन्त उपलब्ध नहीं हैं और वह अपना जीवन ऐसे समायोजित करे जो हूबहू किसी तात्कालिक सफलता पर अथवा उसके अपने ही कम महत्त्वाकांक्षी विवेकपूर्ण अतीत पर आधारित न हो बल्कि यह अनन्त भविष्य की कामना करे जो उच्च आकांक्षावाले हमारे आदर्शों पर आधारित हो।

हमें स्वीकार करना होगा कि पश्चिम का भारत में आना समायोचित है। पर यह भी जरूरी है कि कोई प्राच्य का पश्चिम से परिचय कराए और पश्चिम को विश्वास दिलाए कि सभ्यता के इतिहास में प्राच्य को भी अपना योगदान देना है। भारत पश्चिम का भिखारी नहीं है। इसके बावजूद यदि पश्चिम यही समझता है, तब भी मैं पश्चिमी सभ्यता को छोड़ देने के पक्ष में नहीं और न ही अपनी स्वतंत्रता के मामले में अलग-थलग पड़ जाने के। हमें कहीं गहरा साहचर्य निभाना होगा! अगर विधाता इंग्लैंड को उस सम्प्रेषण का, उस गम्भीर साहचर्य का माध्यम बनाना चाहता है, तो मैं पूरी विनम्रता के साथ इसे स्वीकार करता हूँ। मुझे मानव स्वभाव में पूरा यकीन है और मुझे लगता है कि पश्चिम अपना सच्चा उद्देश्य खोज लेगा। मैं पश्चिमी सभ्यता का तब कटु आलोचक होता हूँ, जब मुझे लगता है कि यह अपने विश्वास से डगमगा रहा है और निजी प्रयोजन थोप रहा है। अपनी स्वार्थ भरी जरूरतों के लिए शक्ति का इस्तेमाल कर, पश्चिम को, विश्व का अभिशाप नहीं बनना चाहिए बल्कि अज्ञानी को सीख देकर व कमजोर की सहायता कर, उसे खुद को उस भयानक खतरे से बचाना चाहिए, कि ताकतवर ही कमजोर को शक्ति बटोरने के लिए विवश कर उसे प्रतिरोध करने के लिए उकसाता है। इसके अलावा उसे अपने भौतिकवाद को ही अन्तिम सत्य नहीं मान लेना चाहिए बल्कि उसे समझना चाहिए कि भौतिक तत्त्व की दासता से मनुष्य को मुक्ति दिलाकर वह सेवा ही कर रहा है।

मैं किसी एक राष्ट्र के विरुद्ध नहीं हूँ बल्कि सभी राष्ट्रों के एक सामान्य विचार के विरुद्ध हूँ। आखिर यह राष्ट्र है क्या?

यह तमाम लोगों की संगठित शक्ति का एक पक्ष है। यह संगठन ऐसा आग्रह अविरल बनाए रखता है कि सारे लोग शक्तिशाली तथा कुशल बनें। लेकिन शक्ति तथा कुशलता पाने का कठोर प्रयास मानव की उच्च प्रकृति की ऊर्जा को सोख लेता है, जहाँ वह आत्मत्यागी व रचनात्मक होता है। इससे मानव की त्याग करने की शक्ति अपने अन्तिम उद्देश्य से भटक जाती है, जो नैतिक शक्ति होती है, और वह संगठन के रख-रखाव में लग जाती है, जो यांत्रिक शक्ति है। पर वह इसी में नैतिक उन्नयन का सन्तोष पाने लगता है और मानवता के लिए बहुत खतरनाक बन जाता है। वह तब अपनी अन्तरात्मा की प्रेरणा से मुक्त हो जाता है, जब वह अपनी जिम्मेदारी इस

मशीन पर डाल देता है जो वस्तुतः उसकी बुद्धि की उपज है, न कि उसके सम्पूर्ण नैतिक व्यक्तित्व की। इस उपाय से लोग, जो स्वतंत्रता से प्रेम करनेवाले होते हैं, विश्व के एक बड़े भाग में गुलामी को शुरू कर देते हैं और वह भी इस दर्प के साथ कि उन्होंने अपना कर्तव्य पूरा किया है। लोग, जो स्वभावतः ठीक होते हैं, वे अपने कर्म एवं विचार दोनों में निष्ठुर ढंग से गलत भी हो सकते हैं और यह भी अनुभव कर सकते हैं कि वे दुनिया को उसके रेगिस्तानों के लिए तैयार रहने में मदद कर रहे हैं। लोग, जो ईमानदार होते हैं, आत्म-उत्थान के लिए दूसरों के मानव-अधिकारों को छीन भी सकते हैं और वंचितों को दोष देते हुए यह भी कह सकते हैं कि इससे बेहतर व्यवहार के वे पात्र नहीं हैं। हमने अपनी रोजमर्रा की जिन्दगी में देखा है कि व्यापार व व्यवसाय से सम्बन्धित छोटे संगठन तक मानकों में निर्दयता की भावना भर देते हैं, जबकि स्वभावतः वे खराब नहीं होते। हम सहज ही कल्पना कर सकते हैं कि इससे विश्व में कितनी नैतिक हानि हो रही है, जहाँ तमाम लोग धन तथा सत्ता जुटाने में कितनी उग्रता से संलग्न हैं।

राष्ट्रवाद एक बहुत बड़ा संकट है। यह विशेष बात है, जो सालों से भारत की समस्याओं का कारण रही है। हम एक ऐसे राष्ट्र द्वारा शामिल व उसके प्रभुत्व में रहे हैं, जिसकी अभिव्यक्ति पूरी तरह राजनीतिक रही है। हमने अतीत की विरासत के बावजूद अपनी नियति के राजनीतिक स्वरूप को स्वीकार करने के लिए स्वयं को विवश कर लिया है।

भारत में विभिन्न आदर्शोंवाली अलग-अलग पार्टियाँ हैं। कुछ राजनीति स्वतंत्रता के लिए संघर्षरत हैं। कुछ का मानना है कि इसके लिए अभी उचित समय नहीं आया है और उनका विश्वास है कि भारत को भी अन्य ब्रिटिश उपनिवेशों जैसे अधिकार मिलने चाहिए। उनकी यथासम्भव स्वायत्तता पाने की कामना है।

भारत में राजनीतिक आन्दोलन के इतिहास के आरम्भ में पार्टियों में उतना मतभेद नहीं था, जो आज दिखाई देता है। उस समय एक पार्टी भारतीय कांग्रेस के नाम से जानी जाती थी। उसका कोई ठोस कार्यक्रम नहीं था। वे अपनी कुछ शिकायतों का अधिकारी-वर्ग से समाधान चाहते थे। उनकी इच्छा थी कि काउंसिल सभा में उसका प्रतिनिधित्व और ज्यादा होना चाहिए और नगरपालिका शासन को अधिक स्वतंत्रता मिलनी चाहिए। उन्हें कई छोटी-मोटी चीजों से वास्ता था लेकिन उसका कोई रचनात्मक आदर्श नहीं था। इसीलिए मुझमें उनकी पद्धति के बारे में कोई उत्साह नहीं था। मेरा दृढ़ विश्वास था कि भारत को जिस चीज की जरूरत है, वह है अपने भीतर से उपजी रचनात्मक काम की इच्छा। इस काम से सम्बन्धित हमें सभी तरह के जोखिम उठाने होंगे और हमें सभी उत्तरदायित्व अपना कर्तव्य समझकर निभाने होंगे। सभी तरह के उत्पीड़न के बावजूद हमें हर कदम पर नैतिक विजय पानी होगी, भले ही इसके लिए हमें असफलता व दुखों का सामना करना पड़े। जो हम पर हावी हैं,

हमें उन्हें दिखाना होगा कि हमारी ताकत नैतिक ताकत है। सत्य के लिए दु:ख सहने की ताकत है। जहाँ हमारे पास दिखाने को कुछ नहीं है, वहाँ हमें भीख ही माँगनी होगी। जिन उपहारों की हम कामना करते हैं, उनका हमें तुरन्त मिल जाना शरारत ही कहलाएगी और मैंने अपने देशवासियों को बार-बार कहा है कि भीख माँगने के लिए नहीं बल्कि अवसर जुटाने के लिए हमें काम करना होगा और आत्म-त्याग की भावना की अभिव्यक्ति करनी होगी।

पर इस पार्टी ने अपना प्रभाव खो दिया क्योंकि लोगों को जल्द अनुभव हो गया था कि अधूरी नीति कितनी निरर्थक होती है। पार्टी में बँटवारा हो गया और उग्रवादियों का उदय हुआ, जो स्वतंत्रता के लिए कड़ी कार्रवाई के हिमायती थे और भीख माँगने की नीति को छोड़ना चाहते थे क्योंकि इस नीति को वे देश के प्रति अपने दायित्व से मुक्त होने का एक आसान-सा साधन मानते थे। उन्हें भारत की विशिष्ट समस्याओं के प्रति कोई सहानुभूति न थी। वे इस तथ्य को भी भूल गए कि हमारे सामाजिक संगठन में ही कुछ खराबी है जिसकी वजह से भारत के लोग विदेशियों से निपटने में सक्षम नहीं थे। तब हम क्या करें, यदि किसी कारणवश इंग्लैंड परे हो जाता है? हम सरलता से अन्य राष्ट्रों के शिकार हो जाएँगे। तब भी यही सामाजिक कमजोरियाँ बनी रहेंगी। भारत में हमें जिस बात के लिए सोचना है, वह यह है : उन सामाजिक रीति-रिवाजों तथा आदर्शों को हटाओ जिसके कारण आत्म-सम्मान में कमी आई है तथा अपने से ऊपर के लोगों पर हमें पूरी तरह से निर्भर बना दिया गया है। भारत में यह स्थिति प्रमुखतया जाति-प्रथा के प्रचलन के कारण आई है तथा उन बद्धमूल व आलसी आदतों के कारण भी जिसके प्रभाव से हम परम्पराओं के लिए वचनबद्ध हैं, जो आज के युग में बेतुके कालदोष से संचालित हैं।

एक बार फिर मैं आपका ध्यान उन कठिनाइयों की ओर ले जाना चाहूँगा जिनसे भारतवर्ष जूझ रहा है और उनसे मुक्ति पाने का प्रयास कर रहा है। उसकी समस्या लघु आकार में विश्व की समस्या है। क्षेत्रफल में भारतवर्ष बहुत बड़ा है और जातियों की भी वहाँ बहुत विविधता है। यह एक भौगोलिक स्थान में कई देशों का एक साथ होना है। यह वास्तविक यूरोप के ठीक विपरीत स्थिति है : यानी एक देश का कई देशों में बँटना। इस प्रकार, यूरोप को अपनी संस्कृति तथा विकास के मामले में अनेक देशों तथा एक देश की शक्ति का दोहरा लाभ मिला है। भारतवर्ष, इसके विपरीत, अनेक होने के बावजूद बाहरी रूप से एक होने एवं अपनी विविधता के ढीलेपन व एकता के मामले में कमजोर होने के कारण लगातार नुकसान में रहा है। असली एकता तो गोल 'ग्लोब' के समान होती है; यह घूमती रहती है और अपना बोझ आसानी से उठा लेती है। लेकिन विविधता तो बहु-कोणीय चीज होती है जिसे पूरी शक्ति से खींचते व धकेलते रहना पड़ता है। भारतवर्ष की इस विषय में प्रशंसा ही करनी होगी कि यह विविधता उसकी अपनी बनाई हुई नहीं है। उसे तो अपने इतिहास के आरम्भ

से ही इसे एक सच्चाई के रूप में स्वीकार करना पड़ा था। अमेरिका व आस्ट्रेलिया में, यूरोप ने अपनी समस्या को इस तरह हल कर लिया कि मूल लोगों को लगभग समाप्त ही कर डाला। वर्तमान युग में भी समाप्त करने की यह भावना प्रकट होती रहती है—विदेशियों के प्रति असत्कारशील रवैये द्वारा और वह भी उन लोगों द्वारा जो खुद कभी विदेशी थे और आज उस जमीन के मालिक बने हुए हैं। लेकिन भारतवर्ष ने शुरू से ही जातियों की भिन्नता को स्वीकार कर लिया था। और उसके सम्पूर्ण इतिहास में सहिष्णुता की यह भावना झलकती दिखाई देती है।

भारत की जाति प्रथा इस सहिष्णुता की भावना का ही परिणाम है। भारतवर्ष दीर्घ अवधि से सामाजिक एकता के विकास से सम्बन्धित यह प्रयोग करता रहा है कि एक तरफ तो सभी लोगों में एकता की भावना बनी रहे तो दूसरी तरफ अपनी भिन्नता के बावजूद वे अपनी स्वतंत्रता का आनन्द उठाते रह सकें। यह सम्बन्ध यथासम्भव ढीला रहा है और साथ ही परिस्थितियों के अनुरूप निकटता का भी। इसने एक तरह के सामाजिक संघ के संयुक्त राष्ट्रों को जन्म दिया है जिसका नाम है हिन्दुत्व।

भारतवर्ष यह महसूस करता रहा है कि जातियों की भिन्नता है और होनी भी चाहिए, चाहे इसमें कितनी भी त्रुटियाँ हों और, आप प्रकृति को अपनी सुविधा की तंग सीमाओं के लिए कभी मजबूर नहीं कर सकते अन्यथा एक दिन इसके लिए बहुत बड़ी कीमत चुकानी होगी। इस सन्दर्भ में भारतवर्ष ठीक था। लेकिन उससे इस बात को समझने में भूल यह हुई है कि मानवीय भिन्नता पहाड़ों के भौतिक अवरोध की तरह स्थायी नहीं होती—यह भिन्नता तो जीवन के प्रवाह की तरह गतिशील होती है, वह अपना प्रवाह बदलती रहती है और अपना आकार व आयतन भी।

अत: अपनी जाति प्रथा के नियमन के लिए भारतवर्ष ने भिन्नता को तो स्वीकृति दी लेकिन परिवर्तनशीलता को नहीं, जो जीवन का नियम है। टकराव से बचने के लिए उसने अचल दीवारों की सीमाएँ बना दीं और इस प्रकार बहुविध जातियों को शान्ति व व्यवस्था का धनात्मक लाभ तो पहुँचा लेकिन प्रसार व गतिशीलता का गुणात्मक लाभ नहीं पहुँच सका। उसने प्रकृति का वह रूप तो स्वीकार कर लिया, जहाँ यह विविधता को जन्म देती है लेकिन उस रूप की उपेक्षा कर दी, जहाँ प्रकृति अपरिमेय के विश्व खेल, क्रम परिवर्तन एवं संयोजन में, इस विविधता का इस्तेमाल करती है। उसने जीवन के प्रति पूरी सच्चाई से व्यवहार किया, जहाँ वह बहुआयामी था लेकिन वहाँ उसका अपमान किया, जहाँ वह सदैव गतिमान था। इसलिए जीवन उसकी सामाजिक पद्धति से निकल गया और उसके स्थान पर उसने असंख्य उपखंडों की आनुष्ठानिक पूजा करनी शुरू कर दी जिसका निर्माण भी उसने स्वयं ही किया था।

जब उसने व्यापारिक हितों की टकराहट को रोकने की कोशिश की, तब भी वैसा ही हुआ। उसने विभिन्न व्यापारों तथा व्यवसायों को विभिन्न जातियों से जोड़ दिया। इसका एक अच्छा प्रभाव यह पड़ा कि प्रतिस्पर्धा की ईर्ष्या व घृणा लम्बे समय

तक टल गई—प्रतिस्पर्धा जो क्रूरता को पनपाती है और वातावरण को झूठ व धोखे से दूषित कर देती है। भारतवर्ष ने इस मामले में भी परिवर्तन के कानून की उपेक्षा कर, अपना सारा जोर पैतृक कानून पर डाला और इस प्रकार क्रमश: कलाओं को हस्तकलाओं में व प्रतिभा को कौशल में बदल दिया।

फिर भी, पश्चिमी पर्यवेक्षक एक बात नहीं देख पाते कि अपनी जाति प्रथा को लेकर भारतवर्ष ने पूरी गम्भीरता से अपने इस दायित्व का निर्वाह किया है कि वह जाति प्रथा की समस्या को इस तरह सुलझाए कि संघर्ष भी न हो और अपनी सीमाओं में रहते हुए सभी को स्वतंत्रता भी मिले। हम स्वीकार करते हैं कि भारत को इसमें पूरी सफलता नहीं मिली है। लेकिन आपको यह भी समझना चाहिए कि पश्चिम ने, जातियों के मामले में ज्यादा एकरूप होने के कारण, इस समस्या पर कभी ज्यादा ध्यान नहीं दिया है और जब कभी उसे इस समस्या से जूझना भी पड़ा, उसने इसकी पूरी तरह उपेक्षा कर दी। उसके एशिया-विरोधी आन्दोलन का आधार यही रवैया है जिसके कारण दूसरे देशों के लोग उनके यहाँ ईमानदारी से जीने के अधिकार तक से वंचित कर दिए जाते हैं। आप अपने अधिकांश उपनिवेशों में उन्हें केवल इस शर्त पर स्वीकार करते हैं कि वे लकड़ी चीरने और पानी ढोने जैसे छोटे काम ही करें। आप विदेशियों के लिए अपने दरवाजे बन्द कर देते हैं या उन्हें गुलामी के लिए मजबूर कर देते हैं। आपके लिए नस्ल-समस्या का समाधान यही है। इसके चाहे जो लाभ हों, आपको यह तो मानना ही होगा कि इसका उत्स सभ्यता के उच्च आवेग नहीं बल्कि लालच व घृणा के भिन्न मनोविकार हैं। आपका कहना है कि यह मानव स्वभाव है। भारतवर्ष ने भी सोचा था कि वह भी मानव स्वभाव को जानता है, जब उसने सामाजिक वर्गों की जड़ सीमाओं में जातिगत भिन्नता की हदबन्दी कर दी थी। लेकिन इसकी बड़ी कीमत चुकाकर हमने जाना कि मानव स्वभाव वह नहीं है, जो दिखाई देता है बल्कि वह है, जो वह वास्तव में है और वह उसकी असीम सम्भावनाओं में छिपा है। जब हम अपने अज्ञानवश जीर्ण-शीर्ण रूप के लिए मानवता का अपमान करते हैं, तब वह अपना छद्मवेश छोड़कर हमें अहसास कराता है कि हमने अपने ईश्वर का अपमान किया है। जब हम अहंकार या स्वार्थवश दूसरों की अप्रतिष्ठा करते हैं, तब हम अपनी मानवता की ही अप्रतिष्ठा कर रहे होते हैं। और यह सबसे कठोर दंड होता है क्योंकि इसके बारे में हम तभी जान पाते हैं, जब बहुत देर हो चुकी होती है।

न केवल विदेशियों के बल्कि अपने ही समाज के भिन्न वर्गों के साथ सम्बन्धों के मामले में भी आप सामरस्यपूर्ण समाधान नहीं खोज पाए हैं। संघर्ष व प्रतिस्पर्धा की भावना को पूरी छूट हासिल है। और क्योंकि इसकी उत्पत्ति लालच तथा सत्ता से हुई है, इसलिए इसका अन्त अपमृत्यु के अलावा और कुछ नहीं हो सकता। भारतवर्ष में वस्तुओं का उत्पादन, सामाजिक समायोजन कानून के अन्तर्गत, होने लगा था।

इसका आधार सहकार था, जो सामाजिक जरूरतों की पूर्ण सन्तुष्टि के लिए जरूरी था। पर पश्चिम में यह प्रतिस्पर्धा से निर्दिष्ट है और उसका उद्देश्य व्यक्तियों द्वारा सम्पदा कमाना है। लेकिन व्यक्ति तो ज्यामितिक रेखा के समान होता है। यह बिना चौड़ाईवाली लम्बाई होती है। इसमें इतनी गहराई नहीं होती कि किसी भी चीज को स्थायी रूप से सँभाल सके। अत: इसका लालच या लाभ अपने अन्तिम रूप तक नहीं पहुँच पाते। इसके विकास की दीर्घ प्रक्रिया दूसरी रेखाओं को काट तो सकती है तथा उन्हें उलझा भी सकती है लेकिन अपनी मोटाई-हीनता के कारण यह पूर्णता के आदर्श से हमेशा वंचित ही रहेगी।

हम सबकी शारीरिक भूख की एक सीमा होती है। हम जानते हैं कि इस सीमा को पार करने का अर्थ अपनी सेहत को खतरे में डालना है। पर क्या सम्पदा तथा सत्ता की लालसा की भी कोई सीमा नहीं जिसके पार मृत्यु-क्षेत्र शुरू हो जाता हो? भौतिकवाद के इस राष्ट्रीय आनन्दोत्सव में क्या पश्चिम के लोग अपनी अधिकतम ऊर्जा महज वस्तुओं के उत्पादन में और आदर्शों से सृजन की उपेक्षा में नहीं खर्च कर रहे? और क्या कोई सभ्यता नैतिक स्वास्थ्य के कानून की उपेक्षा कर सकती है और भौतिक वस्तुओं को भकोसते रहकर स्फीति की अन्तहीन प्रक्रिया को जारी रखे रह सकती है? मानव स्वभावत: सामाजिक आदर्शों का पालन करते हुए अपनी बुभुक्षा को नियमित करता है और उसे अपनी प्रकृति के उच्च प्रयोजन के अधीन रखता है। पर आर्थिक दुनिया में हमारी बुभुक्षा माँग तथा खपत के प्रतिबन्धों के अलावा किसी अन्य प्रतिबन्ध को नहीं मानती, जो कृत्रिम रूप से विकसित किए जा सकते हैं और इस प्रकार आर्थिक दुनिया व्यक्तियों को प्रचुरता के अन्तहीन सेवन के अवसर प्रदान करती है। भारत में हमारी सामाजिक वृत्तियाँ हमारी बुभुक्षा पर प्रतिबन्ध लगाती हैं—भले ही ये संयम की अति तक पहुँच जाती हों। लेकिन पश्चिम में आर्थिक संगठन की भावना नैतिक प्रयोजन से रहित होने के कारण लोगों को सम्पदा का निरन्तर पीछा करते रहने के लिए प्रेरित करती है। पर क्या इसकी भी कोई सीमा नहीं हो सकती?

सामाजिक संस्थाओं में जो आदर्श किसी स्वरूप को प्राप्त होते हैं, उनके दो प्रयोजन होते हैं। एक प्रयोजन तो हमारे आवेगों तथा बुभुक्षा को नियमित करने के लिए होता है ताकि मानव का सामरस्यपूर्ण विकास हो सके और दूसरा प्रयोजन बन्धु-बान्धवों के प्रति निष्काम प्रेम विकसित करने में मदद करने के लिए होता है। अतएव समाज मानव की उन्हीं नैतिक व आध्यात्मिक आकांक्षाओं की अभिव्यक्ति होता है जिसका सम्बन्ध उसकी उच्च प्रकृति से है।

हमारा भोजन रचनात्मक होता है, यह हमारे शरीर को बनाता है; लेकिन शराब नहीं, जो उत्तेजना पैदा करती है। हमारे सामाजिक आदर्श मानवीय विश्व का निर्माण करते हैं लेकिन जब हमारी बुद्धि उनसे हटकर सत्ता के लालच की तरफ मुड़ जाती है, तब उत्तेजना की उस दशा में हम असामान्य दुनिया में रहने लगते हैं, जहाँ शक्ति

हमारा स्वास्थ्य नहीं होती तथा उ...हमारी स्वतंत्रता नहीं होती। अत: जब हमारी बुद्धि स्वतंत्र नहीं होती, तब राजनीतिक स्वतंत्रता हमें स्वतंत्रता नहीं देती। कोई मोटरकार गति की स्वतंत्रता को नहीं रचती क्योंकि वह तो मात्र मशीन होती है। जब मैं खुद स्वतंत्र होता हूँ, तभी मैं अपनी स्वतंत्रता के लिए उस मोटरकार का इस्तेमाल कर सकता हूँ।

आज के युग में हमें यह नहीं भूलना चाहिए कि जिन लोगों को राजनीतिक स्वतंत्रता प्राप्त है, जरूरी नहीं कि वे सचमुच में स्वतंत्र हैं; वे तो बस शक्तिशाली हैं। उनके बेलगाम आवेग स्वतंत्रता की आड़ में गुलामी के विशाल संगठन ही बना रहे हैं। जिन लोगों ने बहुत अधिक धन कमा लिया है, अनजाने में उनका सबसे बड़ा लक्ष्य अमीर लोगों या धन या प्रतिनिधित्व करनेवाले समुच्चय (वर्गों) को अपना जीवन और आत्मा बेचना है। जो अपनी राजनीतिक शक्ति को लेकर आसक्त हैं और विदेशी नस्लों को अपने प्रभुत्व के अधीन लाने के लिए वहाँ अपनी आँखें गड़ाए हुए हैं, वे ही क्रमश: अपनी स्वतंत्रता तथा मानवीयता को ऐसे संगठनों के पैरों में डाल देते हैं जो दूसरों को गुलाम बनाने के लिए जरूरी हैं। तथाकथित स्वतंत्र देशों में अधिसंख्य लोग स्वतंत्र नहीं हैं; वे अल्पसंख्यकों द्वारा एक ऐसे लक्ष्य की ओर बढ़ते रहते हैं जिसके बारे में वे जानते तक नहीं। ऐसा इसलिए हो पाता है क्योंकि लोग नैतिक तथा आध्यात्मिक स्वतंत्रता को अपना प्रयोजन नहीं मानते। वे अपने आवेगों का विशाल भँवरजाल बना लेते हैं और भँवर की गतिशीलता में एक पियक्कड़ की तरह झूमते रहते हैं और इसे ही स्वतंत्रता मान लेते हैं। लेकिन दुर्भाग्य उनकी मृत्यु के रूप में प्रतीक्षा कर रहा है। मानव का सत्य नैतिक सत्य ही होता है और उसकी मुक्ति आध्यात्मिक जीवन में होती है।

भारतवर्ष में अधिकांश वर्तमान राष्ट्रवादियों की आम राय यही है कि हम अपने सामाजिक व आध्यात्मिक आदर्शों की पूर्णता के अन्तिम दौर में पहुँच चुके हैं। हमारे जन्म के हजारों साल पहले समाज को बनाने का रचनात्मक काम पूरा हो चुका है और अब हम अपनी सभी गतिविधियाँ राजनीतिक दिशा की ओर केन्द्रित कर सकते हैं। हमने अपनी वर्तमान असहायता के लिए सामाजिक असमर्थता को दोषी करार देने का कभी सपना भी नहीं लिया क्योंकि हमने मान लिया कि राष्ट्रवादी सिद्धान्तों को स्वीकृति देकर हमारे पूर्वजों ने इस सामाजिक व्यवस्था को सदियों के लिए पूर्ण बना दिया है। आखिर उनके पास अतिमानवीय अन्तर्दृष्टि तथा अलौकिक शक्तियाँ थीं जिसकी वजह से भावी युगों तक के लिए ये व्यवस्था के बारे में सोच सके थे। इसलिए अपने कष्टों तथा अभावों के लिए हम ऐतिहासिक आश्चर्यों को जिम्मेदार ठहराते हैं, जो हमारे सामने बाहर से आ धमकते हैं। यही कारण है कि हम मान लेते हैं कि हमारा एक दायित्व सामाजिक गुलामी की बलुआ दलदल पर स्वतंत्रता के राजनीतिक चमत्कार को स्थापित करना है। वस्तुत: हम अपने ऐतिहासिक प्रवाह के

सच्चे स्वरूप को बाँधना चाहते हैं और दूसरे लोगों के इतिहास के स्रोतों से शक्ति माँगना चाहते हैं।

भारत में हममें से जो लोग इस भ्रम में हैं कि मात्र राजनीतिक स्वतंत्रता पाकर हम स्वतंत्र हो जाएँगे, वे भी पश्चिम से सीखे सबक को वेदवाक्य की तरह मानने लगे हैं और मानवता पर से उनका विश्वास उठ गया है। हमें याद रखना होगा कि हम अपने समाज की जिन कमजोरियों को आँख की पुतली बनाए हुए हैं, राजनीति में वही खतरनाक साबित हो सकती हैं। जिस निष्क्रियता के कारण हम अपने सामाजिक संस्थानों के मृत रूपाकारों की पूजा में संलग्न हो जाते हैं, वही राजनीति में कठोर दीवारोंवाले कैदखाने भी बना देंगी। सहानुभूति की जिस कमी के कारण हम मानवता के एक बहुत बड़े अंश पर हीनता का जुआ डाल देते हैं, वही हमारी राजनीति में अन्याय की निरंकुशता थोपने के लिए विवश कर देगी।

जब हमारे राष्ट्रवादी आदर्शों की बात करते हैं तो वे भूल जाते हैं कि राष्ट्रवाद का आधार उनकी अनुपस्थिति है। जो लोग इन आदर्शों के संवाहक हैं, वही सामाजिक व्यवहार के मामले में बड़े कट्टरपंथी हो जाते हैं। उदाहरण के लिए, राष्ट्रवादियों का कहना है कि स्विट्जरलैंड को देखिए, जहाँ नस्ल की विभिन्नताओं के बावजूद लोग एक मजबूत राष्ट्र के रूप में खड़े हैं। पर रखना चाहिए कि स्विट्जरलैंड में ये नस्लें एक-दूसरे से घुल-मिल सकती हैं, एक-दूसरे से शादी-ब्याह कर सकती हैं, क्योंकि उनका खून एक है। भारतवर्ष में कोई समान जन्मसिद्ध अधिकार नहीं है। और जब हम पश्चिमी राष्ट्रीयता की बात करते हैं तो हम भूल जाते हैं कि वहाँ राष्ट्रों में परस्पर शारीरिक घृणा नहीं है जैसे कि हमारे यहाँ विभिन्न जातियों में आपस में घृणा है। क्या पूरी दुनिया में कोई ऐसा दृष्टान्त उपलब्ध है, जहाँ लोगों को आपस में घुलने-मिलने की इजाजत नहीं है और फिर भी वे किसी मजबूरी या लोभ के बिना एक-दूसरे के लिए खून बहाने को तैयार हों? और क्या हम कभी इसकी आशा कर सकते हैं कि हमारी राजनीतिक एकता के रास्ते में नस्ल सम्मिश्रण के प्रयासों को ये नैतिक व्यवधान बाधित नहीं करेंगे?

हमें इस तथ्य को भी पूरी तरह स्वीकार कर लेना चाहिए कि हमारे सामाजिक निषेध आज भी बहुत अधिक कठोर हैं। यहाँ तक कि वे पुरुषों को कायर तक बना डालते हैं। यदि कोई पुरुष मुझे बताता है कि उसके विचार अ-सनातनी हैं लेकिन वह उन पर चल नहीं सकता क्योंकि समाज उसे बहिष्कृत कर देगा, तब मैं उसे झूठ की जिन्दगी जीने के लिए माफ कर देता हूँ ताकि वह अपनी जिन्दगी जी सके। मन की सामाजिक आदत यह है कि वह हमें उन संगी-साथियों के जीवन को कठिन बनाने के लिए प्रेरित करता है, जो हमारे साथ सहमत नहीं हैं, यहाँ तक कि भोजन तक के मामले में। और यही आदत हमारे राजनीतिक संगठन को प्रभावित करेगी तथा सामान्य मतभेदों तक को, जो वस्तुत: जीवन का संकेत माने जाते हैं, दबाने में

अत्याचार के इंजन का रूप ले लेगी। आखिर यह अत्याचार हमारे राजनीतिक जीवन में झूठ तथा पाखंड को लाएगा। क्या स्वतंत्रता का नाममात्र इतना मूल्यवान है कि हम उसके एवज में अपनी नैतिक स्वतंत्रता तक की बलि दे देंगे?

जब हम अपनी जवानी के जोश में होते हैं, तब हमारी आदतों के असंयम का प्रभाव तुरन्त दिखाई नहीं देता। पर धीरे-धीरे यह जोश खत्म होता रहता है और फिर हमारा पतन हो जाता है, तब हमें हिसाब चुकाने के लिए इसकी कीमत देनी होती है, जो हमें दीवालिया बना देती है। पश्चिम में आज भी आप अपना सिर ऊँचा रखे हुए हैं हालाँकि आपकी मानवता संगठित शक्ति के नशे में चूर होकर हर क्षण दु:ख पा रही है। भारत ने भी अपने यौवन के स्वर्णकाल में अपने अत्यावश्यक अंगों पर, गैर-लचीली पूर्णता से कठोर सामाजिक संगठनों का, व्यर्थ का बोझ उठाया हुआ था। पर यह उसके लिए घातक सिद्ध हुआ और इसने क्रमश: उसकी जीवन्त प्रकृति को ही लकवाग्रस्त कर दिया। यही कारण है कि भारत का शिक्षित समाज अपनी सामाजिक जरूरतों के प्रति संवेदनशील नहीं रहा है। वह अपने सामाजिक ढाँचे की अचलता को ही पूर्णता का संकेत मान बैठा है। हमारे सामाजिक अवयव-संस्थान के अंगों को क्योंकि दर्द जैसी स्वस्थ पीड़ा का अनुभव नहीं हो रहा तो उसने यह सोच लिया है कि उसे उपचार की कोई जरूरत ही नहीं है। इसलिए शिक्षित समाज सोचता है कि उसकी सारी ऊर्जा की जरूरत राजनीतिक क्षेत्र को ही है। यह स्थिति तो ऐसी है, जैसे कि आदमी की टाँगें सिकुड़कर बेकार हो चुकी हों लेकिन वह यही मतलब निकालता रहे कि ये अंग इसलिए स्थिर हो गए हैं कि उन्होंने अपना पूर्ण विकास पा लिया था, और दोष उसकी टाँगों में नहीं बल्कि छड़ी के छोटे होने में है।

यह तो हुआ भारत के सामाजिक व राजनीतिक पुनरुज्जीवन के बारे में। अब हम उसके उद्योगों की बात करेंगे। मुझसे अक्सर पूछा जाता है कि ब्रिटिश शासन की शुरुआत के बाद क्या भारत में औद्योगिक पुनरुज्जीवन के बारे में कुछ हुआ है। यह याद रखना चाहिए कि ब्रिटिश शासन की शुरुआत के समय हमारे उद्योगों को दबाया गया था और तब से हमें कई सच्ची मदद या प्रोत्साहन नहीं मिला कि हम विश्व के महाकाव्य व्यापारिक संगठनों के आगे खड़े हो सकें। राष्ट्रों का निर्णय है कि हमें कृषि-कर्म में ही जुटे रहना चाहिए और भविष्य में कभी अस्त्रों के इस्तेमाल के बारे में तो भूल ही जाना चाहिए। इस प्रकार भारत को भोजन के अर्धपाचन ग्रासों में बदला जा रहा है ताकि जो राष्ट्र जब चाहे इसे आसानी से निगल सके, उसके दाँत भले ही कितने भी सामान्य क्यों न हों।

यही कारण है कि अपनी औद्योगिक मौलिकता को अभिव्यक्त करने का भारत के पास कोई बाजार नहीं है। व्यक्तिगत रूप से मैं वर्तमान युग के बेडौल संगठनों के पक्ष में नहीं हूँ। ये भद्दे हैं। यह तथ्य ही इस बात को जानने के लिए काफी है कि पूर्ण सृजन के साथ इनकी कोई संगति नहीं बैठती। प्रकृति की अपार शक्ति की सच्चाई

बीभत्स में नहीं, सौन्दर्य में प्रकट होती है। सौन्दर्य तो विधाता का हस्ताक्षर है, जो वह उसी रचना पर करता है जिससे वह सन्तुष्ट होता है। हमारे वे सभी उत्पाद, जो पूर्णता के नियमों की ढिठाई से अवहेलना करते हैं और भद्देपन के मामले में बेशर्म हैं, ईश्वर की अप्रसन्नता के चिरस्थायी बोझ से भारी बने रहते हैं। जिस हद तक, आपके व्यापार में, लालित्य की गरिमा नहीं है, उस हद तक वह झूठा है। सौन्दर्य तथा उसके जुड़वाँ भाई सत्य को विकास के लिए फुरसत और आत्मनियंत्रण की जरूरत होती है। लेकिन लाभ के विशाल लालच के आगे समय या सीमा की कोई मर्यादा नहीं होती। इसका एक प्रयोजन यह होता है कि उत्पादन करो और उपभोग करो। न तो सुन्दर प्रकृति और नन ही जीवित मानवों से इसका कोई लेना-देना होता है। यह किसी भी क्षण निर्ममतापूर्वक इनमें निहित सौन्दर्य व जीवन को रौंदने और इन्हें मुद्रा में बदलने के लिए तैयार रहते हैं। व्यापार की इस कुरूप अश्लीलता ने ही हमारे आरम्भिक दिनों में इस पर तिरस्कार का दोषारोपण मढ़ दिया था, जब लोगों के पास मानवता की निरभ्र अन्तर्दृष्टि को परिपूर्ण करने का अवकाश था। उन वक्तों में धन जोड़ने की भावना के प्रति लोग ठीक ही शर्मिन्दा थे। पर आज के वैज्ञानिक युग में धन की असामान्य बहुतायत ने ही विजय का मुकुट पहन लिया है। और जब धन अपनी वस्तुओं के ढेर से मानव की उच्च वृत्तियों का अपमान करता है, अपने परिवेश से सौन्दर्य व कुलीनता का निषेध करता है, तब हम उसके आगे घुटने टेक देते हैं। हमने अपनी नीचता के कारण इसके हाथों रिश्वत ली है और इसके विशाल शरीर के आगे हमारी कल्पनाशीलता धूल चाटने लगी है।

पर इसका बेढंगापन और अन्तहीन पेचीदगियाँ ही इसकी असफलता के असली संकेत हैं। जो तैराक कुशल होता है, वह तेज गति का सहारा लेकर अपनी शारीरिक शक्ति का परिचय नहीं देता बल्कि अपनी शक्ति को अदृश्य बनाए रखकर पूर्ण लालित्य व आत्मसंयम के जरिए उसको दर्शाता है। मानव की जानवरों से असली भिन्नता उसकी शक्ति व योग्यता में है, जो आन्तरिक एवं अदृश्य होती हैं। लेकिन वर्तमान युग के मानव की व्यापारिक सभ्यता न केवल बहुत अधिक समय व स्थान लेती है बल्कि समय व स्थान को खत्म भी कर रही है। इसकी गतियाँ बहुत हिंसक हैं। इसका शोर असंगति की हद तक ऊँचा है। यह अपना नरकदंड खुद ही ढो रही है क्योंकि यह उस मानवता को ही विरूप किए दे रही है जिस पर यह आश्रित है। यह प्रसन्नता की कीमत पर बड़ी मेहनत से मुद्रा बना रही है। मानव खुद को अत्यावश्यक की सीमा तक सिकोड़ता जा रहा है ताकि संगठनों के लिए ज्यादा से ज्यादा जगह बनाई जा सके। वह अपनी मानवीय भावनाओं का उपहास करता हुआ उसे शर्म में बदलता जा रहा है क्योंकि ये उसकी मशीनों के रास्ते में आ सकती हैं।

हमारे पुराणों में एक कथा आती है कि जब कोई मानव अमरता के लिए कठोर तप करता है, तब देवताओं का राजा इन्द्र उसे डिगाने के लिए कई प्रलोभनों की

रचना कर देता है। यदि वह इन प्रलोभनों में रम जाता है तो उसका तप भंग हो जाता है। पश्चिम भी सदियों से अमरता के लक्ष्य के लिए प्रयासरत है। इन्द्र ने उसकी परीक्षा लेने के लिए वहाँ भी प्रलोभन भेजे हैं। यह प्रलोभन अथाह सम्पदा का है। पश्चिम उसमें रंग गया है और उसकी मानवता, मशीनरी के जंगल में भटक, अपना रास्ता भूल गई है।

कुरूप अलंकरणों की बर्बरता से सज्जित व्यवसायीकरण सारी मानवता के लिए बहुत बड़ा जोखिम है क्योंकि यह पूर्णता के स्थान पर सत्ता के आदर्श को अधिक महत्त्व देता है। यह स्वार्थपरायणता के पंथ को बेशर्मी से बढ़ावा दे रहा है। हमारी नसें मांसपेशियों की तुलना में अधिक सुकोमल होती हैं। हमारे भीतर जो चीजें बहुमूल्य हैं, वे उस असहाय शिशु की तरह हैं जिस पर से हम अपनी सुचिन्तित सुरक्षा हटा लेते हैं, जो हम उन्हें प्रदान ही इसलिए करते हैं क्योंकि वे बहुत सुकुमार हैं। इसलिए सत्ता की निर्दय अशिष्टता जब मानवता के राजमार्ग पर आपे से बाहर होती है, तब यह अपनी प्रचुरता से उन आदर्शों को भी डरा देती है, जिन्हें हमने सदियों के बलिदान से पोषित किया होता है।

जो प्रलोभन शक्तिशाली के लिए घातक है, वह कमजोर के लिए तो और भी ज्यादा घातक होगा। भारतीय जीवन के लिए मैं इसका कभी स्वागत नहीं करूँगा, भले ही यह अमीरों के ईश्वर द्वारा क्यों न भेजा जाए। मेरी तो प्रार्थना है कि हमारा जीवन बाहर से सादा तथा भीतर से समृद्ध हो। हमारी सभ्यता सामाजिक सहयोग के आधार पर दृढ़ता से टिकी रही, न कि आर्थिक शोषण व संघर्ष के आधार पर। जब हमारे जीवन-तत्त्व पर आर्थिक अजगरों के दाँत गड़े हों, तब यह कैसे सम्भव होगा। यह प्रश्न उन सभी प्राच्य राष्ट्रों के विचारकों के सामने है जिनकी मानव आत्मा में पूर्ण आस्था है। दूसरों द्वारा थोपी गई शर्तों को स्वीकार करना, जिनके आदर्श हमसे सर्वदा भिन्न हैं, अकर्मण्यता तथा नपुंसकता होगी। हमें सक्रिय रहकर यह कोशिश करते रहना होगा कि विश्व शक्तियाँ हमारे इतिहास को अपने स्वाभाविक अन्त की ओर बढ़ने में मार्गदर्शक बनें।

ऊपर कही गई बातों से आप जान सकते हैं कि मैं अर्थशास्त्री नहीं हूँ। मैं यह स्वीकार करने को तैयार हूँ कि माँग और पूर्ति का नियम होता है और जितनी वस्तुओं की जरूरत है, उससे ज्यादा वस्तुओं में मानव की आसक्ति बनी रहती है। इसके बावजूद मैं अपने इस विश्वास में अटल हूँ कि मानवता में पूर्ण सामरस्य जैसी चीज भी होती है, जहाँ गरीबी उसके धन को चुरा नहीं लेती, जहाँ हार विजय की और मृत्यु अमरता की द्योतक हो सकती है और जहाँ अन्तिम न्याय के रूप में, उन लोगों के लिए, जो सबसे पीछे रह गए हैं, यह अपमान भी स्वर्णिम विजय के रूप में बदल सकता है।

स्वदेशी समाज

'सुजला सुफला' बंगभूमि आज प्यासी है। चातक पक्षी की तरह वह आकाश की ओर ताक रही है। सरकारी अधिकारीगण यदि जल की व्यवस्था न करें तो उसका परित्राण नहीं।

मेघगर्जन की धीमी आवाज सुनाई पड़ने लगी है—सरकार का ध्यान समस्या की ओर खिंचा है। तृष्णा-निवारण का कुछ-न-कुछ उपाय तो होगा ही। इसलिए इस विषय पर मैं उद्वेग व्यक्त नहीं कर रहा हूँ। मुझे चिन्ता तो इस बात की है कि हमारे समाज में पहले जो व्यवस्था थी, जिससे हम अत्यन्त सहज रूप से अपने अभाव मिटाया करते थे, क्या उसका लेश-मात्र भी अब बाकी नहीं रहा।

हमारे देश में विदेशियों ने जिन त्रुटियों का निर्माण किया है, और आज भी कर रहे हैं, उनके निवारण का भार वही सँभालें। भूखे भारतवर्ष में चाय की प्यास जगाने का प्रयत्न कर्जन साहब कर रहे हैं तो खुशी से करें; अथवा एंडर्यूल सम्प्रदाय ही हमारी चाय की प्याली भर दे। चाय से अधिक ज्वालामय जो तरल रस है उसकी तृष्णा भी, प्रलय काल की सूर्यास्त-छटा की तरह, उत्तरोत्तर हमें प्रलुब्ध कर रही है। यह पश्चिम की सामग्री है, और पश्चिम की देवी ही उसके वितरण का भार स्वीकार करे। लेकिन जल की तृष्णा तो देश की विशुद्ध सनातन चीज है। ब्रिटिश सरकार के आगमन से पहले भी हमें प्यास लगती थी और उसे बुझाने की क्षमता भी हमारे पास यथोचित थी। इसके लिए शासकों के राजदंड को कभी चंचल नहीं होना पड़ा था।

हमारे यहाँ युद्ध, राज्य-रक्षा और विचार-कार्य का दायित्व राजाओं पर था। लेकिन विद्यादान से लेकर जलदान तक सभी काम समाज में आसानी से सम्पन्न होते थे। कितनी सदियाँ गुजरीं, कितने राजाओं का शासन देश पर तूफान की तरह आया और चला गया, परन्तु किसी ने हमारा धर्म नष्ट करके हमें निःसहाय नहीं बनाया। राजाओं में कितने युद्ध हुए; लेकिन हमारे वेणुकुंजों में, आम और कटहल के बागों में, मन्दिर बनते रहे, अतिथिशालाएँ स्थापित होती रहीं, तालाब खोदे जाते रहे, गुरु महाशय गणित का पाठ रटाते रहे, संस्कृत पाठशालाओं में शास्त्र-शिक्षा चलती रही, चंडी-मंडपों में रामायण-पाठ कभी बन्द नहीं हुआ, गाँव के आँगन सर्वदा कीर्तन-

ध्वनि से मुखरित रहे। समाज ने न तो कभी बाहर से सहायता माँगी, और न बाहर के उपद्रव से उसकी अवनति हुई।

देश में यह जो लोकहितकर मंगल कर्म और आनन्दोत्सव अव्याहत रूप से धनी-दरिद्र सभी के यहाँ चले आ रहे हैं, उनके लिए न तो उत्साही लोगों को चन्दे की रसीद-कॉपियाँ लेकर घर-घर की ठोकरें खानी पड़ी हैं, न राजपुरुषों को लम्बे-चौड़े आदेश जारी करने पड़े हैं। जिस तरह साँस लेने के लिए हमें किसी के पाँव पकड़ने नहीं पड़ते, और रक्त-संचालन के लिए टाउन-हॉल में मीटिंग नहीं करनी पड़ती, उसी तरह समाज के सभी आवश्यक काम अत्यन्त स्वाभाविक नियम से होते आए हैं।

आज हमारे देश में जल की कमी है और इसके लिए हम शोक कर रहे हैं। लेकिन यह एक मामूली बात है। इससे कहीं अधिक शोक का विषय यह है कि समाज का मन समाज के अन्दर नहीं है। हमारे समस्त मनोयोग बाहर की दिशा में हैं।

गाँव के किनारे बहनेवाली नदी यदि किसी दिन अचानक गाँव को छोड़कर अपने स्रोत के लिए दूसरा पथ ढूँढ़े तो उस गाँव में जल की कमी होगी, फसल नष्ट होगी, स्वास्थ्य गिरेगा, वाणिज्य पर आघात लगेगा। उस गाँव के बगीचों में जंगल उगने लगेगा, उसकी बीती हुई समृद्धि के भग्नावशेष अपनी टूटी दीवारों में बरगद-पीपल की जड़ों को आश्रय देंगे। वह गाँव चमगादड़ों का विहारस्थल बन जाएगा।

मनुष्य का चित्त-स्रोत भी नदी की तरह है। चिरकाल तक उस चित्त-प्रवाह ने बंगाल के छाया-शीतल गाँवों को स्वास्थ्य और आनन्द प्रदान किया है। लेकिन आज बंगालियों की चित्तधारा गाँवों से दूर हट गई है। इसीलिए यहाँ के मन्दिर आज जीर्णप्राय हैं, कोई उनकी मरम्मत करनेवाला नहीं है। जलाशय दूषित हो गए हैं, कोई उनमें से कीचड़ निकालनेवाला नहीं है। बड़ी-बड़ी अट्टालिकाएँ परित्यक्त हैं, वहाँ उत्सव की आनन्द-ध्वनि नहीं सुनाई पड़ती। आज जलदान का भार सरकार बहादुर पर है, स्वास्थ्यदान का भार सरकार बहादुर पर है और विद्यादान की व्यवस्था के लिए भी सरकार बहादुर के दरवाजे पर जाना पड़ता है। जो पेड़ अपने फूल आप ही खिलाता था वह आज अपनी शीर्ण शाखाओं को ऊपर उठाकर आकाश से पुष्प-वृष्टि की प्रार्थना कर रहा है। अगर उसकी प्रार्थना स्वीकृत हो भी जाए तो इन आकाश-कुसुमों को लेकर क्या सार्थकता हो सकती है?

अंग्रेजी में जिसे हम 'स्टेट' कहते हैं उसे हमारे देश की आधुनिक भाषा में 'सरकार' कहा जाता है। यह 'सरकार' प्राचीन भारत में राजशक्ति के रूप में थी। लेकिन विलायत के 'स्टेट' और हमारी 'राजशक्ति' में बहुत अन्तर है। विलायत में देश ने सारे कल्याणकर्म का भार 'स्टेट' के हाथ में सौंप दिया है। भारतवर्ष ने केवल आंशिक मात्रा में वैसा ही किया था।

देश में जो पूज्य स्थान पर थे, जो बिना वेतन विद्या और धर्म की शिक्षा देते थे, उनका पालन-पोषण करना और उन्हें पुरस्कृत करना राजा का कर्तव्य अवश्य

समझा जाता था—लेकिन केवल आंशिक भाव से। साधारणत: यह कर्तव्य प्रत्येक गृही का था। राजा यदि सहायता बन्द कर देता, देश में यदि सहसा अराजकता फैल जाती, तो भी समाज में विद्यार्जन और धर्म-शिक्षा का लोप न होता। प्रजा के लिए राजा तालाब अवश्य खुदवाते थे, लेकिन इसमें कोई विशेष बात नहीं थी। समाज के धनी लोग जो करते थे वही राजा भी करते थे। राजा के औदासीन्य से देश का जल-पात्र कभी रिक्त नहीं होता था।

विलायत में प्रत्येक व्यक्ति अपने स्वार्थ-साधन और आराम के क्षेत्र में स्वाधीन है। वहाँ लोग कर्तव्य के भार से आक्रान्त नहीं हैं, क्योंकि सभी बड़े-बड़े कर्तव्य राजशक्ति ने स्वीकार किए हैं। हमारे देश में राजशक्ति अपेक्षाकृत स्वाधीन थी, और प्रजा सामाजिक कर्तव्यों में आबद्ध थी। राजा चाहे युद्ध करें या शिकार खेलें, शासन पर ध्यान दें या आमोद-प्रमोद में दिन बिताएँ—इन सबके लिए उन्हें धर्म के सामने जवाब देना पड़ता था। लेकिन जनता अपने मंगल के लिए उन पर निर्भर नहीं थी। समाज-कार्य का आश्चर्यजनक सफलता से विभाजन किया गया था। इसके फलस्वरूप समाज में सर्वत्र उस शक्ति का संचार था जिसे हम धर्म कहते हैं। हमारे समाज में प्रत्येक व्यक्ति को संयम और आत्मत्याग करना पड़ता था और धर्मपालन अनिवार्य था।

इससे हम स्पष्ट देख सकते हैं कि विभिन्न सभ्यताओं की प्राणशक्ति विभिन्न स्थानों पर प्रतिष्ठित होती है। जनता के कल्याण का भार जहाँ केन्द्रित होता है, वही देश का मर्मस्थान है, उस पर आघात करने से सारे देश को प्राणान्तक चोट पहुँचती है। विलायत में राजशक्ति यदि विपर्यस्त हो तो सारा देश विनाश की ओर आता है, इसीलिए यूरोप में पॉलिटिक्स को इतना महत्त्व दिया जाता है। हमारे देश में यदि समाज पंगु हो जाए तभी देश में संकट की अवस्था उत्पन्न होती है। इसलिए हमने इतने दिनों तक राष्ट्रीय स्वाधीनता के लिए प्राणपण से यत्न नहीं किया, लेकिन सामाजिक स्वाधीनता की हम सब प्रकार से रक्षा करते रहे। निर्धन को भिक्षा देने से लेकर जनता को धर्म-शिक्षा देने तक सभी बातों में विलायत की जनता स्टेट के ऊपर निर्भर रहती है। हमारे देश में ये बातें जनसाधारण की धर्मव्यवस्था पर छोड़ दी जाती हैं। इसीलिए जहाँ अंग्रेज स्टेट की रक्षा को ही अपनी रक्षा समझते हैं वहाँ हम धर्मव्यवस्था की रक्षा को ही सब कुछ जानते हैं।

इंग्लैंड में स्टेट को जागृत और सचेष्ट रखने के काम में जनता सर्वदा जुटी रहती है। आजकल हम अंग्रेजी स्कूलों में पढ़कर यह समझने लगे हैं कि किसी व्यवस्था में सरकार की आलोचना करके उसका ध्यान आकर्षित कराना ही जनसाधारण का प्रधान कर्तव्य है। हम यह नहीं देखते कि दूसरों के शरीर में लेप लगाते रहने से अपने रोग की चिकित्सा नहीं होती।

हमें तर्क करने में आनन्द मिलता है। इसलिए यहाँ यह बहस खड़ी हो सकती है कि जनता का कर्मभार जनता के ही शरीर पर पड़ना चाहिए या 'सरकार' नाम

के एक विशिष्ट स्थान पर। मेरा कहना यह है कि इस तरह की बहस कॉलेज के डिबेटिंग क्लब में की जा सकती है, लेकिन इस समय ऐसे तर्क से हमारा कोई काम नहीं निकल सकता।

हमें यह बात ध्यान में रखनी होगी कि विलायत में स्टेट सारे समाज की सम्पत्ति पर अविच्छिन्न रूप से प्रतिष्ठित है। उसकी अभिव्यक्ति उस समाज के स्वाभाविक नियम से ही हुई है। केवल तर्क द्वारा हम उसे प्राप्त नहीं कर सकते। चाहे वह कितनी ही अच्छी चीज हो, हमारे लिए अगम्य है।

हमारे देश में सरकार बहादुर का समाज से कोई सम्पर्क नहीं है, वह समाज से बाहर है। इसलिए किसी भी विषय में यदि हम उससे कुछ आशा करते हैं तो स्वाधीनता का मूल्य चुकाकर ही हमारी कामना पूर्ण हो सकती है। समाज जो कर्म सरकार द्वारा कराता है उसके सम्बन्ध में वह अपने-आपको अकर्मण्य बनाता है। ऐसी अकर्मण्यता आज तक हमारे देश के लिए कभी स्वभावसिद्ध नहीं रही। हमने नामा जातियों और शासकों का अधीनतापाश ग्रहण किया है, परन्तु समाज सर्वदा अपने सारे काम सम्पन्न करता रहा है; छोटे-बड़े किसी विषय में समाज ने बाहर से किसी को हस्तक्षेप नहीं करने दिया। इसीलिए जब कभी देश से राजश्री निर्वासित हुई है। उस समय भी समाज-लक्ष्मी ने विदा नहीं माँगी ।

आज हम समाज के सारे कर्तव्य अपनी ही चेष्टा से एक-एक करके समाज के बाहर स्टेट के हाथ में सौंपने के लिए उद्यत हैं। यहाँ तक कि अपनी सामाजिक प्रथाओं को भी अंग्रेजी कानून द्वारा हमने अचल रूप से बँधने दिया है—इस बारे में हमने कोई आपत्ति नहीं की। अब तक हिन्दू-समाज के भीतर रहकर कितने ही नए-नए सम्प्रदायों ने अपने विशेष आचार-विचारों का प्रवर्तन किया है; हिन्दू-समाज ने उन्हें कभी तिरस्कृत नहीं किया। लेकिन आज सारे आचार-विचार अंग्रेजी विधान-प्रणाली में आबद्ध हो रहे हैं; उनमें जरा भी परिवर्तन करना हो तो अपने-आपको अहिन्दू घोषित करना पड़ता है। इससे हम देख सकते हैं कि जो हमारा मर्मस्थल है, जिसकी हमने आन्तरिक रूप से इतने दिनों तक रक्षा की है, वही मर्मस्थल आज अनावृत्त हो गया है और उस पर विकलता आक्रमण कर रही है। वास्तव में यही सबसे बड़ी विपत्ति है, जलकष्ट नहीं।

जो लोग शाही दरबार में प्रभावशाली थे, और जिनकी मंत्रणा तथा सहायता की उम्मीद नवाबों को भी लगी रहती थी, वे लोग भी बादशाह के अनुग्रह को यथेष्ट नहीं समझते थे। उनकी दृष्टि में समाज का प्रासाद राजप्रासाद से उच्चतर था। वे प्रतिष्ठा और सम्मान-लाभ के लिए समाज की ओर ताकते थे। राजराजेश्वर की राजधानी दिल्ली उन्हें जो सम्मान नहीं दे सकती थी उसके लिए वे किसी अख्यात गाँव के कुटीर-द्वार पर आकर खड़े होते थे। देश के सामान्य लोग यदि उन्हें महान् व्यक्ति समझते तो यह बात उनके लिए 'राजा', 'महाराजा'—जैसी सरकारदत्त

उपाधि से कहीं बड़ी थी। जन्मभूमि के सम्मान का मूल्य उन्होंने आन्तरिक रूप से समझा था। राजधानी का माहात्म्य और राजसभा के गौरव से उनका मन अपने गाँव से दूर नहीं हटा था। इसीलिए देश के मामूली गाँव में भी कभी जल की कमी नहीं हुई। प्रत्येक गाँव में जीवन की मानवीय आवश्यकताओं को पूर्ण करने की व्यवस्था सदा बनी रही।

देश के लोग हमारी प्रशंसा करेंगे, यह विचार आज हमें सुख नहीं पहुँचाता, क्योंकि देश की ओर हमारे प्रयास की स्वाभाविक गति नहीं है। अब हमें या तो सरकार से भिक्षा माँगनी पड़ती है, या तगादा करना पड़ता है। देश के जलकष्ट-निवारण के लिए सरकार हमारे ऊपर उलटा दबाव डालती है। दोनों तरफ से स्वाभाविक माँगें बन्द हो गई हैं। लोगों में सुयश अर्जन करने को अब महत्त्वपूर्ण नहीं समझा जाता। हमारे हृदय ने अंग्रेजों की दासता स्वीकार कर ली है, और हमारी रुचि गोरे साहब की दुकान में बिक चुकी है।

लेकिन मेरी बातों का गलत अर्थ लगाया जा सकता है। मैं यह नहीं कह रहा हूँ कि सबको अपने-अपने गाँव में ही चुपचाप पड़े रहना चाहिए, विद्या और धन-मान-अर्जन के लिए बाहर निकलने की जरूरत नहीं है। जो आकर्षण आज बंगाली जाति को बाहर खींच रहा है उसके प्रति हमें कृतज्ञ होना चाहिए। उससे बंगालियों की शक्ति उद्बोधित हो रही है, उनका कर्म-क्षेत्र व्यापक और चित्त विस्तीर्ण हो रहा है। लेकिन साथ-ही-साथ बंगालियों को बार-बार यह भी स्मरण कराना जरूरी है कि घर और बाहर का जो स्वाभाविक सम्बन्ध है वह बना रहना चाहिए। बाहर से हम अर्जन इसीलिए करते हैं कि घर में संचय हो। शक्ति का व्यय हम बाहर करें लेकिन हृदय को घर में ही रखना होगा। बाहर से हमें शिक्षा मिल सकती है, लेकिन उसका प्रयोग घर में ही करना है। परन्तु आजकल हम—

घर कइनु बाहिर, बाहिर कइनु घर,
पर कइनु आपन, आपन कइनु पर।

घर को हमने 'बाहर' बना दिया है और 'बाहर' को घर; पराये को अपना बना दिया है और अपने को पराया। इसीलिए हम कविवर्णित 'स्रोत के शैवाल' की तरह बहते चले जा रहे हैं।

लेकिन बंगालियों का चित्त आज फिर घर की ओर अभिमुख हुआ है। अलग-अलग दिशाओं से इस बात के प्रमाण हमें मिल रहे हैं। स्वदेश के शास्त्र को हमारी श्रद्धा प्राप्त हो रही है, स्वदेशी भाषा साहित्य को अलंकृत हो रही है। स्वदेश का शिल्प हमें आकर्षित कर रहा है, स्वदेश का इतिहास हमारी अन्वेषण-वृत्ति को जागृत कर रहा है। राजद्वार की भिक्षा-यात्रा के लिए हमने जो पाथेय जमा किया था वह आज हमें अपने गृहद्वार तक वापस पहुँचने में सहायता दे रहा है।

ऐसी अवस्था में हमें यह कहना होगा कि आज देश का वास्तविक कार्य प्रकृत रूप से आरम्भ हुआ है। लेकिन अभी तक बहुत-सी असंगतियों पर हमारी दृष्टि पड़ेगी और उनका संशोधन करना होगा। प्रॉविंशियल कॉन्फ्रेंस इस बात का एक उदाहरण है। यह कॉन्फ्रेंस देश को मंत्रणा देने के लिए बुलाई गई है, फिर भी इसकी भाषा विदेशी है। हम अंग्रेजी शिक्षा-प्राप्त लोगों को ही अपने निकट के लोग समझते हैं। यह विचार हमारे मन में नहीं उठता कि साधारण लोगों को यदि हम अपने साथ आन्तरिक रूप से एक न कर सकें तो हमारी अपनी भी कोई हस्ती नहीं है। जनसाधारण के साथ हमने एक दुर्भेद पार्थक्य निर्माण किया है। अपने समस्त वार्तालाप-क्षेत्र से उन्हें निर्वासित किया है। विदेश का हृदय आकर्षित करने के लिए हमने कोई छल-बल-कौशल या साज-सरंजाम बाकी नहीं रखा। लेकिन हम यह नहीं सोचते कि अपने देश का हृदय उससे कहीं अधिक मूल्यवान् है और उसे आकर्षित करने के लिए भी बड़ी साधना जरूरी है।

पॉलिटिकल साधना का चरम उद्देश्य है सारे देश के हृदय को एक करना। लेकिन देश की भाषा और प्रथा को छोड़कर विदेशियों का मन बहलाने के विविध आयोजनों को ही हम महोपकारी पॉलिटिकल शिक्षा समझते हैं। हमारे ही हतभाग्य देश में ऐसा हो सकता है।

देश के हृदय-लाभ को ही हम यदि चरमलाभ समझें तो अपने साधारण कार्य-कलाप में जिन बातों को आजकल हम अत्यावश्यक समझते हैं उन्हें दूर करना होगा। हमें उन मार्गों पर ध्यान देना होगा जिनके द्वारा हम वास्तव में देश के निकट पहुँच सकते हैं। यदि प्रॉविंशियल कॉन्फ्रेंस को हम देश को मंत्रणा देने के कार्य में यथार्थ रूप से नियुक्त करते तो हम उसे विलायती ढर्रे की सभा न बनाकर एक बहुत बड़ा स्वदेशी मेला बताते। वहाँ गाना-बजाना होता, आमोद-आह्लाद के आयोजन होते और दूर-दूर से लोग एकत्रित होते। वहाँ देशी व्यवसाय और कृषि-सम्बन्धी प्रदर्शनी होती, कत्थक और कीर्तन मंडलियों को पुरस्कार दिया जाता। मैजिक लैंटर्न इत्यादि उपकरणों की मदद से साधारण लोगों को स्वास्थ्य के विषय में उपदेश दिया जाता। और वहाँ हमें जो कुछ कहना है, उसे हम छोटे-बड़े सब मिलकर सहज बंगला भाषा में कहते।

हमारे देश के अधिकतर लोग गाँवों में रहते हैं। जब कभी-कभी गाँव की नाड़ी में बाह्य जगत् के रक्त-संचालन का अनुभव प्राप्त करने की उत्सुकता जागृत होती है तब उसके समाधान का एकमात्र उपाय मेला ही है। हमारे देश के मेलों में बाह्य जगत् को घर के भीतर आमंत्रित किया जाता है। ऐसे उत्सव में गाँव अपनी सारी संकीर्णता भूल जाता है। उसका हृदय उन्मुक्त होकर ग्रहण करने तथा दान करने के लिए उद्यत होता है। जिस तरह वर्षा ऋतु में सरोवर भर जाते हैं उसी तरह गाँव के हृदय को विश्व-बोध से भरने का अवसर मेलों में ही मिलता है।

मेला देश के लिए अत्यन्त स्वाभाविक है। किसी सभा में यदि साधारण लोगों को बुलाया जाए तो वे अपने साथ सन्देश की भावना लेकर आएँगे, उनके मन का द्वार खुलने में समय लगेगा। लेकिन जो लोग मेलों में एकत्रित होते हैं उनका हृदय अवरुद्ध नहीं होता। इसलिए देश के मन को समझने का अवसर हमें मेले में मिलता है।

बंगाल में ऐसा कोई जिला नहीं है जहाँ विविध स्थानों पर वर्ष में कई बार मेले न लगते हों। ऐसे मेलों की तालिका और विवरण-संग्रह करना हमारा पहला कर्तव्य है। उसके बाद इन मेलों द्वारा जनता के साथ यथार्थ परिचय प्राप्त करने के उपाय हमें अपनाने हैं। प्रत्येक जिले के शिक्षित लोग यदि वहाँ के मेलों को नए प्राण से सजीव कर सकें; यदि वहाँ वे हिन्दू-मुसलमानों के बीच सद्भाव स्थापित कर सकें; निष्फल राजनीति से अलग रहकर यदि वे उस जिले की प्रत्यक्ष जरूरतों को पूरी करने के विषय में परामर्श दे सकें, तो शीघ्र ही स्वदेश को यथार्थ रूप में सचेष्ट बनाना सम्भव होगा।

मेरा विश्वास है कि घूम-घूमकर बंगाल में मेलों का आयोजन करने के लिए यदि कुछ लोग प्रस्तुत हों, यदि वे यात्रा, कीर्तन, कत्थक इत्यादि की व्यवस्था करें और बाइस्कोप, मैजिक लैंटर्न, जादू के खेल इत्यादि सामग्री साथ लेकर जगह-जगह जाएँ तो उन्हें इस काम में द्रव्य का अभाव नहीं होगा। यदि प्रत्येक मेले के लिए वे जमींदार से एक नियमित धनराशि प्राप्त करें और दुकानदार को बिक्री के मुनाफे का एक अंश देने पर राजी करा लें तो समस्त आयोजन को वे लाभप्रद बना सकेंगे। जो रकम उनके हाथ लगेगी इसमें से पारिश्रमिक और अन्यान्य खर्च चुकाकर बचे हुए धन को यदि वे देशहित के कार्य में लगाएँ तो मेले का आयोजन करनेवालों के साथ देश के हृदय का घनिष्ठ सम्बन्ध स्थापित होगा। वे देश को अत्यन्त निकट से जान सकेंगे और उनके द्वारा देश के कितने ही उपयोगी कार्य सिद्ध हो सकेंगे।

हमारे देश में चिरकाल से आनन्दोत्सव के माध्यम से लोगों को साहित्यरस और धर्मशिक्षा का दान दिया गया है। आजकल विभिन्न कारणों से अधिकांश जमींदार शहर की ओर आकृष्ट हुए हैं। लड़के-लड़कियों के विवाह और अन्य आयोजनों में आमोद-आह्लाद की व्यवस्था की जाती है। इन दिनों शहर के धनवान् मित्रों को थिएटर और नाच-गाना दिखाकर ही यह काम सम्पन्न किया जाता है। अनेक जमींदार क्रिया-कर्म के लिए प्रजा से चन्दा लेने में संकोच नहीं करते। उस समय 'इतरेजना:' मिष्टान्न के लिए सामग्री प्रस्तुत करते हैं। लेकिन 'मिष्टान्नम्' का कण-मात्र उपभोग करने का अवसर 'इतरेजना:' को क्यों नहीं मिलता? भोग करते हैं केवल 'बान्धवा:' और 'साहेबा:'। इससे बंगाल के गाँव निरानन्द होते जा रहे हैं और जिन साधनों से देश के आबाल-वृद्ध नर-नारी का मन सरस होता था वे अब साधारण लोगों के लिए दुर्लभ हैं। जिस तरह के मेलों की हमने अभी कल्पना की उनसे यदि हमारे गाँवों में

आनन्दस्रोत फिर से प्रवाहित हो तो इस शस्य-श्यामला बंगभूमि का अन्त:करण शुष्क मरुभूमि नहीं बनेगा, जैसा कि वह आज बन रहा है।

हमें यह बात ध्यान में रखनी होगी कि जो बड़े-बड़े जलाशय अब तक जलदान और स्वास्थ्यदान देते थे उनके दूषित हो जाने से केवल जल का ही अभाव नहीं होता बल्कि हमारे बीच रोग और मृत्यु का वितरण होता है। उसी तरह हमारे देश में धर्म के नाम पर जो मेले प्रचलित हैं उनमें से अधिकांश दूषित होकर आज लोकशिक्षा के लिए बेकार ही नहीं हो गए हैं, बल्कि कुशिक्षा का आधार बन गए हैं। उपेक्षित खेत में धान उगना तो बन्द हो ही गया है, काँटे भी पनप रहे हैं। ऐसी अवस्था में कुत्सित आमोद-प्रमोद के स्तर पर गिरे हुए इन मेलों का यदि हम उद्धार न करें तो अपने देश और धर्म के सम्मुख हम अपराधी सिद्ध होंगे।

मेरी यह बात सुनते ही कुछ लोग उत्तेजित होकर कह उठेंगे : 'मेलों के प्रति गवर्नमेंट अत्यन्त उदासीन है, इसलिए हमें सभा करनी चाहिए, अखबारों में लिखना चाहिए, प्रबल वेग से सरकार को हिलाना चाहिए। जैसे ही मेलों के ऊपर पुलिस कमिश्नर दल-बल सहित टूट पड़ेंगे वैसे ही सब ठीक हो जाएगा।' लेकिन हमें उत्तेजित नहीं होना चाहिए। हमें धैर्य रखना होगा—विलम्ब हो सकता है, बाधाएँ भी हैं, लेकिन काम तो हमारा अपना है। चिरकाल से हमारे घरों की सफाई गृहलक्ष्मी ने ही की है, म्युनिसिपैलिटी के मजदूरों ने नहीं। म्युनिसिपैलिटी का सरकारी ब्रश मकान तो साफ कर सकता है, लेकिन गृहलक्ष्मी की झाड़ू ही उसे पवित्र कर सकती है, यह बात हम न भूलें।

हमारे 'देशी' लोगों का पारस्परिक मिलन किस तरह के आयोजनों द्वारा हो सकता है, इसका मैंने एक उदाहरण-मात्र दिया है। और पहले जो कुछ कहा गया है उससे इस बात का भी आभास मिलता है कि ऐसे आयोजनों को यदि नियमित रूप दिया गया तो देश का कितना बड़ा मंगल हो सकता है।

जो लोग राजद्वार पर भीख माँगने में देश का मंगल नहीं देखते उन्हें 'पेसिमिस्ट' या निराशावादी कहनेवाले लोग भी हैं। जब हम हताश्वास होकर कहते हैं कि राजा से हमें कोई आशा नहीं रखनी चाहिए, तब यह लोग हमारे 'नैराश्य' को निराधार बताते हैं।

मैं एक बात स्पष्ट कहना चाहता हूँ। राजा बीच-बीच में हमें अपने सिंहद्वार से दूर हटाता है इसीलिए बाध्य होकर यदि हम आत्मनिर्भर होना चाहें तो यह सच्ची आत्मनिर्भरता नहीं है। यह तो 'अंगूर खट्टे हैं'—जैसी परिस्थिति है और इससे जो सान्त्वना मिलती है उसका आश्रय मैंने कभी नहीं लिया। दूसरों के अनुग्रह की भीख माँगना ही 'पेसिमिस्ट' का लक्षण है। मैं कभी यह बात स्वीकार नहीं कर सकता कि गले में चादर लटकाकर भिक्षा के लिए निकले बगैर हमारी गति नहीं है। मेरा स्वदेश पर विश्वास है, मैं आत्मशक्ति का आदर करता हूँ। मैं अच्छी तरह जानता हूँ कि किसी-न-किसी उपाय से जिस स्वदेशीय एकता को प्राप्त करने के लिए आज हम

उत्सुक हैं उसे यदि हम विदेशियों की क्षणिक प्रसन्नता पर प्रतिष्ठित करें, तो वह भारत की अपनी चीज नहीं होगी, वह बार-बार व्यर्थ होगी। भारत के यथार्थ पथ को हमें ढूँढ़ निकालना है।

मनुष्य-मनुष्य में आत्मीय सम्बन्ध स्थापित करना, यही भारत का मुख्य प्रयास चिरकाल से रहा है। दूर के नातेदारों से भी सम्बन्ध रखना चाहिए, सन्तानों के वयस्क होने पर भी उनसे सम्बन्ध शिथिल नहीं होने चाहिए, गाँव के लोगों के साथ वर्ण या अवस्था का विचार किए बगैर, आत्मीयता की रक्षा करनी चाहिए—यही हमारी परम्परा रही है। गुरु-पुरोहित, अतिथि-भिक्षुक, भूस्वामी-प्रजाभृत्य, सबके साथ यथोचित सम्बन्ध निर्धारित किए गए हैं। ये केवल शास्त्रोक्त नैतिक सम्बन्ध नहीं, ये हृदय के सम्बन्ध हैं। गाँव में किसी को हम पितातुल्य मानते हैं, किसी को पुत्रतुल्य—कोई हमारे लिए भाई के समान है। जिस किसी के भी साथ हमारा यथार्थ सम्पर्क होता है, उसे हम अपना नातेदार बना लेते हैं। इसीलिए किसी भी अवस्था में हम किसी मनुष्य को अपने कार्य-साधन के लिए उपयुक्त मशीन या मशीन का एक अंग नहीं समझते। इस बात के अच्छे-बुरे दोनों ही पक्ष हो सकते हैं, लेकिन यह हमारी स्वदेशीय परम्परा है—भारत ही नहीं, यह सारे पूर्वी जगत् की परम्परा है।

जापान-युद्ध का दृष्टान्त देकर इस बात को स्पष्ट किया जा सकता है। युद्ध में यांत्रिकता है, इसमें सन्देह नहीं। सैनिकों को यंत्रवत् बनना पड़ता है, यंत्र की तरह चलना पड़ता है। लेकिन इसके बावजूद जपान की सेना यांत्रिकता के ऊपर उठ सकी है। उसके सैनिक अन्ध, जड़वस्तु-जैसा व्यवहार नहीं करते, और न वे रक्तोन्मत्त पशुओं की तरह हैं। उनमें से प्रत्येक व्यक्ति 'मिकाडो' के साथ, और इसी सूत्र से अपने देश के साथ, एक विशिष्ट सम्बन्ध का अनुभव करता है। इसी सम्बन्ध के नाम पर वह अपना बलिदान करने के लिए प्रस्तुत है। इसी तरह प्राचीन भारत में सैनिक अपने राजा या स्वामी के नाम पर शास्त्र-धर्म निभाते हुए आत्मोत्सर्ग करते थे। रणभूमि में वे शतरंज के प्यादों की मौत नहीं मरते थे; मनुष्य की तरह मरते थे—हृदय के सम्बन्ध लेकर, धर्म का गौरव लेकर। इससे युद्ध अक्सर एक विराट् आत्महत्या का रूप ले लेता था, और पश्चिम के लोग इसे देखकर कह उठते थे : 'यह एक अद्भुत चीज है—पर यह युद्ध नहीं।' युद्ध में ऐसा ही अद्भुत व्यवहार दिखाकर जापान दुनिया-भर में धन्य हुआ है।

जो कुछ भी हो, हमारी प्रवृत्ति ऐसी ही है। हृदय-सम्बन्ध द्वारा हम प्रयोजन-सम्बन्ध को संशोधित कर लेते हैं, तभी हमारा व्यवहार चलता है। इससे हमें अनावश्यक दायित्व भी ग्रहण करना पड़ता है। प्रयोजन का सम्बन्ध संकीर्ण होता है—ऑफिस तक ही सीमित। यदि दो व्यक्तियों में केवल प्रभु और भृत्य का सम्बन्ध हो तो काम करने और तनखाह बाँटने से ही वही पूरा हो जाता है। लेकिन यदि आत्मीयता का सम्बन्ध ही स्वीकार किया जाए तो उसका दायित्व विवाह-श्राद्ध-जैसे निजी कामों तक पहुँचता है।

जो बात मैं कहना चाहता हूँ उसका एक और आधुनिक दृष्टान्त देखिए। मैं राजशाही और ढाका की प्रादेशिक कॉन्फ्रेंसों में उपस्थित था। मैं इन कॉन्फ्रेंसों को काफी महत्त्वपूर्ण समझता हूँ, लेकिन मैंने आश्चर्य के साथ देखा कि उनमें काम की अपेक्षा अतिथि-सत्कार का भाव ही अधिक स्पष्ट था। ऐसा लगता था कि मैं बारात में गया हूँ—आहार-विहार और मनोविनोद के लिए लोगों का इतना तकाजा था कि बेचारे निमंत्रणकर्ता परेशान हो उठे। यदि वे कहते : 'तुम देश-कार्य के लिए आए हो, हमारा सिर खाने नहीं। आखिर खाने-पीने-सोने के बारे में, लेमंड-सोडावाटर-घोड़ागाड़ी के बारे में, हमसे इतनी अधिक माँग क्यों करते हो', तो अन्याय न होता। लेकिन काम की दुहाई देकर खाली बैठे रहना हमारे-जैसे लोगों की प्रकृति के विरुद्ध है। हम शिक्षित होने के नाते चाहे जितने व्यस्त हो जाएँ, आमंत्रणकर्ताओं को काम के अलावा और भी बहुत-सी बातों पर ध्यान देना पड़ता है। काम को भी हम हृदय के सम्बन्ध से वंचित नहीं रखना चाहते। वस्तुत: कॉन्फ्रेंस के कार्यपक्ष ने हमारे चित्त को उतना आकर्षित नहीं किया जितना आतिथ्यपक्ष ने। कॉन्फ्रेंस अपने विलायती शरीर से इस देशी हृदय को दूर न रख सकी। कॉन्फ्रेंस में आनेवाले लोगों की आतिथ्य-भाव से, आत्मीय-भाव से, संवर्द्धना करना आमंत्रणकारी अपना कर्तव्य समझते थे। इससे उनका परिश्रम, कष्ट और अर्थव्यय कितना बढ़ गया यह वही लोग समझ सकते हैं। जिन्होंने स्वयं अपनी आँखों से सब कुछ देखा। कांग्रेस में भी जो आतिथ्य का पक्ष है वही स्वदेशी है, और वही देश को प्रभावित करता है। जो काम का पक्ष है वह तो बस तीन दिन की चीज है, साल-भर उसका आभास ही नहीं मिलता। अतिथि के प्रति सेवा-सम्बन्ध विशेष रूप से भारतीय प्रकृति के अनुगत होते हैं। इन सम्बन्धों को बड़े पैमाने पर कार्यान्वित करने का जब कोई अवसर मिलता है तो हमारे देश के लोग बहुत खुश होते हैं। जो आतिथ्य घर-घर के व्यवहार-आचार में बरता जाता है उसी को बड़े परिमाण में परितृप्त करने के लिए प्राचीन काल में बड़े-बड़े यज्ञ-अनुष्ठान होते थे। बहुत दिनों से वे सब लुप्त हो गए हैं, लेकिन भारत उन्हें भूला नहीं है, इसलिए जब भी किसी देश-कार्य के उपलक्ष्य में लोग एकत्रित होते हैं, भारतलक्ष्मी अपनी अव्यवहृत अतिथिशाला का द्वार खोलकर अपना प्राचीन आसन ग्रहण करती है। कांग्रेस-कॉन्फ्रेंस में विलायती वक्ताओं की धूम और तालियों के निनाद में—ऐसे कठिन सभास्थल में भी—हमारी माता भारतलक्ष्मी स्मितमुख से अपने घर की सामग्री वितरित करती है। इधर-उधर जो कुछ हो रहा है वह उसके ठीक समझ में भी नहीं आता; वह अपने हाथ से बनाया मिष्टान्न सबको खिलाकर चल देती है। माँ का मुख और भी प्रफुल्लित होता, यदि वह देख सकती कि प्राचीन यज्ञ की तरह इस आधुनिक यज्ञ में भी सब तरह के लोग हैं; केवल पढ़े-लिखे, घड़ी-चैनधारी नहीं; निमंत्रित-अनिमंत्रित, छोटे-बड़े सभी एकत्रित हुए हैं। यदि ऐसा होता तो शायद

आडम्बर कम हो जाता, सबके हिस्से में भोज्य भी कम पड़ता, लेकिन आनन्द से, मंगल से, माता के आशीर्वाद से, समस्त यज्ञ परिपूर्ण हो जाता।

जो कुछ भी हो, यह तो स्पष्ट है कि भारतवर्ष जब काम करने बैठता है तब भी मानव-सम्बन्ध के माधुर्य को भूल नहीं पाता; मानव-सम्बन्ध का सारा दायित्व वह स्वीकार करता है। इस तरह की अनावश्यक जिम्मेदारी लेकर ही भारत ने घर-घर से ऊँच-नीच, गृहस्थ और आगन्तुक, सबके बीच घनिष्ठ सम्बन्ध-व्यवस्था स्थापित की है। इसीलिए हमारे देश में तालाब, सराय, मन्दिर, अन्धों-लँगड़ों के प्रतिपालन-गृह इत्यादि के लिए सभी किसी को चिन्तित नहीं होना पड़ा, ये चीजें सदा उपलब्ध रही हैं। यदि आज ये सामाजिक सम्बन्ध विश्लिष्ट हो जाएँ, यदि अन्नदान, जलदान, आश्रयदान, स्वास्थ्यदान और विद्यादान-जैसे सामाजिक कर्तव्य समाज से स्खलित हो जाएँ, तो भी हम बिलकुल नि:सहाय नहीं होंगे।

घर और गाँव के क्षुद्र सम्बन्धों से ऊपर उठकर प्रत्येक व्यक्ति का विश्व के साथ योग सम्पादन करने के लिए हिन्दूधर्म ने पथ दिखाया है। प्रतिदिन पंच-यज्ञ के द्वारा हिन्दूधर्म ने समाज के प्रत्येक सदस्य को इस बात का स्मरण कराया है कि देवता, ऋषि, पितृ-पुरुष, समस्त मानव-जाति और पशु-पक्षी के साथ उसका मंगलमय सम्बन्ध है। यदि इस सम्बन्ध का यथार्थ रूप से पालन किया गया तो प्रत्येक व्यक्ति के लिए और सारे विश्व के लिए यह कल्याणप्रद होगा।

हमारे समाज में आज क्या यह सम्भव नहीं कि इसी उच्च भावना से प्रत्येक व्यक्ति का सारे देश के साथ प्रात्यहिक सम्बन्ध स्थापित किया जाए? क्या प्रत्येक व्यक्ति देश को स्मरण करके रोज एक पैसा, या उससे भी कम आधी मुट्ठी चावल—नहीं दे सकता? हिन्दूधर्म क्या हम सबको प्रतिदिन इस भारत के साथ—हमारे देवताओं के विहारस्थल, हमारे प्राचीन ऋषियों के इस तपस्याश्रम के साथ—भक्ति के बन्धन से नहीं बाँध सकता? स्वदेश के साथ हमारा मंगलमय सम्बन्ध क्या प्रत्येक व्यक्ति की अपनी चीज नहीं होगा? विद्यादान, जलदान इत्यादि मंगल-कर्म विदेशियों के हाथ में सौंपकर हम उन्हें अपने प्रयास से, अपनी चिन्ता और अपने हृदय से बिलकुल ही विच्छिन्न कर देंगे? सरकार आज बंगाल में जलकष्टनिवारण के लिए पचास हजार रुपये दे रही है। मान लीजिए, आन्दोलन के दबाव से सरकार पचास लाख देती है, और जलकष्ट दूर हो जाता है। परिणाम क्या होगा? यही कि सहायता-लाभ, कल्याण-लाभ का सूत्र, जिससे देश के हृदय ने इतने दिनों समाज में काम करके तृप्ति पाई थी, विदेशी के हाथ में समर्पित कर दिया जाएगा। जहाँ देश का उपकार होता है वहाँ देश अपना हृदय स्वभावत: अर्पित करता है। हम निरन्तर शिकायत करते रहते हैं कि देश का रुपया विभिन्न मार्गों से विदेश जा रहा है। लेकिन देश का हृदय यदि जाए, देश के साथ हमारे कल्याण-सम्बन्ध एक-एक करके विदेशी गवर्नमेंट के हाथ में पहुँच जाएँ, हमारे पास उनमें से कुछ न रहे, तो क्या यह विदेशगामिनी

सम्पत्ति-धारा से कम आपत्तिजनक विषय होगा? हम सभा करते हैं, दरखास्त भेजते हैं—लेकिन देश को इस तरह सम्पूर्ण रूप से दूसरे के हाथ सुपुर्द कर देने के प्रयास को क्या हम देश-हितैषिता कह सकते हैं? इसमें देश-कल्याण कभी नहीं हो सकता। इसको देश का प्रश्रय स्थायी रूप से नहीं मिल सकता, क्योंकि यह भारत का धर्म नहीं है। हमने अपने दूर के सम्पर्कियों को, अपने गरीब-से-गरीब नातेदारों को भी कभी परभिक्षावलम्बित नहीं होने दिया; उन्हें दूर नहीं किया; अपनी सन्तानों की तरह उन्हें आदर का स्थान दिया; बड़े कष्ट से उत्पन्न किए हुए अन्न में हमने सर्वदा दूर कुटुम्बियों का हिस्सा लगाया है—इसे हमने कभी असामान्य बात नहीं माना। फिर भी क्या आज हम यह कहेंगे कि जननी-जन्मभूमि का भार हम वहन नहीं कर सकते? क्या विदेशी ही सदा हमारे देश को अन्न-जल और विद्या की भीख देंगे, और हमारा कर्तव्य इतना ही है कि भिक्षा की मात्रा कम हो तो चीत्कार करते रहें? कदापि नहीं। स्वदेश का भार हममें से प्रत्येक को प्रतिदिन ग्रहण करना है—इसी में गौरव है, यही हमारा धर्म है। आज वह समय आ गया है जबकि भारतीय समाज एक विशाल स्वदेशी समाज हो उठेगा और प्रत्येक व्यक्ति समझेगा कि वह अकेला नहीं; क्षुद्र होने पर भी उसकी कोई उपेक्षा नहीं करेगा और क्षुद्रतम की भी उपेक्षा वह स्वयं नहीं कर सकता।

यह तर्क उठ सकता है कि व्यक्तिगत हृदय का सम्बन्ध एक विस्तृत क्षेत्र में व्याप्त नहीं हो सकता। किसी छोटे गाँव को हम प्रत्यक्ष रूप से अपना सकते हैं, उसका सारा दायित्व स्वीकार कर सकते हैं। लेकिन यदि परिधि विस्तीर्ण हो तो 'मशीन' की जरूरत पड़ेगी। सारे देश को हम उस तरह अपना नहीं सकते जैसे कि गाँव को। अव्यवहित भाव से देश-कार्य नहीं किया जा सकता, उसके लिए यंत्र का सहारा लेना ही पड़ेगा; और चूँकि यंत्र हमारी अपनी चीज नहीं है इसलिए उसे विदेश से ही लाना होगा। कारखाने का सारा साज-सामान, सारे कानून, ग्रहण किए बगैर यंत्र नहीं चल सकता।

यह बात असंगत नहीं है। यंत्रों की स्थापना तो करनी ही होगी, और फिर यंत्र के नियम भी मानने होंगे—चाहे वे किसी भी देश के हों—अन्यथा सब कुछ व्यर्थ होगा। यह बात पूर्ण रूप से स्वीकार करते हुए भी कहना पड़ेगा कि भारतवर्ष केवल यंत्र से नहीं चल सकता। जहाँ हमारे व्यक्तिगत हृदय-सम्बन्ध का हमें प्रत्यक्ष रूप से अनुभव न मिले वहाँ हमारी समस्त प्रकृति आकर्षित नहीं हो सकती। इसे हम अच्छा कहें या बुरा, इसकी निन्दा करें या प्रशंसा, यह सत्य है। और यह बात हमें ध्यान में रखनी ही होगी, यदि किसी काम में सफलता प्राप्त करनी है।

हम स्वदेश के किसी विशेष व्यक्ति के बीच उपलब्ध करना चाहते हैं। हम चाहते हैं, कोई ऐसा आदमी हो जिसमें हमें सारे समाज की प्रतिभा दिखाई पड़े। हम सोचते हैं, उसी पर अवलम्बित होकर अपने बृहत् स्वदेशीय समाज की भक्ति करेंगे;

सेवा करेंगे; और उसे संयोग से ही समाज के प्रत्येक सदस्य के साथ हमारे योग की रक्षा होगी। किसी समय, जब राष्ट्र और समाज एक-दूसरे से अविच्छिन्न थे, राजा का पद ऐसा ही था। अब राजा समाज के बाहर है, इसलिए समाज शीघ्रहीन हो गया है। दीर्घकाल तक गाँवों को खंडित रूप से अपना काम अपने-आप सम्पन्न करना पड़ा है। स्वदेशी समाज का उचित संघटन या विकास नहीं हो सका। हमारे कर्तव्य का तो किसी तरह पालन हो रहा है, और इसीलिए आज भी हममें मनुष्यत्व बाकी है—लेकिन हमारा कर्तव्य क्षुद्र हो गया है और इसी से हमारे चरित्र में संकीर्णता ने प्रवेश किया है। संकीर्ण पूर्णता में सदा के लिए आबद्ध रहना स्वास्थ्यकर नहीं होता। जो टूट चुका है उसके लिए हम शोक नहीं करेंगे। बल्कि जिसकी रचना करनी है उसी की ओर अपने समस्त चित्त को प्रयुक्त करेंगे। आजकल जड़भाव से—बाध्य होकर—जो कुछ किया जा रहा है, उसी को होने देना हमारे लिए कभी श्रेयस्कर नहीं हो सकता।

इस समय हमें एक समाज-नायक की जरूरत है। उसके साथ परिषद् होगी, सहायक होंगे, लेकिन प्रत्यक्ष रूप से वही हमारे समाज का अधिपति होगा। उसी के बीच प्रत्येक व्यक्ति को सामाजिक एकता का बोध होगा। आज यदि किसी से समाज-कार्य करने को कहा जाता है तो 'कैसे करूँ', 'कहाँ करूँ', 'किसके साथ क्या करना होगा'—इन सब प्रश्नों से उसका सिर चकरा जाता है। एक तरह से हमारे लिए यह सौभाग्य की बात है कि अधिकांश लोग अपना कर्तव्य स्वयं निर्धारित नहीं करते। ऐसी दशा में व्यक्तिगत प्रयासों को निर्दिष्ट पथ पर ले जाने के लिए एक केन्द्र की जरूरत है। हमारे समाज में कोई ऐसा दल नहीं है जो इस केन्द्र का स्थान ले सके। हम कितने ही दलों को देखते हैं, सबकी वही हालत है। उत्साह के पहले धक्के से वे कुछ आगे बढ़ते हैं। उनके कार्यवृक्ष में फूल खिलते हैं, लेकिन फल नहीं लगते। इसके बहुत-से कारण हो सकते हैं; लेकिन मुख्य कारण यही है कि दल का प्रत्येक व्यक्ति अपने-आप में दल के ऐक्य को दृढ़ भाव से अनुभव नहीं कर पाता, ऐक्य की रक्षा नहीं कर पाता। दायित्व शिथिल होता है, प्रत्येक के कन्धे पर से गिर जाता है और अन्त में दायित्व कोई आश्रय-स्थान नहीं ढूँढ़ पाता।

अब इस तरह से हमारा समाज नहीं चल सकेगा। बाहर से जो शक्ति समाज पर बराबर अधिकार करती जा रही है वह दृढ़ है, ऐक्यबद्ध है। उसने विद्यालय से लेकर दुकान तक हमारी प्रत्येक वस्तु पर कब्जा करके सर्वत्र अपने एकाधिपत्य का प्रत्यक्ष परिचय दिया है—कभी स्थूल रूप से, तो कभी सूक्ष्म रूप से। यदि समाज को उससे अपनी रक्षा करनी है तो अत्यन्त निश्चित रूप से अपने-आपको सँभालना होगा। इसका एकमात्र उपाय है किसी ऐसे व्यक्ति का चुनाव करना जिसमें समाज का प्रत्येक सदस्य अपने-आपको प्रत्यक्ष कर सके। ऐसे व्यक्ति के एकाधिपत्य को, शासन को, वहन करने में हमें अपमान का बोध नहीं होना चाहिए, बल्कि इस शासन

को हमें अपनी स्वाधीनता का ही एक अंग समझना चाहिए। समाजपति कभी अच्छा हो सकता है, कभी बुरा। लेकिन यदि समाज जागृत रहे तो यह व्यक्ति स्थायी अनिष्ट का कारण कभी नहीं हो सकता। वास्तव में इस तरह के अधिपति का अभिषेक समाज को जागृत रखने का अच्छा उपाय है। समाज यदि एक विशेष केन्द्र-स्थान पर अपने ऐक्य को प्रत्यक्ष रूप में उपलब्ध करे तो उसकी शक्ति अजेय होगी। इस एकाधिपति के निर्देशन में देश के विभिन्न भागों में विभिन्न नायकों की नियुक्ति होगी। ये नायक समाज की सभी जरूरतें पूरी करेंगे, मंगल कार्य चलना और व्यवस्था-रक्षा का भार इन पर होगा, और समाजपति के सामने ये सभी जिम्मेदार होंगे।

मैं पहले ही कह चुका हूँ कि समाज के प्रत्येक व्यक्ति को प्रत्यक्ष कुछ-न-कुछ स्वदेश के लिए देना चाहिए, चाहे वह कितने ही अल्प परिमाण में क्यों न हो। विवाह-जैसे शुभ कर्मों के लिए जिस तरह प्रत्येक परिवार में एक 'कोष' खोला जाता है, वैसे ही स्वदेशी समाज की रचना के लिए एक कोष स्थापित करना और उसके लिए धन जमा करना कोई कठिन काम नहीं है। ऐसा संग्रह यदि यथास्थान किया गया तो धन की कमी नहीं रहेगी। हमारे देश में स्वेच्छापूर्वक दिए हुए दान से बड़े-बड़े मठ-मन्दिर चल रहे हैं। क्या समाज अपना आश्रय-स्थान स्वयं नहीं बना सकता? विशेषत: जब यह स्पष्ट है कि ऐसे संग्रह से अन्न, जल, स्वास्थ्य और विद्या के सम्बन्ध में देश का भाग्य सुधारा जा सकता है, हमारी कृतज्ञता-भावना कभी निश्चेष्ट नहीं रहेगी।

इस समय मेरी दृष्टि केवल बंगाल पर ही है। यहाँ समाज का अधिनायक चुनकर यदि हम सामाजिक स्वाधीनता को उज्ज्वल और स्थायी बना सकें, तो भाव के अन्यान्य प्रदेश भी हमारा अनुसरण करेंगे। और इस तरह जब भारत का प्रत्येक भाग अपने-आप में सुनिर्दिष्ट ऐक्य उपलब्ध करेगा, तब सभी विभागों का पारस्परिक सहयोग भी आसान होगा। ऐक्य का नियम जब किसी स्थान पर प्रतिष्ठित होता है, तो उसका प्रसारण भी होता है। लेकिन विच्छिन्नता का ढेर बढ़ते-बढ़ते कितना ही बड़ा क्यों न हो, उसमें ऐक्य निर्माण नहीं होता।

जापान इस बात का दृष्टान्त हमारे सामने रखता है कि युग के साथ उदय का सामंजस्य कैसे स्थापित हो, राजा के साथ स्वदेश का संयोग-साधन कैसे हो; इस दृष्टान्त पर ध्यान देकर हम अपने स्वदेशी समाज के संगठन और संचालन के लिए समाजपति और समाजतंत्र दोनों के काम का समन्वय करा सकते हैं—एक विशेष व्यक्ति के बीच स्वदेश का प्रत्यक्षीकरण हो सकता है, और उस व्यक्ति का शासन स्वीकार करके समाज की यथार्थ सेवा भी की जा सकती है।

आत्मशक्ति को एक विशेष स्थान पर संचित करना, इस विशेष स्थान को उपलब्ध करना, और इसके आधार पर ऐसी व्यवस्था-निर्माण करना जिसका सर्वत्र प्रयोग हो सके, हमारे लिए अत्यन्त आवश्यक हो गया है। यह बात तो थोड़ा-सा विचार करने पर स्पष्ट देखी जा सकती है। अपनी कार्य-सुविधा के लिए, या किसी

और कारण से, गवर्नमेंट बंगाल को दो हिस्सों में बाँटना चाहती है। हमें आशंका है कि इससे बंगदेश दुर्बल होगा। इस आशंका को व्यक्त करने के लिए काफी रोना-पीटना हो चुका है। लेकिन हमारा विलाप यदि वृथा सिद्ध हो तो क्या हमने विलाप करके ही अपना कर्तव्य चुका दिया? देश के विभाजन से जो अमंगल घटेगा उसके प्रतिकार के लिए देश में कहीं कोई व्यवस्था नहीं की जाएगी? व्याधि का बीज बाहर से शरीर में प्रवेश न करे तो अच्छा ही है, लेकिन यदि वह अन्दर पहुँच जाए तो क्या शरीर में व्याधि को रोकने की, स्वास्थ्य को फिर से प्रतिष्ठित करने की कोई शक्ति नहीं रहेगी? ऐसी शक्ति को यदि हम समाज में सुदृढ़ और सुस्पष्ट बनाएँ, तो बाहर से बंगाल को कोई निर्जीव नहीं कर सकेगा। सारे जख्मों को भरना, ऐक्य की रक्षा करना, मूर्च्छित को सचेतन करना, इसी शक्ति का काम है। आज विदेशी राजपुरुष 'सत्कर्म' के पुरस्कार-स्वरूप हमें उपाधियाँ देते हैं। लेकिन सत्कर्म का आशीर्वाद स्वदेश के हाथों मिले, तभी हम धन्य होंगे। यदि समाज में ऐसी शक्ति स्थापित न की गई जिससे वह हमें भारतीय की हैसियत से पुरस्कृत करे तो हम सदा के लिए अपनी विशेष सार्थकता से वंचित रहेंगे। हमारे देश में कभी-कभी मामूली कारणों से हिन्दू-मुसलमानों में संघर्ष होता है। इस विरोध को मिटाकर दोनों पक्षों में प्रीति और शान्ति स्थापित करने की क्षमता, दोनों पक्षों के अधिकार नियमित करने की क्षमता, यदि किसी के पास न हो तो समाज बार-बार क्षत-विक्षत होगा और उत्तरोत्तर दुर्बल होगा।

इसलिए किसी एक व्यक्ति का आश्रय लेकर समाज को एक जगह अपना हृदय स्थापित करना होगा, ऐक्य को प्रतिष्ठित करना होगा, वरना शैथिल्य और विनाश से बचने का कोई उपाय दिखाई नहीं पड़ता।

बहुत-से लोग मेरी बात को साधारण भाव से स्वीकार करते हुए भी सोचेंगे कि जो मैंने सुझाया है वह असाध्य है। वे पूछेंगे : 'इस समाज-नायक का निर्वाचन कैसे होगा, और निर्वाचित व्यक्ति को सभी लोग स्वीकार क्यों करेंगे? पहले सम्पूर्ण व्यवस्थातंत्र को स्थापित करना पड़ेगा, तभी समाजपति की प्रतिष्ठा सम्भव होगी' इत्यादि।

मेरा कहना है कि इस तरह की बहस छेड़कर आदि-अन्त की विवेचना करने बैठें, तो कार्य-क्षेत्र में कभी उतर ही नहीं सकेंगे। ऐसे किसी व्यक्ति का नाम लेना कठिन है जिससे कोई भी आदमी या कोई भी दल अप्रसन्न न हो। देश के सभी आदमियों का परामर्श लेकर निर्वाचन करना असम्भव है।

हमारा पहला काम है—जैसे भी हो सके एक समाजनायक चुनना, उसका आदेश स्वीकार करना, और फिर धीरे-धीरे उसके चारों ओर व्यवस्थातंत्र की रचना करना। यदि यह मान लिया गया कि समाजपति चुनने का प्रस्ताव समयोचित है और राजा समाज के अन्तर्गत न होने से अधिनायक का अभाव खटकता है, यदि विदेशियों से चल रहे संघर्ष में अधिकारच्युत समाज अपने-आपको फिर से संगठित करने के लिए

उत्सुक है, तो फिर किसी योग्य व्यक्ति को खड़ा करके कुछ लोग उसके निर्देशन में काम में जुट जाएँ। देखते-ही-देखते समाज-राजतंत्र प्रस्तुत होगा। पहले से हिसाब लगाकर जिसकी हम आशा तक नहीं कर सकते थे वह भी हम प्राप्त करेंगे। समाज की अन्तर्निहित बुद्धि इस क्षेत्र का संचालन-भार अपने-आप ग्रहण कर लेगी।

समाज में सदा ही शक्तिमान् लोग नहीं होते लेकिन देश की शक्ति अलग-अलग स्थानों पर जमा होकर ऐसे लोगों की प्रतीक्षा करती है। जो शक्ति योग्य अधिनायक के अभाव से कार्यशील नहीं हो पाती उसे यदि सुरक्षित स्थान भी न मिले तब तो समाज फूटे घड़े की तरह खाली हो जाएगा। यदि समाजपति में पूर्ण योग्यता न भी हो, उस पर अवलम्बित होकर समाज की शक्ति और आत्मचेतना संगठित होगी। बाद में जब सौभाग्यवश इस शक्ति-संचय के साथ योग्यता का मिलन होगा, देश का मंगल आश्चर्यजनक शक्ति के साथ अपने-आपको सर्वत्र विस्तारित करेगा। हम छोटे दुकानदार की तरह समस्त नफा-नुकसान तुरन्त देखना चाहते हैं, लेकिन बड़े रोजगार का हिसाब ऐसे नहीं चलता। देश में कभी-कभी ऐसे क्षण आते हैं जब महान् लोग साल-भर का हिसाब तलब करते हैं, और सारा हिसाब एक बहुत बड़े खाते में लिखकर उनके सामने प्रस्तुत किया जाता है। सम्राट् अशोक के राज्यकाल में बौद्ध-समाज का हिसाब प्रस्तुत किया गया था। इस समय हमें दफ्तर खुला रखना है, काम चलाते रहना है; जब महापुरुष हिसाब माँगेगा हम अप्रस्तुत न हों, हमें सिर न झुकाना पड़े, हम दिखा सकें कि खजाना बिलकुल ही खाली नहीं है।

ऐसा व्यक्ति, जिसे हम समाज में सर्वोच्च स्थान दे सकें, इच्छा करने से ही नहीं मिल जाता। राजा प्रजा से स्वभावत: बड़ा नहीं होता, राज्य ही उसे महान् बनाता है। जापान का मिकाडो जापान के सारे विद्वानों, साधकों और वीरों के ही द्वारा बड़ा हुआ है। हमारा समाजपति भी समाज की महत्ता से ही महान् होगा, समाज के सब बड़े आदमी ही उसे बड़ा बनाएँगे। मन्दिर का स्वर्ण-शिखर अपने-आप ही ऊँचा होता, मन्दिर की ऊँचाई से ही वह ऊँचा होता है।

मैं अच्छी तरह जानता हूँ कि मेरे प्रस्ताव को चाहे बहुत-से लोग स्वीकार न करें, इसके कार्यान्वित होने में बाधाएँ हैं। प्रस्तावकर्ता की अयोग्यता, और अन्य बहुत-सी प्रासंगिक-अप्रासंगिक त्रुटियों के सम्बन्ध में बहुत-सी स्पष्ट बातें और बहुत-से अस्पष्ट संकेत—यदि सुनाई पड़ें तो आश्चर्य की बात न होगी। मेरा नम्र निवेदन है कि आप मुझे क्षमा कर दें। 'आज की सभा में मैं आत्म-प्रचार के लिए नहीं आया हूँ', यह बात कहने से भी अहंकार व्यक्त होता है। इसीलिए मैं कुंठित हूँ। मैं आज जो कह रहा हूँ उसे कहने के लिए सारे देश ने मुझे उद्यत किया है। यह मेरी अपनी बात नहीं, अपनी सृष्टि नहीं—यह बात केवल मुझसे उच्चरित हुई है। आपके मन में यह सन्देह नहीं होना चाहिए कि मैं अपने अधिकार और योग्यता की सीमाओं को भूलकर स्वदेशी समाज के मंगल-कार्य में अपने-आपको उच्च स्थान पर खड़ा

कराने का प्रयत्न करूँगा। मैं तो केवल यही कहूँगा—आओ, हम सब अपने मन को देश के लिए प्रस्तुत करें; क्षुद्र दलबन्दी, कुतर्क, परनिन्दा, संशय और धूर्तता से हृदय को मुक्त करके आज मातृभूमि के विशेष प्रयोजन के दिन जननी के आह्वान के दिन—चित्त को उदार बनाएँ, कर्म के प्रति अनुकूल बनाएँ। लक्ष्यहीन, अतिसूक्ष्म युक्तिवाद की व्यर्थता का हम परित्याग करें; आत्माभिमान की शत-सहस्र रक्ततृषार्त जड़ों का हृदय की अँधेरी गुहा से उच्चाटन करें; समाज के शून्य आसन पर विनम्र भाव से अपने समाजपति का अभिषेक करें; आश्रयच्युत समाज को सनाथ बनाएँ। शंख बज उठे, धूप की पवित्र गन्ध प्रसारित होती रहे, देवता की अनिमेष कल्याण-दृष्टि से सारा देश अपने-आपको सर्वतोभाव से सार्थक समझे।

इस अभिषेक के बाद समाजपति किस-किसको अपने पास आकर्षित करेगा, किस तरह से समाज को कार्य-प्रवृत्त करेगा, इस विषय में मुझे कुछ नहीं कहना। निस्सन्देह ऐसी ही व्यवस्था का अवलम्बन करना होगा जो हमारी चिरन्तन समाज-प्रकृति के अनुगत हो। स्वदेश की पुरातन प्रकृति के आधार पर ही वह समाजपति 'नूतन' को यथास्थान यथायोग्य आसन देगा। इसमें भी सन्देह नहीं कि हमारे देश में उसे विशिष्ट व्यक्तियों और दलों का विरोध सहना पड़ेगा। लेकिन महान् पद कभी आराम का स्थान नहीं होता। सारे कोलाहल के बीच उसे दृढ़तापूर्वक, अपने गौरव की रक्षा करते हुए अविचलित रहना होगा।

इसलिए जिसे हम समाज के सर्वोच्च सम्मानित स्थान के लिए चुनेंगे वह एक दिन के लिए भी हमसे सुख-स्वच्छंदता की आशा नहीं कर सकेगा। हमारा उद्धत आधुनिक समाज किसी की हृदय से श्रद्धा नहीं करता और अपने-आप को प्रतिदिन अश्रद्धेय बनाता जाता है। ऐसे समाज के कंटकखचित, ईर्ष्या-सन्तृप्त आसन पर जो बैठेगा उसे विधाता प्रचुर शक्ति और सहिष्णुता प्रदान करे! अपने अन्त:करण में ही वह शान्ति-लाभ कर सके, अपने कर्म में ही उसे पुरस्कार मिले!

अपनी शक्ति पर आप विश्वास रखें, आप निश्चय समझ सकेंगे कि कुछ करने का समय आ गया है; आप निश्चय जानेंगे कि भारत में एक रचनात्मक धर्म सदा से चला आ रहा है। कितनी ही प्रतिकूल अवस्थाओं में पड़कर भी भारत ने सदा एक व्यवस्था का निर्माण किया है जो आज भी सुरक्षित है। इसी भारत पर हम विश्वास करें—अभी, इसी समय, यह भारत नूतन-पुरातन में आश्चर्यजनक सामंजस्य स्थापित कर रहा है, इसमें हम सब योग दे सकें—जड़तावश या विद्रोह की ताड़ना से इसका विरोध न करें!

बाहर के साथ हिन्दू समाज का जो संघात चल रहा है, वह नया नहीं है। भारत में प्रवेश करते ही आर्यों का यहाँ के आदिम निवासियों से तीव्र संघर्ष हुआ था। इस संघर्ष में आर्यों को विजय मिली; लेकिन अनार्यों का ऑस्ट्रेलिया-अमेरिका के आदिम निवासियों की तरह अवसान नहीं हुआ। आर्यों के उपनिवेशों से वे बहिष्कृत

नहीं हुए। आचार-विचार के सारे पार्थक्य के बावजूद उन्हें समाजतंत्र में एक स्थान मिला। उनको साथ लेकर आर्य-समाज ने वैचित्र्य प्राप्त किया।

और एक बार यह समाज दीर्घकाल तक विश्लिष्ट हुआ था। बौद्ध-युग में बौद्ध धर्म के आकर्षण से भारतीयों का विदेशियों से घनिष्ठ सम्पर्क स्थापित हुआ। विरोध के सम्पर्क से मिलन का सम्पर्क कहीं अधिक प्रभावशाली होता है। विरोध में आत्मरक्षा का प्रयास सदा जागृत रहता है, मिलन की असतर्क अवस्था में सहज ही एकीकरण होता है। बौद्धयुगीन भारत में वैसा ही हुआ। एशियाव्यापी धर्म-विस्तार के समय विविध देशों के आचार-व्यवहार-क्रिया-कर्म ने हमारे देश में प्रवेश किया, किसी को रोका नहीं गया।

लेकिन इस विशाल उच्छृंखलता के बीच भारत ने अपनी व्यवस्था-स्थापन की प्रतिभा नहीं छोड़ी। जो अपना था, और जो बाहर से आया, दोनों को एकत्रित करके भारत ने फिर समाज को संगठित किया, पहले से भी अधिक वैचित्र्य का लाभ किया। इस विपुल वैचित्र्य में अपना विशिष्ट ऐक्य सर्वदा बनाए रखा। आत्मविरोध और आत्मखंडन के होते हुए भी हिन्दू-समाज और हिन्दू धर्म में जो ऐक्य है उसका क्या आधार है, इसका स्पष्ट उत्तर देना कठिन है। हिन्दू समाज की विशाल परिधि का केन्द्र ढूँढ़ निकालना कठिन है—लेकिन केन्द्र तो कहीं-न-कहीं है ही। किसी छोटी गोलाकार वस्तु का गोलत्व स्पष्ट दिखाई पड़ता है, लेकिन गोल पृथ्वी को जो खंडश: देखता है वह अनुभव करता है कि पृथ्वी सपाट है। इसी तरह हिन्दू-समाज ने परस्पर विरोधी बातों का समन्वय करके अपने ऐक्य सूत्र को मजबूत बनाया है। इस ऐक्य की ओर निर्देश करना कठिन है—लेकिन सारे विरोधों के बीच वह है अवश्य, और उसकी हम उपलब्धि कर सकते हैं।

इसके बाद भारत में मुसलमान आए और उनसे भी संघात हुआ। यह नहीं कहा जा सकता कि इस संधात ने समाज पर कोई आक्रमण नहीं किया। लेकिन हिन्दू-समाज में सामंजस्य साधन की क्रिया आरम्भ हुई। हिन्दू और मुसलमान समाजों के बीच एक ऐसे संयोगस्थल की सृष्टि हुई जहाँ दोनों की सीमाएँ एक-दूसरे से आ मिलीं। नानकपंथ, कबीरपंथ और निम्न श्रेणी के वैष्णव समाज इसके दृष्टान्त हैं। हमारे देश में साधारण लोगों के जीवन में धर्म और आचार में जो सब परिवर्तन होते रहते हैं उनका खबर भी शिथिल सम्प्रदाय नहीं रखता। यदि शिक्षित लोग इन परिवर्तनों से बेखबर न होते तो देख पाते कि आज भी सामंजस्य साधन की सजीव प्रक्रिया बन्द नहीं हुई है।

हाल में और एक प्रबल विदेशी सत्ता, और एक धर्म, अपने आचार-व्यवहार और शिक्षा-दीक्षा के साथ हमारे देश में उपस्थित हुआ है। इस तरह पृथ्वी के जिन चार प्रमुख धर्मों पर आधारित चार बृहत् समाज हैं—हिन्दू, बौद्ध, मुसलमान और ईसाई—उन सबका भारत की भूमि पर मिलन हुआ है। विधाता ने मानो एक विशाल सामाजिक मिलन के लिए भारत में एक बड़ा रासायनिक कारखाना खोला हो।

यहाँ हमें एक बात स्वीकार करनी होगी—बौद्ध धर्म के प्रादुर्भाव-काल में समाज में जिस मिश्रण और विपर्यस्तता ने प्रवेश किया उसे परवर्ती हिन्दू समाज में भय के लक्षण रह गए हैं। नूतनत्व और परिवर्तन के प्रति आत्यन्तिक सन्देह का भाव समाज की मज्जा में घर कर गया है। इस तरह के चिरस्थायी भय की अवस्था में समाज आगे नहीं बढ़ पाता। बाह्य प्रतियोगिता में वह विजयी नहीं हो पाता। जिस समाज की शक्ति केवल आत्मरक्षा में ही प्रयुक्त होती है वह चलने-फिरने की व्यवस्था आसानी से नहीं कर सकता। बीच-बीच में विपत्ति और आघात की अशंका को स्वीकार करते हुए भी प्रत्येक समाज को स्थिति के साथ गति की भी व्यवस्था करनी चाहिए अन्यथा वह पंगु हो जाता है, संकीर्णता में आबद्ध हो जाता है; यह तो एक तरह से जीवित मृत्यु है।

बौद्ध परवर्ती हिन्दू समाज ने अपना जो कुछ है या था उसे बचाने के लिए और दूसरों के सम्पर्क से अपने को अलग रखने के लिए एक जाल में अपने-आपको बन्द कर रखा। इससे भारतवर्ष ने दुनिया में अपना महान् स्थान दिया। किसी समय भारत को पृथ्वी पर गुरु का आसन प्राप्त था, धर्म, विज्ञान और दर्शन में भारत के चित्त में असीम साहस था। उसका चित्त चारों ओर दुर्गम और दूरवर्ती प्रदेशों पर अधिकार करने के लिए अपनी शक्ति का प्रयोग करता था। इस गुरु-सिंहासन से आज भारत को नीचे उतरना पड़ा है, उसे छात्र बनना पड़ा है। इसका कारण है—हमारा मानसिक भय। समुद्र-यात्रा हमने भयभीत होकर बन्द कर दी है—चाहे वह जलमय समुद्र हो या ज्ञानमय समुद्र। कभी हम विश्व के थे, आज हम अपने गाँव के हैं। संचय और रक्षा की जो भीरु स्त्री-शक्ति समाज में है उसने कौतूहल पर, परीक्षारत, साधनशील पुरुष-शक्ति को पराजित करके एकाधिपत्य प्राप्त किया है। इसीलिए ज्ञानराज्य में भी हम संस्कारबद्ध स्त्रैण प्रकृति के अधीन हैं। ज्ञान का वाणिज्य, जिसे भारत ने आरम्भ किया था और जिससे बढ़ते-बढ़ते जागतिक ऐश्वर्य को उन्नत किया था, आज अन्त:पुर में आभूषणों के सन्दूक में है और अपने को निरापद समझता है। वह अब बढ़ता नहीं। जो हम खो रहे हैं वह कहीं से पूरा नहीं होता।

वास्तव में गुरु का पद ही हम खो चुके हैं। राज्याधिकार को कभी हमारे देश में चरम सम्पदा नहीं माना गया। उसने कभी देश की जनता के हृदय पर अधिकार नहीं किया। उसका अभाव हमारे लिए प्राणान्तक अभाव नहीं रहा। लेकिन ब्राह्मणत्व का अधिकार—अर्थात् ज्ञान, धर्म और तपस्या का अधिकार—समाज के यथार्थ प्राण का आधार रहा है। जब से आचार-पालन ने तपस्या का स्थान लिया; जब से अपनी ऐतिहासिक मर्यादा को भुलाकर ब्राह्मणेतर लोगों ने शूद्र कहलाना स्वीकार किया; जब से ब्राह्मण—जिन पर नए-नए ऐश्वर्य और नए-नए तपस्याफल के वितरण का भार था—अपना वास्तविक माहात्म्य विसर्जित करके समाजद्वार पर पहरेदार बन गए, तभी से हम दूसरों को कुछ दे नहीं पाते और अपना जो कुछ था उसे भी विकृत करते हैं।

यह अच्छी तरह समझ लेना चाहिए कि प्रत्येक देश विश्व-मानव का अंग है। विश्व-मानव को दान देने की, उसकी सहायता करने की कौन-सी सामग्री वह उत्पन्न करता है, इसी पर प्रत्येक देश की प्रतिष्ठा निर्भर है। जब यह उद्‌भावन-शक्ति कोई देश खो देता है, तब वह विराट् मानव-कलेवर का पक्षाघातग्रस्त अंग बन जाता है और केवल एक अनावश्यक बोझ के रूप में रहता है। केवल टिके रहने में गौरव नहीं है।

भारत ने राज्य के लिए मार-काट नहीं मचाई, वाणिज्य के लिए छीना-झपटी नहीं की। आज तिब्बत, चीन, जापान, यूरोपीय अभ्यागतों के डर से खिड़की-दरवाजे बन्द करना चाहते हैं। लेकिन इन्हीं देशों ने भारत को गुरु समझकर आदरपूर्वक अपने बीच आमंत्रित किया था। भारत ने सैन्य या धन के जोर से सारी पृथ्वी की अस्थिमज्जा को कष्ट नहीं दिया, सर्वत्र शान्ति, सान्त्वना और धर्म-व्यवस्था स्थापित करके मानव-मात्र की भक्ति का अधिकार प्राप्त किया। यह गौरव उसने तपस्या द्वारा उपलब्ध किया, और राजचक्रवर्ती के गौरव से वह कहीं बड़ा था।

इस गौरव को खोकर जब हम अपनी गठरी लेकर भयभीत चित्त से एक कोने में बैठे थे उस समय अंग्रेजों का आगमन प्रयोजनीय ही था। अंग्रेजों के प्रबल आघात से इस भीरु, पलातक समाज की क्षुद्र प्राचीर कई स्थानों पर टूटी। हम 'बाहर' से जितना डरते थे, दूर रहते थे, उसी मात्रा में 'बाहर' हमारी गर्दन पर सवार हो गया है। अब उसको दूर कौन रख सकता है। इससे हमारी प्राचीर जब टूटी, हमने दो बातों का आविष्कार किया—हमने देखा कि हमारे पास कैसी आश्चर्यजनक शक्ति थी, और यह देखने में भी हमें विलम्ब नहीं हुआ कि आज हमारी दुर्बलता कैसी आश्चर्यजनक है।

आज हम अच्छी तरह समझ गए हैं कि अपना शरीर ढाँककर अलग पड़े रहने को ही आत्मरक्षा नहीं कहते। अपनी अन्तर्निहित शक्ति को जागृत और संचालित करना ही आत्मरक्षा का प्रकृत उपाय है, यह विधाता का नियम है। जब तक हमारा चित्त जड़ता का त्याग करके अपनी उद्यम शक्ति का प्रयोग नहीं करता तब तक अंग्रेज हमारे मन को पराभूत करते रहेंगे। एक कोने में बैठकर 'हाय, लुट गए', कहते हुए हाहाकार करने से कुछ लाभ नहीं। सभी विषयों में अंग्रेजों का अनुसरण करके, छद्मवेश पहनकर अपनी रक्षा करने का प्रयत्न भी बेकार है—अपने को भुलावा देना है। हम असली अंग्रेज नहीं बन सकते, नकली अंग्रेज बनकर हम अंग्रेज को धोखा भी नहीं दे सकते।

हमारी बुद्धि, रुचि, हृदय—सब कुछ आज पानी के भाव से बिक रहा है। इसका प्रतिकार करने का एक ही उपाय है—हम वास्तव में जो हैं वही बनें। ज्ञानपूर्वक, सरल और सचल भाव से, सम्पूर्ण रूप से हम अपने-आपको प्राप्त करें।

हमारी आबद्ध शक्ति विदेशियों के विरोध से आघात पाकर ही मुक्त होगी, क्योंकि

आज पृथ्वी में उसका काम आ पड़ा है। देश के तपस्वियों ने जिस शक्ति का संचय किया है वह बहुमूल्य है। विधाता उसे निष्फल नहीं होने देगा। इसीलिए उचित समय पर उसने निश्चेष्ट भारत को कठोर पीड़ा देकर जागृत किया है।

बहुलता में ऐक्य की उपलब्धि, वैचित्र्य के बीच ऐक्य-स्थापन-यही भारतवर्ष का अन्तर्निहित धर्म है। भारत पार्थक्य को विरोध नहीं समझता, परकीय को शत्रु नहीं समझता; बिना किसी का विनाश किए, एक बृहत् व्यवस्था में सभी को स्थान देना चाहता है। सभी पंथों को यह स्वीकार करता है, अपने-अपने स्थान पर प्रत्येक का माहात्म्य वह देख पाता है।

भारत का यही गुण है, इसलिए किसी समाज को हम अपना विरोधी समझकर भयभीत नहीं होंगे। प्रत्येक नए संघात से अन्ततः अपने विस्तार की ही प्रत्याशा करेंगे। हिन्दू, बौद्ध, मुसलमान और ईसाई भारत की भूमि पर युद्ध करके मरेंगे नहीं; यहाँ वे सामंजस्य ढूँढ़ सकेंगे। वह सामंजस्य अहिन्दू नहीं, बल्कि विशेष रूप से हिन्दू होगा। उसके अंग-प्रत्यंग चाहे देश-विदेश के हों, उसका प्राण, उसकी आत्मा भारतीय होगी।

यदि हम भारत के इस विधाता-निर्दिष्ट नियोग को स्मरण करें, तो हमारी लज्जा दूर होगी, लक्ष्य स्थिर होगा; भारत में जो मृत्युहीन शक्ति है उसका सन्धान हमें मिलेगा। हमें यह बात ध्यान में रखनी होगी कि यूरोपीय ज्ञान-विज्ञान को हमें सदा छात्र की तरह नहीं ग्रहण करना है। ज्ञान-विज्ञान के सभी पंथों को भारत सरस्वती एक ही शतदलपद्म से विकसित करेगी, उसकी खंडितावस्था दूर करेगी। हमारे भारतीय मनीषी डॉक्टर जगदीशचन्द्र ने वस्तुतत्त्व, उद्भिदतत्त्व और जन्तुतत्त्व को एक ही क्षेत्र की सीमाओं में लाने का प्रयत्न किया है। हो सकता है, किसी दिन मनस्तत्त्व को भी वे इन्हीं के बीच लाकर खड़ा कर दें। यह ऐक्य-साधन ही भारतीय प्रतिभा का मुख्य कार्य है। भारत किसी का त्याग करने के, किसी को दूर रखने के पक्ष में नहीं है। वह एक दिन इस विवादरत व्यवधान-संकुल पृथ्वी के सामने ऐक्य-पथ रखेगा जिसके द्वारा सबको स्वीकार और ग्रहण किया जा सके, विराट् ऐक्य के बीच सबकी अपनी-अपनी प्रतिष्ठा उपलब्ध की जा सके।

उस महान् क्षण के आने से पहले 'एक बार तुम सब माँ कहकर पुकारों' भारतमाता प्रत्येक को अपने पास बुलाने के लिए, अनैक्य-मिटाने के लिए, सबकी रक्षा करने के लिए सर्वदा व्यस्त है। उसने अपने चिरसंचित ज्ञानधर्म को विविध रूपों से, विविध अवसरों पर, हम सबके अन्तःकरण में संचारित किया है और हमारे चित्त को पराधीनता की अँधेरी रात में विनाश से बचाया है। ऐसी माता को मदोद्धत धनिक की यज्ञशाला के एक कोने में स्थान दिलाने के लिए प्राणपण से यत्न करो! देश के बीचोबीच, सन्तानों ने परिवेष्टित यज्ञशाला में, माता को प्रत्यक्ष रूप से उपलब्ध करो। जननी के जीर्णगृह का क्या हम संस्कार नहीं कर सकेंगे? कहीं साहब का बिल चुकाने में हमें परेशानी न हो, कहीं हमारे आडम्बर में कोई कमी न रह जाए इस विचार से

क्या हम माता की भोजन-व्यवस्था दूसरे की पाठशाला के द्वार पर करेंगे—उस माता की भोजन-व्यवस्था, जो स्वयं किसी दिन अन्नपूर्णा थी।

हमारे देश ने तो एक दिन धन को तुच्छ समझा था, दारिद्र्य को शोभनीय तथा महिमान्वित करना सीखा था। आज क्या हम धन के सामने साष्टांग धूलि-लुंठित होकर स्वधर्म का अपमान करेंगे? क्या आज फिर हम अपनी पवित्र, संयत, स्वल्पोपकरण जीवन-यात्रा ग्रहण करके तपस्विनी जननी की सेवा में नियुक्त न हो सकेंगे? हमारे देश में केले के पत्ते पर खाना कभी लज्जास्पद नहीं माना गया। अकेले-अकेले खाने में ही हमें सदा लज्जा का बोध हुआ। क्या यह लज्जाबोध हमें फिर से नहीं होगा? क्या आज हम सारे देश की खातिर अपने किसी आराम या आडम्बर का परित्याग नहीं कर सकेंगे? जो हमारे लिए किसी दिन सहज था वह क्या आज असाध्य है? कदापि नहीं। आत्यन्तिक दु:ख के समय भले भारत का नि:शब्द, प्रकांड प्रभाव धैर्यपूर्वक विजयी हो सका है। मुझे विश्वास है कि हमारी चार दिन की मुखस्थ विद्या उस चिरन्तन प्रभाव का उल्लंघन नहीं कर सकेगी। मैं अच्छी तरह जानता हूँ कि भारतवर्ष का गम्भीर आह्वान हमारे हृदय की गहराइयों में ध्वनित हो रहा है। हम धीरे-धीरे, अनजाने ही, उसी भारत की ओर जा रहे हैं। आज जहाँ रास्ता हमारे मंगल दीपोज्ज्वल गृह की ओर चला गया है वहीं खड़े होकर 'एक बार तुम सब माँ कहकर पुकारो!', एक बार स्वीकार करो, माता की सेवा अपने हाथ से करने के लिए आज हम प्रस्तुत हैं; एक बार स्वीकार करो, देश के लिए पूजा का नैवेद्य हम प्रतिदिन उत्सर्ग करेंगे, एक बार प्रतिज्ञा करो, जन्मभूमि के कल्याण को पराये के हाथ बेचकर हम निश्चित मन से अध:पात की सीढ़ियाँ उतरते-उतरते लांछन के गड्ढे में नहीं पहुँचेंगे।

[अनुवाद : विश्वनाथ नरवणे : बंग-भंग के समय मिनवी थियेटर हॉल में पठित लेख]

सभ्यता का संकट

आज मेरे जीवन के अस्सी वर्ष पूर्ण हुए। अपने जीवन-क्षेत्र का दीर्घ विस्तार आज मेरे सामने आता है। जिस तट से जीवन आरम्भ हुआ था उसे आज दूसरे तट से देखता हूँ—निर्लिप्त दृष्टि से देखता हूँ—और अनुभव करता हूँ कि मेरी और समस्त देश की मनोवृत्ति की जो परिणति हुई है उसमें विच्छिन्नता है, द्विखंडिता है। इस विच्छिन्नता से बड़ा दु:ख होता है।

बृहत् मानव-संसार के साथ हमारा प्रत्यक्ष परिचय अंग्रेज-जाति के तत्कालीन इतिहास से शुरू हुआ। भारत में आए हुए इस आगन्तुक के चरित्र को हमने एक महान साहित्य के उच्च शिखर पर देखा। उन दिनों हमारे विद्यार्जन की सामग्री में न प्राचुर्य था, न वैचित्र्य। आजकल विद्या और ज्ञान के विविध केन्द्रों में विश्व-प्रकृति का परिचय मिलता है, उसकी शक्ति का रहस्य नई-नई दिशाओं से दृष्टिगोचर होता है। लेकिन इसमें से अधिकांश उन दिनों नेपथ्य में था। प्राकृतिक विज्ञानों में विशेषज्ञों की संख्या बहुत कम थी। अंग्रेजी भाषा सीखकर अंग्रेजी साहित्य का ज्ञान प्राप्त करना—यही उस समय परिष्कृत मन की रसिकता और विदत्ता का लक्षण माना जाता था। बर्फ के वक्तृत्व और मैकॉले के भाषा-प्रवाह की चर्चा दिन-रात सुनाई पड़ती थी। शेक्सपियर ने नाटक, बायरन की कविता की तत्कालीन राजनीति में साधारण मानव की विजय-घोषणा—इन सब विषयों पर निरन्तर बहस चलती थी। देश की स्वाधीनता के लिए साधना आरम्भ हो चुकी थी, फिर भी मन-ही-मन हमें अंग्रेज-जाति के औदार्य पर विश्वास था। यह विश्वास बहुत गहरा था, और देश के अनेक साधक यह समझते थे कि विजेताओं के सौजन्य से ही विजित देश का स्वातंत्र्य पथ प्रशस्त हो सकता है। इस भावना का कारण यह था कि किसी समय इग्लैंड अत्याचार से पीड़ित लोगों का आश्रय-स्थान रह चुका था। जिन्होंने अपने देश के सम्मान के लिए जान की बाजी लगाई थी उन्होंने इंग्लैंड में ही अकुंठित होकर अपना आसन जमाना था। अंग्रेजों के चरित्र में मानवीय मैत्री का विशुद्ध रूप दिखाई पड़ा था। इसलिए हमने आन्तरिक श्रद्धा के साथ अंग्रेजों को अपने हृदय में बड़ा ऊँचा स्थान दिया था। तब तक साम्राज्य-सुरा के उन्माद से उनका स्वभाव कलुषित नहीं हुआ था।

जब मैं पहले इंग्लैंड गया मेरी आयु बहुत कम थी। उस समय पार्लियामेंट में,

और पार्लियामेंट के बाहर सभाओं में, जॉन ब्राइट के भाषण मैंने सुने। उनमें मुझे अंग्रेजों की चिरन्तन वाणी सुनाई पड़ी थी। संकीर्ण जातिगत सीमाओं का अतिक्रमण करते हुए इन भाषाओं ने हृदय को कैसे प्रभावित किया था, मुझे अब तक याद है। आज के इस दुर्दिन में भी वे स्मृतियाँ हैं। निश्चय ही यह पर-निर्भरता हमारे लिए गर्व की बात नहीं थी। लेकिन उसमें एक प्रशंसनीय अंश भी था। बदलते युग के बावजूद हमने मनुष्यत्व का महान् रूप देखा था। यद्यपि यह रूप विदेशियों द्वारा प्रकाशित हो रहा था, फिर भी उसे श्रद्धापूर्वक ग्रहण करने की शक्ति हममें थी। इस सम्बन्ध में हमारे मन में कोई कुंठा नहीं थी। मानव में जो कुछ भी श्रेष्ठ है वह किसी देश के संकीर्ण दायरे में आबद्ध नहीं होता। वह ऐसी सम्पत्ति नहीं होती जो कृपण के भंडार में बन्द पड़ी हो। इसलिए जिस अंग्रेजी-साहित्य से उन दिनों हम लोगों के मन पुष्ट हुए थे, उसका विजय-शंख आज भी मेरे अन्तर में निनादित होता है।

'सिविलाइजेशन' के लिए हम 'सभ्यता' शब्द का प्रयोग करते हैं, लेकिन वास्तव में 'सिविलाइजेशन' का प्रतिशब्द हमारी भाषा में ढूँढ़ निकालना कठिन है। सभ्यता का जो रूप हमारे देश में प्रचलित था उसे मनु ने 'सदाचार' कहा। सामाजिक नियमों के बन्धन का ही वह दूसरा नाम था। इन नियमों के बारे में प्राचीन काल में जो धारणाएँ थीं वे भी एक संकीर्ण भूखंड तक सीमित थीं। सरस्वती और दृशद्वती नदियों के बीच का प्रदेश ब्रह्मावर्त के नाम से प्रसिद्ध थीं और वहाँ जो आचार-प्रणाली परम्परागत रूप से चली आ रही थी उसी को सदाचार कहा गया। इस आचार की दीवार प्रथा के ऊपर खड़ी थी, चाहे उस प्रथा में कितनी ही निष्ठुरता क्यों न हो, कितना ही अविचार क्यों न हो। इसीलिए प्रचलित संस्कार—जिनमें आचार-व्यवहार को ही प्रधानता प्राप्त थी—हमारे चित्त के स्वातंत्र्य का अपहरण कर चुके थे। सदाचार के लिए आदर्श को मनु ने एक दिन ब्रह्मावर्त में प्रतिष्ठित देखा, उसी आदर्श से लोकाचार को आश्रय मिला। मेरे जीवन के प्रारम्भिक काल में इस तरह के बाह्य आचार के विरुद्ध देश के शिक्षित लोगों में विद्रोह की भावना फैली थी; अंग्रेजी शिक्षा का प्रभाव ही इस भावना के पीछे था। यह बात उस विवरण को पढ़ने से स्पष्ट हो जाती है, जिसमें राजनारायण बाबू ने तत्कालीन शिक्षित सम्प्रदाय के व्यवहार का वर्णन किया है। अंग्रेजों के चरित्र से सम्बन्ध स्थापित करके इस सदाचार के बदले सभ्यता का आदर्श हमने ग्रहण किया था। न्याय-बुद्धि के अनुशासन से प्रेरित होकर हमारे परिवार ने, धर्म-मत और लोक-व्यवहार दोनों ही क्षेत्रों में, यह परिवर्तन पूर्ण रूप से स्वीकार किया था। इसी वातावरण में मेरा जन्म हुआ था। मेरे स्वाभाविक साहित्य-प्रेम ने भी अंग्रेजों को उच्चासन पर बिठाया। इस तरह जीवन का प्रथम भाग व्यतीत हुआ। उसके बाद जो अध्याय शुरू हुआ, वह कठिन दु:ख का अध्याय था। बार-बार मैंने देखा कि जो लोग चरित्र के मूल स्रोत से सभ्यता को ग्रहण करते हैं वे भी प्रतिद्वंद्वियों के सामने आते ही बड़ी आसानी से सभ्यता का अतिक्रमण कर सकते हैं।

एकान्त में किए गए साहित्य-रसभोग के वेष्टन से एक दिन मुझे बाहर आना पड़ा। उस दिन भारतीय जनता का दारुण और हृदय-विदारक दारिद्र्य मेरे सामने आया। खाने-पहनने के साधनों का और शिक्षा तथा आरोग्य की सुविधाओं का जैसा आत्यन्तिक अभाव भारत में है, वैसा शायद पृथ्वी के किसी दूसरे ऐसे देश में न होगा, जहाँ आधुनिक शासन-व्यवस्था विद्यमान है। फिर भी वही देश दीर्घकाल तक अंग्रेजों के ऐश्वर्य का संवर्द्धन करता आया है। जब मैं सभ्य जगत् की महिमा का एकान्तचित्त से ध्यान करता था, उस दिन कभी कल्पना भी नहीं कर सकता था कि सभ्य कहलानेवाले मानव-आदर्श का ऐसा निष्ठुर और विकृत रूप भी सम्भव है। अन्त में मैंने इसी विकृति के बीच कोटि-कोटि जनसाधारण के प्रति सभ्य देशों की असीम, अवज्ञापूर्ण उदासीनता देखी।

यह नि:सहाय देश उस यांत्रिक शक्ति से वंचित है जिसके आधार पर अंग्रेज अपने विश्वव्यापी कर्तृत्व की रक्षा करते आए हैं। लेकिन मेरे सामने जापान का भी चित्र है। देखते-ही-देखते उसी यांत्रिक शक्ति का सहायता से जापान सभी तरह से सम्पन्न हो उठा है। जापान की समृद्धि मैंने अपनी आँखों से देखी है। वहाँ मैंने एक स्वाधीन जाति के सभ्य शासन का रूप भी देखा है और मैंने यह भी देखा है कि रूस के मास्को नगर में जनता के बीच शिक्षा-विस्तार और आरोग्य-साधन के क्षेत्रों में कैसा असाधारण अध्यवसाय है। इस अध्यवसाय के प्रभाव से उस विशाल साम्राज्य की सीमाओं से मूढ़ता, दैन्य और अवमानना निर्वासित हो चुके हैं। उस सभ्यता में जातिभेद नहीं है। विशुद्ध मानवीय सम्बन्ध का प्रभाव सर्वत्र दिखाई देता है। रूप की आश्चर्यजनक परिणति देखकर मैंने एक ही समय ईर्ष्या और आनन्द का अनुभव किया है। जब मैं मास्को गया, रूसी शासन-व्यवस्था की एक विशेषता न मेरे अन्त:करण को स्पर्श किया—मैंने देखा कि वहाँ राष्ट्रीय अधिकारों में मुसलमान भी हिस्सेदार हुए, और इस बात की गैर-मुसलमानों के पक्ष से विरोध नहीं हुआ। दोनों ने मिल-जुलकर कल्याणकारी सम्बन्ध जोड़े और वही वहाँ की शासन-व्यवस्था की यथार्थ भूमिका है। दूसरी बहुसंख्यक जातियों को इतना प्रभावित कर सके, ऐसी राष्ट्रीय शक्ति आज मुख्यता: केवल दो देशों के हाथों में है—एक इंग्लैंड और दूसरा सोवियत रूस। अंग्रेजों ने इस शक्ति से दूसरी जातियों के पौरुष को दलित करके उन्हें सदा के लिए निर्जीव कर दिया है। सोवियत रूस के साथ रेगिस्तान के मुसलमानों की बहुसंख्यक जातियों का राष्ट्रीय जीवन जुड़ा है—और मैं स्वयं बात का साक्षी हूँ कि उन्हें सभी तरह से शक्तिमान बनाने का रूस से निरन्तर प्रयत्न किया है। सभी विषयों में उनका सहयोग प्राप्त करने के लिए सोवियत सरकार ने जो चेष्टाएँ की हैं उनके प्रमाण मैं देख चुका हूँ और उनके बारे में मैंने पढ़ा भी है। इस तरह का सरकारी प्रभाव अपमानजनक नहीं होता, उससे मनुष्यत्व की हानि नहीं होती। वहाँ का शासन ऐसी विदेशीय शक्ति का शासन नहीं है जो एक कठोर यंत्र की तरह जनता

को पीसती रहे। मैं देख आया हूँ कि वही फारस जो एक दिन यूरोपीय देशों के जाते में पिस रहा था आज उस निष्ठुर आक्रमण से अपने-आपको मुक्त कर चुका है। यह नवजाग्रत देश अपनी शक्ति को परिपूर्ण करने के लिए प्रवृत्त हुआ है। मैंने यह भी देखा है कि जरथुस्तवादियों और मुसलमानों के बीच जो संघर्ष और प्रतियोगिता थी उसे वर्तमान सभ्य शासन ने बिलकुल समाप्त कर दिया है। फारस के सौभाग्य का मुख्य कारण यही है कि यूरोपीय देशों के चक्र से उसे छुटकारा मिला है। आज फारस के कल्याण के लिए मैं अन्त:करण से कामना करता हूँ। हमारे पड़ोसी देश अफगानिस्तान में शिक्षा और समाजनीति में इस तरह का सर्वव्यापी उत्कर्ष अभी तक नहीं हुआ। लेकिन ऐसे उत्कर्ष की सम्भावना आज बनी हुई है। इसका भी एकमात्र कारण यही है कि सभ्यता के गर्व में चूर कोई यूरोपीय देश उसे आज आक्रान्त नहीं कर रहा है। देखते-ही-देखते वे लोग चारों दिशाओं में उन्नति और मुक्ति के मार्ग पर अग्रसर होते जा रहे हैं।

अंग्रेजों के 'सभ्य' शासन का भारी पत्थर अपने सीने पर लिये हुए हमारा देश निरुपाय निश्चलता की धूल में पड़ा रहा। चीन के इतने बड़े प्राचीन सभ्य देश को अंग्रेजों ने जातीय स्वार्थ-साधना के विषैले दंश से जर्जरित कर दिया। उसके कुछ ही दिन बाद चीन का एक हिस्सा भी उन्होंने हड़प लिया! अतीत की यह घटना हम भूल चले थे जब हमने यकायक देखा कि चीन का उत्तरी भाग अपने गले के नीचे उतारने के लिए जापान प्रस्तुत है। इंग्लैंड के प्रवीण राजनीतिज्ञों ने तिरस्कारपूर्ण और उद्धत शब्दों में जापान की निन्दा की और उसकी नीति को 'तुच्छ दस्यु वृत्ति' ठहराया। बाद में स्पेन की प्रजातंत्रवादी सरकार के साथ इग्लैंड ने कैसा व्यवहार किया, और किस कौशल के साथ उस सरकार की जड़ें काटी गईं, यह भी हमने दूर से देखा। लेकिन उस समय यह भी देखने में आया कि इंग्लैंड में ऐसे लोगों का एक दल अवश्य था जिसने विपदाग्रस्त स्पेन के लिए आत्म-बलिदान किया। यद्यपि इंग्लैंड की यह उदारता उस समय जागरित नहीं हुई, जब एक प्राच्य देश—अर्थात् चीन-संकट में था, फिर भी एक यूरोपीय देश की स्वातंत्र्य-रक्षा के लिए जब कुछ वीरों को प्राणाहुति देते देखा तब यह स्मरण हो आया कि उसी दिन इंग्लैंड को हमने मानव-हितैषी के रूप में देखा था और विश्वास के साथ उसकी भक्ति में हम लगे थे। यूरोपीय देशों की स्वभावगत सभ्यता के प्रति हमारा विश्वास धीरे-धीरे क्यों जाता रहा, यह समझाने के लिए ही यह शोचनीय इतिहास आज मुझे दोहराना पड़ा। सभ्य शासन की अधीनता में भारत की जो सबसे बड़ी दुर्गति हुई है वह यह नहीं है कि यहाँ अन्न, वस्त्र शिक्षा और आरोग्य-साधनों का दुखद अभाव है। सबसे बड़ी दुर्गति तो यह है कि आज भारतवासियों के बीच अतिनृशंस आत्मविच्छेद उत्पन्न हो गया है। इस तरह का आत्म-विच्छेद भारत के बाहर किसी भी स्वाधीन मुसलमान देश में दिखाई नहीं पड़ता। और मुश्किल यह है कि इस परिस्थिति के लिए हमें अपने ही

समाज को उत्तरदायी ठहराना पड़ता है। किन्तु इस दुर्गति का रूप क्रमश: अत्यन्त उत्कट होता जा रहा है। शासन-यंत्र के ऊपरी भाग में यदि इस आत्मविच्छेद को गुप्त रूप से प्रश्रय न मिलता तो भारतीय इतिहास में जो इतनी बड़ी अपमानजनक और असभ्य बातें हुईं, वह न होतीं। बुद्धि-सामर्थ्य में भारत के लोग जापानियों से किसी तरह कम हैं, यह बात मानी नहीं जा सकती। इन दो प्राच्य देशों में मुख्य अन्तर यह है कि जहाँ भारत अंग्रेजी शासन से अधिकृत और आक्रान्त रहा, जापान पाश्चात्य देशों की छाया के आवरण से मुक्त रहा। यह देश विदेशी सभ्यता—यदि इसे सभ्यता कहा जाए—हमसे क्या कुछ छीन चुकी है, हम जानते हैं। उसके हाथ में यह दंड है जिसे 'विधि और व्यवस्था' (Law and Order) का नाम दिया गया है। यह पूर्णतया बाहर की चीज है। यह तो 'दरबानी' है।

पाश्चात्य जातियों को अपनी सभ्यता पर जो गर्व है उसके प्रति श्रद्धा रखना अब असम्भव हो गया है। वह सभ्यता हमें अपना शक्ति-रूप दिखा चुकी है, लेकिन मुक्ति-रूप नहीं दिखा सकी। मनुष्य का मनुष्य के साथ वह सम्बन्ध, जो सबसे अधिक मूल्यवान् है और जिसे वास्तव में सभ्यता कहा जा सकता है, यहाँ नहीं मिलता इसके अभाव से भारत का उन्नति-पथ अवरुद्ध हो गया है। फिर भी मेरा यह व्यक्तिगत सौभाग्य रहा है कि बीच-बीच में मैं महान् अन्त:करणवाले अंग्रेजों से मिलता रहा हूँ। ऐसी महानता मैं अन्य किसी देश या सम्प्रदाय में नहीं देख पाया। इन लोगों ने अंग्रेजों के प्रति मेरे विश्वास को आज भी बनाए रखा है। उदाहरण के लिए मैं एंड्रयूज का उल्लेख कर सकता हूँ। यह मेरा सौभाग्य था कि मित्र के रूप में एंड्रयूज को मैंने बहुत समीप से देखा। उनमें मुझे एक यथार्थ अंग्रेज, यथार्थ ईसाई और यथार्थ मानव का दर्शन हुआ। कई कारणों से हमारा देश एंड्रयूज के प्रति कृतज्ञ है, किन्तु एक विशेष कारण ऐसा है जिससे मैं व्यक्तिगत रूप से उनका अत्यन्त ऋणी हूँ। अंग्रेजी-साहित्य के परिवेश में मैंने अपनी तरुण अवस्था में अंग्रेजी-जाति को सम्पूर्ण चित्त से निर्मल श्रद्धा अर्पित की थी। एंडयूज की सहायता से आज जीवन के अन्तिम दिनों में इस श्रद्धा को जीर्ण या कलंकित होने से मैं बचा सका हूँ। उनकी स्मृति के साथ अंग्रेज-जाति की मर्मगत महानता मेरे मन में अटल रहेगी। एंड्रयूज-जैसे लोगों को मैं अपने निकटतम मित्रों में गिनता हूँ और उन्हें समस्त मानव-जाति का सुहृद मानता हूँ। उनका परिचय मेरे जीवन में एक श्रेष्ठ सम्पदा के रूप में संचित है। मैं सोचता हूँ, उनके द्वारा अंग्रेजों की महत्ता का सब तरह की विपत्तियों से उद्धार हो सकेगा। उन्हें यदि मैं न देखता और न जानता तो पाश्चात्य देशों के प्रति मेरा नैराश्य ज्यों-का-त्यों बना रहता।

इसी बीच मैंने देखा कि यूरोप में मूर्तिमन्त बर्बरता अपने नख-दन्त बाहर निकालकर विभीषिका की तरह बढ़ती जा रही है। मानव-जाति को पीड़ित करनेवाली इस महामारी का पाश्चात्य सभ्यता की मज्जा में जन्म हुआ। वहाँ से उठकर आज उसने मानव-

आत्मा का अपमान करते हुए दिग्दिगन्तर के वातावरण को कलुषित कर दिया है। हमारे अभागे, नि:सहाय, जकड़े हुए देश की दरिद्रता में क्या हमें आभास नहीं मिलता?

एक-न-एक दिन भाग्यचक्र पलटा खाएगा, और अंग्रेजों को अपना भारतीय साम्राज्य छोड़कर जाना होगा। लेकिन किस तरह के भारत को वे पीछे छोड़ जाएँगे? वह कैसी दारुण दीनता और मलिनता होगी? एक शताब्दी से अधिक काल तक जो शासन-धारा चली आ रही है वह जब शुष्क होगी तो उसकी विस्तृत पंक-शय्या इस दु:सह निष्फलता का भार कैसे वहन कर सकेगी? जीवन के प्रथम भाग में मेरा हार्दिक विश्वास था कि सभ्यता-दान ही यूरोप की आन्तरिक सम्पत्ति है। आज जब जीवन से विदा होने का दिन समीप आ रहा है मेरे इस विश्वास का दिवाला निकल चुका है। आज मेरी यही आशा है कि हमारी इस दारिद्र्य-लांछित कुटिया में कोई परित्राता जन्म ग्रहण करेगा। मैं यह भी उम्मीद करता रहूँगा कि वह परित्राता पूर्व-दिगन्त से ही आएगा, सभ्यता की देववाणी साथ लाकर मनुष्य को मनुष्यत्व के चरम आश्वास की वार्ता सुनाएगा। आज नदी-पार यात्रा कर रहा हूँ। जिन घाटों से गुजरा हूँ वहाँ मैंने क्या-क्या देखा है, वहाँ क्या-क्या छोड़ आया हूँ! इतिहास के जुठारे हुए सभ्यताभिमान के कैसे भग्न स्तूप! लेकिन मनुष्य के प्रति विश्वास खो देना पाप है। अन्तिम क्षण तक इस विश्वास की रक्षा करूँगा। आशा करूँगा कि महाप्रलय के बाद, वैराग्य के मेघमुक्त आकाश में, इसी पूर्वांचल के इतिहास का नया आत्मप्रकाशन आरम्भ होगा और एक दिन अपराजित मानव, अपनी खोई हुई मर्यादा फिर से प्राप्त करने के लिए, सभी बाधाओं का अतिक्रमण करते हुए जय-यात्रा के लिए अग्रसर होगा। मनुष्यत्व के पराभव को अन्तहीन, प्रतिकारहीन और चरम समझना मेरी दृष्टि में अपराध है।

आज यही बात कहकर विदा होता हूँ कि जो लोग प्रबल और प्रतापशाली हैं उनकी शक्ति, गर्व और आत्माभिमान अजेय नहीं हैं। इस बात से स्पष्ट होने का दिन आज हमारे सम्मुख है। निश्चय ही इस सत्य का हमें प्रमाण मिलेगा कि—

अधर्मेणैधते तावत् ततो भद्राणि पश्यति।
तत: सपत्रान् जयति समूलस्तु विनश्यति॥

महामानव का आगमन है।
दिशा-दिशा में घास का तिनका-तिनका रोमांचित है।
देवलोक में शंख बज उठा—

महाजन्म की शुभ घड़ी आ पहुँची।
आज अमावस्या के तोरण टूट कर धूलि-धूसरित हुए।
उदय के शिखर पर 'मा भैमा भै' के शब्द निनादित होते हैं।
उनमें नवजीवन का आश्वास है।

'जय-जय-जय रे मानव अभ्युदय'—

इस मन्द-ध्वनि से आकाश गूँज उठा।

[14 मई, 1941 को बांग्ला नववर्ष के अवसर पर शान्तिनिकेतन में टैगोर का अन्तिम सन्देश।]

सत्य का आह्वान

परजीवी कीट या जन्तु दूसरे का रक्त-शोषण करके जीवित रहता है। उसका देह-यंत्र तो सदा बेचैन रहता है—अपनी शक्ति द्वारा खाद्य को अपने शरीर का उपकरण बना लेना। लेकिन ऐसा न करने से प्राणी-लोक में इन जन्तुओं का अध:पतन होता है—यह इनके आलस्य-पाप का दंड है। मनुष्य के इतिहास में भी यही बात लागू होती है। लेकिन परजीवी मनुष्य केवल वह नहीं है जो जड़भाव से दूसरे पर निर्भर रहे। जो व्यक्ति परम्परागत वस्तुओं से जकड़ा रहता है, जो बहती हुई धारा में निष्क्रिय भाव से आत्म-समर्पण करता है, वह भी परजीवी है। हमारे आन्तरिक पक्ष के लिए बाह्य-जगत् 'पराया' है। जब यह बाह्य-जगत् अभ्यास के जोर से हमें चलाता है तो हमारा अन्त:करण निरुद्यम हो जाता है। ऐसी हालत में, मनुष्य में जो असाध्य को साध्य बनाने की आकांक्षा है, वह पूर्ण नहीं होती।

इस तरह के परासक्त प्राणी दुनिया में हैं। प्रचलित धारा में उनका शरीर तैरता रहता है। वे प्राकृतिक निर्वाचन सिद्धान्त के अनुसार जीवित रहते हैं या मर जाते हैं, आगे बढ़ते हैं या पीछे हटते हैं। उनके अन्त:करण का विकास नहीं होता। वह सिकुड़ा हुआ रहता है। लाखों बरसों तक मधुमक्खी जिस तरह छत्ता बनाती आई है वैसे ही बनाती है—उसमें लेश-मात्र फेर-फार करना उसके लिए सम्भव नहीं है। छत्ता तो त्रुटिहीन बनता है, लेकिन मधुमक्खी अपने अभ्यास के दायरे में आबद्ध हो जाती है। इस तरह के सभी प्राणियों के सम्बन्ध में प्रकृति के व्यवहार में साहस का अभाव दिखाई पड़ता है—ऐसा लगता है कि प्रकृति ने उन्हें अपने आँचल में सुरक्षित रखा है; उन्हें विपत्तियों से बचाने के लिए उनकी आन्तरिक गतिशीलता को ही प्रकृति ने घटा दिया है।

लेकिन सृष्टिकर्ता ने मनुष्य की जीवन-रचना में साहस का परिचय दिया है। उसके मानव के अन्त:करण को बाधाहीन बनाया है; बाह्य रूप से उसे विवस्त्र, निरस्त्र और दुर्बल बनाकर उसके चित्त को स्वच्छंदता प्रदान की है। इस मुक्ति से आनन्दित होकर मनुष्य कहता है : 'हम असाध्य को सम्भव बनाएँगे'—अर्थात् 'जो सदा से होता आया है और होता रहेगा, उससे हम सन्तुष्ट नहीं रहेंगे। जो कभी नहीं हुआ, वह हमारे द्वारा होगा।' इसीलिए मनुष्य ने अपने इतिहास के प्रथम युग में

जब प्रचंडकाय प्राणियों के भीषण नखदन्तों का सामना किया तो उसने हिरन की तरह पलायन करना नहीं चाहा, न कछुए की तरह छिपना चाहा। उसने असाध्य लगनेवाले कार्य को सिद्ध किया—पत्थरों को काटकर नखदन्त निर्मित किए। प्राणियों के नखदन्त की उन्नति केवल प्राकृतिक निर्वाचन पर निर्भर होता है। लेकिन मनुष्य के ये भीषणतर नखदन्त उसकी अपनी सृष्टि-क्रिया से बने थे। इसलिए पत्थर की चट्टानों पर ही वह निर्भर रहा—पत्थर के हथियारों को छोड़कर उसने लोहे के हथियार बनाए। इससे प्रमाणित होता है कि मानवीय अन्त:करण सन्धानशील है, उसके चारों ओर जो कुछ है उस पर ही वह आसक्त नहीं हो जाता। जो उसके हाथ में नहीं है उस पर वह अधिकार करना चाहता है। पत्थर उसके सामने रखा है; लेकिन पत्थर से वह सन्तुष्ट नहीं। लोहा है धरती के नीचे, वहाँ से मानव उसे बाहर निकालता है। पत्थर को घिस-माँजकर हथियार बनाना आसान है, लेकिन उससे मानव को सन्तोष नहीं होता। लोहे को आग में गलाकर, साँचे में ढालकर, हथौड़े से पीटकर—सब बाधाओं को पार करके—उसने अपने अधीन बनाया। मनुष्य के अन्त:करण का धर्म यही है कि वह परिश्रम से केवल सफलता नहीं बल्कि आनन्द भी प्राप्त करता है। वह ऊपरी सतह से गहराइयों तक पहुँचना चाहता है; प्रत्यक्ष से अप्रत्यक्ष तक, सहज से कठिन तक, परनिर्भरता से आत्मकर्तृत्व तक, प्रवृत्ति की ताड़ना से विचार की व्यवस्था तक पहुँचना चाहता है। इसी तरह वह विजयी होता है।

यदि कुछ लोग ऐसा कहें : 'यह पत्थर का फलक हमारे दादा-परदादाओं का फलक है, इसको यदि हम छोड़ दें तो हमारी जाति नष्ट होगी'—तो इन शब्दों से उनके मनुष्यत्व की जड़ पर आघात लगेगा। उनके विचारों से जिसको वे 'जाति-रक्षा' कहते हैं वह सम्भव हो भी सकती है, लेकिन सबसे महान् 'जाति'—अर्थात् मनुष्य जाति की कुलीनता को चोट लगती है। जो लोग आज भी 'पत्थर के फलक' से ही सन्तुष्ट हैं उनको मनुष्य ने जाति से बाहर कर दिया है—वे जंगलों में छिपकर जीवन व्यतीत करते हैं। वे बाह्य परिस्थिति पर पूर्णतया निर्भर हैं, परम्परा की लगाम में जकड़े हुए हैं, उनकी आँखों पर पट्टी पड़ी है। उन्हें आन्तरिक स्वराज्य नहीं मिला, इसीलिए बाह्य स्वराज्य के अधिकार से भी वे वंचित हैं। वे यह नहीं जानते कि मनुष्य को अपनी शक्ति से असाध्य को साध्य बनाना है; जो हुआ है उसी के बीच आबद्ध नहीं रहना है, वरन् जो नहीं हुआ उसकी ओर कदम बढ़ाना है—ताल ठोंककर, छाती फुलाकर नहीं, आन्तरिक साधना की शक्ति से, आत्मशक्ति के उद्बोधन से।

तीस वर्ष पहले जब मैं 'साधना' पत्रिका में लिखा करता था, अपने देशवासियों से यही बात करने की मेरी चेष्टा थी। उन दिनों अंग्रेजी-शिक्षित भारतवासी दूसरों से अधिकारों की भिक्षा माँगने में व्यस्त थे। उस समय मैंने बार-बार यह समझाने का प्रयत्न किया था कि मनुष्य को अधिकार माँगना नहीं होता, अधिकार की सृष्टि करनी होती है। आन्तरिक पक्ष में ही मनुष्य कर्ता है, बाहर के लाभ से अन्दर की

हानि हो सकती है। मैंने कहा था कि अधिकार से वंचित रहने का दु:ख उतना भारी नहीं है जितना भारी हमारे सिर पर रखा हुआ आवेदन-पत्रिकाओं का थाल है। फिर जब 'बंगदर्शन' के अंक हमारे हाथों में आए, बंग-विभाजन के आर्तनाद से सारी बंगभूमि विचलित थी। क्षोभग्रस्त बंगाली उन दिनों मैनचेस्टर-निर्मित कपड़ों का परित्याग करके बम्बई के सौदागरों के लोभ को बढ़ावा दे रहे थे। अंग्रेजी सरकार के प्रति अप्रसन्नता ही इस 'वस्त्रवर्जन' का आधार था। इस आन्दोलन का प्रत्यक्ष लक्ष्य इंग्लैड था—भारत तो केवल उपलक्ष्य था; इसकी मूल उत्तेजना देशवासियों के प्रति प्रेम नहीं बल्कि विदेशियों के प्रति नाराजगी थी। उस समय लोगों को सावधान करने के लिए यह समझना जरूरी था कि भारत में अंग्रेजों का राज्य एक बाहरी घटना है, लेकिन देश का अपना अस्तित्व एक आन्तरिक सत्य है। यही चिरसत्य है, बाहर की घटना तो 'माया' है। माया तभी विशाल रूप धारण करती है जब हम उसकी ओर समस्त मन-प्राण से ताकते रहते हैं—चाहे इस एकाग्रता के पीछे क्रोध हो या अनुराग। भक्तिभाव से किसी के पाँव पकड़ना आसक्ति ही है, लेकिन क्रोध से किसी के पाँव में दाँत गड़ाना भी तो आसक्ति ही है। 'नहीं चाहते, नहीं चाहते' कहते हुए हम किसी के ध्यान में लगे रहें तो भी हमारा हृदय रक्तवर्ण हो उठता है। माया अन्धकार की तरह है, बाह्यशक्ति से उसका अतिक्रमण नहीं किया जा सकता। उसको पानी से धोने का प्रयत्न करें तो 'सात समुद्र तेरह नदी' सूखने पर भी कोई असर नहीं होगा। सत्य आलोक की तरह है, उसकी शिखा जलते ही हम देख पाते हैं कि माया का अस्तित्व वास्तविक नहीं है। तभी शास्त्र में कहा है :

स्वल्पप्यस्य धर्मस्य त्रायते महतो भयात्।

भय है मन की नास्तिकता। उसे नकारात्मक रूप से परास्त नहीं किया जा सकता। उसका एक कारण समाप्त होते ही दूसरा उत्पन्न होता है और वह जीवित रहता है। धर्म सत्य है, मन की आस्तिकता है। उसके अल्पमात्र प्रभाव से प्रकांड 'नहीं' की पराजय होती है। भारत में अंग्रेजों का आविर्भाव एक ऐसी सत्ता है जिसके कितने ही रूप हो सकते हैं। आज वह अंग्रेज की मूर्ति धारण कर रही है; कल किसी अन्य विदेशी का रूप और परसों स्वयं भारतवासी का निदारुण रूप उसमें देखा जा सकता है। यदि इस परतंत्रता का हम तीर-कमान हाथ में लेकर पीछा करें, तो अपने आवरण बदल-बदल कर वह हमें थका देगी। लेकिन जब हम अपने देश के अस्तित्व को ही सत्य समझें और उसे प्राप्त करें तो बाहर की माया अपने-आप दूर होगी।

अपने देश में विश्वास एक ऐसी आस्तिकता है जिसके लिए साधना आवश्यक है। देश में जन्म लेने से ही देश को अपना समझना उन्हीं लोगों का काम है जो विश्व के बाह्य व्यवहार में दूसरों पर निर्भर हैं। मनुष्य का यथार्थ स्वरूप उसकी आत्म-शक्ति-सम्पन्न अन्त:प्रकृति में है। इसलिए मनुष्य अपने ज्ञान, कर्म, प्रेम और

बुद्धि द्वारा जिस देश की सृष्टि करता है, वही उसका स्वदेश है। सन् 1905 में मैंने बंगालियों को पुकारकर यही बात कही थी : 'आत्मशक्ति द्वारा देश का निर्माण करो। सृष्टि से जो उपलब्ध किया जाता है वही सत्य है।' विश्वकर्मा अपनी सृष्टि से अपने-आपको प्राप्त करता है। देश को पाने का अर्थ है, देश के बीच अपनी आत्मा को व्यापक भाव से उपलब्ध करना। जब हम चिन्तन, कर्म और सेवा द्वारा देश का निर्माण करते हैं तभी आत्मा को देश के बीच सत्य रूप से देख पाते हैं। देश मनुष्य के चित्त की सृष्टि है, इसीलिए देश में आत्मा की व्याप्ति है, उसकी अभिव्यक्ति है।

'स्वदेशी समाज' शीर्षक लेख में कई वर्ष पहले मैं इस प्रश्न की विस्तृत समीक्षा कर चुका हूँ कि जिस देश में हमने जन्म ग्रहण किया है उसे सम्पूर्ण रूप से 'अपना' बनाने का क्या उपाय है। उस समीक्षा में त्रुटियाँ हो सकती हैं, लेकिन उसमें यह बात जोरदार शब्दों में कही गई है कि देश को दूसरों के हाथ से नहीं, बल्कि अपने ही औदासीन्य और अकर्मण्यता से बचाना है। देश की उन्नति के लिए हम सर्वदा अंग्रेजी सरकार के दरवाजे पर खड़े रहते हैं, तभी हमारी अकर्मण्यता बढ़ती रही है। अंग्रेजी सरकार की कीर्ति हमारी कीर्ति नहीं। वह बाह्य रूप से हमारा जो कुछ भी उपकार करे, आन्तरिक पक्ष से उससे हम अपने देश को खो देते हैं; आत्मा का मूल्य देकर हम सफलता प्राप्त करते हैं। याज्ञवल्क्य के शब्द हैं :

न वा अरे पुत्रस्य कामाय पुत्र: प्रियो भवति।
आत्मनस्तु कायाय: पुत्र प्रियो भवति॥

देश के सम्बन्ध में भी यही कहा जा सकता है। देश हमारी आत्मा है, इसलिए ही वह हमें प्रिय है—जब यह बात हम जान लेते हैं, देश के सृष्टि-कार्य में पराये का मुँह जोहना हमें असह्य लगता है।

उस दिन मैंने देश के सामने जो बात कहने का प्रयत्न किया वह कोई नई बात नहीं थी, और न उसमें कुछ ऐसा था जो स्वदेश-हितैषियों के कानों को कटु लगता किन्तु, चाहे और लोग भूल गए हों मुझे अच्छी तरह याद है कि मेरी बातों से लोग बहुत नाराज हुए थे। मैं उन साहित्यिक गुंडों का उल्लेख नहीं कर रहा हूँ जिनके लिए कटुभाषा एक व्यवसाय-सा हो गया है। कुछ गण्यमान्य, शिष्ट, शान्त लोग भी मेरी बातों से अधीर हो उठे थे। इसके दो कारण थे—एक क्रोध, और दूसरा लोभ। क्रोध की तृप्ति का साधन एक तरह का भोगसुख ही होता है। उन दिनों इस भोगसुख के नशे में हम चूर थे। हमने अपने मानसिक आनन्द के लिए कपड़ा जलाया, 'पिकेटिंग' की, जो लोग हमारे अपने मार्ग पर नहीं चले उनका रास्ता रोका, और अपनी भाषा में संयम का त्याग किया। इस अशिष्टता-प्रदर्शन के कुछ समय बाद एक जापानी सज्जन ने मुझसे पूछा : 'आप लोग शान्ति और दृढ़ता से, धैर्यपूर्वक काम क्यों नहीं

कर पाते? शक्ति को बेकार ही खर्च करना तो उद्देश्य-साधन सदुपाय नहीं है?' इसके उत्तर में मुझे यही कहना पड़ा था कि उद्देश्य-साधन की उज्ज्वल भावना जब मन में होती है तो मनुष्य स्वभावत: आत्मसंयम करता है और अपनी समस्त शक्ति को उद्देश्य की दिशा में प्रयुक्त करता है। लेकिन जब क्रोध-तृप्ति की उन्मत्तता तारसप्तक तक पहुँचती है और उद्देश्य-साधन पीछे रह जाता है तब हम शक्ति बेकार खर्च कर डालते हैं और दिवालिए बन जाते हैं। जो कुछ भी हो, उन दिनों जब बंगाल के लोग कुछ समय के लिए क्रोध-तृप्ति का सुख भोग रहे थे, मैंने एक दूसरे पथ की बातें कीं, जिससे मुझे लोगों की नाराजगी सहनी पड़ी। इसके अलावा लोगों में लोभ भी था। इतिहास में सभी देशों ने दुर्गम मार्ग पर चलकर दुर्लभ वस्तुओं को प्राप्त किया है, लेकिन हमें हर चीज आसानी से मिलेगी; हाथ जोड़कर, भीख माँगकर नहीं, आँखें लाल करके, अप्रसन्नता दिखाकर—इस भ्रम के आनन्द में उन दिनों हमारा देश चूर था। अंग्रेज दुकानदार जिसे reduced price sale कहते हैं, वही सस्ते दाम का माल उस समय बंगालियों के भाग्य में था। जिसका सामर्थ्य कम होता है वह सस्तेपन का उल्लेख सुनते ही खुश हो जाता है; माल कैसा है, किस हालत में है। वह नहीं देखता; और यदि कोई व्यक्ति सन्देह व्यक्त करता है तो उसे वह मारने दौड़ता है। असल बात यह है कि उन दिनों हमारा ध्यान बाहर की माया पर केन्द्रित था। तभी उस समय के एक नेता ने कहा था : 'हमारा एक हाथ अंग्रेज सरकार की गरदन पर है, दूसरा हाथ उसके पाँव पर।' अर्थात् देश-कार्य के लिए कोई हाथ खाली नहीं था। उस समय और उसके परवर्ती युग में शायद यह द्विधा मिट गई है—कुछ लोगों के दोनों हाथ सरकार की गरदन पर है, अन्य लोगों के दोनों हाथ सरकार के पैरों पर। लेकिन इनमें से कोई पथ माया से मुक्ति नहीं दिलाता। कोई अंग्रेजों के दाहिने ओर है, कोई बाईं ओर। कोई 'हाँ' कहता है, कोई 'नहीं'—लेकिन दृष्टि दोनों की अंग्रेजों पर ही है।

उस दिन चारों ओर से बंगदेश के हृदयावेग को ही उत्तेजित किया गया। लेकिन केवल हृदयावेग आग की तरह जलाकर खाक कर सकता है, सृष्टि नहीं कर सकता। मनुष्य का अन्त:करण धैर्य, निपुणता और दूरदर्शिता के साथ इस आग में कठिन उपादानों को गलाकर अपने प्रयोजन की सामग्री तैयार करता है। देश के इस सृष्टिशील अन्त:करण को उस दिन जागरित नहीं किया गया। इसीलिए इतने तीव्र हृदयावेग से कोई स्थायी परिणाम नहीं निकल सका।

यह जो हुआ उसका कारण बाहर नहीं, हमारे भीतर ही है, दीर्घकाल से हमारे धर्म और कर्म के एक ओर हृदयावेग रहा है, दूसरी ओर अभ्यस्त आचार। हमारा अन्त:करण बहुत दिनों से निष्क्रिय रहा है, उसे डरा-धमकाकर दबाया गया है। इसलिए जब भी हमसे किसी ठोस काम की माँग की जाती है, हम झटपट हृदयावेग की शरण लेते हैं और तरह-तरह के जादू-मन्तरों की आवृत्ति से मन को मुग्ध करते हैं। मतलब

यह हुआ कि देश-भर में एक ऐसी अवस्था निर्मित की जाती है जो अन्त:करण की सक्रियता के बिलकुल प्रतिकूल होती है।

अन्त:करण की जड़ता से जो क्षति होती है उसे पूरा करना सम्भव नहीं होता—जब हम क्षतिपूर्ति करना चाहते हैं तो मोह का सहारा लेते हैं। कमजोर मन का लोभ अलादीन के चिराग का चमत्कार सुनते ही फड़क उठता है। सभी मानेंगे कि अलादीन के चिराग-जैसी सुविधाजनक वस्तु दूसरी कोई नहीं हो सकती। इसमें केवल एक ही असुविधा है—यह वस्तु कहीं मिलती नहीं! लेकिन जिस व्यक्ति में लोभ अधिक और सामर्थ्य कम है, वह स्पष्ट शब्दों में यह नहीं कह पाता कि 'ऐसी कोई वस्तु नहीं है।' जैसे ही अलादीन के चिराग के अस्तित्व का विश्वास उसे कोई दिलाता है, उसका उद्यम जाग उठता है। उसका विश्वास यदि हम उससे छीनना चाहें तो वह चीत्कार करता है, कहता है कि उसका सब कुछ लुट गया।

बंग-विभाजन के उत्तेजनापूर्ण दिनों में युवकों के एक दल ने राष्ट्र-क्रान्ति द्वारा देश में युगान्तर लाने का प्रयत्न किया। और जो कुछ भी हो, इस प्रलय-यज्ञ में उन्होंने अपनी आहुति दी, इसके लिए वे वन्दनीय हैं—केवल हमारे देश में ही नहीं, सभी देशों में। उनकी निष्फलता भी आत्मा की दीप्ति से उज्ज्वल है। परम त्याग और दु:ख सहकर उन्होंने यह स्पष्ट देखा है कि जब तक राष्ट्र तैयार नहीं है तब तक क्रान्ति का प्रयत्न करना गलत मार्ग पर चलना है। यह मार्ग उचित मार्ग की तुलना में छोटा है, लेकिन उस पर चलकर हम लक्ष्य तक नहीं पहुँचते, रास्ते में दोनों पाँव काँटों से जख्मी हो जाते हैं। प्रत्येक वस्तु का पूरा दाम देना होता है—यदि आधा ही दाम दिया गया तो रुपया भी जाता है और वस्तु भी नहीं मिलती। वे दु:साहसी युवक समझते थे कि सारे देश के लिए यदि कुछ लोग आत्मोत्सर्ग करें तो क्रान्ति सफल होगी। उनके लिए इसमें सर्वनाश था, देश के लिए एक सस्ती बात। देश का उद्धार समस्त देश के अन्त:करण से होना चाहिए, उसके एक अंश से नहीं। रेलगाड़ी के फर्स्ट क्लास का मूल्य कितना ही हो, वह कितना ही सुन्दर हो, अपने साथ के थर्ड क्लास को वह आगे नहीं बढ़ा सकता। मैं सोचता हूँ, ये युवक अब समझ गए हैं कि राष्ट्र की सृष्टि देश के समग्र लोगों के सम्मिलित प्रयास से होती है—इस सृष्टि में सारे देश की हृदय-वृत्ति, बुद्धि और इच्छा-शक्ति व्यक्त होती है, यह योगलब्ध धन है। इस योग के द्वारा मनुष्य की सारी वृत्तियाँ अपनी सृष्टि के बीच संहत होकर रूपलाभ करती हैं। केवल राजनैतिक योग या आर्थिक योग सम्पूर्ण योग नहीं है—सभी शक्तियों का योग जरूरी है। दूसरे देशों के इतिहास में हम राजनैतिक घोड़े को ही सबसे आगे देखते हैं और सोचते हैं, इसी चतुष्पद के जोर से सब लोग आगे बढ़ रहे हैं। हम यह भूल जाते हैं कि उसके पीछे 'देश' नाम की जो गाड़ी है उसके पहियों में पारस्परिक सामंजस्य है। उसके सभी हिस्सों को अच्छी तरह एक-दूसरों से जोड़ा गया है। इस गाड़ी के तैयार करने में केवल आग,

हथौड़ी और पेच-कब्जे ही नहीं लगे, इसके पीछे बहुत-से लोगों का दीर्घ चिन्तन, साधना और त्याग भी है।

ऐसे भी देश हैं जो बाह्यत: स्वाधीन हैं, लेकिन जब 'पॉलिटिकल' वाहन उनको घसीटता है तो उनकी गाड़ी की गड़गड़ाहट से मोहल्ले भर की नींद उचट जाती है; धक्के के जोर से सवारी की पीठ में कीलें चुभती रहती हैं, रास्ते में गाड़ी टूट जाती है; रस्सी से उसे बार-बार बाँधना पड़ता है। अच्छी हो या बुरी, उसके स्क्रू चाहे ढीले हों और पहिए टेढ़े हों, है तो यह भी गाड़ी। लेकिन जो चीज घर-बाहर दोनों ही जगह टूट रही है, जिसमें समग्रता तो है ही नहीं, बल्कि स्वगत-विरोध है, उसे क्रोध, लोभ या और किसी प्रवृत्ति के बन्धन से बाँधकर जबरदस्ती खींचा जाए तो कुछ देर तक आगे बढ़ाया जा सकता है; लेकिन क्या ऐसी यात्रा को हम राष्ट्रदेवता की रथयात्रा कहेंगे? प्रवृत्ति के बन्धन में कुछ दम भी है? घोड़े को अस्तबल में ही रखकर गाड़ी को ठीक करना ही क्या प्रथम आवश्यकता नहीं है? यमराज के द्वार से जो बंगाली युवक घर लौटे हैं उनकी बातें सुनकर और उनके लेख पढ़कर मुझे लगता है कि वे भी अब बात समझ गए हैं। अब वे कहते हैं, सबसे पहले हमें योग-साधना की जरूरत है—देश की चित्त की सारी शक्तियों का मिलन, उनकी परिपूर्णता-साधना का योग आवश्यक है। किसी बाह्य दबाव द्वारा यह सम्भव नहीं है, आन्तरिक प्रेरणा से, ज्ञानालोकित चित्त की आत्मोपलब्धि द्वारा ही सम्भव है। जो कुछ भी देश के अन्त:करण से उद्‌बोधित और अभिभूत नहीं है उससे इस काम में बाधा पड़ेगी।

अपनी सृष्टि-शक्ति से देश को अपना बनाने का आह्वान बहुत बड़ा आह्वान है। वह किसी बाह्य अनुष्ठान की माँग नहीं है। मैं पहले ही कह चुका हूँ, मनुष्य मधुमक्खी की तरह नहीं है जो एक ही तरह का छत्ता बनाती है, न वह मकड़ी की तरह है जो एक ही 'पैटर्न' का जाल बुनती है। उसकी सबसे बड़ी शक्ति है उसका अन्त:करण। मनुष्य का पूरा दायित्व अन्त:करण के सामने है, अभ्यासपरकता के सामने नहीं। यदि किसी लोभ से प्रेरित होकर मनुष्य से हम कहें : 'तुम विचार न करो, केवल काम करो', तो उसी मोह को हम प्रश्रय देंगे जिससे आज हमारे देश का विनाश हो रहा है। मानव-मन के सर्वोच्च अधिकार, अर्थात् विचार करने के अधिकार को अनुशासन और प्रथा के हाथों बेचकर इतने दिन तक हम आलसियों की तरह निश्चिन्त बैठे रहे। हमने कहा : 'हम समुद्र-पार नहीं जाएँगे, क्योंकि मनु ने इसका निषेध किया है, मुसलमान के पास बैठकर भोजन नहीं करेंगे, क्योंकि यह शास्त्र के विरुद्ध है।' अर्थात् जिस प्रणाली में मानव-मन की जरूरत नहीं पड़ती, विचारहीन अभ्यासनिष्ठता से ही काम चल जाता है, उसी प्रणाली से हमारी जीवन-यात्रा का अधिकतर भाग सम्पन्न होता रहा है। जो मनुष्य सदा बाह्य आचार से ही चालित होता है उसकी पंगुता वैसी ही होती है जैसी कि प्रत्येक विषय में दास पर निर्भर रहनेवाले मालिक की। आन्तरिक मनुष्य ही स्वामी है, वह जब बाह्य प्रथा पर पूर्णतया अवलम्बित होता है तब उसकी

दुर्गति का कोई अन्त नहीं होता। आचार-संचालित मनुष्य कठपुतली की तरह है, बाध्यता की चरम सीमा तक वह पहुँच चुका है। परतंत्रता के कारखाने में उसका निर्माण हुआ है; इसलिए जब उसे एक चालक के हाथ से निष्कृति मिलती है तो किसी और चालक के सामने आत्मसमर्पण करना पड़ता है। पदार्थ-विद्या में जिसे 'इनर्शिया' कहते हैं, उसी की साधना को जो पवित्र समझता है, ऐसे मनुष्य के लिए स्थावरता और जंगमजा समान है; दोनों में से किसी में भी उसका अपना कर्तृत्व नहीं है। अन्त:करण का जो जड़त्व सर्व प्रकार की क्षमता का कारण है उससे मुक्ति लाभ का उपाय न तो परावलम्बन है न बाह्यानुष्ठान।

आज देश में जो आन्दोलन चल रहा है वह बंग-विभाजन के आन्दोलन से बहुत बड़ा है। उसका प्रभाव सारे भारतवर्ष पर पड़ रहा है। बहुत दिन तक हमारे नेताओं ने अंग्रेजी शिक्षा-प्राप्त लोगों के अतिरिक्त किसी की ओर दृष्टिपात नहीं किया; उनके लिए 'देश' नाम की वस्तु वही थी जो अंग्रेजी इतिहास पुस्तकों में मिलती है। वह देश अंग्रेजी भाषा की वाष्प से निर्मित एक मरीचिका-जैसा था। उस मरीचिका में बर्क, ग्लड्स्टन, मेजिनी गैरीबाल्डी की अस्पष्ट प्रतिमाएँ ही दिखाई पड़ती थीं। उसमें प्रकृत आत्मयोग या देश के लोगों के प्रति यथार्थ सहानुभूति नहीं थी। ऐसे समय महात्मा गांधी भारत के कोटि-कोटि गरीबों के द्वार पर आकर खड़े हुए। उन्होंने लोगों से उनकी अपनी भाषा में उनकी अपनी बातें कहीं। यह एक सत्य वस्तु थी, इसमें पुस्तकीय 'दृष्टान्त' नहीं थे। इसलिए उन्हें जो महात्मा का नाम दिया गया है वह सत्य नाम है। भारत के इतने लोगों को अपना आत्मीय समझनेवाला और कौन है? आत्मा में जो शक्ति का भंडार है वह सत्य का स्पर्श लगते ही उन्मुक्त हो जाता है। जैसे ही सत्य, प्रेम भारतवासियों के अवरुद्ध द्वार पर खड़ा होता है, वह द्वार खुल जाता है। चातुर्य पर आधारित राजनीति वन्ध्या है—इस बात की शिक्षा हमारे लिए बहुत दिन तक आवश्यक रही है। महात्मा के प्रसाद से आज हमने प्रत्यक्ष देखा है कि सत्य में कितनी शक्ति है। लेकिन चातुर्य है भीरु और दुर्बल लोगों का सहज धर्म—उसका विनाश करना हो तो उसे जड़ से काटना पड़ता है। आजकल बहुत-से बुद्धिमान लोग महात्मा के प्रयत्न को भी अपने राजनैतिक खेल की गुप्त चालों में शामिल करना चाहते हैं। उनका मन, जो मिथ्या से जीर्ण हो गया है, यह नहीं समझ पाता कि महात्मा के प्रेम से देश के हृदय में जो प्रेम छलक उठा वह कोई अवान्तर चीज नहीं है—उसमें ही मुक्ति है, उसमें ही देश अपने-आपको प्राप्त कर सकता है; अंग्रेजों का यहाँ होना-न-होना इस प्रेम के लिए गौण है। यह प्रेम स्वयं प्रकाश है, यह 'हाँ', किसी 'नहीं' के साथ यह बहस नहीं करना चाहता, क्योंकि उसे बहस करने की जरूरत नहीं है।

प्रेम की पुकार से भारत के हृदय में यह जो आश्चर्यजनक उद्बोधन हुआ है, उसका स्वर मैं भी समुद्र पार थोड़ा-बहुत सुन पाया था। बड़े आनन्द के साथ मैंने

सोचा, इस उद्बोधन के दरबार में सभी को बुलाया जाएगा, भारत की चित्तशक्ति के जो विचित्र रूप प्रच्छन्न हैं वे प्रकाशित होंगे। इसी को मैं मुक्ति समझता हूँ—प्रकाशन ही मुक्ति है। एक दिन भारत में बुद्धदेव ने सर्वभूतों के प्रति मैत्री का मंत्र अपनी सत्य-साधना से प्रकाशित किया था। उसके परिणामस्वरूप, सत्य की प्रेरणा से, भारत का मनुष्यत्व-शिल्प-कला और विज्ञान के ऐश्वर्य में व्यक्त हुआ था। राजनैतिक पक्ष में उस दिन भी भारत ऐक्य-साधन के क्षणिक प्रयत्नों के बाद बार-बार विच्छिन्न हुआ था; लेकिन उसके चित्त को निद्रा और प्रच्छन्नता से मुक्ति मिली थी। इस मुक्ति में इतना बल था कि भारत अपने-आपको देश की छोटी सीमाओं से आबद्ध न रख सका। समुद्र और पर्वत-राशि के पास जिस दूर-देश को भी उसने स्पर्श किया उसी के चित्त को ऐश्वर्य प्रदान किया। आज कोई वणिक या सैनिक यह काम नहीं कर सकता—ये पृथ्वी के जिस-जिस को स्पर्श करते हैं वहाँ विरोध, पीड़ा और अपमान जगाते हैं, विश्व-प्रकृति की सम्पदा नष्ट कर देते हैं। ऐसा क्यों होता है? इसलिए कि लोभ सत्य नहीं, प्रेम ही सत्य है। प्रेम जो मुक्ति देता है वह आन्तरिक पक्ष से देता है; लेकिन लोभ जब स्वातंत्र्य के लिए चेष्टा करता है, बलपूर्वक अपने उद्देश्य तक पहुँचने के लिए अस्थिर हो उठता है। बंग-विभाजन के दिनों में यह बात हमने देखी—उस समय हमने गरीबों को त्याग और दु:ख स्वीकार करने के लिए बाध्य किया, प्रेम द्वारा नहीं, बल्कि तरह-तरह के बाह्य दबाव डालकर। लोभ अल्प समय में ही एक विशिष्ट संकीर्ण फल प्राप्त करना चाहता है; लेकिन प्रेम का फल एक दिन का नहीं होता, कुछ दिनों का भी नहीं होता, प्रेम के फल की सार्थकता प्रेम के ही बीच होती है।

मैं इसी कल्पना के साथ घर लौटा कि बहुत दिनों के बाद हमारे देश में मुक्ति की वायु बहने लगी है। लेकिन यहाँ एक बात से मैं हताश हो गया हूँ; मैं देखता हूँ देश के मन पर एक विषम भार है। किसी बाह्य शक्ति की ताड़ना से सबको एक बात कहने और एक काम करने के लिए कठोर आदेश मिला है।

जब मैं कोई सवाल करना चाहता हूँ, सोचना चाहता हूँ, मेरे हितैषी व्याकुल होकर मेरा मुँह बन्द करते हैं और कहते हैं : 'इस समय तुम कुछ मत कहो।' देश के वातावरण में एक प्रबल उत्पीड़न है—वह लाठी-छुरी का उत्पीड़न नहीं, उससे भी भयंकर है, क्योंकि वह अदृश्य है। आजकल जो किया जा रहा है उसके बारे में किसी के मन में तिल-मात्र संशय हो, और डरते-डरते वह अपना सन्देश व्यक्त करे, तो फौरन उसके विरुद्ध एक दमन-शक्ति तैयार हो उठती है। किसी अखबार में एक दिन विदेशी कपड़ा जलाने के सम्बन्ध में कुछ लिखा गया था। लेखक ने अत्यन्त मृदुल भाषा में अपनी आपत्ति का आभास-मात्र दिया था। सम्पादक का कहना है कि दूसरे ही दिन पाठक-मंडली की अस्थिरता से वह स्वयं विचलित हो गया। जिस आग ने कपड़ा जलाया उसे कागज जलाने में कितने देर लगती। मैं देखता हूँ, एक

पक्ष के लोग अत्यन्त व्यस्त हैं, दूसरे पक्ष के लोग अत्यन्त त्रस्त। लोग कह रहे हैं, सारे देश की बुद्धि पर पर्दा डालना चाहिए, और समस्त विद्या पर भी। केवल आज्ञाकारिता को पकड़े रहना चाहिए। लेकिन किसके प्रति आज्ञाकारिता? मंत्र के प्रति? या अन्धविश्वास के प्रति?

आखिर आज्ञाकारिता क्यों? फिर वही बात उठती है, लोभ और इन्द्रिय-प्रवृत्ति की बात। थोड़े समय में और सस्ते दाम पर अतिदुर्लभ धन प्राप्त करने का विश्वास देश में जाग रहा है। यह संन्यासी की मंत्र-शक्ति से सोना उत्पन्न करने के विश्वास-जैसा है। इस विश्वास के प्रलोभन से मनुष्य अपनी विचार-बुद्धि पर अनायास ही तिलांजलि दे सकता है, और जो ऐसा करने के लिए राजी नहीं है उन पर क्रुद्ध होता है। बाहर के स्वातंत्र्य के नाम पर मनुष्य के आन्तरिक स्वातंत्र्य को इस तरह विलुप्त करना आसान हो जाता है। सबसे अधिक शोचनीय बात तो यह है कि सभी लोगों के मन में यह विश्वास नहीं होता, फिर भी वे कहते हैं कि इस प्रलोभन से देशवासियों के एक विशेष दल को प्रेरित करके एक विशेष उद्‌देश्य की पूर्ति की जा सकती है। इनके अनुसार जिस भारत का मंत्र है 'सत्यमेव जयते नानृतम्', वह भारत स्वराज नहीं प्राप्त कर सकता। और मुश्किल यह है कि इस लोभ को एक नाम दिया गया है, पर उसकी व्याख्या नहीं की गई। भय का कारण अस्पष्ट हो तो भय और बढ़ जाता है; उसी तरह लोभ का विषय अस्पष्ट होने से लोभ अधिक तीव्र हो जाता है क्योंकि इस अवस्था में कल्पना स्वच्छंद होती है और प्रत्येक व्यक्ति उस लोभ विषय को अपनी इच्छानुसार रूप देता है। जिज्ञासा द्वारा उसे पकड़ने की कोशिश की जाए तो वह एक आवरण से हटकर दूसरे आवरण में जा छिपता है। इस तरह एक ओर लोभ के लक्ष्य को अनिर्दिष्टता द्वारा विशाल बनाया गया है और दूसरी ओर लक्ष्य-प्राप्ति की साधना के समय और उपाय की अत्यन्त संकीर्ण सीमाओं में निर्दिष्ट किया गया है। व्यक्ति के मन को मोहाविष्ट करके जब उससे कहा जाता है : 'अपनी बुद्धि-विद्या, प्रश्न-विचार सब छोड़ दो—केवल आज्ञाकारिता रहने दो', तब उसके राजी होने में देर नहीं लगती। किसी विशेष बाह्यानुष्ठान द्वारा शीघ्र ही स्वराज्य मिलेगा—एक विशेष महीने की विशेष तारीख को मिलेगा—यह बात देश के अधिकांश लोगों ने आसानी से, बिना तर्क किए, स्वीकार कर ली; हाथ में गदा लेकर तर्क को पराजित करने के लिए वे प्रवृत्त हुए; अर्थात् अपना बुद्धि-स्वातंत्र्य विसर्जित करके दूसरे के बुद्धि-स्वातंत्र्य को छीनने के लिए उद्यत हुए यह क्या अत्यन्त चिन्ताजनक बात नहीं है? क्या इसी भूत को भगाने के लिए हमने ओझा को नहीं ढूँढ़ा है? लेकिन भूत जब स्वयं ओझा के रूप में दिखाई देने लगे तब तो हमारी विपद् की सीमा न रहेगी।

महात्मा ने अपने सत्य-प्रेम से भारत का हृदय जीत लिया है और इसके लिए हम सब उनकी श्रेष्ठता स्वीकार करते हैं। इस सत्य की शक्ति को प्रत्यक्ष देखकर आज हम कृतार्थ हैं। चिरन्तन सत्य के बारे में हम पुस्तकों में पढ़ते हैं, उसकी चर्चा करते

हैं, लेकिन जब उसे अपने सामने देखते हैं वह हमारे लिए पुण्य क्षण है। बहुत दिनों के बाद अकस्मात् हमें यह सुयोग मिला है। कांग्रेस तो हम रोज बना सकते हैं और भंग कर सकते हैं, भारत के प्रदेश-प्रदेश में अंग्रेजी भाषा में राजनैतिक भाषण देना भी हमारे लिए सरल है, लेकिन सत्य-प्रेम का वह स्वर्णदंड जिसके स्पर्श से सदियों के बाद चित्त जाग उठता, मोहल्ले की सुनार की दुकान में नहीं बनता। जिनके हाथ में यह दुर्लभ वस्तु देखी, उन्हें हम प्रणाम करते हैं।

लेकिन सत्य को प्रत्यक्ष देखने के बाद भी यदि उसके प्रति हमारी निष्ठा दृढ़ न हुई तो हमें फल क्या मिला? जिस तरह एक ओर हम प्रेम के सत्य को मानते हैं उसी तरह दूसरी ओर बुद्धि के सत्य को भी मानना होगा। कांग्रेस के द्वारा, या अन्य किसी बाह्य अनुष्ठान के द्वारा, देश का हृदय नहीं जागा—महान् अन्त:करण के अकृत्रिम प्रेमस्पर्श से ही जागा है। आन्तरिक सत्य का यह प्रभाव जब आज तक हम स्पष्ट देख सकते हैं, तो स्वराज्य-प्राप्ति के समय भी क्या उसी सत्य पर हमारा विश्वास नहीं होगा? उद्बोधन के क्षण जिसे हमने माना उसे क्या कार्य-सम्पादन के समय हम विसर्जित कर देंगे?

मान लीजिए, मैं वीणा के उस्ताद को ढूँढ़ रहा हूँ। पूर्व-पश्चिम कितने ही लोगों की परीक्षा की, लेकिन हृदय तृप्त नहीं हुआ। वे बातें खूब करते हैं, उनके पास कौशल काफी है, रोजगार भी यथेष्ट करते हैं—लेकिन उनकी बहादुरी से मन में प्रशंसा जाग सकती है, प्रेम नहीं। आखिर एक दिन अचानक ऐसा व्यक्ति मिलता है जिसके दो-चार मींड लगाते ही अन्त:करण का आनन्दस्रोत, जो अब तक बन्द था, क्षण-भर में फूट निकलता है। ऐसा क्यों होता है? इसलिए कि उस्ताद के हृदय में जो आनन्दमयी शक्ति है वह सत्य वस्तु है; वह अपनी आनन्द-शिखा से हृदय-हृदय में आनन्द-दीप जलाती है। मैं समझ गया, यही उस्ताद है; मैंने उसे मान लिया। इसके बाद एक वीणा तैयार करना आवश्यक हो गया। लेकिन वीणा बनाने के लिए एक-दूसरे ही प्रकार का सत्य जरूरी है। उसके पीछे भी विचार, शिक्षा, वस्तुतत्त्व है, बड़ा अध्यवसाय है। इस समय यदि मेरे उस्ताद मेरी दीन अवस्था पर तरस खाकर कहें : 'बेटा, वीणा बनाना एक बड़ा आयोजन है, तुमसे वह नहीं होगा। इससे अच्छा तुम इस लकड़ी में तार बाँधकर उसी से झंकार उत्पन्न करते रहो। अमुक महीने की अमुक तारीख को यह लकड़ी ही वीणा बनकर बजने लगेगी; तो यह बात मैं नहीं मान सकता। वास्तव में मेरी अक्षमता पर दया प्रकट करना उस्ताद के लिए उचित नहीं है। उन्हें यही कहना चाहिए: 'इतनी आसानी से यह काम नहीं हो सकता।' वही तो मुझे समझा सकते हैं कि वीणा में एक ही तार नहीं होता, उसके उपकरण बहुत-से होते हैं, रचना-प्रणाली सूक्ष्म होती है, नियम में जरा-सी त्रुटि हो जाने पर वीणा बेसुरी बजती है; इसलिए तत्त्व और नियम का विचारपूर्वक पालन करना होगा। देश के हृदय की गहराई से प्रतिक्रिया बाहर निकालना ही उस्ताद का वीणा-वादन

है। इस विद्या में प्रेम का सत्य कितना बड़ा है, यह हमने महात्मा जी से विरुद्ध रूप से सीखा है और इस सम्बन्ध में उनके प्रति हमारी श्रद्धा सदा अक्षुण्ण रहे। लेकिन स्वराज्य-निर्माण का तत्त्व बहुत विस्तृत है, उसकी प्रणाली दु:साध्य है, उसमें दीर्घ समय लगता है, उसमें आकांक्षा और हृदयावेग के साथ-ही-साथ तथ्यानुसन्धान और विचार-बुद्धि की जरूरत है। उसके लिए अर्थशास्त्रज्ञों को विचार करना होगा, यंत्रशास्त्रज्ञों को परिश्रम करना होगा, शिक्षातत्त्व और राज्यशास्त्र के विद्वानों को ध्यान देना होगा, काम करना होगा। अर्थात् देश के अन्त:करण को सभी दिशाओं से पूर्ण उद्यम में जागृत होना पड़ेगा। देश के लोगों की जिज्ञासा-वृत्ति का निर्मल और स्वतंत्र रहना जरूरी है, किसी कठोर शासन से बुद्धि को भीरु और निश्चेष्ट नहीं होने देना है। इस तरह देश की वैचित्र्यपूर्ण शक्ति को समेटना और उसे काम में लगाना किसके लिए सम्भव है? सभी लोगों की पुकार तो देश नहीं सुनता, इस बात की परीक्षा कई बार हो चुकी है। देश की पूरी शक्ति को देश-निर्माण के कार्य में आज तक कोई नियुक्त नहीं कर सका, इसीलिए हमारा इतना समय व्यर्थ गया। तभी इतने दिनों तक हम आशा करते रहे कि जिसके पास देश के लोगों को पुकारने का सत्य अधिकार है ऐसा व्यक्ति आकर प्रत्येक मनुष्य की आत्मशक्ति को कार्य में नियुक्त करेगा। किसी दिन भारत के तपोवन में हमारे दीक्षागुरु ने सत्यज्ञान के अधिकार से देश के सारे ब्रह्मचारियों को पुकारा था और कहा था :

यथाप: प्रवतायन्ति यथा मासा अहर्जरम्।
एवं मा ब्रह्मचारिणो धात आयन्तु सर्वत: स्वाहा॥

जिस तरह समस्त जल निम्न स्तर की ओर जाता है, जिस तरह सारे महीने संवत्सर की ओर जाते हैं, उसी तरह सभी दिशाओं से ब्रह्मचारीगण मेरे पास आएँ, स्वाहा! उस दिन की इस सत्यदीक्षा का फल अब तक पृथ्वी पर अमर है और उसका आह्वान अब तक विश्व के कानों तक पहुँचता है। आज हमारे कर्मगुरु उसी तरह देश की सारी कर्मशक्ति को आह्वान क्यों नहीं देंगे? क्यों नहीं कहेंगे—'आयन्तु सर्वत: स्वाहा', चारों दिशाओं से मेरे पास आओ? देश की समस्त शक्ति के जागरण में ही देश का जागरण है, और उसी में मुक्ति है। महात्मा जी को विधाता ने सबको पुकारने की शक्ति दी है, क्योंकि उनमें सत्य है। यही तो हमारा शुभ अवसर है। लेकिन उन्होंने एक संकीर्ण क्षेत्र में लोगों को पुकारा। उन्होंने कहा : सब मिलकर केवल सूत कातो, कपड़ा बुनो। क्या यह पुकार 'आयन्तु सर्वत: स्वाहा'—जैसी है? क्या वह नवयुग की महासृष्टि की पुकार है? विश्व-प्रकृति ने जब मधुमक्खी को छत्ते की संकीर्ण जीवन-यात्रा में आमंत्रित किया तब लाखों मधुमक्खियों ने कर्म की सुविधा के लिए अपने-आपको कमजोर बना दिया। अपने को छोटा करके जो आत्मत्याग उन्होंने किया उसके द्वारा उन्होंने मुक्ति के विपरीत दिशा में जानेवाला पथ अपनाया,

तब किसी देश के बहुसंख्यक लोग किसी लोभ या अनुशासन के कारण अन्धभाव से अपने-आपको कमजोर बनाते हैं, तब उनकी पराधीनता उनके अपने अन्त:करण में होती है। चरखा चलाना बहुत सरल है, तभी सबके लिए वह साध्य है। लेकिन सरलता की पुकार मनुष्य के लिए नहीं, मधुमक्खी के लिए है। मनुष्य से जब उसकी समस्त शक्ति माँगी जाती है तभी वह आत्मप्रकाश का ऐश्वर्य प्रदर्शित कर पाता है। स्पार्टा ने विशेष लक्ष्य की ओर दृष्टि जमाकर, मनुष्य की शक्ति को संकीर्ण क्षेत्र में प्रबल बनाने का प्रयत्न किया था; लेकिन स्पार्टा की विजय नहीं हुई। एथेन्स ने मनुष्य की पूरी शक्ति को उन्मुक्त करके उसे परिपूर्णता देने का प्रयत्न किया; एथेन्स की विजय हुई, उसकी जयपताका आज तक मानव-सभ्यता के शिखर पर फहरा रही है। यूरोप में सैन्यावासों और कारखानों में क्या मानव-शक्ति को कमजोर नहीं बनाया जा रहा है? क्या लोभ और उद्‌देश्य के लिए मनुष्यत्व को संकीर्ण नहीं किया जा रहा है? और क्या इसीलिए यूरोपीय समाज में आज आनन्दहीनता घनीभूत नहीं हो रही? मनुष्य को बड़े यंत्र द्वारा भी छोटा बनाया जा सकता है, छोटे यंत्र द्वारा भी; इंजिन के द्वारा छोटा किया जा सकता है और चरखे द्वारा भी। वहाँ चरखा स्वाभाविक है वहाँ वह कोई हानि नहीं पहुँचाता, वरन् उपकार ही करता है। लेकिन मानव-मन वैचित्र्यपूर्ण है, इसलिए चरखा जहाँ स्वाभाविक नहीं है वहाँ उसमें सूत के साथ-साथ मन भी कतता जाता है। मन सूत से कम मूल्यवान् वस्तु नहीं।

यह कहा गया है कि भारत में अस्सी प्रतिशत लोग खेती करते हैं और साल में छह महीने उन्हें कोई काम नहीं होता; उन्हें सूत कातने का प्रोत्साहन देने के लिए शिक्षित लोगों को भी चरखा चलाना चाहिए। पहले यह देखना है कि उपर्युक्त कथन में तथ्य कहाँ तक है। वास्तव में किसान कितने दिनों तक बेकार रहते हैं; जब खेती बन्द रहती है तब किसान जिन उपायों से जीविकोपार्जन करते हैं उनकी तुलना में सूत कातना कहाँ तक लाभप्रद होगा—इन सभी बातों पर विचार करना आवश्यक है। खेती के अतिरिक्त जीविकोपार्जन के किसी अन्य उपाय में सारे किसानों को लगाने से देश का कल्याण होगा या नहीं, इसमें भी सन्देह है। किसी के अनुमान पर निर्भर होकर हम एक ऐसे मार्ग को नहीं अपना सकते जिसका सम्बन्ध जनसाधारण से है। विश्वसनीय प्रणाली से तथ्यों का अनुसन्धान करना आवश्यक है। उसके बाद ही उपाय के औचित्य के विषय में सोचना सम्भव होगा।

कुछ लोगों ने मुझसे कहा है : 'देश की चित्तशक्ति को हम चिरकाल के लिए संकीर्ण नहीं करना चाहते। यह संकीर्णता अल्प समय तक रहेगी।' लेकिन अल्प-काल के लिए भी संकीर्णता क्यों? इसलिए कि इस उपाय से हम अल्पकाल में स्वराज प्राप्त करेंगे? यह कहाँ का युक्तिवाद है! अपना कपड़ा स्वयं तैयार करना—केवल यही तो स्वराज नहीं है। स्वराज हमारी वस्त्र-स्वच्छता पर तो प्रतिष्ठित नहीं है। उसका यथार्थ आधार हमारा मन है—मन ही अपनी 'बहुधा-शक्ति' द्वारा, आत्मशक्ति पर

आस्था द्वारा, स्वराज की सृष्टि करता है। किसी भी देश में इस स्वराज-सृष्टि की क्रिया समाप्त नहीं हुई—किसी-न-किसी अंश में प्रत्येक देश में लोभ या मोह की प्रेरणा से बन्धन की अवस्था बाकी रह गई है। लेकिन उस बन्धन-दशा का कारण मनुष्य का चित्त ही है। सभी देशों में निरन्तर इस चित्त पर ही स्वातंत्र्य का दायित्व-भार पड़ता है। हमारे देश में भी चित्त के विकास पर ही स्वराज की स्थापना निर्भर है। उसके लिए कोई बाह्य क्रिया या फल नहीं, ज्ञान-विज्ञान चाहिए। देश के चित्त पर प्रतिष्ठित इस स्वराज को कुछ दिन चर्खे पर सूत कातकर ही कम प्राप्त करेंगे, इस कथन में तर्क कहाँ है? युक्ति के बदले उक्ति से काम कभी नहीं चलेगा। मनुष्य के मुँह से यदि हम दैववाणी सुनने लगें तो हमारे देश में पहले ही जो हजारों तरह के विनाशकारी रोग हैं, उनमें यह अन्यतम और प्रबलतम होगा। यदि एक बार हम यह सोच लें कि दैववाणी के अलावा और किसी बात से देश प्रभावित नहीं होता, तो थोड़े-से प्रयोजन के लिए दिन-रात दैववाणी ही प्रस्तुत करनी होगी—दूसरी कोई वाणी नहीं टिक सकेगी। जिन लोगों को हम युक्ति के बदले उक्ति से सन्तुष्ट करेंगे उन पर आत्मा के बदले किसी-न-किसी 'कर्ता' का ही अधिकार होगा। मैं मानता हूँ कि हमारे देश में दैववाणी, दैवी ओषधि, बाह्य जगत् में दैवीक्रिया—इन सबका बड़ा प्रभाव है लेकिन इसीलिए यह और भी आवश्यक है कि स्वराज की बुनियाद डालते समय दैववाणी के आसन पर बुद्धिवाणी को बिठाया जाए, क्योंकि—जैसा मैं एक और प्रबन्ध में कह चुका हूँ—दैव ने स्वयं आधिभौतिक राज्य में बुद्धि का राज्याभिषेक कराया है। आज बाह्य जगत् में वही लोग स्वराज प्राप्त करके उस स्वराज की रक्षा कर सकेंगे जो आत्मबुद्धि के जोर से आत्म-कर्तृत्व उपलब्ध कर सकते हैं, और जो इस गौरव को किसी लोभ या मोह से दूसरों के हवाले करना नहीं चाहते। आज वस्त्र के अभाव से लज्जित और कातर देश के कपड़ों के ढेर जलाए जा रहे हैं—इसकी माँग किस वाणी ने की है? उसी दैववाणी ने? कपड़े के व्यवहार अथवा वर्जन के साथ अर्थशास्त्र का घनिष्ठ सम्बन्ध है, इस शास्त्र की भाषा में ही इस विषय पर देश से कुछ कहा जा सकता है। यदि बुद्धि की भाषा मान्य करने का हमारा अभ्यास बहुत दिनों से छूट गया है, तो और सब काम छोड़कर सबसे पहले इन अनभ्यास के विरुद्ध लड़ाई करनी होगी। यह अनभ्यास ही हमारा आदि अपराध (original sin) है। इस भूल को ही प्रश्रय देकर आज यह घोषणा की गई है : 'विदेशी कपड़ा अपवित्र है, उसे जला डालो। अर्थशास्त्र को बहिष्कृत करके उसके स्थान पर धर्मशास्त्र को जबरदस्ती बिठाया गया है। अपवित्रता की बात धर्मशास्त्र के क्षेत्र में है, अर्थशास्त्र से उसका कोई सम्बन्ध नहीं है। मिथ्या का वर्जन क्यों करना चाहिए? मिथ्या अपवित्र क्यों है? केवल इसलिए नहीं कि उससे हमारा प्रयोजन सिद्ध नहीं होता या अनिष्ट होता है; बल्कि इसलिए कि प्रयोजन सिद्ध हो या न हो, उससे हमारी आत्मा मलिन होती है। इसलिए यहाँ अर्थशास्त्र या राजनीति लागू नहीं होती,

यहाँ धर्मशास्त्र की वाणी प्रबल है। लेकिन किसी कपड़े के पहनने या न पहनने में यदि हम कोई भूल करते हैं तो अर्थशास्त्र, स्वास्थ्य विज्ञान या सौन्दर्य-तत्त्व की भूल है, धर्मशास्त्र की नहीं। इसके उत्तर में कुछ लोग कहते हैं, 'जो भूल देह-मन को दुःख पहुँचाती है, वह अधर्म है' लेकिन मैं कहूँगा, भूल चाहे जैसी भी हो, उसका दुःख तो मिलेगा ही। ज्योमेट्री की भूल से रास्ता बिगड़ जाता है। दीवार टेढ़ी बनती है, पुल का निर्माण इस तरह से होता है कि उस पर रेल चले तो दुर्घटना निश्चित है। लेकिन इस भूल का संशोधन धर्मशास्त्र से नहीं हो सकता, छात्र की जिस नोटबुक में ज्योमेट्री की अशुद्धि हो उसे अपवित्र कहकर नष्ट करने से अशुद्धि का संशोधन नहीं होता—ज्योमेट्री के सत्य नियम के अनुसार उस भूल को सुधारना होगा। लेकिन मास्टर के मन में यह विचार उठ सकता है : 'यदि मन में इस नोटबुक को अपवित्र न कहूँ तो यह लड़का अपनी भूल नहीं मानेगा।' ऐसा विचार यदि मन में है, तो सबसे पहले किसी-न-किसी उपाय से मास्टर के इस चित्तगत दोष का संशोधन करना होगा, तभी छात्रा को उचित शिक्षा मिलेगी।

कपड़ा जलाने का आदेश आज हमें मिला है। प्रथमतः, वह आदेश है केवल इसीलिए उसे मानना होगा, यह बात मैं स्वीकार नहीं कर सकता। आँखें बन्द करके आदेश मानने की विषम विपत्ति से देश को बचाने के लिए हमें युद्ध करना है। देश को एक आदेश से दूसरे आदेश तक ले जाना, उस आदेश-समुद्र के सात घाटों का पानी पिलाना, मुझे मंजूर नहीं, द्वितीयतः, जिसे जलाने का आयोजन चल रहा है वह कपड़ा मेरा नहीं है—जिन देशवासियों को कपड़े का अभाव है, उन्हीं का है। मैं उसे जलानेवाला कौन होता हूँ? यदि वे स्वयं कहें 'इसे जला दो' तो आत्महत्या का भार आत्मघाती पर ही पड़ेगा, हम पर नहीं। जो मनुष्य कपड़े का त्याग कर रहा है, उसके पास काफी कपड़े हैं, और जिससे जबरदस्ती त्याग कराया जा रहा है वह कपड़े के अभाव से घर से बाहर नहीं निकल पाता। इस तरह के बलपूर्वक कराए गए प्रायश्चित्त से पाप का क्षालन नहीं होता। बार-बार कह चुका हूँ और फिर कहता हूँ, कि बाह्य फल के लोभ से हम अपने मन को नहीं खो सकते। जिस यंत्र के दौरात्म्य से पृथ्वी पीड़ित है, उसका जब महात्मा जी विरोध करते हैं तब मैं उनके साथ हूँ लेकिन जो मोहमुग्ध, मंत्रमुग्ध आज्ञाकारिता देश के दैन्य और अपमान की जड़ है उसकी सहायता करते हुए मैं यंत्र के विरुद्ध लड़ाई नहीं करूँगा। उसी के विरुद्ध तो हमारा मुख्य संघर्ष है, उसको पराजित करके ही हमें अन्दर-बाहर स्वराज मिलेगा।

कपड़ा जलाना मुझे मंजूर है, लेकिन किसी उक्ति की ताड़ना से नहीं। काफी सोच-विचार के बाद, यथोचित उपायों से, विशेषज्ञ प्रमाण-संग्रह करें और हमें समझा दें कि कपड़ा पहनने के विषय में हमारी जो अर्थशास्त्रमूलक भूलें हैं उन्हें दूर करने की कौन-सी उचित व्यवस्था हो सकती है। बिना प्रमाण या तर्क के मैं कैसे कह सकता हूँ कि किसी विशेष कपड़े को पहनने का आर्थिक अपराध उसे कपड़े को

जला डालने से दूर होगा—कैसे कह सकता हूँ कि दूर होने के बदले इससे अपराध की जड़ें और नहीं फैलेंगी, मैनचेस्टर का फाँस और भी दृढ़ नहीं होगा? यह तर्क मैं विशेषज्ञ की हैसियत से नहीं बल्कि एक जिज्ञासु की हैसियत से प्रस्तुत कर रहा हूँ—मैं विशेषज्ञ नहीं हूँ। मैं यह नहीं कहता कि विशेषज्ञ का वचन वेद-वाक्य है, लेकिन सुविधा यही है कि विशेषज्ञ वेद-वाक्य की तरह बात करते ही नहीं, वे भरी सभा में हमारी बुद्धि को आह्वान देते हैं।

वह दिन आ गया है कि हम एक बात पर विचार करें—भारत को वर्तमान उद्‌बोधन सारी पृथ्वी के उद्‌बोधन का अंग है। महायुद्ध की तूर्यध्वनि से नए युग का आरम्भ हुआ है। महाभारत से हम पढ़ते हैं, आत्म-प्रकाशन के पहले का काल अज्ञातवास का काल था। कुछ समय से पृथ्वी पर मानव-मानव में जो घनिष्ठ सम्बन्ध स्थापित हुए हैं वे अब तक अज्ञात थे। इन सम्बन्धों का रूप बाह्य था, उसने हमारे मन में प्रवेश नहीं किया था। युद्ध के आधान से जब क्षण-भर के लिए सारी मानव-जाति विचलित हो उठी, तब ये सम्बन्ध छिपे नहीं रहे। एक दिन अचानक आधुनिक सभ्यता—अर्थात् पाश्चात्य सभ्यता—की दीवार काँप उठी। यह बात समझ में आई कि इस कम्पन का कारण स्थानिक या क्षणिक नहीं था, वह विश्वव्यापी था। मनुष्य का मनुष्य के साथ सम्बन्ध एक महादेश से दूसरे महादेश तक व्याप्त है, उसमें जब तक सत्य का सामरस्य नहीं होगा यह कारण दूर नहीं होगा। जो भी देश अपने-आपको बिलकुल अलग रूप से स्वतंत्र देखेगा उसका वर्तमान युग से विरोध होगा, और उसे किसी तरह शान्ति नहीं मिलेगी। लोगों ने समझा कि अब से प्रत्येक देश जब अपने विषय से विचार करेगा तो उसके विचार का क्षेत्र दुनिया-भर व्याप्त होगा। चित्त की इस विश्वासोन्मुख वृत्ति को विकसित करना ही वर्तमान युग की शिक्षा-साधना है। कुछ दिनों से हम देख रहे हैं कि भारतीय राजनीति में एक मूलगत परिवर्तन्न हो रहा है। इसके पीछे भारत की राष्ट्रीय समस्या को विश्व-समस्या के अन्तर्गत करने का प्रयास है। युद्ध ने हमारे मन के सामने से एक पर्दा हटा दिया है—जो कुछ भी विश्व के लिए हितकर नहीं है, वह हमारे अपने स्वार्थ के विरुद्ध है, यह बात हमारा मन किताबों के पन्नों में नहीं, प्रत्यक्ष व्यवहार में देख पाता है। और वह समझ लेता है कि जहाँ अन्याय है वहाँ बाह्य अधिकार होने पर भी सत्य-अधिकार नहीं हो सकता है। बाह्य अधिकार को संकुचित करके भी यदि सत्य-अधिकार मिल सकता तो इसमें लाभ ही है, नुकसान नहीं। मनुष्य की बुद्धि में यह जो विराट् परिवर्तन हुआ है, जिससे उसका चित्त संकीर्णता को छोड़कर भूमा की ओर जा रहा है, उसी से राजनीति में परिवर्तन आरम्भ हुआ है। इसमें असम्पूर्णता है, बाधाएँ हैं—स्वार्थबुद्धि शुभबुद्धि पर आक्रमण करेगी ही—लेकिन यह सोचना अन्याय होगा कि स्वार्थ-बुद्धि ही पूरी तरह स्वाभाविक है, और शुभबुद्धि केवल चालाकी पर आधारित है। मैंने अपनी साठ वर्षों की अभिज्ञता से एक बात जान ली है—टपकता जैसी दु:साध्य और इसीलिए

दुर्लभ, दूसरी कोई चीज नहीं है। नितान्त कपटी मनुष्य विरला होता है। वास्तव में प्रत्येक मनुष्य में किसी-न-किसी मात्रा में चारित्र्य का द्वैध होता है। हमारी बुद्धि के पास 'लॉजिक' का जो अधिकार है उससे दो विरोधी पदार्थों को एकमात्र पकड़ना कठिन है, इसीलिए जब हम अच्छे के साथ बुरे को देखते हैं तो झटपट तय कर लेते हैं कि इसमें से जो अच्छा लगता है वह 'चातुर्य' मात्र है। आजकल पृथ्वी में जो सार्वजनीन प्रचेष्टाएँ चल रही हैं उनमें पग-पग पर मानव-चरित्र का यही द्वैध दिखाई पड़ेगा। ऐसी अवस्था में यदि हम मानव-चरित्र का अतीत के पक्ष में विचार करे, तो सोचेंगे कि स्वार्थबुद्धि की यथार्थ हैं; क्योंकि पिछले युगों, की नीति भेदबुद्धि की नीति रही है। लेकिन यदि हम उसे भविष्य के पक्ष से देखें तो शुभबुद्धि को ही यथार्थ समझेंगे, क्योंकि आगामी काल की प्रेरणा मनुष्य को संयुक्त करने की प्रेरणा है। जो बुद्धि सबको संयुक्त करती है वही शुभबुद्धि है। 'लीग ऑफ नेशन्स', भारतीय शासन-सुधार, इन सबमें भावी युग के सम्बन्ध में पश्चिम की वाणी सुनाई पड़ती है। यद्यपि यह वाणी सत्य को पूर्णतया प्रकाशित नहीं करती फिर भी इसका प्रयास सत्य की ही और अभिमुख है।

आज इस विश्चित्त-उद्बोधन के प्रभाव में हमारी राष्ट्रीय प्रचेष्टा में यदि विश्व की सार्वजनीन वाणी न हो तो हमारी दीनता व्यक्त होगी। मैं नहीं कहता कि हमारे प्रस्तुत प्रयोजन के जो कार्य हैं, उन्हें हम छोड़ दें। लेकिन जब भोर को पक्षी जाग उठता है, उसका जागरण केवल आहार ढूँढ़ने के लिए नहीं होता—आकाश के आह्वान को उसके दो अथक पंख स्वीकार करते हैं : आलोक के आनन्द से उसके कंठ से गान फूट निकलता है। आज सर्वमानव के चित्त ने हमारे चित्त को पुकारा है। हमारा चित्त अपनी भाषा में उसे स्वीकार करे, क्योंकि आह्वान स्वीकार करने की क्षमता प्राणशक्ति का लक्षण है। किसी समय हमारी राजनीति दूसरों का मुँह ताकने की नीति थी, हम दूसरों के दोषों की तालिका बनाते थे, दूसरों को उनकी त्रुटियों की याद दिलाते रहते थे।

आज जब हम अपनी राजनीति को परपरायणता से अलग करना चाहते हैं, हम फिर दूसरों के अपराधों की सूची बार-बार पढ़कर अपनी वर्जन-नीति का पालन-पोषण कर रहे हैं। इससे जो मनोभाव उत्तरोत्तर प्रबल हो रहा है, वह हमारे चित्ताकाश में रक्तिम धूल उड़ाकर हमारे चिन्तन से विशाल जगत् को ओझल रख रहा है, प्रवृत्ति का जल्दी-से-जल्दी समाधान करने के लिए हमें उत्तेजित कर रहा है। समस्त विश्व के साथ जुड़े हुए भारत के विराट् रूप पर हमारी दृष्टि नहीं आती, इसलिए हमारे कर्म और चिन्तन से भारत का जो परिचय मिलता है वह हीन है, उसमें दीप्ति नहीं, उसमें हमारी व्यवसाय-बुद्धि ही प्रधान है। व्यवसाय-बुद्धि कभी किसी महान् वस्तु की सृष्टि नहीं करती। पाश्चात्य जगत् में आज इसका अतिक्रमण करके शुभबुद्धि को जगाने की आकांक्षा और उद्यम दिखाई देता है। मैंने वहाँ कितने ही लोग देखे हैं

जो इसी संकल्प को हृदय में लेकर संन्यासी हो गए हैं, अर्थात् जो राष्ट्रीय बन्धनों को तोड़कर ऐक्य-साधना के लिए घर का त्याग करके बाहर निकल पड़े हैं, जो अपने अन्त:करण में मनुष्य का आन्तरिक अद्वैत देख सके हैं। अंग्रेजों में भी संन्यासी मैंने बहुत देखे हैं उन्होंने राष्ट्रीय अहंकार से दुर्बलों को बचाने के लिए अपने देश-बान्धवों के हाथ से आघात और अपमान नि:संकोच स्वीकार किया। फ्रांस में ऐसे संन्यासी देखे—इनमें रोमां रोलां भी हैं—जिनका वहाँ के लोगों ने बहिष्कार किया है। यूरोप के अख्यात प्रदेशों में भी मैंने ऐसे संन्यासी देखे हैं। यूरोप के छात्रों में भी ऐसे लोग हैं, मानवता की ऐक्स-साधना से उनका मुखमंडल दीप्तिमान है। वे भावी युग की महिमा के लिए वर्तमान युग के सारे आघात धैर्यपूर्वक वहन करना चाहते हैं, सारे अपमानों को वीरतापूर्वक क्षमा करना चाहते हैं। क्या केवल हम आज इस शुभ की प्रभात वेला में दूसरों के अपराध का स्मरण करेंगे? अपना राष्ट्रीय सृष्टिकार्य कलह के ऊपर प्रतिष्ठित करेंगे? क्या इस प्रभाव में हम उस शुभबुद्धिदाता को स्मरण नहीं करेंगे 'य एक:' —जो एक है; 'अवर्ण:'—जो वर्णहीन है, जिसमें स्याह-सफेद का भेद नहीं : 'बहुधाशक्ति योगात् वर्णाननेकान् निहितार्थो दधाति'—जो अपनी बहुशक्ति के योग से अनेक वर्णों के लोगों के लिए अनेक अन्तर्निहित प्रयोजन का विधान करता है, क्या हम उसी से यह प्रार्थना नहीं करेंगे—'न बुद्ध्या शुभया संयुनक्तु'—वह हम सबको शुभबुद्धि द्वारा संयुक्त करे?

[टैगोर का यह निबन्ध बंगला पत्रिका 'प्रवासी' में 1921 में प्रकाशित हुआ जो गांधी के असहयोग आन्दोलन की आलोचना पर आधारित है।]

चरखा यज्ञ

आचार्य प्रफुल्ल चन्द्र राय ने छापे के अक्षरों में मेरी निन्दा की है क्योंकि मैं चरखा चलाने में उत्साह का प्रदर्शन नहीं कर सका हूँ। दंडित करते समय भी वह मेरे प्रति निर्दय नहीं हो सके हैं और उन्होंने मुझे मेरी बदनामी में भी, आचार्य ब्रजेन्द्रनाथ शील जैसे प्रख्यात व्यक्ति को साथी के रूप में प्रदान किया है। इससे मेरी पीड़ा का निवारण हुआ है और शाश्वत मानवीय सत्य का एक नवीन प्रमाण मिला है कि हम कुछ लोगों के विचारों से सहमत होते हैं कुछ अन्य लोगों के विचारों से नहीं। इससे यही सिद्ध होता है जब ईश्वर ने मनुष्य की बुद्धि उत्पन्न की तो उसके सामने मकड़ी की मानसिकता आदर्श नहीं थी जिसकी नियति निरन्तर एक जैसा जाला बनाने की होती है और यह मानव प्रकृति के प्रति अत्याचार है कि किसी झुंड के माध्यम से उस पर दबाव डाला जाए और उसे एक जैसे रूप और आकार तथा प्रयोजन के लिए एक मानकीकृत उपयोगी वस्तु में परिवर्तित कर दिया जाए।

अपने बचपन के दिनों जब मैं नौका विहार के लिए नदी पर जाता था, तब जगन्नाथ घाट के नाविक चारों तरफ से मुझे घेर लेते थे और हर एक अपनी नाव लेने के लिए जोर डालता था। हालाँकि मेरे द्वारा नाव का चुनाव हो जाने के बाद झगड़े का अन्त हो जाता था, क्योंकि यदि नावें अनेक थीं तो सवारियाँ भी तो बहुत सारी थीं, और उसी तरह गन्तव्य स्थान भी अनेक थे। लेकिन, मान लीजिए तारकेश्वर मन्दिर से आए किसी स्वप्न के आधार पर किसी एकमात्र नाव को पवित्रता की श्रेष्ठता का प्रमाण-पत्र दे दिया जाता, तब तो दलालों के किराया ऐंठने को बरदाश्त करना मुश्किल हो जाता, सवारियों के आन्तरिक विश्वास के बावजूद कि यद्यपि नदी पार किनारा चाहे एक हो, लेकिन नाव से उतरने के घाट कई हैं और अलग-अलग स्थित हैं।

हमारे शास्त्र कहते हैं दैवी शक्ति विविध रूपा है इसीलिए सृष्टि-कार्य में कई भिन्न-भिन्न तत्त्व गतिशील होते हैं। मृत्यु होने पर ये एक तत्त्व में विलीन हो जाते हैं क्योंकि विध्वंस में ही केवल साम्य होता है। ईश्वर ने मनुष्य को भी वही बहुआयामी शक्ति दी है इसी कारण उसके द्वारा रचित सभ्यता में विभिन्नता की दैवी सम्पदा है। ईश्वर का यही प्रयोजन है कि मानव समाजों में विभिन्नता एकता की माला में साथ-साथ गुँथी रहे, जबकि अक्सर हमारे सार्वजनिक नश्वर विधान के अनुसार किसी

विशेष परिणाम के लालच में, उन सबको एकरूपता के ढेले में गूँथने की इच्छा होती है। तभी तो हम इस दुनिया के कारोबारों में बहुत सारे वर्दीधारी, मशीन से निर्मित मजदूरों को देखते हैं, बहुत सारी कठपुतलियों को एक ही डोरी से नाचते हुए देखते हैं। और दूसरी तरफ, जहाँ मनुष्य की अन्तरात्मा विफलता की उदासीनता में परिवर्तित नहीं हुई है वहाँ हम एकरूपता के कुटे हुए यांत्रिक गारे के विरुद्ध निरन्तर विद्रोह की भावना भी देखने को मिलती है यदि हम किसी देश में इस प्रकार के विद्रोह के लक्षण नहीं पाते, यदि हम पाएँ कि उसके लोग दब्बूपने में अथवा सन्तोषपूर्वक धूल में अधोमुख हैं किसी मालिक की लाठी के मूक आतंक से, अथवा किसी गुरू के आदेश का आँख मूँदकर पालन करने से, तो वास्तव में हमें समझ लेना चाहिए कि ऐसे मरणासन्न देश के लिए शोक मनाने का समय आ गया है।

हमारे देश में, एकरूपता में ढालने की अनिष्टकारी प्रक्रिया काफी दिनों से चली आ रही है। हर जाति के हर एक आदमी को उसका धन्धा निश्चित कर दिया गया है, साथ ही एक भ्रम से उसे सम्मोहित कर दिया जाता है कि दैवी विधान, जो उसके पूर्वजों ने स्वीकार किया था उसका उल्लंघन करने से उसे पाप लगेगा। एक चींटी की तरह अनुकरण की सामाजिक व्यवस्था से रोजमर्रा के कामकाज करना तो आसान होता है लेकिन खासतौर से मनुष्यत्व की सम्पदा की उपलब्धि दुष्कर होती है। इससे उस मनुष्य के, जो दास है और जिसका श्रम नीरस है उसके अंगों को तो निपुणता मिल जाती है लेकिन इससे बुद्धि का विनाश हो जाता है जो कि कर्ता है और जिसका काम सृजन करना होता है। इस प्रकार भारत में दीर्घकाल से हम जो पहले हुआ है उसी की पुनरावृत्ति का तमाशा करते आ रहे हैं।

निरन्तर पिसने की इस प्रक्रिया से भारतवासियों ने असल जीवन से ही अरुचि पैदा कर ली है। जन्म-जन्मान्तरों से इस पिसने को स्थायित्व देने की विभीषिका से इन्होंने सारी मानसिक क्षमताओं को बन्दी बनाकर एकदम निष्क्रिय कर लिया है। जो स्वयं कर्म की जड़ पर कुठाराघात है। इस चिरस्थायी पुनरावर्तन की नीरसता की भयानकता की आदत की अनुभूति अब उन्हें अच्छी तरह हो गई है। इसके अतिरिक्त जिन लोगों का जीवन यंत्रवत् बना दिया गया है उन्होंने केवल नीरसता का ही कष्ट नहीं सहा, बल्कि उनमें आक्रमण अथवा शोषण के विरुद्ध संघर्ष करने की सारी शक्ति भी क्षीण हो गई है। युग-युगान्तर से बलवानों ने उन पर प्रहार किया है, धूर्तों ने उन्हें ठगा है और जिन गुरुओं के समक्ष उन्होंने आत्म-समर्पण किया उन्होंने इनको भ्रमित किया है। ऐसी नितान्त अकर्मण्यता की स्थिति इसलिए आसान बनी क्योंकि ऐसा उपदेश दिया जाता है कि परमात्मा के अपरिवर्तनीय विधान के माध्यम से उन्हें मृत्यु के नीरस बेड़े में जीवित समय के सागर में इधर-उधर थपेड़े खाना निर्धारित है। और ऐसे व्यवसाय के भार से लदे हैं जिससे मानव स्वभाव में परिवर्तन करने की गुंजाइश नहीं है।

हमारे शास्त्र चाहे कुछ भी कहें या न कहें, विधाता के काम की लोगों की यह आम धारणा, उसने मानव की सृष्टि जिस प्रयोजन से की है, उसके एकदम विपरीत है। विधाता ने मनुष्य को स्वत: चक्कर लगानेवाला चक्की का पाट बनाने के बजाय उसकी संरचना में बुद्धि नाम की अत्यन्त कमनीय जीवन्त वस्तु चुपके से सरका दी है। और जब तक मनुष्य से इस बुद्धि का परित्याग नहीं करा दिया जाता, तब तक इसे मशीन में परिवर्तित करना असम्भव रहेगा। अभी तक उच्च वर्ग के लोग भय दिखाकर अथवा लालचवश भ्रामक उपदेशों से जनता की बुद्धि को निष्क्रिय करने में सफल रहे हैं। वे माल ऐंठने में भी सफल रहे हैं—एक जाति से केवल उनके करघे से कपड़ा बुनवाकर, दूसरी जाति से उनके चाक से बर्तन बनवाकर और तीसरी से उनके कोल्हू से तेल पिरवाकर। अब, जब इन जैसे लोग अपनी बुद्धि का प्रयोग करके किसी बड़े काम को करने की माँग करते हैं तो ऊँची जातिवाले लोग भौचक्के रह जाते हैं। वे चीखकर कहते हैं 'बुद्धि' अरे यह क्या चीज है भाई? हमें क्यों नहीं कहते कि क्या करना है और हमें कुछ मंत्र मौखिक रूप से युगों-युगों तक जाप करने के लिए दो।

हमारी बुद्धि को जीवन्त विचारों के अनधिकार प्रवेश को रोकने के लिए बाड़ (हेज) का काम करने के लिए कतर के इसी प्रयोजनार्थ छोटा कर दिया गया है। हम देखते हैं कि इसके बावजूद अपने अधिकारों का दावा करनेवाले इस युग में, कुछ शरारती टहनियाँ बाड़ की सजावट और सुव्यवस्था को अस्त-व्यस्त कर अपना स्थान बनाने की कोशिश कर रही हैं। यदि रात्रि के कीड़े की भिनभिनाहट की भाँति, हमारे सभी के अन्त:करण लगातार किसी एक निर्धारित मंत्र को प्रतिध्वनित करने की मनाही करते हैं तो इससे किसी को नाराज अथवा भयभीत होने की आवश्यकता नहीं है क्योंकि केवल इसी के कारण स्वराज्य प्राप्ति की कल्पना की जा सकती है। इसीलिए मुझे कोई शर्मिन्दगी नहीं हालाँकि डर अवश्य है—इस बात को स्वीकार करने में कि चरखा आन्दोलन से मेरा अन्त:करण प्रभावित नहीं है। बहुत से लोग इसे एकदम मेरी धृष्टता मानेंगे, वे आवेश में आकर अपशब्द भी कह सकते हैं क्योंकि इस तरह उनकी भावनाओं को कुछ राहत मिलती है एक मछली भी जाल से बाहर जाती हुई नजर आए। फिर भी, मैं वही करने को मजबूर हूँ मेरी जैसी स्थिति में और लोग भी हैं हालाँकि उन सबका पता लगाना मुश्किल है। क्योंकि जहाँ हाथ तकली से काम करने का अनिच्छुक हो वहाँ मुँह तारीफों का सूत कातने में व्यस्त है।

मेरा यह दृढ़ विचार है कि भीड़ की मानसिकता पर समझाने-बुझाने का अत्यधिक दबाव इसके लिए हानिकारक है। बहुत सारे लोगों में किसी जोरदार और व्यापक विश्वास के जुनून से एक विशाल और प्रबल, सुविधाजनक एकता अचानक पैदा हो सकती है। एक क्षण के लिए ऐसा लगता है कि थोक के भाव हृदय परिवर्तन का जादू हुआ है और इस तरह की अनर्थकारी घटना हमारी विवेक की शक्ति को भौचक

कर देती है। इससे बाजार में आई धूम की तरह आसानी से उपलब्धि की बड़ी-बड़ी उम्मीदें जग जाती हैं। आश्चर्यजनक रूप से मिली तात्कालिक सफलता, इसकी वास्तविकता की कसौटी नहीं है। इसकी सफलता का असली आयाम खतरनाक ढंग से यकायक हमारी सार्वजनिक विवेक-शक्ति को निस्तेज करना है। मानव स्वभाव में लचीलापन होता है और जल्दबाजी में इसे किसी विशेष दिशा की ओर मुड़ने को विवश कर दिया जाता है जो इसकी सामान्य और हितकारी सीमाओं से काफी हटकर होता है। लेकिन इसकी प्रतिक्रिया अवश्यम्भावी होती है और जब इसके फलस्वरूप मोहभंग होता है तब नैतिक पतन का सुनसान मार्ग ही बाकी बचता है। हाल ही में हिन्दू-मुस्लिम एकता की काल्पनिक उम्मीदों से हुए अत्यधिक हर्षोल्लास का इसी तरह का अनुभव हमें हो चुका है। और इसीलिए देश में चरखा के प्रति बहुत से लोगों की अन्ध श्रद्धा से मैं आशंकित हूँ जो आसान उपाय के लालच के वशीभूत हो सकते हैं जब यह उपाय किसी ऐसी महान हस्ती, जिसकी नैतिक गम्भीरता पर उन्हें कोई सन्देह न हो, द्वारा सुझाया जाए।

बहरहाल, मेरे कहने का तात्पर्य है कि यदि आज हमारे देश में गरीबी आई है तो हमें मालूम होना चाहिए कि इसके मूल कारण जटिल रूप से बहुशाखी हैं और ये सब हमारे अपने अन्दर हैं। एकमात्र बाहरी लक्षण पर सारे देश का ध्यान अटका रहे और उसके लिए एक और समान उपाय लागू करने से तो इस दानव को परास्त करना सम्भव नहीं होगा। यदि मनुष्य पत्थर की प्रतिमा होता तो इसके अंगों की त्रुटि को छैनी और हथौड़े से सुधारा जा सकता था लेकिन जब उसके अंग ही झुर्रीदार हों तो उसकी रचना ही दोषपूर्ण होती है उसके किसी बाह्य अंग पर बार-बार हथौड़ा चलाने से तो प्रतिमा ही ध्वस्त हो जाएगी इसके लिए तो प्रतिमा की पुनर्रचना ही इसके सुधार का उपाय है।

उन दिनों जब हमारे देश को मुगल और पठानों का सामना करना पड़ा तब हिन्दू प्रभुसत्ता की कागजी-इमारत छिन्न-भिन्न हो गई थी। उस समय हाथ से बुने कपड़े की कमी नहीं थी लेकिन इससे उन्हें स्थिरता नहीं मिली। और, फिर भी उन दिनों राजा और प्रजा के बीच आर्थिक प्रतिरोध नहीं था। उन शासकों की गद्दी देश की मिट्टी पर स्थापित थी ताकि पके फल उसी जमीन पर गिरें जहाँ पर पेड़ हैं। क्या ऐसा आजकल हो सकता है—जब हमारे एक या दो शासक नहीं बल्कि वास्तव में उनकी बाढ़ हमारी मातृभूमि की जीवन-सम्पदा लूटकर समुद्र पार ले जा रहे हों। मैं कहता हूँ कि क्या यह हो सकता है कि पर्याप्त सूत की कमी से हमारे द्वारा इस प्रवाह को रोका जा सकता है।

कुछ लोग कहेंगे कि मुगलों और पठानों के समय हालाँकि हम प्रभुता सम्पन्न नहीं थे पर कम-से-कम हमारे पास पर्याप्त अन्न और वस्त्र थे। जब नदी का प्रवाह अवरुद्ध होता है तब लोग अपनी आवश्यकताओं के लिए छोटे-छोटे गड्ढे बनाकर

पर्याप्त पानी इकट्ठा कर लेते हैं। लेकिन क्या इस तरह के गड्ढे के किनारों की भाँति स्थानीय आवश्यकता की पूर्ति के अल्प आर्थिक स्रोतों का बचाव, आज दूर और पास से आ रहे आघातों से हो सकता है? अब हमारे लिए यह सम्भव नहीं होगा कि हम बाहरी दुनिया के व्यापार से अपने-आपको वंचित रखें। इसके अतिरिक्त ऐसा अलगाव अपने आप में हमारे लिए अत्यन्त हानिकारक होगा। इसलिए यदि हम अपने विवेक से काम नहीं ले सके वस्तुओं के आदान-प्रदान के इस व्यापार में यथाशक्ति अपनी हिस्सेदारी नहीं निभा पाए तो हमारा अन्न दूसरे लोग खा जाएँगे और हमारे हिस्से में केवल भूसा ही आएगा।

बंगाल में एक नर्सरी गीत है जिसमें बच्चे को बहलाया जाता है कि यदि वह अपने हाथ घुमाएगा तो उसे लॉलीपॉप मिलेगा। लेकिन क्या यह सम्भाव्य नीति है सयाने लोगों को आश्वस्त करने की, उन्हें यह कहना है कि वे स्वराज्य प्राप्त करेंगे, अर्थात् सम्पूर्ण निर्धनता से छुटकारा पाएँगे, बावजूद अपनी सामाजिक रूढ़ियों के जो चिरस्थायी अड़चनें हैं और मानसिक आदतों के जो बुद्धि और इच्छा शक्ति को निष्क्रिय बनाती हैं यह सम्भव होगा केवल उनके हाथों को घुमाने से नहीं। बाहर दिखाई देनेवाली इस निर्धनता से यदि हमें छुटकारा पाना है तो हमें बुद्धिमत्ता के आन्तरिक बल को जाग्रत करना होगा जो भाईचारे और आपसी विश्वास के आधार पर सहयोग की भावना पैदा करेगा।

लेकिन तर्क दिया जा सकता है कि क्या बाह्य कार्य की अन्त:करण पर प्रतिक्रिया नहीं होती? अवश्य होती है, यदि यह लगातार हमारी बुद्धि को परामर्श देती रहे जो कि स्वामी है, न कि इसका आदेश हमारे बाहुबल के लिए हो, जो कि दास है। उदाहरण के लिए, क्लर्कों से भरे इस देश में, हम सभी जानते हैं कि क्लर्की का काम मानसिक स्फूर्तिदायक नहीं है। दिन-प्रतिदिन एक ही काम को यंत्रवत् करने से कुछ निपुणता भले ही आ जाए, लेकिन मस्तिष्क को कोल्हू के बैल की तरह संकीर्ण दायरे में घूमने की आदत पड़ जाती है। इसीलिए हरेक देश में इस तरह से यंत्रवत् पुनरावृत्ति वाले काम को सम्मानजनक दृष्टि से नहीं देखा जाता। कार्लाइल ने भले ही श्रम की गरिमा का अपने ऊँचे स्वर में बखान किया हो लेकिन युग-युगान्तरों से मानवता ने उससे भी ऊँचे स्वर में इस अपमानजनक काम की निन्दा की है। संस्कृत में कहावत है कि 'समझदार आदमी पूरा नुकसान बचाने के लिए, स्वयं आधे का त्याग कर देता है।' भूख से मरने के बजाय मनुष्य ने अपनी बुद्धि की ही हत्या कराना पसन्द किया। ऐसे बलिदान को गरिमामय कहकर उसे सान्त्वना देने की कोशिश करना एक क्रूर मजाक है।

वास्तव में मानवता सदा से ही इस गम्भीर समस्या से परेशान रही है कि अधिसंख्य लोगों को यंत्रवत् काम करने की स्थिति से कैसे उबारा ज़ाए। यह मेरी धारणा है कि वे सभी सभ्यताएँ जो अब समाप्त हो चुकी हैं उन्होंने अल्पसंख्यक

लोगों द्वारा बहुसंख्यक लोगों की बुद्धि का हनन कराया था क्योंकि मनुष्य की असली सम्पदा तो उसकी बुद्धि ही है। बाह्य रूप से चाहे इसकी कितनी ही तारीफ की जाए लेकिन बुद्धि रहित श्रम को आन्तरिक लज्जा से नहीं बचाया जा सकता। जो लोग अपने-आपको आन्तरिक रूप से तुच्छ हुआ समझते हैं उन्हें ही अन्य लोग बोछा बना सकते हैं और ऊँची जाति के लोगों ने सदा से ही नीची जाति के लोगों को दबाकर रखा है यह इसलिए नहीं कि वे अनायास किसी शक्ति द्वारा लाभान्वित हुए हैं बल्कि इसलिए कि नीची जातिवालों को अपने ओछेपन का नम्रतापूर्वक मान रहा है। यूरोप द्वारा विज्ञान के विकास का यदि कोई नैतिक महत्त्व है तो वह इस बात में है कि इसने मनुष्य का प्रकृति के प्रकोप से उद्धार किया है न कि मनुष्य को यंत्रवत् बनाने के प्रयोजन के बल्कि इसका उद्देश्य यंत्रों द्वारा प्रकृति के स्रोतों का दोहन मानव सेवा के लिए करना है। एक बात निश्चित है कि विज्ञान की उपेक्षा करके केवल हाथों से काम करके हमारे देश से इस सर्वत्र व्याप्त निर्धनता का निराकरण नहीं हो सकता। बुद्धि को ताक पर रखकर केवल हाथों से काम करना, इससे अधिक मर्हित काम और नहीं हो सकता।

वह दिन महान था जब मनुष्य ने पहिए की खोज की। एक अचल वस्तु को इस प्रकार गति की सुविधा मिली इससे मनुष्य के अधिकतर भार का ढोना सम्भव हुआ। यह ठीक ही हुआ क्योंकि जड़तत्त्व असल में शूद्र है, जबकि शरीर और अन्त:करण में इसके अस्तित्व से, मनुष्य द्विज कहलाता है। मनुष्य को अपने आन्तरिक और बाह्य दोनों का अस्तित्व बनाए रखना है। जिन कुछ कामों को वह भौतिक साधनों से नहीं कर पाता, उनका अतिरिक्त भार वह अपने ऊपर लाद लेता है जो उसे जड़तत्त्व की हद तक नीचे ले आता है और उसे शूद्र बना देता है। केवल शब्दों के द्वारा महिमामंडित करने से, ऐसे शूद्रों को गौरव प्राप्त नहीं होता।

इसलिए पहिया चाहे किसी रूप में हो चरखा, कुम्हार के चाक या गाड़ी के पहिए के रूप में इस पहिए ने अनेक लोगों का शूद्र की स्थिति से उद्धार किया है और भार हल्का किया है। मनुष्य का भार हल्का करने से अधिक बड़ा कोई अन्य वैभव नहीं है जब पहली बार पहिया घूमा तब से लेकर लगातार मनुष्य से अधिक-से-अधिक इस तथ्य हो समझा है क्योंकि इसी कारण उसका वैभव सदैव लगातार चक्रवृद्धि गति से बढ़ता गया है। और पहलेवाले पहिए की सीमा में आबद्ध नहीं रहा।

क्या इन तथ्यों में शाश्वत सत्य निहित नहीं है? विष्णु भगवान की 'शक्ति' एक रूप 'पद्म' यानी प्रफुल्लित कमल और दूसरा 'चक्र' यानी चलायमान चक्का है। पहला परिपूर्णता का पक्का आदर्श है तो दूसरा गतिशीलता की प्रक्रिया है जो निरन्तर पूर्णता की खोज में सक्रिय रहती है। जब भी मनुष्य से विष्णु की इस गतिशील शक्ति का साहचर्य पाया है, उसने निष्क्रियता से छुटकारा पाया है जो निर्धनता का मूल कारण है। दैवी शक्ति अनन्त है। इस गतशील चक्र की शक्ति की चरम सीमा तक

मनुष्य अभी नहीं पहुँचः है। अतः यदि हमें यह सिखाया जाता है कि पूर्वकालीन चरखे में सूत कातने के सारे सधन समाप्त हो गए हैं, तो हम विष्णु के कृपा पात्र नहीं हो सकते और न हमारे ऊपर लक्ष्मी प्रसन्न होगी। जब हम यह भूल जाते हैं कि विज्ञान की विष्णु के 'चक्र' का प्रभाव क्षेत्र विस्तृत कर रहा है तो वही जो इस चक्रधारी का बेहतर प्रयोजन के लिए सम्मान करके, हमारे ऊपर प्रभुत्व जमाएँगे। विज्ञान ने हमारे सामने जो तेजी से घूमते विलक्षण दृश्य प्रस्तुत किए हैं यदि हम उनसे जानबूझकर अन्धे बने रहे, तो चरखे हमारे लिए कोई सन्देश नहीं होगा। चरखे की गुनगुनाहट जो कभी हमें बहुत दूर तक वैभव के रास्ते पर लाई थी, अब प्रगति किि बात नहीं करेगी।

कुछ लोगों ने विरोध किया है कि उन्होंने सिर्फ चरखा कार्य में व्यस्त रहने की सलाह कभी नहीं दी लेकिन उन्होंने किसी दूसरे आवश्यक कार्य के विषय में नहीं कहा है। स्वराज्य प्राप्ति के लिए केवल मात्र एक साधन के लिए निश्चित रूप से आदेश किया गया है और बाकी एक लम्बी चुप्पी। क्या इस चुप्पी की भाषा मुखरित शब्दों की अपेक्षा अधिक जोरदार नहीं लगती? क्या इसी चुप्पी की वजह से चरखे को अनावश्यक महत्त्व देकर थोपा नहीं गया? क्या वास्तव में यह इतना महान है जितना बताया जा रहा है? क्या वास्तव में इसमें इतनी दिव्यशक्ति है जो भारत के लाखों लोगों की उनकी प्रतिभा और स्वभाव की भिन्नताओं के बावजूद अपने लिए सभी को एक चित्त हो भक्ति में लगा ले। दुनिया भर में बार-बार हिंसा और रक्तपात होता रहा है सारी मानव-जाति को एक देवता ही एक जैसी उपासना के लिए साथ-साथ लाने के प्रयत्न में, लेकिन ये भी सफल नहीं हो पाए। न तो अभी तक सर्वनिष्ठ देवता मिला है न सर्वमान्य उपासना-पद्धति। क्या यह उम्मीद की जा सकती है कि 'स्वराज्य' की वेदी पर, अकेली चरखा-देवी अपने लिए सभी भक्तों की भेंटें पढ़वाएगी? निश्चित रूप से इस तरह की उम्मीद करना मानव प्रकृति के प्रति अविश्वास है भारत के लोगों के लिए असम्मानजनक है।

मेरे बचपन के दिनों में हमारे यहाँ पर देहाती नौकर था जिसका नाम था गोपी। वह हमें बताया करता था कि जब वह एक बार पुरी तीर्थयात्रा पर गया तो जगन्नाथ जी को कौन-सा फल भेंट से चढ़ाए इसे लेकर असमंजस में पड़ गया था क्योंकि जो फल वह चढ़ाता उसे वह कभी नहीं खा सकता था। बार-बार उन फलों के नाम जिन्हें वह जानता सोच-सोचकर अन्त में अचानक उसे टमाटर चढ़ाने का विचार आया (जो उसे बिलकुल पसन्द नहीं आता था) और टमाटर ही उसने भेंट चढ़ाया और उसे अपनी इस चालाकी से किए त्याग का पश्चात्ताप कभी नहीं हुआ। लेकिन किसी छोटे से छोटे देवता को आसान से आसान भेंट चढ़ाने के लिए मनुष्य को प्रेरित करना, मानवता का सबसे बड़ा अपमान है। देश के लाखों लोगों को चरखा कातने के लिए कहना उतना ही बुरा है जितना जगन्नाथ को टमाटर भेंट चढ़ाना। मैं आशा करता हूँ और मुझे विश्वास है कि भारत में तैंतीस करोड़ गोपियाँ नहीं हैं जब

मनुष्य बलिदान करने के लिए किसी महान पुरुष की पुकार सुनता है तो वस्तुत: वह उदात्त हो जाता है और अपनेपन की अनुभूति होने लगती है वह देखकर कि उसके अन्तरतम में भी महानता का स्रोत छिपा है।

हमारे देश में बहुत सारे धार्मिक अनुष्ठान और समारोह होते हैं इसलिए हम पुजारी के पाँव पूजने में अधिक विश्वास रखते हैं अपेक्षाकृत देवता के जिसकी वह अर्चना करता है। हम अपनी अन्तरात्मा से मुक्त नहीं हो पाए हैं कि किसी बाह्य साधन को रिश्वत देकर अपनी अन्तरात्मा की आवाज को आसानी से धोखा दिया जा सकता है। बाह्य सहायता पर यह निर्भरता दासताका लक्षण है क्योंकि कोई आदत इतनी आसानी से आत्मनिर्भरता को नष्ट नहीं कर सकती। हमारे जैसे देश में ही चरखा मुक्ति का प्रतीक बनकर आ सकता है और किसी प्रबल प्रलोभन से लोग आज्ञापालन से स्तब्ध हैं और एकान्त में अपने घरों के कोने में बैठे चरखा चलाए जा रहे हैं और सपने देखे जा रहे हैं कि स्वराज्य का रथ उनके चरखे के हर घुमाव से प्रगति करता हुआ अपने आप चला आएगा। इसलिए पुरानी सच्चाई को फिर से कहना आवश्यक हो जाता है कि किसी बाह्य एकता के आधार पर स्वराज्य की नींव नहीं रखी जा सकती बल्कि केवल हृदयों से आन्तरिक मिलन पर ही यह सम्भव है। यदि विशाल एकता प्राप्त करनी है तो उसका क्षेत्र ही उतना ही विशाल होना चाहिए। लेकिन यदि सम्पूर्ण आर्थिक उद्यमों में से एक अंश को चुनकर उसी पर ध्यान केद्रिन्त कर दिया जाए तो हमें घर में काता हुआ सूत भले भी मिले और शुद्ध खद्दर भी, लेकिन हम देशवासियों को एक सूत्र में बाँधने के उद्देश्य में सफल नहीं हो पाएँगे।

भारत में धर्म के क्षेत्र में हर आदमी को संगठित करना सम्भव नहीं है। राजनैतिक मंच पर लोगों को संगठित करने का प्रयास हाल ही में किया गया है और आम आदमी तक फैलने में इसे अभी काफी समय लगेगा। इसलिए अर्थशास्त्र के क्षेत्र में हम सबको अपनी संयोजन की क्षमता के लिए सबसे पहले प्रयास करना चाहिए। हमारे सामने यह सबसे बड़ा क्षेत्र है क्योंकि इसमें उच्च और निम्न, ज्ञानी और अज्ञानी अर्थात् सभी के लिए गुंजाइश है। यदि इस क्षेत्र में मारा-मारी बन्द हो जाए, यदि इसमें हम सिद्ध कर सकें कि असली सच्चाई सहयोग करने में है न कि प्रतिद्वंद्विता में, तभी वास्तव में हम दुष्ट दानव के हाथों से शान्ति और सद्भावना के विशाल क्षेत्र के साम्राज्य को हासिल कर सकेंगे। इसके अतिरिक्त यह भी याद रखना महत्त्वपूर्ण है कि इसी आधार पर ग्राम समाजों में वस्तुत: अतीत में एकता का अभ्यास होता आया है। क्या हुआ यदि अतीत की इस एकता का सूत्र टूट गया इसे दुबारा जोड़ा जा सकता है क्योंकि इस तरह के पहले अभ्यास के कारण हमारे चरित्र में इसके नवीनीकरण की सम्भावना है।

जैसे व्यक्ति के लिए आजीविका आवश्यक होती है वैसे ही राजनीति में कुछ खास लोगों के लिए देशभक्ति का व्यवसाय भी कार्यक्षेत्र बन जाता है। अब तक,

जैसे व्यापारियों में वैर-विरोध अन्तर्निहित रहा है उसी तरह राजनीतिक की कलह प्रिय राष्ट्रीयता के स्वार्थ से मतलब रखती है। हथियारों को गढ़ना और झूठे दस्तावेज तैयार करना इसकी मुख्य गतिविधि रही है। हथियारों की होड़ लगातार बढ़ती जा रही है इसका अन्त नजर नहीं आ रहा, विश्व में शान्ति से आसान नहीं हैं।

मनुष्य को जब यह स्पष्ट हो जाता है कि प्रत्येक राष्ट्र की भलाई सहयोग करने में क्योंकि जब मनुष्यों में आपसी मेल-मिलाप होगा केवल तभी राजनीति सच्चे उद्यम का कार्यक्षेत्र बन सकती है। तभी जिन साधनों को व्यक्ति नैतिक और इसी कारण सत्य समझता है वही साधन राष्ट्रों द्वारा भी नैतिक सत्य समझे जाएँगे। उन्हें पता लगेगा कि धोखाधड़ी, लूटमार और अकेले आत्मविवर्धन की प्रवृत्ति इस दुनिया के प्रयोजनों के लिए उतनी ही हानिकारक है जितनी कि ये उनके लिए जो आगे आएँगे। इस प्रक्रिया को सफल बनाने में 'लीग ऑफ नेशंस' पहला कदम सिद्ध होगा।

पुन: राष्ट्रों में जैसे आजकल ही राजनीति में नितान्त व्यक्तिवाद का प्रकटीकरण हुआ है उसी प्रकार जीविकोपार्जन की प्रक्रिया में व्यक्तियों में नितान्त स्वार्थपरता की अभिव्यक्ति हो रही है। इसीलिए अन्धाधुन्ध होड़ में धोखाधड़ी और नृशंसता की हद तक गिर चुका है। फिर भी, व्यक्ति अब तक व्यक्ति है तो उसे अपने व्यवसाय में भी शोषण की प्रवृत्ति की बजाय मानवीय गुणों का परिष्कार करना चाहिए। उसे अपनी आजीविका के न केवल पेट भरने के लिए रोटी बल्कि अपना शाश्वत सत्य भी अर्जित करना चाहिए।

वर्षों पहले जब व्यापार के क्षेत्र में सहयोग के सिद्धान्तों से मेरा परिचय हुआ, तब जिस उलझन भरी समस्या की गुत्थी, जिसने मुझे परेशान कर रखा था, खुलती हुई नजर आई। मैंने महसूस किया कि स्वार्थ के लगाव ने मानव के सत्य को बहुत दिनों से तिरस्कारपूर्वक अवहेलना की है इस स्वार्थ की जगह, सामान्य हितों को संयोजित करके, उस सत्य को प्रोत्साहन देना है यह उद्घोषित करते हुए कि निर्धनता अलगाव में है और मानव से मिलन में सम्पदा है। क्योंकि मैंने स्वयं कभी विश्वास नहीं किया कि किसी भी क्षेत्र में मानव ने इस मौलिक सत्य की कोई सीमा हो सकती है।

मानव की जीविका के क्षेत्र में सहयोगिता का सिद्धान्त हमें बताता है कि जब वह अपने सत्य का सन्धान करता है तभी उसे निर्धनता से छुटकारा मिल सकता है किसी बाहरी साधन के द्वारा नहीं। और अन्तत: इस सिद्धान्त के प्रतिपादन के द्वारा ही मानव के पौरुष का सम्मान होता है। सहयोग एक आदर्श है मात्र एक व्यवस्था नहीं और इसीलिए इसको उपयोग में लाने के बहुत से तरीके हो सकते हैं। यह हमें अँधेरी गली में नहीं ले जाता क्योंकि हर कदम पर यह हमारी अन्तरात्मा के साथ संलाप करता रहता है। और इसलिए मुझे लगता है कि इसके सक्रिय होने से न केवल आहार बल्कि स्वयं वैभव की देवी चली आएगी जिसमें आवश्यक नैतिक एकता के कारण सभी प्रकार के भौतिक पदार्थ समाहित हैं।

जब हममें से कुछ लोग इन सिद्धान्तों को अपनी संस्थान में लागू करने की बात सोच रहे थे उसी समय मुझे एक पुस्तक मिली जिसका नाम था, 'द नेशनल बीइंग' यह उसी आयरिश लेखक ए. ई. द्वारा लिखित थी जिसमें कविता और व्यावहारिक बुद्धिमत्ता का अद्भुत समन्वय है। इसमें मैं अपने सहकारी जीवन के सपनों को साकार करने की अनुभूति कर सका। मुझे सशक्त रूप से स्पष्ट लगा कि इससे कितने ही विविध प्रकार के परिणाम निकल सकते हैं और इससे व्यक्ति का जीवन कितना परिपूर्ण बनाया जा सकता है। जीवन के किसी भी स्तर पर प्रत्यक्ष सत्य कितना महान है। यह मैं समझ सका। यह सत्य अलगाव में दासत्व है और मेल-मिलाप में मुक्ति है। उपनिषदों में कहा गया है कि ब्रह्म विवेक है, ब्रह्म आत्मा है लेकिन अन्य भी ब्रह्म है अर्थात् अन्न आन्तरिक सत्य का प्रतिनिधित्व करता है और यदि हम सही रास्ते पर चले तो इसके माध्यम से हम महान सत्य की अनुभूति कर सकते हैं।

मैं जानता हूँ बहुत से लोग मुझ पर आरोप लगाते हुए कहेंगे कि इसका हल निकालना बड़ा मुश्किल काम है। इतने बड़े पैमाने पर किसी आदर्श को ठोस आकार देने से पहले अनथक परिश्रम करके प्रयोग में विफलता भी हो सकती हैं लेकिन अन्ततः इस तथ्य का निष्पादन सम्भव है। निस्सदेह यह काम कठिन है। कुछ भी महान चीज सस्ते में नहीं मिलती। किसी कीमती वस्तु को सस्ते दामों में खरीदने की कोशिश में न केवल अपने-आपको धोखा देते हैं। हमारी निर्धनता की समस्या पेचीदी है इसका उद्भव हमारी अज्ञानता और नासमझी, हमारी आधुनिक आदतों और हमारे चरित्र की कमजोरी के कारण हुआ है। इस रोग के उपचार के लिए हमें आन्तरिक और बाह्य उपायों को खोजना होगा ताकि प्रभावी ढंग से इस पर धावा बोला जा सके। इसका आसान हल कैसे हो सकता है?

बहुत से लोग हैं जो दृढ़तापूर्वक कहते हैं और कुछ लोग हैं जो विश्वास करते हैं कि चरखा से स्वराज्य मिल सकता है, लेकिन अभी तक एक भी व्यक्ति ऐसा नहीं मिला जिसकी इस प्रक्रिया के बारे में स्पष्ट धारणा हो। इसीलिए कोई विचार-विमर्श नहीं, बल्कि इस प्रश्न पर केवल झगड़ा है। यदि मैं कहूँ कि बन्दूकों और तोपों से लैस विदेशियों को अपने देसी तीर-कमानों से नहीं मार गिराया जा सकता, तो मैं मानता हूँ कि ऐसे लोग अभी हैं जो मेरी बात का खंडन करेंगे और पूछेंगे 'क्यों नहीं'? किसी ने पहले ऐसा कहा भी है कि "यदि हमारे तैंतीस करोड़ लोगों में से हर एक एक साथ विदेशियों पर थूके तो क्या ये इसमें डूब नहीं जाएँगे?" जबकि इस तरह की बाढ़ की भयानकता से अथवा इस तरह के सुझाव की प्रभावोत्पादकता के लिए, इनकार न करते हुए इससे विदेशियों की सैन्य विज्ञान पर लांछन लगाया गया है। इस तरह अजेय होने में मेरे हिसाब से एक ही दिक्कत है कि इन लाखों लोगों को एक साथ थूकने के लिए भी जुटा पाना कभी सम्भव नहीं हो सकता। क्या लोगों के लिए यह इतना आसान है। इसी तरह की दिक्कत चरखा के समाधान के बारे में लागू होती है।

आयरलैंड के आर्थिक पुनर्निर्माण के लिए सर होरेस प्लनकैट द्वारा सहकारिता के सिद्धान्तों को लागू करने के प्रयास में उन्हें जो निराशा, विफलता और बार-बार प्रारम्भ करने की जिन समस्याओं का सामना करना पड़ा, वे अब इतिहास का विषय हैं। यद्यपि आग सुलगाने में थोड़ा वक्त लगता है लेकिन एक बार जलने पर यह बड़ी तेजी से फैलती है। सत्य के विषय में भी यही बात है। पृथ्वी के किसी भी कोने में इसकी जड़ हो, इसके बीज सारी दुनिया में फैले हैं और सभी जगह इनके विकास के लिए उर्वर भूमि जाती है और हर स्थान को इसके फल उपलब्ध होते हैं। सर होरेस प्लनकैट की सफलता अकेले आयरलैंड तक की ही सीमित नहीं रही, भारत में भी इसकी सफलता की सम्भावना है। यदि हमारी मातृभूमि का कोई सच्चा भक्त इसके किसी एक गाँव की भी निर्धनता का उन्मूलन करने में समर्थ होता है तो समझिए उसने अपने तैंतीस करोड़ देशवासियों को स्थायी सम्पत्ति दे दी है। जो लोग सत्य को उसके आकार से नापने के आदी हैं उन्हें उसका केवल बाहरी दृश्य दिखेगा। वे यह अनुभव करने में विफल रहेंगे कि प्रत्येक बीज अपनी जीवन्त शक्ति की चिनगारी से सारी दुनिया को जीतने की दैवी सत्ता लेकर आता है।

अब मैं यह लिख रहा हूँ तो एक मित्र आपत्ति करते हुए कहते हैं कि मेरा यह सोचना सही हो सकता है कि चरखा हमें स्वराज्य नहीं दिला सकता अथवा हमारी सारी निर्धनता का उन्मूलन नहीं कर सकता लेकिन इसमें निश्चय ही जो गुण है उनकी अवहेलना क्यों की जानी चाहिए। प्रत्येक किसान और प्रत्येक गृहस्थ के पास अपना रोजमर्रा का काम समाप्त करने के बाद काफी फालतू समय होता है यदि इस फालतू समय को उत्पादक कार्य में लगाया जाए जो निर्धनता को कम करने के लिए बहुत कुछ किया जा सकता है इस तरह के वांछनीय कार्य की पूर्ति के माध्यम के रूप में चरखे को महिमामंडित क्यों न किया जाए। इससे मुझे इसी तरह के प्रस्ताव की याद आती है जो मैंने पहले सुना था। हमारे अधिकांश लोग जिस पानी में चावल पकाते हैं उसे फेंक देते हैं यदि हर आदमी इस पौष्टिक पदार्थ का उपयोग करने लगे तो इससे कुछ हद तक खाद्य समस्या का हल हो सकता है। मैं मानता हूँ इस बात में कुछ सच है। पानी सोखे उबले चावल खाने के लिए स्वाद को थोड़ा बदलना होगा और ध्येय पूर्ति के लिए ऐसा करना कोई कठिन काम नहीं है। इस तरह और कई छोटी-छोटी बचत हो सकती हैं और निस्सन्देह हमें ये अपना कर्तव्य समझकर करना चाहिए। लेकिन क्या किसी ने कभी ऐसा सुझाव दिया है कि चावल के पानी को सुरक्षित करने की घोषणा 'स्वराज्य' कार्य के मंच से की जाए?

मैं अपनी बात स्पष्ट करने के लिए, धर्म के विषय में एक उदाहरण देना चाहूँगा। यदि कोई धर्मोपदेशक बार-बार और आग्रहपूर्वक ये कहे कि जहाँ-जहाँ के किसी भी कुएँ का पानी पीने के कारण हमारे धर्म की अधोगति हुई है तो इस उपदेश के प्रति मुख्य आपत्ति धर्म के निमित्त इसकी प्रवृत्ति नैतिक मूल्य को दूषित करने की है।

निस्सन्देह कुछ कुओं का पानी अशुद्ध हो सकता है, अशुद्ध पानी से स्वास्थ्य खराब होता है, अस्वस्थ शरीर में अस्वस्थ मन होता है और इसलिए आध्यात्मिक कल्याण में बाधा पड़ती है। इसमें सच्चाई है उससे मेरा मतभेद नहीं है फिर भी मैं यही कहना चाहूँगा कि महत्त्वहीन बातों को अनावश्यक महत्त्व देने से, महत्त्वपूर्ण बातों का मूल्य कम हो जाता है। अत: हम जानते हैं कि बहुत सारे हिन्दू ऐसे हैं जो अपने कुएँ से पानी लेने पर मुसलमान की हत्या करने में भी संकोच नहीं करेंगे। यदि छोटे को बड़े की बराबरी में खड़ा कर दिया जाए, तो वह वहाँ खड़ा रहने से सन्तुष्ट नहीं रहेगा बल्कि जोर लगाके आगे बढ़ जाएगा। इसी तरह निषेधाज्ञा है 'तुम सन्दिग्ध पानी नहीं पियोगे' इससे बेहतर धर्मोपदेश है 'तुम किसी की हत्या नहीं करोंगे' इस तरह मूल्यों में विकृतियों की कोई सीमा नहीं है जो सरलता से अनधिकार प्रवेश की अभ्यस्त हो चुकी हैं इसी कारण किसी को आश्चर्य नहीं होता जब वे चरखा को 'स्वराज्य' के भेद में लाठी उठाए शान से चलता हुआ देखते हैं। अत्यधिक महत्त्व दिये जाने से चरखा हानि पहुँचा रहा है जो कि इसने लिया है और इसी कारण कमजोर की सुलगती आग में घी डालकर हमारी जीवनी शक्ति को खाए जा रहा है।

मान लीजिए कल कोई जोरदार आवाज इस बात का ऐलान करती है कि हमारी परिषदों में चावल के पानी के प्रवेश को हानिकारक नहीं माना जाना चाहिए। इस बात को जोर-जबरदस्ती से मनवाने से खून-खराबा भी राजनैतिक शुद्धता के कारण हो सकता है। यदि विदेशी वस्त्रों की अशुद्धता का विचार हमारे दिमाग में घर कर बैठता है जहाँ पहले से ही ऐसे विचार जमे बैठे हैं जैसे कि खान-पान आदि के तो ईद पर होनेवाले दंगे जिनके हमें अभ्यास होते हैं उनके कहीं ज्यादा भयानक रक्तपिपासु संघर्ष उन लोगों में होने लगेंगे जो तथाकथित अपवित्र आत्माएँ उन्हें नहीं पहनती हैं। मुझे अंदेशा इस बात का है कि जो 'अस्पृश्यता' का संक्रामक रोग अभी तक हमारे समाज तक सीमित था इसका विस्तार आर्थिक और राजनैतिक क्षेत्र तक फैल सकता है।

कोई दबी जबान में मुझसे कहता है कि चरखा कातने के लिए एकत्र होना अपने आप में सहयोग ही तो है। मैं इससे सहमत नहीं हूँ। यदि हिन्दू समाज की ऊँची जाति के सभी लोगों की एकत्र होकर नीची जाति के लोगों को अपने कुओं से पानी लेने देने से उसे अपवित्र होने से बचाने की आदत अपने आप इसे जीवाणु-विज्ञान की गरिमा प्रदान नहीं करती। यह विशेष काम जीवाणु-विज्ञान की समझ के बाहर की बात है। हालाँकि हम अपने कुओं को स्वच्छ सम्प्रदाय के लोगों के लिए सुरक्षित रखते हैं, पर अपने पोखरों को दूषित होने देते हैं और अपने घरों के आस-पास की नालियों में मृत्यु के दूतों को पनपने देते हैं जो लोग बंगाल से अच्छी तरह परिचित हैं वे लोग यह भी जानते हैं कि जब हमारे घरों की स्त्रियाँ अचार डालती हैं तो अपने-आपको स्वच्छ रखने का विशेष ध्यान रखती हैं। वस्तुत: वे एक तरह का औपचारिक स्नान और कई अन्य शुद्धीकरण की क्रियाएँ करती हैं। इस तरह की

सावधानियाँ बरतने से उनका डाला हुआ अचार वर्षों तक खराब नहीं होता, जबकि उनके गाँव महामारियों से तबाह हो जाते हैं। हो सकता है अचार डालने में सावधानी की तह में पैश्चयूर का नियम अदृश्य रूप से काम करता हो, लेकिन पड़ोस में रोगों से छाई भयंकर उदासी अपने-आप स्वत: स्पष्ट नजर आती है। पैश्चयूर के नियम का अचार डालने के लिए उपयोग करने की समानता कुछ-कुछ चरखा से जीविका उपार्जन करनेवाले सहयोग के सिद्धान्त से की जा सकती है इससे काफी तादाद में सूत तो पैदा किया जा सकता है लेकिन बुद्धि पर परदा डालकर गरीबी को अँधेरी कोठरी में सुरक्षित रखके समस्या अनुल्लंघनीय रहेगी। इस संकीर्ण कार्य से तथ्य के एक अलग-थलग अंश पर ही प्रकाश पड़ेगा और एक बहुत बड़ी सत्य की पृष्ठभूमि घोर अन्धकार में रहेगी।

किसी सिद्धान्त अथवा कार्यविधि के विषय में महात्मा गांधी से मतभेद मेरे लिए अत्यन्त अरुचिकर हैं। एक उच्चस्तरीय दृष्टिकोण से ऐसा नहीं लगता कि मतभेद होना कोई अनुचित बात है लेकिन इससे मेरे हृदय में संकोच होता है। क्योंकि इससे अधिक प्रसन्नता और किस बात से हो सकती है कि आप जिससे श्रद्धा और प्रेम करते हैं उसके साथ काम में हाथ बटाएँ। महात्मा जी के महान नैतिक व्यक्तित्व से अधिक चमत्कारपूर्ण मेरे लिए अन्य कुछ नहीं है। उनके रूप में विधाता ने हमें शक्ति की विद्युत ज्वाला दी है। मेरी प्रार्थना है कि ईश्वर इस शक्ति से भारत को सामर्थ्य दे न कि इसे अभिभूत करे। हमारे दृष्टिकोणों और स्वभाव की भिन्नता के कारण ही महात्मा को राममोहन राय बौना दिखते हैं जबकि मैं उन्हें श्रद्धापूर्वक महान व्यक्तित्व मानता हूँ। इसी तरह की भिन्नता के कारण महात्मा के कार्यक्षेत्र को अपनाने के लिए मेरी अन्तरात्मा स्वीकार नहीं कर सकती। इस बात का अफसोस मुझे हमेशा रहेगा। तथापि यह ईश्वर की इच्छा है कि मनुष्य के प्रयासों के मार्ग अलग-अलग हों, अन्यथा ये मनोवृत्तियों में भिन्नताएँ क्यों होतीं? कितनी ही बार मेरी श्रद्धा की भावना ने बड़े जोर से मुझे प्रेरित किया है कि महात्मा गांधी के हाथों से चरखा पंथ के अनुयायियों में अपना नाम लिखा लूँ लेकिन उतनी बार मेरे विवेक और अन्तरात्मा ने मुझे रोका है, ताकि मैं भी उन लोगों में शुमार न हो जाऊँ जो चरखे को उसके सही स्थान की अपेक्षा कहीं अधिक उच्च स्थान पर आसीन कर रहे हैं जो इसका प्राप्य है और इसके कारण सर्वांगीण पुनर्निर्माण के महत्त्वपूर्ण कार्य से ध्यान हटाकर दूसरी ओर ले जा रहे हैं। मुझे विश्वास है कि महात्मा स्वयं मुझे गलत नहीं समझेंगे और मेरे प्रति वैसी ही सहिष्णुता बनाए रखेंगे जैसी हमेशा बनाए रखी है। मैं यह भी विश्वास करता हूँ कि आचार्य राय विचार स्वातंत्र्य का आदर करते हैं यहाँ तक कि जब वे अलोकप्रिय भी हों, हालाँकि जब वह अपने स्वयं के प्रोपेगेंडा के जोश में हों तो जब-तब मुझे झिड़की दे सकते हैं मुझे इस बात का सन्देह नहीं कि उनके हृदय में मेरे प्रति कोमल भावना है।

जहाँ तक मेरे देशवासियों का, जनता का प्रश्न है उन्हें अपने मन की सहज धारा में उनके प्रति की गई सेवाओं को और हानि को भी डुबो देने का अभ्यास है, अतएव यदि वे आज क्षमादान नहीं भी करते तो कल भुला अवश्य देंगे। यदि वे ऐसा न भी करें, यदि मेरे प्रति उनकी नाराजगी स्थायी ही बनी रहती है, तो जैसे आज आचार्य शील मेरे अपराध में मेरे साथी हैं, वैसे ही कल मुझे अपने पक्ष में ऐसे व्यक्ति मिल सकते हैं जिन्हें उनके देश ने ठुकरा दिया हो, लेकिन जिनके व्यक्तित्व की आभा से प्रकट होता हो कि लौकिक अरुचिजन्य किसी भी बदनामी की कालिमा कितनी अवास्तविक होती है।

['चरखा यज्ञ' पर हुए विवाद में टैगोर का योगदान जो सितम्बर 1925 में 'मार्डन रिव्यू' में प्रकाशित हुआ]

महात्मा गांधी

भारतवर्ष की अपनी एक सम्पूर्ण भौगोलिक प्रतिभा है। पूर्व-प्रान्त से लेकर पश्चिम-प्रान्त तक, उत्तर में हिमालय से लेकर दक्षिण में कन्याकुमारी तक भारत की जो एक विशिष्ट पूर्णता है उसका चित्र हृदय में ग्रहण करने की इच्छा देश में प्राचीन काल से रही है। विभिन्न युगों और स्थानों में जो विच्छिन्न है, उसे एक करके देखने का प्रयत्न 'महाभारत' में स्पष्ट और जागृत रूपों में दिखाई पड़ता है।

भारत के भौगोलिक स्वरूप को हृदय में उपलब्ध करने का किसी समय एक अच्छा साधन था। यह साधन था तीर्थ-यात्राओं की परम्परा। देश के पूर्वी अंचल से लेकर पश्चिमी किनारे तक, और हिमालय से लेकर समुद्र तक, पवित्र पीठ-स्थान थे। यहाँ तीर्थ स्थापित हुए जिनके द्वारा शक्ति के ऐक्यजाल में समस्त भारतवर्ष को लाने का एक सहज उपाय निर्मित हुआ।

भारतवर्ष बहुत बड़ा देश है। इस बात को सम्पूर्ण रूप से समझना प्राचीन काल में सम्भव नहीं था। आज हम 'सर्वे-रिपोर्टों, मानचित्रों और भौगोलिक विवरणों द्वारा भारत के वास्तविक विस्तार को अच्छी तरह देख सकते हैं। प्राचीन काल में ये साधन नहीं थे, और एक तरह से उनका न होना अच्छा ही था। जो चीज बहुत आसानी से मिलती है उसका मन पर गहरा प्रभाव नहीं पड़ता। तरह-तरह के कष्ट सहकर भारत-परिक्रमा करते हुए जो अभिज्ञता प्राप्त की जाती थी यह गम्भीर होती थी और मन से उनका दूर होना कठिन था।

प्राचीन काल के इस समन्वय-तत्त्व का उज्ज्वल स्वरूप 'गीता' में मिलता है। कुरुक्षेत्र की भूमि में यह जो अचानक दार्शनिक चर्चा की जाती है वह काव्य की दृष्टि से असंगत-सी लगती है। यह भी कहा जा सकता है कि मूल 'महाभारत' में यह विवेचन नहीं था! जिन्होंने बाद में इसकी रचना की वे जानते थे कि काव्य-परिधि के बीच—भारत की चित्त-भूमि में—इस तात्त्विक चर्चा का प्रवेश आवश्यक था। उस समय भारत को अन्दर-बाहर से पूरी तरह उपलब्ध करने का प्रयास धार्मिक अनुष्ठान द्वारा ही सम्भव था। महाभारत-पाठ हमारे देश में धार्मिक कर्मों में गिना जाता था—केवल तात्त्विक दृष्टि से नहीं, वरन् देश की सम्पूर्ण उपलब्धि करने की दृष्टि से भी। और तीर्थयात्री भी दूर-दूर घूमते हुए,

देश के विभिन्न भागों को स्पर्श करते-करते, भारत के ऐक्यरूप को आन्तरिक भाव से ग्रहण करते थे।

यह तो हुई प्राचीन काल की बात। लेकिन अब युग बदल गया है। आज देश के लोग अपने-अपने अलग कोनों में बैठकर प्रादेशिक संकीर्णता में आबद्ध हो गए हैं। संस्कार और लोकाचार के जाल में हम जकड़ गए हैं। लेकिन 'महाभारत' के विस्तृत क्षेत्र में हम मुक्ति की वायु का अनुभव करते हैं। इस महाकाव्य के विराट् प्रांगण में मानव-मन की तरह-तरह से परीक्षाएँ हुई हैं। जिसे हम प्राय: निन्दनीय कहते हैं उसे भी वहाँ स्थान मिला है। यदि हमारा मन इस बात के लिए प्रस्तुत हो तो हम अपराध और दोष का अतिक्रमण करते हुए 'महाभारत' की वाणी को ग्रहण कर सकते हैं। 'महाभारत' में एक उदात्त शिक्षा है। वह शिक्षा निषेधात्मक नहीं, सकारात्मक है; उसमें 'हाँ' का स्वर सुनाई पड़ता है। दोष और त्रुटियाँ तो उन बड़े-बड़े वीर पुरुषों में भी रही हैं जो अपने माहात्म्य से उन्नतमस्तक हैं। उन त्रुटियों को आत्मसात् करके ही वे बड़े हुए हैं। मनुष्य का यथार्थ रूप से मूल्यांकन करने की यही महान् शिक्षा हमें 'महाभारत' में मिलती है, पाश्चात्य संस्कृति के सम्पर्क में आने से कुछ और चिन्तनीय विषय हमारे सामने आए हैं जो पहले नहीं थे। प्राचीन भारत में जो लोग स्वभाव या कार्य की दृष्टि से पृथक् थे उन्हें अलग-अलग श्रेणियों में विभाजित किया गया था, लेकिन इस तरह खंडित होने पर भी लोगों में ऐक्य साधना का प्रयास था। सहसा पश्चिम के दरवाजे से शत्रु आ पहुँचा। एक दिन आर्यों ने भी इसी पथ से आकर पाँच नदियों के प्रदेश में उपनिवेश स्थापित किए थे, और फिर विन्ध्याचल पार करके धीरे-धीरे वे सारे भारत में फैल गए थे। उस समय भारत, गान्धार और समीपवर्ती प्रदेशों के साथ, एक समग्र संस्कृति से परिवेष्टित था, इसलिए बाहर के आघात से उसकी क्षति नहीं हुई। उसके बाद एक दिन फिर हमारे ऊपर बाहर से आघात हुआ। लेकिन यह आघात विदेशियों द्वारा हुआ, जिनकी संस्कृति बिलकुल भिन्न थी। जब वे आए तब हमने देखा कि हम एक साथ रहने पर भी एक नहीं हुए थे। इसलिए सारा भारतवर्ष विदेशी आक्रमण की बाढ़ में निमग्न हुआ। तब से हमारे दिन दु:ख और अपमान में कटे हैं।

विदेशी आक्रमण का अवसर पाकर कुछ लोग तो अलग-अलग दल बनाकर देश में अपना प्रभाव बढ़ाने का प्रयत्न करने लगे, और अन्य लोग अपने निजी स्वातंत्र्य की रक्षा करने के लिए अलग-अलग स्थानों पर विदेशियों का विरोध करने लगे। इनमें से किसी को भी सफलता नहीं मिली। राजपूताना, महाराष्ट्र और बंगाल में आपसी लड़ाई बहुत दिनों तक चलती रही। जितना बड़ा हमारा देश था उस परिमाण में हमारी एकता नहीं थी। दुर्भाग्य झेलकर हमने सबक सीखे, लेकिन सदियों बाद। हमारी आपसी फूट से ही विदेशी आक्रमणकारियों के लिए मार्ग प्रशस्त हुआ। पहले तो हमारे निकटवर्ती शत्रुओं ने हमला किया, और फिर दूर समुद्र पार से विदेशी शत्रु

अपनी वाणिज्य-नौका के साथ हमारे ऊपर टूट पड़े। पुर्तगाली आए, डच आए, फ्रांसीसी और अंग्रेज आए। सबने जोर से धक्के लगाए और सबने देखा कि उनके रास्ते में कोई दुर्जेय बाधा नहीं थी। हम अपनी समस्त शक्ति-सम्पदा विदेशियों को देने लगे, हमारी विद्या-बुद्धि क्षीण हुई, हमारा चित्त दुर्बल और खोखला हो गया। बाहर की दीनता अपने साथ आन्तरिक दीनता भी लाती है।

ऐसे दुर्दिन में हमारे साधकों के मन में जिस विचार का उदय हुआ वह यह था कि परमार्थ का लक्ष्य सामने रखकर भारत को स्वातंत्र्य की ओर ले जाने की आध्यात्मिक चेष्टा करना आवश्यक है। तब से हमारा मन पूर्ण रूप से पारमार्थिक पुण्य की ओर झुका है। हमारी जो पार्थिव सम्पदा है उसका प्रयोग दैन्य और अज्ञान के दूर करने में नहीं होता। पारमार्थिक वैभव के लोभ से हम अपनी पार्थिव सम्पदा खर्च करते हैं, और वह जा पहुँचती है महन्तों और पंडों के गर्व से फूले हुए पेट में। इससे भारत की क्षति ही हो सकती है, उसका लाभ नहीं हो सकता। भारतवर्ष के विशाल जन-समाज में एक और भी श्रेणी के लोग हैं। ये लोग जप-तप और ध्यान करने के लिए मनुष्य-मात्र का परित्याग करते हैं, और संसार को दैन्य तथा दु:ख हवाले करने के लिए मनुष्य-मात्र का परित्याग करते हैं, और संसार को दैन्य तथा दु:ख हवाले करके चल देते हैं। संसार के प्रति उदासीन मोक्षकामी हमारे देश में असंख्य हैं, और उनके लिए जो लोग अन्न जुटाते हैं, उन्हें वे मोहग्रस्त तथा संसारासक्त कहते हैं। एक बार किसी गाँव में ऐसे ही एक संन्यासी के साथ मेरी भेंट हुई थी। मैंने उनसे पूछा था, 'गाँव में जो दुराचारी, दुखी और कष्टग्रस्त लोग हैं, उनके लिए आप कुछ क्यों नहीं करते?' मेरा प्रश्न सुनकर संन्यासी महोदय विस्मित भी हुए और अप्रसन्न भी। उन्होंने कहा, क्या जो लोग सांसारिक मोह में जकड़े हुए हैं उनके विषय में मुझे सोचना होगा? मैं साधक हूँ। विशुद्ध आनन्द प्राप्त करने के लिए जिस संसार को छोड़ आया हूँ फिर उसी में जाकर आबद्ध हो जाऊँ?' ऐसी बातें करनेवाले संसार के प्रति उदासीन लोगों को बुलाकर यह पूछने की इच्छा होती है कि उनके शरीर को चिकना बनाए रखने के लिए सामग्री कौन जुटाता है? ये संन्यासी जिन्हें पानी और हेय समझकर ठुकराते हैं वे 'संसारी' लोग ही उनके लिए अन्न का प्रबन्ध करते हैं। परलोक की ओर दृष्टि जमाकर हम अपनी शक्ति का जो अपव्यय करते हैं उसकी कोई सीमा नहीं है। सदियों से भारत ने इस दुर्बलता को स्थान दिया है। और विधाता ने हमें इसके लिए दंड भी दिया है। ईश्वर ने हमें आदेश दिया है कि हम सेवा और त्याग द्वारा संसार के लिए उपयुक्त सिद्ध हों। इस आदेश की हमने उपेक्षा की है, इसलिए हमें दंड भोगना ही होगा।

पिछले दिनों यूरोप में स्वातंत्र्य-प्रतिष्ठा के लिए प्रयत्न किए गए हैं। इटली किसी दिन विदेशियों के पंजे में था और अपमानित होकर जीवन व्यतीत करता था। लेकिन मेजिनी-गैरीबाल्डी जैसे वीर और त्यागी इटली में हुए। उन्होंने पराधीनता के

जाल से मुक्ति दिलाकर अपने देश को स्वातंत्र्य-दान दिया। अमेरिका के युक्त-राष्ट्र में लोगों ने कितने दु:ख सहे, उन्हें कितना प्रयत्न और संघर्ष करना पड़ा, यह भी हम इतिहास में देखते हैं। मनुष्य को मानवोचित अधिकार दिलाने के लिए पाश्चात्य देशों में कितने ही लोगों ने अपना बलिदान दिया है। आदमी-आदमी में भेद निर्माण करके एक-दूसरे का जो अपमान किया जाता है उसके विरुद्ध पश्चिम में आज भी विद्रोह चल रहा है। उन दोनों में जनसाधारण को मानवीय गौरव का अधिकारी माना गया है, इसलिए राष्ट्रीय प्रशासन के सभी अधिकार सर्वसाधारण तक पहुँच गए हैं। वहाँ विधान के सामने धनी और निर्धन में, या ब्राह्मण और शूद्र में, कोई भेद नहीं है। पाश्चात्य जगत् के इतिहास से हमें यह शिक्षा मिलती है कि एकताबद्ध होकर स्वतंत्रता को जैसे प्रतिष्ठित किया जा सकता है। आज सभी भारतवासी यह चाहते हैं कि अपने देश को नियंत्रित करने का अधिकार उन्हें मिले। यह इच्छा हमने पश्चिम से ही प्राप्त की है। इतने दिनों तक हम अपने गाँव और पड़ोसियों को छोटे-छोटे खंडों में विभाजित करते आए हैं। अत्यन्त क्षुद्र परिधि के भीतर हम सोचते और काम करते रहे हैं। गाँव में तालाब और मन्दिर बनवाकर ही हमने अपना जीवन सार्थक समझा है, और गाँव ही हमारे लिए जन्मभूमि या मातृभूमि रही है। भारत को मातृभूमि के रूप में स्वीकार करने का हमें अवकाश ही नहीं मिला। प्रादेशिकता के जाल में फँसकर और दुर्बलता से पराजित होकर जब हमारा पतन हुआ था, उस समय रानाडे, गोखले और सुरेन्द्रनाथ-जैसे लोग जनसाधारण को गौरव प्रदान करने के लिए, महान् उद्देश्यों को लेकर आए। उनके द्वारा आरम्भ की गई साधना को आज एक महापुरुष ने अपनी प्रबल शक्ति से, बड़ी तेजी के साथ, सफलता के मार्ग पर बढ़ाया है। उसी महापुरुष की—अर्थात् महात्मा गांधी की—बातों को स्मरण करने के लिए हम आज यहाँ एकत्रित हुए हैं।

बहुत-से लोग पूछ सकते हैं, क्या यही पहले-पहल आए हैं? इसके पहले भी क्या कांग्रेस के अन्दर अनेक लोगों ने काम नहीं किया? काम तो बहुत-से लोगों ने किया, लेकिन उनके नाम गिनाते ही हम देख पाते हैं कि उनका साहस बहुत ही सीमित था और उनकी आवाज धीमी थी।

इसके पहले कांग्रेस के लोग या तो शासकों के सामने आवेदन-पत्रों की डाली ले जाते थे, या अपनी आँखें लाल करके कृत्रिम रूप से अपना क्रोध व्यक्त करते थे। उनका विचार था कि कभी कठोर और कभी कोमल वाक्य-बाणों का प्रयोग करके ही वे मेजिनी-गैरीबाल्डी के समगोत्रीय बन सकेंगे। उस क्षीण, अवास्तविक 'वीरता' में ऐसा कुछ भी नहीं था जिस पर आज हम गर्व कर सकें। आज जो हमारे सामने आए हैं वे राष्ट्रीय स्वार्थ के कलंक से मुक्त हैं। राजनीति में अनेक पाप और दोष होते हैं लेकिन उनमें से सबसे बड़ा दोष है स्वार्थपरता। हो सकता है कि राष्ट्रीय स्वार्थ व्यक्तिगत स्वार्थ से बहुत बड़ा हो, फिर भी है तो वह भी स्वार्थ। इसलिए वह

भी कीचड़ से अलिप्त नहीं है। 'पॉलिटिशियन' लोगों की एक अलग जाति होती है। उनका आदर्श मानव के महान् आदर्श से मेल नहीं खाता। वे बड़े-से-बड़ा झूठ बोल सकते हैं। वे इतने निष्ठुर होते हैं कि अपने देश को स्वातंत्र्य दिलाने के बहाने से दूसरे देशों पर अधिकार जमाने का लोभ उनसे छोड़ा नहीं जाता। पाश्चात्य देशों में हम देखते हैं कि जो लोग देश के लिए प्राण तक दे सकते हैं वही लोग देश के नाम पर घोर अन्याय को प्रश्रय भी दे सकते हैं।

पाश्चात्य देशों ने एक दिन जिस मूसल का निर्माण किया था वही आज यूरोप का सिर कुचलने के लिए प्रस्तुत है। आज दशा यह है कि हमें सन्देह होता है, यूरोपीय सभ्यता कल तक टिकेगी या नहीं। जिसे वे लोग पेट्रिऑटिज्म कहते हैं। उसी पेट्रिऑटिज्म से उनका विनाश होगा। लेकिन जब अन्तिम घड़ी आएगी तब वे हमारी तरह निर्जीव होकर नहीं मरेंगे। भयानक आग भड़काकर भीषण प्रलय में प्राण त्यागेंगे।

हमारे बीच भी असत्य का पदार्पण हुआ है। पॉलिटिशियन लोगों ने गुटबन्दी का विष फैलाया है। इस पॉलिटिक्स से निकला हुआ दलबन्दी का विष छात्रों में भी प्रवेश कर चुका है। पॉलिटिशियन लोग अत्यन्त व्यावहारिक होते हैं। वे सोचते हैं कि अपना कार्य सम्पन्न करने के लिए मिथ्या का अवलम्बन करना जरूरी है। किन्तु विधाता का विधान ऐसा है कि इस छल-चातुर्य का परिणाम एक दिन उन्हें भोगना पड़ेगा। पॉलिटिशियन लोगों की चतुराई के लिए हम उनकी प्रशंसा कर सकते हैं, लेकिन भक्ति नहीं कर सकते। भक्ति तो हम कर सकते हैं महात्मा गांधी की, जिनकी साधना सत्य की साधना है। मिथ्या के साथ समझौता करके उन्होंने सत्य की सार्वभौम धर्मनीति को अस्वीकार नहीं किया। भारत की युग-साधना के लिए परम सौभाग्य का विषय है। महात्मा गांधी ही एक ऐसे पुरुष हैं जिन्होंने प्रत्येक अवस्था में सत्य को माना है, चाहे वह सुविधाजनक हो या न हो। उनका जीवन हमारे लिए एक महान् उदाहरण है। दुनिया में स्वाधीनता-लाभ का इतिहास रक्त की धारा से पंकिल है, अपहरण और दस्यु-वृत्ति से कलंकित है। लेकिन महात्मा गांधी ने यह दिखाया है कि हत्याकांड को आश्रय दिए बगैर भी स्वाधीनता प्राप्त की जा सकती है। देश के नाम पर लोग लूट-मार कर सकते हैं, विज्ञान डाका डाल सकता है। लेकिन देश के नाम पर किए गए कामों पर आज लोगों को जो गर्व है वह टिक नहीं सकता। हमारे बीच ऐसे लोग बहुत कम हैं जो हिंसा को अपने मन से दूर हटाकर किसी बात को देख सकें। क्या वास्तव में हमारा यह विश्वास है कि बिना हिंसा-प्रवृत्ति को स्वीकार किए भी हमारी विजय हो सकती है?

महात्मा गांधी यदि केवल एक वीर योद्धा होते तो हम उन्हें इस तरह स्मरण न करते जैसे आज कर रहे हैं। रणभूमि में वीरता दिखानेवाले बड़े-बड़े सेनापति दुनिया में बहुत हुए हैं। मनुष्य का युद्ध धर्मयुद्ध है, नैतिक युद्ध है। धर्मयुद्ध में भी निष्ठुरता सम्भव है, जैसा कि हम 'गीता' और 'महाभारत' में देखते हैं। उसमें बाहुबल के

लिए स्थान है या नहीं, इस विषय पर मैं शास्त्रार्थ नहीं करूँगा। लेकिन वह अनुशासन बहुत बड़ी चीज है जिससे प्रेरित होकर हम कह सकें : 'चाहे जान चली जाए हम आघात नहीं करेंगे, और इसी तरह विजयी होंगे।' यह गम्भीर वाणी है। इसमें चातुर्य नहीं है, कार्यसिद्धि के लिए व्यावहारिक परामर्श नहीं है। धर्मयुद्ध बाहर से जीतने के लिए नहीं होता, हारकर भी विजय प्राप्त करने के लिए होता है। अधर्म-युद्ध में जो मरता है उसका वास्तविक अन्त होता है, लेकिन धर्मयुद्ध में मरने के बाद भी कुछ शेष रहता है—यहाँ पराजय के अन्दर विजय और मृत्यु के अन्दर अमरत्व होता है। इस सत्य को जिन्होंने अपने जीवन में उपलब्ध करके स्वीकार किया है, उनका उपदेश हमें सुनना ही होगा।

इसकी जड़ में एक शिक्षा-धारा है। स्वाधीनता का कलुषित रूप और स्वादेशिकता का विषैला पक्ष हमने यूरोप में देखा है। यह मानना पड़ेगा कि इससे वहाँ के लोगों को काफी लाभ हुआ और ऐश्वर्य मिला। पाश्चात्य देशों में ईसाई-धर्म को केवल मौखिक भाव से ग्रहण किया गया। उस धर्म में मानव-प्रेम का एक महान् उदाहरण है। उसके अनुसार भगवान् ने मनुष्य होकर, मानवीय देह का दु:ख-पाप अपनाकर, मनुष्य की रक्षा की—और वह भी इहलोक में, परलोक में नहीं। जो अत्यन्त दीन हैं उन्हें वस्त्र देना चाहिए, जो क्षुधित हैं, उनको अन्न देना चाहिए—यह बात ईसाई धर्म में जिस स्पष्टता से कही गई है वैसी और किसी धर्म में नहीं कही गई।

महात्मा जी ऐसे ही एक ईसाई-साधक से मिले थे। इस साधक की नित्य यही चेष्टा थी कि मानव को न्याय-अधिकार प्राप्त करने में बाधाओं से मुक्ति मिले। सौभाग्य-क्रम से इसी यूरोपीय ऋषि—टॉलस्टॉय—से महात्मा गांधी ने ईसाई धर्म की अंहिसा-वाणी को यथार्थ रूप में उपलब्ध किया। और यह भी सौभाग्य का विषय है कि यह एक ऐसे मनुष्य की वाणी थी जिसने संसार की विविध अभिज्ञताओं के फलस्वरूप अहिंसा-नीति के तत्त्व को अपने चरित्र में ढाला था। मिशनरी अथवा व्यवसायी प्रचारकों से उन्हें मानव-प्रेम के सम्बन्ध में रूढ़िगत उपदेश नहीं सुनने पड़े थे। ईसा की वाणी का यह महान् दान भारत के लिए आवश्यक था। मध्ययुग में मुसलमानों से भी हमने इसी तरह का दान प्राप्त किया था। दादू, कबीर, रज्जब और अन्य साधु-सन्तों ने इस सत्य का प्रचार किया था कि जो निर्मल और मुक्त है, जो आत्मा की श्रेष्ठ सामग्री है, वह समस्त मानव-जाति की सम्पदा है; वह ऐसी चीज नहीं है जिसे मन्दिर के रुद्ध द्वार के पीछे किसी विशेष अधिकारी के लिए सुरक्षित रखा जाए। युग-युग में यही होता आया है। महापुरुष समस्त पृथ्वी के दान को अपने माहात्म्य द्वारा ग्रहण करते हैं, और ग्रहण करने की कृपा में ही उस दान को सत्य में परिणत करते हैं। अपने माहात्म्य से ही राजा पृथु ने पृथ्वी का दोहन किया था, रत्न-संचय करने के लिए। श्रेष्ठ महापुरुष वही होते हैं जो सारे धर्म, इतिहास और नीति से पृथ्वी के श्रेष्ठ दान को ग्रहण करते हैं।

ईसा का श्रेष्ठ सन्देश है कि जो विनम्र है उसी की विजय होती है। लेकिन ईसाई देश कहते हैं कि निष्ठुर धृष्टता द्वारा विजय प्राप्त होती है। इन दोनों प्रवृत्तियों में कौन-सी सफल होगी, यह कहना कठिन है। लेकिन धृष्टता का परिणाम हम यूरोप में देख सकते हैं, जहाँ आज जीवन रोगग्रस्त हो गया है। महात्मा जी ने नम्र अहिंसा-नीति ग्रहण की है, और चारों ओर उसकी विजय हो रही है। उन्होंने अपने समस्त जीवन द्वारा जिस नीति को प्रमाणित किया है उसे हमें स्वीकार करना ही होगा, चाहे हम उस पर पूरी तरह न चल सकें। हमारे अन्त:करण और आचरण में 'रिपु' और पाप का संग्राम चल रहा है, फिर भी हमें सत्यव्रत महात्मा से पुण्य-तपस्या की दीक्षा लेनी होगी। आज का दिन स्मरणीय है क्योंकि राष्ट्रीय मुक्ति की दीक्षा और सत्य की दीक्षा जनसाधारण के हृदय में एक हो गई है।

[गांधी के जन्मोत्सव पर 2 अक्टूबर, 1937 को लिखा लेख।
नवम्बर-दिसम्बर 1937 में 'प्रवासी' में प्रकाशित]

रूस के पत्र

[उपसंहार]

मैं पहले ही कह चुका हूँ कि सोवियत शासन के प्रथम परिचय से ही मेरा मन बहुत आकर्षित हुआ। इसके कुछ विशेष कारण हैं जो विचारणीय हैं। वहाँ का जो चित्र मेरे मन में है उसके पीछे भारतवर्ष की दुर्गति की काली पट-भूमिका है। इस दुर्गति का मूल जिस इतिहास में है उसमें से एक तत्त्व निकलता है, और उस तत्त्व पर विचार करने से मेरे मन का भाव स्पष्ट होगा।

भारत में मुसलमान-शासन का जो विस्तार हुआ उसके पीछे राज-महिमा की आकांक्षा थी। उन दिनों राज्य पर अधिकार जमाने के लिए लगातार जो संघर्ष होता रहता था उसका मूल कारण इसी इच्छा में था। ग्रीस के सिकन्दर ने धूमकेतु की ज्वलन्त शिखा की तरह अपनी सेना लेकर विदेशों को पादाक्रान्त किया। इसमें भी उसका उद्देश्य अपने प्रताप का प्रदर्शन ही था। रोमन लोगों में भी यही प्रवृत्ति थी। लेकिन फिनीशियावासी दूर-दूर के समुद्र-तट पर केवल वाणिज्य के लिए गए; राज्य के लिए उन्होंने संघर्ष नहीं किया।

जिस दिन यूरोप से वणिकों की नौका पूर्व महादेश के समुद्र-तट पर पहुँची तब से पृथ्वी पर मानवीय इतिहास का एक नया पर्व शुरू हुआ। क्षत्रिय-युग का अन्त होकर वैश्य-युग आरम्भ हुआ। इस युग में व्यापारियों के दल विदेशों में गए और बाजार के दरवाजे से प्रवेश करके अपना राज्य स्थापित करने लगे। उनका प्रधान लक्ष्य मुनाफा था, वीरता द्वारा सम्मान प्राप्त करने की आकांक्षा उनमें नहीं थी। मुनाफे के लिए तरह-तरह के कुटिल मार्गों का अवलम्बन करने में उन्हें संकोच नहीं हुआ, क्योंकि वे सफलता चाहते थे, कीर्ति नहीं।

उस समय भारत अपने विपुल ऐश्वर्य के लिए दुनिया-भर में प्रसिद्ध था। तत्कालीन विदेशी इतिहास-लेखकों ने इस बात का बार-बार उल्लेख किया है। यहाँ तक कि स्वयं क्लाइव के शब्द हैं : 'भारतवर्ष के ऐश्वर्य पर जब मेरी दृष्टि जाती है तो अपने अपहरण-नैपुण्य के संयम पर मुझे आश्चर्य होता है।' ऐसा विपुल धन सहज ही प्राप्त नहीं होता, लेकिन भारत इस धन को उत्पन्न कर सका था। विदेश से आकर जिन

लोगों ने भारत पर राज्य किया, उन्होंने इस धन का उपयोग किया, उसे नष्ट नहीं किया। वे भोगी थे, वणिक नहीं थे।

उसके शब्द वाणिज्य का पथ सुगम करने के लिए विदेशी वणिकों ने व्यवसाय की गद्दी के ऊपर राजसिंहासन स्थापित किया। समय अनुकूल था। मुगलों का राज्य टूट रहा था, सिख और मरहठे इस साम्राज्य की ग्रन्थियाँ शिथिल करने में लगे थे। अंग्रेजों के हाथों से वे छिन्न-भिन्न हो गए और उनका विनाश हुआ।

इसके पहले जब लोग राज-गौरव की लालसा से इस देश में राज करते थे उस समय यहाँ अत्याचार, अविचार या अव्यवस्था नहीं थी, यह कोई नहीं कहेगा। लेकिन वे शासक इस देश के अंग बन गए थे। उनसे देश को जो चोट पहुँची वह त्वचा तक ही सीमित थी,—रक्तपात बहुत हुआ, लेकिन देश के अस्थिबन्धन नहीं टूटे। धन-उत्पादन का कार्य अव्याहत चलता रहा, नवाबों-बादशाहों से उसे प्रश्रय भी मिला। यदि ऐसा न होता तो यहाँ विदेशी सौदागरों की भीड़ लगने का कोई कारण ही न होता; मरुभूमि में टिड्डी-दल क्यों आने लगा?

भारत में वाणिज्य और साम्राज्य के अशुभ संगमकाल में वणिक-शासकों ने देश के धनकल्पतरु की जड़ें काटना आरम्भ किया। इस इतिहास को सैकड़ों बार दोहराया जा चुका है और वह अत्यन्त कटु है, लेकिन यह बात पुरानी है, केवल इसीलिए उस पर विस्मृति का पर्दा डालने से काम नहीं चलेगा। हमारे वर्तमान दारिद्र्य की उपक्रमणिका उसी इतिहास में है। भारत में जो विपुल धन था वह किस तरह द्वीपान्तरित हुआ है, यह यदि हम भूल जाएँ तो आधुनिक इतिहास का एक प्रमुख तत्त्व हम समझ नहीं सकेंगे। आधुनिक राजनीति की प्रेरणाशक्ति वीर्याभिमान नहीं, धन का लोभ है—यह तत्त्व हमें ध्यान में रखना ही होगा। राजगौरव के साथ प्रजा का एक मानवीय सम्बन्ध होता है; धन-लोभ के साथ वैसा सम्बन्ध रहना असम्भव है। धन निर्मम और निर्वैयक्तिक होता है। जो मुर्गी सोने के अंडे देती है उसके अंडे ही नहीं छीने जाते, लोभी मनुष्य उसकी जान ही ले लेता है।

वणिक शासकों के लोभ ने भारत की वैचित्र्यपूर्ण धनोत्पादन-शक्ति को पंगु बना दिया है। केवल खेती बाकी रह गई है; वह भी इसलिए कि कच्चे माल की अव्याहत धारा कहीं बन्द न हो और विदेशी बाजारों में हमारे शासकों की शक्ति कहीं कम न हो जाए। भारत की पतनशील जीविका आज खेती की अति क्षीण डाल पर किसी तरह सँभली हुई है।

यह स्वीकार करना होगा कि पुराने जमाने में जिस निपुणता से और जिन उपायों के योग से, हस्तकलाएँ चलती थीं और शिल्पी रोजी कमाते थे, उनका विनाश यंत्रों की प्रतियोगिता से अपने-आप हो गया है। प्रजा को बचाने के लिए यह नितान्त आवश्यक था कि लोगों को यंत्र-कुशल बनाने का प्रयत्न किया जाता। वर्तमान युग में ऐसा प्रयत्न सभी देशों में किया गया है। जापान ने अल्पकाल में ही यंत्रों पर अधिकार

प्राप्त कर लिया है; वह ऐसा न करता तो यंत्रवान् यूरोप के षड्यंत्र से उसके धन और प्राण दोनों का ही नाश होता। हमारे भाग्य में यंत्र-कुशल बनने का सुयोग नहीं था, क्योंकि लोभ ईर्ष्यालु होता है। प्रकांड लोभ के कारण शासकों ने हमारा धन-प्राण लूटा और हमें इन शब्दों से सान्त्वना दी : 'अभी तक तुम्हारे पास जो धन-प्राण बाकी है, उसकी रक्षा के लिए कानून और चौकीदार की व्यवस्था करने का भार हम लेते हैं।' अपना अन्न-वस्त्र, विद्या-बुद्धि सब गिरवी रखकर हम बड़ी मुश्किल से चौकीदार की वर्दी का खर्च चुकाते हैं। हमारे प्रति यह जो भयंकर उदासीनता है उसका मूल कारण लोभ ही है। जहाँ ज्ञान और कर्म के क्षेत्रों में शक्ति का पीठस्थान है, वहाँ से बहुत नीचे के स्तर पर खड़े होकर हम इतने दिनों तक ऊपर ताकते रहे हैं, और ऊपरवालों की यह आश्वासवाणी सुनते आए हैं : 'यदि तुम्हारी शक्ति का क्षय हो तो इसमें डरने की क्या बात है? हमारे पास शक्ति है, हम तुम्हारी रक्षा करेंगे।'

जिसके साथ लोभ का सम्बन्ध होता है उससे मनुष्य अपनी जरूरतें पूरी करता है, लेकिन उसका सम्मान कभी नहीं करता और जिसका सम्मान नहीं करता उसके अधिकारों को मनुष्य यथासम्भव कम कर देता है। अन्त में दूसरे का जीवन इतना सस्ता हो जाता है कि उसके आत्यन्तिक अभाव को पूरा करना भी अखरने लगता है। हमारी प्राण-रक्षा और लज्जा-रक्षा के लिए कितना कम रुपया निर्धारित किया गया है, यह तो सब जानते हैं। हमारे पास अन्न नहीं, विद्या नहीं, पीने का पानी कीचड़ छानकर मिलता है; लेकिन चौकीदारों का अभाव नहीं। मोटी तनख्वाहवाले अफसर भी हैं; उनका वेतन, 'गल्फ स्ट्रीम' की तरह सीधे ब्रिटेन के शीत-निवारण के लिए चला जाता है, उनकी पेंशन का धन हम उपस्थित करते हैं अपने अन्त्येष्टि-संस्कार के खर्च में बचत करके। इसका एकमात्र कारण यही है कि लोभ अन्धा होता है, निष्ठुर होता है; और भारतवर्ष भारतेश्वर के लोभ की सामग्री है।

फिर भी, कठिन वेदना की अवस्था में भी, मैंने इस बात को कभी अस्वीकार नहीं किया कि अंग्रेजों के स्वभाव में औदार्य है। विदेशी शासन-कार्य में, अन्य यूरोपीयों के व्यवहार में और अधिक कृपणता और निष्ठुरता है। अंग्रेजों और उनकी शासन-नीति के बारे में हमने अपने मुँह से या आचरण से जितना विरोध व्यक्त किया है उतना विरोध अन्य किसी शासनकर्ता का हम न कर पाते। उसकी दंडनीति और भी अधिक दु:सह होती; यूरोप और अमेरिका में इसके यथेष्ट प्रमाण हैं। खुलेआम विद्रोह घोषित करते हुए भी हम शासकों के दमन पर विस्मय प्रकट करते हैं, इसी से सिद्ध होता है कि इंग्लैंड के प्रति हमारी जो गूढ़ श्रद्धा है वह मार खाते-खाते भी मरना नहीं चाहती। अपने स्वदेशी राजाओं-जमींदारों से हमारी प्रत्याशा अपेक्षाकृत कम है।

जब मैं इंग्लैंड में था मैंने अच्छी तरह देखा कि भारतवर्ष के दंड-विधान से सम्बन्धित ग्लानिजनक घटनाओं की वार्ताएँ वहाँ के अखबारों में नहीं छपतीं। इसका कारण यही है कि अंग्रेज नहीं चाहते कि ऐसे समाचार पढ़कर यूरोप या अमेरिका

के लोग उनकी निन्दा करें। वस्तुत: अंग्रेज शासनकर्ता स्वदेश की शुभबुद्धि से भी डरता है। 'हमने जो कुछ किया ठीक ही किया', 'बहुत अच्छा किया', 'दमन करना जरूरी हो गया था'—इत्यादि बातें आत्मविश्वास के साथ अंग्रेजों के सामने कहना इन शासकों के लिए आसान नहीं है, क्योंकि उनमें भी विशाल मन के लोग हैं। भारत के बारे में वास्तविक घटनाएँ अंग्रेज बहुत कम जानते हैं। जिन कामों के लिए शासकों को पछताना पड़ता है, वे काम ब्रिटिश जनता के सामने नहीं आते। यह बात भी सच है जिन्होंने भारत का नमक दीर्घकाल तक खाया है उनका अंग्रेजी कलेजा और हृदय कलुषित हो जाता है, और हमारे भाग्य-क्रम से उन्हीं को भारत के बारे में 'अथॉरिटी' माना जाता है।

भारत की वर्तमान क्रान्ति में लोगों को जो दंड दिया गया है उसके विषय में अधिकारियों ने कहा है कि 'न्यूनतम मात्रा में दमन किया गया है।' इस बात को मानने की हमारी इच्छा नहीं होती; लेकिन अतीत और वर्तमानकाल की शासननीति से तुलना करने पर उनके दावे को अत्युक्ति नहीं कहा जा सकता। हम पर मार पड़ी है, अन्यायपूर्वक मार पड़ी है। इससे भी बड़ा कलंक यह है कि गुप्त रूप से हमें पीटा गया है। यह भी कहूँगा, बहुत-से स्थानों पर जिन्होंने मार खाई है उन्हीं को माहात्म्य मिला है, और मारनेवालों की मानहानि हुई है। फिर भी प्रचलित शासन-नीति को देखते हुए दमन की मात्रा 'न्यूनतम' ही है। हमारे और अंग्रेजों के बीच कोई आत्मीयता का आकर्षण तो है ही नहीं। सारे भारत को जलियाँवाला बाग बना देना उनके लिए असम्भव नहीं था—बाहुबल की कमी नहीं थी। अमेरिका में यदि सारी नीग्रो-जाति संयुक्त राज्य से अलग होने का प्रयत्न करती तो वहाँ कैसा बीभत्स रक्तपात होता इसका अनुमान लगाने के लिए अधिक कल्पना-शक्ति की आवश्यकता नहीं है और इटली प्रभृति देशों में जो हुआ है उसकी तो बात ही अलग है।

लेकिन इससे मुझे सान्त्वना नहीं मिलती। जो लाठी से मारता है वह कुछ समय बाद थक जाता है; उसका लज्जित होना भी असम्भव नहीं। लेकिन आन्तरिक रूप से जब मारा जाता है तब परिस्थिति अलग होती है। कुछ लोगों के सिर फोड़कर फिर क्लब की 'ब्रिज पार्टी' में अन्तर्धान हो जाना, इसी से बात समाप्त नहीं हो जाती। सारे देश को अन्दर-ही-अन्दर बर्बाद किया जाता है, उसका सर्वनाश होता है; शताब्दियों तक इस क्रिया को विराम नहीं मिलता। क्रोध की मार कहीं जाकर रुकती है, लोभ की मार का अन्त नहीं मिलता।

'टाइम्स' के साहित्यिक क्रोड़पत्र में मॅके नामक एक लेखक महोदय कहते हैं कि भारत के दारिद्र्य का मूल कारण—root cause—निर्विचार विवाह और उसके फलस्वरूप अति प्रजनन ही है। मतलब यह हुआ कि बाहर से जो शोषण चल रहा है वह दु:सह न होता यदि थोड़े-से लोग थोड़ा-सा अन्न लेकर अपनी हँड़िया पकाते। इंग्लैंड में सन् 1871 से 1921 तक आबादी में 66 प्रतिशत वृद्धि हुई है। भारत में

पिछले पचास वर्षों में 33 प्रतिशत प्रजावृद्धि हुई है। एक ही जैसी परिस्थिति के अलग-अलग परिणाम क्यों? हम देख सकते हैं कि root cause प्रजावृद्धि नहीं, बल्कि अन्न-व्यवस्था का अभाव है और इस अभाव का root कहाँ है?

शासकों और शासितों का भाग्य यदि एक-जैसा होता तो अन्न के अभाव की हम शिकायत न करते; विपुलता हो या दुर्भिक्ष, दोनों के हिस्से बराबर होते। लेकिन जहाँ कृष्णपक्ष और शुक्लपक्ष के बीच महासमुद्र का और महा-लोभ का व्यवधान है वहाँ विद्या-स्वास्थ्य-सम्मान की सम्पदा अमावस्था के प्रति कृपणता दिखाती है, फिर भी निशीथ रात्रि के चौकीदार के हाथ में लालटेन का आयोजन बढ़ता जाता है। एक सौ साठ वर्षों से भारत का सर्वांगीण दारिद्र्य का सर्वांगीण ऐश्वर्य साथ-साथ बढ़ते रहे हैं, इस बात का हिसाब लगाने के लिए 'स्टैटिस्टिक्स' की आवश्यकता बहुत कम है। इस परिस्थिति का सम्पूर्ण चित्र अंकित करना हो तो पटसन उत्पन्न करनेवाला बंगाल का किसान और सुदूर डांडी में पटसन के मुनाफे का उपभोग करनेवाला अंग्रेज़, इन दोनों की जीवन-यात्रा को पास-पास रखकर देखना होगा। दोनों के बीच सम्बन्ध लोभ का है, विच्छेद भोग का है—यह विभाजन डेढ़ सौ वर्षों तक बढ़ता ही रहता है, कम नहीं हुआ।

जब से यांत्रिक उपायों द्वारा प्राप्त अर्थ-लाभ का गुणगान करना सम्भव हुआ है तब से मध्य युग की 'शिवलरी' अर्थात् वीरधर्म को वाणिज्यधर्म की दीक्षा मिली है। समुद्र-यान द्वारा सारी पृथ्वी का जब आविष्कार आरम्भ हुआ तभी इस निदारुण वैश्वयुग की प्रथम सूचना मिली। वैश्वयुग की आदिम भूमिका दस्युवृत्ति में है। दास-हरण और धन-हरण की बीभत्सता के उस दिन धरती रो उठी थी। इस निष्ठुर व्यवसाय को विशेष रूप से दूसरों के देशों में चलाया गया। उस दिन स्पेन ने मैक्सिको में केवल स्वर्ण-संचय ही नहीं किया, वहाँ की सम्पूर्ण सभ्यता को रक्त से धो डाला। उस रक्त-मेघ की आँधी पश्चिम से बढ़ती हुई भारत में आ पहुँची—इस इतिहास का विवरण यहाँ अनावश्यक है। धन-सम्पदा का स्रोत पूर्व से पश्चिम की ओर बहने लगा।

तब से पृथ्वी पर कुबेर का सिंहासन सुदृढ़ हो गया है। विज्ञान ने घोषित किया कि यंत्र का नियम ही विश्व का नियम है, बाह्य सिद्धिलाभ के अलावा कोई अस्थायी सत्य नहीं है। प्रतियोगिता उग्र और सर्वव्यापी हो गई, दस्युवृत्ति ने भद्र वेश धारण करके सम्मान प्राप्त किया। लोभ के खुले और छिपे रास्तों से कारखानों में, बड़ी-बड़ी बस्तियों में, खानों में मिथ्याचार और निर्दयता ने कैसे हिंस्र रूप लिए हैं इसका भयावह वर्णन आज के यूरोपीय साहित्य में मिलता है। पाश्चात्य जगत् में रुपया 'पिसनेवालों' और उसके लिए परिश्रम करनेवालों में तीव्र संघर्ष उत्पन्न हो गया है। मानव के सबसे बड़े धर्म—समाज धर्म—पर लोभ निर्मम आघात करता है। आज के युग में लोभ-प्रवृत्ति ने समाज को आलोड़ित करके उसके सारे बन्धन शिथिल और विच्छिन्न कर दिए हैं।

प्रत्येक देश में धनार्जन के क्षेत्र में इस तरह समाज विभक्त हो गया है। यह विभाजन चाहे जितना दु:खप्रद हो, यदि वह देश के अन्दर की ही बात होकर रहे तो सबके लिए अवसर खुला रहता है। शक्ति में विषमता अवश्य होती है, लेकिन अधिकार बने रहते हैं; धन के जाँते में जो आज 'पीसनेवालों' के वर्ग में है वह कल कमानेवालों के वर्ग में पहुँच सकता है। यही नहीं, धनवान् लोग जो सम्पत्ति कमाते हैं उसका एक अंश—चाहे वह कितना ही छोटा अंश हो—किसी-न-किसी रूप में समाज को मिलता है; उसका बँटवारा हो जाता है। व्यक्तिगत सम्पत्ति का किसी-न-किसी सीमा तक राष्ट्रीय सम्पत्ति का दायित्व लिए बगैर रह ही नहीं सकती। जनसाधारण की शिक्षा, स्वास्थ्य और मनोरंजन के लिए उस सम्पत्ति का व्यय थोड़ा-बहुत होता ही है। धनियों की इच्छा हो या न हो, एक मात्रा में वे देश के विविध प्रयोजन पूर्ण करने के लिए अपने धन को लगाते ही हैं।

लेकिन भारत में ऐसा भी नहीं होता। विदेशी वणिकों और राज्यशासकों के धन का उच्छिष्ट मात्र भारत के हिस्से में पड़ता है। पटसन की खेती करनेवाले किसानों की शिक्षा या स्वास्थ्य के लिए कोई व्यवस्था नहीं है, विदेश जानेवाले मुनाफे का कोई भाग इस काम के लिए लौटकर नहीं आता। जो कुछ जाता है पूर्णतया जाता है। पटसन से यथेष्ट मुनाफा कमाने के लिए गाँव के जलाशयों को नष्ट कर दिया जाता है; इससे जो असह्य जलकष्ट होता है उसके निवारण के लिए विदेशी महाजनों से एक पैसा भी नहीं मिलता। यदि जल की व्यवस्था करनी है तो टैक्स का सम्पूर्ण भार गरीब किसानों के ही खून पर पड़ता है। जनसाधारण की शिक्षा के लिए राजकोष में रुपया नहीं है। क्यों नहीं है? इसका मुख्य कारण यही है कि धन बड़ी मात्रा में भारत को त्याग कर बाहर जाता है—यह लोभ का धन है; रुपये में सोलहों आने पराये का हो जाता है। समुद्र के इस पार जलाशय का जल सूखता है, और पानी बरसता है समुद्र के उस पार। वहाँ के अस्पतालों-विद्यालयों का खर्च दीर्घकाल तक भारतवर्ष प्रस्तुत करता आया है—अभागा, अशिक्षित, अस्वस्थ, मरणप्राय भारतवर्ष।

मैं अपने देशवासियों की शारीरिक और मानसिक अवस्था के दु:खमय दृश्य बहुत दिनों से देखता आया हूँ। दारिद्र्य से मनुष्य का विनाश तो होता ही है, वह अपने-आपको अवज्ञा का विषय भी बना डालता है Sir John Simon कहते हैं :

"In our view the most formidable of the evils from which India is suffering have their roots in social or economic customs of long standing which can only be remedied by the action of the Indian people themselves."

यह है अवज्ञा का उदाहरण। भारत की जरूरतों को Sir John Simon ने जिस मापदंड से देखा है वह उनके देश का अपना मापदंड नहीं है। प्रचुर धनोत्पादन के लिए जो शिक्षा, सुयोग और स्वाधीनता उनके पास है, जिन सुविधाओं से उनकी

जीवन-यात्रा का आदर्श ज्ञान-कर्म-भोग सभी क्षेत्रों में परिपुष्ट हो सका है, उन सुविधाओं की कल्पना भी वे नहीं कर सकते जब जीर्णवस्त्र, कृशकाय, रोगपीड़ित, शिक्षा-वंचित भारत के विषय में सोचते हैं। हम अपने दिन किसी तरह बिताते रहें, खर्च कम करके और लोकसंख्या घटाकर और उनकी जीविका का विस्तृत आदर्श कार्यान्वित करने के लिए हम अपने जीवन का स्तर गिराते रहें—इससे अधिक उन्हें कुछ सोचना नहीं है। इसलिए 'रेमेडी' की जिम्मेदारी हमारे ही हाथ में है; जो लोग 'रेमेडी' को दु:साध्य बनाते हैं उन्हें कुछ भी नहीं करना है।

मनुष्य और विधाता के विरुद्ध इन सब शिकायतों को बन्द करके, आन्तरिक दिशा से हमारे निर्जीव गाँवों में प्राण-संचार करने के लिए कुछ समय से अपनी अतिक्षुद्र, शक्ति का प्रयोग किया है। इस कार्य में सरकार के समर्थन की मैंने उपेक्षा नहीं की, बल्कि उसकी इच्छा की है। लेकिन फल कुछ भी नहीं मिला। इसका कारण है वेदना का अभाव। संवेदना का अस्तित्व इस परिस्थिति में सम्भव ही नहीं है—हमारी अक्षमता और सर्वांगीण दुर्दशा से हमारे अधिकार क्षीण हो गए हैं। आखिर मैंने यह निष्कर्ष निकाला है कि किसी यथार्थ कल्याण कार्य में सरकार के साथ हमारे कार्यकर्ताओं का उपयुक्त सहयोग नहीं हो सकता। चौकीदार की वर्दी का खर्च चुकाकर जो कौड़ियाँ बचती हैं उन्हीं से काम चलाना होगा।

राजकीय लोभ—और परिणामस्वरूप औदासीन्य से जब मेरे मन में निराशा का अन्धकार छा गया था, उसी समय मैंने रूस की यात्रा की। यूरोप के अन्य देशों में ऐश्वर्य का आडम्बर मैंने काफी देखा है वह इतना उत्तुंग है कि दरिद्र देश की ईर्ष्या भी उसके शिखर तक नहीं पहुँच सकती। रूस में यह भोग-समारोह नहीं है; शायद इसीलिए उस देश का आन्तरिक रूप देखना सरल सिद्ध हुआ।

जिन चीजों से भारत बिलकुल वंचित है उन्हीं के आयोजन को सर्वव्यापी बनाने का प्रबल प्रयास मैंने रूस में देखा। यह कहना आवश्यक नहीं है कि मेरी बहुत दिनों की प्यासी आँखों ने सब कुछ देखा। पाश्चात्य जगत् के किसी अन्य स्वाधीन, भाग्यशाली देश के किनारे को रूस के दृश्य कैसे लगते, यह मैं नहीं कह सकता। मैं इस बात को लेकर भी तर्क करना नहीं चाहता कि भारत से कितना धन ब्रिटेन चला गया है और आज भी प्रतिवर्ष विविध मार्गों से कितनी सम्पत्ति वहाँ जा रही है। लेकिन यह तो मैं स्पष्ट देख सकता हूँ—और बहुत-से अंग्रेज लेखक भी इसे स्वीकार करते हैं कि हमारे देश के रक्तहीन शरीर में मानसिक शक्ति आच्छन्न हो गई है, जीवन में आनन्द नहीं, हमारा आन्तरिक और बाह्य दोनों दिशाओं में विनाश हो रहा है और इसका root cause भारतवासियों के ही मर्मगत अपराध से संलग्न है—कोई सरकार इसका प्रतिकार कर ही नहीं सकती—यह बात हम कभी स्वीकार नहीं करेंगे।

यह विचार मेरे मन में सदा रहा है कि भारत के साथ जिन विदेशी शासनकर्ताओं का स्वार्थ-सम्बन्ध प्रबल है, और वेदना का सम्बन्ध नहीं है, उन्होंने केवल अपनी

ही गरज से विधान और व्यवस्था की रक्षा में इतना उत्साह दिखाया है। लेकिन जिन मामलों में गरज हमारी है, जहाँ धन-मन-प्राण से हमारे देश को बचाना आवश्यक है, वहाँ यथोचित शक्ति का प्रयोग करने में सरकार उदासीन है अर्थात् इस सम्बन्ध में अपने देश के प्रति शासनकर्ताओं में जितनी सचेष्टता है, जितना वेदना-बोध है, उसका छोटा-सा अंश भी हमारे देश के प्रति होना सम्भव नहीं है। लेकिन हमारा धन-प्राण उन्हीं के हाथ में है; जिन उपायों और उपादानों से हमारी रक्षा हो सकती है, उन पर हमारा अधिकार नहीं।

यदि यह सच है कि समाज-विधि के सम्बन्ध में हमारा अज्ञान ही हमारी अवनति का कारण है, तो जिस शिक्षा द्वारा यह अज्ञान दूर हो सकता है वह भी विदेशी सरकार की मर्जी पर और खजाने पर अवलम्बित है। देशव्यापी अशिक्षा से जो विपत्ति उत्पन्न होती है उसे किसी कमीशन के परामर्श से दूर नहीं किया जा सकता। इसके लिए सरकार को वैसी तत्परता दिखानी होगी जैसी तत्परता ब्रिटिश सरकार दिखाती, यदि इंग्लैंड के सामने ऐसी समस्या होती। साइमन कमीशन से हम पूछते हैं : भारत के अज्ञान और अशिक्षा में ही इतना बड़ा मृत्युशूल इतने दिनों तक निहित रहा है और रक्तपात करता रहा है, यह बात यदि सच है तो एक सौ साठ वर्ष के ब्रिटिश शासन में उनके विषय में कोई उपाय क्यों नहीं किया गया? क्या कमीशन ने आँकड़े जमा करके देखा है, पुलिस के डंडों पर ब्रिटिश राज जितना खर्च करता है उसकी तुलना में इतने लम्बे अरसे में शिक्षा पर कितना व्यय हुआ है? दूर देश में रहनेवाले धनी शासक पुलिस के डंडे को आवश्यक समझते हैं लेकिन उस डंडे से जिनके सिर फूटते हैं उनकी शिक्षा पर खर्च करना शताब्दियों तक स्थगित रखकर भी उनका काम चल जाता है।

रूस में पहुँचते ही मैंने देखा कि वहाँ के किसान और श्रमिक, जो आठ वर्ष पूर्व भारतीय जनसाधारण की तरह नि:सहाय, निरन्न और निरक्षर थे, जिनका दु:ख-भार कई विषयों में हमारे भार से कम नहीं वरन् अधिक ही था, आज थोड़े ही समय में इतनी शिक्षा प्राप्त कर सके हैं जितनी हमारे देश के उच्च श्रेणी के लोग भी डेढ़ शताब्दियों में प्राप्त कर सके। हमारे 'दरिद्राणां मनोरथा:' स्वदेश की शिक्षा के सम्बन्ध में जो चित्र मरीचिका के पट पर भी अंकित करने का साहस नहीं कर सके उसका प्रत्यक्ष रूप मैंने रूस में एक दिगन्त से दूसरे दिगन्त तक फैला हुआ देखा।

मैंने अपने-आपसे अनेक बार पूछा है : ऐसी आश्चर्यजनक सफलता कैसे सम्भव हुई? मेरे मन ने यही उत्तर दिया कि लोभ की बाधा कहीं नहीं थी, इसीलिए यह हो सका। शिक्षा के द्वारा सभी मनुष्य यथोचित क्षमता प्राप्त कर सकते हैं, इस बात को रूस में सर्वत्र बेखटके माना जाता है। दूर-एशिया में तुर्कमानिस्तान-वासियों को भी पूरी तरह शिक्षा प्रदान करने में इन्हें कोई आशंका-बोध नहीं होता, बल्कि इसके लिए इनके मन में प्रबल आग्रह है। 'तुर्कमानिस्तान का प्रथागत अज्ञान ही

वहाँ के लोगों के दु:खों का कारण है', इस तरह की बात रिपोर्ट में लिखकर रूस के शासक उदासीन नहीं हुए।

कोचीन-चाइना में शिक्षा-विस्तार के सम्बन्ध में फ्रांस के किसी पांडित्य व्यवसायी ने कहा है—'भारत में अंग्रेजी राज ने देशी लोगों को शिक्षा प्रदान करके जो भूल की है उससे फ्रांस को बचना चाहिए।' यह मानना पड़ता है कि अंग्रेजी चरित्र में एक ऐसी महानता है जिससे विदेशी शासन-नीति में अंग्रेज कभी-कभी भूल कर बैठते हैं; शासन-वस्त्र को बुनने में कहीं-कहीं उनके टाँक ढीले पड़ जाते हैं। ऐसा न होता तो हमारे मुँह से आवाज निकलने में शायद एक शताब्दी और लगती!

यह बात अस्वीकार नहीं की जा सकती कि शिक्षा के अभाव से दुर्बलता अटल हो जाती है; इसलिए अशिक्षा पुलिस के डंडे से कम बलवान् नहीं है। शायद लॉर्ड कर्जन इस बात को थोड़ा-बहुत समझते थे। शिक्षा-दान के सम्बन्ध में फ्रांसीसी विद्वानों ने स्वदेश के लिए जो आदर्श स्थिर किया है वह शासित देशों के लिए नहीं किया, इसका एकमात्र कारण लोभ है। जो उनके लोभ के शिकार होते हैं ऐसे लोगों का मनुष्यत्व भी लोभियों की दृष्टि में अस्पष्ट हो जाता है, उनके अधिकारों को वे काट-छाँटकर छोटा बना देते हैं। जिनके साथ भारत का शासन-सम्बन्ध रहा है उनकी दृष्टि में पिछले डेढ़ सौ वर्षों तक भारत के अधिकार बहुत छोटे रहे हैं। इसीलिए देश के मर्मगत प्रयोजनों के प्रति वे उदासीन रहे हैं। हम क्या खाते हैं, हमारी प्यास किस तरह बुझती है, हमारा चित्त-निरक्षरता के घने अँधेरे से किस तरह आच्छन्न हो गया है, ये सब बातें उन्होंने आज तक ठीक से देखी ही नहीं। हम स्वयं उनके प्रयोजन-साधन की वस्तु बन गए हैं, हमारे अपने भी प्रयोजन हो सकते हैं, यह बात वे नहीं समझते। इसके अलावा हम इतने नगण्य हो गए हैं कि हमारे प्रयोजनों का सम्मान भी नहीं किया जा सकता।

भारत की जो कठिन समस्या है, जिसके कारण इतने दिनों तक हमारे धन-मन प्राण का विनाश होता रहा, पाश्चात्य देशों में कहीं नहीं है। समस्या यह है कि भारत के सारे अधिकार दो भागों में बँट गए हैं, और इस सर्वनाश-विभाजन का एकमात्र आधार लोभ ही है। इसलिए रूस में जब मैंने लोभ को तिरस्कृत देखा, मुझे इतना अधिक आनन्द हुआ जितना शायद किसी अन्य देश के निवासी को न होता। लेकिन मूल तथ्य को भुलाया नहीं जा सकता; केवल भारत में ही नहीं, समस्त पृथ्वी पर जहाँ भी विपत्तियों का जाल फैलाया गया, वहाँ लोभ की ही प्रेरणा ने काम किया है—लोभ के साथ भय और संशय रहे हैं, और लोभ के पीछे अस्त्र-सज्जा रही है, मिथ्या और निष्ठुर राजनीति रही है।

'डिक्टेटरशिप' का प्रश्न भी उठता है। मैं व्यक्तिगत रूप से किसी विषय में नेताशाही पसन्द नहीं करता। क्षति या दंड का भय दिखाकर या भाषा-भंगिमा-व्यवहार से अपनी जिद व्यक्त करके मत-प्रचार का मार्ग प्रशस्त करने की चेष्टा मैं अपने

कर्मक्षेत्र में कभी नहीं कर सकता। इसमें सन्देह नहीं कि अधिनायकत्व में बहुत-सी विपत्तियाँ हैं। उसकी एकरूपता और नित्यता अनिश्चित होती है; चालकों और चालितों की इच्छा में योग-साधन न होने से क्रान्ति की सम्भावना सदा बनी रहती है। इसके अलावा किसी दूसरे से चलाए जाने का अभ्यास चित्त और चरित्र को दुर्बल बनाता है। अधिनायकत्व से बाह्य सफलता मिल सकती है—दो-चार फसलें अच्छी हो सकती हैं, लेकिन अन्दर-ही-अन्दर जड़ें कट जाती हैं।

जनता का भाग्य यदि उसी की इच्छा से निर्मित और पोषित न हो तो एक पिंजरा तैयार हो जाता है। उसमें दाना-पानी काफी मिल भी सकता है, लेकिन उसे हम घोंसला नहीं कह सकते; वहाँ रहते-रहते पंख निर्जीव हो जाते हैं। अधिनायकत्व जहाँ भी हो—शास्त्र में, गुरु में, या राष्ट्र-नेता में, उससे मनुष्यत्व की हानि होती है।

हमारे समाज में यह दुर्बलता-सृष्टि युग-युग में होती रही है, इसका परिणाम मैं प्रतिदिन देखता आया हूँ। महात्मा जी ने जब विदेशी कपड़ों को अपवित्र कहा था, मैंने उनकी बात का विरोध किया था; मैंने कहा था विदेशी कपड़ा आर्थिक दृष्टि से हानिप्रद हो सकता है, अपवित्र नहीं हो सकता। 'हमारे शास्त्र-चालित, अन्धचित्त को खुश रखना होगा अन्यथा हमसारा काम नहीं निकलेगा'—क्या मनुष्यत्व के प्रति इस कथन से अधिक अपमानजनक कुछ हो सकता है? नायक-चालित देश इसी तरह मोहाच्छन्न हो जाता है। जब एक जादूगर उससे विदा लेता है तो कोई और जादूगर किसी और मंत्र की सृष्टि करता है।

'डिक्टेटरशिप' एक बड़ी विपत्ति है, यह बात मैं मानता हूँ। उसने रूस में बहुत-से अत्याचार किए हैं, यह भी मानता हूँ। यह नकारात्मक पक्ष है—बल प्रयोग का पक्ष—जिसमें पाप है। लेकिन मैंने सकारात्मक पक्ष भी देखा है; वह है शिक्षा, जो 'जबरदस्ती' के बिलकुल विपरीत है।

देश के भाग्यनिर्माण में यदि जनसाधारण का चित्त सम्मिलित हो तो निर्माण-क्रिया सजीव और स्थायी हो जाती है। जो अपने अधिनायकत्व से लुब्ध है वह दूसरों के चित्त को अशिक्षा द्वारा जड़ बनाना चाहता है—यही उसकी प्रयोजन-सिद्धि का उपाय होता है। जार के राज्यकाल में निरक्षरता के कारण जनता मोहान्वित थी; सर्वव्यापी धर्ममूढ़ता ने उसके चित्त को अजगर की तरह सैकड़ों पाशों में जकड़ रखा था। उस मूढ़ता को अपने काम में लगाना सम्राट् के लिए आसान था। यहूदियों का ईसाइयों से, मुसलमानों का आर्मीनियन धर्मवालों से संघर्ष होता था—धर्म के नाम पर बीभत्स उत्पात कराए जाते थे। ज्ञान और धर्म के मोह से देश अपनी शक्ति खो चुका था। उसकी ग्रन्थियाँ शिथिल हो गई थीं, वह विभक्त था और बाह्य-शक्ति से अभिभूत था। अधिनायकत्व के चिराधिपत्य के लिए इससे अधिक अनुकूल परिस्थिति नहीं हो सकती थी।

क्रान्ति के पूर्व रूस में जो परिस्थिति थी वह हमारे देश में बहुत दिनों से रही है। आज हमारे देश ने महात्मा जी का निर्देशन माना है; कल जब वह नहीं रहेंगे नेतृत्व

का दावा करनेवाले बहुत-से लोग अचानक दिखाई पड़ेंगे, जैसे धर्माभिभूत लोगों के सामने नए-नए अवतार और गुरु उपस्थित होते रहते हैं। चीन में आज नेतृत्व के लिए कुछ अधिकार-लोभी लोगों में प्रबल संघर्ष चल रहा है, क्योंकि अशिक्षित जनता अपनी सम्मिलित इच्छा द्वारा देश का भाग्य निर्धारित नहीं कर पाती। सारा देश क्षत-विक्षत हो गया है। हम यह नहीं कह सकते कि हमारे देश में भी नायक-पद के लिए दारुण संघर्ष नहीं होगा; यदि हुआ तो जनता पददलित होगी, क्योंकि वह घास की तरह है, वटवृक्ष की तरह नहीं।

रूस में भी आजकल नेता का प्रबल शासन देखा जाता है। लेकिन इस शासन ने अपने-आपको चिरस्थायी बनाने का मार्ग नहीं अपनाया। एक दिन रूस में बल-प्रयोग, अशिक्षा और धर्म-मोह द्वारा जनसाधारण के मन को अभिभूत किया गया था, कोड़े की चोट से उसका पौरुष क्षीण कर दिया गया था। वर्तमान रूस में शासन-दंड निश्चल है, यह मैं नहीं कहता। लेकिन शिक्षा-प्रचार की प्रबलता असाधारण है, क्योंकि यहाँ व्यक्तिगत या दलगत अधिकार-पिपासा या अर्थलोभ नहीं है। एक विशेष आर्थिक मतवाद की दीक्षा सारी जनता को देकर, वर्ण-जाति श्रेणी के भेदों की उपेक्षा करते हुए, सबको विकास-मार्ग पर ले जाने की उत्कट इच्छा है। यदि ऐसा न होता तब तो एक फ्रांसीसी विद्वान् के शब्द मानने पड़ते : 'शिक्षा देना बहुत बड़ी भूल है।'

यह आर्थिक मतवाद पूर्णतया ग्राह्य है या नहीं, इसका निर्णय करने का समय अभी नहीं आया, क्योंकि अब तक यह पुस्तकों तक ही सीमित था, इतने बड़े क्षेत्र में इतने साहस के साथ कार्यान्वित नहीं हुआ था। जिस लोभ-वृत्ति ने इसका शुरू से विरोध किया उसे ही इस मतवाद ने दूर हटा दिया है। परीक्षाओं के बीच परिवर्तित होते-होते उसका हिस्सा बचेगा, और वह कहाँ पहुँचेगा, आज कोई निश्चित रूप से नहीं कह सकता। लेकिन यह अवश्य कहा जा सकता है कि रूस की जनता इतने दिनों बाद जो प्रचुर शिक्षा प्राप्त कर रही है उससे लोगों के मनुष्यत्व ने स्थायी उत्कर्ष और सम्मान-लाभ किया है।

वर्तमान रूसी शासन की निष्ठुरता के बारे में बहुत-सी जनश्रुतियाँ हैं, हो सकता है, वे सही हों। निष्ठुर शासन की धारा वहाँ चिरकाल से बहती आ रही है, उसका एकदम लुप्त हो जाना ही असम्भव लगता है। लेकिन वहाँ चित्रों द्वारा, इतिहास की नई व्याख्या द्वारा सोवियत सरकार प्राचीन शासनविधि के अत्याचारों पर प्रकाश डालती है। वह सरकार स्वयं यदि वैसा ही निष्ठुर पथ-अवलम्बन करे, तो निष्ठुरता के प्रति इतनी तीव्र घृणा जगाने का उसका प्रयत्न एक बहुत बड़ी भूल होगी। सिराजुद्दौला के 'ब्लैक होल' के अत्याचार को यदि सिनेमा और अन्य माध्यमों से सर्वत्र लांछित किया जाए, तो इस प्रचार के साथ-साथ जलियाँवाला बाग में जो व्यवहार किया गया उसे मूर्खता ही कहा जाएगा। इस क्षेत्र में विमुख अस्त्र लौटकर अस्त्र चलानेवाले पर ही चोट करता है।

सोवियत रूस में मार्क्सवादी अर्थशास्त्र के सम्बन्ध में सर्वसाधारण ही विचार-बुद्धि को एक साँचे में ढालने का प्रबल प्रयास स्पष्ट देखा जाता है। इस मतवाद की जिद से स्वाधीन आलोचना का पथ अवरुद्ध कर दिया गया है, इस अभियोग को मैं सही मानता हूँ। यूरोपीय युद्ध के समय उसी तरह लोगों का मुँह बन्द कर दिया गया था, सरकारी नीति के विरोधियों को जेलखाने में डालकर या फाँसी पर लटकाकर स्वातंत्र्य को दबाने का यत्न किया गया था।

जहाँ तुरन्त फल प्राप्त करने का लोभ प्रबल होता है वहाँ राष्ट्रनायक मत-स्वातंत्र्य के अधिकार को स्वीकार नहीं करना चाहते। रूस की अवस्था युद्धकाल जैसी है। उसके अन्दर और बाहर शत्रु हैं। उसके प्रयोगों की विफल बनाने के लिए चारों ओर षड्यंत्र रचे जा रहे हैं। इसीलिए निर्माण-कार्य की नींव शीघ्रातिशीघ्र पक्की बनाने के लिए वहाँ के शासक बल-प्रयोग करने में नहीं हिचकते। लेकिन चाहे जितनी बड़ी जरूरत हो, बल एकांकी वस्तु है। वह तोड़ता है, सृष्टि नहीं करता। सृष्टि-कार्य के दो पक्ष होते हैं। उपादान को अपने हाथ में लाना आवश्यक है—लेकिन जबरदस्ती नहीं, उसके नियम को स्वीकार करके।

रूस जिस काम में लगा है वह है युगान्तर का मार्ग बनाने का काम। पुरातन विधि-विश्वास की जड़ें उसे जमीन से उखाड़ती हैं, अभ्यासगत आराम को सर्वतिरस्कृत बनाना है। ऐसे विध्वंसक उत्साह के आवर्त में पड़कर मनुष्य को नशा-सा लग जाता है। वह भूल जाता है कि मानव-प्रकृति को साधना द्वारा वश में करना जरूरी है, वह सोचता है मानव-मन को उसके आश्रय-स्थान से खींचकर लाया जा सकता है। धीरे-धीरे स्वभाव के साथ मेल करने में जो विलम्ब लगता है वह उसके लिए असह्य हो जाता है, क्योंकि उत्पात पर उसका विश्वास है। आखिर जल्दी-जल्दी, ठोक-पीटकर वह जो कुछ तैयार करता है वह एक अस्थायी चीज होती है, उस पर निर्भर नहीं किया जा सकता।

जहाँ मनुष्य का नहीं, मतवाद का निर्माण होता है वहाँ के प्रचंड दंडनायकों पर मैं विश्वास नहीं करता। प्रथमत: अपने ही मत को अटल सत्य मानना सुबुद्धि नहीं; उसे कार्य में लगाकर उसके सत्य का परिचय प्राप्त करना चाहिए। वहाँ जो नेतागण धर्मतत्त्व के क्षेत्र में शास्त्र-वाक्य नहीं मानते वही लोग अर्थतत्त्व के क्षेत्र में शास्त्र को स्वीकार करके अचल हो जाते हैं। किसी-न-किसी तरह से बाल खींचकर, गला दबाकर—वे आदमी का उस शास्त्र के साथ मिलन कराना चाहते हैं। वे यह नहीं समझते कि यदि इस तरह जबरदस्ती लोगों को शास्त्र से मिलाया गया तो उस शास्त्र का सत्य प्रमाणित नहीं होता। वस्तुत: जिस मात्रा में बल का प्रयोग होता है उसी मात्रा में शास्त्र असत्य प्रमाणित होता है।

यूरोप में जब क्रिश्चियन शास्त्र-वाक्यों पर अटल विश्वास था, मनुष्य की हड्डियाँ तोड़कर उसे जिन्दा जलाकर, धर्म को सत्य प्रमणित करने की चेष्टा की गई। आज

बोल्शेविक मतवाद को लेकर उसके मित्र और शत्रु दोनों ही उद्दाम असहिष्णुता के साथ बहस करते हैं। दोनों पक्ष एक-दूसरे पर अभियोग लगाते हैं कि मनुष्य के मत-स्वातंत्र्य का अधिकार छीन लिया गया है। आज पश्चिमी जगत् में मानव-प्रकृति के दोनों ओर पत्थर लगते हैं। मुझे वह बाउल-गीत याद आता है :

अरे निठुर गरजी,
तू क्या मानस-मुकुल को आग में भूनेगा?
या कि तू फूल खिलाएगा,
उषाकाल में परिमल वितरित करेगा?
देख, मेरे परम गुरु साईं को देख!
वह युग-युगान्तर फूल खिलाता है, उसे कोई जल्दी नहीं है।
तेरा लोभ प्रचंड है, तेरा भरोसा लाठी पर है—
इसका क्या उपाय है, अरे गरजी?
कहे मदन दु:ख न दे, निवेदन सुन...
उस श्रीगुरु के मन में सहज धारा आत्म-विस्मृत होकर,
भगवान् की वाणी सुनती है, रे गरजी!

सोवियत रूस में लोक-शिक्षा की उन्नति के बारे में मैंने कुछ कहा। वहाँ की राजनीति मुनाफाखोरों के लालच से कलुषित नहीं है, इसलिए रूस ने राष्ट्र के अन्तर्गत सभी जातियों और वर्णों के लोगों को समान अधिकार देकर और शिक्षा का सुयोग देकर सम्मानित किया है—इस बात का भी उल्लेख मैंने किया। मैं ब्रिटिश भारत का नागरिक हूँ, इसीलिए इन दोनों बातों से मुझे गम्भीर आनन्दबोध हुआ है।

मैं सोचता हूँ, एक अन्तिम प्रश्न का भी उत्तर मुझे देना पड़ेगा। बोल्शेविक अर्थनीति के विषय में मेरा निजी मत बहुतों ने पूछा है। हमारा देश सर्वदा शास्त्रों और पंडों से निर्देशित हुआ है, इसलिए विदेश से आए हुए सिद्धान्तों को वेदवाक्य समझने की ही प्रवृत्ति हममें है, क्योंकि हमारा मन आसानी से मुग्ध हो जाता है। गुरुमंत्र के मोह से बचकर हमें यह कहना चाहिए कि प्रत्यक्ष प्रयोग के आधार पर ही किसी मतवाद की समीक्षा की जा सकती है। बोल्शेविक अर्थनीति अभी प्रयोगाधीन है। जिस मतवाद का सम्बन्ध मानव-जीवन से हो, उसका प्रधान अंग मानव-प्रकृति ही है—मानव-प्रकृति के साथ उसका सामंजस्य कहाँ तक है, वह काफी समय बीतने पर ही दिखाई पड़ता है। तत्त्व को पूर्णतया ग्रहण करने से पहले हमें प्रतीक्षा करनी होगी। फिर भी उसका विवेचन करने का अधिकार हमें है—केवल तर्कशास्त्र या आँकड़ों द्वारा नहीं बल्कि मानव-प्रकृति को सामने रखते हुए।

मनुष्य के दो पक्ष हैं—एक ओर वह स्वतंत्र है, दूसरी ओर सबसे संयुक्त। एक पक्ष को अलग करने से जो बाकी रहता है वह अवास्तविक है। जब किसी आकर्षण

से मनुष्य एक ही तरफ मुड़ता चला जाता है तब सन्तुलन खोकर वह विपत्ति में पड़ जाता है। ऐसे समय उसके परामर्शदाता संकट दूर करने के लिए यह सलाह देते हैं कि स्वार्थ 'स्व' को बिलकुल उठा देना चाहिए—सब ठीक हो जाएगा। हो भी सकता है कि उससे उत्पात कम हो जाए, लेकिन चलना-फिरना बन्द हो जाने की भी आशंका है। बे-लगाम घोड़ा गाड़ी को गड्ढे में ले जाता है। लेकिन कोई यह नहीं सोचता कि घोड़े को गोली मारने से गाड़ी ठीक चलेगी—लगाम के विषय में चिन्ता करना ही आवश्यक हो जाता है। मनुष्यों के शरीर अलग-अलग होते हैं, इसीलिए यह सम्भव होता है कि वे आपस में झगड़ा करें, उनमें संघर्ष हो। लेकिन सब मनुष्यों की एक ही रस्सी में बाँधकर पृथ्वी पर विशाल कलेवर निर्माण करने का प्रस्ताव बलोन्मत्त जार को ही शोभा देता है। विधाता के नियम को समूल नष्ट करने के प्रयत्न में साहस से अधिक परिमाण में मूर्खता आवश्यक होगी।

किसी दिन भारतीय समाज प्रधानत: ग्रामीण समाज था। इस घनिष्ठं ग्राम-समाज में व्यक्तिगत सम्पत्ति का समाजगत सम्पत्ति के साथ सामंजस्य था। लोकमत इतना प्रभावशाली था कि धनी अपने धन को केवल अपने उपभोग में खर्च करने से लज्जित होता था। समाज जब उसकी सहायता स्वीकार करता तो वह कृतार्थ होता था—जिसे अंग्रेजी में 'चैरिटी' कहते हैं वह बिलकुल अलग चीज है—हमारे गाँव के धनी जो करते थे उसमें 'चैरिटी' का रूप नहीं था। धनी का स्थान वहीं था जहाँ निर्धन का। उस समाज में अपनी मर्यादा रखने के लिए धनी को बहुत-से अप्रत्यक्ष तरीकों से काफी रुपया खर्च करना पड़ता था। विशुद्ध जल, देवालय, वैद्य और पंडित, यात्रा, गान, कथा—इन सबको सुरक्षित रखने के लिए राज्यकोष से नहीं बल्कि व्यक्तिगत सम्पत्ति के समाजोन्मुख प्रवाह से धन मिलता था। वहाँ स्वेच्छा और समाज की इच्छा का मिलन हो सका था। यह, आदान-प्रदान किसी राजनैतिक यंत्र के योग से नहीं, मनुष्य की इच्छा से होता था; इसमें धर्म-साधना की क्रिया थी—इससे केवल नियम के पालन में बाह्य फल नहीं मिलता था, बल्कि आन्तरिक दिशा में व्यक्तिगत उत्कर्ष होता था। ऐसा व्यक्तिगत उत्कर्ष ही मानव-समाज का स्थायी, कल्याणमय और प्राणवान् आश्रय होता है।

वणिक सम्प्रदाय—जिसका व्यवसाय रुपया लगाकर मुनाफा प्राप्त करना था—समाज के निम्न स्तर पर था। धन का विशेष सम्मान नहीं होता था, इसलिए धनी और निर्धन में तीव्र भेद नहीं था। धनी बृहत् संचय द्वारा नहीं, अपने महान् दायित्व को पूर्ण करके समाज में प्रतिष्ठा प्राप्त करते थे। सम्मान धर्म का था, धन का नहीं। इस सम्मान का त्याग करने में किसी के आत्म-सम्मान की हानि नहीं होती थी। आज वह समय बीत चुका है। धन पर सामाजिक दायित्व नहीं है और उसके प्रति असहिष्णुता के लक्षण दिखाई पड़ते हैं। इसका कारण यह है कि आज धन—मनुष्य को अर्घ्य नहीं होता, उसे अपमानित करता है।

यूरोपीय सभ्यता ने आरम्भ से ही नगरों में संहत होने का मार्ग ढूँढ़ा। नगरों में मनुष्य की सुविधाएँ बढ़ जाती हैं, लेकिन मानवीय सम्बन्ध छोटे हो जाते हैं। नगर बहुत बड़ा होता है, वहाँ लोग बिखर जाते हैं, व्यक्ति-स्वातंत्र्य एकांकी हो जाता है, प्रतियोगिता से समाज का मन्थन होता है। ऐश्वर्य वहाँ धनी-निर्धन के विभाजन को बढ़ा देता है, और 'चैरिटी' से जो योग-साधन होता है उसमें न सान्त्वना है, न सम्मान! धन के अधिकार और धन के वाहक, इन दोनों में केवल आर्थिक सम्पर्क होता है, उनके सामाजिक सम्बन्ध या तो विच्छिन्न होते हैं या विकृत।

इस अवस्था में यंत्रयुग आया, मुनाफे की मात्रा बहुत बढ़ गई। जब लाभ की महामारी सारी दुनिया में फैलने लगी, जो दूरवासी अनात्मीय थे उन पर आफत आई। चीन को अफीम खानी पड़ी, भारत को अपना सर्वस्व खोना पड़ा, अफीका—जो सदा से ही पीड़ित रहा है—और भी अधिक कष्ट भोगने लगा। वह तो रही यूरोप के बाहर की बात। पश्चिमी जगत् के अन्दर भी आज धनी-निर्धन का विभाजन अत्यन्त कठोर हो गया है—जीवन-यात्रा का स्तर ऊँचा और उपकरण बहुत होने से दोनों पक्षों में तीव्र प्रभेद देखा जाता है। प्राचीन काल में, विशेषत: हमारे देश में ऐश्वर्य का आडम्बर मुख्यत: सामाजिक दान और कर्म में था, आज वह व्यक्तिगत भोग में है। वह अचम्भा पैदा कर सकता है, आनन्द नहीं पहुँचा सकता, ईर्ष्या जगा सकता है, प्रशंसा नहीं। प्राचीन युग की सबसे बड़ी विशेषता यह थी कि समाज में धन का व्यवहार केवल दाता की इच्छा पर ही निर्भर नहीं था, सामाजिक इच्छा का भी प्रबल प्रभाव था। दाता को नम्रतापूर्वक दान करना पड़ता था, 'श्रद्धया देवम्'—यह उपदेश माना जाता था।

लेकिन आधुनिक काल में व्यक्तिगत धन-संचय से धनी को जो प्रबल शक्ति मिलती है उसमें जनसाधारण का सम्मान या आनन्द नहीं रह सकता। एक पक्ष में असमी लोभ है, दूसरे पक्ष में ईर्ष्या, और दोनों के बीच तीव्र पार्थक्य। समाज में सहयोगिता की अपेक्षा प्रतियोगिता बहुत बढ़ गई है। देश के अन्दर, वर्ग-वर्ग में प्रतियोगिता है, बाहर देश-देश में। तभी चारों ओर भीषण में धार लगाई जा रही है, किसी उपाय से अस्त्रों की संख्या को घटाया नहीं जा सकता और जो परदेशी इस दूर स्थित राक्षस की क्षुधा मिटाते हैं उनकी कृशता लगातार बढ़ती ही जाती है। इस कृशता के बीच विश्वव्यापी अशान्ति है—जो लोग शक्ति के अहंकार से यह नहीं समझते वे अपने ही अज्ञात के अन्धकार में हैं। जो निरन्तर दु:ख सहते हैं वे अभागे ही दु:ख विधाता के दूतों के मुख्य सहायक हैं—उनके उपवास में प्रलय की आग संचित हो रही है।

वर्तमान सभ्यता की इस अमानवीय अवस्था में बोल्शेविज्म का अभ्युदय हुआ। वायुमंडल के एक हिस्से में जब 'वरलन' होता है, तब आँधी अपने विद्युद्दन्त निकालकर विनाशकारी रूप धारण करती है। मानव-समाज का सामंजस्य टूट जाने

से ही इस अप्राकृतिक क्रान्ति का प्रादुर्भाव हुआ है। समष्टि के प्रति व्यष्टि की उपेक्षा क्रमश: बहुत बढ़ गई थी। तभी आज समष्टि पर व्यष्टि को बलि देने का आत्मघातक किया जा रहा है। किनारे पर ज्वालामुखी फूट पड़ी है, इसलिए सागर को एकमेव मित्र घोषित किया जा रहा है। जब अनन्त समुद्र की विपत्तियों से परिचय मिलेगा तब फिर किनारे पर पहुँचने के लिए बेचैनी का अनुभव होगा। व्यष्टिवर्जित समष्टि की अवास्तविकता मनुष्य चिरकाल के लिए नहीं सहेगा। समाज में लोभ के दुर्ग पर विजय पानी होगी; लेकिन व्यक्ति को वैतरणी के पार पहुँचा दिया गया तो समाज की रक्षा कौन करेगा? सम्भव है कि वर्तमान रुग्ण युग में बोल्शेविज्म की चिकित्सा ही उचित सिद्ध हो, लेकिन चिकित्सा तो नित्य हो सकती—जिस दिन डॉक्टर का शासन बन्द होता है वहीं रोगी के लिए शुभ दिन होता है।

हमारे देश में गाँव-गाँव में धनोत्पादन और धन-परिचालन के कार्य में सहकारिता की विजय हो, यही मेरी कामना है; क्योंकि इस नीति में सहयोगियों की इच्छा और विचार का तिरस्कार नहीं किया जाता; इसमें मानव-प्रकृति को स्वीकार किया जाता है। इस प्रकृति के विरुद्ध यदि बलप्रयोग किया गया तो वह निष्फल होगा।

इसके साथ एक बात विशेष रूप से कहना जरूरी है। मैं चाहता हूँ कि देश के गाँवों की रक्षा हो; लेकिन मेरी यह इच्छा कदापि नहीं है कि ग्राम्यता वापस लौटे। ग्राम्यता उस बुद्धि, विद्या, संस्कार, विश्वास और कर्म में है जो गाँव की सीमा में आबद्ध है, बाहर की दुनिया से विच्छिन्न। वर्तमान युग की प्रकृति से इसका पार्थक्य ही नहीं, विरोध है। आधुनिक विद्या और बुद्धि की भूमिका विश्वव्यापी है, यद्यपि उसकी हृदय-वेदना उस परिमाण में व्यापक नहीं हुई है। गाँव में ऐसे प्राण को संचारित करना होगा जिसके उपादान तुच्छ या संकीर्ण न हों जिसके द्वारा मानव-प्रकृति को किसी दिशा में हीन या आच्छन्न न बनाया जाए।

मैं एक बार इंग्लैंड के किसी गाँव में एक किसान के घर गया था। मैंने देखा, उस घर की स्त्रियाँ लन्दन जाने के लिए अधीर थीं। नगर के सर्वांगीण ऐश्वर्य की तुलना में गाँव का सम्बल इतना कम होता है कि गाँव का चित्त स्वभावत: नगर की ओर झुकता है। देश में रहते हुए भी गाँव निर्वासित-से लगते हैं। रूस में मैंने देखा कि गाँव और नगर के विरोध को मिटाने का प्रयत्न किया जा रहा है। यदि यह प्रयास सफल हो तो नगर की अस्वाभाविक अति वृद्धि का निवारण होगा। देश की प्राण-शक्ति और चिन्तन-शक्ति सर्वत्र व्याप्त होकर अपना काम कर सकेगी।

मेरी कामना है कि हमारे देश के गाँव भी शहरों के उच्छिष्ट-भोजी न हों, मनुष्यत्व का पूर्ण सम्मान और सम्पदा उन्हें मिले। मेरा विश्वास है कि सहकारिता द्वारा ही हमारे गाँव अपनी सर्वांगीण शक्ति को उन्मुक्त कर सकेंगे। शिकायत तो इसी बात की है कि आज तक बंगाल में सहकारिता केवल रुपया उधार देने तक ही सीमित रही है, महाजन की ग्राम्यता को ही उसने, कुछ संशोधन करके, स्वीकार किया है।

सम्मिलित प्रयास से जीविका उत्पादन और उपभोग करने के लिए सहकारिता ने कुछ नहीं किया।

इसका कारण यह है कि जिस शासन-यंत्र के आश्रय से हमारे देश में कर्मचारी-ग्रस्त सहकारिता का आविर्भाव हुआ है, वह यांत्रिक है; अन्ध, बधिर और उदासीन है। यह भी लज्जा के साथ मानना पड़ेगा कि सहकारिता के लिए जो चारित्रिक गुण आवश्यक होते हैं वे हमारे पास नहीं हैं। दुर्बल लोगों का पारस्परिक विश्वास भी दुर्बल होता है। अपने प्रति अश्रद्धा से ही दूसरों के प्रति अश्रद्धा उत्पन्न होती है। दीर्घकाल तक पराधीन रहकर जिन्होंने आत्म-सम्मान खो दिया है उनकी ऐसी ही दुर्गति होती है। उच्चवर्ग के लोगों का शासन वे सिर झुकाकर स्वीकार कर सकते हैं, लेकिन अपने ही वर्ग के लोगों से निर्देशन प्राप्त करना उनके लिए असह्य होता है। अपने वर्ग के लोगों की वंचना करना, उनके साथ निष्ठुर व्यवहार करना, उन्हें सरल लगता है।

रूसी कथा-साहित्य पढ़ने से पता चलता है कि वहाँ के चिर-पीड़ित किसानों की भी यही दशा थी। काम कितना ही दु:साध्य हो, दूसरा कोई रास्ता नहीं है—शक्ति और मन को सम्मिलित करके किसानों की प्रकृति में संशोधन करना होगा। सहकारिता-प्रणाली में केवल कर्ज देकर नहीं, वरन् एकत्र काम करके ग्रामवासियों के चित्त को ऐक्य-प्रवण बनाना होगा। तभी हम अपने गाँवों को बचा सकेंगे।

['प्रवासी', अप्रैल 1931]

व्यक्ति का विश्व से सम्बन्ध

प्राचीन यूनान की सभ्यता का विकास नगर-दीवारों की किलेबन्दियों में हुआ था। सम्पूर्ण आधुनिक सभ्यता ने ही ईंट और पत्थरों के पालने में जन्म लिया है और इसी जड़ गतावरण में विकास पाया है।

मनुष्यों के मन पर इन दीवारों की गहरी छाप पड़ गई है। हमारी विचारधारा पर इस व्यूह नीति का प्रभाव बड़ा गहरा अंकित हो गया है। यह प्रभाव हमें अपने आत्मसात् आदर्शों को भी संकीर्ण दीवारों में बन्द रखने की प्रेरणा करता है और एक-दूसरे में पृथकत्व की सीमाओं को दृढ़ रखने की प्रवृत्ति को उत्साहित्य करता है। हम एक राष्ट्र से दूसरे राष्ट्र का एक ज्ञान से दूसरे ज्ञान को और मनुष्य से प्रकृति को भिन्न देखने के अभ्यासी हो जाते हैं। यह प्रवृत्ति हमें स्वनिर्मित प्राचीरों के बाहिर की प्रत्येक वस्तु को सदिग्ध दृष्टि से देखने को भी विश्व कर देती है और हमारे चारों ओर ऐसी दुर्भेद्य दीवार बना देती है जिसे खंडित करके हमारे अन्त:करण तक प्रवेश करने के लिए हर सचाई को भी विकट युद्ध करना पड़ता है।

आर्य प्रवासी जब पहले-पहल इस देश में आए तो यह भूमि विस्तीर्ण वन-उपवनों की भूमि थी। प्रवासियों ने इन बनों को निवास-योग्य बनाने में अधिक कठिनाई अनुभव नहीं की। निविड़ वनों के हरित-पल्लविति वृक्षों ने उन्हें सूर्य की प्रचंड गर्मी में शरण दी और तूफानी आँधियों से रक्षा करके अपने आँचल में आश्रय दिया। उनके पशुओं को चरागाह मिले; यज्ञ की अग्नि को प्रदीप्त करने के लिए उन्हें यथेष्ठ समिधाएँ मिली, और कुटीर बनाने के लिए योग्य लकड़ियाँ व अन्य सामान भी उन्हीं घने वनों से प्राप्त हुए। इन सुविधाओं के सहारे आर्यों ने इस देश के उन भिन्न-भिन्न विस्तरीर्ण अरण्य-खंडो में अपने ग्राम-जनपद बना लिए जहाँ अन्त और पानी की प्राप्ति थोड़े ही श्रम से हो सकती थी।

इस तरह हमारे देश की सभ्यता का उभ्दव देश के जंगलों में हुआ और विशेष वातावरण में जन्म व विकास पाने के कारण हमारी सभ्यता की रूपरेखा में भी विशेषता आ गई। प्रकृति के विर्स्तार्ण जीवन से हो इसे जीवन और प्रकृति के परिधानों से ही इसका देह सज्जित हुआ। प्रकृति ही इसकी माता बनी और उसी के निरन्तर सम्पर्क से इसका पालन पोषण हुआ।

कहा जा सकता है कि इस तरह का वन्य-जीवन मनुष्य की विचार-शक्ति को कुंठित बना सकता है और जीवन के धरातल को नीचा करके मन की उद्योन्मुख प्रवृत्तियों को नष्ट कर सकता है। किन्तु हमारे देश का इतिहास साक्षी है कि तत्कालीन वन्य-जीवन ने मनुष्य की मन:शक्ति को मन्द नहीं बताया बल्कि उसे एक विशेष दिशा में प्रेरित किया। प्रकृति से सजीव विकास के निरन्तर साहचर्य ने उसे यह सिखा दिया कि अपने स्वत्वों पर एक भयभीत कृपाण की तरह किलेबन्दी करने की कोई आवश्यकता नहीं है और जुदा-जुदा बाँटकर उन्हें सुरक्षित करने के लिए निमित्त प्राचीरों का निर्माण भी व्यर्थ है। प्रकृति ने उन्हें यह भी सिखाया कि मनुष्य का ध्येय स्वत्व की वृद्धि करना नहीं है; बल्कि स्वानुभव और समीपस्थ चेतन-अचेतन वस्तुओं के साथ विकसित और विस्तीर्ण होना है। तभी मनुष्य को यह ज्ञान हुआ कि सत्य की सीमा में सम्पूर्ण विश्व का समावेश है, और किसी भी वस्तु का अस्तित्व अन्य सब से पृथक् नहीं रह सकता, और सत्य की प्राप्ति का सच्चा रास्ता सम्पूर्ण विश्व की विभूतियों में स्वात्म-अनुभूति करना ही है। अपनी आत्मा और विश्वात्मा में तत्कालीन विद्यमान इस समता का अनुभव करना ही हमारे वनवासी तत्त्वदर्शियों का ध्येय था। अपनी साधना से वे इस ध्येय को पूर्णतया प्राप्त कर चुके थे।

कुछ काल बाद वही वन हरे-भरे खेतों में परिवर्तित हो गए, और वहाँ भव्य नगरों की स्थापना हो गई। वहीं ऐसे शक्तिशाली साम्राज्य भी बने जिनकी छत्रच्छाया संसार की अन्य दूरस्थ महाशक्तियों ने भी—स्वीकार की। किन्तु राज्य-शक्ति के इस मध्याह्न काल में भी भारत की आत्मा उन्हीं आदर्शों में प्रभावित होती रही जिनका विकास आत्मज्ञान की साधना में रत ऋषि-मुनियों ने अपने प्रवास से प्रथम काल में निर्जन वनों में किया था। राजप्रासादों में रहनेवाले सम्राट् भी उन वन्य कुटीरों के निवासी तपस्वियों और तपोमय जीवन के सिद्धान्तों को अद्ध से देखते रहे और उन्हीं को प्राप्त मानकर अपनी विचार-सरागी का निश्चय करते रहे।

पश्चिम के लोगों को प्रकृति पर विजय पाने का अहंकार है; मानो वे ऐसे शत्रुता भरे भूमि-आकाश से आक्रान्त हैं, जहाँ उन्हें जीवन के हर श्वास के लिए संघर्ष करना पड़ता है और प्रकृति को परास्त करके बलपूर्वक जीवनोपयोगी उपादेयों का संग्रह करना पड़ता है। पश्चिम की यह मनोभावना उनकी शहरी दीवारों में विकसित सभ्यता की देन है। शहरी जीवन में मनुष्य को प्रकृति के वरदान प्राप्त नहीं होते। विश्वात्मा से उसका तारतम्य टूट जाता है। अपने मन की संकीर्ण सीमाओं में ही वह जीवन की उस ज्योति की तलाश करता है जो उसके पथ को आलोकित कर सके। इसलिए उसका सम्पूर्ण जीवन अस्वाभाविक संघर्षों से अभिशप्त रहता है।

भारत की विचारधारा इससे भिन्न है। उसके अनुसार प्रकृति और मनुष्य एक ही व्यापक सत्य के अंग हैं। इन दोनों जीवन और प्रकृति में एकत्व की भावना स्थापित करना ही भारतीय दर्शनों का ध्येय रहा है। भारत के विचारकों का मन्तव्य है कि यदि

हमारी बाह्य परिस्थितियाँ हमसे सर्वथा विजातीय हों तो उनसे हमारा साहचर्य सम्भव ही नहीं है। प्रकृति से मनुष्य को यही शिकायत है कि वह उसकी आवश्यकताओं की पूर्ति स्वयं नहीं करती, उन्हें सिद्ध करने के लिए उसे स्वयं प्रयत्न करना पड़ता है। ठीक है, किन्तु उसके प्रयत्न कभी व्यर्थ नहीं जाते; प्रतिक्षण उसे सफलता मिलती है। इसी से प्रकट है कि उसमें और प्रकृति में सहज सौहार्द है; क्योंकि किसी भी ऐसी वस्तु को हम अपनी नहीं बना सकते जिससे हमारा प्रकृतिसिद्ध सहभाव न हो।

एक ही रास्ते को हम दो दृष्टियों से देख सकते हैं। एक यह कि वह हमारे अभीष्ट को हमसे दूरस्थ किए हुए है इस अवस्था में हम अपनी यात्रा के हर कदम को रास्ते की दूरी पर बलपूर्वक प्राप्त विजय का नाम देंगे और अपनी विजय व रास्ते की पराजय पर हर्षित होंगे। दूसरा दृष्टिकोण यह है कि हम रास्ते को अपने ध्येय तक पहुँचने का साधन सम्पर्क; तब वह साधन भी हमारे ध्येय का ही अंश बन जाएगा। तब हमारी यात्रा का हर कदम ध्येय की सिद्धि का रूप लेता जाएगा और हमारे जीवन का प्रत्येक क्षण उसी आनन्द से विभोर हो जाएगा जो ध्येय की प्राप्ति से होता है। प्रकृति को हमारे भारतीय ऋषि इसी प्रकार का साधन मानते आए हैं। हमारे विचारकों का यह विश्वास है कि मनुष्य और प्रकृति में सहज समता है। यही समता है जो मनुष्य की विचार-शक्ति का स्रोत है; और इसी कारण वह प्रकृति की शक्तियों का उपयोग करने में समर्थ होता है। उसके ध्येय और प्रकृति के ध्येय में कोई विषमता या विरोध नहीं है, दोनों में ऐसा समवाय साहचर्य है जो निरन्तर रहता है और रहेगा।

पश्चिम की यह धारणा है कि प्रकृति का साहचर्य केवल जड़ वस्तुओं या वन्य पशुओं से है, मनुष्य-प्रकृति उस श्रृंखला से बिलकुल भिन्न है। पश्चिम के विश्वास के अनुसार चराचर जगत् की निम्नस्तर की वस्तुओं का सम्बन्ध प्रकृति से है और बौद्धिक तथा विवेकसिद्ध वस्तुओं व कार्यों का श्रेय केवल मनुष्य-प्रकृति को है। यह धारणा उसी तरह भ्रम-मूलक है जैसे पुष्प-कलिका को पुष्प से भिन्न समझने की भ्रान्ति और उन दोनों के सुवास-सौन्दर्य के लिए जुदा-जुदा श्रेय विभाजित करने की प्रवृत्ति। भारतीय आत्मा को कभी ऐसी भ्रान्ति नहीं हुई। वह सदा प्रकृति से अपना समत्व बनाए रही है। भारतीय विचारक सब वस्तुओं में आत्मत्व और आत्मा में सबका समत्व मानते आए हैं।

विश्व भर में समत्व की भावना रखना भारत का केवल काल्पनिक आदर्श नहीं रहा बल्कि इस समत्व को अपने विचारों व क्रियात्मक जीवन में प्रयोग में लाना भारतीय आदर्श रहा है। सतत अभ्यास, संयत जीवन और परमार्थभावना की निरन्तर साधना द्वारा भारत ने अपनी आत्मा में ऐसी अनुभूति जाग्रत कर दी कि उसे सम्पूर्ण विश्व में एक आध्यात्मिक स्पन्दन अनुभव होता था। पृथ्वी, पानी, आकाश, प्रकाश से लेकर पत्र-पुष्प तक सभी वस्तुओं का प्रयोजन उसके लिए केवल प्रयोग में लाकर

बाद में त्याग देने का नहीं था। पूर्णता की शोभा में ये सब साधना उसके लिए अनिवार्य उपकरण बन गए थे; जिस तरह किसी राग को सम्पूर्ण करने के लिए भिन्न-भिन्न स्वर सहकारी बन जाते हैं। भारत की अन्तरात्मा में यह बोध स्वयं जाग्रत हो चुका था कि संसार के सभी तत्त्वों का मनुष्य-जीवन को पूर्ण बनाने में एकान्तिक प्रयोजन है; हमें इस सत्य के प्रति कभी उदासीन नहीं होना चाहिए, बल्कि इस सम्बन्ध को सजीव बनाने में प्रयत्नशील रहना चाहिए; केवल वैज्ञानिक जिज्ञासा को शान्त करने या पार्थिव प्रयोजन की सिद्धि के लिए नहीं, अपितु विश्व की विराट् आत्मा के साथ शान्ति और आनन्द की सह-अनुभूति प्राप्त करने के लिए।

वैज्ञानिक जानता है कि विश्व की विभूतियों का वही स्वरूप नहीं है जो इन्दियों द्वारा भगवत होता है। उसे मालूम है कि पृथ्वी और जल वस्तुत: कुछ अदृश्य शक्तियों का मेल है जो पृथ्वी और जल के रूप में प्रकट होती है। वैज्ञानिक की तरह अध्यात्म दृष्टि से संसार के तत्त्वों को देखनेवाला व्यक्ति भी यह अनुभव कर लेता है कि पृथ्वी और जल के रूप में वही महाशक्ति कार्य कर रही है जो अन्य समयों और पदार्थों में अन्य रूपों में प्रकट होती है। यह ज्ञान हमें उन शक्तियों पर विजय प्राप्त करने की प्रेरणा नहीं देता अथवा हमारे मन में उन्हें सत्त्वाधीन करने का अहंकार भी नहीं भरता, बल्कि एक आनन्द देता है जो समानशील वस्तुओं के आत्मसात् होने से ही प्राप्त होता है। जिस व्यक्ति का संसारी ज्ञान केवल वैज्ञानिक प्रयोगों तक सीमित है वह प्राकृतिक लीलाओं को अध्यात्म दृष्टि से देखनेवालों की अनुभूतियों से सर्वथा अनभिज्ञ रहता है। आत्मदर्शियों के लिए प्राकृतिक विभूतियों के प्रयोजन केवल मनुष्य के उपयोग में आना नहीं होता। उनकी दृष्टि में जल का प्रयोजन केवल शरीर-शुद्धि नहीं होता, जल उनके हृदय को भी निर्मल बनाता है; क्योंकि वह जल उनकी आत्मा का भी स्पर्श करता है। पृथ्वी का प्रयोजन केवल उनके देह को स्थिति देना नहीं है, वह उनके मन को भी आह्लाद देती है; क्योंकि उसका स्पर्श केवल भौतिक नहीं है वह सचेतन संस्पर्श है। जब मनुष्य प्रकृति से ऐसा सचेतन सौहार्द अनुभव नहीं करता तो संसार उसके लिए ऐसा भयानक कारागार बन जाता है जिसकी एक-एक ईंट उसका शत्रु होती है। और इसके विपरीत जब वह सब वस्तुओं में आत्म-भाव देखता है तो उसका सच्चा आत्म-विकास होता है, क्योंकि तभी वह सृष्टि का सच्चा अर्थ जान पाता है जिसमें उसने जन्म लिया; तभी उसे अपने अस्तित्व की सत्यता का ज्ञान होता है और अपनी परिस्थितियों से उसका निरन्तर समभाव बन जाता है। भारत की संस्कृति मनुष्य को सबसे पहला पाठ यही पढ़ाती है कि उसका अपनी परिधि में विद्यमान प्रत्येक चेतन-अचेतन वस्तु से आत्मिक साहचर्य है, और उसे उदय होते हुए सूर्य का, कहते हुए जल का व पुष्पित पृथ्वी का इस भावना से आराधन करना है कि ये सब उसी विराट् जीवित सत्य के भिन्न रूप हैं; जिसने इन सबको अपने आँचल में समेट रखा है। हमारा गायत्री मंत्र, जो सब वेदों का निष्कर्ष कहा जाता है,

इसी भावना को जाग्रत करने की प्रेरणा देता है। इसी की सहायता से हम मनुष्य की चेतन आत्मा से विश्व की एकात्मता को अनुभव करने का यत्न करते हैं; हम उस एकत्व को जानने का प्रयत्न करते हैं, जिसे महान-शक्ति ने एक सूत्र में बाँधा हुआ है। वही शक्ति है जो पृथ्वी, आकाश का निर्माण करती है और हमारी आत्मा में वह ज्योति प्रदीप्त करती है जो प्रकृति की इन विभूतियों के साहचर्य में सदा प्रज्वलित रहे।

यह आरोप सच नहीं है कि भारत ने भिन्न-भिन्न वस्तुओं का जुदा-जुदा मूल्य लगाने में उदासीनता या अनभिज्ञता प्रकट की है। भिन्नता को स्वीकार किए बिना जीवन निभाना असम्भव ही जाता है। यह सत्य भी भारत के तत्त्वदर्शियों से परोक्ष नहीं रहा कि प्रकृति विभूतियों में मनुष्य का स्थान श्रेष्ठतम है। किन्तु श्रेष्ठता का मानदंड अवश्य दूसरा है। उसकी परख यह नहीं है कि मनुष्य अधिकाधिक सम्पत्ति का संग्रह कर सकता है, बल्कि यह है कि वह सब शक्तियों में एकसूत्रता स्थापित करने की बुद्धि रखता है। इसीलिए भारत ने अपने तीर्थस्थानों का चुनाव ऐसे ही स्थलों पर किया जहाँ प्रकृति का सौन्दर्य विशेष दिव्यता के साथ प्रकट हुआ : जिससे मनुष्य का मन संकीर्ण आवश्यकताओं से घिरे संसार को भूलकर विस्तीर्ण प्रकृति में अपने महत्त्व का अनुभव कर सके।

(भारत को यह ज्ञान हो गया कि जब हम प्रकृति। और अपने बीच एक भौतिक व मानसिक दीवार बनाकर स्वयं को प्रकृति से जुदा कर लेते हैं;) जब हम निरे मनुष्य हैं विश्व की विभूतियों से सर्वथा अलग रह जाते हैं, तभी हमारी समस्याएँ जन्म लेती हैं और उनके सच्चे समाधान का मार्ग बन्द होने के कारण हम मिथ्या उपचारों का आश्रय लेते हैं; जो उपचार समस्याओं को सरल न बनाकर जटिल बना देते हैं और उनका कभी समाधान नहीं हो पाता। जब मनुष्य अपनी प्रकृति माता के आँचल का त्याग कर केवल मनुष्यता के आकाश में अकेली बँधी रस्सी पर चलना शुरू करता है तो वह अपना सन्तुलन स्थिर रखने के लिए या तो उस पर नृत्य करता है या गिर पड़ता है। सन्तुलन की विषम कठिनाइयों से सन्तप्त होकर उसका मन विधाता को कोसने लगता है और उसे इस मिथ्या अहंकार में झूठा सन्तोष अनुभव करके ही शान्ति मिलती है; कि वह सम्पूर्ण विश्व से अकेला लड़ रहा है, सारी दुनिया उसे मिटाने की कोशिश कर रही है। वह अपने ही प्रयत्न से यथा-कथंचित् जीवित है। इस आत्मवंचना में ही वह परितोष अनुभव करने लगता है।

यह विडम्बना देर तक मनुष्य का साथ नहीं देती। मनुष्य को अपने अस्तित्व की व्यापक समता का ज्ञान होना आवश्यक है; उसे यह सत्य ज्ञान होना चाहिए कि भगीरथ प्रयत्न करने के बाद भी वह अपने ही मधुकोष से मधु का संचय नहीं कर सकता। जीवन के अस्तित्व को स्थिर रखने के लिए आवश्यक मधु की प्राप्ति उसे अपने से बाहिर, बन-उपवनों के रस-भरे पुष्पों से करनी होगी। उसे इस बात का भी ज्ञान होना चाहिए कि जब मनुष्य स्वयं को प्रकृति के प्राणप्रद के वरद स्पर्श

से दूर कर लेता है और जीवन व आरोग्य के लिए अपने आविष्कारों का अवलम्ब लेता है तो वह जन्मदी हो जाता है; स्वयं को खंड-खंड कर लेता है और अपने ही ओरव-रस का शोषण करता है। प्रकृति के विशाल आँचल का अवलम्ब दौड़कर उसकी दीनता नग्न और निर्लज्ज बन जाती है। प्रकृति के आवरण में वह सादगी का रूप धारण किए रहती है। तब उसकी सम्पत्ति वैभवहीन होकर बिखर जाती है। उसकी भूख-तृषा आदि इच्छाएँ भी अपने प्रयोजन की सीमा में नहीं रहतीं। वे स्वयं ध्येय बनकर उसके जीवन में एक आग-सी लगा देती हैं; जिसकी लपटों के चमकते प्रकाश में वे राक्षसी तृप्ति का आनन्द लेती हैं। यही वह मनोवस्था है जिसके अधीन हम प्रत्येक कार्य को विपरीत भावना से करते हैं। हमारी रचनाओं में कोमल सरसता न होकर चकाचौंध करने की तीव्रता आ जाती है; कला में हम नयापन भरने की कोशिश में ऐसे चिरन्तर सत्य को भुला देते हैं जो पुराना होते हुए भी सदा नवीन रहता है। साहित्य में भी हम मनुष्य के उस व्यापक रूप को अगोचर कर देते हैं जिसका बाह्य रूप बहुत साधारण, किन्तु जिसका अन्तर बहुत विशाल है। तभी मनुष्य एक मनोवैज्ञानिक उलझन बन जाता है। या वह केवल कुछ ऐसे मानसिक आवेशों का पुतला दीखता है, जो असाधारण और बहुत तीव्र हों। असाधारण इसलिए कि उन आवेशों को अस्वाभाविक रूप से दहकते प्रकाश से चमकाकर प्रस्तुत किया जाता है। (जब मनुष्य की चेतना को केवल अपने स्वत्व की छोटी-सी परिधि के घेरे में बाँध दिया जाता है तो उसकी आत्मा के मूलतत्त्वों को विकास के लिए स्थिर आधार नहीं मिलता)—ठीक उस तरह, जिस तरह भूमि की उथली सतह पर फैलनेवाली जड़ें जमीन की गहराई में बहनेवाले जल से वंचित रह जाती हैं। इसी कारण मनुष्य की आत्मा पोषण तत्त्वों को न पाकर भूखी रहती है। (इस भूख की शान्ति का सच्चा उपाय न करके मनुष्य क्षणिक उत्तेजक तत्त्वों का सेवन करने में प्रस्तुत हो जाता है, तभी मनुष्य अन्तर्दृष्टि को खोकर अपने महत्त्व का माप 'पार्थिव प्रचुरता' से करने लगता है अपने कार्यों की परीक्षा, गति और वेग की कसौटी पर करने लग जाता है, न कि कार्य में पूर्णता प्राप्ति के उपरान्त मिलनेवाली विश्रान्ति से; और उस विश्रान्ति से, सृष्टि से, सदा सम-प्रवाह नृत्य में या तारकमय आकाश में विद्यमान है।)

भारत में प्रथम प्रवासियों का आगमन अमेरिका को यूरोपियन प्रवासियों के तुल्य ही हुआ था। उन्हें भी घने जंगलों और आदिवासियों से संघर्ष करना पड़ा था। मनुष्य और मनुष्य अथवा मनुष्य और प्रकृति के बीच का यह संघर्ष अन्त तक होता रहा; उनमें कभी सामंजस्य स्थापित नहीं हुआ। भारत में थोड़े से संघर्ष के बाद ही हिंस्र जातियों से व्याप्त जंगल ऋषि-मुनियों के आश्रम बन गए। अमेरिका में प्रकृति के इन जीवित देवस्थानों का प्रभाव मनुष्य के जीवन में विशेष रूप से अंकित नहीं हुआ। धन और सम्पदा की वृद्धि में ये सहायक अवश्य बने और कदाचित् उनके सौन्दर्य उपभोग के भी प्रेरक बने हों। (शायद किसी कवि ने कवित्व उपभोग के करने में

भी उनका उपभोग हुआ हो; किन्तु इनका मनुष्य के हृदय में वह पवित्र स्थान नहीं बना, जिससे ये वन आध्यात्मिक शान्ति प्राप्त करने का तीर्थस्थान बन जाते, ऐसा तीर्थ जहाँ मनुष्य की आत्मा का विश्वात्मा से मिलन होता है।)

एक क्षण के लिए भी मैं यह विचार प्रस्तुत नहीं करना चाहता कि जो कुछ हुआ वह अनुचित था। इतिहास हर स्थान में हर समय अपने को एक ही रूप में नहीं दोहराता। इस पुनरावृत्ति में मौलिकता नष्ट होने का भय है। भिन्न परिस्थितियों में स्थित, मानव, मानवता की हाट में अपनी-अपनी विशेष रचनाओं के साथ आए—तभी मानवता की श्रीवृद्धि होगी। विभिन्न रचनाएँ एक-दूसरे की विरोधी नहीं बल्कि पूरक हैं। मेरे कथन का अभिप्राय इतना ही है कि भारत को अपने प्रारम्भिक काल में जो विशिष्ट परिस्थितियाँ प्राप्त हुईं उनका उसने पूरा उपयोग किया। अपनी परिस्थितियों और उपलब्ध अवसरों पर उसने गहरा मनन-अनुशीलन किया। प्रयत्न किया, कष्ट उठाया, अपने अस्तित्व को मापने के लिए गहरा गोता लगाया और तब उसने जो पाया वह उस मानव-समाज के लिए भी सर्वथा अनुपयोगी नहीं है जिसका विकास सर्वथा भिन्न परिस्थितियों के इतिहास में हुआ है। अपने पूर्ण विकास के लिए मनुष्य को उन सब विविध तत्त्वों की आवश्यकता होती है जिनके सामंजस्य से उसका विषम जीवन बना होता है। तभी उसका भोजन जुदा-जुदा खेतों के भाँति-भाँति के अन्न, फल, फलों को बटोरकर बनाया जाता है।

सभ्यता एक प्रकार का साँचा है, जो प्रत्येक जाति अपने सर्वश्रेष्ठ-आदर्श के अनुसार निर्माण करती है; जिसमें उसके सभी स्त्री व पुरुषों के जीवन की रूपरेखा तैयार होती है। उस जाति की सभी सामाजिक संस्थाएँ, नियामक सभाएँ, भले-बुरे की परीक्षक कसौटियाँ और उसको प्रत्यक्ष-परोक्ष विक्षाएँ उसी आदर्श को ज्योतिस्तम्भ मानकर संचालित होती हैं। पश्चिम की आधुनिक सभ्यता सब संगठित प्रयत्नों द्वारा मनुष्य को शारीरिक, बौद्धिक व नैतिक उत्कृष्टता में पूर्ण बनाने का प्रयास कर रही है। राष्ट्रों की विस्तीर्ण शक्तियाँ मनुष्य को परिस्थितियों पर विजय पाने के लिए समर्थ बना रही हैं। उनके सब उद्योग प्रकृति से युद्ध करने और पड़ोसी देशों को पराजित करन में लग रहे हैं। उनके उपकरण, उनके यंत्र और उनके संगठन इसी लक्ष्य को सम्मुख रखकर प्रतिदिन व्यापक हो रहे हैं। उनका संग्रह आश्चर्यजनक वेग से बढ़ता जा रहा है। यह नि:सन्देह चमत्कारी सफलता है और मनुष्य की संघ-शक्ति का आश्चर्यकारक प्रदर्शन है। प्रकृति पर मनुष्य का प्रभुत्व स्थापित करने, और मार्ग की सब बाधाओं को दूर करने की क्षमता दिखलाकर पश्चिमी सभ्यता ने अपने लक्ष्य को बहुत अंशों में पा लिया है।

प्राचीन भारतीय सभ्यता का आदर्श इससे भिन्न था। उसी की पूर्ति के अर्थ भारत ने साधना की थी। उसका लक्ष्य शक्ति प्राप्त करना नहीं था अपनी सम्पदा और अपनी जन-शक्ति को सुरक्षा व आक्रमण के लिए तैयार करने की ओर से भारत उदासीन

था। सम्पत्ति के संग्रह के लिए संगठित उद्योग भी उसने नहीं किए और राजनीतिक प्रभुत्व या सैनिक प्रमुखता पाने की महत्त्वाकांक्षा ने भी भारतीय मन को कभी चंचल नहीं बनाया। भारत का आदर्श इससे भिन्न था। उस आदर्श की साधना में भारत के प्रतिभा-सम्पन्न मस्तिष्क निर्जन एकान्त में चले गए थे। वहाँ, प्रकृति के रहस्यों का अनुसन्धान करके जो अमूल्य निधि मानव-कल्याण के लिए उन्होंने प्राप्त की थी, वह सांसारिक अभ्युदय की आकांक्षाओं का बलिदान देकर पाई थी। संसारी लाभ की दृष्टि में उन्हें अपने आदर्शों का भारी मूल्य चुकाना पड़ा। किन्तु भारत को उस त्याग का गर्व है। उस आध्यात्मिक उपलब्धि में मानव की ऐसी भावनाओं का परितोष मिलता है—जिसका कोई अन्त नहीं।

भारत में पुण्यात्मा, विवेकी और साहसी सभी तरह के व्यक्ति रहे; राजनीतिज्ञ, महाराजा और सम्राट भी रहे; किन्तु प्रश्न यह है कि भारत ने इन सब वर्गों में से किस एक वर्ग को भारतीय के प्रतिनिधि होने को सम्मान दिया? ऋषियों को। ऋषि कौन थे? वे ज्ञानी जिन्हें ज्ञान द्वारा आत्मा की अनुभूति हुई थी और इस प्रकार वे तत्त्वदर्शी बन गए थे; आत्मा में उसकी सम्भावना जानकर अपने अन्तस्थ 'स्व' से जिन्होंने पूर्ण समता स्थिर कर ली थी?[1] हृदय में ही उसकी स्थिति का अनुभव करके वे सब बाह्य कामनाओं से विरत हो गए थे और संसार की सब गतिविधियों में उसको ही देखकर जिन्हें पूर्ण प्रशान्ति प्राप्त हो चुकी थी। ऋषि वे थे जो बाह्यज्ञान पाकर स्थिर शान्ति पा चुके थे, जिनका मन विश्वात्मा से युक्त होकर विश्व के हृदय में प्रवेश पा चुका था।

इस तरह विश्वात्मा से अपने सम्बन्ध का ज्ञान पाना और परमात्मा में एकत्व अनुभव करके सर्वभूतों में एकात्मता प्राप्त करना ही भारतीय सभ्यता का परम ध्येय था।

मनुष्य अपने कर्मों तक सीमित नहीं। वह उनसे बड़ा है। उसके प्रवृत्ति-निवृत्ति, निर्माण-विनाश-सम्बन्धी काम उसमें व्याप्त होने के कारण मनुष्य के व्यक्तित्व से छोटे हैं (जब मनुष्य अपनी आत्मा को क्षुद्र संस्कारों से आवरण में कैद कर लेता है या संसारी कामों की आँधियाँ उसकी दृष्टि को धुंधला बना देती हैं तो उसकी व्यापक आत्मा अपनी स्वतंत्र महानता को खो बैठती है। मनुष्य की आत्मा स्वतंत्र है; वह न तो अपनी ही गुलाम बनती है न संसार की किसी वस्तु की। किन्तु वह प्रेमी है। प्रेम उसका आवश्यक तत्त्व है।) उसकी पूर्णता प्रेम में ही है। पूर्ण मिलन भी उसी का दूसरा नाम है। मिलन या विलय की इस प्रक्रिया के अन्त में ही उसकी आत्मा विश्व की आत्मा में विलीन हो जाती है; यही उसकी आत्मा का जीवन है। (जब मनुष्य दूसरों को गिराकर उठने की कोशिश करता है और उत्थान का अहंकार अनुभव करने के लिए पार्श्ववर्ती परिस्थितियों का शत्रु बन जाता है, तब वह अपनी प्रकृति से विपरीत आचरण करता है। इसीलिए उपनिषदों में मनुष्य-जीवन की चरम सिद्धि को प्राप्त किए हुए व्यक्तियों के लिए 'प्रशान्ता:' और 'युक्तत्माना:' शब्दों का प्रयोग किया है।

ईसा मसीह के इन शब्दों में भी इसी सत्य की छाया है कि 'सूई के छिद्र में से प्रवेश कर ऊँट भले ही गुजर जाए, किन्तु स्वर्ग के राज्य में धनी का प्रवेश असम्भव है।' इस वाक्य से अभिप्रेय यह है कि जो सम्पत्ति हम अपने लिए संचित करते हैं वह हमें दूसरों से पृथक् करने में सहायक हो जाती है; हमारी सम्पत्ति ही हमारी सीमा बन जाती है। धन-संचय में व्यस्त व्यक्ति का अहंभाव उसे समभाव पूर्ण अध्यात्म जगत के द्वार में प्रवेश करने में असमर्थ बना देता है; वह अहुसंचई व्यक्ति अपनी सम्पत्ति की संकीर्ण दीवारों में ही स्वयं को आबद्ध कर लेता है।

इसीलिए उपनिषदों की शिक्षा का यही रहस्य है कि विश्वात्मा को पाने के लिए सर्वभूतों में आत्मवत् दृष्टि रखो। धनप्राप्ति की लिप्सा से हम अल्प वस्तुओं के लोभ में महान् वस्तुओं की उपेक्षा करने लग जाते हैं। पूर्णता ही जिसका रूप है, उसको पाने का यह मार्ग नहीं हो सकता। यूरोप के कुछ आधुनिक विचारक ऐसे हैं, जो उपनिषदों से ज्ञान ग्रहण करके आधार स्वीकार करने में संकोच करते हैं। वे उपनिषद् के गहन ज्ञान को पूरी तरह अवगत नहीं कर सकने के कारण यह आलोचना करते हैं कि 'भारत का ग्रह्य केवल कल्पना में है, और भारतीय ज्ञान संसार की वस्तुओं के निषेध में ही उसकी स्थापना समझता है।' सम्भव है भारत के कुछ विचारक ऐसा ही मानते हों, किन्तु भारतीय विचारधारा इसके अनुकूल कदापि नहीं है। इसके विपरीत भारतीय मन तो उस अनन्त, व्यापक शक्ति को सृष्टि के हर कारण में, अणु-अणु में व्याप्त मानकर उसका हृदय से स्पर्श करने की साधना करता है। यही साधना भारतीय जीवन की पथप्रदर्शिनी रहती है।

जगत की हर वस्तु में ईश्वर का आवास[2] इस भावना से ही उपनिषद् का प्रारम्भ होता है।

मैं उस देवता को प्रणाम करता हूँ जो अग्नि में है, जल में है, जिससे सब चराचर विश्व व्याप्त है; जो औषधियों और वनस्पतियों में है।[3]

क्या यह ईश्वर केवल निषेधात्मक संसार की भ्रान्ति पर आश्रित हो सकता है? हम उसे केवल सर्वव्यापी देखते ही नहीं बल्कि विश्व के हर पदार्थों में व्याप्त को प्रणाम भी करते हैं। उपनिषद् के ज्ञान से प्रभावित मनुष्य का मन विश्व की सब विभूतियों के प्रति श्रद्धावान् रहता है। उसकी आराधना के लिए हर वस्तु में उसका देवता रहता है।

उसके लिए एक परम सत्य की सत्ता सम्पूर्ण विश्व को सत्य बनाती है। वह इसका मात्र ज्ञान ही नहीं करता बल्कि ज्ञान के बाद उसे भक्ति की दृष्टि से भी देखता है। 'नमोनम:' —हम उसको सर्वत्र प्रणाम करते हैं और बारम्बार करते हैं। आनन्द-विभोर होकर ऋषि जब सम्पूर्ण विश्व को सम्बोधन करके कहते हैं कि "हे अमृत पुत्रो! तुम दिव्य धाम में रहते हो, मैं उस महान् ज्योति को जानता हूँ जिसकी अन्धकारहीन आभा से तुम प्रकाशित हो।"[4] इस आनन्द का अनुभव वही कर सकता

है जिसने उस ज्योति का साक्षात् अनुभव किया हो। यह आनन्द केवल काल्पनिक नहीं हो सकता। इस प्रवचन में स्पष्टता का लेश भी नहीं है।

बुद्ध ने उपनिषद् की शिक्षाओं को जीवन में कार्यान्वित करने की कला का अभ्यास करने के बाद जो सन्देश दिया था, उसमें भी इन्हीं आदर्शों की व्याख्या की थी। उनका सन्देश था कि भूमि या आकाश में, दूर या समीप में, दृश्य-अदृश्य में जो कुछ भी है उसमें असीम प्रेम की भावना रखो, हृदय में द्वेष या हिंसा की कल्पना भी जाग्रत न होने दो। जीवन की हर चेष्टा में उठते-बैठते, सोते-जागते प्रतिक्षण इसी प्रेम भावना से ओतप्रोत रहना ही ब्रह्म-विहार है, या दूसरे शब्दों में जीवन की यही गतिविधि है जिससे ब्रह्म का आत्मा में विचार किया जाता है।

वह ब्रह्म की आत्मा क्या है? उपनिषद् के शब्दों में जो आकाश में तेजोमय और अमृतमय है, और जो विश्व-चेतनता है वही बह्म है।[5]

आकाश में ही नहीं उपनिषद् का कहना है कि जो हमारे अन्त:करणों में भी तेजोमय और अमृतमय पुरुष है और जो विश्व-चेतना का स्रोत है वह ब्रह्म है।[6] इस विराट् विश्व के रिक्त स्थान में उसकी चेतनता व्याप्त है; और हमारी अन्तरात्मा में भी उसी की चेतनता है।

इसलिए इस व्यापक चेतनता की प्राप्ति के लिए हमें अपने अन्तर की चेतनता से विश्व की असीम चेतनता का समभाव स्थापित करना है। वस्तुत: मानव के अभ्युदय का सच्चा अर्थ इसी चेतनता के उदय और विस्तार में है। हमारा साहित्य, हमारी कला और हमारे विज्ञान व दर्शन इस चेतनता को व्यापक क्षेत्रों में विस्तीर्ण करने के लक्ष्य की ही पूर्ति कर रहे हैं। हमारे भीतर की चेतनता का व्यापक चेतनता में विस्तार करना ही हमारे ज्ञान-विज्ञान का ध्येय रहा है।

इसी विस्तार की प्राप्ति के लिए हमें मूल्य चुकाना पड़ता है। वह मूल्य क्या है? वह है—आत्मार्पण आत्म-विसर्जन। विसर्जन द्वारा ही हम आत्मा की अनुभूति प्राप्त करते हैं। उपनिषदों का सन्देश है, तुम त्याग से ही भोग करो[7] और किसी के धन का लोभ न करो।[8]

गीता ने भी कहा है कि हमें फल की कामना त्यागकर निष्काम कर्म करना चाहिए। कुछ बाहरी विचारकों का मत है कि इस निष्काम भावना का आधार जगत् को मिथ्या माया मानना ही हो सकता है। वस्तुत: सच्चाई इसके विपरीत है।

जो मनुष्य स्वार्थ-प्रधान व अहंकारी होता है वह अन्य सब वस्तुओं का हीनतम मूल्यांकन करता है। अत: स्वभिन्न वस्तुओं की वास्तविकता का ज्ञान पाने के लिए हम मनुष्यों को अहंभाव त्याग करना और स्व-प्रधान भावनाओं का नियंत्रण करना होगा। अपने सामाजिक कार्यों की साधना के लिए भी हमें इसी नियंत्रण का पालन करना पड़ता है। जीवन को व्यापक बनाने का प्रत्येक प्रयत्न इस बात की अपेक्षा रखता है कि हम दूसरों को देकर ही पाने की कोशिश करें और परकीय वस्तुओं का लोभ त्याग

दें। इसी को 'त्याग से भोग करना' कहते हैं। मानव मात्र के प्रयत्नों का यही लक्ष्य है कि वह विश्व के साथ अपनी चेतनता के इस सम्पर्क को अनुदिन विस्तृत करें।

भारत ने इस असीमता को कभी शून्यता या अभाव मात्र नहीं माना। भारत के ऋषि बलपूर्वक कहते आए हैं कि उस असीम चेतनता का ज्ञान ही जीवन की सच्चाई है और उसे न जान पाना महान् विनाश है।[9] प्रश्न यह है कि फिर उसे कैसे जाना जाए? ऋषि इसका उत्तर देते हैं "उसे सर्वत्र-सर्वगत अनुभव करते हुए जानो।"[10] न केवल प्रकृति में, बल्कि परिवार में, समाज में और राज्य में, इस विश्व-चेतनता को जितना अधिक व्यापक सर्वान्तर्गत अनुभव करोगे उतना ही हमारा जीवन समर्थ होगा। इसे अनुभव न करने का परिणाम विनाश के अतिरिक्त कुछ नहीं।

एक समय था जब हमारे दार्शनिक कवि भारत के विशाल चमकते आकाश के नीचे खड़े होकर विश्व भर का प्रेम-विभोर हृदय से स्वागत करते थे—इस कल्पना से ही मेरा हृदय आनन्द और मानवता के लिए आशामय भविष्य के स्वप्नों से भर जाता है। हमारे प्राचीन ऋषियों के उद्गार आनन्द के उन्माद में कहे हुए प्रलाप नहीं थे। उन्होंने मनुष्य की छाया को प्रकृति के दर्पण में अतिशय विस्तार से देखने का प्रयत्न नहीं किया था; प्रकृति के छाया-प्रकाश-मय रंगमंच पर मनुष्य की अतिरंजित भावनाओं का अभिनय चित्रित करने का ही स्वप्न भी नहीं लिया था। इससे विपरीत उन्होंने मनुष्य को अपनी संकीर्ण सीमाओं से उठने और मानवता से ऊँचा उठकर विश्व में आत्म-भाव बनाने का सन्देश दिया था। यह कोरी कल्पनाओं का खेल नहीं था। बल्कि इस सन्देश का लक्ष्य यह भी था कि मनुष्य की चेतना प्रकृति के अतिरंजित रहस्यों के जाल से मुक्ति प्राप्त करे।

हमारे तत्त्वदर्शियों ने अपने अन्त:करण की गहराई में यह जान लिया था कि जो शक्ति विश्व के असंख्य रूपों में गतिशील होकर प्रकट हो रही है, वही शक्ति मनुष्य के अन्तर में चेतना बनकर प्रकट हुई है। दोनों में अटूट समभाव है। उनकी दृष्टि में मृत्यु भी इस समभाव को भंग नहीं कर सकती। 'उसकी छाया में ही अमृत है, जीवन है, और उसी में मृत्यु'[11] यही हमारे ऋषियों का सन्देश था। उन्होंने मृत्यु और जीवन में सहज विरोध की भावना नहीं देखी, बल्कि उन्होंने दृढ़ विश्वास के साथ यह कहा कि 'जीवन ही मृत्यु है।'[12] उन्होंने जीवन के प्रत्येक स्वरूप और प्रत्येक परिवर्तन का सोल्लास स्वागत किया, आनेवाले जीवन का भी, और जानेवाले का भी।[13] उनके विचार में समुद्र की लहरों की भाँति ही जीवन का आना-जाना है। उसमें इस आने-जाने से न तो ह्रास ही होता है और न ही उसमें मलिनता आती है।

उपनिषद् का कहना है कि जो कुछ भी है सब उसी अमर व्यापक जीवन से प्राणित हुआ है और हो रहा है,[14] क्योंकि जीवन का स्वरूप बहुत विशाल है।[15]

पूर्वजों के इस विरासत में पाए महान् सन्देश को पुन: सजीव करना हमारा पवित्र धर्म है। यह केवल तार्किक या भावनात्मक सन्देश नहीं है; इसका जीवन के

आचरण पर गहरा प्रभाव है। इसे कार्यान्वित करना होगा। उपनिषद् में कहा गया है कि 'भगवान् सर्वव्यापी है, इसलिए सब प्राणियों में कल्याण रूप होकर बसता है।'[16]

सब प्राणियों में ज्ञान द्वारा, प्रेम द्वारा और सेवा द्वारा समभाव रखना और इस तरह सर्वव्यापक में अपने रूप को अनुभव करना ही मानव धर्म का सर्वश्रेष्ठ तत्त्व है और यही सारांश में उपनिषदों का सन्देश है कि 'जीवन महान् है।'[17]

सन्दर्भ

1. सम्प्राप्येनं ऋषयो ज्ञान्नृप्ता: कृतात्मनो वीतरागा: प्रशान्ता:, ते सर्वग सर्वत: प्राप्य धीरा:, युक्तातात्माना: सर्वमेवाश्विन्ति:।
2. ईशावास्यमिदं सर्वं यत्किंचित् जगत्यां जगत्।
3. यो देवोऽप्सू यो औषधीषु यो वनस्पतिषु तस्मै देवाय नमोनम:॥
4. श्रृण्वन्तु विश्वे अमृतस्य पुत्रा: आए दिव्या घामानि तस्थु; वेदाहमेम पुरुष महान्तमादित्य वर्ण तमस: परस्तात्।
5. यश्चायमस्मिन्नाकाशे तेजोमयोऽमृतमय: पुरुष: सर्वानुभू:।
6. वही
7. त्यक्तेन भुंजीथा।
8. मागृध: कस्य स्विद्धनम्।
9. इस चेद वेदित् अथ सत्यमस्ति, नाचेद् अथ अवेदित महती विनष्टि:।
10. भूतेषु भूतेषु विचिन्त्य।
11. यस्य छायाऽमृतं, यस्य मृत्यु:।
12. प्राणो मृत्यु:।
13. नमो अस्तु आपते, नमो अस्तु प्रायते प्राणेह पूतं भव्यं च।
14. यदिदं किच प्राण एजति निश्रृतम्।
15. प्राणो विराट।
16. सर्वव्यापी स भगवान् तस्मात् सर्वगत: शिव:।
17. प्राणो विराट्।

✪✪✪